杭州师范大学中文学科学术研究丛书

泽地文库
第一辑

主编 / 洪治纲

中国古代小说戏曲关系史纲

徐大军 著

时代出版传媒股份有限公司
安徽教育出版社

图书在版编目（CIP）数据

中国古代小说戏曲关系史纲/徐大军著.—合肥：安徽教育出版社,2022.11
ISBN 978-7-5336-9540-8

Ⅰ.①中… Ⅱ.①徐… Ⅲ.①古典小说－文学研究－中国　②古代戏曲－文学研究－中国　Ⅳ.①I207.37　②I207.41

中国版本图书馆CIP数据核字（2021）第257084号

中国古代小说戏曲关系史纲
ZHONGGUO GUDAI XIAOSHUO XIQU GUANXI SHIGANG

出 版 人：费世平
策划编辑：何　客
责任编辑：黄晓宇
装帧设计：王莉娟
美术编辑：张鑫坤
责任印制：陈善军

出版发行：安徽教育出版社
地　　址：合肥市经开区繁华大道西路398号　邮编：230601
网　　址：http://www.ahep.com.cn
营销电话：(0551)63683012,63683013
排　　版：安徽时代华印出版服务有限责任公司
印　　刷：安徽新华印刷股份有限公司

开　　本：650 mm×960 mm　1/16
印　　张：31
字　　数：430千字
版　　次：2022年11月第1版　2022年11月第1次印刷
定　　价：88.00元

（如发现印装质量问题,影响阅读,请与本社营销部联系调换）

总　序

洪治纲

大学之道，人文为先。没有坚实的人文底蕴，没有深厚的人文情怀，没有求真、创新、自由、平等、公正的现代社会理念，大学迟早会陷入实用主义和功利主义的泥淖，甚至会变成精致的利己主义滋生与蔓延的温床，教育也就很难确保学生获得全面而健康的发展。这是我们学科同仁多年来的思想共识和学术信念。

我们是大学教师，但我们也是学者，是恪守人文精神并且学有专攻的学者。因为我们深知，人不仅仅是一种物质生命的存在，还是一种精神、文化的存在。我们必须尊重每个个体的主体地位和个性差异，必须关心和理解不同个体多方面、多层次的内在需求，必须激发不同个体的能动性和创造性，促进人的个体价值与社会价值的统一，并最终使人获得自由全面的发展。

如果问，何谓"人文精神"？我想，这应该是其核心之旨。所以鲁迅先生对现代文明社会的审度标尺，就是"立人"。一个国家能不能"立"起来，在他看来，首先就是这个国家中的人是否"立"起来了，而不是看它的经济指标，或者人均拥有多少本房产证。

作为从事人文教育的学者，我们对人文精神当然并不陌生。但是，在物质主义和功利主义的强力冲击下，要坚持不懈地探究现代社会中的人文精神及其实践路径，并非易事。好在我们是地方性高校，没有"高处不胜寒"的压力，也没有必须实现"弯道超车"的预设目标。我们只是踏踏实实问学，认认真真做人。每天进步一点点，这是我们对自己学术的内心期许。所以，这些年来，我们学科的全体同仁，都在默默地躬身于各自的研究领域，勤思缅想，精耕细作。

我们因此而充实。无论春夏，无论秋冬。

或许我们的能力有限，眼界不高，学养不厚，但这并不影响我们求真和创新的勇气，也不影响我们对于人类悠久的人文主义传统的承继和弘扬。师者，传道，授业，解惑也。传道，是每一位大学教师的首要职责，也是彰显每位人文学者人格魅力的核心之所在。只有心中有了"道"，有了承担历史职责且顺应社会发展的"大道"，我们才能传出特有的生命之光，以及内在的精神高度。我们的学术，从某种程度上说，就是在求真的过程中，孕育和培植内心的生命之道。故章学诚云：学者，学于道也。

但学术毕竟是一项极为艰难的事业，因为它自始至终都是为了求真，不仅在理论上，还要在实践中。严复就曾明确地将"学术"理解为先求真理，而后付诸实践的过程："学者考自然之理，立必然之例。术者据既知之理，求可成之功。学主知，术主行。"梁启超也说过类似的话："学也者，观察事物而发明其真理者也；术也者，取所发明之真理而致诸用者也。……学者术之体，术者学之用，二者如辅车相依而不可离。学而不足以应用于术者，无益之学也；术而不以科学上之真理为基础者，欺世误人之术也。"我们当然也希望通过自己的努力，在传道和授业的过程中，体用互动，生生不息，一起解答各种现代生存之惑，共同叩问人之为人的诸多本质。

这也是我们推出"泽地文库"的重要理由。"泽地"，取自《周易》第四十五卦《萃》卦，卦象为下坤上兑，坤为地，兑为泽，即为"下地上泽"之象，象征"荟萃"之意。这是我们中国语言文学学科全体同仁的美好意愿，也是我们孜孜以求的学术理想。

在人类智慧的天空中，我们希望以执着的姿态飞过，并留下自己的痕迹。

本套丛书将以开放的方式，逐步汇聚我们学科各位学者的优秀成果，既包括已出版多年并在学界产生一定反响、需要修订再版的专著，也包括近年来国家社科基金的最新成果、学术新著以及优秀的博士论文等，几乎涵盖了学科各二级研究方向，也囊括了不同代际的学者智慧，并大体上折射了我们学科的主要特色和优势。当然，鉴于各种原因，本套丛书的第一辑，尚有诸多本学科重要学者未能加盟，期待第二辑或第三辑陆续能够收录。

古人云："士不可以不弘毅，任重而道远。"学术是没有尽头的事业，真理也需要一代又一代人去不断探索和实践。唯因如此，我们渴望通过自己的顽强求索，能够成为人文精神最坚实的承传者，并在具体的教学过程中，将自己所秉持的学术信念力所能及地付诸实践，抑或在世界文化的交流中成为平等的对话者。

2021年冬于杭州

目 录

引　言 / 001

一、二者关系的基础 / 002

二、二者关系的表现 / 008

三、二者关系的演变 / 014

第一编　伎艺层面的混融

第一章　宋前俳优小说与戏弄的混融性状态 / 025

一、同属于俳优的一项艺能 / 026

二、同归于"俳说"、"杂剧"品类 / 033

三、同处于百戏杂陈的环境 / 042

四、结　语 / 046

第二章　宋前俳优小说与戏弄的趋同性特征 / 048

一、戏谑调笑的性质 / 048

二、短小即兴的形态 / 057

三、缘事而发的咏事思维 / 062

四、结　语 / 073

第三章　唐宋之际"说话"与杂剧关系的新变 / 075

一、"说话"伎艺叙事宗旨的出现 / 076

二、"说话"伎艺对杂剧叙事宗旨生成的直接促进 / 083

三、唐传奇对杂剧叙事宗旨生成的间接影响 / 097

四、宋金杂剧叙事宗旨确立的指向性意义 / 103

五、结　语 / 111

第二编　叙事层面的渗透

第四章　宋金时期小说对戏曲的影响形态 / 115

一、故事题材的影响 / 115

二、叙事能力的影响 / 124

三、演述方式的影响 / 137

四、结　语 / 155

第五章　元杂剧对小说故事的重述与开掘 / 157

一、宋金杂剧取材小说传统的承续 / 157

二、元杂剧所受小说故事影响的表现 / 168

三、元杂剧对小说故事的特色开掘及其意义 / 180

四、结　语 / 195

第六章　元杂剧演述体制中的小说因素 / 196

一、元杂剧的楔子与话本的头回 / 196

二、"一人主唱"与说书人叙述 / 200

三、元杂剧宾白中的说书体 / 206

四、元杂剧与话本小说的结末语 / 213

五、元杂剧的依相叙事形态 / 218

六、结　语 / 227

第七章　元明戏曲对小说故事系统的累积与开拓 / 229

一、元明水浒戏与水浒小说 / 230

二、元明三国戏与三国小说 / 242

三、元明西游戏与西游小说 / 253

四、结　语 / 271

第三编　创作层面的利用

第八章　《金瓶梅词话》的利用戏曲现象 / 275

一、利用戏曲资源的基本情况 / 276

二、利用戏曲方式的文艺渊源 / 284

三、利用戏曲成就的开拓意义 / 292

四、结　语 / 299

第九章　西厢模式在明清小说叙事建构中的承与变 / 300

一、对西厢模式格套化的觉醒 / 301

二、对西厢模式的模仿 / 307

三、对西厢模式的戏拟 / 311

四、对西厢模式的创造性利用 / 315

五、结　语 / 321

第十章　从内质到外形：明清小说对戏曲体制因素

　　　　的模拟 / 323

一、小说累积成书过程中的汇入 / 326

二、小说取用戏曲材料时的遗留 / 328

三、小说改写戏曲故事时的遗留 / 333

四、小说叙事建构中的有意模拟 / 339

五、小说叙述格式上的"拟剧本" / 351

六、结　语 / 358

第十一章　《红楼梦》叙事建构中的戏曲资源 / 359

一、对戏曲材料的融合利用 / 360

二、对杂剧楔子体制的化用 / 371

三、对戏曲副末开场程式的化用 / 377

四、对戏曲科诨体制的化用 / 381

五、标志性成就和关系史意义 / 385

六、结　语 / 391

第四编　观念层面的融通

第十二章　"传奇"文体名义的因应 / 395

一、元时"唐人小说"被赋名"传奇" / 397

二、元时杂剧被赋名"传奇" / 404

三、明时改称文人南戏为"传奇" / 410

四、结　语 / 416

第十三章　清初"无声戏"小说观念的内涵与实践 / 419

一、"无声戏"小说观念的精神内涵 / 421

二、"无声戏"小说观念的理论渊源 / 427

三、"无声戏"小说观念的实践响应 / 431

四、结　语 / 438

第十四章　体用离合之间：清末时期小说类群

　　　　的建构 / 440

一、作为清末时代共识的小说类群 / 441

二、基于时局之"用"对传统"小说"、"说部"的重构 / 447

三、"体"、"用"关系变化对小说类群观念的冲击 / 454

四、结　语 / 463

余　论 / 465

初版后记 / 477

修订版后记 / 481

引 言

在同一文化环境中成长的文艺品类之间，都会存在着或多或少、或隐或显、或密或疏的关系，比如中国古代的诗歌和散文之间、诗歌和绘画之间、戏曲与说唱之间皆是如此，而小说与戏曲间的关系更是一个常被提及的文学史现象[①]。

中国古代小说与戏曲的关系，乃属两个文类的关系。此关系的生成与演进有其渊源、背景和基础；此关系所具有的脉络与框架足可观照各自的形态和发展。小说与戏曲在生成、发展的过程中，相互诱发、影响、交流，汲取对方的优长以丰富自己的艺术表现，同时又以自己的特色促进对方的艺术发展，由此出现了许多关系现象，其生成渊源、形态特征和文学意义皆潜隐于二者关系的发展脉络中，同时又在此发展脉络中不断地影响着二者的发展演变。

考察小说戏曲关系发展的渊源流变，首先要面对三个框架性的基本问题：二者关系的基础，二者关系的表现，二者关系的演变。前者牵涉了小说戏曲关系生成的多层次原因，以及影响的长期性和深刻性。后二者关联了小说戏曲关系演变脉络上的各种现象和形态，以及它们背后的驱动力量，它们之间的承续逻辑。

[①] 20世纪即有许多学者谈及小说与戏曲的关系问题，著名者如早期的王国维、李家瑞、刘雁声，八十年代的胡士莹、徐扶明、徐朔方、刘辉、王永健、汪曾祺等。他们针对二者关系现象或形态作出了一些宝贵的探析，提出了一些有益的观点。

一、二者关系的基础

关于小说与戏曲关系的基础，有两个针对戏曲的称名可资说明和追索，一是"曲本小说"，一是"小说式戏剧"。前者乃基于传统小说立场的认识，后者乃基于西方小说立场的认识。

"曲本小说"是二十世纪初期知识界对于戏曲的普遍称名。老伯于《中外小说林》第十期（1908 年）发表《曲本小说与白话小说之宜于普通社会》一文，明言《西厢记》为"旧社会上有名之小说"，流传中外，妇孺爱诵，"吾知曲本小说，滥觞于《西厢》传记，其将由此而日新月盛，渐泛滥于普通社会，殆亦时势之所必然者矣"①。这种把戏曲列入小说范畴的做法，反映了当时知识界普遍以传统小说立场对戏曲定性归类的观念。持此观念，当时出现了许多与"曲本小说"类同的称名，如"韵文小说"、"传奇体小说"、"诗歌体小说"，皆用以指称戏曲。

饮冰等《小说丛话》（1903 年）有浴血生言："中国韵文小说，当以《西厢》为巨擘，吾读之，真无一句一字是浪费笔墨者也。梁任公最崇拜《桃花扇》，其实《桃花扇》之所长，寄托遥深，为当日腐败之人心写照，二语已足尽之。"②

管达如《说小说》（1912 年）论"小说之分类"列文言体、白话体、韵文体三种，而韵文体中又分传奇体与弹词体两种。传奇体者，"盖沿唐宋时之倚声，而变为元代之南北曲，自元迄清，于戏剧界中，占重要之位置者也"③。

胡怀琛《中国小说研究》（1927 年）认为弹词小说、传奇小说的称名不准确，因为它们"不能包括一切诗歌体的小说"，故而他将小说分

---

① 陈平原、夏晓虹编：《二十世纪中国小说理论资料》（第一卷），北京大学出版社，1989 年，第 307 页。
② 阿英编：《晚清文学丛钞·小说戏曲研究卷》，中华书局，1960 年，第 319 页。
③ 陈平原、夏晓虹编：《二十世纪中国小说理论资料》（第一卷），北京大学出版社，1989 年，第 373—374 页。

为记载体、演义体、描写体、诗歌体四类。诗歌体"就是把诗歌的方式,来做小说。他的发生很早,变化很多。最早的诗歌体的小说,就是纪事诗;最后的诗歌体的小说,就是戏曲"①。

这些关于戏曲的称名皆着眼于戏曲的案头文本,而非舞台表演。老伯之"曲本小说"乃针对"曲本"而作此称,而黄人亦是把戏曲"脚本"归类于小说,他在《小说小话》(1907年《小说林》第三期,署名蛮)中指出:"平话仅有声而已,演剧则并有色矣。故其感动社会之效力,尤捷于平话。演剧除院本外,若徽腔、京腔、秦腔等,皆别有专门脚本,亦小说之支流也。"② 显然,他把用于戏曲表演的"专门脚本",视为"小说之支流"。另外,1917年上海扫叶山房刊印的戏曲剧本标题为《传奇小说琵琶记》、《传奇小说桃花扇》、《传奇小说长生殿》,亦是以传统小说观念定性归类戏曲文本的体现。基于这种观念,戏曲剧本已剥离了舞台表演的功能,而成为案头阅读之用的故事文本,"曲本小说"、"韵文小说"即是着眼故事文本以传统小说观念定性归类戏曲的称名。这种称名的出现确有其历史渊源和发展实际,同时也反映了小说与戏曲关系的一面——二者皆以表述一个故事为宗旨,只是表述的方式不同而已。

正是由于二者皆以表述故事为宗旨,且品性亲缘,促成了二者在故事题材上的相互因袭、渗透关系,由此出现了把唐传奇追溯为戏曲渊源的观点,持论者如明代胡应麟、近代刘师培。胡应麟在思考时人何以称戏曲为"传奇"的问题时,即认为是由于戏曲多取材唐人传奇小说之故:"或以其中事迹相类,后人取为戏剧张本,因展转为此称不可知。"③ 而刘师培则看到了叙事性在唐人传奇小说与戏曲之间的纽带作用:"盖传奇小说之体,既兴于中唐,而中唐以还,由诗生词,由词生曲,而曲剧之体以兴。故传奇小说者,曲剧之近源也;叙事乐府者,曲

---

① 胡怀琛:《中国小说研究》,中国书籍出版社,2006年,第130、159页。
② 陈平原、夏晓虹编:《二十世纪中国小说理论资料》(第一卷),北京大学出版社,1989年,第243—244页。
③ 胡应麟:《少室山房笔丛》卷四一《庄岳委谈下》,上海书店出版社,2001年,第424页。

剧之远源也。"① 虽然他们的认识有些偏差，却也体现出了对小说与戏曲关系的思考路径，并在叙事层面上对二者关系作了有益的探索。

与"曲本小说"称名所示传统小说立场的认识观念不同，"小说式戏剧"是以西方戏剧立场认识戏曲属性的标称。

杨绛曾以中西戏剧比较的视角分析了李渔的戏曲结构论，认为李渔所论的戏剧结构并不像西方古典戏剧的"三一律"那么严整，而是属于时空幅度广而密度松的"史诗的结构"，即故事没有时间、地点的限制，穿插情节的长短较为随便，因此，"我们传统戏剧的结构，不符合亚里斯多德所谓戏剧的结构，而接近于他所谓史诗的结构"，可称之为"小说式的戏剧"②。相对于西方古典戏剧所要求的情节结构集中、紧凑原则，中国戏曲在情节结构上所表现出来的开放、松散特点，确实类同章回小说的结构形式。李渔主张"稗官为传奇蓝本"，而在创作实践上，他那些由小说改编而来的戏曲，叙述顺序、情节布局基本上忠实于小说的故事结构。汪曾祺也认识到了戏曲结构的这一品性，他在《中国戏曲和小说的血缘关系》一文中比较了中西戏剧结构，认为"西方古典戏剧的结构像山，中国戏曲的结构像水。这种滔滔不绝的结构自明代至近代一直没有改变。这样的结构更近乎是叙事诗式的，或者更直截了当地说：是小说式的。中国的演义小说改编为戏曲极其方便，因为结构方法相近"③。这同样是以西方戏剧为参照对中国戏曲叙事结构特性的认识。

亚里士多德一再从文本上强调史诗与悲剧的文类区分，而区分的尺度就是叙述与扮演④。依循这一文类规范，戏曲在文类上应归属于戏剧，但其情节表述方式却更近乎史诗，它重视剧中人物跳出故事域与观众的直接对话，注重以人物大段的静止性叙述话语来表述故事情节，而忽视以故事域内人物的对话来推动故事情节的演进。对此，周宁从话语

---

① 刘师培：《论文杂记》第十八条，载《中国中古文学史·论文杂记》，人民文学出版社，1984年，第132页。
② 杨绛：《李渔论戏剧结构》，载《春泥集》，上海文艺出版社，1979年，第122—123页。
③ 汪曾祺：《中国戏曲和小说的血缘关系》，《人民文学》，1989年第10期。
④ 亚里士多德：《诗学》第3章，陈中梅译注，商务印书馆，1996年，第42页。

模式角度考察中西戏剧，认为中国戏曲始终综合叙述和对话两种因素，以叙述为主导性话语，中西戏剧在话语体制上的重大差异就是"代言性叙述"和"戏剧性对话"的差异①。戏曲所表现出的这些叙事素质，实乃与唐代俗讲变文、宋元话本小说、明清章回小说这一小说系统所具有的叙事结构和叙事思维有着密切的关系。

综合上述"曲本小说"、"小说式戏剧"所根由的立场和观念，我们发现二者无论是立足于本土传统小说的立场，还是立足于西方戏剧的立场，皆以戏曲文本为据而着眼于叙事层面的因素，剥离了伎艺层面、扮演层面的因素。在此基础上，这两个立场的考察皆归纳出了小说与戏曲的一些重要的趋同点，如叙事宗旨、叙事结构、叙事思维。很明显，这些趋同点的归纳都是以戏曲文本为据的文学立场认识。在文学范畴内考察戏曲的生成流变，是王国维《宋元戏曲史》以来研究戏曲的主要格局和主要视角，然其由来甚早，元明以来论曲者即多有将元杂剧视为一代词章的观点。如元末罗宗信在《中原音韵序》中说："世之共称唐诗、宋词、大元乐府，诚哉！"②明代张羽《古本〈西厢记〉序》认为："北曲大行于世，犹唐之有诗，宋之有词，各擅一时之胜，其势使然也。"卓人月《盛明杂剧二集序》有言："语云楚骚、汉赋、晋字、唐诗、宋词、元曲，皆言其一时独绝也。"③清人焦循《易余籥录》主张："一代有一代之所胜，……余尝欲自楚骚以下至明八股撰为一集，汉则专取其赋，魏晋六朝至隋则专录其五言诗，唐则专录其律诗，宋专录其词，元专录其曲，明专录其八股。"④近代王国维更倡言"一代有一代之文学"，把元曲置于文学演变格局中考察，感叹元人杂剧的成就，"辄思究其渊源，明其变化之迹，以为非求诸唐宋辽金之文学，弗能得也"⑤。

---

① 周宁：《叙述与对话：中西戏剧话语模式比较》，《中国社会科学》，1992年第5期。
② 罗宗信：《中原音韵序》，载《中国古典戏曲论著集成》，中国戏剧出版社，1959年，第1册，第177页。
③ 吴毓华：《中国古代戏曲序跋集》，中国戏剧出版社，1990年，第58、299页。
④ 焦循：《易余籥录》卷一五，《丛书集成续编》，新文丰出版公司，1989年，第29册，第369页下。
⑤ 王国维：《宋元戏曲史》，上海古籍出版社，1998年，第1页。

戏曲研究进入现代学术体系之初，即被置于文学发展脉流中，由此造成了后来研究者大多从文学角度探赜，以文学观念切入，来考察戏曲的渊源与流变。但这种以文本为依据的文学立场的考察并不能涵盖二者关系的全部，尤其是对于二者关系的生成渊源、演进基础的追索，易受忽视。

二者基于文本形态而表现出的最明显的一个共性就是故事叙述这一宗旨，由此而在叙述故事的方式上形成了诸多趋同性特征。但是，若要探寻这些趋同性特征的渊源和基础，则不能只依据二者的文本形态。因为这些趋同性特征所表现出的二者关系形态，只是其关系发展在各自文本中累积沉淀的结果，而并非形成于各自发展的文本阶段，也就是说，只以二者的文本形态为依据来考察二者关系的现象和形态，并不能切入二者关系的全部和根本。如果只拘泥于文本形态的考察，即使考虑到以叙事为切入点，在追溯戏曲的叙事宗旨和叙事能力的生成渊源时也会感到诸多困惑，其原因就是未能顾及到二者关系在伎艺阶段与书面阶段有着不同的生存状态和发展特性。

我们知道，戏曲发展到明清时期，已经拥有了独立形态和独立存在价值的文本，这是它进入文学范畴的基础，而白话小说发展至此，许多作品也已蜕去了宋元时期"说话"伎艺的痕迹。但是，当我们回望二者发展的源流时，仍能看到其文本中遗留的伎艺形态的深刻记忆，这些记忆使得二者在成熟形态中仍然带有或隐或显、或轻或重的伎艺特征。因此，我们不能忽视小说和戏曲在发生、发展过程中的伎艺形态，即使在它们的书面发展阶段仍遗留一些伎艺性特征的痕迹。所以，从伎艺角度考察，我们可以更为深入地看到小说与戏曲之间的密切关联。当然，其间戏曲与文言小说、白话小说的关系状况并不相同，文言小说与戏曲确有一定的关系，比如戏曲在故事题材方面对于唐传奇小说的承袭，但由"说话"伎艺发展而来的白话小说一脉与戏曲的关系更为密切，因为二者在伎艺发展阶段即已结成了更有亲缘的关系。蒋瑞藻《戏剧考证序》

所言"戏剧与小说，异流同原，殊途同归者也"①，孙楷第论及李渔的"无声戏"小说观念时所言"二者从来源上说同是杂伎"之论②，皆把二者的渊源关系指向伎艺形态，只是二人未对这个伎艺发展阶段的关系形态作出详细的阐述。

小说与戏曲在伎艺阶段的关系是二者关系发展的初始环节，也是关键环节。即使二者在书面阶段的一些关系形态、关系现象，也蕴含有二者关系伎艺阶段的深刻记忆；二者后来在文本形态上的诸种关系，也或多或少地遗留有早期伎艺阶段关系形态的影响痕迹。因此，那些以文本为据归纳出的二者趋同性特征，并不源出于二者发展的书面阶段，亦不止步于二者的文本形态。也就是说，我们对二者关系史的考察不能以文本形态为唯一依据，还要以伎艺形态为重要参照，而且要首先以二者的伎艺形态为依据来追索二者在伎艺阶段的关系形态，进而考察其对二者关系后来发展的影响，其在二者关系后来形态中的遗存。但若要探求这些关系形态源出何处，如何进入小说戏曲的文本之中，又与其他因素有何冲突、如何融合等问题，则必须兼顾二者的伎艺形态和文本形态，追溯二者发展的伎艺阶段和书面阶段。至于这些趋同性特征是源于小说，还是源于戏曲，还是源于二者早期共同混融的某种伎艺形态，则需要进行具体而细致的理析了。

因此，我们需要注意小说与戏曲的发展都有一个伎艺阶段，二者处于早期的伎艺形态时即有着密切的关联性和混融性，这是二者同源的所指。而二者在伎艺阶段所生存的"百戏"、"杂戏"场景，以及戏场、瓦舍勾栏等场所，则是二者关系生成的物质基础，也是二者关系发展的外部环境。二者浸润于这一文化生态中长期交流，渐渐孕育了表演宗旨的变化，即在调笑戏谑中出现了故事叙述，当然出现的时间先后有别。表

---

① 蒋瑞藻：《小说考证》附录《戏剧考证》，上海古籍出版社，1984年，第337页。
② 孙楷第《李笠翁与十二楼》言："他认为作小说与作戏曲同一门径，我觉得颇有讨论的余地。因为二者从来源上说虽同是杂伎，但事情根本不同；风格亦何能一致？最明显的，戏曲是代言的，小说是纪言纪事的，……认为小说中的人物，即等于戏曲中的脚色，这是不对的。"（《沧州后集》，中华书局，1985年，第188页。）

演宗旨的这一变化促使二者由短小、即兴形态向着长大、固定形态演进;对于以调笑、歌舞为宗旨的戏弄来说,它与叙事性伎艺的密切结合是戏曲生成、发展的必由之路。正是因为小说戏曲同源共长,有着相同的文化地位、生长环境,使得二者关系的生成有了相同的文化基础;而叙事宗旨的相同,则又使得二者关系在体制层面具有相同的观念基础,它促使二者在亲缘关系中注意取鉴对方的优长以丰富自身的艺术表现,由此在长期的互相借鉴和渗透过程中,宋元时期的叙事类"说话"伎艺和杂剧伎艺就有了诸多的趋同性因素。以上所述二者的这些同源(俳优伎艺)、同质(叙事伎艺)、同旨(叙事宗旨)、同环境(瓦舍勾栏),即构成了二者关系生成、发展的基础和前提。正是在这些基础上,二者在由伎艺阶段到书面阶段的发展进程中生发出诸多的关系现象,表现出不同的关系形态。

二、二者关系的表现

在西方古典戏剧的观念中,戏剧人物的语言、行动要体现出动作性,酝酿出冲突性。据此戏剧观念,中国戏曲则不合规范。比如人物的语言,西方古典戏剧重视人物对话的动作性和冲突性,而中国戏曲则少有戏剧性对话,更少人物对话的动作与冲突。又如人物的行动,西方古典戏剧讲求人物行动对情节的推动,对生活的模仿,而中国戏曲并不重视以人物行动来推动情节,即使有一些模拟性的动作,也需要人物自己的或他人的解释性话语作为辅助,这在元杂剧中甚为明显,比如一些探子对打斗场面的讲述,就与说书人以模拟性动作辅助语言讲述的格式相类,实乃以剧中人物面貌出现的说书人讲唱形态的变体。对于这一现象,周宁从话语模式角度考察中西戏剧,认为中国戏曲始终扭合着叙述和对话两种因素,且以叙述为主导性话语,中西戏剧在话语体制上的重要差异就是"代言性叙述"和"戏剧性对话"的差异[①]。也就是说,在

---

① 周宁:《叙述与对话:中西戏剧话语模式比较》,《中国社会科学》,1992年第5期。

语言表述手段上，中国戏曲更近于亚里士多德所说的史诗，它重视剧中人物跳出虚构故事域面向观众的直接讲述，注重以静止性叙述话语表述故事情节，而并不以虚构故事域内的人物对话来推动故事情节的演进。

因此，中国戏曲对语言的依靠程度、方式与西方古典戏剧大为不同。西方古典戏剧的呈现要经由人物的对话来展示戏剧的动作和冲突，而中国戏曲则要依靠人物面向观众的语言表述来交代出故事的情节以及人物的行动、心灵、情感等。戏曲的这种语言表述方式，没有西方古典戏剧那样的人物间行动和心理的冲突，它不是戏剧式的展示，而是史诗式的叙述。所以，戏曲不只在情节结构上是小说式的，在语言表述上也是小说式的，其格式、思维与宋元时期成熟的"小说"、"讲史"伎艺及其文本形态的话本有着密切的关系。

当然，作为戏曲核心性、主体性的表述语言，曲词并不全是史诗式的叙述，它还依循诗词的审美趣味，有强烈的抒情成分。因此，戏曲具有叙事与抒情相结合的品质，安葵即认为："戏曲文学既不是单纯的抒情，也不是单纯的叙事，而是两者的结合。"① 需要注意的是，叙事与抒情在戏曲中的结合，既不是平分秋色的混合，也不是机会对等的融合。历史上文人群体普遍偏重戏曲的"曲性"品质，在很长时期内把戏曲列入到诗词发展的序列中，以雅化的观念削减了戏曲的叙事宗旨，且不断增进对曲律和词采的约求，甚者以"曲性"代替"戏性"，要把曲词的抒情性凌驾于戏曲的叙事宗旨之上，偏执于曲词编写而淡化情节营构。其实，从一部戏曲的整体结构和表演目的来看，这些抒情性质的曲词，连同那些戏曲特有的伎艺因素，皆属戏曲的表述手段，含纳在一个故事框架之中。也就是说，这些曲词的抒情是在叙事基础上的抒情，负载它们的是以小说式叙事结构为基础的情节叙述。

所以，对于小说与戏曲的关系，应首先以叙事为视角来考察其表现，从二者表述故事的思维、方式、结构入手，这是由戏曲所体现的结

---

① 安葵：《文学中的戏曲和戏曲中的文学》，《戏曲研究》，第33辑，文化艺术出版社，1990年，第37页。

构形态、话语模式所决定的。那么，戏曲中所具有的这些小说式的叙述结构、话语模式是如何出现的呢？这就需要考察故事因素在早期戏曲中的处理方式，叙事宗旨在早期戏曲中的生成缘由了。

与小说的叙事宗旨相同，一部成熟戏剧也要表述一个首尾完整的长大故事，由此而要运用各种艺术手段来达成这一目的。所以，故事是戏剧的必备要素之一。戏曲是戏剧的一种，自然要遵循此原则。王国维在《戏曲考原》中定义"戏曲者，谓以歌舞演故事"①，又在《宋元戏曲史》中说："后代之戏剧，必合言语、动作、歌唱，以演一故事，而后戏剧之意义始全。"② 与此表述相类，周贻白在《中国戏曲发展史纲要》中指出戏曲是"由演员装扮人物而作故事表演"③。歌舞、装扮作为戏曲的表达手段，皆是在戏曲的演述框架中存在的，目的是叙述故事。所以，就戏曲的生成而言，戏曲的孕育有赖于故事因素的具备，戏曲的形成有赖于叙事宗旨的确立，戏曲的成熟有赖于叙事能力的发展。考察唐戏弄的表演形态，多为即兴的调笑或歌舞，即使有故事因素，其表演也不是以故事表述为目的，而只是以故事为背景的咏唱或戏弄，这与咏史诗处理故事的思维和方式精神相通。在这种情况下，这些戏弄应该先转变其调笑、歌舞的宗旨，而确立叙事的宗旨，才能踏上形成真正戏曲的道路。因此，在戏曲生成的过程中，叙事宗旨是一个非常重要的因素，它的出现是一个非常关键的环节。但对于唐戏弄和宋初杂剧来说，要演述故事，其本身并不具备这种能力，此前的那些包含戏剧因素的伎艺也没有可供借鉴的经验。结合唐宋之际杂剧发展的文化环境，杂剧中叙事宗旨的出现，叙事能力的发展，乃得益于当时叙事性"说话"伎艺的影响和促进。

当唐戏弄、宋杂剧专注即兴调笑或歌舞而故事性非常稚弱之时，唐宋叙事性"说话"在叙事能力方面已相当成熟，二者在长期同生共长的过程中，这一差异性的存在使得"说话"伎艺对唐戏弄、宋杂剧的影响

---

① 王国维：《王国维戏曲论文集》，中国戏剧出版社，1984年，第163页。
② 王国维：《宋元戏曲史》，上海古籍出版社，1998年，第32页。
③ 周贻白：《中国戏剧发展史纲要》，上海古籍出版社，1979年，第7页。

成为必然。比如宋代的"小说"、"讲史"就对宋金杂剧的发展起到了显著的推动作用,王国维即指出:"宋之滑稽戏,虽托故事以讽时事;然不以演事实为主,而以所含之意义为主。至其变为演事实之戏剧,则当时之小说,实有力焉。"① 考察现知宋金杂剧名目,有故事因素者大多取材于小说故事,而元杂剧取材小说故事者更为普遍、繁富,这表明从唐戏弄到宋金元杂剧,取材小说故事的现象有一个从无到有、由少到多的过程,这是二者关系早期形态的主流。至于文言小说对戏曲的影响,明代胡应麟谈到当时人们为何称戏曲为"传奇",就推测是因为戏曲的故事多取材于唐传奇,故而用"传奇"之名为其戏曲创作张本。这种认识指出了戏曲取材小说的事实,以及小说在戏曲生成过程中的促进之力。纵观二者关系的发展史,小说在故事题材方面对戏曲的影响和促进,是二者关系形态的一个主流,甚至形成了一个传统。清初李渔所提出的"稗官为传奇蓝本"之说,即是对戏曲取材小说这一传统所作的一个精练总结。而清末时期知识界普遍把戏曲归属小说类群,称名为"韵文小说"、"曲本小说"的现象,则是这个传统在小说观念上的反映。戏曲取材小说的现象是二者关系最显著的表现形态,明清以来的许多学者在谈论戏曲的故事题材时喜欢溯源至小说的做法,即是这一现象的一个反映。

伴随着戏曲取材小说的传统形成,二者关系的另一个重要形态也出现了。

宋金杂剧所取用的小说故事毕竟不是生活原生态的素材,而是具有了一定结构和形式的故事,它蕴含了小说相当成熟的叙事思维、叙事结构和表述方式。那么,戏曲在大量取用小说故事的过程中,小说故事所承载、蕴含的观念、品格和形态,也必然会潜移默化地影响、渗透到戏曲之中,其中即包括具体的题材、情节和结构,以及叙事的手法、思维和观念。由此,戏曲在接受小说的故事题材时,小说的叙述体制就必然潜相地影响或内化于戏曲的演述体制中。故而戏曲叙事所表现出的形

---

① 王国维:《宋元戏曲史》,上海古籍出版社,1998年,第28页。

态、思维和趣味，才会依循带有小说的传统。如此一来，后来成熟的戏曲才会表现出与话本小说、章回小说相同或相似的结构形态、话语体制，而不只是小说的故事促使宋杂剧"变为演事实之戏剧"。正因为戏曲的叙述性结构模式，才有其情节结构上的幅度广而密度松，才有其叙事时空的自由操作——时间的长短，空间的变换，只凭叙述的需要，并没有规定的限制。正因为戏曲的叙述性话语模式，脚色可以面向观众进行直接的接触、交流，可以面向观众进行大段的静止性描述、抒情，而不必依靠人物的戏剧性对话来展示情节。这说明小说的叙事体制、叙事思维对戏曲有着相当深刻的影响和渗透，正因如此，杨绛、汪曾祺指出中国戏曲是"小说式的戏剧"；也正因如此，李渔所提出的"稗官为传奇蓝本"之说，不止包含着故事题材的"蓝本"，还包含着叙事方式的"蓝本"。

而戏曲的叙事思维、叙事能力之所以与小说密切相关，就在于二者早期处于伎艺形态时的亲缘关系。我们不能忽视戏曲的伎艺性，也不能忽视白话小说所遗存的伎艺性特征。梳理中国文艺品类中具备叙事因素和能力者，有史传文学、文言小说、讲唱文学，还有唐宋元时期的叙事性"说话"伎艺。当然，叙事能力的锻炼在史传文学中已相当成熟，但戏曲的叙事能力与史传文学的关系不大，至少不是直接的关系，而是与叙事性"说话"伎艺有着更为亲缘的关系。在宋前，本土生成的说唱伎艺并不能明确归类于小说或戏弄，因为它兼有二者的品性和素质，或可说戏弄、杂剧和叙事性"说话"的一些重要素质皆是来源于此。它所表现出来的品性不是文学性，而是伎艺性。所谓的"俳优小说"、"市人小说"、"俳谐杂说"都是伎艺性的说唱，并且不以故事表述为宗旨，而只是短小即兴、戏谑调笑的语言表演[1]。比如三国时魏将吴质于宴会上招

---

[1] 按照现代文体观念，小说是一种散文体叙事文学，它所要表现的一切都凭借单一的语言文字完成形象的艺术创造。比如英国福斯特《小说面面观》中说："小说是用散文写成的某种长度的虚构故事。"（苏炳文译，花城出版社，1984年，第3页。）这是西方小说观念的经典表述。但这种小说界定并不符合中国古代的小说观念和小说形态。中国古代的"小说"概念涵盖宽泛，成员芜杂混乱，且不连贯统一，有着复杂的变化过程。

俳优的"说肥瘦",《启颜录》所记侯白等人的"谈戏弄",唐玄宗时名优黄幡绰对两院歌人形貌的嘲调,两宋时瓦舍艺人的"合生"、"商谜"、"说诨话"等伎艺,以及元末夏廷芝《青楼记》所记女优时小童擅长的"调话",皆属于这种形态的语言表演伎艺。它们是古代说唱伎艺的一个支系,也是宋金杂剧所要汲取的艺术营养。但是,唐人元稹《酬翰林白学士代书一百韵》自注所提及的"一枝花话"①,以及敦煌遗书中众多讲述世俗故事的变文,已明显是以表述一个长大故事为宗旨的讲唱表演,这表明唐时已出现了以叙述长大故事为宗旨的讲唱伎艺。据此而言,唐代的"说话"伎艺既有调笑式的,也有故事式的,后者在叙事能力方面已经有了长足的发展。

在唐宋时期的通俗文艺中,与话本小说密切相关的"说话"伎艺在叙事上的追求和实绩,一直引领着通俗文艺的故事题材和叙事能力的发展。这对于同源于俳优伎艺、以调笑歌舞为宗旨的戏弄有着直接的启发、范导作用。所以,叙事宗旨在宋金杂剧中的出现和确立,与叙事性"说话"伎艺的启发、促动有着密切的关系;当宋金杂剧出现了以叙事为宗旨的表演时,它所需要的故事题材也自然会取自于这些叙事性"说话"及其文本形态的话本小说。宋金杂剧名目中以叙事为宗旨者多取材于小说故事,就是这一关系轨迹的反映。这一关系形态在随后的确立、强化过程中渐趋形成了戏曲取材小说的传统,即戏曲取材小说故事以敷演成戏,这个传统被李渔总结为"稗官为传奇蓝本"。

由此可见,小说与戏曲在早期伎艺阶段基于混融形态而形成的亲缘关系,在后来的二者关系流变中留下了深刻的记忆。在二者关系史上,这一亲缘关系所形成的趋同性素质为二者关系的发展提供了基础,指出了方向;二者间诸多关系现象的生成、关系形态的演变皆是由二者所具有的各种伎艺性、文学性、叙事性素质交融派生而来的。比如杨绛、汪曾祺认为中国戏曲的结构"像水",是"小说式的",是"史诗的结构",

---

① 元稹《酬翰林白学士代书一百韵》在"翰墨题名尽,光阴听话移"句下自注曰:"乐天每与予游从,无不书名屋壁,又尝于新昌宅,说一枝花话,自寅至巳,犹未毕词也。"参见《全唐诗》卷四〇五,中华书局,1960年,第4520页。

就是以叙事性为着眼点而对戏曲结构特性的认识。

需要强调的是，小说戏曲关系史的研究，不只是二者异同的比较研究，不只是故事情节、人物形象、形式体制的影响分析，而且要通过小说中的戏曲因素和戏曲中的小说因素，来探究二者关系对于各自生成、发展的影响之力和促进之功，并着眼于二者关系的演变脉流来辨析、认识小说与戏曲各自的艺术品性、形态特征和发展演变。

三、二者关系的演变

小说与戏曲基于文本形态而表现出的亲缘关系，与二者所经由的口头阶段的伎艺形态有着密切的关联。二者从伎艺形态到书面形态、从口头阶段到书写阶段的发展过程中，由于故事叙述、表达方式等方面发展的差异与不平衡，比如叙事宗旨在二者演述形态中的出现时间前后有别，叙事能力在二者演述形态中的发展程度各不相同，使得二者关系呈现出四种形态：混融形态、影响形态、模拟形态、利用形态。这是对各个时期二者关系的主流形态的勾勒，它们的承接与更替构成了二者关系的演变脉线，而在这条脉线上聚集的许多大大小小的关系现象，则成为这条脉线上形态各异的环节和节点。

宋前俳优伎艺有扮演，有讲说，以调笑戏谑为宗旨，三国时曹植面对邯郸淳讲诵的"俳优小说"，隋时侯白与杨素的"谈戏弄"皆如此，乃是一种逞才显智的娱乐性语言表演伎艺。它作为一种源于俳优伎艺的形态，与滑稽调笑的参军戏有着相同的品性，皆不以故事叙述为目的，即使含有故事因素，亦意不在故事本身，而是要借故事表达自己的情绪和意志，缘事而发，意在讽喻，有寓言的性质。这类伎艺一般被视为宋元"说话"伎艺的渊源，与其他各种伎艺共同混杂于百戏、杂戏、杂剧中，在性质和形态上表现出一种混融状态，戏谑调笑，短小即兴，缘事而发，感事而兴。然而"一枝花话"和敦煌变文则表明"说话"伎艺在唐时已出现了新的一脉，它不以戏谑调笑为目的，而以讲说故事为宗旨。也就是说，混杂于百戏中的"说话"伎艺有一支出现了表演宗旨的变化。需要说明的是,"说话"伎艺中以叙述故事为表演宗旨的一脉出现后,原有的以戏谑调笑为表演宗旨的一脉在很长时期内仍然存在,只是由于叙事性"说话"的渐趋繁兴而显得光芒衰微而已。

与"说话"伎艺出现新变不同,唐时的戏弄并未在性质和形态上出现本质的变化。唐戏弄虽然也有故事因素,但并不以呈现故事为表演目的,而只是以故事为背景进行咏唱或嘲调,歌舞戏、滑稽戏皆是如此,其方式是感事而兴,缘事而发,这与叙事性"说话"伎艺在处理故事的思维、方式上正如咏事与叙事的区别。这种情况到了宋金杂剧阶段出现了变化。根据《武林旧事》卷一〇所列"官本杂剧段数"和《南村辍耕录》卷二五所列"院本名目",宋金杂剧的现存名目有三大类:一是以故事叙述为宗旨,二是以戏谑调笑为宗旨,三是以歌舞表演为宗旨。而且以故事叙述为宗旨的名目呈增多趋势,这说明叙事宗旨在宋金杂剧中有一个从无到有的生长、确立过程,而宋金杂剧的叙事一脉也有一个由弱而强的发展、壮大过程。

那么,宋金杂剧叙事宗旨的出现缘于何种影响或启发,它在叙事一脉的能力发展又得益于何处?

考察现知宋金杂剧名目中以故事叙述为宗旨者,其故事题材多与"说话"伎艺类同,这说明宋金杂剧中叙事宗旨的出现,叙事能力的发展乃得益于当时的"说话"伎艺,并因而在叙事宗旨一脉的发展路途上不断向叙事性"说话"伎艺取鉴,包括故事题材和演述体制。同时,宋金杂剧又以叙事宗旨为基础聚合了多种伎艺的手段和因素,以应合长大故事和复杂情节的表述需要,因而其演述体制由松散组合到紧密融合,渐趋形成了元杂剧独特的演述体制。正因如此,元杂剧在故事题材和演述体制方面皆遗留有许多小说因素,比如杂剧脚色虽以剧中人物形象的面貌出现,却要面对观众进行大量的叙述;脚色虽有模拟性的动作表现,却要配以叙述性话语来辅助说明。元杂剧是宋金杂剧在叙事宗旨的发展方向上不断汇聚瓦舍众伎并加以融合而成的戏曲样式。然而,当各种戏剧性因素还未融汇成完善的杂剧形式时,在瓦舍环境中成长起来的"小说"、"讲史"伎艺就已显现出成熟的形态,在叙事的思维、体制、观念、手法等方面，都要比宋金杂剧成熟、发达。在这种情况下，宋金杂剧要在表述故事的方向上发展，就必然会受到小说的故事题材和叙事能力的影响。正是得益于小说的故事题材和叙事能力的滋养、促进，宋金杂剧的叙事能力才会不断地进步，从而具备了表述长大完整故事的演述体制，并且渐以孕育出文学品格，由伎艺性向文学性演化。这是唐宋以来杂剧演进过程中小说长期滋养、促进的结果，是宋元时期小说与戏曲关系发展的总结性体现。

对于宋金杂剧发展进程中小说的促进之力，学者们多有论说，王国维即认为宋杂剧能变为"演事实之戏剧"，当时的"小说"有力其间；胡忌则认为："只要看到宋杂剧与话本的联系，则宋元以来戏剧的发展事（除声乐外）自可大体求得解决。"① 在这个问题上，虽然不能过分夸大小说的影响之力，但小说在元杂剧生成、发展过程中确实存在着不可或缺的促进作用。

由此可以说，元杂剧是小说与戏曲关系发展史上的一大环节，既体现了二者关系发展的阶段性总结，又以其新质拓展了二者关系发展的脉流。一方面，元杂剧是宋元时期小说与戏曲关系发展的总结性体现，其文本留存的小说因素和小说思维，并不是小说对元杂剧即时的、直接的影响，而是唐宋以来杂剧演进过程中小说长期滋养、促进的结果。另一方面，随着元杂剧的艺术演进和广泛传播，它的成就和特色在社会文化和文学艺术上的影响渐深渐广，吸引了包括小说在内的其他文艺品类的注意，比如清初的弹词《梅花梦》即声称主动模仿戏曲体制，明清时期的小说评点也借用戏曲的观念和术语，由此而形成了一种借鉴戏曲艺术的文化氛围。在此文化氛围中，戏曲的艺术演进和广泛传播吸引了小说的取鉴目光，而小说自身发展进程中求新求变的内在需求也促使它开始借鉴戏曲的优长。在这两个基本的促动力的作用下，明清时期出现了小说主动利用、模拟戏曲的关系现象。

以《水浒传》、《三国志演义》、《西游记》为代表的世代累积型小说

---

① 胡忌：《宋金杂剧考》，古典文学出版社，1957年，第74页。

遗留有许多戏曲影响的痕迹，既有故事题材方面的因素，也有演述体制方面的因素。就戏曲因素进入小说的方式来看，或是小说故事在某个累积阶段汇入的结果，或是小说编写者在最后编定时引入的结果。就戏曲因素的内容来看，这些小说在世代累积的过程中，除了吸纳、整合了同一故事系统戏曲的开拓成果，也汇入、融合了不少非同一故事系统戏曲的开拓成果。比如《水浒传》第四十五回描述和尚们在潘巧云祭奠前夫的法事上的迷乱狂态一段，即来自王实甫《西厢记》杂剧对僧人目睹莺莺美貌后疯癫之态的描述文字。这是水浒故事对非水浒戏曲的情节模拟。相对于这种非同一故事系统的戏曲汇入，同一故事系统的戏曲对小说的孕育、促进之功更为显著。在累积型小说的漫长成书过程中，戏曲根据小说故事的改编、发挥，或是起到了累积的作用，或是起到了拓展的作用。当然，有些戏曲对于小说故事的开掘、发挥过度偏离了小说故事原来的主题和趣味，因而未能融入到这个小说的故事系统中。比如元人水浒戏有很多情节并未被采入到最后编定的《水浒传》中，就是因为它们过度偏离了小说故事系统所形成的固定的人物体系和主旨倾向。但是，大量的水浒戏编撰和传播，在社会文化中形成了一种关注气氛，客观上促进了水浒故事的发展，进而促进了《水浒传》的累积成书。另外，在这些累积型小说的成书过程中，戏曲因素的汇入不止表现在故事题材方面，还表现在演述体制方面——戏曲独特的演述体制也渐渐渗入到小说的叙述体制中，比如《西游记》小说中人物出场的自我介绍，就有戏曲人物上场自报家门的格式。总之，这三部世代累积型小说所表现出的小说利用、模拟戏曲的现象，是元杂剧之后小说戏曲关系的又一次阶段性总结，是小说戏曲关系发展脉络上的三个节点。

世代累积型小说所表现出的戏曲影响痕迹乃缘于其累积过程中戏曲因素的被动汇入，而在那些个人独创的小说中则出现了主动、有意地利用或模拟戏曲的现象。这种利用或模拟戏曲的主动性、有意性，是指小说在一个新创故事的框架中按情节建构、人物刻画、主题表达、审美趣味的需要来选择、改造戏曲材料，使之成为小说叙述建构的有机组成部分，比如小说在情节叙述中，利用戏曲的人物、情节、曲词来表情达意、揭示主旨、推动情节发展。这种关系现象较早地在《金瓶梅词话》中得到了集中、系统的体现,它所表现出的利用戏曲的思路与手法,是在继承《水浒传》相关思路的基础上作了进一步的发扬光大、开拓创新。当然,《金》在利用戏曲的思路、方式上作出开创性贡献的同时,也不可避免地带有一些草创期的缺陷,由此在具体的写作实践中表现出一些过渡性特征,比如引入的戏曲材料过于繁冗,取用的戏曲材料剪裁不精,利用的戏曲格式过于突兀,而且有些戏曲材料与小说的趣味不协,格调不合,这就造成了小说叙述上的生硬感、阻塞感、累赘感和剥离感。但这些缺陷在《红楼梦》利用戏曲的写作实践中得到了很好的改善。《红楼梦》所表现出的利用戏曲的思路和方式乃承《金》而来,且与小说整体的叙述更为融合,它没有《金瓶梅词话》中那种大段的抄引,而是在对戏曲材料进行合目的性的改造后与小说的情节叙述、结构安排、主旨表达取得了更为紧密的融合,所以在情节叙述与趣味格调方面皆无阻塞、累赘或剥离之感。这是自《金瓶梅词话》在利用戏曲的思路和方式上进行大力开拓之后,最为优秀的继承和发扬,由此树立起小说利用戏曲这一艺术实践的一个标高,同时也体现了《金》在利用戏曲这一创作实践上承前启后的开拓贡献和桥梁作用。

  小说编创在汇入或吸纳戏曲故事材料方面不断深化的过程中,也逐渐看到了戏曲体制因素的特点和优势。于是,小说由利用或模拟戏曲的题材、人物、情节,渐趋扩展到对戏曲体制因素的取鉴。《金瓶梅词话》、《儒林外史》、《红楼梦》等小说在利用、模拟戏曲情节的同时,也注意利用、模拟戏曲的演述体制,如元杂剧的楔子、传奇戏曲的家门、戏曲人物的上场格式,这有效地丰富了小说的艺术表现手法,也拓展了小说与戏曲的关系形态。在此过程中,小说由模拟戏曲演述体制的格式因素,渐而出现了对剧本形制特征的模拟,呈现出由内质到外形的扩展态势,而小说叙述对戏曲格式的使用方式也逐渐由突兀、生硬变得更为融合、自然。这种利用或模拟戏曲体制因素的思路,体现了明清小说在发展进程中求新求异的审美倾向,从故事题材方面的求新求异,扩展到形式体制方面的求新求异,这也是对"无声戏"小说观念的呼应与实践。当然，许多小说在模拟戏曲体制因素时并未能在叙述建构中有效地熔铸戏曲格式，由此造成了戏曲格式在小说叙述中显得生硬、突兀，在情节与趣味上有剥离之感。比如《说呼全传》、《章台柳》、《锦绣衣》，它们或是简单地套用戏曲格式，在叙述中生硬地出现唱腔曲文，把情节叙述直接说成戏曲表演的展开；或是以戏曲文本为基础简单地删除曲腔韵文而连缀宾白以成小说，根本未对戏曲格式进行有效的消化和改造。这种模拟戏曲体制因素的方式是对当时"无声戏"小说观念的表面化理解，是"无声戏"观念下小说对戏曲体制因素的简单化模拟，也是小说狠求新奇的审美趣味在体制上的粗砺化表现。但无论如何，小说对于戏曲题材、体制的借鉴与利用，在小说自身的变革过程中起到了有益的促进作用。明清白话小说正是经过了包括戏曲在内的诸多文艺样式隐显不同、程度不一的滋养和促进，才进一步走向成熟和繁荣的。

需要说明的是，明清时期小说取鉴戏曲体制因素的关系现象，是小说戏曲关系史上出现的新变，而元杂剧所体现的小说影响戏曲的关系形态在明清时期一直存在，它所形成的二者关系脉流从未中断，并且一直强劲地涌动着、搏动着，最明显的表现就是戏曲取材小说这个传统一直得到了明清戏曲创作实践的遵循和维护，李渔的"稗官为传奇蓝本"之论即是对这一关系现象的精练总结。这一总结不但针对戏曲的故事题材，也针对戏曲的演述体制。纵览小说戏曲关系史，小说的发展进步，一直引领着戏曲的故事题材、叙事思维和叙事能力的发展；戏曲在创作观念、演述体制、艺术手法、叙事技巧等方面皆遗存有深刻的小说影响踪迹，体现出小说的促进之力与滋养之功，故杨绛有"小说式戏剧"之论。而且从明清时期小说与戏曲的整体关系来看，小说影响戏曲这条脉线仍是二者关系发展的主流；近代时期许多学者把戏曲归属小说范畴的观念，以及称名戏曲为"曲本小说"、"韵文小说"、"传奇体小说"、"诗歌体小说"的现象，即是这一主流的反映。

根据上面所勾勒的二者关系的演变脉络来看，二者关系的演变可划出四种形态：伎艺层面的混融、叙事层面的渗透、编创层面的利用、观念层面的融通。

（一）伎艺层面的混融。俳优小说、戏弄混融于杂戏伎艺中，遵循着咏事思维，以戏谑调笑为务，形态短小即兴。混融关系是小说与戏曲早期的关系形态，体现了二者关系史的初始阶段，同时也体现了二者亲缘关系生成、发展的基础和渊源。

（二）叙事层面的渗透。叙事宗旨在"说话"伎艺中的出现促成了二者关系的新变。"说话"伎艺在叙事一脉的发展、繁兴，对于以调笑、咏事为务的戏弄有着直接的启发、促进作用。宋金杂剧承唐戏弄之绪，渐趋出现了表演宗旨的变化，即在戏谑调笑、歌舞娱乐的表演宗旨之外出现了以叙述故事为表演宗旨的剧目。叙事宗旨在宋金杂剧中的出现，对于中国戏曲的生成具有重要意义，由此，戏曲在叙事宗旨的指向下不但大量取用小说的故事题材，也受到小说叙事的思维、体制和方式的深刻影响。

（三）编创层面的利用。戏曲在包括小说在内的多种文艺样式的促进下，形成了自己独特的演述体制、审美趣味和艺术品格。戏曲的艺术进步和广泛传播，不但获得了广泛的民众基础和社会认知度，也吸引了小说的取鉴目光，再加上小说自身发展进程中求新求变的内在需求也促使它开始注意借鉴戏曲的优长，于是，明清时期的小说编创中就出现了利用、模拟戏曲情节和体制的现象。当然，二者关系的这一新变并未能削弱、遮蔽宋元以来二者关系形态的主流，小说仍对戏曲有着强劲、深刻的影响力。

（四）观念层面的融通。在小说与戏曲长期互渗互动的过程中，相关的现象、传统或习惯渐趋凝结成理论总结，沉淀在小说、戏曲的观念中。比如文体概念方面，"传奇"在文体意义上可指唐人短篇小说、元人杂剧和明清长篇戏文，其间即有着观念上的因应和强调；而清末小说类群涵盖戏曲，则既有传统"小说"概念宽泛这一血缘禀性的支撑，也有危难时局期待戏曲发挥启蒙救亡利器之用的促动。又如文学现象方面，李渔提出的"稗官为传奇蓝本"，是对戏曲取材小说这个传统的精练总结，而"无声戏"则指出了明清小说叙事构思、情节布局的"求戏"原则。这些原则和观念既是对小说戏曲发展进程中二者关系现象的总体把握和理论总结，也在后之小说、戏曲创作实践中不断得到呼应与确认。

上述所析小说戏曲关系的演变脉络，涉及各个时期主流的关系形态和典型的关系现象。需要注意的是，二者关系所呈现的混融、影响、模拟和利用四种形态并非仅存于某个特定时段，我们以此四种关系形态的承接与更替来勾勒二者关系的演变脉络，是想突出一个时期新出现的代表性、主流性关系形态，以冀更好地描述二者关系的演变状况，认识二者关系的发展脉络，但并不意味着前一阶段出现的关系现象、关系形态在后一阶段会消失。另需说明的是，在二者关系演变的这条脉线上，并非小说的全部作品、全部素质都与戏曲有关系，或者戏曲的全部作品、全部素质都与小说有关系，而且二者间所存在的关系在不同时期、不同状态也有主次、轻重、疏密、隐显之分。因此，考察二者的关系史，并非要对二者作简单的异同比较或题材溯源，而是要把握二者在生成、发展各自艺术品性和体制特征的过程中彼此启发、促进、借鉴的关系，探讨二者关系的存在对于二者从伎艺形态到书面形态的影响状况，理析二者关系从口头阶段到书写阶段的演变脉络。

总之，小说与戏曲的关系，从发展看，同源异流，相互影响；从形态看，同源异质，相互渗透。二者彼此依持，互通互融。为了呈现二者关系史的演变脉络，一是要在历史发展的脉流中梳理二者关系的演变，二是要在具体发展时期把握二者关系的表现，三是要针对二者具体的趋同性特征探析二者关系的基础。这三个方面的考察构成了二者关系史研究的主要内容，也蕴含了二者关系史的研究架构和论述思路，即在二者关系的演变中理线索，在二者关系的表现中抓现象，在二者关系的基础上探缘由，简而言之，就是要理线索，抓现象，探缘由。本书希望通过小说戏曲关系史的研究，能够展示出二者同源异质、互通互融的关系形态，同源异流、相互影响的关系脉络，以及这一关系脉络上聚集的相关问题和现象，以冀有助于深入认识小说与戏曲各自的艺术品性、形态特征和发展演变。

第一编　伎艺层面的混融

第一章

宋前俳优小说与戏弄的混融性状态

宋前有丰富多样的戏弄，但它们不是成熟完备的戏曲形态①，因为这些戏弄所表现出的形态和性质与后世歌舞演述故事的戏曲标准相差甚远，只能算是中国戏曲的一些构成因素，或脚色，或扮演，或歌舞，然而各项因素并未融合为成熟的戏曲形态。但是这些"戏弄"的发展为戏曲的生成锻炼、准备了各种单方面的成分，而且也进行了初步的融合，不同程度地生成了趋向进步的戏剧因素。

相对于宋前戏弄的不完备，宋前小说的发展状况要好得多。唐代不但有文言的古体小说，也有白话的通俗小说。不但有材料证明唐时"说话"伎艺的存在和兴盛，而且还有作为"说话"伎艺的文本记录——敦煌话本。而唐代文言小说更为丰富，其中成一代之奇的唐人传奇小说还被视为中国古典小说文体独立的标志。但由于渊源、形态、性质和特征的不同，此二者与戏弄的关系各自不同，需要分别考察、理析。作为文人创作的唐传奇与作为俳优伎艺的戏弄并无明显的关系，而同为俳优伎艺的"说话"则与戏弄有着更为亲缘的关系。这种"说话"伎艺在宋前的形态颇为复杂，既有与话本小说相关的故事讲唱，也有与戏弄相关的戏谑嘲调。这说明"说话"伎艺并非单纯地以讲说故事的形态出现，而是还存在着戏谑嘲调的形态，比如俳优小说，它与戏弄在形态、性质方

---

① 学界普遍不认同唐时有成熟完备的戏曲形态，文学史述、戏曲史述也一般不列述唐戏，或因它不足称戏剧而忽略，或因它无材料证实而搁置。虽然任半塘以丰富的材料考述、证明唐时确有成熟完备之戏剧，但仍称之为"戏弄"，原因就是它与后来成熟完备的戏曲形态仍有相当距离。

面相近,被共同纳入"杂剧"名下,混杂于百戏之中;甚至一度没有独立的形态,只是作为俳优的一项艺能而混融于俳优伎艺中。俳优小说与戏弄所存在的这种混融形态,即是小说与戏曲关系的开始。

一、同属于俳优的一项艺能

宋前的小说有两大系统,二者有各自的渊源、观念、形态和性质。一是归于杂史杂传的古体小说,它源出于史传,性质上是史之余、史之补的杂记,故有杂史、杂传之称;形态上是文言的丛残小语,故有"小说"之称。二是归于"百戏"、"杂戏"的俳优小说,它源出于俳优伎艺,与后世的"说话"伎艺密切有关,性质上是戏谑调笑,形态上是短小即兴,故有"俳优小说"之称,时人归类于"杂戏"、"谐戏",唐时所谓"人间小说"、"市人小说"亦与之密切相关。俳优小说的这一性质和形态正表现出它与戏弄的混融关系,而这一混融关系也是造成它具有这一性质和形态的重要原因。

唐前的俳优小说和戏弄皆属俳优伎艺,俳优是其品性,伎艺是其类型,但二者并无体式上的独立,只是作为俳优的一项艺能而混融于俳优伎艺中。我们现在以不同称名对二者强作分别,是基于它们被视为后世不同伎艺类别的渊源,然就当时作为俳优艺能而言,二者在伎艺形态方面并无体式上的区别,也不能独立于其它俳优艺能之外。

北齐高祖时(496—547)名优石动筩有一段针对儒教经义的戏谑调笑表演:

> 动筩又尝于国学中看博士论难,云:"孔子弟子达者有七十二人。"动筩因问曰:"达者七十二人,几人已着冠?几人未着冠?"博士曰:"经传无文。"动筩曰:"先生读书,岂合不解?孔子弟子已着冠有三十人,未着冠者有四十二人。"博士曰:"据何文以知之?"动筩曰:"《论语》云'冠者五六人',五六三十也;'童子六

七人',六七四十二也,岂非七十二人?"坐中皆大悦。博士无以应对。①

唐懿宗咸通年间(860—873)优人李可及在懿宗诞辰延庆节上也有一段类似的戏谑调笑表演:

> 咸通中,优人李可及者,滑稽谐戏,独出辈流,虽不能托讽匡正,然巧智敏捷,亦不可多得。尝因延庆节缁黄讲论毕,次及倡优为戏。可及乃儒服险巾,褒衣博带,摄齐以升崇座,自称三教论衡。其隅坐者问曰:"既言博通三教,释迦如来是何人?"对曰:"是妇人。"问者惊曰:"何也?"对曰:"《金刚经》云:'敷座而坐。'或非妇人,何烦夫座然后儿坐也。"上为之启齿。又问曰:"太上老君何人也?"对曰:"亦妇人也。"问者益所不喻。乃曰:"《道德经》云:'吾有大患,是吾有身。及吾无身,吾复何患?'倘非妇人,何患乎有娠乎?"上大悦。又曰:"文宣王何人也?"对曰:"妇人也。"问者曰:"何以知之?"对曰:"《论语》云:'沽之哉!沽之哉!我待价者也。'向非妇人,待嫁奚为?"上意极欢,宠锡甚厚。翌日,授环卫之员外职。②

上面材料记述了两个不同时代的优人以经义论难形式进行的戏谑表演。唐时流行的三教论难,乃是魏晋以来儒、释、道三教之间相互辩难、阐发义理的讲经宣教活动。《周书》记武帝于建德元年(572年)春,"幸玄都观,亲御法座讲说,公卿道俗论难,事毕还宫";又于建德二年(573年)十二月,"集群臣及沙门、道士等,帝升高座,辨释三教

---

① 侯白著,曹林娣、李泉辑注:《启颜录》,上海古籍出版社,1990年,第4页。另《太平广记》卷二四七亦收此条,文字略有不同。
② 高彦休:《唐阙史》卷下"李可及戏三教"条,《丛书集成初编》,商务印书馆,1936年,第2839册,第25页。

先后，以儒教为先，道教为次，佛教为后"①。这种严肃的学术活动在唐时更为成熟，唐贞元十二年（796年）四月"德宗诞日，三教讲论。儒者第一赵需，第二许孟容，第三韦渠牟，与僧覃延嘲谑，因此承恩也"②，其中韦渠牟因"枝词游说，捷口水注"而让德宗意动，数日后即转升为秘书郎③。由此看，这种三教论难的活动虽然有强烈的讲经宣教目的，但其表现的讲究捷口论辩的技巧和讥讽嘲谑的趣味，已有明显的伎艺化倾向。这种嘲谑趣味的论辩被俳优取用，三教论难活动就不再以辩明经义为宗旨，而成为俳优借经义嘲弄戏乐的框架，于是出现了三教论难形式的戏谑性俳优伎艺，唐写本《启颜录》专列"论难"一目，收录不少此类材料，而上文所述名优石动筩、李可及的调笑戏谑表演即是这种论难形式的俳优伎艺。

这两段表演的形态略有不同，李可及表演有妆扮，而石动筩表演则无，由此，二者一般被视为不同的伎艺形态，一为戏弄，一为俳优小说。其实，李可及的妆扮是附着于论难形式的，其主体与石动筩的表演无二，皆是以言语论辩的形式针对经文教义的戏谑调笑，这是俳优的一项艺能。具体而言，这种俳优伎艺的内容是对经文教义的嘲调，方式是语言的抗辩，目的是戏谑调笑，妆扮动作的有无视主人要求和情境需要。扩而言之，当时的戏弄和俳优小说皆是这种性质，需按当时情境的要求针对对方的某一方面进行戏谑调笑，无妆扮者多体现出语言上的戏谑嘲调，有妆扮者多体现出动作上的戏谑嘲调，上面石动筩、李可及的表演各体现了这两项俳优艺能，而这两项艺能也各有其承传流脉。

俳优以语言戏谑嘲调的伎艺比较典型者是"说肥瘦"。《三国志》卷二一注引《吴质别传》曰：

> 质黄初五年朝京师，诏上将军及特进以下皆会质所，大官给供

---

① 《周书》卷五《武帝纪上》，中华书局，1971年，第79、83页。
② 王谠著，周勋初校证：《唐语林校证》卷六，中华书局，2008年，第520页。
③ 《旧唐书》卷一三五《韦渠牟传》，中华书局，1975年，第3728页。

具。酒酣，质欲尽欢。时上将军曹真性肥，中领军朱铄性瘦，质召优，使说肥瘦。真负贵，耻见戏，怒谓质曰："卿欲以部曲将遇我邪？"①

这段三国时期的俳优"说肥瘦"表演被视为后世"说话"伎艺的渊源之一，但它明显不是以讲说故事为宗旨的表演，而是按宴席主人吴质的要求，针对曹真、朱铄体貌特征所作的即兴戏谑调笑，其宗旨是嘲弄，所以曹真"耻见戏"。这类针对场上人物的体貌特征即兴嘲弄戏乐的表演是俳优的重要艺能，宋前颇为流行，唐玄宗时期的名优黄幡绰即擅长此伎。

> 凡楼下两院进杂妇女，上必召内人姊妹入内赐食，因谓之曰："今日娘子不须唱歌，且饶姊妹并两院妇女。"于是，内妓与两院歌人更代上舞台唱歌。内妓歌，则黄幡绰赞扬之；两院人歌，则幡绰辄訾诟之：有肥大年长者即呼为"屈突干阿姑"，貌稍胡者即云"康太宾阿妹"，随类名之，僄弄百端。②
>
> 安西牙将刘文树，口辩，善奏对，上每嘉之。文树髭生颔下，貌类猿猴。上令黄幡绰嘲之。文树切恶猿猴之号，乃密赂幡绰，祈不言之。幡绰许而进嘲曰："可怜好文树，髭须共颏颐别住。文树面孔不似猢狲，猢狲面孔强似文树。"上知其赂遗，大笑之。③

黄幡绰以两院歌人、刘文树的相貌特征嘲弄调笑，以为戏乐。"僄弄百端"，就是指黄幡绰拿两院歌人极尽嬉笑嘲弄以为娱乐，而唐明皇令黄幡绰以刘文树的猿猴相貌嘲弄，也是为了戏乐。俳优的这类嘲调艺能主要以语言戏谑为主，或许还有声容动作的模仿扮演，但皆与"说肥

---

① 陈寿撰，裴松之注：《三国志》卷二一，岳麓书社，1990年，第490页。
② 崔令钦：《教坊记》，载《中国古典戏曲论著集成》，中国戏剧出版社，1959年，第1册，第12页。
③ 郑棨：《开天传信记》，载《唐五代笔记小说大观》，上海古籍出版社，2000年，第1230页。

瘦"一样是俳优在一定情境中针对某一对象的相貌特征而进行的即兴戏谑嘲弄。这项艺能的宗旨不是讲说故事，而是戏谑嘲调。

当然，这项俳优艺能并不一定要以嘲人相貌的方式来戏乐，对方的任何方面皆可作为嘲弄的对象，如上文所列名优石动筩、李可及的戏谑嘲调，即是以论难形式针对经文教义的嘲戏，这在唐写本《启颜录》"论难"目下多有列述，称为"剧问"、"相戏弄"，如第二条记有一法师先立"无一无二无是无非义"，在一番戏谑式的论难后，石动筩乃对其曰："向者剧问法师，未是好义。……"其中"剧问"二字意为戏弄问难；又第六条记："隋卢嘉言尝就寺礼拜，因入僧房，有一僧善于论议，嘉言即与之谈话，因相戏弄，此僧理屈。同座更有二僧，即助此僧酬对，往复数回，三僧并屈。"①这种论难是以戏弄嘲调为宗旨的，它讲究摘取经文教义，歪批曲解，剑走偏锋，巧发微中，以使对方理屈词穷、无法应对为务，最终达到座中嬉笑的目的。唐写本《启颜录》"论难"目下七条皆提到了座中人观看这种戏谑式论难后的大笑。而《启颜录》的"辩捷"、"嘲诮"目下所从者皆是关于双方针对对方的某一方面以言辞相互戏弄嘲调以逞显捷思巧辩的记述。这种言辞嘲调可以嘲人姓名、相貌、性格等。因为它主要以言辞相戏弄，也被称为"剧谈"、"谈戏弄"（下文详述）。

至于俳优以动作戏谑嘲调的伎艺，《三国志》所记刘备用以规劝许慈、胡潜矛盾的倡优扮演比较有代表性。

> （蜀国许慈、胡潜同为博士，掌管典籍之事，但相处不和）更相克伐，谤讟忿争，形于声色；书籍有无，不相通借，时寻楚挞，以相震撼。其矜己妒彼，乃至于此。先主愍其若斯，群僚大会，使倡家假为二子之容，效其讼阅之状，酒酣乐作，以为嬉戏。初以辞义相难，终以刀杖相屈，用感切之。②

---

① 侯白著，曹林娣、李泉辑注：《启颜录》，上海古籍出版社，1990年，第5页。
② 陈寿撰，裴松之注：《三国志》卷四二《许慈传》，岳麓书社，1990年，第810—811页。

这是刘备指使俳优针对许慈、胡潜二人矛盾事件的戏谑性表演,既有斗口嘲调(辞义相难),也有滑稽打闹(刀杖相屈)。其中的"使倡家假为二子之容"和"以刀杖相屈"说明这段俳优表演是有妆扮的动作戏弄。同类的俳优表演还有后赵石勒对周延的戏弄:

> 石勒参军周延,为馆陶令,断官绢数百匹,下狱,以八议宥之。后每大会,使俳优着介帻,黄绢单衣。优问:"汝为何官,在我辈中?"曰:"我本为馆陶令。"斗数单衣,曰:"正坐取是,故入汝辈中。"以为笑。①

这段俳优戏弄一般被认为是"参军戏"的起源,但当时只是针对周延事的戏谑嘲调,并未形成一个固定的模式。参军周延犯事,石勒使俳优妆扮,在宴会上对其调笑戏弄。这一俳优表演有特定的时事背景和戏弄对象,但其目的并非为了表述这件时事,实际上也未表述出这件时事的具体过程,而只是以这件时事为背景发为滑稽调笑,目的是嬉笑娱乐。这一性质和形态在北齐名优石动筩的一段动作戏弄中表现得更为清晰,更具代表性。

> (尉景)转冀州刺史,又大纳贿;发夫猎,死者三百人。厍狄干与景在神武坐,请作御史中尉。神武曰:"何意下求卑官。"干曰:"欲捉尉景。"神武大笑,令优者石董桶戏之。董桶剥景衣,曰:"公剥百姓,董桶何为不剥公?"神武戒景曰:"可以无贪也。"②

优人石动筩(董桶)受神武帝高欢之命,当场戏弄贪官尉景,于是石动筩"剥景衣"以嘲弄贪官尉景的盘剥百姓,简短即兴,意到而止,并不以表述出此事始末为目的。后来的参军戏、弄孔子,其性质与此相

---

① 李昉等编:《太平御览》卷五六九引《赵书》,中华书局,1960年,第2572页上。
② 李百药:《北齐书》卷一五《尉景传》,中华书局,1972年,第194页。

同，皆是以动作针对某人某事进行戏谑嘲调，具体的戏弄并不以表述故事为目的，而只是据故事发为戏谑嘲调，在此，戏弄所包含的故事因素是俳优表演的背景，而非目的。

这种在宴会上招令俳优对座中人戏谑嘲调以为嬉乐的做法在汉唐时期相当普遍，有的是针对某一对象的形貌特征进行言辞上的嘲谑，典型者如吴质招优"说肥瘦"；有是则是针对某一对象的行为事迹予以动作上的戏调，典型者如石动筩戏弄贪官尉景。然这两类在俳优的具体戏谑表演中并非截然分开，而是视当时情境混合使用。俳优以言辞戏谑嘲弄的伎艺表演主要是以语言戏谑为主，有时也会辅以声容动作的模拟嘲调，比如黄幡绰对两院歌人形貌"僄弄百端"的嘲弄。而被视为参军戏渊源的调弄参军周延的俳优表演虽有妆扮，但在言辞上的嘲弄则类于"说肥瘦"，都是在宴席上针对某一对象的形貌特征进行嘲戏调笑。

所以，无论妆扮与否，俳优的戏谑嘲调都会有动作、言辞上的戏弄成分，其中的动作、言辞、妆扮因素，都是俳优艺能的手段，俳优即以这些手段针对某一对象的形貌特征、行为事迹进行戏谑调笑；当然这些手段作为俳优的一项艺能，并不是独立于其他艺能之外的，而是相互混融在俳优伎艺之中，皆是俳优们需要掌握的艺能。北齐名优石动筩有许多言辞论难形式的戏谑调笑，也有以动作戏弄贪官尉景的扮演；唐玄宗时名优黄幡绰善弄参军[1]，也擅长言辞形式的戏谑调笑，如嘲弄两院歌人、刘文树的相貌。因此，要分清他们的戏谑嘲调是剧伎属性还是"说话"属性，并不易判明，实际上是二者的混融形态。也就是说，在具体的表演中，俳优主要是依据情境的实际和主人的需要，针对某一方面进行戏谑调笑，而需要何种手段则视情况而定，或以言辞嘲调为主，或以动作戏谑为主，至于是否妆扮，也视当时情境而定，然而各项艺能并无体式上的区分，皆混融于俳优伎艺之中。

---

[1] 段安节《乐府杂录》"俳优"条记："开元中，黄幡绰、张野狐弄参军，始自后汉馆陶令石耽。"（《中国古典戏曲论著集成》，中国戏剧出版社，1959年，第1册，第49页。）

二、同归于"俳说"、"杂剧"品类

宋前的俳优伎艺有很多名称,如俳说、俳优小说、市人小说、论难、嘲调、斫拨等,后世也以不同的名称作了归纳,如戏弄、杂剧、百戏、杂戏、说话等。但这些名称及其所关联的俳优伎艺之间并非在形态、性质上有严格的区分,它们或是同类伎艺有不同的称名,或是不同伎艺归类于同一名称。

首先,这些俳优伎艺的称名皆不是专名,而是类名,能含纳许多俳优伎艺,杂戏、百戏如此,杂剧亦如此。《乐府诗集》卷五六云:"秦汉以来,又有杂伎,其变非一,名为百戏,亦总谓之散乐。"① 《唐会要》卷三三"散乐"条记:"散乐,历代有之,其名不一,非部伍之声,俳优歌舞杂奏,总谓之百戏。"②《隋书·音乐志下》记曰:"齐武平中,有鱼龙烂漫、俳优、朱儒、山车、巨象、拔井、种瓜、杀马、剥驴等,奇怪异端,百有余物,名为百戏。"③ 可见,当时所谓"百戏"的范畴十分广泛,内容相当驳杂,它可指乐器的弹奏、歌舞的表演、动作的杂技,也包括"说肥瘦"之类的戏谑嘲调,如东汉李尤《平乐观赋》记述西汉京都洛阳城平乐观的百戏演出即有"侏儒巨人,戏谑为耦"④,隋人译《佛本行集经》提到的"戏场"众伎有"漫话戏谑言谈"⑤,唐朝段成式《酉阳杂俎》记其"因弟生日观杂戏"就包括"市人小说"。因此,胡士莹认为:"'说话'包括在'杂戏'(百戏)之内,做为杂戏中较小的单位演出。唐代长安东西两市的杂戏,也必然包括'说话'这一伎艺。"⑥ 正是由于俳优小说与戏弄的这一混融状态,人们在形态或辨体上并不能把二者截然分开,而多是根据二者的滑稽性质、俳优品性、伎艺来源而

---

① 郭茂倩:《乐府诗集》卷五六,中华书局,1979年,第819页。
② 王溥编:《唐会要》卷三三,中华书局,1960年,第611页。
③ 《隋书》卷一五《音乐志下》,中华书局,1973年,第380页。
④ 费振刚、胡双宝、宗明华辑校:《全汉赋》,北京大学出版社,1993年,第384页。
⑤ 陈允吉、胡中行:《佛经文学粹编》,上海古籍出版社,1999年,第151页。
⑥ 胡士莹:《话本小说概论》,中华书局,1980年,第18页。

归于一类,称为"谐戏"、"百戏"、"杂戏",或通称为"戏弄"、"杂剧"。

其次,对于某项伎艺,着眼点不同,归类就不同,比如三国时吴质在宴会上招令优人针对曹真、朱铄的"说肥瘦",唐玄宗时期名优黄幡绰对两院歌人形貌的嘲弄,都是以言辞形式针对某人形貌特征的戏谑嘲调,但有人归其为俳说,有人归其为杂剧。

对于这些言辞形式的戏谑嘲调,刘勰《文心雕龙》概之为"谐辞"。其《谐䜺》一篇讨论了"谐辞"和"䜺语",对于"谐辞",刘勰有言:"魏人因俳说以著笑书,薛综凭宴会而发嘲调。虽抃笑推席,而无益时用矣。"① 据《隋书·经籍志》和《新唐书·艺文志》著录,魏给事中邯郸淳有《笑林》三卷,则"魏人因俳说以著笑书"一语意指邯郸淳依傍"俳说"而著有"笑书"②。由此知,"俳说"是以调笑嬉乐为宗旨的伎艺,其内容与"笑书"同,其性质应该就是曹植所诵的"俳优小说",或侯白所擅长的"俳谐杂说"。

《三国志》卷二一《王粲传》注引《魏略》曰:

> 太祖遣淳诣植。植初得淳甚喜,延入坐,不先与谈。时天暑热,植因呼常从取水自澡讫,傅粉。遂科头拍袒,胡舞五椎锻,跳丸击剑,诵俳优小说数千言讫,谓淳曰:"邯郸生何如邪?"于是乃更著衣帻,整仪容,与淳评说混元造化之端,品物区别之意,……乃命厨宰,酒炙交至,坐席默然,无与抗者。③

曹植之"诵俳优小说",乃是与胡舞等伎艺先后并列而演,其"邯郸生何如邪"之问则表明他有在擅长诙谐调笑的邯郸淳面前逞能之意,

---

① 刘勰:《文心雕龙》之《谐䜺第十五》,上海古籍出版社,2008年,第29页。
② 这句话中的"魏人"有的版本作"魏文",然史书、杂史未及魏文帝曹丕有"笑书"之类的著述。若曹丕有此类撰作,当类同邯郸淳《笑林》。清人姚振宗《隋书经籍志考证》卷三二认为"魏文因俳说以著笑书"一语意指邯郸淳奉魏文帝之诏而撰《笑林》一书。
③ 陈寿撰,裴松之注:《三国志》卷二一,岳麓书社,1990年,第484页。

此即说明"俳优小说"是一种戏谑调笑的伎艺,故曹植虽诵数千言,亦是诙谐笑谈,如邯郸淳擅长之短小笑话,而非同一内容的联贯故事。

侯白所擅长的"俳谐杂说"更能表达"俳说"之意。《北史》卷八三《李文博传》称侯白"好学有捷才,性滑稽,尤辩俊","好为俳谐杂说"①。《太平广记》卷二四八"侯白"条辑录侯白八事,皆有关其滑稽辩捷言谈,此即"俳谐杂说"。

至于这种"俳说"的性质和形态,因为刘勰以"俳说"与"嘲调"并提,皆归于"谐辞",故可据"嘲调"参看。"薛综凭宴会而发嘲调"一事见《三国志》卷五三《薛综传》。

> 西使张奉于权前列尚书阚泽姓名以嘲泽,泽不能答。综下行酒,因劝酒曰:"蜀者何也?有犬为獨,无犬为蜀,横目苟身,虫入其腹。"奉曰:"不当复列君吴邪?"综应声曰:"无口为天,有口为吴,君临万邦,天子之都。"于是众坐喜笑,而奉无以对。其枢机敏捷,皆此类也。②

由此而知刘勰所言的"嘲调"的形态,乃是双方言辞上的嘲弄辩难,一方发难,另一方要敏捷机智地反击,以见辩捷之才能。由于其中有戏弄、问难成分,故亦称"嘲戏"、"嘲难"。此种"嘲调"在魏晋时期非常盛行,如:

> 费祎聘于吴,陛见,公卿侍臣皆在坐。酒酣,祎与诸葛恪相对嘲难,言及吴蜀。祎问曰:"蜀字云何?"恪曰:"有水者濁,无水者蜀。横目苟身,虫入其腹。"祎复问:"吴字云何?"恪曰:"无口

---

① 《北史》卷八三《李文博传》,中华书局,1974年,第2807页。
② 陈寿撰,裴松之注:《三国志》卷五三,岳麓书社,1990年,第989页。此事《太平广记》卷二四五亦引,首句作"吴薛综见蜀使张奉嘲尚书令阚泽姓名,泽不能答"。

者天,有口者吴,下临沧海,天子帝都。"①

温(指东吴使者张温)曰:"天有足乎?"宓曰:"有。《诗》云:'天步艰难,之子不犹。'若其无足,何以步之?"温曰:"天有姓乎?"宓曰:"有。"温曰:"何姓?"宓曰:"姓刘。"温曰:"何以知之?"答曰:"天子姓刘,故以此知之。"……答问如响,应声而出,于是温大敬服。②

可见,所谓"嘲调"是一种宴席聚会上的语言游戏,二人以言辞相难,嘲诮对方,以逗才显智,戏谑调笑。刘勰在论"谲语"时指出:"盖意生于权谲,而事出于机急,与夫谐辞,可相表里也。"③ 此即指出了"谐辞"对于"权谲"、"机急"的效果追求,而这也是类属"谐辞"的"俳说"、"嘲调"的审美追求。当然,在这辩难应对的交锋碰撞过程中,双方言辞上的嘲弄戏乐,也能表现出一定的戏剧效果。

隋唐时这种形式的言谈戏弄仍然盛行,唐写本《启颜录》有"论难"、"辩捷"、"嘲诮"三目,其下所记言谈戏弄皆属此类。

隋卢嘉言尝就寺礼拜,因入僧房,有一僧善于论议,嘉言即与之谈话,因相戏弄,此僧理屈。同座更有二僧,即助此僧酬对,往复数回,三僧并屈。嘉言乃笑而谓曰:"三个阿师,并不解樗蒲,何因共弟子论议?"僧即问曰:"何意论议须解樗蒲?"嘉言即报曰:"可不闻樗蒲人云:'三个秃,不敌一个卢。'阿师何由可得?"弟子观者大笑,三僧更无以应。(《太平广记》卷二四八亦收此条)

陈徐陵为散骑常侍,聘隋,隋文帝时在东都,选朝官有辩捷者,令对南使。当时初夏微热,又徐是南人,隋官一人弄徐陵曰:"今日之热,总由徐常侍来。"徐陵应声答曰:"昔王肃入洛,为彼

---

① 陈寿撰,裴松之注:《三国志》卷五三《薛综传》注引《江表传》,岳麓书社,1990年,第990页。
② 陈寿撰,裴松之注:《三国志》卷三八《秦宓传》,岳麓书社,1990年,第777—778页。
③ 刘勰:《文心雕龙》之《谐讔第十五》,上海古籍出版社,2008年,第29页。

制仪；今我来聘，使卿知寒暑。"众遂无答。（《太平广记》卷二四六亦收此条）

北齐徐之才后封西阳王，尚书王元景尝戏之才曰："人名之才，有何义理？以仆所解，当是乏才。"之才即声嘲元景姓曰："王之为字，有言为訨，近犬便狂，加颈足而为馬，施角尾而成羊。"元景遂无以对。（《太平广记》卷二五三亦收此条）

国初贾元逊、王威德俱有辩捷，旧不相识，先各知名，无因相见。元逊髭须甚多，威德鼻极长大。尝有一人置酒唤客，兼唤此二人，此二人在座，各问知姓名，然始相识。座上诸客及主人，即请此二人言戏。威德即先云："千具羖䍽皮，唯裁一量鞾。"诸人问云："余皮既多，拟作何用？"威德答曰："拟作元逊颊。"元逊即应声云："千丈黄杨木，空为一个梳。"诸人又问云："余木拟作何用？"元逊答云："拟作威德枇子。"四座莫不大笑。①

这些言辞上的戏谑辩难仍是刘勰所说的"嘲调"。所谓的"辩捷"、"嘲诮"可以作为这种言谈戏弄的某个方面的说明，"辩捷"是手段，"嘲诮"是趣味，即要以言辞上的敏捷巧辩以获得嘲诮戏乐的趣味。如上述材料的最后一条述贾、王二人在一次酒宴上"言戏"，各以对方的形貌特征嘲弄调笑。王威德以黑羊皮拟元逊颊，嘲其多髭须（羖䍽，一种黑羊）；贾元逊则说要以千丈黄杨木作枇子（枇与鼻同音），借以嘲威德鼻子长大。这种嘲调可以戏弄某人的姓名、相貌、性格等，正如三国时吴质宴席上的"说肥瘦"、唐玄宗时名优黄幡绰对两院歌人形貌的嘲弄。

但是，黄幡绰对两院歌人的嘲弄，在段安节《教坊记》中被归为"杂剧"。《古今图书集成》本《教坊记》在书名后特列一小标题：杂剧。然此体例不见于通行本，仅见《古今图书集成》之《博物汇编艺术典》卷八一六"优伶部汇考"。刘晓明认为："集成本《教坊记》渊源有自，

---

① 侯白著，曹林娣、李泉辑注：《启颜录》，上海古籍出版社，1990年，第5、9、24、30页。

值得信赖","从《教坊记》的体例看,该书的各部分应该均有小标题,因为此书中别有'曲名'一目,下列曲名三百二十四种,《古今图书集成》本之外的各种版本,在行文中突然冒出这一小标题,显得不伦不类,如今发现了'杂剧'之目,遂与'曲名'之目前后呼应,体例一以贯之"①。"杂剧"作为集成本《教坊记》所列一目,其下所述黄幡绰嘲弄两院歌人的表演当属于杂剧。

与之相类,北宋陈旸《乐书》也把这类词捷口辩的艺能归为"杂剧"。《乐书》卷一八七"俳倡下"条记曰:"唐时谓优人辞捷者为斫拨,今谓之杂剧也。有所敷叙曰作语,有诵辞篇曰口号,凡皆巧为言笑,令人主和悦者也。"②关于"斫拨"一词,齐森华等主编的《中国曲学大辞典》中解释为演出中语言智巧敏捷,生动滑稽③;刘晓明则指出"斫"字包含有"对人进行语言侮谑,或者是伶人相互之间的语弄轻慢"之意,"拨"字"即嘲拨,即具有嘲讽、讥刺、谐谑性的调弄应答,具有戏剧效果",而"辞捷"是"具有戏剧效果的讥讽性装痴,在说白的同时伴有诙谐的表情和动作"④。总之,这种斫拨的基本特征是用戏谑性的语言对某一对象进行调侃,"巧为言笑"。这与《启颜录》的"辩捷"、"嘲诮"在性质与形态上相同。另外,宋官本杂剧段数也列举了这类"斫拨",最明显者是那些以三教论难为内容的戏谑调笑性伎艺,如周密《武林旧事·官本杂剧段数》所列的《门子打三教爨》、《打三教庵宇》、《普天乐打三教》、《满皇州打三教》,皆是以三教论难形式借对经文教义的歪批曲解,或对宗教人物的论难抗辩,以取得戏谑调笑的俳偕效果。

当然,以"杂剧"之名归纳俳说、戏弄多是唐以后的事情,这种言辞上的嘲调在唐代有两个称名更能清晰地反映其性质和形态,即"剧谈"、"谈戏弄"。《启颜录》记曰:

---

① 刘晓明:《杂剧起源新论》,《中国社会科学》,2000年第3期。
② 陈旸撰,张国强点校:《乐书点校》卷一八七,中州古籍出版社,2019年,第973页。
③ 齐森华、陈多、叶长海主编:《中国曲学大辞典》,浙江教育出版社,1997年,第36页。
④ 刘晓明:《"斫拨"与唐代杂剧形态》,《文史》,2005年第4辑。

白在散官隶属，杨素爱其能剧谈，每上番日，即令谈戏弄，或从旦至晚，始得归。才出省门，即逢素子玄感。乃云："侯秀才，可与玄感说一个好话。"白被留连，不获已，乃云："有一大虫欲向野中觅肉……"①

侯白擅长"俳谐杂说"，唐人苏鹗《苏氏演义》卷下说他"博闻多知，谐谑辩论，应对不穷，人皆悦之。或买酒馔求其言论，必启齿发题，解颐而返，所在观之如市"②。侯白的启齿发题，或是对一物的嘲调，对一事的嘲谑，宗旨是让人解颐。"剧谈"和"谈戏弄"非常准确地反映了这类伎艺以言辞相戏弄的形态。《启颜录》中明确提及的"剧谈"还有以下数例——

素与白剧谈。因曰："今有一深坑，可有数百尺。公入其中，若为得出？"白曰："入中不须余物，唯用一针即出。"素曰："用针何为？"答曰："针头中令水饱坑，拍沉而出。"素曰："头中何处有尔许水？"白曰："若无尔许水，何因肯入尔深坑？"

隋朝有人敏慧，然而口吃，杨素每闲闷，即召与剧谈。尝岁暮无事对坐，因戏之云：……又问云："计公多能，无种不解，今日家中有人蛇咬足，若为医治？"此人即应声报云："取取五月五日南墙下雪雪涂涂即即治。"素云："五月何处得有雪？"答云："若五月五日无雪，腊月何处有蛇咬？"素笑而遣之。

唐长孙玄同幼有机辩，坐中每剧谈，无不欢笑。……贞观中尝在诸公主席，众莫能当。高密公主乃云："我段家儿郎，亦有人物。"走令唤段恪来，令对玄同。段恪虽微有辞，其容仪短小。召至，始入门，玄同即云："为日已暗。"公主等并大惊怪，云："日始是斋时，何为道暗？"玄同乃指段恪："若不日暗，何得短人行？"

---

① 侯白著，曹林娣、李泉辑注：《启颜录》，上海古籍出版社，1990年，第52页。
② 苏鹗：《苏氏演义》，《丛书集成初编》，商务印书馆，1936年，第279册，第23页。

坐中大笑。段恪面大赤,更无以答。①

由此可见,"剧谈"是指那些论难、辩捷、嘲诮性质的斗口式谑语笑谈,讲究嘲弄机趣,讥讽敏捷,应对切题。它不以讲述故事为目的,只以调笑嬉乐为宗旨,称为"剧谈",乃明其谑语戏谈的性质。当时所记文人之"机辩"、"捷才"、"嘲诮"、"谑谈",皆指此类。北齐时徐之才"戏谑滑稽,言无不至","聪辩强识,有兼人之敏,尤好剧谈体语,公私言聚,多相嘲戏"②,那么他是如何在公私聚会上"嘲戏"别人的呢?《北齐书》卷三三列举了他的许多"嘲戏"作为,其中就有上文所引《启颜录》记述其嘲王昕(元景)姓氏的戏言谑语,另据《太平广记》卷二四七记载:"之才尝以剧谈调仆射魏收,收熟视之曰:'面似小家方相。'之才答曰:'若尔,便是卿之葬具。'"③ 则徐之才对别人的"嘲戏"即是"剧谈"。由此参照,唐人顾况之"嘲诮",陆羽之"作诙谐数千言",皆为此类"剧谈"。

> 顾况者,苏州人。能为歌诗,性诙谐,虽王公之贵与之交者,必戏侮之,然以嘲诮能文,人多狎之。④
> (陆羽)因亡去,匿为优人,作诙谐数千言。天宝中,州人酺,吏署羽为伶师,太守李齐物见,异之,授以书,遂庐火门山。⑤
> 因倦所役,舍主者而去。卷衣诣伶党,著谑谈三篇。以身为伶正,弄木人、假吏、藏珠之戏。⑥

关于陆羽之"作诙谐数千言"、"著谑谈三篇",有的学者曾据此判定他曾撰写参军戏或滑稽戏的剧本。其实通观以上论析,陆羽的这些编

---

① 侯白著,曹林娣、李泉辑注:《启颜录》,上海古籍出版社,1990年,第52、57、60页。
② 李百药:《北齐书》卷三三《徐之才传》,中华书局,1972年,第445、447页。
③ 李昉等编:《太平广记》卷二四七,中华书局,1961年,第1918页。
④ 刘昫等:《旧唐书》卷一三〇《李泌传》,中华书局,1975年,第3625页。
⑤ 欧阳修、宋祁:《新唐书》卷一九六《陆羽传》,中华书局,1975年,第5611页。
⑥ 董诰等编:《全唐文》卷四三三《陆文学自传》,中华书局,1983年,第4421页上。

撰，并非什么剧本，只是如刘勰所说依"俳说"而作的"笑书"，或即侯白的"俳谐杂说"。诸如此类的"剧谈"、"谈戏弄"，即类同《三国志》所记的"说肥瘦"，或《文心雕龙》所说的"嘲调"。

综上分析可见，"剧谈"这种伎艺活动有谈（说）的因素，也有戏（弄）的成分，它通过辩捷、嘲诮在人物间的言辞碰撞中表现出调笑的趣味和戏剧的效果。若不论参与人物的身份，即可视同滑稽戏的谐谑调笑。它所蕴含的滑稽调笑因素，与当时的参军戏在精神上是相通的，也在宋金杂剧中留下了深刻的记忆。

然而，对于这些纷杂的伎艺，由于论者的立足点不同，着眼点不同，同类伎艺就会有不同的归放，不同的称名。比如，三国时吴质于宴席中招令优人戏谑曹真、朱铄形貌的"说肥瘦"，与唐玄宗时优人黄幡绰对两院歌人形貌的嘲弄，性质和形态完全相同，但"说肥瘦"一般被列于俳优小说的"说话"伎艺一脉，而黄幡绰的嘲调则被集成本《教坊记》归于"杂剧"中。这是由于着眼点的不同所致，一是看其言辞，一是看其动作。着眼于言辞，刘勰称之为"谐辞"、"俳说"；着眼于动作，《教坊记》归之于杂剧。对于那些既有言辞嘲调又有动作戏弄的伎艺，如果着眼于言辞上的交锋抗辩，可称之为"谈戏弄"，"谈"为伎艺的方式，"戏弄"为伎艺的性质，而如果着眼于动作上的调弄戏谑，则可称之为"做戏弄"。但无论是"谈"还是"做"，皆表现出戏谑嘲调的品性，并因而具有一定的戏剧效果，比如黄幡绰嘲弄两院歌人，其"僄弄百端"既有言辞上的嘲调讥讽，也有动作上的戏谑模拟，唐时已形成固定模式的弄参军、弄孔子亦可作如是观。但着眼点的不同并不能改变、遮蔽作为俳优伎艺的俳说和戏弄在性质和形态上的实际相同，它们都有以辞捷嘲弄为尚，以戏乐调笑为宗的艺术追求和审美趣味。比如宋人归为"杂剧"的唐人所谓"斫拨"，实际上就是以辞捷为尚、嘲调为宗的俳说，表现出言辞上的斗口戏弄形态和滑稽调笑性质，此正可见俳优小说与戏弄间混融状态之一斑。

三、同处于百戏杂陈的环境

俳优小说与戏弄都处于"百戏杂陈"的演出环境中。这一演出环境,大的方面是当时二者所生存发展的社会文化环境,而具体的环境则是二者的表演场所。当时"百戏杂陈"的演出场所主要有戏场。

隋唐时期出现的"戏场",是各种伎艺汇聚演出的场所,也是士女流连娱遣之地。隋时大业年间,"每岁正月,万国来朝,留至十五日,于端门外、建国门内,绵亘八里,列为戏场。百官起棚夹路,从昏达旦,以纵观之。至晦而罢"①。唐时的长安更是戏场云集。宋人钱易《南部新书》记其分布曰:"长安戏场多集于慈恩,小者在青龙,其次荐福、永寿。尼讲盛于保唐,名德聚之安国;士大夫之家入道,尽在咸宜。"②这类寺院戏场一般是固定的,有的每日演出,成为社会各阶层的游玩娱乐之所,《太平广记》卷三九四"徐智通"条言楚州龙兴寺前"素为郡之戏场,每日中,聚观之徒,通计不下三万人"③,而这些玩戏场者甚至还包括公主,《资治通鉴》卷二四八提及万寿公主观戏事件:下嫁起居郎郑颢的万寿公主不去省视小叔郑𫖮的危疾,却"在慈恩寺观戏场",引得宣宗皇帝大怒,亟召公主入宫训斥,责令速归郑府探望④。

另外,还有一些不固定的戏场,或在街头择地为场,如唐李绰《尚书故实》所记"京国顷岁街陌中,有聚观戏场者"⑤;或在宴席聚会铺设"锦筵"、"舞筵",如白居易《柘枝妓》所言"平铺一合锦筵开,连击三声画鼓催",常非月《咏谈容娘》所言"举手整花钿,翻身舞锦筵",任半塘对此多有考述:"戏台曰'舞筵',高出地面,设帐幕,悬门帘,铺茵氍;观众在宴中有座。亦有戏台设厅事,而观众宴于庭中

---

① 魏征等:《隋书》卷一五《音乐志下》,中华书局,1973年,第381页。
② 钱易:《南部新书》卷戊,载《宋元笔记小说大观》,上海古籍出版社,2001年,第1册,第330页。
③ 李昉等编:《太平广记》卷三九四引《集异记》,中华书局,1961年,第3148页。
④ 司马光编:《资治通鉴》卷二四八"宣宗大中二年",中华书局,1956年,第8036页。
⑤ 李绰:《尚书故实》,载《唐五代笔记小说大观》,上海古籍出版社,2000年,第1162页。

者。若野间公宴设戏,座幕高张,面临舞筵,旁置音乐,皆有荫蔽。"①这些形形色色、大大小小的戏场,反映了当时俳优伎艺的兴盛。无论是何种戏场,都深受民众喜爱。

那么,这种戏场中"百戏杂陈"的状态具体如何?任半塘认为:"唐代所谓戏场,应与南宋瓦舍同,兼容百戏、戏剧及杂伎三类。并不如后世之戏院、茶园,为专门演剧之所。"②隋人薛道衡《和许给事善心戏场转韵诗》就生动具体地描绘了当时京城戏场中百戏杂陈的状况:

> 万方皆集会,百戏尽来前。……戏笑无穷已,歌咏还相续。羌笛陇头吟,胡舞龟兹曲。假面饰金银,盛服摇珠玉。宵深戏未阑,竟为人所难。卧驱飞玉勒,立骑转银鞍。纵横既跃剑,挥霍复跳丸。抑扬百兽舞,盘跚五禽戏。狻猊弄斑足,巨象垂长鼻。青羊跪复跳,白马回旋骑。忽睹罗浮起,俄看郁昌至。峰岭既崔嵬,林丛亦青翠。麋鹿下腾倚,猴猿或蹲跂。金徒列旧刻,玉律动新灰。甲黄垂陌柳,残花散苑梅。繁星渐寥落,斜月尚徘徊。王孙犹劳戏,公子未归来。③

由此可见,戏场实为混杂了歌舞、曲艺、杂技等伎艺的表演场所。而隋时阇那崛多译《佛本行集经》卷一二、一三《捔术争婚品》叙及释迦牟尼婚前较量技艺时所提到的"戏场",也呈现了众多伎艺的混杂形态:"或试音声,或试歌舞,或试相嘲,或试谩话戏谑言谈,或试染衣,或造珍宝真珠等,或画草叶,和合杂香,博弈樗蒲围棋双陆,握槊投壶,掷绝跳坑,种种诸伎,皆悉备现。"④尤可注意的是,此处明确指出戏场中有"谩话"的演出。参照《敦煌变文集》卷六所收斯4327的叙述:"得今朝便差,更有师师谩语一段,脱空下□烧香呵,来出顷去,

---

① 任半塘:《唐戏弄》,上海古籍出版社,1984年,第980页。
② 任半塘:《唐戏弄》,上海古籍出版社,1984年,第963页。
③ 徐坚等:《初学记》卷一五"杂乐第二",中华书局,2004年,第374页。
④ 陈允吉、胡中行编:《佛经文学粹编》,上海古籍出版社,1999年,第151—152页。

逡巡呼乱说词。……以下说阴阳人慢语话，更说师婆慢语话。"① 所谓"谩话"者，即为"阴阳人慢语话"、"师婆慢语话"之类的"说话"，其性质是"戏谑言谈"。而这正是当时俳优小说、剧谈的普遍特征。

其实这种百戏杂陈竞演的形态并不限于戏场，许多的宴集戏乐也表现出这种形态。皇室集会喜欢以百戏遣兴，元和十五年（820年）二月，唐穆宗观俳优百戏于丹凤楼，又"幸左神策军观角抵及杂戏"；又自六月以后，"凡三日一幸左右军及御宸晖、九仙等门，观角抵、杂戏"②。在民间，唐人宴饮、庆生、祝寿之类，习惯召聚百戏演出以娱宾遣兴。五代王仁裕《玉堂闲话》记载："唐营丘有豪民姓陈，藏镪钜万，……每年五月，值生辰，颇有破费。召僧道启斋筵，伶伦百戏毕备。"③ 而段成式就是在这类庆生宴集上看到了属于"杂戏"的"市人小说"。

> 予太和末，因弟生日观杂戏。有市人小说呼扁鹊作褊鹊，字上声，予令座客任道昇字正之。市人言二十年前尝于上都斋会设此，有一秀才甚赏某呼扁字与褊同声，云世人皆误。④

语中所谓"市人"，当指市井之人，如唐写本《启颜录》记鄠县董子尚村村人因痴傻而被"市人"诳骗云云⑤，再结合《唐会要》卷四述韦绶"好谐戏，兼通人间小说"⑥，则"市人小说"当指属于"说话"伎艺的市井小说。而段成式所记则表明"市人小说"属于俳优伎艺，混杂于"杂戏"之中。这种"市人小说"常与其他伎艺混杂呈现，比如段成式是在庆生宴集的"杂戏"表演中看到了这种"小说"，而那个市人则提到自己曾在上都斋会上表演过这种"小说"。可见，在这种宴集聚会的百戏杂陈的演出中，既有歌舞类、滑稽类的各种戏弄，也有谐语笑谈

---

① 王重民、王庆菽、向达等编：《敦煌变文集》，人民文学出版社，1957年，第817页。
② 刘昫等：《旧唐书》卷一六《穆宗纪》，中华书局，1975年，第476、479页。
③ 李昉等编：《太平广记》卷二五七"陈癞子"条，中华书局，1961年，第2006页。
④ 段成式：《酉阳杂俎》续集卷四，中华书局，1981年，第240页。
⑤ 侯白著，曹林娣、李泉辑注：《启颜录》，上海古籍出版社，1990年，第16—17页。
⑥ 王溥编：《唐会要》卷四，中华书局，1960年，第47页。

类的俳优小说。

俳优小说与戏弄所处的"戏场"是百戏杂陈的形态,而某一具体的百戏演出形态则是众伎杂奏,即在具体的"杂戏"表演中,俳优小说与戏弄皆是作为"杂戏"表演的一段或一部分而与其他伎艺混杂演出。东汉李尤《平乐观赋》描述西汉京都洛阳城平乐观的百戏演出场景:"戏车高橦,驰骋百马,连翩九仞,离合上下。或以驰骋,覆车颠倒。乌获扛鼎,千钧若羽。吞刃吐火,燕跃鸟跱。陵高履索,踊跃旋舞。飞丸跳剑,沸渭回扰。巴渝隈一,踰肩相受。有仙驾雀,其形蚴虬。骑驴驰射,狐兔惊走。侏儒巨人,戏谑为耦。"① 张衡《西京赋》亦追述西汉时期平乐观的百戏演出情形:"总会仙倡,戏豹舞罴。白虎鼓瑟,苍龙吹箎。女娥坐而长歌,声清畅而委蛇。洪崖立而指麾,被毛羽之襳襹。度曲未终,云起雪飞。初若飘飘,后遂霏霏。……吞刀吐火,云雾杳冥。画地成牢,流渭通泾。东海黄公,赤刀粤祝。冀压白虎,卒不能救。挟邪作蛊,于是不售。"② 唐代白居易《立部伎》诗也描述了一次杂戏演出的过程: "立部伎,鼓笛喧。舞双剑,跳七丸。嫋巨索,掉长竿。……立部贱,坐部贵,坐部退为立部伎,击鼓吹笙和杂戏。"③ 而元稹《西凉伎》诗则记了大将哥舒翰在安西都护府设高宴时的百戏竞演情景:"哥舒开府设高宴,八珍九酝当前头。前头百戏竞撩乱,丸剑跳踯霜雪浮。狮子摇光毛彩竖,胡腾醉舞筋骨柔。"④ 可见,汉唐时期所谓的"百戏"范畴极广、极杂,有巾舞盘舞式的歌舞,也有吞刀吐火式的杂技,另外曲艺类、角抵类甚至动物表演类皆属在内。

这种百戏杂陈的演出场所和众伎杂奏的演出形态,正是俳优小说和戏弄的成长环境,它是二者混融关系生成的物质文化基础,同时也为二者关系的发展起到了一定的促进作用,并在二者后来的成熟形态中留下了难以磨灭的深刻记忆。

---

① 费振刚、胡双宝、宗明华辑校:《全汉赋》,北京大学出版社,1993年,第384页。
② 费振刚、胡双宝、宗明华辑校:《全汉赋》,北京大学出版社,1993年,第419页。
③ 彭定求等编:《全唐诗》卷四二六,中华书局,1960年,第4691页。
④ 彭定求等编:《全唐诗》卷四一九,中华书局,1960年,第4616页。

四、结　语

绾结上述分析，刘勰所归纳的"俳说"，曹植所诵的"俳优小说"，侯白所擅长的"俳谐杂说"，以及段成式所观赏的"市人小说"，皆是"说话"伎艺脉络上的称名，它与戏弄混融于俳优伎艺、归类于杂戏的状态说明了它的伎艺性质和表演形态，也显示了它与戏弄在当时的发展状态。这种状态主要表现在三个方面：一是在类别、辨体上俳说与戏弄并未区分，二是在生存环境上俳说、戏弄以及其他俳优伎艺杂陈混奏，三是俳说、戏弄没有区别于其他俳优伎艺的独立专名。俳说与戏弄的这一混融状态说明二者作为俳优的一项艺能，并未形成独立的体制，而是混融一处，并与其它俳优伎艺同被归类于"杂戏"、"百戏"中。

俳优小说与戏弄的这种混融关系，体现了二者作为俳优伎艺的真实存在状态，也反映了当时关于二者性质和形态的普遍观念。两宋时期，二者的这种混融状态及其反映出的观念仍有承续，如在分类上，《东京梦华录》所记北宋东京汴梁的"瓦舍伎艺"，《梦粱录》所记"百戏伎艺"皆包括"说话"和杂剧，而《武林旧事》所录的"官本杂剧段数"则含有"说话"一脉讲究词捷口辩的剧谈戏弄，如三教论难形式的"打三教"、射谜形式的调笑戏乐，这是汉唐时期俳优小说与戏弄混融形态的遗绪；而在表演上，《东京梦华录》卷八"六月六日崔府君生日二十四日神保观神生日"条记曰："自早呈拽百戏，如上竿、趯弄……说诨话、杂扮、商谜、合笙、乔筋骨、乔相扑、浪子杂剧、叫果子、学像生……色色有之。"① 又《武林旧事》卷三"社会"条记曰："二月八日为桐川张王生辰，震山行宫朝拜极盛，百戏竞集，如绯绿社（杂剧）、齐云社（蹴球）、遏云社（唱赚）……雄辩社（小说）、翠锦社（行院）、绘革社（影戏）……"② "说诨话"、"小说"与杂剧、唱赚、影戏等伎艺

---

① 孟元老：《东京梦华录（外四种）》，文化艺术出版社，1998年，第53页。
② 孟元老：《东京梦华录（外四种）》，文化艺术出版社，1998年，第353页。

混杂在一起，同为百戏竞陈杂奏的艺项，这是俳优伎艺"百戏杂陈"形态的一个突出特征，也是汉唐时期俳优伎艺辨体不清、类分未明的混融形态在宋代瓦舍伎艺中的影响痕迹。可见，虽然宋时"说话"伎艺已相当繁盛、成熟，但其类属杂戏的观念仍未消失，杂剧名下众伎混融的状态仍然存在。

总之，无论是言辞上辩难嘲诮的"俳说"，还是动作上戏谑嘲调的"戏弄"，在唐宋时都可归于"杂剧"，这既说明了二者在性质和形态上的类同，也显示出二者所具有的混融状态。这是二者生存环境的体现，也是二者亲缘关系的反映，同时还是二者趋同性特征形成的重要基础。

第二章

宋前俳优小说与戏弄的趋同性特征

俳优小说与戏弄作为俳优的艺能处于百戏杂陈、众伎杂奏环境中的存在和成长状况，体现了二者作为俳优伎艺的混融状态。这是二者具有密切关系的重要基础点，也是我们考察二者间密切关系的出发点。二者所具有的一些类同性质和形态皆由此而生，由此而定。也就是说，这一混融关系使得二者的性质和形态生成了诸多趋同性特征，大致而言，有以下三个方面：戏谑调笑的性质，短小即兴的形态，缘事而发的咏事思维。

一、戏谑调笑的性质

调笑戏乐、滑稽诙谐既是二者作为俳优伎艺与生俱来的秉性，也是二者作为俳优伎艺本身固有的审美取向。

俳优的职业性质，使得其所操艺能皆具有调笑戏乐的审美趣味，以言辞为务者如此，以动作为务者亦如此。先秦时期业已出现了供贵族娱乐的职业艺人"优"，或称倡优、俳优。他们多才多艺，既能歌舞娱嬉又能滑稽调笑，供奉主人宴会招遣，即席戏乐，娱宾遣兴。三国时吴质招优说肥瘦，刘备命倡优妆扮以嘲戏许慈、胡潜，以及上章所述石动筩、李可及、黄幡绰的作为皆是如此。俳优的职责是戏谑调笑以供主人娱乐，所有的艺能都要为这一宗旨服务，因此，相貌妆扮、动作模仿、言辞嘲讽以及三教论难形式、戏弄孔子形式皆被取以为用，甚至射谜这一游戏也是如此，《太平广记》卷二四七即载录一段北齐名优石动筩的调笑：

> 北齐高祖尝宴近臣为乐，高祖曰："我与汝等作谜，可共射之。卒律葛答。"诸人皆射不得，或云："是骰子箭。"高祖曰："非也。"石动筩云："臣已射得。"高祖曰："是何物？"动筩对曰："是煎饼。"高祖笑曰："动筩射着是也。"高祖又曰："汝等诸人，为我作一谜，我为汝射之。"诸人未作，动筩为谜，复云卒律葛答。高祖射不得，问曰："此是何物？"答曰："是煎饼。"高祖曰："我始作之，何因更作？"动筩曰："承大家热铛子头，更作一个。"高祖大笑。①

这种审美趣味和表演宗旨在宋杂剧中仍有承续和遗存，《武林旧事》卷一〇"官本杂剧段数"有《论淡》、《医淡》、《调笑驴儿》名目，纯是言辞形式的调笑。而宋人笔记记载的瓦舍伎艺，如商谜、合生、说诨话②，皆以词捷口辩、逞才显智为务以达到戏谑调笑的目的。比如商谜，吴自牧《梦粱录》卷二〇"小说讲经史"条云："商者以物类相似者讥之，又名对智。"③《都城纪胜》"瓦舍众伎"条述及商谜亦有此语，其具体形态据《东坡居士佛印禅师语录问答》中"东坡与佛印商谜"、"佛印布与东坡商谜"二条所述可见。

> 东坡即拾一片纸，画一和尚，右手把一柄扇，左手把长柄笊篱，与佛印云："可商此谜。"佛印沉吟良久，曰："莫是《关雎》序中之语欤？"东坡曰："何谓也？"佛印曰："风以动之，教以化之。非此意乎？"东坡曰："吾师本事也。"相与大笑而已。

---

① 李昉等编：《太平广记》卷二四七，中华书局，1961年，第1916页。
② 孟元老《东京梦华录》卷五"京瓦伎艺"条和《西湖老人繁胜录》"瓦市"条皆提到这三种伎艺，《都城纪胜》"瓦舍众伎"条提到合生与商谜。《武林旧事》卷六"诸色伎艺人"条列举了擅长这三种伎艺的艺人。
③ 孟元老：《东京梦华录（外四种）》，文化艺术出版社，1998年，第306页。

> 佛印持二百五十钱示东坡云:"与你商此一个谜。"东坡思之少顷,谓佛印曰:"一钱有四字,二百五十钱乃一千个字,莫是千字文谜乎?"佛印笑而不答。①

这是文人们对商谜这种伎艺的模拟性实践,从中能看到他们逗才显智的目的。当然,文人们只是取其以逗显才智,而消减了这种伎艺的戏弄成分。在俳优那里,言辞、动作方面的艺能皆是以调笑戏乐为宗旨的,虽然后人在这些艺能中追索到说话、戏剧的成分因素,但这一宗旨是其作为俳优艺能所固有的与生俱来的秉性。

《史记·滑稽列传》中的优孟是春秋时期楚庄王的一名俳优。"优孟,故楚之乐人也。长八尺,多辩,常以谈笑讽谏。"有关优孟的第一件事是他以夸张的言辞讽喻楚庄王贱人贵马事,第二件是他为了解决孙叔敖儿子的困难而妆扮、模仿孙叔敖以讽谏楚庄王之事②。优孟本身的职责是通过调笑的方式娱乐楚庄王,但由于他能在完成这一职责的基础上做出一些有意义的事情,所以受到史家称赞。但俳优的职责就是调笑娱乐主人,清人焦循《剧说》卷一引《应庵随录》言:"古之优人,于御前嘲笑,不但不避贵戚大臣,虽天子后妃亦无所讳。"③ 这是当时人们面对俳优戏谑嘲调的正常态度,而像曹真那样面对吴质招优"说肥瘦"嘲调自己而"耻见戏",反而是不正常的态度。因此,俳优的这些戏谑嘲调艺能并不能简单地被认为是具有什么批判精神,而是他们在被贵族们视为玩物基础上的正常戏乐方式,是被当时社会普遍认可的俳优传统。从优孟的艺能看,他的机辩嘲戏,有后来"剧谈"的性质;他的妆扮模仿艺能,有后世戏剧的因素。但是,优孟的这些艺能并不为叙述故事而设,而是为了更好地调笑戏乐,相关的言行是针对具体事件的即

---

① 无名氏:《东坡居士佛印禅师语录问答》,《古本小说集成》影印本,上海古籍出版社,1994年,第5辑第2册,第18页。程毅中《宋元小说研究》认为其为宋代作品(江苏古籍出版社,1998年,第249—250页)。
② 司马迁:《史记》卷一二六,中华书局,1982年,第3200—3201页。
③ 焦循:《剧说》卷一,载《中国古典戏曲论著集成》,中国戏剧出版社,1959年,第8册,第85页。

兴感发，而不是以讲述具体事件为目标。

正是由于俳优艺能的宗旨是调笑戏谑，所以文字记述中凡涉及其事者多冠有俳优之词，如"俳优小说"、"俳谐杂说"、"俳说"、"优戏"等，或强调其伎艺渊源，或强调其艺能性质，皆标显出这些艺能的戏谑调笑的倾向和性质。以这些俳优艺能的调笑方式区别，可分为两类：一是言辞形式的嘲调，二是动作形式的戏弄。

言辞嘲调是以言辞上的戏谑调笑为主，可以是俳优单方面的嘲弄调笑，也可以是优人双方的斗口戏谑。三国时期吴质在宴席上召优针对座中曹真、朱铄的相貌特征"说肥瘦"，唐玄宗时名优黄幡绰以刘文树和两院歌人的相貌调笑百端，是俳优单方面针对某一对象的特征进行嘲戏调笑。而《三国志》所记倡优嘲弄许慈、胡潜的"辞义相难"，即为相互侮弄的斗口嘲调。这种形式在《三国志》和《启颜录》所记的上层文人间亦多有实践表现。

动作戏弄是俳优以动作对某一对象进行戏弄调笑，其间既有言辞上的嘲谑，也有动作上的调弄。比如《北齐书》卷一五《尉景传》记优人石动筩在宴会上即兴"剥景衣"以戏嘲尉景的盘剥百姓行为。这种动作戏弄，有的是面对某一对象直接上前出手戏弄，有的是模仿某一对象的行为以嘲弄，甚至有妆扮成分，如《三国志》卷四二《许慈传》记述许慈、胡潜"更相克伐，谤讟忿争"，刘备便在群僚大会上"使倡家假为二子之容，效其讼阋之状，酒酣乐作，以为嬉戏"，即是一段著名的俳优妆扮戏弄表演。俳优的这项艺能也引起了文人们的模仿，比如北朝李若"性滑稽，善讽诵"，"尝在省中，趋而前却，对答学奏事之象"①，就是一段模仿他人动作的滑稽戏弄。

当然，俳优进行戏弄调笑时使用言辞形式，还是动作形式，有时很难截然区分，多是混融杂糅在一起。"说肥瘦"一类的嘲调一般被认为是言辞形式的戏谑笑谈，但也可以有动作的模仿，如黄幡绰对两院歌人形貌的"僄弄百端"。因此，"说肥瘦"之类的俳优小说虽被后世视为

---

① 李延寿：《北史》卷四三《李崇传》，中华书局，1974年，第1606页。

"说话"伎艺的先河①,但它与唐宋时期以讲说故事为宗旨的"说话"伎艺大为不同,而是与宋杂剧的滑稽类语言表演伎艺有着相同的性质和形态,它针对某一对象的戏谑调笑,可以有言辞上的斗口笑谈,也可以有动作上的嘲调戏弄,所以石昌渝认为:"俳优小说是一种伎艺,大体属于百戏范围,戏谑调侃之类,为说话伎艺的早期形态之一。"②甚至有的学者认为它是戏剧性的表演,法国汉学家雷威安《唐人"小说"》一文指出:"'俳优小说'到底是什么?一般认为和说书不会有什么关系,因为是一种戏剧性的表演,但恐怕这也不足为据,因为说书的表演也不是纯粹叙述性的。"③但可以肯定的是,俳优小说与戏弄相类,二者所呈现出的调笑方式都是俳优的艺能,只是后人因关注点不同而在称名上作了区别,其实二者都是俳优戏谑调笑时常用的手段、方式。故而"说肥瘦"可以视为一种俳说,也可以视为一种戏弄,不同称名的关注点不同而已。

那种混融于百戏、杂戏中的"俳谐杂说",虽归类于"小说"却又粘连上"俳优"二字而被称为"俳优小说",这一称名既表达了一种观念,也表达了当时作为伎艺的"小说"的性质和形态。即使后来一些非俳优身份的人涉足这种伎艺,甚至上层文人取用娱乐,亦不改此项艺能的俳优品性。

>高祖时,青州刺史侯文和亦以巧闻,为要舟,水中立射。滑稽多智,辞说无端,尤善浅俗委巷之语,至可玩笑。④
>
>若性滑稽,善讽诵,数奉旨咏诗,并使说外间世事可笑乐者。凡所话谈,每多会旨。⑤
>
>叔陵少机辩,狗声名,……夜常不卧,执烛达晓,呼召宾客,

---

① 胡士莹:《话本小说概论》,中华书局,1980年,第3页。
② 石昌渝:《中国小说源流论》,生活·读书·新知三联书店,1994年,第8页。
③ 雷威安:《唐人"小说"》,载《'93中国古代小说国际研讨会论文集》,开明出版社,1996年,第29页。
④ 魏收:《魏书》卷九一《蒋少游传》,中华书局,1974年,第1971页。
⑤ 李延寿:《北史》卷四三《李崇传》,中华书局,1974年,第1606页。

说人间细事，戏谑无所不为。①

魏郡侯白，字君素，好学有捷才，性滑稽，尤辩俊。举秀才，为儒林郎。通侻不持威仪，好为俳谐杂说。人多爱狎之，所在处，观者如市。②

这些记载虽没有明指它们属于俳优小说伎艺，但由于当时可能这种伎艺还未形成一个固定专名，很多随意性的名称加诸它们，也就不奇怪了。这些"善浅俗委巷语"、"说外间世事"、"说人间细事"、"好为俳谐杂说"之类的语句表达了一些信息。首先，这是一些带有故事因素的戏谑调笑性讲说。其次，这些戏弄性讲说有一个讲和听的环境，也就是说这些讲说是面向听众的行为。其三，这些戏弄性讲说因关涉上层人士而被历史记录，而它流行于民间的状况也就由此而知是如何的壮大繁盛了。根据这些情况，称之为"说话"伎艺当不会差距太大，至于民间习惯以何名称之，则不得而知。尤为关键的是，这种笑谈戏弄虽然有些已有故事情节，但讲说本身并不以讲述故事为目的，而是以谐谑调笑为宗旨，仍然未能脱离俳优杂戏的调笑性质。如曹植的"诵俳优小说"，吴质召优的"说肥瘦"，侯白的"说一个好话"，都是以戏谑调笑为宗旨的讲说。

那么，这种俳优小说是如何调笑的呢？有关隋代侯白的两则材料可以略为呈现。

素与白剧谈。因曰："今有一深坑，可有数百尺。公入其中，若为得出？"白曰："入中不须余物，唯用一针即出。"素曰："用针何为？"答曰："针头中令水饱坑，拍浮而出。"素曰："头中何处有尔许水？"白曰："若无尔许水，何因肯入尔深坑。"

白在散官隶属，杨素爱其能剧谈，每上番日，即令谈戏弄，或

---

① 《南史》卷六五《宣帝诸子》，中华书局，1975年，第1583页。
② 李延寿：《北史》卷八三《李文博传》，中华书局，1974年，第2807页。

从旦至晚，始得归。才出省门，即逢素子玄感。乃云："侯秀才，可与玄感说一个好话。"白被留连，不获已，乃云："有一大虫欲向野中觅肉……"①

这两则材料乃依据于《太平广记》卷二四八的辑录，语中称这类言辞形式的戏谑嘲调为"剧谈"、"谈戏弄"。就字面意义解，"剧"有嬉戏、游戏意。唐写本《启颜录》"论难"第二条记北齐名优石动筩与僧人论难，有问僧语曰："向者剧问法师，未是好义……"其中"剧问"二字意为戏弄问难之意。那么，"剧谈"就是指戏语笑谈，左思《蜀都赋》有言："剧谈戏论，扼腕抵掌。"②"剧谈"与"戏论"并举，即能明显见出此意。据《北史》卷八三《李文博传》，侯白"好为俳谐杂说"，《启颜录》记录有他的许多戏谑笑谈。就侯白这些剧谈的性质、形态和思路的来源来说，应是俳优、民间艺人的伎艺，所以当时有"俳优小说"、"市人小说"、"人间小说"之称。由此，这些"剧谈"即在一定程度上反映出俳优小说的性质、形态和内容。

首先，"剧谈"可以有故事因素，但不以讲说故事为宗旨。侯白的"说一个好话"，也是"剧谈"的内容，这说明他的"好话"的性质是"剧"，是"戏弄"，具有滑稽调笑的性质。也就是说，侯白的这个"剧谈"虽有了一定的故事因素，但性质上仍是即兴的戏弄笑谈（本章第三节详述）。

其次，"剧谈"并非一定具有故事因素，更多的是斗口式的戏谑笑谈。敦煌遗书（斯坦因编号610，翟理斯编号7239）有一个唐开元十一年（723年）的《启颜录》抄本③，原卷首尾完好，其第一行"启颜录"三字下有"辩捷论难"四字，第八条前有"辩捷"二字，第十四条前有"昏忘"二字，第二十八条前有"嘲诮"二字，应是以类分篇的小标题，

---

① 侯白著，曹林娣、李泉辑注：《启颜录》，上海古籍出版社，1990年，第52页。
② 萧统编：《文选》卷四，上海古籍出版社，1986年，第186页。
③ 唐敦煌遗书《启颜录》为抄本，原卷首尾完好，其卷末有双行小字题记："开元十一年捌月五日写了，刘丘子于二舅家。"全卷共有记述四十则。

说明其下相从者的内容特征，即如陈振孙《直斋书录解题》卷一一"小说家类"著录《启颜录》时所言"杂记诙谐调笑事"，而其记述的"剧谈"行为本身的性质则就是"诙谐调笑"。

这种斗口式的戏谑笑谈就是"说话"伎艺的初始形态，它是俳优艺人必备的一种语言表演伎艺，即以语言形式表现的讲究即兴、敏捷的戏谑调笑。比如吴质在酒宴上召令优人的"说肥瘦"，就是俳优针对某一对象特征而进行的即兴的戏谑笑谈，其目的并不为讲说故事，而是调笑娱嬉，所以它即使采用故事因素，也不讲究故事情节的完整表现，而只是选取其中有滑稽性质的材料，发挥其蕴含的诙谐戏乐因素。

这种类似于"说肥瘦"的谐谑性"说话"，在唐代仍是俳优艺人的必备艺能，比如唐玄宗时名优黄幡绰嘲弄调笑刘文树、两院歌人的形貌特征以为娱乐嬉戏。与一般的讥讽嘲笑不同，它是一种俳优伎艺，有语言表达的格式技巧，有声容动作的妆扮模仿。这种嘲谑性的调笑形式在唐宋时期被许多文人借鉴、学习，作为一种逞显才智的方式。

> 顾况者，苏州人。能为歌诗，性诙谐，虽王公之贵与之交者，必戏侮之，然以嘲诮能文，人多狎之。柳浑辅政，以校书郎征。复遇李泌继入，自谓已知秉枢要，当得达官，久之方迁著作郎，况心不乐，求归于吴。而班列群官，咸有侮玩之目，皆恶嫉之。及泌卒，不哭，而有调笑之言，为宪司所劾，贬饶州司户。有文集二十卷。其《赠柳宜城》辞句，率多戏剧，文体皆此类也。①

顾况禀性诙谐，"嘲诮能文"，常"戏侮"那些王公贵族，即使李泌去世时亦不避"调笑之言"，而且文章辞句也多有游戏调笑风格（"率多戏剧"）。由此可见顾况的诙谐性格、嘲诮喜好。当时及后世文人中颇为流行这种以言辞相嘲戏的"剧谈"，比如唐刘肃《大唐新语》卷一三有"谐谑"目，孟棨《本事诗》卷七有"嘲戏"目，欧阳询等编《艺文

---

① 刘昫等：《旧唐书》卷一三〇《李泌传》，中华书局，1975年，第3625页。

类聚》卷二五有"嘲戏"目,宋李昉等编《太平御览》卷四六六有"嘲戏"目,南宋罗烨《醉翁谈录》丁集卷二有"嘲戏绮语"目,都记载有文人间的这类嘲调行为。宋元时还有合生、说诨话、说参请等伎艺,也都是逞才敏词捷、以诙谐嘲调为宗旨的伎艺。而唐敦煌写本《启颜录》所记较为典型、著名,其中的"辩捷"、"嘲诮"二目下即录有许多文人间的嘲调行为。

  越公杨素戏弄侯白云:"山东人多仁义,借一而得两。"侯白问曰:"公若为得知?"素曰:"有人从其借弓,乃云揭刀去,岂非借一而得两?"白应声曰:"关中人亦甚聪明,问一而知二。"越公问曰:"何以得知?"白曰:"有人问:'比来多雨,渭水涨不?'报曰'灞涨',岂非问一而知二?"越公于是服其辩捷。

  隋张荣亦善嘲戏,尝与诸知友聚会,乃各相嘲。有一人嘲云:"嘲,抽你皮作马鞭梢。"张荣即报云:"嘲,剥你皮作被袋。"人问曰:"何因不韵?"张荣即答曰:"会是破你皮折,多用韵何为?"①

有嘲人姓名者,有嘲人方言者,有纯粹斗口逞才者,形式上乃是针对对方的某一方面特征相互作意辱弄嘲戏,由此逞显辩捷巧思之才能。这些"剧谈"与吴质所召优人的"说肥瘦"、黄幡绰嘲弄两院歌人的戏谑调笑表演在性质上是相同的,在形态上是相类的,在精神上是相通的。

综上所述,俳优小说与戏弄皆是以戏谑调笑为宗旨的俳优伎艺,二者所反映的调笑方式、手段都是俳优的艺能,在性质和形态上并无严格的区别,而二者所具有的不同称名,则是论说者、记述者由于着眼点不同而对不同戏谑调笑方式的关注和强调。其实,"说肥瘦"这类言辞上的戏谑调笑也有动作上的模仿,而弄参军这类动作上的戏弄也有言辞上的嘲调。二者所代表的不同方式、手段都指向一个目标,就是戏谑调

---

① 侯白著,曹林娣、李泉辑注:《启颜录》,上海古籍出版社,1990年,第5、27页。

笑，由此而呈现出这些伎艺的俳优品性和戏乐趣味。

二、短小即兴的形态

俳优小说与戏弄同样表现出了短小、即兴的形态，这与它们作为俳优伎艺的业务艺能和谐谑性质有着密切的关系。

俳优是一种专职的艺人，原为供奉君主娱乐需要而设，他们要随时承应，按主人的意愿来完成戏乐任务，至于戏乐的方式和效果则由俳优的艺能来决定。先秦时期的优孟、优施等俳优的一些表演因为有着极大的即兴性，每一次的表演都是某一特定生活情境中形成的戏谑调笑，显得非常生活化。那种生动的情境一旦逝去，这一即兴的戏谑调笑行为也就随之而逝，不可重复。后世俳优伎艺形式渐多，手段趋丰，但这种即兴形态一直未变，比如吴质召优人就座中曹真、朱铄的相貌特征来"说肥瘦"；刘备令优人"假为二子之容，效其讼阋之状"来戏弄，虽然有着生动的形式，明确的内容，但都不是俳优事先的准备，而是按主人的要求所作的即兴表演。尤其是那些斗口式的论难、嘲调，更是讲究即兴的临场发挥，以逗显敏捷论辩才能，如唐时以词捷为尚的"斫拨"即要求优人"巧为言笑，令人主和悦"，《开天传信记》所记名优黄幡绰对刘文树猴相的嘲调即是在唐玄宗授意下的临场发挥。这种临场发挥的戏弄调笑是俳优侍奉、娱乐主人的必备艺能。《太平广记》卷二四七"石动箇"条所辑七事，卷二四八"侯白"条所辑八事，皆能表现出俳说嘲调、戏弄调笑的即兴形态。而更多的俳优艺人的即兴戏弄并未见诸记载，这一是因为俳优戏弄的琐碎小言不合大道（许多见录者是由于其有补于大道），二是因其即兴的形态，没有文字材料，过后即逝。

由于这种伎艺非常讲究参与者的思维敏捷和言辞机趣，尤其是参与双方临机发挥的即兴形态更可显示其思敏词捷的才能，所以吸引了上层社会的学习模仿，在宴集聚会中交锋抗辩以为逗智和娱乐。《太平广记》卷二四七、二四八、二四九所录材料即可反映当时上层社会颇为流行这种形式的调笑戏弄。

> 唐长孙玄同幼有讥辩,坐中每剧谈,无不欢笑。……贞观中尝在诸公主席,众莫能当。高密公主乃云:"我段家儿郎,亦有人物。"走令段恪来,令对玄同。段恪虽微有辞,其容仪短小。召至,始入门,玄同即云:"为日已暗。"公主等并大惊怪,云:"日始是斋时,何为道暗?"玄同乃指段恪:"若不日暗,何得短人行?"坐中大笑。段恪面大赤,更无以答。①

高密公主是唐高祖李渊之女,下嫁长孙孝政,又改嫁工部尚书、杞国公段纶。她为了显示段家儿郎有机辩善嘲之人,特召段恪来与长孙玄同比试。但身材矮小的段恪才一出面,即遭到长孙玄同的侮弄嘲戏。当时俗语有"黄昏短人行",意指黄昏时分路上少有人行走。长孙玄同取用此语,离析文义,曲解巧用,先假意诳称日光昏暗,使得座中疑惑惊怪,然后再手指段恪说出"若不日暗,何得短人行"一语,其意是说:若不是日光昏暗,怎么有这样的矮小之人行走。很明显此语是化用当时俗语"黄昏短人行",使用了"短人"的字面意,以讥讽段恪的身材矮小。这种手法正如当时流行的三教论衡形式戏弄的思路,讲究摘取经文教义,歪批曲解,剑走偏锋,巧发微中,以使得对方理屈词穷、无法应对为务,最终达到座中嬉笑的目的。

俳优的即兴戏弄讲究临场发挥且能切合要求,即临场的情境和题意,如吴质召令优人"说肥瘦",即是应合当时宴会上的情境;刘备召优人所作的"许胡克伐"戏弄,既切合当时群僚大会以为嬉戏的情境,也表达出刘备欲以此戏弄规劝许胡二人以及警戒群僚之意。而且这种伎艺特别强调参与者能根据现场情境和题意迅捷地发挥成戏,随机作诨,而那些有着准备的"宿构"则是大忌,不合嘲调的标准,也不会被认可。武则天朝的一次宴会中有关嘲戏"宿构"问题的争论即强调了这一点。唐人张鷟《朝野佥载》卷四记述河内王武懿宗在赵州迎击契丹来犯

---

① 李昉等编:《太平广记》卷二四九,中华书局,1961年,第1928页。

不利,闻敌即溃,军资器械弃于道路。在一次宴会上,张元一利用嘲谑性的戏乐言辞对武懿宗予以调笑。

> (河内王武懿宗)军回至都,置酒高会,元一于御前嘲懿宗曰:"长弓短度箭,蜀马临阶骗。去贼七百里,隈墙独自战。甲仗纵抛却,骑猪正南蹿。"上曰:"懿宗有马,何因骑猪?"对曰:"骑猪,夹豕走也。"上大笑。懿宗曰:"元一宿构,不是卒辞。"上曰:"尔叶韵与之。"懿宗曰:"请以莽韵。"元一应声曰:"里头极草草,掠鬓不莽莽。未见桃花面皮,漫作杏子眼孔。"则天大悦,王极有惭色。懿宗形貌短丑,故曰"长弓短度箭"。①

张元一是武则天朝的郎中,他在宴会上对座中武懿宗的迎敌不利而溃逃之状给了相当淋漓的戏谑嘲弄,其嘲弄的性质和形态乃来源于传统的俳优嘲调之法,即在宴会上就座中人的某一方面进行戏谑调笑,类于吴质召优之"说肥瘦"。张元一的嘲调应该是武则天的授意或默许,而模仿俳优的这种戏弄手法也是当时环境所允许和盛行的。所以武懿宗只能挑张元一的这一戏弄是"宿构"而不是临场的机辩之词。由此可见戏弄嘲调伎艺对即兴机趣的强调和尊崇了,而那些"宿构"的嘲戏不但不被认可,有时其表演者还会面临性命之忧。唐写本《启颜录》记有一事:

> 隋末,刘黑闼据有数州,纵其威虐,合意者厚加赏赐,违意即便屠割。尝以闲暇访人解嘲。当时即进一人,黑闼即唤令入,于庭前立。须臾,有一水恶鸟飞过,黑闼曰:"嘲此水恶。"其人即嘲云:"水恶,头如镰杓尾如凿,河里搦鱼无僻错。"黑闼大悦。又令嘲骆驼,"项曲绿,蹄波他,负物多。"黑闼大笑,赐绢五十匹。其

---

① 张鷟:《朝野佥载》卷四,载《唐五代笔记小说大观》,上海古籍出版社,2000年,第49页。

人拜谢讫,于左膊上负绢走出,未至屏墙,即遂倒卧不起。黑闼令问:"何意倒地?"其人对云:"为是偏担。"黑闼更令索五十屯绵,令着右膊上将去,令明日更来。其人将绵绢还村,路上逢一相识人,问云:"何处得此绵绢?"其人具说源由。此人即乞诵此嘲语,并问倒地由。此人问讫,欢喜而归,语其妇曰:"我明日定得绵绢。"明日平旦,即于黑闼外云:"极善解嘲。"黑闼大喜,即令引入。当见一猕猴在庭前。黑闼曰:"嘲此猕猴。"此人即嘲曰:"猕猴,头如镰杓尾如凿,河里搦鱼无僻错。"黑闼已怪,然犹未责;又有一老鸱飞过,黑闼又令嘲老鸱,此人又嘲云:"老鸱,项曲绿,蹄波他,负物多。"黑闼大怒,令割却一耳。走出至屏墙,又即倒地。黑闼令问,又云:"偏担。"黑闼又令更割一耳。此人还家,妇迎门问:"绵绢何在?"此人云:"绵绢,割却两耳,只有面。"①

"其人"能就临场指定的对象特征嘲戏而成机辩之词,让刘黑闼大为欢喜。而"此人"的嘲戏不能切合情境和题意作临场的机智发挥,使用"宿构",失去了嘲戏的言辞机趣,不但可笑,而且可恨。

正是因为俳优小说和戏弄讲究切合临场的情境和旨意而成机辩之趣,具有临场发挥的即兴形态,所以它们不能重复,尤其是那些临场的斗口式的论难、嘲诮,要求须切合当场的情境和命意,随着这一情境和命意的改变,相应的机辩之词即不再适合。由此,俳优小说和戏弄也就不可能有固定的底本。上文所记的"此人"不顾此伎艺的机辩要求和即兴形态,犯了大忌。

因此,这些戏谑性的俳优小说不同于后世小说的形态,而是一种临场发挥的调笑言谈,虽有一定的故事因素,但不以讲说故事为务,而以滑稽诙谐的戏谑调笑为旨。优人在吴质宴会上临场的"说肥瘦"如此,侯白随时按临场要求发挥其擅长的"俳谐杂说"亦如此。

至于动作形式的戏弄也是以机智发挥为尚,具有即兴的形态。如

---

① 侯白著,曹林娣、李泉辑注:《启颜录》,上海古籍出版社,1990年,第25—26页。

《北齐书》卷一五记述的石动筩嘲弄尉景一段：

> （尉景）转冀州刺史，又大纳贿；发夫猎，死者三百人。厍狄干与景在神武坐，请作御史中尉。神武曰："何意下求卑官。"干曰："欲捉尉景。"神武大笑，令优者石董桶戏之。董桶剥景衣，曰："公剥百姓，董桶何为不剥公？"神武诫景曰："可以无贪也。"①

北齐名优石动筩受神武帝之命意而当场戏弄贪官尉景，以作警戒，简短即兴，意到而止。这种短小即兴的戏弄只是选取座中人的相关信息予以嘲弄调笑，并不会表述出相关信息的始末。它所表现的就是俳优针对某一对象而进行的即兴的戏谑嘲诨，其目的并不为叙述故事，而是调笑娱乐，所以它并不讲究故事情节的完整；而且它所面对的对象都是当场之人事，为大家所熟悉，优人只选取有滑稽性质的材料内容，发挥其中蕴含的诙谐戏乐因素，意到则止。所以形态上非常短小，能即刻达到嬉戏调笑的目的即可。

有记载显示俳优小说的讲说费时较长，如《启颜录》记述杨素召令侯白"剧谈"，有时候"从旦至晚始得归"，但这并不表示侯白的"剧谈"内容是有统一情节的连贯故事。结合《启颜录》中"剧谈"多为短小形态的事实，以及当时俳优小说的即兴形态和谐谑性质，可以确定，这种俳优小说的形态应是短小的谐谑性质的语言表演，并不以讲说故事为宗旨。这种短小、即兴样式应是当时嘲调戏谑性"说话"伎艺的形态，所以它离独立、成熟的以表述故事为宗旨的叙述性"说话"伎艺仍有一定的距离；所以当时相关记载多会指出俳优小说的俳谐调笑性质，而不重视其所关之事，因为这些俳优小说所关联的故事时人多已熟知，它在当场戏谑调笑中只是一个背景，临场的戏弄者与观赏者看重的乃是其中所蕴含的调笑戏乐之意。由此而知，曹植当面对邯郸淳的"诵俳优小说数千言"，陆羽作为优人时曾"作诙谐数千言"，都不能视为长大的

---

① 李百药：《北齐书》卷一五《尉景传》，中华书局，1972年，第194页。

故事，而是若干戏弄谐谈性质的语言表演的汇集。记载中特标其所诵、所作有"数千言"，乃是强调他们这方面的才能，比如曹植如此表现的目的是要在邯郸淳面前显示其在此方面的艺能，有斗技逗能之意，因为邯郸淳即擅长或喜欢戏谑调笑，著有《笑林》三卷。至于其所诵、所作的俳优小说的性质应是如侯白的"剧谈"，以调笑戏乐为主，是短小的、即兴的嘲诙笑谈。

而那些短小即兴形态的戏弄也不符合成熟戏剧的标准。那种与生活行动没有多少区别的戏弄调笑，只是有着特定生活情境的即兴戏乐，如果离开那个情境重复表演也就失去了意义和价值。虽然宋前戏弄表现出了一些妆扮艺能，但无论如何杰出，都难称为真正的戏剧。这不止因为这些俳优伎艺不能负载复杂的故事情节和人物行为，还因为它们所表现出的仅凭即兴戏谑以博一笑的形态。王骥德即认为这类戏弄只是优人"自造科套"的谐语，没有现成本子，而只是即兴发挥的谐谑滑稽表演①。只有具备了反复呈现的表演内容与形态，才可标志着戏曲表演走向成熟化、规范化。

俳优小说和戏弄的短小即兴形态和戏谑调笑性质相互制约，互为基础，养成了它们不以表述故事为务，而以表意为宗旨的用事思维。

三、缘事而发的咏事思维

俳优小说和戏弄一般是俳优在某一具体情境下就某一事件、人物的即兴调弄戏谑，虽具体的调弄本身不一定呈现出事件始末，但皆有其事件背景、故事因素。春秋时期楚国优孟以机巧言辞调笑楚庄王的贱人贵马（《史记·滑稽列传》），西汉时期角抵戏"东海黄公"的斗虎表现（《西京杂记》卷三），三国时期吴质于宴席上召优的"说肥瘦"（《三国志》卷二一），皆有一定的事件背景，但俳优的调弄本身却不会表现事

---

① 王骥德：《曲律》，载《中国古典戏曲论著集成》，中国戏剧出版社，1959年，第4册，第150页。

件的情节始末，而只是以某一事件为背景针对某一方面进行调弄，其意在某一方面的滑稽戏乐因素而不在具体事件本身的叙述。

至于唐之戏弄，王国维认为"古之俳优，但以歌舞及戏谑为事"①，由此概之以歌舞戏、滑稽戏二类。任半塘认为王国维对唐戏弄的分类"同时采取伎艺与性质两种不同之标准"，如歌舞戏是着眼于伎艺，滑稽戏则是着眼于性质，因此，任氏专以伎艺为标准，分出全能、歌舞、歌演、科白、调弄五类②。但不管如何分类，唐戏弄皆有故事因素，正如王国维言歌舞戏与滑稽戏，"一则演故事，一则讽时事"③。

那么，这些俳优小说和戏弄表现出怎样的用事思维呢？这就涉及它们对故事的处理方式。对于一个故事，诗歌要把它咏唱出来，小说要把它叙述出来，戏剧要把它表演出来。三者代表了三种处理故事的思维和方式，可概之为"咏事"、"叙事"和"演事"。它们各有一套表述故事的规则和格式。

就与故事的关系看，叙事有一个讲故事的人（叙述者），他置身于故事情境之外用第三人称的口吻对故事进行叙述。而演事则没有叙述者，它要求演员化身为故事中的人物，置身于故事的虚拟情境中，用类似生活的语言、表情、语气以第二人称的口吻来对话，并直接把生活中的行动表现出来。至于咏事，虽有故事因素，但不以表述完整的故事情节为目的；虽有针对故事而设置的讲述人，但不以情节表现为职责；虽讲述人以第一人称口吻表情达意，但没有产生动作冲突的其他人物。

就传达一个故事的目的看，叙事和演事致力于把故事首尾完整、情节连贯地表述出来，即使表述过程中焕发出强烈的抒情色彩，但叙述行为的完整性基本上不受这些情感的干扰，相反，情节发展进程与情感抒发相得益彰，共同拧成一条贯穿全篇的线索。而咏事并不以叙述首尾完整、情节连贯的故事为目的，它追求的是基于故事的情感抒发，所谓缘事而发。由于咏事是以故事为基础，故而其所咏所感也牵动着相关的故

---

① 王国维：《宋元戏曲史》，上海古籍出版社，1998年，第6页。
② 任半塘：《唐戏弄》，上海古籍出版社，1984年，第195页。
③ 王国维：《宋元戏曲史》，上海古籍出版社，1998年，第13页。

事情节,但咏事却不以故事情节的完整与连贯为务,而重在故事情节对情感的启动和铺垫。《诗经》中就有很多这种感事而兴、缘事而发的诗篇。在这类诗歌中,"事件的因果链条如草蛇灰线般若隐若现,不欲求其完整,而情感的起伏转折和奔腾流淌却成为贯穿诗篇的逻辑线索"①。我们可体会《秦风·无衣》和《邶风·静女》中对故事的这种情感化处理。《无衣》以"王于兴师,修我戈矛"这一生活片段反复咏叹,而没有展开对整个战争过程的叙述,贯穿全诗的是士兵们同仇敌忾的斗志。《静女》也没有叙述故事的完整情节,而是截取故事的几个片段,以此作为情感抒发的起点和铺垫,而涌动诗中的是那位男子对心爱姑娘的绵绵深情。二诗都截取了故事的片段,以此为契机生发出情感的绵绵流溢,而隐去了前因后果的叙述交代。这种感事抒情之作在《诗经》中俯拾皆是,可以说是"诗三百"的标志性特征,也是中国古典诗歌中大量存在的一种用事形态。由此可见,咏事不以叙述故事为目的,而是把故事放置于情感抒发的启动处或背景处,用来作为感事而发的情感支点。

总之,就某一故事的情节展现来说,叙事和演事致力于对故事的情节化处理,关注故事本身的逻辑发展,前因后果,清晰完整。而咏事则以情运事,情中寓事,致力于对故事的情感化处理,关注故事对情感的触动,而不关注故事的完整连贯,只重视那些对情感抒发具有启动力的情节,在此,故事只是一个背景,置于前台的是缘于这个故事而兴起的情感和意绪。

参照上述三种处理故事的思维和方式,俳优小说、戏弄与故事的关系形态即可清晰呈现。其调弄本身即使有故事情节,也不以叙述相关情节为宗旨,而是把故事作为背景,取其滑稽戏乐因素发挥调弄,即以表意为主,意到则止。

俳优小说作为"说话"伎艺的早期形态之一,属于百戏、杂戏范畴内的言辞方式的戏谑调笑伎艺,侯白的"俳优谐说"和黄幡绰对两院歌人、刘文树的嘲调,皆属此类,而三国时期吴质于宴会上的那次召优

---

① 傅修延:《先秦叙事研究:关于中国叙事传统的形成》,东方出版社,1999年,第118页。

"说肥瘦"更是俳优小说的著名个案。

> 质黄初五年朝京师,诏上将军及特进以下皆会质所,大官给供具。酒酣,质欲尽欢。时上将军曹真性肥,中领军朱铄性瘦,质召优,使说肥瘦。真负贵,耻见戏,怒谓质曰:"卿欲以部曲将遇我邪?"①

"说肥瘦"的具体形态如何,现已无从知晓,但其目的是戏谑调笑,方式是嘲弄曹真和朱铄的形貌特征,所以才会有曹真"负贵"而"耻见戏"的反应。至于俳优戏谑的内容,虽然参照黄幡绰对两院歌人和刘文树的调弄可略为了解,但仍不能知道其具体内容。然综合这几条材料,我们能确定这一宴会上的戏乐活动是针对某一对象的形貌特征进行言辞上的戏谑调笑。这有两种可能,一是无故事因素,如黄幡绰嘲弄刘文树的相貌特征,以为戏乐;二是有故事因素,优人可以讲胖人做了某件可笑事,瘦人做了某件可笑事,也可以就同一件事,胖人、瘦人各自如何做,优人就其中一些滑稽因素发挥成说,然目的在调笑,而不在叙事,它所采取的手法是就某人某事中的滑稽因素发挥嘲弄以为戏乐。

这种有故事因素的言辞调笑还有一个著名的事例,即《启颜录》所述侯白为杨素之子玄感"说一个好话"。

> 白在散官隶属,杨素爱其能剧谈,每上番日,即令谈戏弄,或从旦至晚,始得归。才出省门,即逢素子玄感。乃云:"侯秀才,可与玄感说一个好话。"白被留连,不获已,乃云:"有一大虫欲向野中觅肉,见一刺猬仰卧,谓是肉脔,欲衔之。忽被猬卷着鼻,惊走不知休息,直至山中。困乏,不觉昏睡,刺猬乃放鼻而去。大虫忽起欢喜,走至橡树下,低头见橡斗,乃侧身语云:'旦来遭见贤

---

① 陈寿撰,裴松之注:《三国志》卷二一,岳麓书社,1990年,第490页。

尊,愿郎君且避道。'"①

这是一个谈及"说话"伎艺时经常被引述的材料。侯白说的这个"好话"是有故事情节的,但他并不是为了讲说一个故事,而是想要借此表达意愿。当时侯白正因与玄感之父杨素剧谈终日,至暮始得归,恰又路遇杨素之子玄感,被纠缠要求说一个"好话",无奈之下,便即兴讲了老虎遇刺猬的故事:一只老虎误吃刺猬被刺鼻,摆脱后又遇到一只橡斗(带壳的橡果,状如蜷缩之刺猬而较小),便疑为刺猬之子,故说出"旦来遭见贤尊,愿郎君且避道"之语。侯白的这个"好话"仍属"俳谐杂说",是他就当时情境的即兴发挥,表达了希望杨玄感能放他离开的意愿。所以,侯白的这个"好话"并不以讲述一个故事为目的,而重在其中之意,乃庄子散文中借寓言以说理的思路,故而意到则止,并未继续讲述后面的情节。

由此可见,俳优小说在故事的处理方式上有三个特征:一是不以叙事为宗旨,而是以表意为目的;二是不以故事的完整呈现为目的,而是在故事背景下发掘某一情节的谐谑性质以为调弄;三是不以展现人物形象为目的,而以嘲弄人物形象的戏乐因素为目的。所以,俳优小说这种"说话"伎艺对故事的处理思维和方式不是叙事,而是在故事基础上的戏谑性笑谈,故事只是这一笑谈的背景而非目的。

至于那些动作方式的妆扮戏弄伎艺,如弄参军、弄孔子等,虽然它们包含有一定的故事因素,但具有故事因素和具有表述故事的宗旨是不同的概念。成熟戏剧的关键之处是在具有故事因素的基础上还有表述一个完整故事的宗旨。任半塘就唐人的一些文献认为"倘就曲名之显具本事者求之,戏剧所在,必可十得七八"②,这个认定并不准确。若言唐戏弄为完备之戏剧,除了它具有妆扮因素外,至少还必须关注故事本身的情节呈现。王国维言唐戏弄"演故事",是指它有故事因素和扮演因

---

① 侯白著,曹林娣、李泉辑注:《启颜录》,上海古籍出版社,1990年,第52页。
② 任半塘:《唐戏弄》,上海古籍出版社,1984年,第490页。

素，但并不提它是否以表述故事为宗旨。对于唐戏弄，当时的观赏者很难从优人的戏弄本身获得故事的详细情节，因为优人是在观赏者熟知事件的背景下就某一方面进行戏弄。这不是演事的思维，而是咏事的思维。这种咏事表演，只是以故事为背景就其中某一情节生发出的歌舞科白表演。唐戏弄皆可如此视之。也就是说，唐戏弄并不能称为演事，虽然它与某一故事有关联，但其戏弄的宗旨是感于某事而发为歌舞、科白，而非以歌舞、科白来表述这个故事。正如诗歌的有感而发，并不表述出事件的具体情节因果链条，也不叙述出首尾完整的故事，而是以事件为背景、为基础、为出发点抒发诗人的情感意志。如果观赏者不熟悉戏弄的这一故事背景，是不可能真正知晓其所关联的情节和人物，也难以对戏弄所表达的滑稽调笑或情感意绪发出会心的微笑。

如此一来，唐戏弄也不能称为叙事伎艺。叙事是要表述出一定长度的首尾完整的故事。虽然唐代已有完备的史传叙事和小说叙事，但唐戏弄对故事的处理方式并非叙事。王国维言唐前古戏虽有故事因素，但"其事至简，与其谓之戏，不若谓之舞之为当也"，即指出古戏于事过简，不能称为"戏"。可见在王国维的戏剧观念中，戏剧对故事的表述也要有一定的长度。王国维分唐戏弄为歌舞戏与滑稽戏二类，他指出歌舞戏为"演故事"，其意是指歌舞戏乃据故事而发为歌舞，并非以歌舞表述故事情节；而滑稽戏更为明显地表现出故事背景下的戏谑嘲弄思维，即他所说的"虽不必有故事，而恒托为故事之形"，并不以叙述故事为务。因此，在唐人歌舞戏、滑稽戏那里，故事是一个背景，而非一个目的。也就是说，唐戏弄对于故事的表述方式不是如演事与叙事那样以表述完整故事情节为宗旨，而是以故事为背景进行歌舞、调笑，即如王国维所言滑稽戏"不以演事实为主，而以所含之意义为主"[①]。

唐戏弄这一处理故事的方式与诗歌之"缘事而发"有着精神上的相通，皆表现出一种"咏事"思维。它不以表述完整故事为宗旨，只取故事所含之意发为咏唱。诗歌的"缘事而发"是发为言辞的咏唱，唐戏弄

---

① 王国维：《宋元戏曲史》，上海古籍出版社，1998年，第7、11、28页。

的"缘事而发"是发为表意表情的歌舞、调笑的动作,也就是任半塘所说的"唐戏之即事而兴"①。这种"咏事"思维在《踏谣娘》、参军戏这样的代表性唐戏弄中有典型的表现。

《踏谣娘》为唐歌舞戏的代表,《旧唐书》卷二九《音乐志二》记载:"歌舞戏,有大面、拨头、踏摇娘、窟礧子等戏。"② 后世每提及唐之歌舞戏,多列有此四种。王国维即在《宋元戏曲史》中例举此四种歌舞戏以考察后世戏剧之源。任半塘则以《踏谣娘》、《西凉伎》为"全能剧",即合音乐、歌唱、舞蹈、表演、说白五种伎艺演故事的真正戏剧③。关于《踏谣娘》的具体记载,以唐人崔令钦《教坊记》为最早、最详。

> 踏谣娘——北齐有人姓苏,鲍鼻,实不仕,而自号为郎中。嗜饮酗酒,每醉辄殴其妻。妻衔悲,诉于邻里。时人弄之。丈夫着妇人衣,徐行入场。行歌,每一叠,傍人齐声和之云:"踏谣和来,踏谣娘苦和来!"以其且步且歌,故谓之"踏谣";以其称冤,故言苦。及其夫至,则作殴斗之状,以为笑乐。今则妇人为之,遂不呼郎中,但云"阿叔子"。调弄又加典库,全失旧旨。或呼为"谈容娘",又非。④

另外,《旧唐书·音乐志二》也有简述:"隋末河内有人貌恶而嗜酒,常自号郎中,醉归必殴其妻。其妻美色善歌,为怨苦之辞。河朔演其曲而被之弦管,因写其妻之容。妻悲诉,每摇顿其身,故号踏摇娘。"⑤ 但明显不如《教坊记》详细,且崔令钦是当代人记当代事,应更确实。观其记述,则知"踏谣娘"的主要表演有两段,关联着同一本

---

① 任半塘:《唐戏弄》,上海古籍出版社,1984年,第179页。
② 刘昫等:《旧唐书》卷二九《音乐志二》,中华书局,1975年,第1073页。
③ 任半塘:《唐戏弄》,上海古籍出版社,1984年,第497页。
④ 崔令钦:《教坊记》,载《中国古典戏曲论著集成》,中国戏剧出版社,1959年,第1册,第18页。
⑤ 刘昫等:《旧唐书》卷二九《音乐志二》,中华书局,1975年,第1074页。

事：先是表现苏家妇怨苦之态的歌舞调弄，然后是表现夫妇二人殴斗之状的动作调弄。两段"调弄"一为歌舞，一为动作，皆有其故事背景，即如任半塘所言："踏谣娘之'踏'与'谣'，俱非凭空存在，而实附丽于故事。"① 但应注意的是，这关联的故事是"时人弄之"的歌舞、滑稽表演的事件背景，或者说"踏谣娘"的表演是在故事背景下的歌舞和戏调。此表演的目的是歌舞调笑，而非故事表述，即艺人的表演是由苏家妇故事而生发出来的歌舞和戏调，但艺人的歌舞和戏调本身并不是为了呈现出这个故事的情节始末。

由此可见，《踏谣娘》这个戏弄有歌、舞、白、动作的成分，也有故事因素，但它所关联的那个故事，并没有被艺人的表演本身完整、清晰地呈现出来，而是作为表演者衔悲苦诉、且步且歌的"踏谣"歌舞和夫妇二人对殴的滑稽调弄的背景而存在的。艺人的歌舞和滑稽打闹因本事而发，然并不为表述本事而设。它在表演形态上是歌舞戏和滑稽戏的综合，由于这两段不同性质的戏弄汇聚在同一故事背景下，所以在表演内容上具有一定的丰富性和统一性。但由于它的表演不是为叙述故事而设，所以仍不能称为戏剧，只是很好地运用了一些戏剧因素，呈现了戏剧的一些构件。

至于参军戏，原是宴会上俳优对犯赃官员周延的一次嘲弄，有其特定的时事背景和特定的戏弄对象。《太平御览》卷五六九引《赵书》所记甚详：

> 石勒参军周延，为馆陶令，断官绢数百匹，下狱，以八议宥之。后每大会，使俳优着介帻，黄绢单衣。优问："汝为何官，在我辈中？"曰："我本为馆陶令。"斗数单衣，曰："正坐取是，故入汝辈中。"以为笑。②

---

① 任半塘：《唐戏弄》，上海古籍出版社，1984年，第516页。
② 李昉等编：《太平御览》卷五六九，中华书局，1960年，第2572页上。

唐欧阳询编《艺文类聚》卷八五引《赵书》所记此事在文字上稍有不同，可资参看："石勒参军周雅，为馆陶令，盗官绢数百匹，下狱。后每设大会，使与俳儿，著介帻，绢单衣。优问曰：'汝为何官，在我俳中？'曰：'本馆陶令。'计二十数单衣，曰：'政坐耳，是故入辈中。'以为大笑。"① 这一戏弄表演一般被认为是参军戏的来源，就戏弄本身与其所关联事件的关系看，它并不是为了表述出这件时事，实际上也未能表述出这件时事的具体过程，所有的戏弄手段都是为了在特定的时事背景下戏谑调弄，目的是嬉笑娱乐。

值得注意的是，这种在宴会上招令优人对座中人戏弄调笑以为嬉乐的俳优伎艺在魏晋时期相当普遍，有的是针对某一人物的某一特征（形貌、姓名等）进行言辞上的嘲谑，著名的如"说肥瘦"；有的是针对某一事件的某一因素予以戏弄调笑，如《三国志》卷四二《许慈传》记刘备令倡优妆扮戏弄许慈、胡潜的"讼阋之状"，《北齐书》卷一五《尉景传》记神武帝高欢令优人石动筩即兴戏弄尉景的贪婪之态，它们在方式、形态上与俳优戏弄贪官周延完全相同。

正是俳优伎艺有这样的发展基础，后赵石勒时才会出现优人戏弄犯官参军周延的表演。这一戏弄虽托故事之形，但不以叙事为旨，其间虽有故事因素，但并未讲述犯官周延贪赃枉法的具体情节，因为有关的事件已为宴会中人所共知，不必讲述，他们期待的是俳优就这一事件所发挥出来的滑稽戏弄。只是这一特定的"弄参军"被反复表演，逐渐形成了一种固定的模式，且这一模式渐被移出这一特定的故事背景，可以用来针对任何适合的故事而发为戏弄，如唐赵璘《因话录》所记"弄假官戏"②；进而形成了固定的脚色体制，被戏弄者为参军，执行戏弄任务者为苍鹘，如李商隐《骄儿诗》言："忽复学参军，按声唤苍鹘。"又如

---

① 欧阳询编：《艺文类聚》卷八五，上海古籍出版社，1982年，第1459页。
② 赵璘《因话录》卷一记："肃宗宴于宫中，女优有弄假官戏，其绿衣秉简者，谓之参军桩。"（《唐五代笔记小说大观》，上海古籍出版社，2000年，第835页。）

《新五代史》中记徐知训自为参军,而让杨隆演扮为苍鹘①;并出现了一些擅长此种戏弄的优人,如黄幡绰、张野狐、李仙鹤②。后赵石勒令俳优在宴会上戏弄犯官参军周延是有其本事背景的,而唐朝黄幡绰等优人的"弄参军"也是在这样的故事背景中戏谑调弄,相沿成习,已成固定模式。然而,不论是戏弄周延的"参军戏",还是作为一种伎艺体制的参军戏,都是在一定故事背景下的戏谑调笑,而不是为了叙述一个特定的故事。它对于后世伎艺的最大意义就在于提供了一个固定模式以发掘、表现一些事件的戏乐因素。所以,倪钟之把它归于说唱艺术的范畴,视其为一种滑稽表演,而不是戏剧形式③。

因此,这些歌舞戏、滑稽戏皆是故事背景下的调弄,其目的不是故事表述,而是以一个故事为背景,选取某段情节作为歌舞、调笑的因子,予以调弄戏乐,即针对某一事、某一人而发为歌舞、调笑,其意在歌舞、调笑,而非故事的完整表述。

王国维在《宋元戏曲史》中追溯戏剧之源而论及宋前歌舞戏、滑稽戏,指出"其事至简,与其谓之戏,不若谓之舞之为当也"④。任半塘比较唐戏与宋戏时虽说唐教坊所为已有各种戏剧,但也承认"惟除钵头、踏谣娘、参军椿等外,每仍曰'舞'而已"⑤。其实,这"其事至简"并不是唐歌舞戏不能称为戏、只能称为舞的原因,而是结果。这"其事至简"所说的"事"不是指歌舞戏所关联的本事,《兰陵王》和《踏谣娘》的本事都有一定的长度和曲折,并不简略;而是指这本事在歌舞戏中所

---

① 欧阳修:《新五代史》卷六一《吴世家》记:"徐氏之专政也,隆演幼懦,不能自持,而知训尤凌侮之。尝饮酒楼上,命优人高贵卿侍酒,知训为参军,隆演鹑衣髽髻为苍鹘。"(中华书局,1974年,第756页。)
② 段安节《乐府杂录》"俳优"条记:"开元中,黄幡绰、张野狐弄参军,始自后汉馆陶令石耽。耽有赃犯,和帝惜其才,免罪。每宴乐,即令衣白夹衫,命优伶戏弄辱之,经年乃放。后为参军,误也。开元中有李仙鹤善此戏,明皇特授韶州同正参军,以食其禄,是以陆鸿渐撰词云'韶州参军',盖由此也。"(《中国古典戏曲论著集成》,中国戏剧出版社,1959年,第1册,第49页。)
③ 倪钟之:《中国曲艺史》,春风文艺出版社,1991年,第120页。
④ 王国维:《宋元戏曲史》,上海古籍出版社,1998年,第7页。
⑤ 任半塘:《唐戏弄》,上海古籍出版社,1984年,第268页。

反映出的情节太简。因为歌舞戏只是就本事的某一点生发为歌舞,重在歌舞,而不在于叙述这个本事,更不在于叙述出这本事的首尾全部,故而由歌舞戏所能见到的本事情节"至简"。而这正是"咏事"思维对故事的处理、使用方式造成的结果。所以王国维在看到诸宫调于叙述故事的优势时,意识到大曲这样的歌舞戏只能算是咏事。他在总结中国戏曲发展的历史时也表达了这一观点:"宋时滑稽戏尤盛,又渐藉歌舞以缘饰故事,于是向之歌舞戏,不以歌舞为主,而以故事为主;至元杂剧出而体制遂定,南戏出而变化更多。"① 其意是指宋代的滑稽戏开始以表述故事为宗旨而取用歌舞手段,如此歌舞就不是表演的目的,而此前的歌舞戏则是以歌舞为宗旨,故事只是歌舞兴发的起点和背景。也就是说唐歌舞戏不是以歌舞为手段演述故事,而只是在故事背景下演为歌舞,即感于事而发为歌舞。

以上所谈各种伎艺对故事的处理方式皆不以表述一个故事为旨归,而是把故事作为伎艺表演的背景来处理,在此背景下进行歌舞、滑稽表演,并于这歌舞或滑稽表演中寓含着故事因素以及与故事相关的情感和意绪。这正与诗歌的咏事思维精神相通。对于这些伎艺来说,咏事就是缘于某事而作出的表演,有歌舞,有调笑,有打闹,这是根植于故事基础上的表演,而非对一个故事的完整、连贯表述。也就是说,这些伎艺是把故事作为表演的一个背景,在这故事背景下"即事而兴",或为歌舞(如《踏谣娘》),或为调笑(如滑稽戏),或为打闹(如参军戏),但又不可失去故事的支撑,正如任半塘针对唐戏所言:"唐戏之即事而兴,正如唐诗之即事或即景而作一般,必针对某一事、某一景而发,泛则无谓。"②

所以说,唐戏弄处理故事的思维和方式,与诗歌的咏事有着精神上、原则上的相通之处,亦可称之为"咏事"。当然,唐戏弄的咏事与诗歌的咏事在具体形式上有不同之处,一是曲辞的咏,以曲辞、韵律、

---

① 王国维:《宋元戏曲史》,上海古籍出版社,1998年,第127页。
② 任半塘:《唐戏弄》,上海古籍出版社,1984年,第179页。

音节表达故事所蕴之意；一是形貌、动作上的咏，以歌舞、动作表达故事所含之意。据此而言，无论是"舞以象之"的"拨头"，还是综合了歌舞和打闹的"踏谣娘"，都不是在"演事"或"叙事"，即不是以表述完整故事为目的歌舞，不是歌舞以演事，而是在故事背景下的歌舞表演。这些歌舞动作不是为表述故事而设，而是为抒情表意而设，而且只是为了表现这歌舞动作，所以它不会表现出具体的故事情节，甚至表演本身所反映出的情节十分简陋、隐晦，只是舞象之，歌咏之。这些伎艺表演有的是单纯的歌舞，有的则综合了歌舞、角抵、科白等多种伎艺手段，当然它们因根植于同一故事基础而具有了一定程度的统一性，但仍不能称为叙事。这些伎艺表演与本事的关系，是戏弄以象事，歌舞以咏事，即歌舞、戏弄并不为叙述本事而设，而是因本事而设为歌舞、戏弄表演。王国维所说的唐戏"演故事"，应理解为在故事背景下的伎艺表演，而不是设这些伎艺表演以呈现故事，所以王国维承认唐之歌舞戏"与其谓之戏，不若谓之舞之为当也"。那些有本事可考的唐代歌舞戏目，也应作如是观。

由此可见，戏弄与俳优小说在处理故事方面有着共同的方式和思维。二者皆可包含故事因素，但其目的并不是故事本身的情节，而是故事中所蕴含的滑稽戏乐之意。在这种情况下，故事不是表演的目的，而是表演的背景，优人以此故事为基础，选择、挖掘某一情节所含之滑稽因素，发挥成说，比兴成戏。二者对故事的处理方式和思维，在精神上是相通的，皆可视为缘事而发、即事而兴的"咏事"。

四、结　语

综上所述，俳优小说与戏弄的混融关系，造成了二者相同的性质与形态——诙谐调笑和短小即兴，也孕育了相同的处理故事的思维和方式，即缘事而发、即事而兴的咏事思维和方式。俳优小说包括两种形态，一是含有故事因素的表意寓言，二是逞智斗口式的谐谑笑谈。而戏弄无论是歌舞戏还是滑稽戏，皆是在故事背景下的表意和调笑，并不以表述故事为宗旨。

　　但是,俳优小说在唐代已有一脉发展了叙事能力,由咏事而走向叙事,以叙述一个长大完整的故事为表演宗旨,由此出现了叙事性"说话"伎艺,它摆脱了短小即兴形态和戏谑调笑性质,迈出了戏弄的樊篱,不再以俳谐调笑为宗旨,而是以讲说故事为目的,开始向叙述长大完整的故事方向发展。于是出现了以俗讲为代表的叙事性"说话"伎艺及其文本形态的话本,从而具备了走向文学性的基础。而戏弄则仍停留在俳优调弄的阶段和形态,无表述故事功能,无文学性文本,仍为伎艺性的歌舞表演或滑稽调弄。如此一来,二者在发展方向、关系形态上由混融而出现分裂,在这种情况下,小说与戏曲的关系也就出现了变化。

第三章

唐宋之际"说话"与杂剧关系的新变

在俳优小说与戏弄的混融关系存续过程中,二者的关系也酝酿着变化。这一变化的出现是基于二者混融状态的被打破,基于二者各自的发展状态有了差异,其表现是俳优小说在短小即兴、嘲调戏谑的主流中产生了以叙事为宗旨的一脉,在唐代中后期出现了叙事性的"说话"伎艺及其文本形态的话本,它有定型的形态和规范的程式,对故事的表达方式和叙述能力已经趋于成熟。而与之关系密切的戏弄则仍延续着原有的发展脉络。由于二者在表述故事方面的这种不平衡状况,二者的关系形态也逐渐产生了变化,由混融状态而渐趋分裂,并因出现了"说话"伎艺的新变而对戏弄产生了影响,即戏弄在"说话"伎艺向叙事方向发展的诱发下出现了叙事宗旨的表演。在此发展指向下,叙事宗旨在宋金杂剧中由出现到确立,叙事类杂剧的数量逐渐增多,取材范围逐渐扩大,这一变化过程始终伴随着叙事性"说话"伎艺的促进之力。当然,在这个过程中,唐人成熟的传奇小说也表现出了一定的影响之力,但它的影响之力并不如叙事性"说话"伎艺那么直接深入。

所以,"说话"伎艺的发展打破了它与戏弄原有的混融关系,启发、促进了戏弄表演宗旨的变化,即在咏事思维的调笑、歌舞中萌生了叙事宗旨的发展脉络,并在这一发展脉络上最终生成了金元杂剧的体制形态。

一、"说话"伎艺叙事宗旨的出现

唐代已出现了成熟形态的话本,尤以敦煌遗书中的话本小说为代表。它们的出现是以"说话"伎艺为基础的。南宋时"说话"伎艺有四家之说,一般认为皆以讲说故事为宗旨,但宋前的"说话"伎艺比较复杂,并不专以讲说故事为务。当时的"说肥瘦"式的俳优小说一般被认为是"说话"伎艺的先河,它们以戏谑嘲调为事,与戏弄同归于杂戏、杂剧名下。"说话"伎艺何时以讲说故事的面貌出现,或言叙事宗旨何时在"说话"伎艺中出现,难以确定,但至少唐代中期已有故事讲说形态的"说话"及其文本,而俳优小说注重口辩词捷艺能的发展,应是故事讲说伎艺产生的基础,是叙事宗旨在"说话"伎艺中出现的前提。这说明"说话"伎艺在宋前已出现了两条脉流的发展态势,与戏弄混融、以嘲调为宗旨的俳优小说是"说话"伎艺的一脉,而依傍其发展的叙事一脉也逐渐出现并得到确立。

俳优小说是"说话"伎艺的一种形态,三国时期吴质召优的"说肥瘦"、唐玄宗时名优黄幡绰对两院歌人的嘲调都是其典型代表,它们以戏谑嘲调为宗旨,即事而兴,缘事而发,遵循着"咏事"思维。石昌渝即指出:"俳优小说是一种伎艺,大体属于百戏范围,戏谑调侃之类,为说话伎艺的早期形态之一。"① 对于俳优小说的性质和形态,其实不必犹豫于"小说"一词,它是对于俳优以言辞形式针对某人某事戏谑调笑伎艺的一个别样称呼,可能并未成为通称,倒是《文心雕龙·谐讔》所言"俳说"一词更能简洁地体现出这一语言表演伎艺的性质②。

由此可知,俳优小说以戏谑调笑为务,即使有故事因素,亦遵循"咏事"思维,在故事背景下即事而兴为嘲调,而非以叙事为宗旨。这种俳优小说的性质是以调笑戏乐为主,是短小的、即兴的嘲诨或笑谈,

---

① 石昌渝:《中国小说源流论》,生活·读书·新知三联书店,1994年,第8页。
② 刘勰:《文心雕龙·谐讔》有言:"魏人因俳说以著笑书,薛综凭宴会而发嘲调。虽抃笑推席,而无益时用矣。"(上海古籍出版社,2008年,第29页。)

并不要求有长大完整的故事情节,只是选取有滑稽性质的情节,就其中所蕴含的滑稽因素发挥演绎。它与戏弄不同者在于表述手段上一为借助言谈,一为借助动作和歌舞,但在处理故事的方式上都遵循着"咏事"思维。所以俳优小说虽不一定必有故事因素,但也常是托以故事,发为嘲调戏谑。这种形态的俳优小说是"说话"伎艺的一个阶段,一种形态,在宋前曾占据一段时期的主流地位。

当然,俳优小说虽无叙事宗旨,但它在嘲调中也会包含一些故事因素,如《启颜录》所记侯白的"说一个好话"(详见第二章第一节)。侯白所说的"好话"虽有故事情节,但它是否为讲说故事的表演,则要从"话"的性质以及侯白讲说的意图来分析。

首先,此"话"不能认定作"故事"解。"说话"作为伎艺名称,一般解释为讲说故事,这是把"话"释为"故事"。然事实并非如此,唐释慧琳《一切经音义》多处涉及"话"的解释,如卷一六注解《发觉净心经》上卷"谈话"一词言:"《博雅》:话,嘲谑也。《说文》:善言也。"卷五六注解《正法念处经》第三十二卷"调话"一词言:"胡快反,会善言也。"卷七〇注解《俱舍论》第十二卷"俗话"言:"《广雅》:话,调也。谓调戏也。《声类》:话,诇言也。"卷七一注解《阿毗达磨顺正理论》第五十四卷"耽话"言:"《声类》云:话,诇言也。《广雅》:话,调也。调谓戏也。"① 由此可知,"话"意指以言语相嘲戏。孙楷第也看到"话"有嘲调、调戏意,他在《说话考》一文开头第一段即指出:"话有排调假谲意。"并引慧琳《一切经音义》卷七〇对"俗话"的注解,随后,孙楷第总结"说话"伎艺之"话"的含义言:"凡事之属于传说不尽可信,或寓言譬况以资戏谑者,谓之话。"② 其中的"寓言譬况以资戏谑"即是"俳优小说"一脉的风格,其特点是以言辞相嘲戏,它以逞才斗智、嘲弄讥讽为宗旨,在语言上讲究才敏词捷,有嘲谑辩难性质。因此,"说话"伎艺是指一种捷口词辩的伎艺,并不单

---

① 释慧琳、释希麟:《正续一切经音义》,上海古籍出版社,1986年,第623、2233、2770、2827页。
② 孙楷第:《沧州集》,中华书局,1965年,第92页。

指讲说故事，至少初始之意不如此，或不唯此。既然"话"在唐时有戏谑嘲调意，再结合史书和《启颜录》中关于侯白善于俳谐杂说、剧谈、谈戏弄的记述，则不能以"话"判定此处侯白所说的"好话"的性质是故事讲说。

其次，侯白的"剧谈"不以叙事为目的。侯白的"好话"内容（老虎遇刺猬之事）本身是一个故事，然以侯白的讲说行为与此"话"内容的关系论，侯白在此不是为讲说故事，而是借以表意。侯白因与玄感之父杨素"剧谈"终日，至暮始得归，路上恰逢玄感，被其纠缠须"说一个好话"，无奈之下，侯白根据当时情境即兴笑谈，借老虎之语（"旦来遭见贤尊，愿郎君且避道"）表达了自己的意愿，希望杨玄感能放他离开。所以侯白的"话"并不以讲说故事为目的，而重在其中之意，即侯白对于这个老虎遇刺猬故事是以意运之，意到则止。由此可见，侯白的这个"好话"并不以讲述有趣故事为目的，而是以言语为手段，以戏谑调笑为目的，针对某一事的笑谈，它并不是要叙述一个完整的故事，而是要在故事中发掘滑稽之意，发为言谈，以作戏乐，即如王国维论宋滑稽戏所说的"不以演事实为主，而以所含之意义为主"①。

虽然如此，侯白的调笑谐辞、俳谐杂说确已具有故事因素，当这样的"剧谈"不以调笑为目的，而逐渐突出其故事因素，最终以讲说故事为宗旨时，就会出现讲说故事形态的"说话"伎艺。据元稹《酬翰林白学士代书一百韵》自注所提及的"一枝花话"、敦煌话本《庐山远公话》、《韩擒虎话本》，可知唐时已出现了以讲说故事为宗旨、具备叙述长大完整故事能力的"说话"伎艺，而现存大量的俗讲文本则说明另一性质、形态的"说话"伎艺已取得了很好的实绩。至于"说话"伎艺何时在俳优小说的戏谑嘲调主流中出现了叙事一脉，则难以确定。但叙事宗旨出现后的发展结果是唐时已有趋于成熟的讲说故事的"说话"伎艺，它在当时俳优小说的主流形态之外的一条脉线上不断发展，最终出现了形态成熟的叙事性"说话"伎艺及其文本形态的话本小说。

---

① 王国维：《宋元戏曲史》，上海古籍出版社，1998年，第28页。

据此而言，在文人们享受着传奇小说征异话奇的娱乐时，市民们也在享受着讲唱故事伎艺的娱乐。虽然叙事性"说话"这一脉还没有形成宋元时期的滚滚洪流，但在唐代已渐有波澜。元稹所述的"一枝花话"和现存众多敦煌话本即表明了唐时叙事性"说话"伎艺对于长大完整故事的叙述能力。另外，从敦煌遗书中，讲唱同一故事出现了多种抄本，如《伍子胥变文》（拟题）、《前汉刘家太子传》皆有四种抄本，各抄本内容大致相同，如果其中无母本，也应该另有一共同的母本在艺人之间相互传抄。这些都表现出唐代的叙事性"说话"伎艺的进步。

从俳优小说到叙事性"说话"的变化主要表现在：表演宗旨从戏谑调笑到讲述故事，形态从短小即兴到长大完整，用事方式从缘事而发的咏事到关注情节完整的叙事，且叙事能力已颇为发达，而敦煌话本的发现证明了唐代通俗小说已具有了走向文学性的基础和条件。这些变化说明了叙事性"说话"已经走向规范，有了固定的程式，标志着"说话"伎艺在唐时的成熟和独立。"说话"伎艺在叙事一脉的发展，有了成熟的叙事形态和能力，有了一定数量的名目和文本，此即表明叙事一脉在"说话"伎艺中得到了确立，并且渐为壮大，由支流而成为主流，在宋元时期终成滚滚洪流。

当然，叙事一脉的洪流并没有涤荡尽戏谑嘲调一脉的存在，宋元时期仍有嘲调性质的"说话"伎艺，但已成为余绪了。宋元瓦舍伎艺中的说诨话、合生，元代记载的"调话"，皆是其余绪。《东京梦华录》卷五"京瓦伎艺"条中列有"说诨话"艺人张山人，《碧鸡漫志》卷二称其擅长"长短句中作滑稽无赖语"，"以诙谐独步京师"[①]。南宋洪迈《夷坚支志》乙集卷六"合生诗词"条说："江浙间路歧伶女，有慧黠知文墨能于席上指物题咏应命辄成者，谓之合生。其滑稽含玩讽者，谓之乔合生。盖京都遗风也。"[②] 这种"合生"伎艺即讲究滑稽玩讽、应对如流、言辞敏捷。宋张齐贤《洛阳搢绅旧闻记》卷一"少师佯狂"条叙及五代

---

① 王灼：《碧鸡漫志》卷二，载《中国古典戏曲论著集成》，中国戏剧出版社，1959年，第1册，第115页。
② 洪迈：《夷坚志》之《夷坚支志》乙集卷六，中华书局，2006年，第841页。

时善"合生杂嘲"的谈歌妇人杨苧罗,特别指出她"辨慧有才思"、"言词捷给"①。据朱权《太和正音谱·词林须知》:"捷讥,古谓之滑稽,院本中便捷讥谑者是也。"② 由此知"捷给"乃是指才思敏捷,应答如流,且有一定的滑稽调笑色彩。这些伶女、妓女慧黠诙谐的才思及其在以嘲戏讥讽为能事的合生伎艺上的表现,颇为文人们欣赏、赞许。《青楼集》所记元代艺人时小童善长的"调话"也是这种性质的艺能。"调话"一词另有所见,北魏瞿昙般若流支译《正法念处经》卷三二"观天品之十一"述初生天子受诸天女诱惑言:"时诸天女,奉给天子,歌舞戏笑,种种吟咏,鄙亵调话,令此天子心意迷惑,……"唐释慧琳《一切经音义》卷五六特列"调话"一词,并对"话"注解曰:"胡快反,会善言也。经文作䜕音花,諠譁,非字义。"③ 此处释"话"为"会善言也",乃承许慎《说文解字》所谓"合会善言"。由此知"调话"是指言辞上的戏谑嘲戏,这种性质的行为在唐代前后还成为艺人的一项伎能,并在上流社会的宴集聚会活动中非常流行。《青楼集》中说时小童"舌辨","如丸走坂,如水建瓴"④,正是"调话"逞才敏词捷的表现。由此可以说,"说话"伎艺中的叙事一脉在当时的嘲调主流中作为一条支流出现,后来发展壮大,渐成主流,而嘲调一脉的流域则逐渐变窄,但并未消失,只是由主流而褪落成支流了。

另外,"说话"伎艺嘲调一脉与戏弄的混融状态在宋金时期也未消失,仍杂处于承唐戏弄而来的宋金杂剧中。周密《武林旧事·官本杂剧段数》就载录了三教论难式的调弄,如《门子打三教爨》、《打三教庵宇》、《普天乐打三教》、《满皇州打三教》、《三教安公子》、《三教闹著

---

① 张齐贤:《洛阳搢绅旧闻记》卷一,《丛书集成初编》,中华书局,1985年,第2844册,第4页。
② 朱权:《太和正音谱》,载《中国古典戏曲论著集成》,中国戏剧出版社,1959年,第3册,第54页。
③ 释慧琳、释希麟:《正续一切经音义》,上海古籍出版社,1986年,第2233页。
④ 夏庭芝:《青楼集》,载《中国古典戏曲论著集成》,中国戏剧出版社,1959年,第2册,第27页。

棋》；还有戏谑嘲弄的"打调"①，《打调薄媚》、《大打调中和乐》、《大打调道人欢》等。更有许多以口辩词捷为能事的伎艺混融在宋杂剧中，如《武林旧事》所列"宋官本杂剧段数"中有《百花爨》、《说月爨》、《论谈》等滑稽性的说唱伎艺。而《南村辍耕录》所录金院本名目中混杂有更多的"说话"伎艺，如"诸杂院爨"中有《讲来年好》、《讲乐章序》、《神农大说药》、《讲道德经》、《讲蒙求爨》、《讲百花爨》、《讲百禽爨》、《讲百果爨》；"冲撞引首"中有《说狄青》、《说古人》、《论句儿》、《说罚钱》；"拴搐艳段"中有《说古棒》、《唱拄杖》。这说明"说话"伎艺嘲调一脉在宋金时期仍然延续着。至于宋金杂剧中混杂了原是俳优小说的伎艺，则是二者混融关系的遗迹，也可以说是俳优小说对宋金杂剧的影响遗迹。

至于"说话"伎艺中的叙事一脉，它虽然在唐中期已得到确立，但与之相关的一些现象仍体现、蕴含着原与戏弄混融状态的记忆。其一，"说话"伎艺中叙事一脉的出现是以俳优小说的发展为基础的，正是在这条发展脉线上，唐人康骈把他的传奇小说集名为《剧谈录》。"剧谈"是对俳优小说的戏谑嘲调性质非常贴切的一个称名，康骈取以作书名，并非标举此书具有《启颜录》般的戏谑嘲调性质。在康骈写于乾宁二年（895年）的自序中说："新见异闻，常思纪述。"他未提及为何取名"剧谈录"的原因，但从集中的篇章来看，皆为唐天宝以后的奇闻轶事。由此推知，康骈之所以用"剧谈"作为其小说集的名称，乃因集中所载与"剧谈"之名有关，故知此"剧谈"已是讲述故事的意义。"剧谈"由戏谑嘲调之解到故事讲述的用意，表明了这种讲述故事的"剧谈"与侯白的俳谐杂说的"剧谈"的联系。其二，叙事性"说话"伎艺可以脱离杂戏的表演形态而单独存在，已不是剧谈所包含的短小即兴的笑谈或斗口式的谐谑，但它作为伎艺仍混杂于"戏场"等场所，处于百戏杂陈的环境中，在类属上仍为杂戏的一个项目，这说明它属于"杂戏"的观念仍

---

① 刘昌诗《芦浦笔记》卷三"打字"条曰："街市戏谑有打砌、打调之类，因并记之。"（中华书局，1986年，第24页。）

然存在，这也就是唐人视其为"杂戏"之一的原因，如段成式《酉阳杂俎》在叙及"观杂戏"时提到了"市人小说"，胡士莹据此认为："'说话'包括在'杂戏'（百戏）之内，做为杂戏中较小的单位演出。唐代长安东西两市的杂戏，也必然包括'说话'这一伎艺。"① 这种观念的存在是由"说话"伎艺的初始形态和历史渊源所决定的，而不是它成熟后仍混杂于戏场的现状造成的。也就是说，"说话"伎艺混融于"杂戏"是结果，是它处于戏弄调笑阶段所具性质的遗踪和记忆。这些现象说明叙事性"说话"作为"说话"伎艺的一脉，仍然负载着俳优小说与戏弄混融状态的遗绪，遗存有这一混融状态的深刻记忆。

从这个意义上讲，鲁迅认为"说话"是从杂剧中来，是有道理的。鲁迅《中国小说史略》在谈到宋代话本时指出：唐代已有"说话"伎艺的存在，宋人通俗小说"实出于杂剧中之'说话'"②。这个杂剧指的是俳优伎艺混融下的"杂剧"，包括俳优小说和戏弄。"说话"伎艺归属于此种形态的"杂剧"之时，叙事一脉与嘲调一脉同在，它们与戏弄混杂在"杂剧"这一类名下。而叙事一脉的发展即成为后世通俗小说的基础。确切地说，鲁迅此语应指宋人通俗小说乃出于原本混融于杂剧中的"说话"伎艺之叙事一脉。孙楷第称小说与戏曲从来源上说同是"杂伎"③，蒋瑞藻指出"小说与戏剧，异流同原"④，皆可作如此理解，其意乃指二者是从俳优伎艺中分离出来，才有了各自的体制形态和发展脉络。

由此可以说，在唐代，"说话"伎艺已经迈出了"戏弄"、"杂剧"的樊篱，逐渐摆脱了戏弄的戏谑调笑性质，而走上表述长大完整故事的方向。敦煌遗书中的话本小说以及唐人的相关记述表示，戏谑调笑性质的俳优小说已由主流渐变为支流，而讲说故事宗旨的"说话"伎艺已有了自己的独立形态，有了自己的类属特征，它所讲述的内容已经脱离了

---

① 胡士莹：《话本小说概论》，中华书局，1980年，第18页。
② 鲁迅：《中国小说史略》，上海古籍出版社，1998年，第72页。
③ 孙楷第：《李笠翁与十二楼》，载《沧州后集》，中华书局，1985年，第188页。
④ 蒋瑞藻：《小说考证》附录《戏剧考证》，上海古籍出版社，1984年，第337页。

俳谐笑谈,有了人物塑造和情节铺叙,并出现了一些标志性的作品。而且,人们的谈论中也以"说话"称之,其记录本或抄录本也被标识为"话"(如"一枝花话"、《庐山远公话》),当然,这并不确指其所讲为故事,而是表明其原出于"说话"行为,同时也体现了它与嘲调性质"说话"的血缘联系。总之,叙事宗旨在"说话"伎艺中的出现、确立,无论对于"说话"伎艺的发展,还是对于二者关系的变化,都具有重要的促进意义。它打破了俳优小说与戏弄原有的混融状态,从而使二者关系出现了新变。

二、"说话"伎艺对杂剧叙事宗旨生成的直接促进

宋杂剧承前代俳优伎艺之绪,含纳了众多形态的伎艺。北宋初期,杂剧承唐制,迤逦而来,变化不大,一些讲究即兴戏谑、词捷口辩的"说话"伎艺仍混融其间,《武林旧事》所记"官本杂剧段数"即有《说月爨》、《百花爨》及三教论难式的调弄,《南村辍耕录》所记院本名目之"诸杂院爨"则有《讲来年好》、《神农大说药》、《讲百花爨》、《讲百禽爨》、《讲百果爨》等"说话"伎艺。而那些滑稽戏、歌舞戏虽体制渐丰,但仍遵循着"咏事"思维,缘事而发,如《梦粱录》所言杂剧"全以故事,务在滑稽"①。值得注意的是,在这咏事而调的杂剧中,也出现了变化,即在"咏事"思维的杂剧大量存在的情况下,出现了叙事宗旨的杂剧,《武林旧事·官本杂剧段数》和《辍耕录·院本名目》中即有纯为叙事的剧目,这表明宋金杂剧在戏谑嘲调的咏事一脉之外出现了叙事一脉。叙事宗旨在宋金杂剧中从无到有的过程,"说话"伎艺的启发和促进作用颇显。"说话"伎艺在戏谑嘲调的娱嬉中确立叙事一脉发展方向的变革现实,对有着相同处境和性质的戏弄、杂剧有着直接的启发、引领之功,而叙事性"说话"伎艺的滚滚洪流则进一步促进了叙事宗旨在宋杂剧中的确立,推动了宋杂剧叙事一脉的发展。

---

① 孟元老:《东京梦华录(外四种)》,文化艺术出版社,1998年,第302页。

当然,叙事宗旨在杂剧中出现的具体时间,难以确定;"说话"伎艺在其间的影响轨迹,亦难以描画。但随着叙事性"说话"伎艺在宋代的发展壮大,以及杂剧由唐至宋的承续变化,这种影响的结果逐渐显山露水,比如叙事宗旨的出现、演述形态的长大、演述程式的定型。我们即由此影响所积淀于宋金杂剧中的遗迹,描述从唐戏弄到宋金杂剧的演进历程中"说话"伎艺的影响功力。

宋杂剧在纷杂的戏调和繁富的歌舞中,能出现叙事宗旨的演述,其间的直接动因是来自于"说话"伎艺发展路向的启发与引领。这一过程的明显表现是唐戏弄到宋杂剧的用事习惯的变化:从取时事而咏到取小说而咏,从取小说而咏到取小说而叙。

唐代歌舞戏著名者有《代面》、《拨头》、《踏谣娘》,皆以时事为背景而发为歌舞,其意在咏事而不在叙事。如《代面》,据《旧唐书·音乐志二》记:"《大面》出于北齐。北齐兰陵王长恭,才武而面美,常著假面以对敌。尝击周师金墉城下,勇冠三军,齐人壮之,为此舞以效其指麾击刺之容,谓之《兰陵王入阵曲》。"① 此歌舞并不为讲述兰陵王事而设,而是因兰陵王事而兴为歌舞,兰陵王事为此歌舞的背景,而非此歌舞的目的,这种处理故事的思路、方式与诗歌的"咏事"相同。针对这种性质的歌舞戏,王国维指出:"其事至简,与其谓之戏,不若谓之舞之为当也。"② 其原因就是此歌舞戏是缘事而发为歌、兴为舞,反映出的只是故事的一小部分,故而"其事至简"。即使这一"至简"之事,仍不是歌舞戏的表演目的,而是一种象征手法,即"以效其指麾击刺之容"。这种处理故事的思维和方式在当时的滑稽戏中亦甚为明显。

唐滑稽戏的代表是参军戏,其来源有二说,一是因后赵石勒时参军周延犯赃而有俳优戏弄(《太平御览》卷五六九引《赵书》),二是后汉和帝时馆陶令石耽犯赃而有俳优戏弄(《乐府杂录》"俳优"条)。二说所言,皆示其乃据时事而兴为俳优的戏弄调笑。至唐中叶以后,凡一切

---
① 刘昫等:《旧唐书》卷二九《音乐志二》,中华书局,1975年,第1074页。
② 王国维:《宋元戏曲史》,上海古籍出版社,1998年,第7页。

假官之扮演，皆可谓之参军戏，戏中参军、苍鹘遂成为脚色名。参军戏并不为叙事，而是以固定格式就熟悉时事予以调笑戏谑。据唐段安节《乐府杂录》"俳优"条记：弄参军戏"始自后汉馆陶令石耽。耽有赃犯，和帝惜其才，免罪。每宴乐，即令衣白夹衫，命优伶戏弄辱之，经年乃放"①。王国维指出："此种戏剧，优人恒随时地而自由为之；虽不必有故事，而恒托为故事之形。"②王氏所说"随时地而自由为之"是指滑稽戏的即兴性质，而"托为故事之形"是指滑稽戏借故事而发为戏谑调笑。当然，唐代许多有名的滑稽戏有诤谏之用，如《资治通鉴》卷二一二所记的"旱魃"之戏③，就是因其有益于当时政事而得载录，其实大多数滑稽戏只是即兴而作，纯以谐谑调笑为目的。这种性质和形态的滑稽戏是宋杂剧的主流，时人对于杂剧的认识和期待也是滑稽调笑，宋人黄庭坚尝言："作诗正如作杂剧，初时布置，临了须打诨，方是出场。"④ 打诨者，表演滑稽之语也，如《宋元戏曲史》第二章所列"二圣环"、"元祐钱"等宋之滑稽戏皆如是。这种滑稽戏在元明时期仍然存在，明沈德符《万历野获编》补遗卷一"禁中演戏"条记"过锦戏"曰："内廷诸戏剧俱隶钟鼓司，皆习相传院本，沿金元之旧，以故其事多与教坊相通。……又有所谓过锦之戏，闻之中官，必须浓淡相间，雅俗并陈，全在结局有趣，如人说笑话，只要末语令人解颐。盖即教坊所称耍乐院本意也。"⑤ 所以说，唐宋滑稽戏虽有故事因素，但其表演目的并非为故事讲述，而是故事中某一情节所含之意，即王国维所说宋之滑稽戏"虽托故事以讽时事，然不以演事实为主，而以所含之意义为

---

① 段安节：《乐府杂录》，载《中国古典戏曲论著集成》，中国戏剧出版社，1959年，第1册，第49页。
② 王国维：《宋元戏曲史》，上海古籍出版社，1998年，第11页。
③ 《资治通鉴》卷二一二记：侍中宋璟疾负罪而妄诉不已者，悉付御史台治之。谓中丞李谨度曰："服不更诉者出之，尚诉未已者系。"由是人多怨者。会天旱有魃，优人作魃状戏于上前，问魃："何为出？"对曰："奉相公处分。"又问："何故？"魃曰："负冤者三百余人，相公悉以系狱抑之，故魃不得不出。"上心以为然。(中华书局，1956年，第6739页。)
④ 郭绍虞编：《宋诗话辑佚》，中华书局，1980年，第14页。
⑤ 沈德符：《万历野获编》补遗卷一"禁中演戏"条，中华书局，1959年，第798页。

主"①,即事表意,意到则止。

由此可见,唐之滑稽戏是针对某一时事的即兴调笑,歌舞戏亦缘于曾经的时事而兴发。二者在用事习惯方面有两个共同点:其一,取材时事而兴为戏弄;其二,以咏事思维处理故事。皆非为叙事而设,亦不因叙事而兴。

宋杂剧中这种咏事思维仍很盛行,但用事习惯上出现了变化,即大量取材小说故事,用以歌舞或调笑。这从《武林旧事》所录"官本杂剧段数"可见。

周密的《武林旧事》成书于宋亡之后,一般认为是在元代至元二十七年(1290年)以前,书中追忆了南宋时期的杭州的风俗人情,其中卷一〇所列"官本杂剧段数"二百八十本,是两宋时期流行的一些杂剧名目,当然这肯定不是两宋时期杂剧的全部和全貌,但在一定程度上代表了两宋时期杂剧的类型和形态。此二百八十种杂剧名目的类别颇为芜杂,有调笑类、杂技类、歌舞类、叙事类。

(一)调笑类,其中《眼药酸》、《急慢酸》、《风流酸》、《食药酸》、《调笑驴儿》等是扮演形式的滑稽调笑,而《百花爨》、《说月爨》、《论谈》则是说唱形式的滑稽调笑。

(二)杂技类,如《单顶戴》、《双搭手》、《双顶戴》等表演,这是汉唐以来吞刀吐火、飞丸跳剑、扛鼎走索之类的主流百戏伎艺。

(三)歌舞类,其中《四季夹竹桃花》、《梦巫山彩云归》、《禾打秋千乐》应是纯粹用曲牌或词牌表演的歌舞,有歌舞而无情节内容,实际上不能称为戏;而更多的歌舞类剧目是有故事因素的,如《王子高六幺》、《崔护六幺》、《崔护逍遥乐》、《莺莺六幺》、《裴少俊伊州》、《柳批上官降黄龙》、《病郑逍遥乐》、《柳毅大圣乐》、《越娘道人欢》、《黄杰进延寿乐》、《义养娘延寿乐》、《封陟中和乐》、《唐辅采莲》、《裴航相遇乐》、《王魁三乡题》等,是人名附曲名者,另有情节附曲名者,如《简帖薄媚》、《郑生遇龙女薄媚》、《浮沤传永成双》等。

---

① 王国维:《宋元戏曲史》,上海古籍出版社,1998年,第28页。

（四）叙事类，如《相如文君》、《崔智韬艾虎儿》、《雌虎》（原注：崔智韬）、《李勉负心》、《王宗道休妻》、《三京下书》、《三献身》、《老孤遣旦》、《唐辅采莲》①等，或以人物为名，或是以情节为名，应是以讲述一个完整故事为宗旨的杂剧表演。

据王国维分析统计，此二百八十种剧目中，其用大曲、法曲、诸宫调、词曲调者，共一百五十余种，已过全数之半。但这种有故事因素的杂剧是否如王国维所说的用曲调"以敷衍一故事"②，并不能判明。有些剧目虽显示有故事因素，但并不一定是演述故事，如《崔护逍遥乐》，只是有故事背景的歌舞配合式表演，或是有故事背景的乐曲或舞曲，还称不上"演故事"的扮演节目或"唱故事"的曲艺节目。但据其曲名配人名或曲名配情节的剧目来看，此类杂剧处理故事的思维应属于"咏事"，即据故事而兴为歌舞。但这些"咏事"思维的歌舞戏相比较于唐代歌舞戏、滑稽戏在取材习惯上有一个变化，就是取用小说故事，而非社会时事。据《武林旧事》所录"官本杂剧段数"和罗烨《醉翁谈录》（下表内简称"醉"）、皇都风月主人《绿窗新话》（下表内简称"绿"）等所录宋人小说类"说话"名目，可以看到宋杂剧所取用的故事与当时小说类"说话"故事相同。

宋官本杂剧段数	《醉翁谈录》、《绿窗新话》等所收小说名目
《王子高六幺》	《绿·王子高遇芙蓉仙》
《崔护六幺》、《崔护逍遥乐》	《醉·崔护觅水》、《绿·崔护觅水逢女子》
《莺莺六幺》	《醉·莺莺传》、《绿·张浩私通李莺莺》、《青琐高议》别集卷四《张浩》（花下与李氏结婚）

---

① 南宋罗烨《醉翁谈录·小说开辟》列当时小说家"说话"名目一百余种，其中有《唐辅采莲》一种。据此知《武林旧事》所录"宋官本杂剧段数"之《唐辅采莲》应是以叙事为宗旨的剧目。但"宋官本杂剧段数"所列《唐辅采莲》、《双哮采莲》、《病和采莲》三种皆以"采莲"为附缀，而《宋史》卷一四二《乐志十七》中记有双调采莲曲，则此《唐辅采莲》又或为以唐辅故事为背景的歌舞曲。惜唐辅故事不详，不知是否有采莲情节。
② 王国维：《宋元戏曲史》，上海古籍出版社，1998年，第51页。

续表

宋官本杂剧段数	《醉翁谈录》、《绿窗新话》等所收小说名目
《简帖薄媚》	《清平山堂话本·简帖和尚》
《病郑逍遥乐》	《醉》癸集卷一《李亚仙不负郑元和》
《柳毅大圣乐》	《绿·柳毅娶洞庭龙女》
《越娘道人欢》	《醉·杨舜俞》、《青琐高议》别集卷三《越娘记》(梦托杨舜俞改葬)
《封陟中和乐》	《醉》己集卷二《封陟不从仙姝命》、《绿·封陟拒上元夫人》
《唐辅采莲》	《醉·唐辅采莲》
《裴航相遇乐》	《醉》辛集卷一《裴航遇云英于蓝桥》、《清平山堂话本·蓝桥记》
《王魁三乡题》	《醉》辛集卷二《王魁负心桂英死报》

当然，有许多宋杂剧名目在唐传奇小说中也有相同题材，如《郑生遇龙女薄媚》有沈亚之《湘中怨解》，《柳毅大圣乐》有李朝威《柳毅传》，《封陟中和乐》有裴铏《传奇·封陟》，《崔智韬艾虎儿》和《雌虎》有唐薛用弱《集异记·崔韬》（《太平广记》卷四三三）。这说明宋杂剧所取故事有唐传奇本事，但并不一定是直接取材于唐传奇，其原因有三。其一，当时的"说话"伎艺已大量演述唐传奇小说，这由《醉翁谈录》、《绿窗新话》所收篇目可见。而宋杂剧与"说话"伎艺更为亲缘，取用"说话"伎艺的故事较唐传奇更为方便。罗烨《醉翁谈录》甲集《小说开辟》记录当时小说家"说话"名目一百余篇，其中多有演述唐传奇小说者，如《崔智韬》、《莺莺传》、《李亚仙》、《崔护觅水》等，此外，各卷所收录的不少"说话"底本也有取材唐传奇小说者，如辛集卷一《裴航遇云英于蓝桥》的文字与《清平山堂话本·蓝桥记》几乎全同，而与唐裴铏《传奇·裴航》大不相同，这说明《裴航遇云英于蓝桥》和《蓝桥记》皆据唐传奇小说编创，二者同出一源，为说话人的底本。《绿窗新话》共有154篇，据各篇章所言出处看，故事来源不外乎唐宋传奇、《太平广记》、唐宋笔记等。罗烨《醉翁谈录·小说开辟》曾把《绿窗新话》、《太平广记》、《夷坚志》、《琇莹集》、《东山笑林》列为

说话人的重要参考书。这说明《绿窗新语》"是供说话人据以敷演故事的资料汇编","其中有不少是已知话本的素材,还有一些故事可能就是当时说话故事的纪要"①。周楞伽虽不认为《绿窗新话》的内容是直接供说话人敷演讲述之用的故事提纲,但也承认此书"一定曾被说话人参考利用"②。比如《绿窗新话》有《金彦游春遇会娘》一篇,言"金彦与何俞出城西游春,见一庭院华丽,乃王太尉锦庄……"云云,乃一篇人鬼恋情故事,而《醉翁谈录·小说开辟》所载小说家话本名目中有《锦庄春游》,属"烟粉"家门,由此知当时说话人确实参考了《绿窗新话》。其二,"官本杂剧段数"中多有取材于当时之小说家"说话"者,如《简帖和尚》、《三献身》,明显取材于当时说话人的故事,还有许多现在无法确定故事情节者如《黄杰进延寿乐》、《义养娘延寿乐》、《牛五郎罢金征》、《恋双双爨》、《三教安公子》、《三登乐院公狗儿》、《三孝闹著棋》等,可能也有其小说家"说话"本事。其三,"官本杂剧段数"所示有些剧目乃取材于当时话本而非唐传奇小说,如《崔智韬艾虎儿》所关联的故事是崔智韬与一雌虎精的情感遇合事,另一剧目《雌虎》(原注"崔智韬")即演述此事。二者所示人物名称皆为崔智韬,这与罗烨《醉翁谈录·小说开辟》所列小说家"说话"名目《崔智韬》同,而不同于它们的本事小说唐人薛用弱《集异记·崔韬》(《太平广记》卷四三三)。由此知此二本杂剧当是直接取材于"说话"故事,而非唐传奇小说。

虽然宋杂剧的用事习惯有了从取材时事到取材小说故事的变化,但这些歌舞类杂剧在处理小说故事的思维上还是承袭了唐戏弄的"咏事"思维。

宋官本杂剧中的《四季夹竹桃花》、《梦巫山彩云归》、《禾打秋千乐》之类,是纯粹用曲牌或词牌表演的歌舞,这与唐代大曲一脉相承。而那些以人名或情节缀以曲名者,亦是承唐代大曲而来的歌舞表演。大

---

① 程毅中:《宋元小说研究》,江苏古籍出版社,1998年,第188、187页。
② 皇都风月主人著,周楞伽笺注:《绿窗新话》,上海古籍出版社,1991年,"前言"第3页。

曲、法曲是唐宋时期体制复杂的大型歌舞套曲，整个曲子由许多部分组成，各部分的承接有一定的次序规则，每个部分中曲唱舞蹈的使用以及表演节奏的快慢都有固定的规则。唐时大曲以乐曲为主，或有曲词的配合，如《霓裳羽衣曲》，即是用词来配合乐曲的歌舞。考察其曲词，典雅有韵，长于抒情而不利于叙事。宋代的大曲仍然如此，"官本杂剧段数"中缀有曲名的剧目多有这种形式，但也有许多剧目已明显渗入了故事因素。从曲词内容看，此类剧目是针对某一情节或人物的咏唱，并未能表述出完整的故事情节，如宋人洪适《盘洲文集》卷七八所载《勾南吕薄媚舞》词。

> 勾南吕薄媚舞：
> 羽觞棋布，治主礼于良辰；翠袖弓弯，奏女妖之妍唱。游丝可倩，本事愿闻。
> 答：
> 踏软尘之陌，倾一见于月肤；会采苹之洲，迷千娇于雨梦。且蛾眉有伐性之戒，而狐媚无伤人之心。既吐艳于幽闺，能齐芳于节妇。果六尺之躯，不庇其伉俪；非三寸之舌，可脱于艰难。尚播遗声，得尘高会。
> 遣：
> 兽质人心冰雪肤，名齐节妇古来无。纤罗不蜕西州路，争得人知是艳狐。歌舞既阑，相将好去。①

这段舞词关联了郑六遇妖狐故事（沈既济《任氏传》），若按照"官本杂剧段数"的命名方式，可称之为"郑六遇妖狐薄媚"。从舞词内容看，当是对这一故事情节的咏唱，以配合舞蹈。在表演中，可能还有据故事情节而作人物扮饰的歌舞，以象征舞词所关联故事的情节呈现和

---

① 洪适：《盘洲文集》卷七八，《四部丛刊初编》，上海书店，1989年，第193册，第499—500页。

人物动作，故而其题目明言是"勾南吕薄媚舞"。

再如宋人董颖的〔道宫薄媚〕《西子词》，也是一篇较典型的用大曲咏唱故事的作品。

  排遍第八

  怒潮卷雪，巍岫布云，越襟吴带如斯。有客经游，月伴风随。值盛世观此江山美，合放怀，何事却兴悲？不为回头，旧谷天涯，为想前君事，越王嫁祸献西施，吴即中深机。阖庐死，有遗誓，勾践必诛夷。吴未干戈出境，仓卒越兵，投怒夫差，鼎沸鲸鲵。越遭劲敌，可怜无计脱重围。归路茫然，城郭邱墟，飘泊稽山里。旅魂暗逐战尘飞，天日惨无辉。①

整套大曲共有十遍，此段曲词为第一遍。它虽关联了西施的传说故事，但并不是为了要叙述这个故事，而是以此故事为背景的咏唱，所以，它的曲词虽然很长，中间也透露出相关的故事情节，但单凭此曲词则难以明了故事的首尾。

这种大曲咏事在北宋时已相当成熟，有了专门的创作，《梦粱录》卷二〇曾说汴京教坊大使葛守诚撰四十大曲。但由于受到大曲表演程式的限制，这种歌舞戏只能偏重于歌舞，而难以展开故事的叙述。王国维曾据"官本杂剧段数"中的大曲剧目推测：宋杂剧"其用大曲、法曲、诸宫调者，则曲之片数颇多，以敷衍一故事，自觉不难"②。但据现知的大曲作品看，它还不能完成一段故事情节的叙述。"官本杂剧段数"中那些人物或情节缀以曲名者，或是有故事背景的乐曲或舞曲，或是以歌舞形式咏唱一个故事，其中那些取材小说故事者即是这种性质的"咏事"歌舞。

值得注意的是，在这些取材小说故事而兴为杂剧表演的歌声舞影

---

① 曾慥编：《乐府雅词》卷一，《丛书集成初编》，中华书局，1985年，第2634册，第19页。
② 王国维：《宋元戏曲史》，上海古籍出版社，1998年，第51页。

中，出现了取材小说故事以作故事演述的杂剧，如《相如文君》、《崔智韬艾虎儿》、《雌虎》（崔智韬）、《李勉负心》、《三献身》。这些杂剧名目或以人物为名，或以情节为名，明显是不完全依傍歌舞的故事演述，即使其中或有歌舞，但已不是杂剧表演的主体或目的了。而且这些叙事类杂剧名目多有其小说本事，如《醉翁谈录·小说开辟》即收有当时流行的小说家"说话"名目《卓文君》、《崔智韬》、《三现身》。此外，有的官本杂剧名目也显示是叙事类的剧作，但难以确定其小说本事，如《老孤遗旦》、《三京下书》。但可以确定的是，它们皆是以演述一个故事为宗旨，是故事表演，而非歌舞表演、滑稽表演。这一现象说明宋杂剧中出现了以叙事为宗旨的演述。

叙事性杂剧的出现，是杂剧中出现叙事宗旨的最明显标志，这是"说话"伎艺发展路向启发、影响的结果。"说话"伎艺叙事一脉的进步，引领着杂剧用事习惯的变化。杂剧在用事习惯上，由取材时事而变为取材小说；而在用事方式上，则由取时事而咏变为取小说故事而咏，由取小说故事而咏变为取小说故事而叙。

相对于那些咏事思维的杂剧，这种以叙事为宗旨的杂剧数量很少。所以，《梦粱录》在总结当时"正杂剧"的形态和性质时以"大抵全以故事，务在滑稽"概之，这说明"正杂剧"仍普遍以滑稽调笑为宗旨，这种性质的杂剧也占多数和主流，而叙事宗旨的杂剧在当时则属于新变，并非主流，因此也就不会被视为杂剧的普遍形态，由此也说明了叙事宗旨在宋杂剧中的出现时间不会太早。

虽然叙事性"说话"伎艺在唐时已渐有波澜，而到宋时则汇成滚滚洪流，但取材其故事的宋杂剧却并没有把叙述一个长大完整的故事确立为表演的宗旨。这一方面由于宋杂剧固有的审美传统、表演宗旨的习惯思维使然，另一方面由于当时的杂剧还未能形成表述故事的能力，出现的少量叙事宗旨的杂剧也具有实验性质。所以，两宋时期以叙事为宗旨的杂剧的出现时间并不会太早，也未在整个宋杂剧体系中得到有效的确立，更不会占据主流地位。但是，对于戏曲形成史来说，这种以表述故事为宗旨的杂剧的出现是一个重大的转折。

宋杂剧在叙事宗旨的发展方向上，进一步向启发自己发展的"说话"伎艺取鉴，从故事题材方面到叙事能力方面。随着杂剧在包括"说话"伎艺等叙事类伎艺的影响下逐渐锻炼出一定的叙事能力，叙事宗旨也渐在杂剧中得到确立，其标志是在金院本名目中取材小说的叙事类杂剧明显增多，取材范围也逐渐扩大。

金院本与宋杂剧有着直接的继承关系，《南村辍耕录》卷二五所录"院本名目"有许多剧目明显承自"官本杂剧段数"。如"和曲院本"中之《浇花新水》、《病郑逍遥乐》、《贺贴万年欢》、《列女降黄龙》；"诸杂大小院本"中之《老孤遗旦》、《黄丸儿》、《三出舍》、《三入舍》、《院公狗儿》、《义养娘》；"诸杂院爨"中之《闹夹棒六幺》、《滕王阁闹八妆》、《风花雪月》、《羹汤六幺》、《讲百花爨》等，皆在"官本杂剧段数"中有明确对应的剧目。此外，"诸杂大小院本"中之《闹芙蓉城》，对应官本杂剧《王子高六幺》；《鸳鸯简》和《墙头马》，对应官本杂剧《裴少俊伊州》。两份剧目清单之间的这些对应之处，反映出了金院本对宋杂剧的继承关系。但更为重要的是，在这种继承关系基础上，此院本名目还反映出宋金杂剧在叙事方面的明显进步。

《南村辍耕录》所记院本名目共有十一类，具有故事因素者、以叙事为宗旨者、取材小说者皆有显著增多，基本上每一类下所列名目都有叙事类剧目，最具代表性者是"诸杂大小院本"类和"院幺"类。"院幺"类下《王子端卷帘记》、《张与梦孟杨妃》、《女状元春桃记》、《玎珰天赐暗姻缘》明显是叙事剧目，而"诸杂大小院本"类下叙事类剧目则更多，如《芙蓉亭》、《衣锦还乡》、《赤壁鏖兵》、《调双渐》、《杜甫游春》、《鸳鸯简》、《月夜闻筝》、《闹芙蓉城》、《张生煮海》、《陈桥兵变》、《佛印烧猪》、《拷梅香》、《刘盼盼》、《墙头马》、《刺董卓》、《淹蓝桥》等。比较于"官本杂剧段数"，金院本名目反映出了宋金杂剧前后发展的明显差异。

其一，附缀曲名的剧目数量，院本名目远远少于"官本杂剧段数"。王国维曾据"官本杂剧段数"统计，"此二百八十本中，其用大曲、法曲、诸宫调、词曲调者，共一百五十余本，已过全数之半，则南宋杂剧，殆多以歌曲演之"①。这说明宋杂剧中歌舞戏成分还占有很大的比例。而在金院本名目中，附缀曲名的剧目有一个专门的名称"和曲院本"，目下相从者只有十四种。另外，"诸杂院爨"类下也有少量和曲者，如《闹夹棒六幺》、《闹夹棒法曲》、《望瀛法曲》、《送宣道人欢》、《夜半乐打明皇》、《集贤宾打三教》等。相对于六百九十余种院本名目，这类"和曲院本"无论在数量上，还是在比例上都较"官本杂剧段数"有显著的减少。

其二，叙事类剧目在院本名目中显著增多，明显的标志是直接以情节和人物命名的剧目更为普遍，如《王子端卷帘记》、《女状元春桃记》等，皆明显是叙事的剧目，它们在此院本名目中所占的比例较"官本杂剧段数"明显增大。那么，这些剧目是否为故事演述呢？从相关资料看是完全可能的。据钱南扬考证，戏文《宦门子弟错立身》作于金亡之后、宋亡之前（1234—1279）这段时间②。从文化积累的角度考虑，它在民间的演出当会更早些，视之为南宋戏文并不为过。此剧第十二出〔鬼三台〕曲列出杂剧九种：《紫砂担浮沤记》、《关大王单刀会》、《管宁割席》、《相府院》、《三夺槊》、《陈驴儿风雪包待制》、《柳成错背妻》、《伊尹扶汤》、《螺蛳末泥》。另外，同出的〔圣乐王〕曲则排列了院本六种：《四不知》、《双斗医》、《风流浪子两相宜》、《黄鲁直打得底》、《马明王村里会佳期》、《太湖石》。这些皆是明显的演述故事的剧目，此即表明南宋杂剧、院本早有专以述事之作。据此参照，可知《南村辍耕录》之金院本名目所反映出的不完全依傍歌舞的叙事类剧目应该是专意述事之作。

比较《武林旧事》和《南村辍耕录》所载录的这两份剧目清单，其所存在的差异反映了宋金杂剧已有明显的变化、发展。《武林旧事》所录"官本杂剧段数"显示出叙事宗旨在宋杂剧中的出现，而《南村辍耕录》所录金院本名目，则反映出杂剧在叙事方面的明显进步。"官本杂剧段数"中附缀曲名的剧目数量远多于叙事类剧目，这说明歌舞戏在其

---

① 王国维：《宋元戏曲史》，上海古籍出版社，1998年，第51页。
② 钱南扬：《永乐大典戏文三种校注》，中华书局，1979年，"前言"第1页。

中仍占很大的比例。而在院本名目中，和曲院本较"官本杂剧段数"已大幅减少，叙事类剧目则较"官本杂剧段数"大为增多，这说明在金院本中歌舞戏的成分、数量已占绝对少数，而以其中具有故事因素的剧目考察，咏事者减少，叙事者增多。院本中叙事类剧目的数量增多，比例增大，显示出叙事宗旨在宋金杂剧中得到了进一步的发展、确立，同时也反映出表述故事的剧目已在院本中占据了主体、主流地位。

元杂剧与金院本有着一脉相承的关系，金院本中那些叙述长大完整故事的剧作逐渐发展成了后来成熟完善的元杂剧形态。而另一部分以滑稽调笑为宗旨的院本则在此后仍有存续，它们在成熟的元杂剧占用"杂剧"称名后，就以"院本"的称名继续存在。所以陶宗仪指出杂剧与院本在金时是一体二名，到了元代才分为二体并存①。

需要说明的是，这些叙事类杂剧的取材虽不能一一找到对应的小说故事，但考虑到我们并未掌握当时"说话"伎艺的更多名目，故而它们取材小说的可能性还是比较大的。再者，在叙事宗旨的指向下，杂剧并不只取材小说家"说话"的故事，如"诸杂大小院本"有《赤壁鏖兵》，"拴搐艳段"有《襄阳会》、《大刘备》、《骂吕布》、《七捉艳》等剧目，其所用故事题材乃是当时流行的讲史家"说话"，这说明杂剧已开始向讲史家"说话"取材，甚至有可能杂剧自己直接取材于历史故事、文言小说或者社会时事。所有这些皆表现出杂剧在叙事宗旨的发展指向下取材的范围已渐趋扩大。

依据宋金杂剧剧目所反映出的小说故事题材，有的学者用以证二者之相互影响，但若考虑到宋代说话伎艺和杂剧的发展状况，则当时之"说话"伎艺在叙事方面明显优于、盛于杂剧。对于叙事性"说话"所需要的故事题材、叙事能力、叙事方式，宋初杂剧并没有这方面的素质，也就无从向"说话"伎艺提供。而宋金杂剧中叙事宗旨的从无到有，叙事类剧目的出现与增多，这一转变过程起关键作用的是当时在瓦

---

① 陶宗仪：《南村辍耕录》卷二五"院本名目"条言："金有院本、杂剧、诸宫调；院本、杂剧，其实一也。国朝，院本、杂剧，始厘而二之。"（文化艺术出版社，1998年，第346页）。

舍伎艺中风起云涌、波澜壮阔的小说家、讲史家"说话"。明显的,唐戏弄以来,杂剧演述宗旨和取材倾向所出现的那些变化(从咏事到叙事,从取材时事到取材小说故事),以及杂剧中咏唱故事者趋减、叙述故事者渐增这一事实,皆可说明叙事类说话伎艺在宋金杂剧走向叙事的过程中所起到的影响之力和促进之功。这种促动力不只表现在杂剧所受小说故事题材的影响,还包括杂剧在重述小说故事的过程中所受到的叙事能力、思维、方式的影响。

由以上就宋金杂剧的故事取材和用事思维的变化可见,从唐戏弄到宋金杂剧,叙事宗旨在杂剧中的出现与确立,叙事类杂剧的数量由星星之火到燎原之势,杂剧取材习惯由时事向小说的变化,用事思维由咏事到叙事的变化,取材范围由小说家"说话"到讲史家"说话"的扩大,都与唐宋时期叙事性"说话"伎艺的诱发和促动有着直接的关系。正由于此,金院本时期,叙事宗旨已在杂剧中得到确立,叙事类杂剧已在类别众多的杂剧中占据主体,而这部分杂剧正是宋金杂剧向元杂剧发展的主力。所以,王国维在谈到宋滑稽戏的发展时指出,宋之滑稽戏虽有故事因素,但"不以演事实为主,而以所含之意义为主","至其变为演事实之戏剧,则当时之小说,实有力焉"[1]。此语一指叙事宗旨在戏曲生成过程中的关键性,二言当时小说在宋滑稽戏变为"演事实之戏剧"过程中的推动力量。

当然,叙事宗旨在宋金杂剧中的出现,也有唐传奇小说、变文俗讲的影响,但唐传奇的影响并不直接,变文与"说话"伎艺关系密切,而"说话"伎艺与戏弄同为伎艺,有着更为亲缘的关系,它的发展路径对戏弄的启示和影响更为直接。"说话"伎艺在唐时就分为戏谑笑谈和讲说故事二脉发展,且讲说故事一脉渐成"说话"伎艺的大宗,这对于咏事思维的唐戏弄的发展指向有着直接的诱发、启示作用。在"说话"伎艺的繁兴背景下,唐戏弄在取材方面由时事而变为"说话"故事,并受其影响而在戏谑调笑中出现了叙事宗旨。这种影响最明显的表征是宋金

---

[1] 王国维:《宋元戏曲史》,上海古籍出版社,1998年,第28页。

杂剧取用了小说的故事题材,这有一个由少渐多的过程,由咏事到叙事的过程。而叙事宗旨在杂剧中的出现,是一个渐次出现的过程,由最初的零星试验到积极实践,数量渐多,形态渐丰。其间既体现出"说话"伎艺的发展路向对杂剧表演宗旨新变的启发、促进之功,也显示了宋金杂剧在叙事宗旨的发展指向下因需要故事题材和叙事能力的支撑而进一步对叙事性"说话"产生了更为深入、广泛的需求。

三、唐传奇对杂剧叙事宗旨生成的间接影响

唐传奇虽在当时颇为盛行,但受传播媒介的限制,其流播范围大多不出文人阶层,故而当时"市人小说"、俗讲中鲜有与唐传奇故事相同者。虽然唐传奇对后世戏曲的故事取材有深刻的影响,但对当时的歌舞戏、滑稽戏却并非如此。这主要是因为当时歌舞戏、滑稽戏多取时事以感兴,并不取材于虚构故事,而且现知唐戏弄与唐传奇也并无确切关联的资料。任半塘认为唐传奇之发达是唐歌舞戏之所以成熟的五大原因之一,因为唐传奇具备了"构成剧本之重要成分",如散中间韵,且多为双方对唱,各作代言;更于情节叙述中有场面、动作、次序等说明,完全"符合舞台串演之需要",由此"唐传奇与唐戏弄间有一种突出而且微妙之关系"。然而唐戏弄无论是故事因素还是剧目资料都未见与唐传奇有确切关联者,任氏也承认"此为理所必然,势所必至,可不俟多证而从定也"①。唐传奇叙事铺陈细腻夸饰,有场面感,可以说它具有现代意义上的戏剧性,但若说它的这种表达能力影响到了唐戏弄,则不能以"理所必然"来判定。因为唐戏弄的咏事思维并不关注叙事能力,也没有取材虚构故事的习惯。当然,在宋金杂剧出现了叙事一脉的发展方向后,唐传奇的这些素质对其叙事能力、表现方式会产生一定的影响,则是完全可能的。

所以,从现有资料来看,唐传奇对于唐戏弄的影响更多的是精神上

---

① 任半塘:《唐戏弄》,上海古籍出版社,1984年,第57、1085页。

的影响,即叙事宗旨发展方向上的精神召唤。唐传奇所叙述的优美故事、所塑造的丰富形象在后世产生了很大的影响,也给相关的叙事性文艺以召唤,比如对于宋金杂剧在叙事宗旨出现后而需要丰富故事题材的支持来讲,唐传奇就起到了很好的滋养、范导作用,这也是元明论曲者探讨元杂剧渊源而追溯到唐传奇的精神内涵①。

关于唐传奇与戏曲的关系,其间的故事题材的影响最为明显,鲁迅、汪辟疆等学者谈及唐传奇的影响时,都指出它在故事题材方面对于后世戏曲的影响,而任半塘所论更为鲜明:"唐代传奇之发达,实迈往开来,作用颇大!直接作用在后世之小说,而间接作用,不但在后世之戏剧,并在当时之戏剧。试看宋官本杂剧段数、南宋南戏目(见近人钱南扬《南戏百一录》等书)、金元院本名目,以及元明清杂剧传奇目中(见姚氏《今乐考证》、王氏《曲录》),各体戏剧所演之故事,采自唐人传奇者,已举不胜举。……唐传奇稍稍著闻之作,几乎均已有戏剧为之表现。"② 相对于故事题材的这一间接影响,唐传奇对于宋金杂剧之叙事宗旨的出现、叙事能力的锻炼等方面的影响作用更为深刻,当然其途径也是间接的。

宋金杂剧种类芜杂,但有许多剧目包含了故事因素,其中多有与唐传奇相关者,一是取唐传奇故事以歌舞,二是取唐传奇故事以演述。据谭正璧《宋官本杂剧段数内容考》统计,"官本杂剧段数"中包含故事内容者共有五十五种。依其所考,其中取唐传奇故事以咏唱的歌舞剧目有《莺莺六幺》(元稹《莺莺传》)、《郑生遇龙女薄媚》(沈亚之《湘中怨解》)、《病郑逍遥乐》(白行简《李娃传》)、《柳毅大圣乐》(李朝威《柳毅传》)、《封陟中和乐》(裴铏《传奇·封陟》)、《马头中和乐》(《原化传拾遗》)、《裴航相遇乐》(裴铏《传奇·裴航》)、《崔智韬艾虎儿》(薛用弱《集异记·崔韬》)、《崔护六幺》与《崔护逍遥乐》(孟棨《本事诗·崔护》),而另一剧目《雌虎》(原注:崔智韬)则是取唐

---

① 夏庭芝《青楼集志》、陶宗仪《南村辍耕录》卷二五"院本名目"条、朱权《太和正音谱·词林须知》皆有相关论述。
② 任半塘:《唐戏弄》,上海古籍出版社,1984年,第1084页。

传奇故事以演述者。

在宋杂剧大量取材唐传奇故事以歌舞咏唱的同时,宋杂剧在表演宗旨上出现了一个变化,即在取故事以歌舞咏唱的同时出现了取故事以叙述的一脉。这种表演宗旨的变化除了与叙事性说话伎艺的启发、促进有关,也当与唐传奇的精神影响有关。在唐传奇以及当时繁兴的叙事性"说话"的影响下,歌舞戏、滑稽戏逐渐摆脱了只取现实题材以感兴的习惯,开始取材唐传奇故事以歌舞咏唱,其中有一部分逐渐开始加大故事因素在表演中的比重,向故事表述方向转变。这种叙事宗旨在宋杂剧中的出现反映了唐传奇与叙事性"说话"的促进作用,也表明人们把对唐传奇的欣赏兴趣附于宋杂剧后而对杂剧表演宗旨改变的促动,即人们对宋杂剧的欣赏期待,由追求禅语打诨式的机趣,转而追求一定的故事性,这种欣赏趣味的变化也促使杂剧关注唐传奇等小说故事,并进而取用演述。而在宋杂剧取材唐传奇故事,并用其杂剧格式熔铸小说故事时,也必然会受到唐传奇的叙事能力、方式、经验的影响、渗透。胡应麟曾指出唐传奇是"作意好奇,假小说以寄笔端"[①],意指唐传奇对于情节布局的重视和强化。鲁迅进一步指出:"传奇者流,源盖出于志怪,然施之藻绘,扩其波澜,故所成就乃特异。"[②] 所谓"扩其波澜"即指唐传奇对于情节布局的追求。这种讲究情节艺术的小说故事对于需要叙事能力和经验的宋金杂剧的发展必然会起到一定的启发和推动作用。

由此而言,唐传奇在叙事宗旨、故事题材、叙事能力三个方面对宋金杂剧皆有一定的影响。因为唐传奇在故事题材上的吸引,宋杂剧开始以歌舞形式咏唱传奇故事,在这一过程中,有些杂剧开始改变歌舞咏唱的目的而走上叙述故事的方向。而在宋杂剧以自己的形式重述传奇故事的过程中,也会潜在地受到传奇小说叙事能力的影响。在唐传奇影响宋金杂剧的脉络中,这三个因素是相互作用、相互支撑的。

虽然强调唐传奇在唐戏弄到宋金杂剧的发展进程中的作用,但需要

---

① 胡应麟:《少室山房笔丛》卷三六《二酉缀遗中》,上海书店出版社,2001年,第371页。
② 鲁迅:《中国小说史略》,上海古籍出版社,1998年,第44页。

说明的是，在宋金杂剧进化的过程中，唐传奇的影响是一支间接的力量，另一支力量比它更为直接，更为强大，这就是与宋金杂剧同为瓦舍伎艺的叙事性"说话"及其文本形态的话本小说。而且，唐传奇的影响还要通过它们的传递，而作用于宋金杂剧。

在唐戏弄还是以戏乐调笑为目的的短小即兴形态时，"说话"伎艺已经具有成熟的叙事形态，且与唐传奇有一定的交流，如当时民间有"一枝花话"，传奇则有白行简的《李娃传》。入宋后，许多优秀的唐传奇故事都被说话人演述流播。宋代说话人有取材于唐传奇的习惯，罗烨《醉翁谈录·小说开辟》所言当时说话人的主要参考书《太平广记》、《绿窗新话》中即收录了众多唐传奇小说，而《小说开辟》所列宋人小说家"说话"名目中取材唐传奇者亦甚夥，如《崔智韬》（薛用弱《集异记·崔韬》）、《大槐王》（李公佐《南柯太守传》）、《人虎传》（张读《宣室志·李徵》，《太平广记》卷四二七引）、《柳参军》（温庭筠《乾䐿子·华州参军》）、《莺莺传》（元稹《莺莺传》）、《章台柳》（许尧佐《章台柳传》）、《李亚仙》（白行简《李娃传》）、《崔护觅水》（孟启《本事诗·崔护》）、《竹叶舟》（李玫《纂异记·陈季卿》）、《黄粱梦》（沈既济《枕中记》）、《西山聂隐娘》（裴铏《传奇·聂隐娘》）、《红线盗印》（袁郊《甘泽谣·红线》）等。而且，宋元话本的许多题材类型也早在唐传奇中就已趋于凝定。唐传奇的题材类型主要有婚恋、豪侠、神怪、佛道、轶事五种。晚唐裴铏的小说集《传奇》被学者称为"传奇体小说的正宗"①，其中所包含的故事题材类型应是最具代表性、典型性的。据周楞伽辑本《传奇》的三十一则故事来看，具体类别有四种：婚恋、豪侠、佛道、神怪。依据南宋罗烨《醉翁谈录·小说开辟》所列的小说家"说话"的八大门类，这四种题材类型在宋元话本中都有很好的对应，如婚恋对应于话本中的烟粉、传奇，豪侠对应于话本中的朴刀、杆棒，神怪对应于话本中的灵怪，佛道对应于话本中的神仙、妖术。

由此可见，唐传奇对宋话本在题材方面的影响是非常明显的。若再

---

① 吴志达：《中国文言小说史》，齐鲁书社，1994年，第457页。

结合当时说话人的参考书《太平广记》、《绿窗新话》所辑的小说故事，则更可知晓唐传奇对叙事性"说话"的影响程度。可以说，唐传奇中稍具名气者都曾进入到说话人的视野中，滚动于说话人的口唇间。

在这种情况下，宋杂剧在受到唐传奇故事的精神感召而走上表述故事的道路后，需要大量故事题材的支撑和推动，当此之际，宋话本当比唐传奇更为直接、方便，因为宋杂剧与同为瓦舍伎艺的"说话"更为亲缘。我们看宋金杂剧中有故事因素者多数是宋话本的故事，而本事是唐传奇故事者占少数；即使其本事是唐传奇者，也有宋话本的演述版本。如下表所示（以"官本杂剧段数"为主，辅以《南村辍耕录》所录"院本名目"）：

宋金杂剧	宋话本	唐传奇
《莺莺六幺》	《莺莺传》（《醉》）	元稹《莺莺传》
《病郑逍遥乐》	《李亚仙》（《醉》）	白行简《李娃传》
《柳毅大圣乐》	《醉》辛集卷一《柳毅传书遇洞庭水仙女》，《绿窗新话》有《柳毅娶洞庭龙女》	李朝威《柳毅传》
《封陟中和乐》（"诸杂砌"中有《封陟》）	《醉》己集卷二《封陟不从仙姝命》，《绿窗新话》有《封陟拒上元夫人》	裴铏《传奇·封陟》
《裴航相遇乐》	《清平山堂话本》有《蓝桥记》	裴铏《传奇·裴航》
《崔智韬艾虎儿》、《雌虎》（原注：崔智韬）（"唱尾声"中有《虎皮袍》）	《崔智韬》（《醉》）	薛用弱《集异记·崔韬》
《崔护六幺》、《崔护逍遥乐》	《崔护觅水》（《醉》）	孟棨《本事诗·崔护》
"诸杂大小院本"中有《兰昌宫》	《醉》己集卷二《薛昭娶云容为妻》	裴铏《传奇·薛昭》

参照上节所述，宋金杂剧在故事题材方面与话本更为亲缘。因为唐传奇基本上流播于文人圈中，达于民间者甚少，后来被说话人演述于口中，才普遍散播于市井民众。考察宋金杂剧的本事与唐传奇有关者，多有话本的演述，且有些信息明显同于话本而异于唐传奇。比如就人物姓名来看，宋官本杂剧和金院本皆有《病郑逍遥乐》一目，后来宋元戏文《李亚仙》（《九宫正始》著录）、元杂剧高文秀《郑元和风雪打瓦罐》、石君宝《李亚仙花酒曲江池》当是直接来源于它们，其中主人公的姓名皆是郑元和、李亚仙。而白行简《李娃传》却不称"李亚仙"，更不及郑生名为"元和"。但如此的人物姓名却在宋话本中皆已存在，如罗烨《醉翁谈录》甲集《小说开辟》所列小说家话本名目即有《李亚仙》[①]，癸集卷一有《李亚仙不负郑元和》。由此可见，宋金杂剧虽有本事为唐传奇者，但其具体人物设置并不全同于唐传奇，而是与那些在时间、性质上更有亲缘性的宋话本更为接近。

另外，宋金杂剧与话本间的这一亲缘关系还可参照元杂剧的一些材料信息，因为元杂剧承续宋金杂剧发展而来，许多剧目乃是根据宋金杂剧改编而成。根据这一渊源关系，我们从元杂剧中那些与宋金杂剧同名者的情况，亦可具体地看到宋金杂剧虽本事于唐传奇，但在人物、情节、主旨设置方面并非直接取材于唐传奇，而是宋话本。唐人传奇小说是元杂剧取材的一个重要来源，但并不是直接的来源，因此，二者在人物设置、主旨倾向上皆有不同。

元杂剧比较于唐人传奇，一个明显的不同之处是表现在人物形象的塑造上，比如婚恋故事中女子的地位，在唐人传奇中基本上处于被动，是男子的猎艳对象，也是男子的抛弃对象，很少被平等对待；而女子本人对于这种处境的态度并未表现出让人满意的抗争，多是自怨自艾，性格表现上虽然柔顺但缺乏自信。如霍小玉被李益抛弃，"长恸号哭数声而绝"；莺莺被张生抛弃，只是赋诗以表怨恨之意。与之不同，元杂剧

---

① 谭正璧《话本与古剧》认为此话本当即《明万历刊小说传奇合刊》所收之《李亚仙记》，《宝文堂书目》亦著录为《李亚仙记》（上海古籍出版社，1985年，第79页）。

中的女性不但社会地位明显提高，性格也是大胆泼辣、刚强主动，具有市井女子的特色和情趣，如《曲江池》中的李亚仙、《柳毅传书》中的龙女，而且她们的情感也得到了男子一方的平等对待，获得了应有的尊重。元杂剧与唐传奇在人物设置上所表现出的这些不同，却在宋话本那里能找到对应。两宋时期，市民阶层的壮大也要求在文艺领域表现出他们的精神面貌，流行于市井的"说话"伎艺自然是其重要的载体。宋元话本即以市井的角度表现出了青年女子在性格上的大胆、泼辣，在爱情追求上的热烈、主动，如步非烟、璩秀秀、周胜仙等形象，她们身上折射出了鲜明的时代风尚和市井趣味。由此一斑可以窥知，由宋金杂剧发展而来的元杂剧在故事题材方面是受到了宋话本的直接影响，而文人创作的文言小说对元杂剧虽有影响也是经由"说话"伎艺这一中介的淘洗过滤，才会到达元杂剧的舞台。

所以，唐传奇对后世戏曲的影响并不是简单的直接触发，直线对接，这中间要经过许多复杂的递传、变异和消化。即以宋金杂剧而论，虽然它的一些剧目表现出与唐传奇故事的影响关系，但它并非直接取材于唐传奇，而是受到了与它更为亲近的"说话"故事的影响。所以，唐传奇影响及于戏曲的途径并不是直接的，而是经由了叙事性"说话"的传递，不论是故事题材，还是叙事思维、叙事方式。

四、宋金杂剧叙事宗旨确立的指向性意义

故事是考察戏曲起源和判断戏曲形成的重要因素。王国维在述及唐代歌舞戏时有这么一段话："《樊哙排君难》戏乃唐代所自制，且其布置甚简，而动作有节，固与《破阵乐》、《庆善乐》诸舞，相去不远；其所异者，在演故事一事耳。"[①] 意指"樊哙排君难戏"作为歌舞戏之与歌舞的区别，就在于表演故事，即有无故事因素是判别歌舞戏与歌舞的重要标准。任半塘也认为演故事是判定戏剧的条件之一，他在论歌舞戏时

---

① 王国维：《宋元戏曲史》，上海古籍出版社，1998年，第10页。

指出:"所以划清为歌舞而非歌舞戏者,分明基于不演故事,与无戏中说白之两点。一旦内容有故事,或伎艺涉说白,虽记载简略,表现模糊,亦非认为歌舞戏不可。"① 由此而认为唐代宫廷演出之大曲乐舞如圣寿乐舞、霓裳羽衣舞等不能称为"剧",乃是因为"其中并无故事,不够戏剧条件。'舞剧'一辞,在此尚难成立"②。周贻白在考察中国戏曲的起源问题时更明显提出了故事因素在戏曲生成过程中的重要作用:"决定戏剧这项艺术的最基本的因素,应当是故事表演。故事,属于内容,表演,属于形式。"并指出"中国戏剧的产生,决不是先有一种形式,然后才加入内容",而"应当是先有故事或先作内容上的构思,然后以俳优或倡优装扮人物而表演出来"③。根据这一标准,戏曲的表现手段——歌唱、舞蹈、脚色扮演等都是综合起来要为一个故事而存在的,这就确立了故事因素在戏曲形成过程中的关键作用和重要地位。既然故事因素对于戏曲如此重要,那么,在戏曲形成史上,它的出现并被作为表演目的而存在就成为一个关键点。

唐代滑稽戏、歌舞戏,发展而至北宋杂剧,而南宋杂剧、金院本、元杂剧,这是一条有着渊源承续性的戏曲发展线脉。这条线脉上的杂剧,在类型上非常芜杂,若按有无故事因素来看,可以分为两类,一类是无故事因素者,一类是有故事因素者,此类再按处理故事的方式又可分作两类,一类是咏事的杂剧,一类是叙事的杂剧。叙事的杂剧当以元杂剧为代表,它也是戏曲的成熟形态之一,所以对于这一时期的戏曲演进来说,应该重视宋金杂剧中叙事一脉的发展。但宋金杂剧中多有百戏性质的伎艺,如金院本名目"打略拴搐"即有报果子名、州府名类的口捷伎艺和猜谜游戏,即使有故事因素者也多为咏事思维,其目的是缘事而发的调笑或歌舞,其中故事仅作为杂剧表演的背景,而非目的。相对于当时"说话"伎艺的叙事能力,这种杂剧仍未能脱离戏弄性质,其关键因素就在于处理故事的思维和方式未能指向故事表述,而是指向故事

---

① 任半塘:《唐戏弄》,上海古籍出版社,1984年,第248页。
② 任半塘:《唐戏弄》,上海古籍出版社,1984年,第212页。
③ 周贻白:《中国戏曲发展史纲要》,上海古籍出版社,1979年,第6页。

所寓含的意,即王国维所说的"不以演事实为主,而以所含之意义为主"①。这是唐代滑稽戏、歌舞戏的用事思维,它在宋杂剧发展的很长一段时期内一直占据主流位置。而就在这一主流的用事思维的存续过程中,宋官本杂剧中开始出现不以故事所含之意为主,而是直接以故事作为表演宗旨的剧作,可称之为叙事类杂剧。这种杂剧正是后来发展成元杂剧成熟形态的主要力量,所以,叙事宗旨在宋金杂剧中生成、确立和发展的状况,对于戏曲形成、发展的重要性和关键性尤其值得关注。

唐代滑稽戏、歌舞戏以咏事思维处理故事,缘事而发,故事只是其歌舞、调笑的出发点。北宋初期,杂剧承唐制,变化不大,"官本杂剧段数"中的歌舞戏、滑稽戏及杂技游戏(如猜谜、《说百果爨》等),都是唐代戏弄的余绪。当时文人对杂剧的认识也反映出这一性质,如苏轼为集英殿秋宴所撰教坊词中有《勾杂剧》词云:"朱弦玉琯,屡进清音;华翟文竿,少停逸缀。宜进诙谐之技,少资色笑之欢。上悦天颜,杂剧来欤。"②语中指出杂剧是以资欢笑的"诙谐之技"。另外,黄庭坚在论作诗章法时曾言:"作诗正如作杂剧,初时布置,临了须打诨,方是出场。"③亦指出杂剧的表演程式就是滑稽打诨。"官本杂剧段数"中就有许多滑稽调笑的剧目,如以"打调"名者有《打调薄媚》、《大打调中和乐》、《大打调道人欢》三种。所谓"打调"即是戏谑调笑,宋刘昌诗《芦浦笔记》卷三"打字"条有言:"街市戏谑有打砌、打调之类。"④ 这是当时人们对杂剧的总体印象和普遍认识,也说明当时的杂剧仍主要以滑稽调笑为宗旨。

即便宋杂剧有故事因素,就其表演目的和故事情节的关系来看,也是以意运事,表意为主,事为背景,意为目的,而并不以叙述完整长大故事为宗旨,此即为"咏事"思维。如北宋时期的两段杂剧表演:

---

① 王国维:《宋元戏曲史》,上海古籍出版社,1984年,第28页。
② 苏轼著,王文诰辑注:《苏轼诗集》,中华书局,1982年,第2498页。
③ 郭绍虞编:《宋诗话辑佚》,中华书局,1980年,第14页。
④ 刘昌诗:《芦浦笔记》卷三"打字"条,中华书局,1986年,第24页。

祥符、天禧中，杨大年、钱文僖、晏元献、刘子仪以文章立朝，为诗皆宗尚李义山，号"西昆体"。后进多窃义山语句。赐宴，优人有为义山者，衣服败敝，告人曰："吾为诸馆职挦撦至此！"闻者欢笑。①

　　宣和中，童贯用兵燕蓟，败而窜。一日内宴，教坊进伎为三四婢，首饰皆不同。其一当额为髻，曰蔡太师家人也；其二髻偏坠，曰郑太宰家人也；又一人满头为髻，如小儿，曰童大王家人也。问其故，蔡氏者曰："太师觐清光，此名朝天髻。"郑氏者曰："吾太宰奉祠就第，此懒梳髻。"至童氏者曰："大王方用兵，此三十六髻也。"②

这两段杂剧皆有时事背景，但它们只是根据要表达的意旨而择取相关情节进行嘲弄调笑，而表演本身并不呈现这个作为背景的时事的全部内容和因果始末。也就是说，杂剧关注的是这个时事所包含的意旨，并根据这个意旨，对相关情节嘲弄调笑，意到则止，并不以情节的完整长大为务。这类杂剧在宋人笔记中记述颇多，王国维《优语录》、任半塘《优语集》多有辑录，著名者如《夷坚志》丁集卷四的"元祐钱"、岳珂《桯史》卷七的"二圣环"。这种嘲弄讥讽的滑稽戏在取材习惯、表演程式和嘲弄手法上与唐参军戏是一脉相承的，在元杂剧时期仍然存在，多已穿插于元杂剧的演述结构中作为净丑脚色的调笑手段使用。

当然，虽说这种以滑稽调笑为宗旨的杂剧在两宋时期是主流，但经过杂剧的长期发展，至北宋后期，杂剧体制逐渐形成，脚色行当基本完备，尤其重要的是在处理故事的思维和方式上已渐有变化，有一部分杂剧的滑稽成分减少，初显故事表述的目的，能表述一段完整的故事情节。于是，以调笑为目的、以意运事的杂剧渐趋减少，而以叙事为宗旨的杂剧渐露端倪，即杂剧由以意运事而出现了专为叙事之作，其表演的

---

① 刘攽：《贡父诗话》，《丛书集成初编》，中华书局，1985年，第2547册，第4页。
② 周密：《齐东野语》卷一三，中华书局，1983年，第244—245页。

宗旨也在滑稽调笑的主流中出现了表述故事的意向。这种变化在《武林旧事》所录"官本杂剧段数"和《南村辍耕录》所录"院本名目"的比较中即有反映。当然，杂剧表演宗旨的这一变化不可能是突变，而是一种模糊渐变的过程，先是故事因素的增加，故事成分的变大，这一过程在当时不大被注意，待由成熟形态的叙事类杂剧回望先前的道路，便会感觉到变化的轨迹。这一轨迹难作清晰的描述，然由其变化的结果来考察尚可大致把握。《武林旧事》所载"官本杂剧段数"和《南村辍耕录》所载"院本名目"是宋金杂剧演变的阶段性结果，据此即能大致把握宋金杂剧在表演宗旨方面的变化。

王国维分析《武林旧事》卷一〇所列二百八十种官本杂剧名目，指出其"不皆纯正之戏剧"，"实综合种种之杂戏"；而《南村辍耕录》卷二五所列院本名目，"不但有简易之剧，且有说唱杂戏在其间"，并有《三打步》、《空百倬》、《难字儿》、《猜谜》等竞技游戏。由这两份杂剧名目看，"古剧者，非尽纯正之剧，而兼有竞技游戏在其中"①。游戏类杂剧没有故事因素，如《东京梦华录》卷七"驾登宝津楼诸军呈百戏"条的描述："继有二三瘦瘠，以粉涂身，金睛白面，如髑髅状，系锦绣围肚看带，手执软杖，各作魁谐趋跄，举止若排戏，谓之哑杂剧。"② 而那些调笑类杂剧仍是唐参军戏的余绪，无论是脚色配置，还是表演内容，皆是以滑稽嘲弄为宗旨。这种滑稽戏与官本杂剧中的《王子高六幺》、《崔护六幺》等歌舞戏在处理故事的思路上是相同的，皆是缘事而发的"咏事"思维。但这种缀以曲名的故事咏唱歌舞戏还是表现出与专以滑稽调笑为务的杂剧的不同，在表演宗旨、取材思路方面皆有了变化，即由取材时事而变为取材小说，并在歌舞咏事的表演中酝酿了叙事宗旨的表演。这些变化在戏曲的形成过程中具有重要的转折意义。

杂剧发展到宋金对峙时期，其形态出现了很大的变化。北宋末年，汴梁陷落，金灭北宋，伎艺人或被掳北迁，或随驾南奔，宋杂剧也分两

---

① 王国维：《宋元戏曲史》，上海古籍出版社，1998年，第51、56、58页。
② 孟元老：《东京梦华录（外四种）》，文化艺术出版社，1998年，第47页。

路发展：在北方演为院本及北曲杂剧，在南方则发生质的变化，出现了程式化的三节表演（艳段、正杂剧、散段），《都城纪胜·瓦舍众伎》、《梦粱录》卷二〇"妓乐"条有所记述。在以"正杂剧"为中心的表演中，有故事表述为主的正杂剧，也有滑稽调笑的杂扮和艳段，"大抵全以故事，务在滑稽，唱念应对通遍"①，表现出一定的综合性。《武林旧事》所录"官本杂剧段数"正反映了杂剧在南方的发展状况。

杂剧在北方的发展状况以金院本为据。当时称在金统治地域流传和发展的杂剧为"院本"。院本者，杂剧者，二者实为一物二名。金院本是北宋杂剧在北方的承续、发展，它与南宋杂剧有着密切的交流关系，比如"官本杂剧段数"和"院本名目"即有许多剧目、题材相同者。当然，从文化积累的角度而言，金院本对宋杂剧的继承和借鉴应该是主流。在金处于内地时期，金院本对宋杂剧有所继承；而在金后期，即金统治北方时期，金院本对宋杂剧则有所发展，这一发展为元杂剧的成熟和繁荣作了最好的铺垫。元人陶宗仪曾说："金有院本、杂剧、诸宫调；院本、杂剧，其实一也。国朝，院本、杂剧，始厘而二之。"② 就是说原来杂剧、院本没有分别，至元代才变成两种不同的艺术形式。因为元代的杂剧专指演员装扮人物演述故事的形式，与宋代杂剧有了质的变化，成为一种特指的戏剧形式。而元代的院本则仍沿袭宋杂剧的性质和形态，包括了各种杂项伎艺，多为滑稽打诨、歌舞咏唱。这类宋杂剧在元明时期还经常被作为片段材料引入、穿插在元明杂剧的演述结构中，如《西厢记》第三本第四折、《蔡顺奉母》第二折即有《双斗医》的穿插，明杂剧《娇红记》则标明了院本《行着说仙法》、《店小二哥》、《乾打手》、《黄丸儿》、《师婆旦》等穿插。这些滑稽片段可以穿插到任何适当的戏剧情境下，如《双斗医》是庸医诊病的滑稽调笑，《行着说仙法》是装神弄仙的滑稽表演，《师婆旦》是巫婆求神的滑稽表演，凡是剧中有适当的情境，皆可穿插引用。

---

① 孟元老：《东京梦华录（外四种）》，文化艺术出版社，1998年，第302页。
② 陶宗仪：《南村辍耕录》卷二五，文化艺术出版社，1998年，第346页。

从一定意义上，陶宗仪所言"院本、杂剧始釐而二之"的情况表明了金院本到元杂剧的发展进化。而金院本所反映出的宋杂剧的发展状况在戏曲形成史上更为关键。在陶宗仪《南村辍耕录》所载录的金院本名目六百九十余种中，"和曲院本"一类是以人物或情节附缀曲名的杂剧，只有十四种，数量与比重已较"官本杂剧段数"大为减少。这表明那种咏唱故事的歌舞戏已非杂剧的主流。从唐戏弄到元杂剧，宋金杂剧的一部分一直沿着滑稽戏乐、歌舞咏唱一线前行，但另一线却在咏事思维中发展出以表述故事为宗旨的杂剧。在金院本中，那种咏事思维的杂剧明显减少，而以叙事为宗旨的杂剧则明显增多，且在数量上已占有主体地位。由此而发展到元杂剧，则全以叙事为务，完全改变了宋杂剧"全以故事，务为滑稽"的主流状态，而那些滑稽、歌舞、游戏类杂剧则被置放于这种成熟的杂剧的演述框架中，或作为戏剧元素而在情节演述中存在，或作为穿插材料而在两折间夹杂呈现。据此而言，宋金杂剧虽说是元杂剧出现的直接渊源，但并非宋金杂剧的全部形态在此过程中所起到的作用彼此均衡，其中那些以叙事为宗旨者才是发展成元杂剧的主要力量，而其他的杂类伎艺只是作为片段材料而汇集、夹杂在元杂剧的演述框架中。

由宋金杂剧中的叙事类剧目，联系之前的唐戏弄和之后的元杂剧，即可认识到叙事宗旨和戏剧因素的关系。唐戏弄只是具备了戏曲的某些成分，如脚色、歌舞、科诨等。各种百戏伎艺的单方面发展为各个戏剧成分的发展作出了贡献，如歌舞、科白、脚色、滑稽等。同时，这些单成分的伎艺在共同的生长环境中不断地相互交流渗透，进行了各种戏曲因素之间的融合，尤其是在同一故事情境下的相互融合，为成熟戏曲形式的出现打下了基础。当这些戏剧成分能够融合以表述故事时，即在一个长大故事的叙述目的上汇聚了这些伎艺时，中国戏曲的雏形就出现了。所以，隋唐五代一些戏剧成分的交流融合趋势为宋金杂剧的发展、中国戏曲的形成准备了充分的条件。

那么，这些戏剧成分如何融合而生成真正的戏曲的呢？我们在讨论戏曲生成时会指出戏曲的综合性特征，但应注意的是，成熟戏曲的综合性不能以其包含类别多少为据,而应以它单次表演的综合性状态为据。

"杂剧"一词在唐宋时期与杂戏、百戏无别,是一个类名,如"官本杂剧段数"即包括了众多类别的伎艺,但这不是综合性,而是繁杂性。这种繁杂的内容不能作为中国戏曲已有综合性的证据。

宋金杂剧的单次表演也有繁杂性,如《武林旧事》卷一"圣节"条记"理宗朝禁中寿筵乐次"做杂剧,"杂剧,吴师贤以下,做《君圣臣贤爨》,断送《万岁声》;……杂剧,周朝清以下,做《三京下书》,断送《绕池游》;……杂剧,何宴喜以下,做《杨饭》,断送《四时欢》;……杂剧,时和以下,做《四偌少年游》,断送《贺时丰》"①。只有到了宋杂剧三节表演时,才出现了戏剧意义上的最初的综合性,尤其当这个最初的综合性能向着演述一个长大完整故事的方向发展时更为重要、关键,因为它标志着散乱短小形态、滑稽戏谑性质的杂耍表演已大体改变,而具有一定演出程式、主旨相对集中的艺术表演即将开始。这就是周贻白指出的戏曲形成的逻辑脉络:"北宋时期民间勾栏所演杂剧,不仅内容上已完全以故事情节为主,装扮人物,根据规定情景而作代言体的演出,而且,在表演形式上则根据唐代参军戏与歌舞戏相互参合这一基础,从故事情节出发,使内廷那些轮替着演出的歌舞杂技成为有机的结合,由是形成多种伎艺高度综合的中国戏剧的表演形式。所以这一时期东京民间勾栏所演杂剧,不仅是中国戏剧发展的主流,同时也是今天中国戏剧表演形式的嚆矢。"②

在这个戏曲生成的过程中,如果把成熟戏曲作为一个目标,歌舞、科诨、装扮等伎艺的单独奔走是不能到达目标的,必须经过适当的交流融合。但是这种融合应该有一个核心要素,并且它也是指向这个目标发展的。如果戏曲的生成过程是一个通道,戏曲的雏形作为车辆,各种戏剧成分作为这个车辆得以正常行驶的构件,则调笑、歌舞、脚色等因素都不能把握这个车辆而到达目标,因为它们所代表的方向不是真正戏曲

---

① 孟元老:《东京梦华录(外四种)》,文化艺术出版社,1998年,第329—330页。
② 周贻白:《中国戏曲发展史纲要》,上海古籍出版社,1979年,第91页。

的方向，也没有融合其他戏剧成分而向着戏曲生成的方向发展的素质。只有故事因素可以把握这个车辆的方向，融合各种伎艺，并不断地吸取其他伎艺的优长，最终到达目标，由此出现了成熟形态的戏曲样式。

五、结　语

根据上述理析，从唐戏弄到元杂剧，杂剧与故事的关系发生了明显的变化。

从表演宗旨看，在那些以戏谑娱嬉为宗旨的杂耍类、调笑类、歌舞类杂剧之外，出现了以表述一个故事为宗旨的叙事类杂剧。

从处理故事的方式看，由咏事思维而变化为叙事思维，那些调笑类、歌舞类杂剧渐趋作为戏剧构件而融入叙事类杂剧的演述框架中。

这一发展脉络显示，宋金杂剧中叙事类杂剧是发展为元杂剧的主力，是戏曲形成史上的核心力量；宋金杂剧由咏事宗旨而出现叙事宗旨，并在叙事宗旨的脉线上进一步发展，才会出现元杂剧的体制形态。所以，叙事宗旨在宋金杂剧中的出现、确立，在戏曲形成史上是一个非常重要的关键点，对戏曲的生成起到了关键性的指向作用。

第二编　叙事层面的渗透

第四章

宋金时期小说对戏曲
的影响形态

宋代杂剧虽然形成了三节体制，显示出一定的复杂程式和长大形态，但仍是"杂"，一是混杂了众多百戏伎艺，二是各节段之间联系松散，并未统一成一个主题。这种形态反映了宋杂剧与唐戏弄的承续关系，也表现出演述能力的进步，它有了脚色的配置、情节的组合和场次的安排，即使其宗旨仍是"务在滑稽"，然已"全以故事"，而且"正杂剧"已有明确的表述故事趋向。由此发展路径而要出现成熟的杂剧形态，它需要不断地弱化调笑因素，过滤芜杂成分，而向着相对单一的叙事目标演化。

在宋金杂剧经历这种具有变革意义的演化之时，"说话"伎艺的叙事一脉已经从唐代的寺院戏场里奔涌出来，形成滚滚洪流，在瓦舍众伎中占据主流地位。"说话"伎艺叙事能力的进步，一直引领着瓦舍伎艺的故事题材和叙事能力的发展。由于"说话"伎艺和杂剧在叙事方面发展的不平衡性，叙事性"说话"及其文本形态的话本不但启发了杂剧叙事宗旨的生成，也吸引了杂剧在叙事宗旨的发展路向上不断取鉴"说话"伎艺的故事题材和叙事能力。由此，小说与戏曲间的关系便由混融形态而渐趋转变为影响形态。小说的这一影响作用在宋金杂剧中留下了深刻的痕迹。

一、故事题材的影响

宋金杂剧承继唐戏弄发展，一直存在着滑稽调笑的成分，但杂剧的发展趋向却是表述长大完整的故事。《武林旧事》和《南村辍耕录》收录的两份杂剧名目,基本上反映了宋金杂剧的发展状况,其中有许多滑稽类、游戏类剧目,更重要的是出现了人物或情节缀以大曲、法曲、诸宫调或词曲调者,且呈增多趋势,这些缘事而发为歌舞的杂剧,表现出与专以滑稽调笑为务的杂剧的不同。在处理故事的思维和方式上,它们由取材时事而兴为歌舞,到取材小说而发为歌舞,再到依傍歌舞手段而演述故事。从这一发展脉流中,可以看到杂剧取材由时事到小说的变化在宋金杂剧发展进程中的重要性,以及小说在故事题材方面对杂剧发展的促进作用。

从唐戏弄到宋金杂剧,其所用之事有两个变化,一是由取材时事到取材小说故事,二是由取材实事到取材虚构故事。这两个变化相伴相随,对于宋金杂剧的用事习惯、运事思维的形成有着重要作用。

宋金杂剧之具有故事因素者,多是取材小说故事,有的与唐传奇故事有关,有的与"说话"故事有关。如《武林旧事》所录"官本杂剧段数"中,《崔护六幺》、《莺莺六幺》、《郑生遇龙女薄媚》、《柳毅大圣乐》、《裴航相遇乐》等题材是来源于唐传奇,而《裴少俊伊州》、《越娘道人欢》、《王魁三乡题》、《李勉负心》等,则是取材于当时的"说话"故事。即使来源于唐传奇者,也大多是经由"说话"伎艺的讲唱而进入到杂剧中(详见第三章第三节)。这类取材小说的剧目在宋金对峙时期的北方杂剧(当时称"院本")中多有承续,而且在数量、比例上较"官本杂剧段数"明显增多,不但是那种缘事而发的歌舞咏唱,如"和曲院本",更多的是以叙述故事为宗旨的杂剧,如"诸杂大小院本"所列的《芙蓉亭》、《调双渐》、《月夜闻筝》、《张生煮海》、《陈桥兵变》、《刘盼盼》、《刺董卓》、《淹蓝桥》等;"院幺"所列的《王子端卷帘记》、《女状元春桃记》、《玎珰天赐暗姻缘》等。这类取材小说的杂剧的丰富程度可以由其在当时的传播广度略见一斑。

早于《武林旧事》成书时间约一百年,金章宗时期的王寂在明昌元年(1190年)春以使事出按辽东,于宿处看到围屏上的四幅大曲故事画。

（于三月十三日至韩州，宿大明寺）予卧榻围屏四幅皆著色，画大曲故事，公余少憩，各戏题一绝句。《湖渭州》云："相如游倦弄琴心，帘下文君便赏音。犊鼻当年卜偕老，不防终有《白头吟》。"《新水》云："徐郎生别一酸辛，破镜还将泪粉匀。纵使三年不言笑，只应学得息夫人。"《薄媚》云："深知岁不利西行，郑六其如誓死生。异类犹能保终始，秦楼风月却无情。"《水调歌头》云："墙头容易许平生，绳断翻悲覆水瓶。子满芳枝乱红尽，东君不管尽飘零。"①

王寂是金代中叶的重要作家，对这种典雅的大曲应较熟悉，所以他明确指出卧榻围屏上是四幅"大曲故事"画。从其诗作所咏唱的内容看，这四个"大曲故事"皆是取材于小说。《湖渭州》（当为《胡渭州》）所演为相如文君故事，罗烨《醉翁谈录·小说开辟》记有小说家话本名目《卓文君》。《新水》所演为乐昌公主破镜重圆故事，罗烨《醉翁谈录·小说开辟》记有小说家话本名目《徐都尉》。《薄媚》所演为郑六遇妖狐故事，唐传奇有沈既济《任氏传》。《水调歌头》所演为裴少俊墙头马上故事，"官本杂剧段数"中有《裴少俊伊州》，院本名目中有《墙头马》，当时应有相应的小说家"说话"。这些大曲应是深受民众喜爱而流播广泛，以致能被作为图画的素材，活跃在日常生活中，为民众所熟知，如关汉卿《金线池》杂剧楔子中正旦唱道："郑六遇妖狐，崔韬逢雌虎，大曲内尽是寒儒。"这些大曲的题目当与"官本杂剧段数"所录以人物或情节附缀曲名者同，如《郑生遇龙女薄媚》、《裴少俊伊州》，是以小说故事为背景的咏唱歌舞。比如当时咏唱郑六遇妖狐故事的大曲就有洪适（1117—1184）的《勾南吕薄媚舞》词（《盘洲文集》卷七八。详见第三章第二节）。

另外，黑龙江省考古工作者曾在金都故址白城发掘了数面铜镜，其

---

① 王寂撰，张博泉注释：《辽东行部志注释》，黑龙江人民出版社，1984年，第63—64页。

中的人物故事镜背面铸有《月夜听筝》、《野猿听经》、《牛郎织女》、《蟠桃会》、《广寒宫》、《柳毅传书》等故事图案①。这些故事除《野猿听经》外均在"官本杂剧段数"或"院本名目"中有对应的剧目,当与宋金杂剧的传播有着密切的关系,而其故事题材也与当时流布广泛的"说话"伎艺有着直接的关系,应是当时北宋"说话"和杂剧影响北进的结果。

这些记录在实物上的宋金杂剧故事,反映了当时杂剧的流播深广度和民众熟知度,这要基于杂剧的数量和成就。虽然这些杂剧故事具体出自何种小说难以厘清,但取材小说的杂剧名目的数量增加,足可说明其间小说故事题材的影响之力和促进之功。

由于大量取用小说故事,宋金杂剧名目所反映出的故事题材在类型上也与小说相同。罗烨《醉翁谈录·小说开辟》所列小说家"说话"名目有八类:灵怪、烟粉、传奇、公案、朴刀、杆棒、神仙、妖术。这是当时叙事性"说话"伎艺经过长期实践而沉淀下的题材类别。参照此题材类别,可以看到宋金杂剧在取材小说的过程中,故事题材类别的不断丰富。

"官本杂剧段数"表现出的故事题材基本上有三种类别:传奇、灵怪、公案。传奇类如《王子高六幺》、《崔护六幺》、《崔护逍遥乐》、《莺莺六幺》、《裴少俊伊州》、《病郑逍遥乐》、《王魁三乡题》、《唐辅采莲》、《相如文君》、《王宗道休妻》、《李勉负心》等人世间的爱情故事。灵怪类如《郑生遇龙女薄媚》、《柳毅大圣乐》、《越娘道人欢》、《封陟中和乐》、《裴航相遇乐》、《崔智韬艾虎儿》、《雌虎》(原注:崔智韬)等涉及神仙妖怪的故事。公案类如《简帖薄媚》、《浮沤传永成双》、《浮沤暮云归》、《三献身》等勘疑缉凶的公案故事。而且从数量上可以发现宋杂剧的题材偏好,如传奇类、灵怪类中皆是爱情题材,这是周密《武林旧事》所记当时南方杂剧的情况,而王寂所记当时北方杂剧的情况也反映出同样的题材偏好。王寂在旅途宿馆的卧榻围屏上看到的四种"大曲故事"皆是爱情题材,且是书生的爱情故事,这与关汉卿《金线池》所言

---

① 张福海:《黑龙江戏曲史》,哈尔滨出版社,1999年,第63—64页。

"大曲内尽是寒儒"①的情况相符。到了《南村辍耕录》所记金代"院本名目"中，杂剧的题材类别趋于丰富，除了"官本杂剧段数"反映的题材类别外，还有"上皇院本"、"霸王院本"等历史题材，而《赤壁鏖兵》、《刺董卓》、《苏武和番》、《襄阳会》、《大刘备》、《骂吕布》、《史弘肇》等明显是来自当时流行的讲史家"说话"。而上文所列金都故址白城发掘的铜镜故事也表现出杂剧故事题材类型的扩展和丰富，除了爱情类题材，更有《野猿听经》、《牛郎织女》、《蟠桃会》、《广寒宫》这样的灵怪类、神仙类题材。这些故事题材即使不是直接来源于小说，也是由于杂剧在取材小说的过程中出现、确立了叙事宗旨后，进而在叙事宗旨的发展路向上扩展故事取材范围的结果。

在小说的影响下，宋金杂剧的故事题材类别经过不断的丰富，到元杂剧时已经与当时的小说题材类别基本趋于一致。明初朱权在《太和正音谱》中将杂剧分为十二科：神仙道化、隐居乐道、披袍秉笏、忠臣烈士、孝义廉节、叱奸骂谗、逐臣孤子、钹刀赶棒、风花雪月、悲欢离合、烟花粉黛、神头鬼面等十二科②。凡此十二类，均可在《醉翁谈录·小说开辟》中找到与之对应契合的"说话"门类，如钹刀赶棒与朴刀、杆棒，风花雪月、悲欢离合、烟花粉黛与烟粉、传奇，神头鬼面、神仙道化与灵怪、神仙，皆是题材对应，类属相当。此外，《醉翁谈录》所云："演霜林白日升天，教隐士如初学道"与隐居乐道剧，"说忠臣负屈衔冤，铁心肠也须下泪"与忠臣烈士剧，"说国贼怀奸从佞，遣愚夫等辈生嗔"与叱奸骂谗剧，也都题材相近，内容契合。综合考察宋金杂剧对于小说故事题材的取用，元杂剧故事门类与《醉翁谈录》中"说话"名目的类同，即可见出元杂剧与小说题材类别之间的联系，这是小说故事题材对于宋金杂剧长期影响、渗入的结果。

在宋金杂剧的发展过程中，小说在故事题材上对杂剧的影响具有重

---

① 关汉卿《金线池》的"楔子"中杜蕊娘有言："郑六遇妖狐，崔韬逢雌虎，大曲内尽是寒儒。想如今晓古人家女，都待与秀才每为夫妇。"
② 朱权：《太和正音谱》，载《中国古典戏曲论著集成》，中国戏剧出版社，1959年，第3册，第24页。

要的促进意义。相比较于唐戏弄,宋金杂剧在取材习惯上由时事而小说的变化,潜移默化地促使其用事思维由咏事而叙事的变化。

唐代的参军戏、歌舞戏就处理故事的思维看,是"咏事"。这种咏事思维在唐戏弄中表现出的习惯或传统是取用当场接受者共知的事件,挖掘其中的戏乐因素,或兴为歌舞,或发为调笑。具体来讲,一是所取用之事是接受者熟知的事件,现场即兴戏弄;二是戏弄虽反复演出,渐趋形成固定格式,如参军戏,但它不以叙述事件为务,而是表达事件所寓之意,或讽谏,或调笑;三是所关联之事都是发生在社会现实中的实事,如"踏谣娘",时人有所感,才以这实事兴为歌舞、发为调笑,而它的调笑嘲谑是针对当场之人事即时而兴,讲究词捷口辩。可见,取材实事以调弄戏乐是唐戏弄的传统,这一传统是以咏事思维来处理故事,它着眼于对实事的看法和态度,据此发为调笑,兴为歌舞,有时还以从实事得到的看法和态度另设情节,以作戏弄,如参军戏中的参军由最初的具体人物到后来的固定脚色,其表演已属于"因题设事"[1]。与此不同,当时的传奇小说、叙事性"说话"的用事思维并不单纯关注于故事所寓之"意",而是首先注重故事本身的情节演进和完整叙述。当宋金杂剧反复大量地取用小说故事时,小说的叙事思维必然会潜移默化地影响、渗入到杂剧中,并引领着杂剧关注故事本身的情节表述,而非故事中的"意",这就必然影响了杂剧的用事思维变化,一是叙事思维,一是虚构观念。

在取材小说故事的情况下,宋金杂剧的用事思维在小说着眼于故事本身表述的叙事思维的影响下渐次有了变化。初始阶段,由于小说故事的叙事结构的限制,杂剧虽然取材小说故事,以咏事思维兴为歌舞,但没有据此调笑者,而同时期的杂剧中仍有许多取时事以调笑的滑稽戏,这是唐戏弄取材实事以调弄戏乐的传统的延续。

咏事思维需要考虑本事的影响力,以及接受者的熟悉度,这直接关系到戏弄的效果,因为只有在接受者熟悉本事的情况下,戏弄"咏事"

---

[1] 周贻白:《中国戏曲发展史纲要》,上海古籍出版社,1979年,第90页。

的"意"才能让他们心领神会而获得理想的表演效果。而叙事思维则不必顾虑所关之事是否为接受者所熟悉，它的目的就是要讲述一个故事。因为这种目的，它可以专注于故事本身的情节，甚至进行虚构发挥，而非咏事思维的调笑、歌舞目的。宋金杂剧出现了取材小说故事的剧目，这不只是用事习惯的变化，更重要的是小说故事中蕴含的叙事思维对杂剧的渗入与影响。

宋金杂剧中取材小说故事的剧目的不断增多，反映了小说的叙事思维对宋金杂剧影响的渐次深入，也反映了小说故事及其叙事思维对同为瓦舍伎艺的杂剧的吸引力。正是在这种影响力的促进和吸引力的启发下，杂剧出现了表演宗旨的变化，有了零星的以叙事为宗旨的杂剧，如《相如文君》、《崔智韬艾虎儿》、《李勉负心》、《王宗道休妻》、《三京下书》。当然，这类杂剧最初出现时还是以一种过渡形态呈现，正如《都城纪胜·瓦舍众伎》所说的"大抵全以故事，务为滑稽"，只是故事因素已有突破限制而走向前台的趋势，但还不一定是纯粹的故事表述。而当时宋杂剧的发展也为这种趋势作了一定的准备，比如滑稽戏出现了固定的脚色体制，又有了固定的表演形式，王国维认为它渐以吸收歌舞戏之歌舞手段，以缘饰故事的表述，而且这歌舞是以表述故事为目的，而非歌舞本身，如此即可出现元杂剧的演述体制[①]。而在元杂剧的演述体制中，原来作为表演目的的滑稽调笑、歌舞咏唱就退隐于故事叙述中，成为表述手段或点缀成分；那种咏唱故事的大曲形式也消融在这种对故事的演述体制中，成为其中的一种表达方式，即由歌舞咏事过渡到歌舞叙事。于是，原来作为表演目的的歌舞，就在叙事宗旨下成为一种手段；原来作为歌舞背景的故事因素，就在叙事宗旨下成为表演的目的。从以故事为背景歌舞到以歌舞为手段叙事，说明了成熟杂剧体制已渐趋生成，也标志着叙事宗旨在宋杂剧中的出现。在这种情况下，宋杂剧就有了以歌舞为手段的叙事表演。

由此可见，宋杂剧在取材小说故事与其表演宗旨由咏事变为叙事之

[①] 王国维：《宋元戏曲史》，上海古籍出版社，1998年，第127页。

间有着一个因果关系。可以说，表演宗旨的变化对"说话"和杂剧的发展都是一个重要的转折点、关键点，而杂剧在这一关键点上的变化是受到了小说叙事思维的影响，不但是叙事宗旨的出现和确立，还有虚构观念的运事原则的形成。

唐传奇在中国小说史上的转折性意义就在于其"有意为小说"，即按自己的构思进行虚构创作。南宋洪迈多次表达了对唐代传奇的肯定："大率唐人多工诗，虽小说戏剧，鬼物假托，莫不宛转有思致，不必颛门名家而后可称也"①，"唐人小说不可不熟，小小情事，凄惋欲绝，洵有神遇而不自知者，与诗律可称一代之奇"②。后来胡应麟和鲁迅都明确了这一观点。胡应麟认为："凡变异之谈，盛于六朝，然多是传录舛讹，未必尽幻设语。至唐人乃作意好奇，假小说以寄笔端。"③鲁迅更得出了"小说亦如诗，至唐代而一变"这样的论断，并指出唐传奇与前代小说相比出现了质的变化，即"有意为小说"④。唐传奇虽表面上强调事有其源，人有其名，但多是假托人物以运事成篇的虚构之作。"说话"伎艺的叙事思维也是如此。

宋金杂剧在取材小说故事的过程中，不但受到小说故事中蕴含的叙事思维的影响，也受到小说故事中蕴含的虚构观念的影响。宋人谈到当时的影戏、傀儡戏取材时特别指出其多虚少实的情况。《都城纪胜》"瓦舍众伎"条言："凡傀儡敷演烟粉灵怪故事、铁骑公案之类，其话本或如杂剧，或如崖词，大抵多虚少实"，"凡影戏乃京师人初以素纸雕镂，后用彩色装皮为之，其话本与讲史书颇同，大抵真假相半……"⑤吴自牧《梦粱录》卷二〇"百戏伎艺"条亦有相类记述。二者的记述表明当时杂剧在故事取材上并不以实事为限，还取一些虚构的故事，这一取材观念的变化当由小说的影响所致。我们看到"官本杂剧段数"所录剧目

---

① 洪迈：《容斋随笔》卷一五"唐诗人有名不显者"，中华书局，2005年，第194页。
② 莲塘：《唐人说荟凡例》，载丁锡根编《中国历代小说序跋集》，人民文学出版社，1996年，第1793页。
③ 胡应麟：《少室山房笔丛》卷三六《二酉缀遗中》，上海书店出版社，2001年，第371页。
④ 鲁迅：《中国小说史略》，上海古籍出版社，1998年，第44页。
⑤ 孟元老：《东京梦华录（外四种）》，文化艺术出版社，1998年，第86页。

的故事取材多来源于小说,傀儡戏敷演的内容皆是讲史家"说话"的"历代君臣将相故事",或小说家"说话"的烟粉、灵怪、铁骑、公案等内容。小说的虚构观念影响了杂剧的运事思维,使得杂剧在故事题材的选择上、表述上有了更大的空间。它可以不拘泥于实事,而按自己的意图虚构出一些情节,并关注情节的完整和细节的表现,如此在表述故事上就有了更大的空间,尤其是想象的空间。另外,由于杂剧在叙事宗旨的发展方向上要表述长大故事,且能依其虚构观念而作适当的发挥缘饰,由此而促进了表演的增容和目的的转变,即由即兴调笑而到叙述故事,同时也为情节构思的复杂和叙事能力的提高获得了发展的空间。

叙事思维和虚构观念在宋金杂剧中的出现,对于杂剧的发展起到了积极的促进作用。

其一,北宋初期杂剧仍沿袭唐戏弄取材实事的习惯,亦延续了唐戏弄这一用事习惯所固有的咏事思维,即事而兴地发为戏谑的言辞或调笑的动作。而当杂剧取材于小说故事,这不只是用事习惯的变化,取材范围的扩大,还有小说故事所蕴含的叙事思维的渗入与影响。在此影响下,杂剧有了叙事宗旨的出现和确立,并在此叙事宗旨的发展路向上更为广泛地把目光投向了丰富、发达的小说故事;而小说的虚构观念也影响了杂剧的用事思维,有益于增加杂剧述事的自由度,开拓杂剧叙事能力的发展空间,从而使杂剧进一步扩大取材范围。

其二,取材于小说故事而非撷拾时事即兴嘲戏,使杂剧有了反复表演的可能,而不必因为场景的变化而失去意义。因为即兴的戏弄随着所嘲谑人事的变更,就没有再次戏弄的可能了。而取材于小说故事,杂剧可以事先经过剧本编写准备,而不必应合时境作临时发挥,于是就有了专门的剧本编撰艺人,如《梦粱录》卷二〇"妓乐"条所记的汴京教坊大使孟角球,就编过"杂剧本子"。如此,杂剧就有了反复表演的素质,有了固定下来的程式和反复锤炼的机会,这有益于杂剧在某一剧目的反复砥砺过程中获得艺术的提高。

其三,由于小说故事在杂剧发展方向和叙事能力上的关键促进作用和长期影响力量,杂剧对小说故事的取鉴习惯已经在长期的浸润中内化在血脉中,可以说,杂剧的取材小说的习惯已渐成为一种传统。小说的故事题材的丰富发达,叙事能力的成熟进步,一直在故事题材和叙事能力方面引领着叙事性伎艺的发展。对于杂剧来说,从其叙事宗旨的出现、确立,到叙事能力的进步,都得益于小说故事的滋养,由此杂剧在叙事宗旨的发展路途上,对小说故事有一种内在的依赖感,这在元杂剧的故事题材方面有更清晰的表现(第五章详述),甚至许多学者在追溯元杂剧的生成渊源时,把目光投向唐传奇,认为唐传奇是曲剧之源。这是着眼于元杂剧的故事题材所受小说资养而得到的认识,当然更为直接者是唐宋以来叙事性"说话"伎艺的资养之力和示范之功。这种杂剧渊源的认识虽然并不确切,但却反映了杂剧发展历程中所存在的取材小说这一传统。这一传统在宋金杂剧的发展中渐已形成,并在元杂剧中得到确立,它所体现的小说引领戏曲故事题材的关系,一直是小说与戏曲关系的重要流脉,清初李渔的"稗官为传奇蓝本"即是对这一传统的总结,即使明清时期小说与戏曲的关系有所变化,也未改变其主流地位。

总之,宋金杂剧由咏事思维而出现叙事思维的过程,是受到了小说故事题材的影响。小说的用事思维不以表意和调笑为目的,而是关注故事本身的情节演进,以情节的完整表述为宗旨。杂剧以自己的方式处理小说故事题材时,也必然会接触到了另一种用事思维和方式,并受其启发和引领,开始注意故事本身的情节表述,渐有了以故事讲述为宗旨的杂剧。宋金杂剧中故事因素的不断增加和取材小说故事的剧目的不断增多,反映了小说的叙事思维对宋金杂剧影响的渐次深入,也反映出杂剧表演宗旨变化后对故事题材的需求。同时,由于这叙事宗旨的发展指向,也促使杂剧不得不关注故事表述的能力和方式了。

二、叙事能力的影响

叙事宗旨的出现,为宋金杂剧确立了发展为成熟戏曲的方向,把宋金杂剧推上了表述长大完整故事的路途。当然,由此前行而生成完善的形态,宋金杂剧还需要为表述一定长度的故事而具备相应的叙事能力。

考察北宋杂剧到南宋杂剧、金院本的发展，杂剧形式逐渐从简单而向复杂演化，杂剧形态逐渐从混杂而向独立蜕变。而在这一演化过程中，杂剧在叙事宗旨的发展路向上对长大完整故事的呈现要求起到了不可忽视的促进作用。正是在叙事宗旨的发展路向上，宋金杂剧有了表述一个长大完整故事的必然要求，有了发展叙事能力的内在需求。而这些叙事能力不可能由杂剧自身生成，因为当时杂剧原有的咏事思维是不可能孕育出叙事能力的，这要取决于相邻叙事文艺的发展，尤其是引领杂剧向叙事一脉演化的"说话"伎艺的发展。

"说话"伎艺的发展方向和成长道路对于咏事思维的歌舞类、调笑类杂剧有很大的启发、引领作用。故而宋金杂剧在取用"说话"故事的过程中，会有处理故事思维由咏事到叙事的变化，会有叙事宗旨的出现和确立。这是因为杂剧取用的"说话"故事并不是一个原生态的素材，而是蕴含着一定叙事思维和形式的题材。杂剧取用"说话"故事，并不只是取材习惯的变化，还有处理故事的思维和方式的变化。自取材"说话"故事之始，杂剧就一直受到小说叙事思维和方式的潜移默化的影响，叙事宗旨在宋金杂剧中的出现即是这一影响的表现之一。而杂剧在叙事宗旨的发展路途上，必然会面临着表述一个长大完整故事的压力，产生出呈现一个长大完整故事的内在要求。在这种情况下，小说故事所蕴含的表述故事的经验和能力自然会成为其取鉴的直接、重要来源，由此，宋金杂剧不可避免地会受到小说尤其是叙事性"说话"的叙事思维、叙事能力的影响和滋养，其演述体制也渐由短小、简单、松散形态而向长大、复杂、整合形态进化。

（一）杂剧演述结构由松散而趋向整合

宋金杂剧的演述体制虽然已有多段组合和三节格式，但其早期的结构仍然颇为松散，这是由于杂剧内容的杂乱和主旨的不统一所致。

首先是杂剧涵盖内容的混杂。宋金杂剧有歌舞类、调笑类、杂技类、游戏类和叙事类，这在《武林旧事》所记"官本杂剧段数"和《南村辍耕录》所记"院本名目"中皆有表现，因而，后世曲艺、杂技也把宋金杂剧视为其发展脉络上的节点,于此探寻其相关名目、因素或成分。即使在杂剧的三节格式中,"正杂剧"的内容也颇为杂乱,《梦粱录》卷二〇"妓乐"条称其"大抵全以故事,务在滑稽,唱念应对通遍",这是当时杂剧发展的主流形态,但并非正杂剧的通例。《武林旧事》卷一"圣节"条记宋理宗寿筵做杂剧,"吴师贤已下,做《君圣臣贤爨》,断送《万岁声》";"周朝清已下,做《三京下书》,断送《绕池游》";"何宴喜已下,做《杨饭》,断送《四时欢》";"时和已下,做《四偌少年游》,断送《贺时丰》"。又卷八"皇后归谒家庙"条记乐次十四盏,初坐第四盏有"勾杂剧色,时和等做《尧舜禹汤》,断送《万岁声》",再坐第七盏有"勾杂剧,吴国宝等做《年年好》,断送《四时欢》"①。由此知正杂剧的内容并无类别上的规定,可以是"务在滑稽"的调笑类,也可以是《君圣臣贤爨》式的歌舞类、《三京下书》式的叙事类。

其次是杂剧多段组合的内容不统一。北宋时的教坊杂剧已有一场两段的格式,如孟元老《东京梦华录》卷九"宰执亲王宗室百官入内上寿"条载乐次九盏,其中第五盏"小儿班首入进致语,勾杂剧入场,一场两段",第七盏"女童进致语,勾杂剧入场,亦一场两段讫"②。但"一场两段"并不是固定格式,南宋吴自牧《梦粱录》卷三"宰执亲王南班百官入内上寿赐宴"条既有第五盏"参军色执竿奏数语,勾杂剧入场,一场两段",也有第七盏"参军色作语,勾杂剧入场,三段"③。但这种两段、三段格式的各段之间是否内容统一,表述同一段歌舞、调笑或故事?这需要具体分析,至少在其多段组合的初始,表演内容各段各表,如《东京梦华录》卷七"驾登宝津楼诸军呈百戏"条所述一次为皇帝表演的军中百戏,其程式与教坊杂剧相同,开头有致语,中间有"乐部举动,琴家弄令"、"乐部复动蛮牌令"、"乐部动《拜新月慢》曲"等

---

① 孟元老:《东京梦华录(外四种)》,文化艺术出版社,1998年,第302、329—330、439—440页。
② 孟元老:《东京梦华录(外四种)》,文化艺术出版社,1998年,第60、61页。
③ 孟元老:《东京梦华录(外四种)》,文化艺术出版社,1998年,第139页。

穿插，而在众多风格豪放的队舞中插有杂剧表演：

> 如是数十对讫，复有一装田舍儿者入场念诵言语讫，有一装村妇者入场，与村夫相值，各持棒杖，互相击触，如相殴态。其村夫者以杖背村妇出场毕，后部乐作，诸军缴队杂剧一段，继而露台弟子杂剧一段，是时弟子萧住儿、丁都赛、薛子大、薛子小、杨总惜、崔上寿之辈，后来者不足数。①

这段记述中前后排演的三段杂剧，各由不同的三组艺人呈演，内容也就各自不同，先是村夫与村妇的科诨杂剧一段，继而是诸军缴队杂剧一段，最后是露台弟子杂剧一段。如此看来，当时杂剧的一场两段或三段格式会把各段排演组合在同一场次，但确实是各段排演不同的内容。由于各段内容的不统一，杂剧的一场多段格式在结构上仍是松散的形态。

再次是杂剧三节组合的主旨各异。北宋初期的杂剧承唐戏旧制，缘事以歌舞，托事以调笑，混杂于百戏杂伎中，短小即兴，还未形成三节四段的结构形态。到了南宋时期，杂剧在散乐中的地位大为提高，"散乐，传学教坊十三部，唯以杂剧为正色"②，这是以杂剧的艺术进步为基础的，表明杂剧有了相对独立的形态，比如形成了通用的三节程式：艳段、正杂剧、散段。南宋理宗时期的灌圃耐得翁在《都城纪胜》"瓦舍众伎"条记曰：

> 杂剧中，末泥为长，每四人或五人为一场，先做寻常熟事一段，名曰艳段；次做正杂剧，通名为两段。……大抵全以故事，世务为滑稽，本是鉴戒，或隐为谏诤也。……杂扮或名杂旺，又名纽元子，又名技和，乃杂剧之散段。在京师时，村人罕得入城，遂撰

---

① 孟元老：《东京梦华录（外四种）》，文化艺术出版社，1998年，第48页。
② 灌圃耐得翁：《都城纪胜》"瓦舍众伎"条，载《东京梦华录（外四种）》，文化艺术出版社，1998年，第84页。

此端，多是借装为山东河北村人，以资笑。①

南宋吴自牧《梦粱录》卷二〇"妓乐"条亦有相同记述。二者所述反映了杂剧在表演形态上的进步。这种三节程式虽然比较于北宋杂剧的短小即兴形态而有了体制上的扩展，但因为各节的内容杂乱、风格不一，未能凝聚、整合成主旨统一的演述结构，仍表现为松散形态。《南村辍耕录》"院本名目"所示的分类即体现了杂剧的三节演述程式，有作为"艳段"的"冲撞引首"、"拴搐艳段"，有作为"正杂剧"的"上皇院本"、"诸杂大小院本"、"院幺"，也有作为"散段"的"诸杂砌"。演出时按三节程式各有选取以作组合，其中虽有节段的划分，但演述内容并未统一成一个主题，各节之间只是松散的联系，比如作为散段的"杂扮"既可作为三节程式的一部分，又可单独演出，有较大的随意性。这种形态反映了宋杂剧与唐戏弄在演述内容上的联系，也说明三节程式并不是为同一内容而设置的演述结构。

当然，这种三节程式已经蕴含了趋向结构凝聚、主题集中的内核，这是因为"正杂剧"的存在。杂剧三节程式的主体是正杂剧，由于正杂剧的主体地位而使宋杂剧的表演主旨有了相对的集中。尤其当杂剧出现、确立了叙事宗旨的发展方向之后，面临着呈现长大、完整故事的内在要求，渐而在演述单一长大故事的锻炼中，杂剧演述体制由于内容、主旨的统一而有了三节结构的凝聚、戏剧因素的整合。可以说，宋金杂剧演述体制由松散而凝聚的过程乃由杂剧在叙事宗旨的发展方向上对单一长大故事的呈现需求所致。随着所要表述的故事情节长大复杂，杂剧渐趋出现了某一段演述的加大加长，或有连接数段以演一事者。这一过程一直伴随着小说叙事能力的影响、促进。

当宋初杂剧仍在宫廷官府和瓦舍勾栏中即兴调笑时，民间的"说话"伎艺已超越了即兴短小的形态，在叙事的路向上发展成了"小说"、"讲史"的说唱，有了粗具雏形的文本，有了文学性发展的基础。它的

---

① 孟元老：《东京梦华录（外四种）》，文化艺术出版社，1998年，第85、86页。

发展路途对宋杂剧的发展有着亲缘的引领和促动作用，尤其是宋杂剧在出现了叙事宗旨后，小说的动人故事和成熟叙事对其必然产生影响。宋金杂剧前后期的形态表明，杂剧在叙事宗旨出现后，对故事情节的表述由短小到长大，由零散到完整，开始了在叙事宗旨路向上的演化。宋金杂剧取材小说以咏事、以叙事的演化过程，取材小说的剧目逐渐增多的过程，说明了小说故事题材对杂剧的叙事宗旨生成的促进，也反映了宋金杂剧在叙事宗旨的发展方向上对小说故事题材的依赖。在其演述小说故事的过程中，由于小说故事所蕴含的叙事思维、叙事能力的影响和滋养，杂剧对故事的表述能力渐趋增强，所以说，杂剧演述体制的进化过程一起伴随着小说的影响、促进。一方面，杂剧对叙事宗旨的实践需要小说故事的支持，在大量取用、呈现小说故事的实践过程中，杂剧必然会受到小说叙事能力的影响；另一方面，杂剧在叙事一脉的发展也需要小说叙事能力的滋养，包括小说叙事结构的系统性、"说话"演述程式的凝聚性，以及对长大完整故事的叙述能力。受小说这些处理故事的方式、结构、思维的影响，正杂剧分散的多段内容渐趋向于同一主题，而三节演述程式也因这主旨的统一而渐趋凝聚。

一方面的凝聚表现在正杂剧的多段组合体制由于主旨的统一和内容的扩展而趋于紧密。

宋金杂剧在叙事宗旨的发展路途上，虽然仍未摆脱游艺百戏的穿插，但主旨上是在表述一个完整长大的故事。当然，其组构成分仍显杂乱，有歌舞，有说唱，有杂技，有游戏，在杂剧的演述程式中混杂一体，但已与唐戏弄大为不同了。唐戏弄虽含故事因素，但伎艺性、象征性因素突出，显示不出具体的情节和事件发展过程，而整体的故事只是戏弄的背景和起点，呈现出的是象事的戏弄、咏事的歌舞。当叙事宗旨在杂剧中出现之后，那些混杂的伎艺就为一个目的而汇聚、融合，成为故事演述的附庸或手段而存在。由于杂剧在叙事宗旨上对单一故事的增容扩展，那些杂伎项目在这个长大故事的演述框架就只能作为杂剧的附庸穿插其中，或成为杂剧的表达手段整合其中，而不能作为正杂剧的表演目的或并列部分了。由此，正杂剧就在多段组合中逐渐取得体制的长大，内容的增容，主旨的统一，从而在三节演述程式中的地位更加突出。当然，初期的多段组合仍是一种过渡形态，它需要不断地淡化诙谐调笑性质，过滤掉混乱芜杂成分，而向着相对单一的叙事目标进化。

另一方面的凝聚则表现在杂剧三节演述程式在叙述一个长大完整故事宗旨上的整合。

南宋杂剧的这种三节四段格式，后来发展得比较成熟、完善，这在元杂剧的演述结构中仍有其零星的遗迹，但它在最初时还只是一个有待完善的简单程式。一是在总体架构上三节联系松散，二是作为主体部分的正杂剧在内容上不统一。即使如此，这一架构因其长大的形态而表现出对唐宋之际杂剧的进步，并在叙事宗旨的发展指向上具备了生成完善演述结构的基础。当然，由于内容和风格的不统一，初始形态的三节程式在结构上非常松散，但其形态已表现出长大，不是三言两语的诙谐逗乐，而是有了脚色的分配、情节的组合和场次的安排，且渐趋向于故事表述。随着正杂剧的形态发展，这种情况也有了变化。因为有正杂剧作为这一格式的主体或中心，三节间就有了相对集中的主旨，三节格式也有了相对长大的架构。然三节各自表述的内容比较芜杂，包含了许多百戏伎艺，并未统一成对同一个故事的演述。随着正杂剧表演形态的长大和叙事宗旨的确立，加以正杂剧的中心地位和发展形态，这一架构显示出它的故事叙述指向。它从故事情节出发，使得歌舞、游戏等伎艺都围绕着正杂剧的故事演述，而歌舞杂戏则有机地结合，作为一种表达方式融入到故事演述的体制中。《南村辍耕录》所记院本名目有十一类，有"冲撞引首"、"打略拴搐"、"拴搐艳段"、"诸杂院㸑"、"诸杂砌"，皆是杂剧三节演述程式中正杂剧之外的组构部分。在具体的演述中，它们会围绕正杂剧而组合，有的是正杂剧之前的"引首"，有的是正杂剧之中插科打诨的"杂砌"，有的是正杂剧之后的"打散"。但无论它们在正杂剧演述中如何穿插安排，总是以正杂剧的故事演述为中心的，这种原则也是后来发展成北曲杂剧的结构基础，承续宋金杂剧而来的元杂剧即是在演述一个故事的架构中进行声律上的建构和各种戏剧手段的融合，那么，宋金杂剧在以元杂剧为发展方向的过程中，其三节程式的松散组合在不断扩展的同时，也由于对同一个故事演述的要求而渐成一体，那些短小的杂伎则含纳在这个主体框架中，退缩为故事演述的点缀了。比如元杂剧在具体的演述程式中，会在主体的四折演述结构中穿插许多百戏伎艺。

由此可见，南宋杂剧的三节四段格式虽然早期结构松散，内容杂乱，但它具有一个含纳众多表述方式的空间，具有一个承载长大故事的基础。随着正杂剧的发展，这一程式中的那些杂乱伎艺内容就混融于正杂剧的演述体制中，而不再以三节程式的面目出现了。宋金杂剧在体制上松散扩展、又趋于凝聚整合的过程，是在叙述一个长大完整故事指向上的演进，这与它叙事宗旨形成后的发展方向有关，其间的动力主要是对单一长大完整故事的叙述要求。而在这一过程中，"说话"伎艺的叙事能力起到了不可忽视的启发与促进作用，一是"说话"伎艺演述结构的系统性，二是"说话"伎艺对单一完整故事的叙述能力。宋金杂剧的这一进化过程是演述结构由松散而趋向整合，演述主旨由疏离而趋向凝聚，演述内容由杂乱而趋向统一。正是因为这个凝聚、整合的演述结构具备了含纳众多表述方式的架构，具备了承载长大复杂故事的基础，宋金杂剧才能过渡到元杂剧的成熟形态。

（二）杂剧演述体制趋向长大和复杂

随着演述结构的这一凝聚、整合过程，宋金杂剧的演述形态也渐由短小而趋向长大，演述体制也渐由简单而趋向复杂。

宋杂剧在叙事宗旨路向上的发展，必然需要长大完整故事的支持，而叙述长大完整故事就需要适合的能力和形式。宋金杂剧形态上由短小到长大的演化过程就反映出这一要求。

正杂剧是三节程式的主体部分，是宋金杂剧的代表样式，反映着宋金杂剧的发展状态。北宋杂剧是百戏杂陈中的一段表演，有一场一段格式，也有一场两段格式。宋金对峙后，杂剧分南北方发展，这种格式皆有传承，《都城纪胜》"瓦舍众伎"条所记三节程式中正杂剧是"通名为两段"，《金史》卷三八《礼志十一》记述宴请外国使臣，设乐次九盏，第六、七盏为杂剧，例承北宋①。但这种演出格式在南宋时期出现了变化。《梦粱录》卷三"宰执亲王南班百官入内上寿赐宴"条记第七盏有"参军色作语，勾杂剧入场，三段"②。由此可见，正杂剧的形态有往长大发展的指向，这在一定程度上反映出杂剧艺术的进步。当然，两段或三段格式在出现之初未能达到内容统一，联系紧密，但这种段数的增加为杂剧表述更多内容提供了空间，尤其在杂剧出现叙事宗旨后，能为表述长大复杂故事提供适当的结构准备。而杂剧在叙事宗旨出现、确立后面临呈现长大复杂故事的需要，又成为杂剧长大形态发展的内在促动力。

当然，正杂剧对故事表述的要求目标和能力发展有一个过程。北宋杂剧延续唐戏之制，咏事以歌舞、戏谑。即使到了南宋时期，故事因素在杂剧中渐次加强，然正杂剧仍是"全以故事，务为滑稽"。随着故事因素在杂剧表演中的成分扩展和地位提高，一部分杂剧渐渐趋向于故事情节的专一表述，出现了一段形态的加大加长，或者连接数段以演一事。联系《南村辍耕录》所记院本名目如《杜甫游春》、《陈桥兵变》、《张生煮海》等剧目以及人物"家门"类分的细致，可见当时杂剧形态的发展进步。这一变化反映出杂剧在叙事能力上的提高，其间小说的促进之力有用甚大。王国维即指出：宋之滑稽戏"不以演事实为主，而以所含之意义为主。至其变为演事实之戏剧，则当时之小说，实有力焉"；而小说（实指当时的小说家"说话"伎艺）影响滑稽戏这一转变的表现就是叙事宗旨的出现："宋时滑稽戏尤盛，又渐藉歌舞以缘饰故事，于是向之歌舞戏，不以歌舞为主，而以故事为主。"③ 王国维认识到了长大故事对戏曲生成的促进之力，指出宋之小说对戏曲发展所提供的基础和条件就是叙事思维和叙事能力。由此，小说促使杂剧有了表演宗旨从"所含之意义"到"演事实"的变化，并在表述一个长大故事的发展方向上促进正杂剧的结构增容、形态变长、各段融合以成主题统一，进而

---

① 脱脱等：《金史》卷三八《礼志十一》，中华书局，1975年，第865页。
② 孟元老：《东京梦华录（外四种）》，文化艺术出版社，1998年，第139页。
③ 王国维：《宋元戏曲史》，上海古籍出版社，1998年，第28、127页。

发展出元代北曲杂剧那样的能够表述一个复杂完整故事的长大形态。

宋金杂剧形态的前后变化，伴随着表述手段、演述体制从简单到复杂的演化过程。北宋时的文人记述中论及杂剧多关注其戏谑调笑的性质，欣赏其禅语打诨式的机趣，这是当时人们对杂剧的总体认识和欣赏趣味。北宋初期的杂剧循有唐戏弄之咏事思维，关注于故事所含之意而歌舞咏叹、滑稽调笑，所以表现出的故事信息简短而支离。而杂剧在叙事宗旨的发展方向上，逐渐关注故事的完整呈现，由此，那些调笑、歌舞就不再成为杂剧表演的目的，而是作为一种表述手段，融入到杂剧的演述程式中。咏事关注故事的某一片段，而叙事则要关注故事的完整呈现。从关注的故事的繁简度来看，杂剧从咏事到叙事的演变，是一个形式表现由简单到复杂、故事表现由片段到完整的变化过程。相对于咏事类杂剧所表现的简短情节，叙事类杂剧所演述的故事情节复杂完整。这是杂剧在处理故事的思维和方式上的变化，也是杂剧在内容和性质上的变化，反映了宋金杂剧前后时期有了较大的发展，尤其是叙事宗旨的出现，使得杂剧朝着表述长大故事的方向发展，而杂剧的演述体制也将因这些长大复杂故事的呈现要求而变得复杂，三节四段格式的出现、参演脚色的增多即是杂剧演述体制趋向复杂的表现。

北宋杂剧继承了唐代参军戏的脚色体制，由参军、苍鹘的配置格式变为副净、副末配置格式。《苕溪渔隐丛话》前集卷三〇引《王直方诗话》记欧阳修致梅尧臣书简曰："正如杂剧人上名，下韵不来，须副末接续。"[1] 则欧阳修时代的杂剧已有"副末"脚色。而黄庭坚〔鼓笛令〕《戏咏打揭》之四有"副靖传语木大"之语[2]，内中"副靖"即副净。由此知北宋杂剧已有副末与副净两个主要脚色，分别对应于唐参军戏的苍鹘与参军。《东京梦华录》卷七"驾登宝津楼诸军呈百戏"条记述的装田舍儿者与装村妇者的戏谑调笑性质的斗殴戏弄，即是这种脚色配置格式。随着杂剧演述体制趋向长大、复杂的发展，这种简单的演述体制不

---

[1] 胡仔著，廖德明校点：《苕溪渔隐丛话》前集卷三〇，人民文学出版社，1962年，第210页。
[2] 唐圭璋编：《全宋词》，中华书局，1999年，第526页。

足以承担长大复杂故事的呈现要求,由此脚色设置明显增多,脚色分工越来越细。《都城纪胜》(成书于 1235 年)"瓦舍众伎"条记曰:"杂剧中,末泥为长,每四人或五人为一场,先做寻常熟事一段,名曰艳段,次做正杂剧,通名为两段。末泥色主张,引戏色分付,副净色发乔,副末色打诨,又或添一人装孤。"① 吴自牧《梦粱录》也有相近的记述(成书于 1274 年)。金院本是宋杂剧在北方的发展,二者一脉相传,名异实同②。据《南村辍耕录》卷二五"院本名目"条记述,金院本的脚色是副净、副末、引戏、末泥、孤装五人,这与宋杂剧几乎完全相同,只是"孤装"与"装孤"不同。时间稍微晚于吴自牧《梦粱录》,周密在《武林旧事》(成书于约 1290 年)记载的杂剧脚色已有明显的变化。据该书卷四"乾淳教坊乐部"条所载宋孝宗时著名的"杂剧三甲"出现了一些新的脚色名称,如戏头、装旦、次贴,如此则南宋后期杂剧的脚色实际上已经不是五个,而是八个,即戏头、末泥、引戏、副净、副末、次贴、装孤、装旦。脚色的人数增多,分工细致,表明杂剧演述体制由简单而向复杂的变化,这是杂剧受自身演述长大故事这一要求促动的结果,也反映了小说故事在其中的影响作用。

由于元杂剧是在宋金杂剧基础上发展而来的,比较宋金杂剧和元杂剧的演述体制,亦可见宋金杂剧受表述小说故事的内在要求之于演述体制方面由简单到复杂的演进情况。

宋金杂剧在发展过程中已形成了相对规范化的脚色体制,在脚色数量上有一个由少到多的发展过程,但《都城纪胜》和《梦粱录》所说每场四人体制应是宋杂剧最初的格式,其脚色配置以副净和副末为主,这与正杂剧"全以故事,务在滑稽"的演述宗旨相配合。但在宋金杂剧出现并确立了叙事宗旨的过程中,杂剧的脚色配置也发生了变化,除了脚色因为表演体制扩展的需要而增加,由副净、副末两个变为五个或八个,到元杂剧中的十余个,更为重要的是由于表演宗旨的变化,脚色的

---

① 孟元老:《东京梦华录(外四种)》,文化艺术出版社,1998 年,第 85 页。
② 陶宗仪《南村辍耕录》卷二五"院本名目"条有言:"院本、杂剧,其实一也。国朝,院本、杂剧,始厘而二之。"朱权《太和正音谱·词林须知》承袭、肯定了这一说法。

功能、地位也发生了变化，宋金杂剧以副净、副末为主，"副净色发乔，副末色打诨"，而"末泥色主张，引戏色分付"则是这一表演主体的导引部分。而在元杂剧中，脚色配置则以旦、末为主，原来为戏弄调笑而设的副净、副末配置则降为次要，他们的一些戏谑调笑片段渐而沦为以旦、末为主的故事演述结构的附庸。

伴随着脚色配置这一变化过程，宋金杂剧、元杂剧所表述的内容也有了相应的变化。早期的宋杂剧是托以故事，务为滑稽，即以某一故事为背景，选取其中的某一情节片段，把其中矛盾之处加以巧妙编织，选择贴切、凝练、鲜明的字眼表达出来而产生戏谑，它的实质是讽刺、揭露、批判，而不以演述故事情节为宗旨。随着宋杂剧在叙事宗旨方向上的发展，滑稽调笑就不再作为其表演的目的，因为副净、副末的职能指向的滑稽调笑性质，已不适合呈现一个长大完整的故事。在叙事宗旨的发展方向上，杂剧必须融合其所有上场脚色以共同表述，而不是只让副净、副末在一定故事背景下调笑戏谑，于是就有了以旦、末为中心的脚色配置。这种脚色配置的变化，体现了杂剧对呈现长大完整故事这一发展要求的适应，而且随之而来的一些变化都与此有关，比如，由于所要表述故事情节的渐趋复杂，上场人物也随之渐趋转多，以适应复杂情节的表达需要；而为了所表述故事的情节连续，也要求宋杂剧三节程式之间很好地融合，以适合连续地、完整地叙述故事的目标。

所以说，宋金杂剧的脚色配置变化与其在叙事主旨的发展方向上所形成的演述框架是相互配合的，宋元南戏、元杂剧的脚色配置就是这种变化的结果。

宋金杂剧到元杂剧之间在演述体制方面的这些发展，体现了宋金杂剧在叙事能力上的进步，这与其因演述目的的变化而受到长大复杂故事的促动有着直接的关系。而这演述目的和长大故事皆与小说（尤其是叙事性"说话"伎艺）有着千丝万缕的关系。由于叙事宗旨在杂剧中的出现、确立与小说有着密切的关系，当宋金杂剧在叙事宗旨的发展方向上需要大量的故事题材时，丰富的小说故事题材就成为其取鉴的源泉。这些小说故事并不是生活原生态的素材，而是有着成熟叙述结构和叙述思维的故事，比如"说话"故事在演述故事方面有着规定的程式和方法。与之相比，杂剧在故事表述方面没有自己系统内的能力锻炼和经验积累，它对长大复杂故事的呈现要求需要相适应的结构手法和表述程式，在这个方面，同为瓦舍伎艺的叙事性"说话"伎艺可资借鉴。因此，杂剧在取用、呈现这些小说故事时，必然会受到小说叙事思维和方式的影响，也会受到"说话"伎艺演述故事的程式和手段的影响。叙事性"说话"伎艺的经验和能力对杂剧有着亲缘的影响力，而从杂剧立场看，它对"说话"伎艺的叙事经验和能力则有着亲缘的依赖性。在小说尤其是叙事性"说话"长大复杂故事的促进下，宋金杂剧的演述体制因所要呈现内容的日趋复杂而不断往凝聚整合的方向发展，同时，宋金杂剧的脚色职能也随之改变，以适应表述复杂长大故事的需要，于是就有以副净、副末为主的脚色配置而变为以旦、末为主的脚色配置。所以胡忌认为宋金杂剧叙事能力的发展是受到了当时"说话"伎艺的影响，"惟其需要故事的发展，不得不借重于话本的力量；惟其需要加入唱词以增强美听的价值，不得不借重于其他的讲唱伎艺；而讲唱伎艺之于话本，往往如血肉之不可割离"①。

宋金杂剧在叙事宗旨的发展方向上，在不断取用小说故事的情况下，为了适应呈现长大复杂的小说故事，不但脚色的数量渐趋增多，脚色的功能配置也渐以改变。由于杂剧改变了滑稽戏的戏谑调笑宗旨，而以故事叙述为表述目的，这使得脱胎于唐参军戏、以调笑为职能的副净、副末配置难以适应叙事宗旨的杂剧的演述目的。由此，杂剧脚色在数量增加的同时，也渐以改变了以净、末为主的脚色配置，出现了旦、末为主的脚色配置。

可见，宋金杂剧能发展到成熟的元杂剧形态，实肇始于表演宗旨的改变，进而在叙事宗旨的发展方向上进行了叙事能力的锻炼。由于故事因素的增强和叙事能力的需求，其演述体制由简单而渐趋复杂，脚色增多，形态趋繁。杂剧中故事因素的日益增强和渐趋复杂促进了演述体制

---

① 胡忌：《宋金杂剧考》，古典文学出版社，1957年，第72页。

由简单走到复杂的变化过程，可以说，杂剧演述体制的渐趋复杂是为了适应长大复杂故事的呈现要求，而这一演化过程一直伴随着小说故事的影响与促进。绾结而言，宋金杂剧最终能发展成长大、复杂、整合的演述体制，是其在叙事宗旨的发展方向上面临呈现长大故事的内在需求下，受到小说故事所蕴含的叙事思维、叙事方式的影响而不断演进的结果。

三、演述方式的影响

随着宋金杂剧以故事表述为宗旨的确定以及在这条路向上的发展，杂剧所取用的小说故事情节渐趋长大复杂，在受到小说故事题材的影响同时，自然会借鉴小说对长大复杂故事的叙述方式和经验。元杂剧中表现出的说书人叙事手法和思维，正是这一影响过程的结果。由此推知，在宋金杂剧的叙事能力因小说影响而演进的过程中，肯定有小说叙事方式的滋养。然宋金杂剧的文本无存，其对故事的具体演述方式难以窥见，但由相关资料仍可发现其演述方式与叙事性"说话"的渊源关系，比如"依相叙事"格式、三节演述程式。

（一）宋金杂剧的"依相叙事"格式与变文讲唱形态

"依相叙事"是指以形象性的形体辅助故事讲唱的叙事形态，它蕴含着相应的故事讲唱思维，也表现出相应的故事讲唱格式。这在宋金时期影戏、傀儡戏的演述形态中已有明显的表现。

影人、傀儡早已存在，但并非为故事讲唱而生，亦不只为故事讲唱所用。谈到影戏和傀儡戏时，要涉及影人和傀儡、弄影人和弄傀儡、影戏和傀儡戏三组概念。影人、傀儡起于巫术，用于幻术，后为各种伎艺所取用，或为宗教宣传，或为逞显巧技，或为调笑逗乐，这就是弄影人、弄傀儡，然皆未用于故事讲唱，不能称之为戏剧意义上的影戏、傀儡戏。

影人曾被信为人的灵魂，汉代齐人少翁施法为汉武帝招魂李夫人就是源于这个信仰的一种巫术，此事曾被作为影戏起源的依据，北宋神宗时人高承《事物纪原》卷九"影戏"条的记载说明在宋神宗年间已有影戏起源于此的说法，但高承所说"历代无所见"一语其实是否定了此说，现代学者亦普遍摈弃此说。又据《事物纪原》卷九"影戏"条记载："仁宗时，市人有能谈三国事者，或采其说加缘饰作影人，始为魏吴蜀三分战争之像。"① 这是说当时有讲唱三国故事的"说话"伎艺，有人为了使讲说形象化，便取用影人以辅助三国故事的讲说，达到增加形象性和趣味性的效果，此之谓"加缘饰"（缘饰，文饰、修饰意），即影人是用来"缘饰"故事讲唱的辅助品。由此可见，这个三国故事影戏的主体是故事讲唱，而艺人是在故事讲唱基础上使用了影人，所以宋人笔记《都城纪胜》和《梦粱录》在谈到影戏时称"其话本与讲史书者颇同"，弄影戏者是"熟于摆布，立讲无差"②。总之是说话艺人取用影人来辅助故事讲唱，但影人的使用并未改变"说话"伎艺原有的叙事思维。《事物纪原》所言"加缘饰"一语，已非常清楚地表达出了"依相叙事"所寓含的"以形象性的形体辅助故事讲唱"的含义。

傀儡被用于故事讲唱的过程、形态与影人相类。它原为丧家乐，后用于嘉会，取以歌舞、调笑、杂技，意在逞显巧技。虽然有些傀儡形象是有其故事背景的，但取用的目的仍是逞显巧技，而真正取傀儡以辅助故事讲唱的表演形态在宋前未见。北宋时，弄傀儡伎艺除延续郭秃式的滑稽表演或劝酒胡式的杂技表演外，确有以傀儡作为叙事工具的表演，已成为一种"正式的戏剧"了③。灌圃耐得翁《都城纪胜》"瓦舍众伎"条说："凡傀儡敷演烟粉灵怪故事、铁骑公案之类，其话本或如杂剧，或如崖词，大抵多虚少实，如巨灵神、朱姬大仙之类是也。"吴自牧《梦粱录》卷二〇"百戏伎艺"条说："凡傀儡敷衍烟粉、灵怪、铁骑、公案、史书历代君臣将相故事，话本或讲史，或作杂剧，或如崖

---

① 高承：《事物纪原》卷九"博弈嬉戏部"，中华书局，1989年，第495页。
② 孟元老：《东京梦华录（外四种）》，文化艺术出版社，1998年，第86、305页。
③ 李家瑞：《傀儡戏小史》，载《李家瑞先生通俗文学论文集》，台湾学生书局，1982年，第9页。

词。……大抵弄此多虚少实，如巨灵神、朱姬大仙等也。"① 可见，宋代的傀儡戏已是叙事性的讲唱了，其故事全依小说家、讲史家"说话"，题材从烟粉、灵怪、铁骑、公案到讲史故事。其"话本或讲史，或作杂剧，或如崖词"一句，意指傀儡戏所用话本在体制上或如讲史般叙事，或如作杂剧般分脚色，或如崖词般韵散相间，说唱兼行。其"或讲史"之言，是指傀儡戏在故事讲唱体制上仍是叙事体，是艺人为了叙事的形象和趣味而调动了弄傀儡伎艺。虽然"或作杂剧"之言表明这被调动起来的傀儡已分脚色，但傀儡的语言、形貌、动作和心理都需说唱人完成。明人陈与郊《鹦鹉洲》传奇第六出《会欢》所述一段"傀儡戏"演出，可略窥傀儡戏之分脚色及其与故事讲唱的配合关系。

　　（引戏开，众喝彩科）叵奈天公搬弄，晓夜没些闲空，临到欲眠时，又遣梦儿欢哄。小宋、小宋，唤醒荆王懵懂。这词是〔如梦令〕，单道楚襄王云雨梦一节。（众问科）这故事出在那里？（引戏）出在云梦之台、高唐之观。楚襄王与大夫宋玉同游，……那时节襄王何曾梦见朝云暮雨，宋大夫何曾导欲宣淫？傀儡来了。

　　（扮楚襄王、宋玉上）（引）楚王、宋大夫同游云梦者。（楚演科）（引）王问者。（宋应对科）（引）大夫回奏者。（楚向宋科）（引）王命大夫作赋者。（楚下）（引）王下。（宋正立隐几科）（引）大夫归帐中安宿者。（神女登场科）（引）神女上。（宋、女演科）（引）大夫梦中与神女若远若近，若密若疏。（旦下）（引）神女下。（王又登场科）（引）王又上。（宋俯伏科）（引）大夫奏梦者。（楚演科）（引）王又命作赋者。（俱下）（引）出场了也。荒唐云雨千年后，仿佛君臣两赋中。（下）②

---

① 孟元老：《东京梦华录（外四种）》，文化艺术出版社，1998年，第86、304页。
② 陈与郊：《鹦鹉洲》，《古本戏曲丛刊二集》影印南京图书馆藏明刊本，国家图书馆出版社，2016年，第4册，第29—30页。

由此，我们能看到说唱人是如何以傀儡子来辅助故事讲唱的形态。这段傀儡戏是要表述"楚襄王云雨梦一节"故事，它以故事讲说为目的，只是有了傀儡形象的配合、修饰。此段故事讲述的任务由两组形体完成，一组是"引戏"，一组是傀儡。傀儡分扮为楚襄王、宋玉和神女三个形象。"引戏"是宋杂剧表演体制中的一个脚色，起分付、指挥作用，不扮演特定的人物，而是交代故事情节（此段中"引戏"先简述了故事情节），调动傀儡上下场，并对傀儡动作予以说明解释，而傀儡则配合"引戏"的言语讲说上下场、表现动作。"引戏"的功用（对情节的讲述，对傀儡的调动和说明）表现出了傀儡戏所具有的叙事架构。

　　虽然有人在广义上称那些杂技性质的弄影人、弄傀儡为影戏、傀儡戏，但作为狭义上的影戏、傀儡戏是敷演故事的伎艺，其目的是叙事，艺人的任务就是向观众讲说故事，而影人、傀儡是达成叙事目的的辅助工具。由此，我们应相信高承在《事物纪原》中的观点，影戏起于北宋。而此前的"弄影"，是非叙事性的伎艺，影戏形成、兴盛于北宋①。

　　北宋时期影戏、傀儡戏所具有的这种以外在形象物辅助故事讲唱的方式，与唐代变文、俗讲的讲唱方式有着密切的承续关系。孙楷第认为二者与说话伎艺皆源出于唐之俗讲：

> 凡中国伎艺之以扮唱故事讲唱故事为主者，语其源皆出于唐之俗讲。唐之俗讲，其特征有二：一、其词为偈赞词。二、其音为梵奏。……后世讲唱故事自俗讲出者，如宋之说话、元明之词话、及今之弹词鼓儿词是。此皆以偈赞之词写梵奏之音者也。……后世扮唱故事自俗讲出者，如宋之傀儡戏影戏是。此等戏与说话较，唯增假人扮演为异，其话本与说话人话本同，实讲唱也。②

　　在这段话中，孙楷第把俗讲、傀儡戏、影戏、说话诸种伎艺放在一

---

① 杨祖愈：《论中国影戏的起源》，《戏曲艺术》，1988年第4期。
② 孙楷第：《傀儡戏考原》，上杂出版社，1952年，第118、119页。

条联系脉络上，指出它们之间的联系点是故事讲唱的方式，而傀儡戏、影戏相较于俗讲、说话伎艺只是增加了"假人扮演"（影人或傀儡子），也就是说，这四种伎艺皆是以故事讲唱为基础而各具形态，其中傀儡戏、影戏是以假人辅助故事讲唱的格式。其实，傀儡戏与影戏的这种以假人辅助故事讲唱的格式所蕴含的叙事思维在唐变文、俗讲的讲唱形态中已经存在。

在中国古代文艺史上，变文表演的配图讲唱格式是一种颇为新异的故事讲唱形态，后来学者在论及变文的体制特征时，一般不会漠视此点，如张鸿勋《变文》一文即指出：唐变文在体制上有三个方面的特征，一是散韵结合，说唱兼行；二是有习用的过阶提示语；三是演唱变文往往配合图画①。前辈时贤谈到敦煌变文的演述特征时，在论及变文对后世伎艺的影响时，在追索后世通俗伎艺的渊源时，一般不会忽略变文表演形态中的配图讲唱格式。

变文表演中所用的这种图画被称为"变相"。变相并不因变文的故事讲唱而生，亦不仅为变文的故事讲唱所用，即使它们被普遍用于变文表演后，也是如此。它的产生与佛教其他圣像、仪式一样都是宗教信仰的外化物质，以唤起信徒的信仰情绪。变相在佛典中意指神奇变异之相（形象、情景、场面等），本来，对"神奇变异之相"进行艺术性表现的雕像、绘画等都可称为"变相"（变像，变），但在唐时由于图画在有关佛教的艺术活动中占据主导地位，"变相"遂成为表现佛教内容的图画的定称②。变相的分类，就内容而言有两大类：一是非情节性的人物画，二是有情节的故事画③。初期的变相创作与讲经变文一样均较严格地按经教之要求来进行，但是随着三教合流的出现，两者都彻底世俗化了。变文由讲经文发展成俗讲，世俗生活、民间传说及历史故事成了其讲唱的主要素材，相应的，变相也可以描绘世俗生活的图景，如《王昭君变文》之"上卷立铺毕，此入下卷"、《王陵变》之"从此一铺，便是

---

① 颜廷亮编：《敦煌文学》，甘肃人民出版社，1989年，第240页。
② 陆永峰：《敦煌变文研究》，巴蜀书社，2000年，第24页。
③ 李小荣：《变文讲唱与华梵宗教艺术》，上海三联书店，2002年，第102—103页。

变初",说明其讲唱时所用的图画在内容上已与佛教无关,也与神奇变异有距,然在形体上、功能上仍与"变相"类同。在此,配合故事讲唱的表现世俗生活内容的图画已无"变"之神奇变异意,但仍可与表现佛教内容的图画概而言之为"相"。"相"者,乃形象或状态之意,在变文讲唱中这"相"即指辅助故事讲唱的图画。

被称为"变相"的图画本用以配合讲经宣教,这一格式被转变俗讲所继承而形成了配图讲唱的体制。就故事讲唱的方式而言,则有了配图辅助故事讲唱的格式,笔者概之为"依相叙事"。变文的依相叙事既表现为一种故事讲唱方式,也蕴含着一种故事讲唱思维。

变文的依相叙事形态可从变文的文本叙述中获见,也可以从唐人的相关诗歌中找到证明。如唐人吉师老《看蜀女转昭君变》诗描述一女艺人表演《王昭君变文》的情景:"翠眉颦处楚边月,画卷开时塞外云。"诗中"画卷开时"之语即指蜀女讲唱变文而述及昭君出塞这一情节时,便把相关的图画展现在听众面前。图画在变文讲唱中能于情节关键处给听众以提示,利于他们方便、及时地了解讲唱的内容和进程。这一提示反映到变文的文本中,就形成了一些特定的格式套语标识,如"且看×处,若为陈说"、"当×时,有何言语"之类,具体如伯4524《降魔变文》中描述舍利弗与外道六师争胜斗法,共有六个回合,变文在文字叙述的背面绘有六幅图画,皆与变文所述场面相应,并题有一段唱词,如述第二回合的争斗曰:"太子乃不胜庆快处若为:六师忿怒在王前,化出水牛喊连天。……"变文叙述中多处标有"××处"字样,这是提示听众此处为故事精彩、关键情节,亦是提醒听众注意画卷所示内容的格式套语。其他如《汉将王陵变》有"二将斫营处,若为陈说",《王昭君变文》有"倾国成仪,乃葬昭军(君)处,若为陈说",《降魔变文》有"且看直诉如来,若为陈说",《李陵变文》有"看李陵共单于火中战处",等等。它们所起的作用,即表明此处讲唱有图画予以配合,并有提示听众注意之用,其中的"看"字,一方面联系了变相与变文的配合,一方面提示听众关注变相所表现的关键人物、情节、场景,同时也沟通了讲唱人与听众的交流。

由此可见，在变文的唱演活动中，有两个形体：一个是作为"相"的图画，负责关键人物、情节、场景的展示；一个是故事的讲唱者，负责情节的叙述和人物行动的交代。二者在形体上分离，各具功能又相互配合，且以叙事为主，图画为辅。讲唱者在主要人物出场处，或关键情节、场景处展现图画，以配合情节精彩、关键处的交代，这是讲唱者利用图画的形象直观性来吸引听众，以增强其讲唱的艺术感染力。

　　在文艺性质的故事讲唱中，用图画辅助故事讲说的格式为变文首创。图画在变文讲唱中的出现，使单纯语言表述的故事讲唱有了具体、形象的图画的参照，这对于故事讲唱起到了有益的辅助作用，能增加叙事的形象性和趣味性，能在故事接受上产生拟幻感、形象真实感。

　　据此而言，影戏、傀儡戏以影人、傀儡辅助故事讲唱的思维和方式，与变文的配画讲唱格式有着精神上的相通性。影人、傀儡在变文之后被艺人取用以配合故事讲唱，其间的渊源脉络应是存在的。所以，孙楷第认为俗讲讲说时有图像设备，图像乃为讲说而设，"其由用图像改为纸人皮人者，谓之影戏"①。正是由于小说家、讲史家"说话"在唐宋之际的繁兴，加以影人、傀儡已用于歌舞和杂技，在变文"依相叙事"思维的启发、促进下，艺人们对"相"的形态作了相应的变化，由变文的取用图像辅助故事讲唱，变为取用影人、傀儡以缘饰故事讲唱，以美视听。

　　在变文、影戏、傀儡戏三种伎艺中，图画、影人、傀儡子都是辅助故事讲唱的形体，但这三者本身之间并无联系，它们各有渊源，并非为故事讲唱而设，亦非仅为故事讲唱所用。但若着眼于变文、影戏、傀儡戏中的这三者与故事讲唱的关系，则它们之间却有着思维上的渊源、承续关系，即影人、傀儡皆可合理地被称为"相"，视为"相"的不同形态，并且是变文"依相叙事"所用画卷的进化形态——变文讲唱所用的画卷为平面、静止形态，而北宋影戏所用之影人是平面、运动形态，傀儡戏所用之傀儡为立体、运动形态。

---

① 孙楷第：《傀儡戏考原》，上杂出版社，1952年，第63页。

具体来看，北宋影人是简单的剪纸①，就影人与画卷的关系看，影人可视为从叙事画卷上剪裁下来而独立于画卷的形态，它虽与图画一样是平面形态，但可以移动，故而比画卷更形象、更生动。而且，影人、傀儡在影戏、傀儡戏中表现为人物形象，这正与"相"之形象、状态意应合。虽说影戏、傀儡戏中"相"的形态相较于变文中的图画有了发展变化，但其依相叙事的格式未变，一方面，"相"的辅助故事讲唱的功能未变，不能言唱的特征未变；另一方面，"相"的形象表现功能与说唱人的故事讲唱功能的配合关系未变，二者形体上分离，各具功能而相互配合。这就是高承在《事物纪原》中谈影戏时所说的"市人"取用影戏以缘饰三国故事讲唱。在此，三国故事讲唱是"市人"说唱行为的主体，"市人"乃取用讲史、小说家话本而以影人作"缘饰"性的辅助，所以，宋人笔记《都城纪胜》和《梦粱录》称影戏、傀儡戏所用的底本为"话本"。据此而言，我们可以称这种"依相叙事"的唱演形态为"化装说书"。这是宋金时期叙事性伎艺普遍使用的唱演形态，如连厢词这种伎艺"用一人说唱一段故事，而另以若干人扮演故事中人的举动，实在就是说书人用人做傀儡以表现他所说的书里的人物"②，而在元杂剧中也有这种唱演形态的遗留（详见第六章第五节）。

这种"化装说书"格式在那些源于宋金杂剧而流传至今的一些民间古戏中仍有遗存，比如河北武安市固义村的哑队戏、山西南部的锣鼓杂戏。

队戏是源于唐宋之际的一种初级形态的表演形式，最初以装扮故事中的人物列队表演，后来发展到在神殿前或戏台上演出，固义村的哑队戏即是其遗存。流传至今的《吊黑虎》、《吊掠马》、《点鬼兵》等几个剧目的演出，都由名叫"掌竹"的戏外人"提调"，以吟诵诗赞的方式介

---

① 《都城纪胜》"瓦舍众伎"条言："凡影戏乃京师人初以素纸雕镞，后用彩色装皮为之。"吴自牧《梦粱录》卷二〇"百戏伎艺"条云："更有弄影戏者，元汴京初以素纸雕簇，自后人巧工精，以羊皮雕形，用以彩色妆饰，不致损坏。"［《东京梦华录（外四种）》，文化艺术出版社，1998年，第86、305页。］
② 李家瑞：《由说书变成戏剧的痕迹》，载《李家瑞先生通俗文学论文集》，台湾学生书局，1982年，第30页。

绍剧中人物和故事情节,而其他演员只以形体表演配合其讲说内容,并不开口说话①。此形态可由《吊掠马》这一剧目的演述情况略窥一斑,此剧乃叙关羽与颜良之子颜昭的争战故事。

>先由掌竹上场,站于台口中央,面对观众,正冠,拂袖,亮相,左手贴身持戏竹,吟诵开场词:"一树梨花开满园,旌旗不动搅旗幡。若知太平无司马,太平人贺太平年。少打伤人剑,常磨克己刀。万物凭天理,灾祸自然消。打鱼人手执勾杆,遇樵夫斧押腰间。二人相见到江边,说起了半天寒暄。说不尽古今心肺,且免二字饥寒。你归湖去我归山,劝君把闲事少管。一言未尽,探神来也。"然后走到台口右侧,换用右手持戏竹,侧身面向上场门,勾出探神和关羽。探神戴面具、额子,穿无袖黄衫,着玫瑰色长裤,登平底皂靴。关羽头戴头套,身穿绿蟒袍,足登高底皂靴,手持大刀。关羽上场,舞蹈后坐到台中高桌上,探神在其前作敬献金银香束表演,然后下场。这时另一角色颜昭(颜良之子)上场行刺关羽,关羽与之开打,把颜昭打倒在地,用大刀压在其背。此时诸角色静止不动,掌竹在台口右侧开始吟诵关羽身世,从姓名籍贯说到在家乡仗义杀死作恶多端的雄员外出逃,与刘备、张飞桃园结义,一直说到长沙府战黄忠,颜昭前来行刺事。②

在此《吊掠马》的演述过程中,"掌竹"的讲述内容即是一部关于关羽身世的诗赞体故事说唱。对于这部关羽身世的讲唱来说,说唱者为了吸引观众,便设置人物妆扮配合其讲说内容做一些动作表现,这与宋金时期影戏、傀儡戏的依相叙事格式相同,更体现出"化装说书"的形态。"掌竹"手中拿着短竹竿,其形体和功能实际上是宋金杂剧演出时"竹竿子"的孑遗,他作为故事讲说者只讲说不表演,而妆扮人物的角

---

① 曲六乙:《祭礼・傩俗与民间戏剧》,《大舞台》,1999年第3期。
② 黄竹三:《掌竹・前行・竹竿子・竹崇拜》,载《戏曲文物研究散论》,文化艺术出版社,1998年,第315页。

色只根据故事情节作动作表现而不说话,两相配合,各司其职,共同演述这个故事。这种徇有依相叙事思维的哑队戏是宋金时期叙事类杂剧发展的一种过渡形态。

锣鼓杂戏是二十世纪五十年代前流行于晋南的一个古老剧种,又称铙鼓杂戏或龙岩杂戏,流传于以临猗为中心的山西南部古蒲州地区,今存剧目近百个,其中绝大多数剧目中的故事内容以宋代为下限,宋以后剧目极少。王亮《锣鼓杂戏渊源初探》一文认定它"比元杂剧更古朴、简约,是形成于元杂剧之前的更为原始的戏剧形式",并赞同墨遗萍《蒲剧小史》定为起于宋真宗请"关羽斩蚩尤"的神怪故事时①。锣鼓杂戏的演述形态有三个基本特征:一是有一个称为"打报者"的角色,在戏开始时先到台前致语,并述剧情大意,然后举令旗导引剧中人物上场。他"还常常向观众解释剧情,述说人物关系,既可以是剧中角色,又可以随时置身于戏外,跳进跳出十分灵活",比如他常在剧中随时充当诸如小校、家院、探马等小人物,甚或扮作某种特定道具(如大树等),该角色之功用,极似宋杂剧的"竹竿子"。二是锣鼓杂戏的剧目内容多取材于宋代的讲史伎艺,现知宋代讲史伎艺题材大多在锣鼓杂戏有相应的剧目,即使话语格式也来自讲史"说话",如《鸿门宴》中刘邦上场独白竟达一千五百余字,语中有"这话暂且不表,单说……"、"这话不表,单言……"之类的格式语,确是说书人的讲说语调。三是从现存的锣鼓杂戏的底本看,其叙述话语与人物话语是"以七言叠韵的诗赞体为主,而间以散文道白。……这样一段散文一段韵文,韵散交错、文白相间的形式是受到唐代俗讲和宋代说唱文学的影响而形成的"②。另外,王兆乾在《池州傩戏与成化本〈说唱词话〉》一文中也描述了锣鼓杂戏、池州傩戏、安顺地戏中存在的这种蕴含着依相叙事思维的"化装说书"形态:

---

① 王亮:《锣鼓杂戏渊源初探》,《黄河之声》,1997年第3期。
② 参见王亮《锣鼓杂戏渊源初探》(《黄河之声》,1997年第3期)、李瑛《新发现的晋南锣鼓杂戏古抄本》(《中华戏曲》,第35辑,文化艺术出版社,2007年,第215—216、218页)。

说唱艺人虽以情节取人，但却缺乏视觉形象的吸引力。为了招徕观众，很容易与其它伎艺联合。……说唱艺人按讲史、公案、神怪故事内容，"以小儿后生辈"戴面具表演。表演形式颇象木偶，唱到某个人物便动作起来，其余均站于两旁。说唱艺人居主导地位，不仅担负唱、白的任务，还对人物的上下场进行指挥和提示。所以说唱者往往坐于台的中后方，称"坐场"，虽不化妆，却有时也直接与观众见面，向观众介绍情节，兼司检场和配角。①

可以明显地看出，锣鼓杂戏与说唱伎艺有着明显的渊源关系，其大多数剧目是把故事说唱略改为代言体的角色扮演而已。这是小说家、讲史家话本说唱的"脚色化"呈现，可使说话人的故事讲述具有视觉形象的吸引力，如此一来，说话人的讲说便有了形象物的配合，当说话人唱述到某个人物或情节时，妆扮人物便动作起来，以配合说话人对故事情节的讲述。这就与高承谈到影戏起源时所说的"采其说加缘饰作影人"的叙事格式渊源相承，精神相通，即艺人取用人物妆扮的形象表演以缘饰其故事说唱。

由此可见，这种蕴含着依相叙事思维的"化装说书"形态在那些源于宋金古戏的民间戏剧中仍有遗存，在承续宋金杂剧而来的元杂剧中亦有遗留（详见第六章第五节）。参照于此，宋金杂剧的故事演述方式中也应存在着这种依相叙事的思维和格式，尤其在那些叙事类杂剧中更应如此。

（二）宋金杂剧的三节演述程式与"说话"讲唱体制

故事讲唱伎艺影响宋金杂剧的演述方式，不仅表现在依相叙事的思维和方式上，还表现在三节演述程式的组合思维上。宋金杂剧出现的艳段—正杂剧—散段的演述体制，是杂剧在宋金时期形态进化的标志。这

---

① 王兆乾：《池州傩戏与成化本〈说唱词话〉——兼论肉傀儡》，《中华戏曲》，第6辑，山西人民出版社，1988年，第160页。

种三节程式在杂剧中的出现，并不是其自身生成的结果，而是因受到故事讲唱伎艺影响而逐渐演化的结果。

唐代的故事讲唱伎艺已有定型的三节演述程式。讲唱变文的转变和讲唱话本的"说话"在唐代是并行发展的，变文在衰微后，就融入"说话"中去了，南宋"说话"伎艺中即有"讲经"一家。孙楷第认为："唐朝转变风气盛，故以说话附属于转变，凡是讲故事不背经文的本子，一律称为变文。宋朝说话风气盛，故以转变附属于说话，凡伎艺讲故事的，一律称为说话。"① 王重民也有类似的看法："有说无唱的变文，实际上已经化为话本，但较早的作品仍沿用变文，如《舜子至孝变文》是749年写本，若稍晚，也许改称《舜子至孝话》；《庐山远公话》是972年写本，若稍早，也许就题为《庐山远公变》了。为什么在名称上可以这样的转化，因为在972年的时候，有说有唱的变文已经衰微，而话本的含义已转化为讲故事的书本，由于这种新兴的文体，重说不重唱，所以话本便取变文而代之了。"② 由于这种亲缘关系，二者在演述程式和叙事方式上都有明显的相同处，如在演述程式上皆是三段结构。从宋元话本的体制结构看，一般由三个部分组成，篇首先叙一段故事或引一段诗词，称为入话；继以叙述主体故事，为正话；末以诗词结束全篇，为散场。这种演述程式显然是唐代变文讲唱体制的承袭和变异。唐代变文篇首叙以七言韵文，以为押座，继而讲述正文故事，篇末有七言韵文总结全篇，以为解座。这种体制，本源于佛教讲经之释正文的序分、正宗、流通分的三段程式，当时的讲经即有开题—正文—散讲的程式，而变文讲唱的押座—正文—解座程式，原为僧徒向信众宣讲经文教义的"转变"程式，因为讲唱要照顾到信众的接受兴趣和能力，便注入了不少佛教故事，甚至俗世的各类故事题材。"说话"与变文有着密切的渊源关系，二者在演述程式上的这种趋同性即是一个重要的证据。而且由于变文讲唱内容的故事化、通俗化、世俗化，有了"俗讲"一脉，从其

---

① 孙楷第：《中国短篇白话小说的发展与艺术上的特点》，载《论中国短篇白话小说》，棠棣出版社，1953年，第4—5页。
② 王重民：《敦煌变文研究》，《中华文史论丛》，1981年第2期。

讲唱的内容和程式来看，即是后世"说话"伎艺中"小说"、"讲史"的形态。所以，孙楷第、王重民认为变文、俗讲的这一脉在后世渐被淹没于"说话"伎艺中了。

由于承续了唐代变文、俗讲的演述程式，北宋以来叙事性"说话"在入话—正话—散场这一程式上发展得十分成熟。从现知宋人话本以及罗烨《醉翁谈录》之《小说叙引》、《小说开辟》，即可看到这种三节程式已是相当定型和成熟了。

相比较"说话"伎艺的这一演述程式，宋金杂剧的长大形态发展要晚得多，其重要标志的三节程式在南宋人的记述中才出现。灌圃耐得翁在《都城纪胜》中说："杂剧中，末泥为长，每四人或五人为一场，先做寻常熟事一段，名曰艳段；次做正杂剧，通名为两段。……杂扮或名杂旺，又名纽元子，又名技和，乃杂剧之散段。"后来吴自牧在《梦粱录》卷二〇"妓乐"条中亦作了相同的表述，惟"杂剧之散段"一语作"杂剧之后散段"①。由此，我们知道南宋时期杂剧的演述形态出现了三节程式：艳段—正杂剧—散段。第一个节次是"艳段"，从结构意义上看，它是杂剧的序幕。按照《乐府诗集》卷二六《相和歌辞》的题解："大曲又有艳，有趋、有乱。……艳在曲之前，趋与乱在曲之后，亦犹吴声西曲前有和，后有送也。"② 由此可知，"艳"代表了艺术结构的组成部分，处于大曲之前，"艳段"所表达的含义与之相同。第二个节次是"正杂剧"，通常有两段，乃一组杂剧表演的主体部分，其内容含有故事因素，但以滑稽调笑为宗旨，通常隐含鉴戒意义。第三个节次是"杂扮"，又称为"杂旺"、"杂班"、"纽元子"、"经元子"、"技和"、"拔和"。它体制简单，"似杂剧而简略"③，内容"多是借装为山东河北村人，以资笑"。在结构上，杂扮是"杂剧之散段"，与正杂剧内容关系不

---

① 孟元老：《东京梦华录（外四种）》，文化艺术出版社，1998年，第85—86、302页。
② 郭茂倩：《乐府诗集》卷二六，中华书局，1979年，第377页。
③ 赵彦卫《云麓漫钞》卷一〇记："近日优人作杂班，似杂剧而简略。金房官制，有文班、武班，若医卜倡优，谓之杂班。每宴集，伶人进，曰杂班上。"（《丛书集成初编》，中华书局，1985年，第298册，第272页。）

大,既可作为一组杂剧演出的"散段",又可单独演出。

南宋杂剧的这种三节格式,后来发展得比较成熟,在元杂剧的演述结构中仍有零星的遗迹,但它在最初时还只是一个有待完善的简单程式。这一演述程式是以"正杂剧"为主体的表演组合,"艳段"是正杂剧的序幕,"散段"为正杂剧的散场。可惜反映这种程式的宋金杂剧本子现已无存,但与南宋杂剧呼应发展、名异实同的金代院本的剧目却能反映出宋金杂剧三节程式的基本状况。

北宋覆灭后,杂剧分南北呼应发展,北方的金院本与南方的宋杂剧实为一体。陶宗仪在《南村辍耕录》卷二五"院本名目"条排列院本名目七百一十二种,以类相从,分为十一类:和曲院本、上皇院本、题目院本、霸王院本、诸杂大小院本、院幺、诸杂院爨、冲撞引首、拴搐艳段、打略拴搐、诸杂砌。

此十一类中,前五类皆冠以"院本",结合其类下相从的具体名目,应是题材有别、表述方式各异的剧目。至于院幺,胡忌以元人杜仁杰《庄家不识勾栏》套数"爨罢将幺拨"一语为据认为是幺末院本①。《南村辍耕录》所记"院幺"类下二十一种剧目中,《王子端卷帘记》、《女状元春桃记》、《玎珰天赐暗姻缘》,明显是以故事讲述为宗旨的作品,则此院幺亦可与前五类一样属于"正杂剧"名目。

"诸杂院爨"类下相从的名目有一百零七种,内容丰富芜杂。此类标名以"爨",类下名目亦多有以"爨"为题者,如《讲百果爨》、《讲百花爨》、《讲百禽爨》、《变柳七爨》、《打王枢密爨》、《三分食爨》、《赖布衫爨》、《文房四宝爨》等共二十一种。爨在杂剧演述程式中的大致情况,元人杜仁杰《庄家不识勾栏》套数可资参照。

〔四煞〕一个女孩转了几遭,不多时引出一伙。中间里一个央人货,裹着枚皂头巾,顶门上插一管笔,满脸石灰更着些黑道儿抹。知他待是如何过,浑身上下,则穿领花布直裰。

---

① 胡忌:《宋金杂剧考》,古典文学出版社,1957年,第225页。

〔五煞〕念了会诗共词,说了会赋与歌,无差错。唇天口地无高下,巧语花言记许多。临绝末,道了低头撮脚,爨罢将幺拨。①

据此有关爨的表演描述,其上场人物在妆扮上是净色,"满脸石灰更着些黑道儿抹",这就决定了他表演内容的滑稽调笑性质;表演方式上,净色"念了会诗共词,说了会赋与歌,无差错",就如《讲百果爨》、《讲百花爨》、《讲百禽爨》这样的讲究词捷语速的说唱伎艺,所以称赞他"唇天口地无高下,巧语花言记许多"、"无差错"。这种性质的剧目在"诸杂院爨"类中具有普遍性、典型性。《三偌一卜》、《四偌卖诨》、《四偌祈雨》、《四偌劈马椿》、《偌请都子》,皆是以"偌"(当时市语,指无赖文人)为调侃对象的滑稽戏,表现无赖文人的一些无德勾当、可笑行径,如《偌请都子》乃表现穷酸书生与"都子"(乞儿)间的调笑事。再如《背鼓千字文》、《错打千字文》、《蓑衣百家诗》、《埋头百家诗》、《讲蒙求爨》、《打注论语》、《论语谒食》、《擂鼓孝经》、《讲道德经》,乃是以普及全面、影响广泛之物为对象的戏谑性说唱伎艺,是"打三教"性质的离析文义的戏弄,着力附会《论语》、《千字文》、《蒙求》等文义,歪批曲解,制造笑料,重在词捷语速,舌辩戏乐,以悦俗耳。这些"院爨"名目,是当时杂剧、院本中非常通用的、常用的名目或格套,就如说书人口中常用的"话头",唱戏人身上常用的"科范",应该是"正杂剧"前的"寻常熟事"。而且,上述《庄家不识勾栏》套数也显示这爨的表演在程式上乃处于院幺之前。

冲撞引首、拴搐艳段二类性质相同,在院本的演述程式中处于主体院本之前的开场部分。"艳段"就是杂剧三节程式中的序幕部分,"先做寻常熟事一段"。"拴搐"意指收束,引申言之,意谓附着,南戏《宦门子弟错立身》第十二出〔天净沙〕曲曰:"做院本生点个《水母砌》,拴一个《少年游》,吃几个拄心攧背。"而《少年游》正是《南村辍耕录》"拴搐艳段"中的一个名目。由此知,"拴搐艳段"中的名目就是取以附

---

① 隋树森编:《全元散曲》,中华书局,1964年,第31页。

着于正杂剧之首的"寻常熟事"。"引首"与"艳段"意同,指主体院本表演前的引起,"冲撞"者,意指"引首"的作用是为正杂剧拉开序幕,渲染气氛。"冲撞引首"类下相从的名目基本为两类:一是《捣练子》、《调笑令》、《转花枝》等歌舞类,一是《论句儿》、《歇后语》、《说古人》等说唱类。它们或歌舞踏场,或道念开场,大都不脱滑稽调笑,为正杂剧的敷演先行铺垫。

而诸杂大小院本、院幺、诸杂院爨类中的一些滑稽调笑、游戏杂技的名目可能被取用为"散段"。据《都城纪胜》述及作为"杂剧之散段"的"杂扮"时言:"在京师时,村人罕得入城,遂撰此端,多是借装为山东河北村人,以资笑。今之打和鼓、捻梢子、散耍皆是也。"① 而赵彦卫《云麓漫钞》卷一〇记言:"近日优人作杂班,似杂剧而简略。"② 据此知"散段"乃以滑稽打闹为主,兼有打和鼓、捻梢子、散耍之类的伎艺,其形态是"似杂剧而简略"。

上述"院本名目"所示的分类体现了杂剧三节程式的演述体制,有作为"艳段"的冲撞引首、拴搐艳段,有作为"正杂剧"的和曲院本、上皇院本、题目院本、霸王院本、诸杂大小院本,而诸杂大小院本、院幺、诸杂院爨中则可能有作为"散段"的剧目。从当时的杂剧发展状况看,《南村辍耕录》所列的这一分类当是应合了杂剧三节程式的需要而形成的,艺人在演出时即可按三节体制各作选择、组合以成一个演出序列。这种格式与"说话"伎艺的路数相同。"说话"伎艺有"入话",有许多现成的"话头",即如罗烨《醉翁谈录·小说开辟》中所说"谈话头动辄是数千回"。《醉翁谈录》中还载录了一个"小说引子",并说明"演史讲经并可通用",乃属"说话"伎艺通用的"引首",所以最后注明:"如有小说者,但随意据事演说。"③ 而说话人在具体的讲唱中即可根据需要取用这些"动辄是数千回"的"话头",按程式与"正话"组

---

① 孟元老:《东京梦华录(外四种)》,文化艺术出版社,1998年,第86页。
② 赵彦卫:《云麓漫钞》卷一〇,《丛书集成初编》,中华书局,1985年,第298册,第272页。
③ 罗烨:《醉翁谈录》,古典文学出版社,1957年,第1—3页。

合以成一个讲唱序列。

宋金杂剧的三节程式与唐宋"说话"伎艺的入话—正话—散场格式所表现出的这些趋同性特征,其间蕴含着一定的渊源、影响关系。从北宋杂剧的形态到南宋杂剧的三节程式,表明这种三节程式在宋金杂剧的形态发展上有一个从无到有的过程,它在杂剧表演程式上的出现应有外力的启发、影响,这个外力就是唐宋以来日渐发达的故事讲唱伎艺。有人认为杂剧的这种三节程式是源于唐代变文,如廖奔《从梵剧到俗讲》一文认为:戏曲敷演程式上的开篇楔子(开场)、正场、打散,以及韵散结合的基本形式,都与变文的表演程式(押座、正文、解座)有关①。宋金杂剧的三节程式可以溯源到唐代变文俗讲,但入宋后变文式微而"说话"伎艺盛行,而宋杂剧又与"说话"伎艺有着亲缘的关系,则其三节程式更为直接的资源应是"说话"伎艺。

另外,就此三节四段程式与"说话"伎艺演述程式的渊源关系来看,这一程式的四段结构本身不可能直接演变成元杂剧的四折结构,即宋杂剧的三节四段程式不是元杂剧四折结构的直接来源②。元杂剧的四折结构应是宋杂剧三节程式中的正杂剧在表述长大复杂故事的发展方向上形态进化后以音乐体制划分的结果。因为宋杂剧的三节四段程式可以凝聚、整合,但艳段、散段作为正杂剧的附庸,是不会加入主体的正杂剧内部的。而正杂剧作为主体在演述长大复杂故事方向上的演进,其本身即可裂变出多段结构,比如北宋时期杂剧就有一场两段的程式,孟元老《东京梦华录》卷九"宰执亲王宗室百官入内上寿"条载乐次九盏,其第五盏"小儿班首入进致语,勾杂剧入场,一场两段",第七盏"女童进致语,勾杂剧入场,亦一场两段讫"。而到南宋时期,杂剧出现了

---

① 廖奔:《从梵剧到俗讲——对一种文化转型现象的剖析》,《文学遗产》,1995年第1期。
② 青木正儿《中国近世戏曲史》第三章第三节《杂剧及戏文之体例》,认为北曲杂剧的四折结构即由宋金杂剧院本三节四段程式沿袭而来(中华书局,2010年,第37页)。赵景深《读曲小记·元剧结构的成因》也认为元杂剧四折结构是受到宋杂剧的影响:宋杂剧"艳段一段、正杂剧二段、散段一段,一共恰巧是四段。所以后来变为元杂剧,四段就成为四折了。所不同的,就是元杂剧四折是一个整个的故事贯串到底,宋官本杂剧四段却是三个不同的故事"(中华书局,1959年,第2—3页)。

一场三段的格式,吴自牧《梦粱录》卷三"宰执亲王两班百官入内上寿赐宴"条乐次九盏,其第七盏"参军色作语,勾杂剧入场,三段"①。按此一场两段、三段的程式,杂剧在表述长大复杂故事的发展方向上便会出现段数的增加。

在杂剧体制发展的过程中,原来作为艳段、散段的诸多纷繁伎艺,就混杂于正杂剧三段或四段的演述结构中,成为其点缀、穿插的材料。《南村辍耕录》之"院本名目"的"打略拴搐"、"诸杂砌"二类,就反映了杂剧的这种发展状况。

"打略"一词"应是当时的市语声嗽(行话),指为脚色表演而设的一系列专用套语及相应科范,以提示人物性格及行业特征,或展现戏剧所需要的特定情境。只要故事涉及,即可拈入"②。如和尚家门、先生家门、秀才家门、卒子家门、司吏家门,就是一些常用的格套。

"砌"在戏曲中指一些短小的滑稽戏谑之言行,宋人刘昌诗《芦浦笔记》卷三有言:"街市戏谑有打砌、打调之类。"③可以如"打略拴搐"所列之惯常格套在杂剧表演中根据实际情况取用穿插,南戏《宦门子弟错立身》第十二出〔天净沙〕曲即有"做院本点个《水母砌》"之语。而"诸杂砌"类下即有《水母》名目,"点砌"意为使砌、耍砌。

这种做法也是"说话"伎艺的套路。罗烨《醉翁谈录·小说开辟》中介绍说话人的诸多艺能,有"说收拾寻常有百万套",此"收拾"即指"说话"伎艺中通用的套语,一如院本名目"打略拴搐"类中的各种"家门",或者"诸杂砌"类中的各种砌,说话人熟记这些套语,演述时据故事讲说的需要,即可随意拈入组合。南戏《宦门子弟错立身》第五出〔六幺序〕曲即有延寿马陈述自己有加入戏班的艺能时说:"管甚么抹土搽灰,折莫擂鼓吹笛,点砌收拾。更温习几本杂剧,问甚么装孤扮末诸般会,更那堪跳索扑旗。"套语的丰富及其利用手法是"说话"伎艺经过长期的发展后积淀下来的成果,标志着说话伎艺的成熟发达程

---

① 孟元老:《东京梦华录(外四种)》,文化艺术出版社,1998年,第60、61、139页。
② 薛兆瑞:《宋金戏剧史稿》,生活·读书·新知三联书店,2005年,第245页。
③ 刘昌诗:《芦浦笔记》卷三,中华书局,1986年,第24页。

度。据此而言,《南村辍耕录》之"院本名目"的"打略拴搐"、"诸杂砌"二类,也反映了当时院本已发展到一定程度,能按照"说话"伎艺的路数积淀自己需要的套语,而院本就以主体故事的演述程式来取用这些套语,并在"正杂剧"的三段或四段程式中间夹杂、穿插各种纷繁伎艺。

元杂剧的四折演述形态中也间杂有许多与主体情节无关的伎艺,明人顾起元《客座赘语》卷九"戏剧"条记:"南都万历以前,公侯与缙绅富家,凡有燕会、小集多用散乐,或三四人,或多人,唱大套北曲,……若大席,则用教坊打院本,乃北曲大四套者,中间错以撮垫圈、舞观音,或百丈旗,或跳队子。"① 而《元曲选》编者臧晋叔也知道元杂剧的这种表演形态:"北戏四折,止旦末供唱,故临川于生旦等曲皆接踵登场,不知北剧每折间以爨弄、队舞、吹打,故旦末常有余力。"② 由此可知,这种"每折间以爨弄、队舞、吹打"等伎艺的格式才是元杂剧表演的原始形态。若着眼于元杂剧四折的某一折,其演述时也是前有艳段,后有散段,仍留有宋杂剧三节程式的遗迹。

四、结 语

综结上述,叙事宗旨在宋金杂剧中的出现和确立,为宋金杂剧的发展指出了新的一路。在此叙事宗旨的指向下,宋金杂剧在表述故事的题材、情节和体制方面不断受到小说的影响。

在叙事宗旨的发展路径上,杂剧出现了对故事题材和叙事能力的内在需求,而处在同一文化环境中的小说的发展状况,主要是话本小说及其讲说形态的"说话"伎艺,正应合了宋金杂剧的需求。在叙事性"说话"的促进下,杂剧逐渐具备了更进步的演述体制以适合表述长大复杂故事的需要。于是,宋金杂剧在表述故事的体制方面逐渐由短小到长

---

① 顾起元:《客座赘语》卷九,中华书局,1987年,第303页。
② 臧晋叔改订:《玉茗堂四种传奇》之《还魂记》第二十五折眉批,天津图书馆藏清乾隆六年(1741年)吴郡书业堂刻本,第23a—23b页。

大，由简单到复杂，表现出叙事能力、演述方式的进化。与此同时，杂剧在取材小说的过程中也必然会受到小说叙事能力和方式的影响，因为杂剧所取用的小说故事题材，已是具有一定形体的故事，其负载的叙事结构、人物设置、叙事手法等因素必然会对杂剧产生影响。小说故事的复杂、曲折和长大，促进了杂剧叙事能力的提高，以及在演述体制方面的改变、完善和定型。二者的这种影响关系很复杂，在这过程中或有杂剧影响小说的情况存在，但从文学积累的角度来看，小说对杂剧的影响更大。

纵观宋金杂剧的用事思维由咏事到叙事的变化，以及演述形态由短小即兴到长大固定、演述体制由简单到复杂、演述结构由松散到整合的发展进程，不难看出小说在戏曲形成期所起到的深刻影响作用。所以，王国维指出，宋之滑稽戏"不以演事实为主，而以所含之意义为主。至其变为演事实之戏剧，则当时之小说，实有力焉"；而"当时之小说"（实指当时的小说家"说话"伎艺）对宋之滑稽戏的促进，一是提供了故事题材，二是提供了叙事能力、方式甚至思维。这一促进使得宋之滑稽戏渐趋向以故事叙述为宗旨演化，"宋时滑稽戏尤盛，又渐借歌舞以缘饰故事，于是向之歌舞戏，不以歌舞为主，而以故事为主"[①]。胡忌亦表达了相同的观点："只要见到宋杂剧和话本的联系，则宋元以来戏剧的发展事（除声乐外）自可大体求得解决。"[②]

绾结而言，宋金杂剧在叙事宗旨的发展方向上对长大复杂故事的呈现要求，促进了杂剧演述体制的发展，以及叙事能力、叙事方式的进化，最终发展成元杂剧那样的以叙述一个长大完整故事为宗旨的演述形态。元杂剧是宋金杂剧的发展结果，也是小说长期影响宋金杂剧的结果，其中遗存有许多小说影响的因素。由于宋金杂剧文本的缺失，小说之影响踪迹在宋金杂剧文本上的表现难以厘清，但在元杂剧的众多文本中，我们将能看到这些具体的小说影响因素。

---

① 王国维：《宋元戏曲史》，上海古籍出版社，1998年，第28、127页。
② 胡忌：《宋金杂剧考》，古典文学出版社，1957年，第74页。

第五章

元杂剧对小说故事的
重述与开掘

唐时的故事讲唱已成波澜，宋金时期的"说话"伎艺更为汹涌，宋人的笔记载录了当时"说话"伎艺的兴盛情况，尤以"小说"、"讲史"二类为甚，并形成了许多题材门类，出现了各擅其长的艺人，而且还在长期的发展中沉淀了一些兴趣点，如"讲史"有说三分、五代史、说汉书等，罗烨《醉翁谈录·小说开辟》还列述了当时小说家"说话"的八种题材门类。说话艺人"说收拾寻常有百万套，谈话头动辄是数千回"①的气势，传奇小说曲折的故事情节和优美的人物形象，是当时仍以滑稽调笑为主流的杂剧所难以比拟的，由此而对宋金杂剧叙事一脉的发展产生了强烈的影响，这首先表现在故事题材方面。

宋金杂剧对小说故事的取用，促进了自身演述体制的发展以及叙事能力、叙事方式的进化，最终发展成元杂剧以叙述一个长大完整故事为宗旨的演述形态。在此过程中，还形成了杂剧取材小说的习惯，并在长期的延续承传中成为一种传统。

一、宋金杂剧取材小说传统的承续

小说的成熟、繁荣是当时正处于萌芽状态的剧伎所难以比拟的，而其故事魅力在宋前时期就对需要故事题材的扮演伎艺产生了强力召唤。比如《太平广记》卷二二六"水饰图经"条（注出《大业拾遗记》）所

---

① 罗烨：《醉翁谈录》，古典文学出版社，1957年，第3页。

记隋炀帝"会群臣于曲水,以观水饰"。此"水饰"即是漂浮于水上的各种人物形象,有七十二组,皆是衣以绮罗、运动如生的木人,关联了当时流行的故事,其中有许多民间长期流传的小说故事,如"曹瞒浴谯水,击蛟龙"、"魏文帝兴师,临河不济"、"刘备乘马渡檀溪"、"秋胡妻赴水"等①。这说明隋唐时期的扮演伎艺已开始向小说取材了。

至宋代,这种现象更为明显,渐趋普遍。当时的宋杂剧因题设事,以滑稽为主,"本是鉴戒,或隐为谏诤"②,多取时事以戏弄,亦出现了取材唐传奇小说或"说话"伎艺的剧目。周密《武林旧事》卷一〇所载录的"官本杂剧段数"中即有一些包含故事因素的剧目,其题材多与唐传奇小说、宋代小说家"说话"有关,如《王子高》、《崔护》、《莺莺》、《裴少俊》、《郑生遇龙女》、《柳毅》、《封陟》、《裴航》、《雌虎》、《钟馗》等。周贻白即指出,宋杂剧"故事之来源及其所具内容,皆与当时所谓说话具有联系"③。这种联系不但促使宋杂剧出现了叙事宗旨的剧目,还使得宋杂剧在叙事宗旨的发展路向上更依赖于小说的故事题材。在这种情况下,宋杂剧取材小说故事已经成为一种风气、习惯。对于宋杂剧的演进来说,成熟、发达的小说故事确实给予了有力的题材支持。

元杂剧承续宋金杂剧而来,这种承续性首先表现在故事题材的取用情况。

宋官本杂剧	金院本	元杂剧
崔护六幺、崔护逍遥乐		崔护谒浆(白朴)、崔护谒浆(尚仲贤)
莺莺六幺		西厢记(王实甫)
柳毅大圣乐		洞庭湖柳毅传书(尚仲贤)
越娘道人欢		凤凰坡越娘背灯(尚仲贤)

---

① 李昉等编:《太平广记》卷二二六,中华书局,1961年,第1735—1736页。
② 灌圃耐得翁:《都城纪胜》"瓦舍众伎"条,载《东京梦华录(外四种)》,文化艺术出版社,1998年,第85页。
③ 周贻白:《中国戏曲发展史纲要》,上海古籍出版社,1979年,第94页。

续表

宋官本杂剧	金院本	元杂剧
相如文君		升仙桥相如题柱（关汉卿）、卓文君白头吟（孙仲章）、风月瑞仙亭（汤式）
浮沤传永成双、浮沤暮云归		朱砂担滴水浮沤记（无名氏）
裴航相遇乐		裴航遇云英（庾天锡）
王魁三乡题		海神庙王魁负桂英（尚仲贤）
病郑逍遥乐	病郑逍遥乐	郑元和风雪打瓦罐（高文秀）、李亚仙诗酒曲江池（石君宝）
	太湖石	搬运太湖石（无名氏）
打球大明乐	打毬会	打球会（无名氏）
	蔡消闲	蔡萧闲醉写石州慢（李文蔚）
	师婆儿	借通县跳神师婆旦（杨显之）
	芙蓉亭	韩彩云丝竹芙蓉亭（王实甫）
	庄周梦	花间四友庄周梦（史九敬先）
	蝴蝶梦	包待制三勘蝴蝶梦（关汉卿）
	瑶池会	西王母祝寿瑶池会（无名氏）
	蟠桃会	宴瑶池王母蟠桃会（钟嗣成）
	兰昌宫	薛昭误入兰昌宫（庾天锡）
	衣锦还乡	汉高祖衣锦还乡（张国宾）、冻苏秦衣锦还乡（无名氏）
	十样锦	十样锦诸葛论功（无名氏）
	白牡丹	吕洞宾戏白牡丹（无名氏）
	调双渐	苏小卿月夜贩茶船（王实甫）、苏小卿诗酒丽春园（庾天锡）
	杜甫游春	曲江池杜甫游春（范康）
裴少俊伊州	鸳鸯简	鸳鸯简墙头马上（白朴）

续表

宋官本杂剧	金院本	元杂剧
	月夜闻筝	薛琼月夜银筝怨（白朴）、崔怀宝月夜闻筝（郑光祖）
	张生煮海	沙门岛张生煮海（李好古）、张生煮海（尚仲贤）
	刘盼盼	刘盼盼闹衡州（关汉卿）
	刺董卓	银台门吕布刺董卓（无名氏）
	牵龙舟	隋炀帝牵龙舟（关汉卿）、隋炀帝风月锦帆舟（庾天锡）
	淹蓝桥	尾生期女淹蓝桥（李直夫）
	闹元宵	村姑儿闹元宵（无名氏）、一丈青闹元宵（无名氏）
	红梨花	谢金莲诗酒红梨花（张寿卿）
风花雪月爨	风花雪月	张天师断风花雪月（吴昌龄）
	船子和尚四不犯	船子和尚秋莲梦（李寿卿）
	苏武和番	持汉节苏武还朝（周文质）
	说狄青	狄青扑马（吴昌龄）、狄青复夺衣袄车（无名氏）
	襄阳会	刘玄德独赴襄阳会（高文秀）
	范蠡	姑苏台范蠡进西施（关汉卿）、灭吴王范蠡归湖（赵明道）
	孟姜女	孟姜女千里送寒衣（郑廷玉）
崔智韬艾虎儿、雌虎	虎皮袍	人头峰崔生盗虎皮（无名氏）
	唐三藏	唐三藏西天取经（吴昌龄）
	水母	泗州大圣降水母（高文秀）、泗州大圣淹水母（须子寿）
	武则天	武则天肉醉王皇后（关汉卿）

续表

宋官本杂剧	金院本	元杂剧
封陟中乐和	封陟	封鹭先生骂上元（庾天锡）、封陟遇上元（杨文奎）

上表所示，宋金杂剧取用小说故事的剧目在元杂剧中的承传情况，说明了元杂剧与宋金杂剧间的渊源关系，元杂剧是宋金杂剧在叙事宗旨发展路向上进化的结果。另外，这些剧目负载着宋金杂剧的取材习惯，支撑着戏曲取材小说这一传统的形成与延续。元杂剧对这些剧目故事的继承，是宋金杂剧取材小说传统的延续，也是元杂剧对这一取材传统的总结性体现。所以周贻白认为："南宋官本杂剧和金院本在故事取材方面，已为元剧开辟了一些道路。"① 实际上，宋金杂剧在这条道路上的发展结果，就是元杂剧所表现出的与小说故事的密切关系。

从总体上看，宋元时期的"说话"伎艺对元杂剧的影响是非常明确和深入的，这主要表现在故事题材的类别、偏好、数量三个方面。

其一，故事题材的类别。

宋人的许多笔记如《东京梦华录》、《梦粱录》、《醉翁谈录》等都记述了宋代"说话"伎艺的繁荣状况。孟元老《东京梦华录》卷五"京瓦伎艺"条记载了北宋汴京勾栏中的诸多伎艺，周密《武林旧事》卷六"瓦子勾栏"条则列有南宋杭州瓦舍勾栏的详单，从中可见当时因供应市民娱乐而设立的勾栏数量之多，规模之大。勾栏中伎艺众多，以"小说"、"讲史"为盛，二者在北宋时就十分发达，出现了"说三分"、"五代史"这样的专科门类和以此擅名的艺人霍四究、尹常卖；在南宋时则成为"说话四家"中最为壮大的两家，《武林旧事》卷六"诸色伎艺人"条所记各色艺人中，也以"小说"、"讲史"艺人最为众多。除此之外，还有众多不见载录的民间"路歧人"，"不入勾栏，只在耍闹宽阔之处做场者，谓之'打野呵'"②，更有数不清的民间艺人奔波于乡村小镇，就

---

① 周贻白：《中国戏曲发展史纲要》，上海古籍出版社，1979年，第182页。
② 孟元老：《东京梦华录（外四种）》，文化艺术出版社，1998年，第406页。

像陆游诗中提到的那个说唱蔡中郎故事的"负鼓盲翁"①。经过这些说话艺人的广泛传播和长期锻炼,以及社会心理的选择和过滤,小说家"说话"凝定下来许多兴趣点,比如南宋罗烨《醉翁谈录·小说开辟》中所列宋人小说家"说话"的八个题材门类:灵怪、烟粉、传奇、公案、朴刀、捍棒、妖术、神仙。这些门类的故事所提供的人物和情节,负载着凝定下来的那个时代人们的典型趣味、情感和价值取向,寓含着那个时代人们所共同关注的主题。八个门类的概括,指代了八种故事范型,如"传奇"类包括了俗世男女的不平凡情感遇合故事,其中的人物性格、人物关系、情节设置以及叙事倾向等因素都有类同性。某一种故事范型能典型、集中地映射出社会习尚、价值取向,烛照出时代的情绪、兴趣等,如水浒故事范型、公案故事范型等。

由前面所列表中宋官本杂剧名目、金院本名目看,《醉翁谈录》所列故事题材类别基本上在宋金杂剧中皆有敷演,如传奇类《崔护觅水》、《莺莺传》、《王魁负心》、《卓文君》、《李亚仙》,灵怪类《崔智韬》,公案类《姜女寻夫》,皆在其中有对应的剧目。而在元杂剧中,这八种门类的故事题材也皆有继承,明初朱权在《太和正音谱·杂剧十二科》中对元杂剧的题材进行分类:一曰神仙道化,二曰隐居乐道,三曰披袍秉笏,四曰忠臣烈士,五曰孝义廉节,六曰叱奸骂谗,七曰逐臣孤子,八曰钹刀赶棒,九曰风花雪月,十曰悲欢离合,十一曰烟花粉黛,十二曰神头鬼面②。凡此十二类,基本上可在《醉翁谈录·小说开辟》中找到与之对应、契合的"说话"名目,如钹刀赶棒与"朴刀"、"捍棒",风花雪月、悲欢离合、烟花粉黛与"烟粉"、"传奇",神头鬼面、神仙道化与"灵怪"、"神仙",皆彼此对应,类属相当。此外,《小说开辟》所言"演霜林白日升天,教隐士如初学道"与隐居乐道剧,"说忠臣负屈衔冤,铁心肠也须下泪"与忠臣烈士剧,"说国贼怀奸从佞,遣愚夫等辈

---

① 陆游《小舟游近村三首》其三云:"斜阳古柳赵家庄,负鼓盲翁正作场。死后是非谁管得,满村听说蔡中郎。"
② 朱权:《太和正音谱》,载《中国古典戏曲论著集成》,中国戏剧出版社,1959年,第3册,第24页。

生嗔"与叱奸骂谗剧,也都题材相近,内容契合。这说明小说家"说话"题材的八个门类在宋金时就已进入杂剧领域中,并在元时被新型杂剧样式广泛敷演,活跃于舞台上。

其二,故事题材的偏好。

宋杂剧敷演最多的是婚恋类题材。考察《武林旧事》所记宋官本杂剧段数,传奇类有《王子高六幺》、《崔护六幺》、《崔护逍遥乐》、《莺莺六幺》、《裴少俊伊州》、《病郑逍遥乐》、《王魁三乡题》、《唐辅采莲》、《相如文君》、《王宗道休妻》、《李勉负心》等人世间的爱情故事;灵怪类有《郑生遇龙女薄媚》、《柳毅大圣乐》、《越娘道人欢》、《封陟中和乐》、《裴航相遇乐》、《崔智韬艾虎儿》、《雌虎》等人妖或人仙的婚恋故事;公案类有《简帖薄媚》、《浮沤传永成双》、《浮沤暮云归》、《三献身》等勘疑察案故事。由此可从数量上发现杂剧的题材偏好、热点,如传奇类、灵怪类中皆是婚恋题材,这是周密《武林旧事》所记当时南方的杂剧情况。而北方的院本也表现出对于婚恋类题材的偏好,《南村辍耕录》所记金院本名目中包含故事因素者既有人世间的爱情故事,也有人与异类的爱情故事。此外,金院本还取用了大量的讲史题材,如"上皇院本"、"霸王院本"类下名目,以及《赤壁鏖兵》、《刺董卓》、《苏武和番》、《襄阳会》、《大刘备》、《骂吕布》、《史弘肇》等,明显是来自当时流行的讲史家"说话"。而这些题材偏好正与当时盛行的"小说"、"讲史"二家的故事门类相对应。

宋代小说家"说话"题材丰富,其中婚恋类题材占据主流地位。考察《醉翁谈录》所列小说家"说话"的八大门类,前三类灵怪、烟粉、传奇皆与婚恋类有关,其中,传奇类是俗世男女的爱情故事,如《莺莺传》、《卓文君》、《李亚仙》、《崔护觅水》等;烟粉类是与倡妓有关的爱情故事,如《燕子楼》、《钱塘佳梦》、《锦庄春游》、《柳参军》等;灵怪类是与异类有关的爱情故事,如《崔智韬》、《大槐王》、《人虎传》、《太平钱》等。

承袭小说家"说话"题材类别的元杂剧,也延续了宋金杂剧的题材偏好。在元杂剧中,婚恋故事数量最多,成就也较高。以现有资料粗略统计:现知婚恋类剧目约一百二十八种,占剧目总数的五分之一;现存剧本者约三十八种,占现存剧作总数的五分之一。而就朱权对元杂剧的题材分类看,其"杂剧十二科"中,风花雪月、悲欢离合、烟花粉黛三科皆是婚恋类题材。清初李渔曾针对明清传奇的题材偏好作了"传奇十部九相思"①的概括,其实,戏曲对婚恋题材的偏好从宋金杂剧就已开始。这是杂剧在走上叙述故事的道路之初受"说话"伎艺题材热点影响的结果,也是戏曲取材小说这一传统趋向形成的起点。

其三,故事题材的数量。

考察元杂剧的剧目和剧本,其取用、敷演小说故事题材的现象十分频繁,数量也十分众多。周贻白指出:"元剧的故事取材,基本上都有所依据,除了一部分民间传说无从考知其来源外,大部分是历史记载和唐代传奇文或唐、宋文人的笔记。"②严敦易《论元杂剧》一文亦言:"在元杂剧里,对于题材的取资运用方面,这也是值得予以指出并注意到的一点。综括地说,元杂剧里,大部分是以历史上的故事作为题材的。"并指出元杂剧的取材大约有如下几个类别:

(一)以历史典籍上的记载,或著名的人物事件作为根据敷演的,如《汉宫秋》、《贬夜郎》等。

(二)以传奇文、小说,或民间故事传说为渊源另作编写,虽然涉及某一人物和事件,但加以想象创造和组织的,如《柳毅传书》、《博望烧屯》、《秋胡戏妻》等。

(三)完全创造的人物及故事,如《救风尘》、《魔合罗》等。

(四)浓烈地反映现实环境或竟以真人真事叙写的,如《虎头牌》、《小孙屠》等。

而要想精密地区分元杂剧中历史和现实题材是困难的,但那两者显然是一个极其悬殊的比例,"(一)、(二)两类除去以后,所剩下的名

---

① 李渔《怜香伴》卷末收场诗:"传奇十部九相思,道是情痴尚未痴。独有此奇人未传,特翻情局愧填词。"
② 周贻白:《中国戏曲发展史纲要》,上海古籍出版社,1979年,第182页。

目，委实不多了"①。元杂剧的这种取材倾向，是宋金杂剧取材小说故事这一习惯的总结性体现和进一步发展。

元杂剧取材小说故事的丰富、频繁，使得人们在追溯元杂剧渊源时习惯把目光投向小说。元人即开始把唐传奇小说视为金元杂剧的渊源，元末的夏庭芝、陶宗仪皆对元杂剧的源流作过这样的历史演进性描述：

> 唐时有传奇，皆文人所编，犹野史也；但资谐笑耳。宋之戏文，乃有唱念，有诨。金则院本、杂剧合而为一。至我朝乃分院本、杂剧而为二。②
>
> 唐有传奇，宋有戏曲、唱诨、词说，金有院本、杂剧、诸宫调。院本、杂剧，其实一也。国朝，院本、杂剧，始厘而二之。③
>
> 稗官废而传奇作，传奇作而戏曲继。金季国初，乐府犹宋词之流，传奇犹宋戏曲之变，世传谓之杂剧。④

这种对元杂剧的溯源思路让人颇为疑惑，王国维在《录曲余谈》中谈到元人陶宗仪所言"唐有传奇，宋有戏曲、唱诨、词说，金有院本、杂剧、诸宫调"时，就指出"九成此说误也。唐之传奇非戏曲"⑤。然而，明初的朱权就以"杂剧"之名对这条脉线作了清晰的梳理："杂剧之说，唐为传奇，宋为戏文，金为院本、杂剧，合而为一。元分院本为一、杂剧为一。"⑥ 实际上，元明之际人们对元杂剧渊源的这种追溯反映了当时的一种观念，即戏曲是把传奇小说以词曲谱演而成的。陶宗仪"传奇作而戏曲继"一语（此"传奇"指唐人传奇小说），在清人焦循

---

① 严敦易：《论元杂剧》，载李修生等编《元杂剧论集》，百花文艺出版社，1985年，第1—25页。
② 夏庭芝：《青楼集志》，载《中国古典戏曲论著集成》，中国戏剧出版社，1959年，第2册，第7页。
③ 陶宗仪：《南村辍耕录》卷二五"院本名目"条，文化艺术出版社，1998年，第346页。
④ 陶宗仪：《南村辍耕录》卷二七"杂剧曲名"条，文化艺术出版社，1998年，第370页。
⑤ 王国维：《王国维戏曲论文集》，中国戏剧出版社，1984年，第222页。
⑥ 朱权：《太和正音谱》"词林须知"，载《中国古典戏曲论著集成》，中国戏剧出版社，1959年，第3册，第53页。

第二编 叙事层面的渗透

《易余籥录》中表达得更为清楚。焦循认为"曲剧本于唐人之小说传奇","唐人传奇小说乃用以为科举之媒,此金元曲剧之滥觞也。诗既变为词曲,遂以传奇小说谱而演之,是为乐府杂剧"①。这种思路也被近代学者刘师培所遵循,他把传奇小说视为曲剧之近源:"盖传奇小说之体,既兴于中唐,而中唐以还,由诗生词,由词生曲,而曲剧之体以兴。故传奇小说者,曲剧之近源也;叙事乐府者,曲剧之远源也。"②焦、刘二人先后指出唐人传奇小说兴起后,人们开始用诗的形式予以咏唱,后又以词曲的形式谱唱,如此而"曲剧之体以兴"。正是在这种思路下,元末人夏庭芝才在"唐时有传奇"一语之后突兀地接续"宋之戏文,乃有唱念,有诨",乃意指唐传奇小说是文人所编撰的书面阅读作品,到了宋之戏文则出现了有唱念、科诨的伎艺样式。

由此可见,古今众多学者在对元杂剧溯源时所作的这一排列是基于故事题材为线索的追溯:唐之传奇、宋之戏文、金之院本、元之杂剧一脉相承。后人把唐传奇小说视为曲剧之源,乃是着眼于故事题材的资养。从故事题材上讲,唐传奇泽被宋金元杂剧自不待言,然而它对宋金杂剧的影响并不是直接的,元杂剧中的许多故事题材也并非来源于唐传奇。因此,唐传奇,包括其他文言小说对宋金元杂剧的影响过程应该经由一个中介,这就是与杂剧更具亲缘关系的叙事性"说话"及其文本形态的话本小说。

元杂剧的编撰,因为文人的大量介入,有直接取用文言小说故事的现象,但宋元"说话"对故事题材的开拓、过滤和传播对于杂剧取材仍然起到很大的范导作用。宋元时期,对于同一个故事,"说话"伎艺较文言小说有所改易,并形成了另一故事系统,如《蓝桥记》故事,南宋罗烨《醉翁谈录》(辛集卷一)和明代洪楩《清平山堂话本》皆有收录,二者除题目在《醉翁谈录》中称《裴航遇云英于蓝桥》而有不同外,内

---

① 焦循:《易余籥录》卷一七,《丛书集成续编》,新文丰出版公司,1989年,第29册,第385页上。
② 刘师培:《论文杂记》第十八条,载《中国中古文学史 论文杂记》,人民文学出版社,1984年,第132页。

中故事情节与文字表述基本相同,所异者是《清平山堂话本》中的《蓝桥记》多了简短的入话诗和散场诗,入话诗为:"洛阳三月里,回首渡襄川。忽遇神仙侣,翩翩入洞天。"散场诗为:"正是:玉室丹书著姓,长生不老人家。"此二者的内容明显与唐人裴铏《传奇·裴航》不同。罗烨《醉翁谈录》是一本"说话"伎艺的资料汇编,《裴航遇云英于蓝桥》一篇应是南宋时说话人的故事底本,并不是说话人讲说表演的记录。而《清平山堂话本》所收文本即来自《醉翁谈录》,只是添加了说话人演述的入话、散场程式。这说明《醉翁谈录》、《清平山堂话本》所收的《蓝桥记》属于不同于唐传奇小说的话本系统。面对这种不同,元杂剧更直接的是承续了话本系统。这由元杂剧对李娃故事的编演情况更可清晰得见。

讲述李娃故事者,唐有白行简《李娃传》,宋有话本《李亚仙》(《醉翁谈录·小说开辟》)、《李亚仙不负郑元和》(《醉翁谈录》癸集卷一)、《绿窗新话·李娃使郑子登科》,元杂剧有高文秀《郑元和风雪打瓦罐》(佚)和石君宝《李亚仙花酒曲江池》二种。就此比较分析,元杂剧很明显是承袭宋话本而作。首先从男女主人公姓名看,元杂剧为郑元和与李亚仙,但在白行简的小说中,女主人公被称为李娃,男主人公则无姓无名,直以"生"称之,而在宋人"说话"中,此"生"已有"郑"姓(《绿窗新话》),这可能原由白行简《李娃传》叙"生"之父为"荥阳公",而唐时荥阳为郑姓郡望;至南宋罗烨《醉翁谈录》,这个郑生就有了名字"郑元和",李娃也有了"亚仙"之称,书中所录一篇即题为《李亚仙不负郑元和》,开篇曰:"李娃,长安娼女也,字亚仙,旧名一枝花。"则它与唐时"一枝花话"有一定的关联,宋人话本的这些信息乃承此而来。此外,考虑到《醉翁谈录》是当时"说话"资料的一种汇编,此篇应是当时说话人用以参考的一个底本。在具体的情节叙述中,此篇有一关键情节与白行简《李娃传》不同,即当郑生钱资荡尽之时,李娃母出面以"相知一年,而无孕嗣"为由骗他与李娃外出求子,而不是如白行简《李娃传》那样由李娃出面说这番话,这在一定程度上维护了李娃的形象。这一情节设置与《绿窗新话·李娃使郑子登科》同,而《绿窗新话》是"供说话人据以敷演故事的资料汇编","其中有不少是已知话本的素材,还有一些故事可能就是当时说话故事的纪要"①。如此,这一情节设置可作为宋时李娃故事"说话"的判定条件之一。石君宝的杂剧《李亚仙花酒曲江池》直接在李娃、郑府尹随从张千的话语中交代了郑元和被鸨母赶出而沦为挽歌郎之事,从而略去了鸨母的设计赚骗情节,但此情节设置在明初朱有燉的同名杂剧中却有表现。考虑到石君宝剧作的人物名称以及朱有燉杂剧极意摹元的风格,石作应是取材宋话本而编撰,至少朱作是承继了话本一脉。

元杂剧故事题材与宋元"说话"故事的这种互通性与密切性,在三国戏、水浒戏、西游戏中则表现得更为丰富、明显(详见第七章)。

绾结上述,虽然唐传奇对元杂剧的故事题材有明显、深入的影响,元明学者也看到了宋金元杂剧在发展进程中所受到的唐传奇故事题材的沾溉,但这些影响对于元杂剧来说大多不是直接的,而是经由了"说话"伎艺或话本小说的中介传导,即元杂剧取材于小说故事的直接渠道是宋元"说话"及其文本形态的话本。唐宋以来"说话"伎艺的进步,一直引领着宋元叙事性伎艺在故事题材和叙事能力方面的发展,对宋金元杂剧起到了直接的范导、促进和滋养作用。

二、元杂剧所受小说故事影响的表现

元杂剧文本所表现出的小说影响踪迹,可视为宋金杂剧发展进程中小说影响因素的总结性体现,其中的故事诸因素即较为集中而清晰地反映出杂剧在故事题材方面所受小说影响的基本状况。

其一,故事的情节模式。

宋元话本小说不但沉淀了一些题材类型,也在同类题材中形成了可以反复演绎的情节模式,比如婚恋类题材的男女一见倾心相许,中遭阻挠破坏,后因书生发迹而终得圆满,再如公案类题材的小民受到邪恶强

---

① 程毅中:《宋元小说研究》,江苏古籍出版社,1998年,第188、187页。

梁的欺压,昏官贪赃枉法制造冤狱,清官执掌正义为民申冤。这些情节模式在元杂剧中皆有明显的承袭,兹以发迹类故事题材为例略加论述。

发迹类故事是古代小说、戏曲中为民众喜闻乐见的一种题材。朝为田舍郎,暮登天子堂,是多少寒门书生的梦想;出身低贱而能出将入相,又拨动了多少升斗小民的心弦。这种社会心理促进了发迹类故事的繁兴,它在宋代就已作为一种题材门类立于小说家"说话"中。据《都城纪胜》"瓦舍众伎"条记述:"说话有四家:一者小说,谓之银字儿,如烟粉、灵怪、传奇。说公案,皆是搏刀赶棒,及发迹变泰之事。"① 司马相如由卑微而显达的经历是古代小说、戏曲中典型的发迹故事,《清平山堂话本》中有《风月瑞仙亭》演绎此事,《警世通言》卷六《俞仲举题诗遇上皇》的入话在述毕司马相如的飞黄腾达后,作了如此总结:"司马相如本是成都府一个穷儒,只为一篇文字上投了至尊之意,一朝发迹。"② 这种因词篇遭际而登龙释褐的发迹模式是宋元小说中寒门书生发迹故事的共同模式:文士穷微困厄、诗书发迹、衣锦还乡。这一发迹模式所包含的对发迹原因的解释是:以儒生所擅长的诗文为衡量标准,有人赏识其才能而举荐和擢拔。话本中的文人发迹型故事即侧重于贫寒而发迹的传奇过程,表现出对"朝为田舍郎,暮登天子堂"这一传奇现象的追猎心态。《醉翁谈录·小说开辟》论及发迹题材时称:"谈吕相青云得路,遣才人着意群书","喧发迹话,使寒门发愤"③。此意用《警世通言》卷一七《钝秀才一朝交泰》入话中的一段话语解释则更为显明:

> 如今在下再说个先忧后乐的故事。列位看官们,内中倘有胯下忍辱的韩信,妻不下机的苏秦,听在下说这段评话,各人回去硬挺着头颈过日,以待时来,不要先坠了志气。④

---

① 孟元老:《东京梦华录(外四种)》,文化艺术出版社,1998年,第86页。
② 冯梦龙:《警世通言》卷六,上海古籍出版社,1998年,第57页。
③ 罗烨:《醉翁谈录》,古典文学出版社,1957年,第5页。
④ 冯梦龙:《警世通言》卷一七,上海古籍出版社,1998年,第190页。

由此可见，话本叙述的主旨倾向意在其激励作用，指明寒门儒生的低贱身份并未成为发迹的障碍，只要有适当的机遇，即能登龙释褐。这正是一个贫寒文士所向往的理想社会状态，恰如《俞仲举题诗遇上皇》的结末诗所言："昔年司马逢杨意，今日俞良际上皇。若使文章皆遇主，功名迟早又何妨。"所以说，这一发迹模式寄寓了对那些贫寒卑微儒生的激发与鼓励，也含纳了民众对幸运书生的欣羡心理。

元杂剧时代的文人境遇和科举制度较宋代有了很大的改变，这种发迹模式所根植的社会基础已经不存在了，但元人在杂剧中运用的文人发迹模式还是承袭着科举畅通时为寒门读书人设置的理想模式。元杂剧中的失意文人总是高吟"三寸舌为安国剑，五言诗作上天梯"，一般地，他们挥洒下万言长策，交给能举荐自己的朋友或皇帝所遣使的寻访贤良的官员，由此得到皇上的激赏，从而一朝发迹。这正是元杂剧百用不厌的文人发迹模式，明显承袭了话本小说中文士穷微困厄、诗书发迹、衣锦还乡的情节模式。当然，元杂剧着意的是这一发迹模式所蕴含的抒愤慰志功能，侧重对失意书生困厄穷愁的展示与描绘，有些剧目还专写文士的困厄，如王伯成《贬夜郎》、睢景臣《屈原投江》、吴弘道《屈原投江》等，其中充满着对麻衣敝冠、羁困不偶的激愤和慨叹。相对于这种刻骨铭心的困厄描写，最后的升达显得非常平淡，只是聊慰怀才未遇者，恰如梁鸿高中后所言："只为俺读书人受过凄凉合荣耀。"（《举案齐眉》）刘月娥评论吕蒙正的发达："今日个显耀你那里夺来的富，折准我那从前受过的苦。"（《破窑记》）这一结局包含了对身遭困厄者的奖赏和安慰，是对所有贫寒儒生价值的认证和肯定："世间人休把儒相弃，守寒窗终有峥嵘日，不信道到老受贫穷，须有个龙虎风云会，……黄金殿夺得状元归，穷秀才全得文章力。"（《破窑记》）然而，这发迹的场景相对于那些抒发愤懑的情境来说，不但短促，而且少有激荡人心的情怀。

此外，这种发迹模式在宋元小说、杂剧中都与婚恋类故事联系在一起，但在宋人小说中，婚恋故事中书生发迹后伴随的多是负心，背约负盟,抛弃甚至杀死恩深义重的糟糠之妻或山盟海誓的患难情侣。这种负心的书生形象大致有两类:一类是书生得官后抛弃贫贱妻子而另娶,一类是书生得妓女帮助而高中,转而忘恩负义。这类"书生负心"故事在宋代小说中甚为流行,罗烨《醉翁谈录》中列有"负约"、"负心"专类,载录有《王魁负心桂英死报》、《红绡密约张生负李氏娘》等作品,此即可说明当时这类小说的频繁出现已能让罗烨以类标识。另外,我们还可从宋代的戏曲资料得以侧面了解,比如《武林旧事》卷一〇"官本杂剧段数"条与《南村辍耕录》卷二五"院本名目"条收有不少书生负心类作品,宋戏文中此类作品更为显见,著名者如《王魁负桂英》、《赵贞女蔡二郎》、《张协状元》、《三负心陈叔文》、《李勉》。而在元杂剧中,婚恋故事宣扬的是书生的超群才华、高雅气质和美好前程,无论是风尘女子的倾心,还是富贵小姐的青睐,都是反复强调读书的重要性和文人的光辉前程。发迹情节模式的并入,更强化了这一主题。它们在叙述中一方面感叹书生的穷困低微,一方面让那些智慧美丽、门第高贵的女子毫无顾忌地垂青于他们,相信其超群的才华和无量的前程,称赞其高雅的气质和知心知意的温柔,为此她们乐意与其共守贫困,敢于和贪爱财富的父母抗争,斥责富商的低俗和卑陋。而且他们虽然遭受种种困厄,最终都是身显名耀,从而证明了书生的高雅气质、美好前程、高尚道德以及寒门出将相的社会信仰。

其二,故事的情感倾向。

鲁迅言《水浒传》的精神在于"为市井细民写心"[①],这"心"应指民众的情绪、兴趣、理想和价值观。这同样适用于宋元话本和元杂剧。当某一个或一类故事从民众的口唇间辗转翻滚过,它便融入了民众的意志和情绪,其中的情节程式因素必然包含了"市井细民之心",对民众的情绪、理想作出了典型的规整。

在人物(尤其是历史人物)的褒贬倾向上,可以明显看出元杂剧对

---

① 鲁迅《中国小说史略》第二十七篇"清之侠义小说及公案"有言:"《三侠五义》为市井细民写心,乃似较有《水浒》余韵,然亦仅其外貌,而非精神。"(上海古籍出版社,1998年,第204页。)

宋元话本的承继性。元杂剧中的关羽、张飞、李存孝、尉迟恭、刘知远、伍子胥、韩信等都是有宋以来通俗文艺中甚为赞赏的人物。对于他们性格的取舍与拓展,基本上取小说之义,如李存孝,史载其为李克用部下,后据邢州反叛而被杀,但关汉卿《哭存孝》杂剧却写存孝被车裂乃是因为奸佞小人的挑拨离间,假传将令,以此抒发对奸小专权、忠良遭谗的不满和愤恨。又如韩信在历史上也是因反叛被杀,但元杂剧中所有写到韩信的作品,都把同情之泪洒向他,这在《前汉书平话》中已有这种倾向。而说话人所奠定的"尊刘贬曹"的倾向在三国故事中已成程式,刘备一方独享了民众的同情。苏轼《东坡志林》卷一记述一顽劣小孩听"说三国","闻刘玄德败,颦蹙有出涕者;闻曹操败,即喜唱快"①。刘备、关羽、诸葛亮已成为民众倾心爱戴的形象,这种说话人奠定的倾向,已在民众中形成接受习惯,使后世不得不围绕此标准进行创作,否则就得不到民众的认同。元杂剧的三国戏也承袭了这一倾向,在现知十九种剧目(以《录鬼簿》为据)中,有十四种写刘备一方,有两种写曹操一方(花李郎《相府院曹公勘吉平》、于伯渊《白门斩吕布》),在突显刘备集团人物的智谋和勇猛的同时,对应的是孙、曹集团的无能、乏智、懦弱。如《单刀会》中东吴的鲁肃在关羽的威严下唯唯诺诺,没有一点东吴元帅的风范;夏侯惇本是曹操手下有名的一员大将,在杂剧《博望烧屯》中却是这样自我介绍:"上的马去,番番不济;到的阵前,则是盹睡;若遇敌将,做不的本对;他轮刀便砍,慌得跳下马来膝跪。"这些都强烈地表现出元人杂剧对刘备方的倾重。民众在这些人物形象中寄寓的情感倾向不同程度地传递了他们欢迎、喜爱这些传奇英雄的信息,也传达了一种民间的心理和情绪,那就是对奸邪的鄙夷愤恨,对仁德忠良的同情爱戴。

再看小说戏曲中的"好人好报,坏人坏报"结构程式,它几乎为所有故事范型取用,并培养了民众稳定的接受习惯。王国维在《红楼梦评

---

① 苏轼著,王松龄点校:《东坡志林》卷一"涂巷小儿听说三国语"条,中华书局,1981年,第7页。

论》中谈及"始于悲者终于欢,始于离者终于合,始于困者终于亨"的结构模式时言:"非是而欲餍阅者之心,难矣!"① 这种情感倾向在民众心理中十分顽固,鲁迅即指出中国小说、戏曲创作中存在着"历史上不团圆的,往往给他团圆;没有报应的,给他报应"② 的现象,李渔也把"团圆之趣"③ 当作戏曲创作必须遵循的程式。如元杂剧中的无名氏《渔樵记》的本事是一个广为流传的民间故事,朱买臣之妻嫌贫爱富,逼朱写下休书,后朱富贵为官,其妻意欲复婚,朱叫人马前泼水以示拒绝。但元剧却以朱妻玉天仙弃夫原非本意,而是奉父命为激励朱进取之举,此误解讲明后,朱与妻复合,皆大欢喜。又马致远《青衫泪》乃演绎白居易《琵琶行》故事,然并不循诗中离别情调,而是让白居易与裴兴奴二人度尽劫波后终得团圆,"白居易仍复旧职,裴夫人共享光荣"。

而在许多的善恶斗争故事中,这种结构程式寓含有善良一方敢于向邪恶势力抗争的无畏精神,对黑暗现实强烈不满的批判意识,以及善必胜恶、美必胜丑的坚定信念和美好愿望。比如关汉卿《窦娥冤》中窦娥死后三年,冤魂向肃政廉访使的父亲申诉,终使恶人遭惩,冤情得雪;马致远《汉宫秋》第三折昭君在北上入番时投江自杀,但第四折还要让汉元帝与昭君在梦中相会,结局写番国绑送毛延寿归汉,元帝把他斩首以祭昭君。所以,"好人好报,坏人坏报"结构程式中寄寓的是民众对理想生活的追求,对现实缺憾的补偿。这种情感倾向在发迹类故事、公案类故事中都有表现。元杂剧中的书生无一例外能靠诗文发迹,或高中状元,或上万言策而得龙心大悦,擢拔高位;那些受强梁欺压的弱小民众最终都能得到义士英雄、清官能吏的帮助,雪柱申冤,奸邪遭惩,恶徒被除。这种情感倾向是对民众情感和尊严的肯定,它体现了社会心理对现实的一种美好超越,对缺憾的一种精神补救。

---

① 王国维:《红楼梦评论》,载《王国维文学论著三种》,商务印书馆,2001年,第12页。
② 鲁迅:《中国小说的历史的变迁》,载《鲁迅全集》,人民文学出版社,1981年,第9册,第316页。
③ 李渔《闲情偶寄》"词曲部·格局第六"认为"大收煞"的基本要求,就是"无包括之痕,而有团圆之趣"(上海古籍出版社,2000年,第83页)。

其三，人物形象的设置。

人物形象是一部叙事作品的重要因素，对人物形象的设置是叙事作品的基点，包括人物的形貌、性格以及关系诸方面。唐宋以来的小说家、讲史家"说话"提供了众多有鲜明性格的人物形象，罗烨《醉翁谈录·小说引子》所言"春浓花艳佳人胆，月黑风寒壮士心"，就极为精练地概括了两类风标特出的人物形象。

"佳人胆"涵盖了那些不甘屈抑、敢于反抗、为自己的幸福而不竭追求的女性形象，如莺莺、李亚仙、卓文君、苏小卿等，她们不慕财富，倾心儒雅；不畏打击，执着情感。这类形象在元杂剧中被重新打磨，其中卓文君、苏小卿的性格与行为已成为含义丰富的典故，被众多剧作反复征引，元杂剧中很多有胆有识的女子常以其行为来比类自己，或自勉，或辩护。

双渐、苏卿故事是宋元时期家喻户晓的一个士妓恋情故事，其知名度并不亚于"天下夺魁"① 的《西厢记》，其情节在《永乐大典》所录宋代小说《苏小卿》② 中叙述甚详，谭正璧概略如下："小卿为闾江知县女，与书生双渐私恋，后以父亡回扬州，流落为娼，为商人娶去，在江上遇双渐，私奔过船，同上京都，终成夫妇。"③ 此故事产生于北宋后期，北宋元丰年间孔三传在汴京说唱诸宫调即有《双渐赶苏卿》，而成书于十二世纪前期的《刘知远诸宫调》亦提及此故事："谩更说钱塘小卿双生两个，相送邮亭驿。"④ 这个故事被元杂剧反复改编，现知四种：王实甫《苏小卿月夜贩茶船》、庾吉甫《苏小卿丽春园》、纪君祥《信安王断复贩茶船》（《录鬼簿》著录）、无名氏《豫章城人月两团圆》（《录鬼簿续编》著录），惜作品非佚即残。另外，元人散曲咏此事者甚多，

---

① 《录鬼簿》中贾仲明关于王实甫的《凌波仙》吊词云："新杂剧，旧传奇，《西厢记》，天下夺魁。"（浦汉明《新校录鬼簿正续编》，巴蜀书社，1996年，第70—71页。）
② 《永乐大典》卷二四〇五抄录此篇，并于题目"苏小卿"下注有"醉翁谈录烟花奇遇"字样，然今传本罗烨《醉翁谈录》无此篇，或缺佚。
③ 谭正璧《话本与古剧》，上海古籍出版社，1985年，第240页。
④ 廖珣英校注：《刘知远诸宫调校注》"知远别三娘太原投军第二"，中华书局，1993年，第62页。

赵万里《水浒传双渐赶苏卿故事考》一文就《盛世新声》及《雍熙乐府》等书举其套数小令咏及此事者共八例，赵景深《双渐苏卿考》一文又从《阳春白雪》及元四家散曲、《小山乐府》、《太平乐府》等书，再搜得四十二例。双渐、苏卿这两个人物形象之所以赢得元人如此热爱的原因，就在于其呈现的情感力度：作为风尘女子的苏小卿不慕财富，而倾情于低微书生，对爱情忠贞不渝；而作为贫寒书生的双渐为实现自己的爱情，千里追舟，痴心一片，二人标举出了"情"的典范。所以元杂剧中大量士妓恋情故事反复提及此二人及其相关的名物与情节，现存十三种士妓恋情剧①中有十种共征引十九次之多，常用的语词有双渐（通叔）、苏卿（小卿）、冯魁、丽春园、金山寺、临川县、贩茶船等。剧中人物抒情言志时经常比类双渐、苏卿，据以表情达意或为自己的行为辩护。

再看卓文君这一形象。汉代卓文君私奔司马相如的举动，曾被称赏为"千古私奔之祖"②，历代对其翻腾演绎不断。宋代的话本有《卓文君》（《醉翁谈录·小说开辟》）、《风月瑞仙亭》（《清平山堂话本》），宋官本杂剧有《相如文君》（《武林旧事》卷一〇"官本杂剧段数"条），宋元戏文有《卓氏女鸳鸯会》（《宦门子弟错立身》第五出〔排歌〕）。元杂剧于此事编演颇多，有《升仙桥相如题柱》（关汉卿）、《升仙桥相如题柱》（屈子敬）、《卓文君白头吟》（孙仲章）、《鹔鸘裘》（范居中等）（以上见《录鬼簿》）、《瑞仙亭》（汤舜民，见《录鬼簿续编》）、《卓文君驾车》（无名氏，见《太和正音谱》）等，惜皆未传存。卓文君的形象如此盛传，透露了人们对恋爱自由的向慕，尤其是赞赏富贵女子不计微贱、专注才情而冲破门第差别、跨越礼教藩篱的勇敢精神。元杂剧中那些追求爱情幸福的青年女子往往以卓文君的大胆行为来比类自己，勉

---

① 这十三种元人杂剧为：《谢天香》（关汉卿）、《金线池》（关汉卿）、《救风尘》（关汉卿）、《青衫泪》（马致远）、《曲江池》（石君宝）、《红梨花》（张寿卿）、《两世姻缘》（乔吉）、《紫云庭》（石君宝）、《云窗梦》（无名氏）、《百花亭》（无名氏）、《玉梳记》（贾仲明）、《玉壶春》（武汉臣）、《风光好》（戴善夫）。
② 烟水散人编：《女才子书》卷七《卢云卿引》，《古本小说集成》影印本，上海古籍出版社，1994年，第1辑第87册，第236页。

励自己，如《东墙记》第一折中董秀英就以文君自比以作鼓励："汉相如坐寒窗下，卓氏妇配做婚，都只为我情你意相投顺，姻缘自把佳期问，郎才女貌皆相趁。"李千金更直接地道出文君对自己行为的鼓舞作用："怎将我墙头马上，偏输却沽酒当垆。"（《墙头马上》第四折）李玉英则通过相如文君故事来表达自己的情感意向："总饶他铜山百座邓通家，怎动的我琴心一曲临邛氏。"（《鸳鸯被》第一折）王月英则以此为据大胆地肯定了追求婚姻自主的权力："休怕我母亲知，抵多少姻缘相会。卓文君驾香车归故里，当相如到他乡发志气；薛琼琼有宿缘仙世期，崔怀宝花园中成匹配；韩彩云芙蓉亭遇故知，崔伯英两团圆直到底。"（《留鞋记》第一折）可见当时人们对女性不计微贱、专注才情而大胆追求爱情的行为的赞赏，以及卓文君这一形象在元杂剧中的深远影响。

而且，元杂剧中还出现了众多此类性格的女性形象，如《墙头马上》的李千金、《倩女离魂》中的张倩女、《破窑记》中的刘月娥、《举案齐眉》中的孟光等，她们是元杂剧中最为亮丽光彩的形象群体。由此可见出这类由小说锤炼、淘洗的女性形象对元杂剧的深远而广泛的影响，以及民众对此种性格形象的喜爱与向往。

至于宋话本中的"壮士心"，则搏动着一群侠义灵魂，有不畏强暴、反抗压迫的勇士，有抵御外侮、勇赴国难的英雄，有关心国脉民瘼的忠臣，有敢于锄强扶弱的侠士，如小说家话本中的水浒好汉、清官包公，以及"讲史"伎艺中为国征战、抵御外侮的尉迟恭、薛仁贵、狄青等英雄壮士。这些人物形象在元杂剧的舞台更为鲜明生动、光彩夺目。

包公形象在宋元时期就已活跃在民间传说中，宋元话本《计押番金鳗产祸》（《警世通言》卷二○）中一位普通官吏高邮军主簿李子由在日常话语中说道："你看恭人何等性情。随你了得的包待制，也断不得这事。"此语即可见出包公在当时民众中的传播广度和影响力度，说明包公已作为一个民众信任、景仰的清官能吏形象出现于文学作品中。现存宋话本中有《合同文字记》、《三现身包龙图断冤》（此二篇一般被认为是宋话本）两部出现了包公断案情节。另外，南宋传奇文《红绡密约张生负李氏娘》（罗烨《醉翁谈录》壬集卷一）中，张资与李氏的诉讼也是在"包公待制"的厅堂上才得以了断的。在两篇宋话本中，包公是"庐州金斗城人"（《三现身》），出场的身份一为开封府尹包待制（《合同文字记》），一为兖州府奉符县知县，并注明："就是今人传说有名的包龙图相公。他后来官至龙图阁学士，所以叫做包龙图。此时做知县还是初任。"（《三现身》）可能当时民间对其身份的说法还较纷乱。而在元杂剧中，包公自报家门时俱称"乃庐州金斗郡四望乡老儿村人氏"（《陈州粜米》、《蝴蝶梦》、《鲁斋郎》、《后庭花》、《灰栏记》、《盆儿鬼》、《生金阁》、《留鞋记》），并稳定地以开封府包待制、包龙图的身份出现。可见其在文学叙述中的身份已在长期、广泛流传过程中渐趋凝定。

对于包公作为清官形象的能力，宋元小说叙述中突出的是他处理案件的智慧才干，《合同文字记》中包公主持公道，使刘安住能认祖归宗；《三现身包龙图断冤》中包公剖析出东岳速报司包藏于谜语中的暗示，为冤魂伸张正义。包公形象所蕴含的清官品质在元杂剧中得到很好的继承，并有更为显明的张扬。《合同文字》中包公自称："我用一个小小机关，早赚出合同文字。"《鲁斋郎》中包公斩决鲁斋郎后，张珪唱道："今日个竟如此，黎庶尽讴歌，再不言宋天子英明甚，只说他包龙图智慧多。"这是包待制以其智慧让天理正义得以昭彰，打击了恶徒们的狡诈和欺骗。而且，许多元杂剧的"题目正名"也明白地指出了包公的勘案智慧，如"包待制智赚合同文字"、"包待制智斩鲁斋郎"、"包待制智勘后庭花"、"包待制智勘灰阑记"、"包待制智赚生金阁"等。这些故事都意在彰明清官包公珍视庶民生命、细心勘案的清官品质，不似贪官污吏般断狱失情，糊涂了事。值得注意的是，元杂剧中的包公形象除了有勘案的智慧才干，还表现出一个清官不畏权势、公正执法、为民请命的重要品质。元杂剧中包公形象是以奉旨"专一体察滥官污吏，与百姓伸冤理枉"（《盆儿鬼》第四折）的身份出现的，他审判处斩的不仅有贪官污吏、强梁恶匪，更为光彩的还有皇亲国戚、权豪势要，如《陈州粜米》中"白拿白要、白抢白夺"的刘衙内、《生金阁》中"嫌官小不做，马瘦不骑，打死人不偿命"的庞衙内、《鲁斋郎》中"苦害良民，抢夺人家妻女，犯法百端"的鲁斋郎，他们有的还与皇帝有千丝万缕的联系，将这类人物依法处死，包公要冒很大的风险，其胆识和品格非常可贵。鲁斋郎是这些权豪势要中的代表："那个鲁斋郎胆有天来大，他为臣不守法，将官府敢欺压，将妻女敢夺拿，将百姓敢蹧踏。赤紧的他官职大的忒稀诧"，"那一个官司敢把勾头押，题起他名儿也怕"。但就是这样一个手能遮天的人物，却被包公智斩，确实大快人心。由此包公赢得了民众的信赖和景仰，把他视若能拯民于水火、救苦救难的菩萨。在《陈州粜米》中，张憋古被小衙内视为草芥痛打致死，临死前嘱咐儿子小憋古"拣一个清耿耿明朗朗的官人告整"，并特别指明："则除是包龙图那个铁面没人情。"当小憋古见到包公时，激动而真情地说："我投至的见了爷爷，就是拨云见日，昏镜重磨。"身为弱势群体的升斗小民把为民请命、惩恶扬善的企盼都寄寓于包公形象之上，而且特别欣赏他那些"犯上"的品格和行为。

包公形象在元杂剧中如此频繁地出现，当与元代特权阶层欺压小民、横行不法的现实有关。元代社会吏治松弛，权豪势要横行不法，恶匪强梁欺压良善，官虎吏狼迫害无辜。元杂剧中就有许多衙内、张驴儿之类的权豪和强梁。社会上不公正的存在，是产生和存在主持正义、替天行道的文学形象的有力诱因。如此在社会秩序之内，人们祈求清官能吏主持公道、为民请命；在社会秩序之外，人们祈求豪侠之士自掌正义、惩强扶弱，于是元杂剧中的水浒好汉就成为锄强扶弱、主持正义的侠士了。

元水浒戏中英雄好汉们的行侠仗义行为有报恩仇的色彩，他们打击社会上的豪强邪恶，为小民的冤屈执掌正义。燕青杀死杨衙内就是"与民除害"（《燕青博鱼》），"俺梁山泊远近驰名，要替天行道公平……显见的天理分明"（《还牢末》）。梁山泊成为人间正义、天道公平的法庭，与黑暗的官府形成鲜明的对比，"梁山泊上多忠义，救了咱重生在世"（《争报恩》中李千娇语）。《黄花峪》中刘庆甫妻李幼奴被蔡衙内抢走，他不去官府，而径往梁山"敬来告状"："我别处告，近不的他，直往梁山上告宋江哥哥，走一遭去。"最后"黑旋风拔刀相助，刘庆甫夫妇团圆"。李逵在元杂剧中更被塑造成一个世间正义的象征,"我从来个路见不平,爱与人当道撅坑。我喝一喝骨都都海波腾,撼一撼赤力力山岳崩"(《双献功》第一折)。百二十回本《水浒传》第七十三回中也赞扬李逵:"梁山泊里无奸佞,忠义堂前有诤臣。留得李逵双斧在,世间直气尚能伸。"可见,他已成为民众对侠义英雄渴望心理的外化载体,这当然是民间众多李逵故事不断累积、沉淀的结果。

虽然水浒好汉在元杂剧中的行侠仗义之举与《宣和遗事》宋江三十六人聚义故事有所不同,但人物形象的基本性格、身份、形貌特征等方面还是明显地承袭了水浒话本的设定。这从水浒人物的绰号可窥一斑:

元水浒戏	《宣和遗事》
顺天呼保义宋江（《燕青博鱼》、《还牢末》）	呼保义宋江
浪子燕青（《燕青博鱼》）	浪子燕青
黑旋风李逵（《双献功》）	黑旋风李逵
花和尚鲁智深（《李逵负荆》）	花和尚鲁智深（《醉翁谈录·小说开辟》有《花和尚》名目）
大刀关胜（《争报恩》）	大刀关必胜（在"杨志卖刀"一节中名为关胜）
金枪教手徐宁（《争报恩》）	金枪手徐宁
弓手花荣（《争报恩》）	小李广花荣

这些绰号有的表示身份,如花和尚、浪子,有的表示技艺特长,如大刀关胜、弓手花荣、金枪手徐宁等。而结合宋末元初人龚开的《宋江三十六赞》[①],则可以看到元杂剧在人物性格设置方面对水浒话本的承继。比如鲁智深被称为"花和尚",就表明他虽为和尚身份,但不为佛家教条所羁绊,自由无拘,任性而为,按龚开的赞语是:"有飞飞儿,

---

① 龚开《宋江三十六赞》序言称:"宋江事见于街谈巷语,不足采著,虽有高如李嵩辈传写,士大夫亦不见黜,余年少时壮其人,欲存之画赞,以未见信书载事实,不敢轻为。"(周密《癸辛杂识》续集上,中华书局,1988年,第145页。)此赞反映了宋末梁山泊故事的流传情况。

出家尤好。与尔同袍，佛也被恼。"又如李逵被称为"黑旋风"，这既表明其肤色黝黑，面相凶恶，《还牢末》第一折中萧娥描述他"身材长大，面皮黑色，一部胡髯"，《双献功》第一折李逵自言"风吹的齆齈是这鼻凹里黑"，"血渍的腌臢是这衲袄腥"；同时也喻指其性格暴戾，雷厉风行，无名氏《黄花峪》第二折宋江说他"性如烈火，直似弓弦"。李逵的这种形貌在龚开的赞中已有所透露："风有大小，不辨雌雄。山谷之中，遇尔亦凶。"① 但在元杂剧中李逵还表现出一种纯朴、天真、憨直而又狡黠的性格特色，有浓厚的乡野气息。正由于此，李逵身上体现出了浓厚的民众亲和感，广大民众在其身上看到了自己熟悉的、亲近的形象和性格，故而也在其身上寄寓了自己倾心的趣味和愿望。于是把他作为一个"箭垛式"的人物（元杂剧有李逵戏 15 种），写出了他粗暴又纯朴，憨直又心细的复杂性格。

综上分析，元杂剧在具体文本中所表现出的小说故事影响踪迹，既有对小说故事题材的承袭，也有按社会现实和时代观念进行的发挥、改易。但是，元杂剧以自己的方式结撰出的众多人物、故事是与小说的影响和滋养分不开的，正是小说在人物形象、情节模式以及情感倾向上的开掘和锤炼，为元杂剧提供了丰富的题材和进一步发挥的基础。需要说明的是，小说对元杂剧的一些具体影响并不一定是即时的、直接的影响，而是唐宋以来杂剧演进过程中小说长期滋养、促进的结果，只是这种影响的结果在元杂剧的文本中得到了总结性体现罢了。

三、元杂剧对小说故事的特色开掘及其意义

元杂剧与小说在故事题材和演述体制上存在的诸多趋同性特征，既是宋金杂剧受小说影响痕迹的遗存，也是元杂剧与小说密切关系的体现。在这一过程中，金元杂剧形成了自己的独特体制，并以时代观念和社会现实重新熔铸小说故事，对翻腾于说话人口唇间的情节、人物进行

---

① 周密：《癸辛杂识》续集上"宋江三十六赞"条，中华书局，1988年，第147—148页。

了新的开掘和发挥,使得那些民众熟知的形象有了不同于小说的面貌和趣味。

(一) 小说故事背景下的因人生事

在小说故事广泛流传的背景下,元杂剧取其人物形象因人设题,因人生事。

水浒故事在宋元话本中有着自己的故事系统,其人物谱系和情节框架在元代渐已稳定。比如水浒英雄的聚集地梁山泊就有一个从无到有、逐渐固定的过程。据史籍载,宋江等三十六人是以流动武装的姿态出现在广阔的华北平原上,时而京东,时而河北,时而淮南,时而齐魏,转掠十郡,并无梁山泊聚义之事。《宣和遗事》之前的龚开《宋江三十六赞》在卢俊义、燕青、张横、戴宗、穆横等人的赞语中五次提及太行山①,而不及梁山泊,至《宣和遗事》才提到晁盖等"前往太行山、梁山泊去落草为寇",此段水浒故事乃当时艺人讲说的拼凑,说明南宋"说话"伎艺已出现了梁山泊系统的水浒故事。而到元杂剧时,梁山泊作为宋江三十六人的根据地这一设置已在水浒故事中固定下来。元人水浒戏是在水浒故事广泛流传的背景下取以编演的作品,它们对当时的水浒故事"说话"作了必要的开掘和发挥,但水浒英雄聚义梁山泊这一情节设置却被元人水浒戏严格遵循。比如在现存六种元人水浒戏中,英雄们行侠仗义的出发地和归结地都是梁山泊。再如现存六种元人水浒戏的开头和结尾都极为相似:宋江上场自报家门,叙述自己上梁山的过程以及梁山事业的规模;结尾处宋江以梁山聚义、替天行道的名义断结善恶。宋江的典型上场词是:

> 某姓宋名江,字公明,绰号及时雨者是也。幼年曾为郓州郓城县把笔司吏,因带酒杀了阎婆惜,被告到官,脊杖了六十,迭配江

---

① 周密《癸辛杂识》续集上"宋江三十六赞"条,记卢俊义云"风尘太行,皮毛终坏",记燕青云"太行春色,有一丈青",记张横云"太行好汉,三十有六",记戴宗云"汝行何之,敢离太行",记穆横云"出没太行,茫无畔岸"(中华书局,1988年,第145—150页)。

州牢城营。因打此梁山经过，有我八拜交的哥哥晁盖，知某有难，领偻罗下山，将解人打死，救某上山，就让我第二把交椅坐。哥哥晁盖三打祝家庄身亡，众弟兄拜某为头领。某聚三十六大伙，七十二小伙，半垓来的小偻罗，寨名水浒，泊号梁山，纵横河港一千条，四下方圆八百里。东连大海，西接济阳，南通钜野金乡，北靠青齐兖郓。有七十二道深河港，屯数百只战舰艨艟；三十六座楼台，聚几千家军粮马草。风高敢放连天火，月黑提刀去杀人。（高文秀《黑旋风双献功》第一折）

其中叙述宋江与晁盖的关系以及上梁山落草的原因，明显袭自《宣和遗事》所关联的水浒故事"说话"。其他几种元人水浒戏都有类似的宋江自白，或简或繁，内容基本一致，如宋江绰号及时雨，曾为郓城县把笔司吏，曾迭配江州；晁盖三打祝家庄身亡；梁山方圆八百里，聚集了三十六大伙、七十二小伙等，这说明元代水浒故事已基本定型，已由纷乱而沉淀成固定的情节架构。而其中宋江发配江州牢城营和晁盖三打祝家庄身亡的情节，则是《宣和遗事》所没有的，这又表现出水浒故事在元代的发展与增益。

另外，元人水浒戏淡化了宋江一伙"风高敢放连天火，月黑提刀去杀人"的强盗色彩，也未表现水浒英雄们反抗官府的具体行为，而是让他们从梁山出发去执掌正义，扶弱济困，惩恶除奸。从现存六种元人水浒戏看，水浒英雄们打击的对象不是官府，而是社会上那些挟权仗势的奸邪恶人——

高文秀《双献功》：孙孔目妻郭念儿与白衙内私通，孙被白打入死囚牢。李逵下山相救。

康进之《李逵负荆》：强徒宋刚、鲁智恩抢走王林的女儿满堂娇，李逵仗义救助，锄除真凶。

李文蔚《燕青博鱼》：燕大妻王腊梅与杨衙内私通，陷害燕大。燕青仗义相救。

无名氏《争报恩》：丁都管与王腊梅通奸，陷害大妻李千娇，称其与梁山有染。关胜、徐宁、花荣下山相救。

李致远《还牢末》：李孔目的小妾萧娥与赵令史通奸，状告李孔目私通梁山以谋害亲夫。李逵拔刀相助。

无名氏《黄花峪》：蔡衙内强抢刘庆甫之妻李幼奴，李逵、鲁智深拔刀相助。

此六种水浒戏的主体情节架构大致相同，皆是水浒英雄从梁山泊下山后行侠仗义、锄强扶弱之事。这种情节设置与水浒话本反抗官府的主旨不符，它的反复出现，说明元人水浒戏是以当时广泛传播的水浒话本为背景，选取其中某一人物形象，参照时代精神和社会现实予以发挥，因人设题，因人生事，编演出一些新异的水浒故事。

这种在某个故事广泛流播背景下因人生事的思路在元杂剧的编演中较为普遍，比如李逵戏、张飞戏、包公戏。

元人李逵戏共有十五种，康进之《梁山泊李逵负荆》和《黑旋风老收心》、李致远《都孔目风雨还牢末》、杨显之《黑旋风乔断案》、红字李二《板踏儿黑旋风》、王实甫《诗酒丽春园》、庾天锡《黑旋风诗酒丽春园》，以及高文秀所作八种：《黑旋风双献功》、《黑旋风乔教学》、《黑旋风借尸还魂》、《黑旋风斗鸡会》、《黑旋风诗酒丽春园》、《黑旋风穷风月》、《黑旋风大闹牡丹园》、《黑旋风敷衍刘耍和》。李逵被称为"黑旋风"，表明其肤色黝黑，性格暴戾，行动雷厉风行，这是他在水浒小说中的典型形象，但元杂剧中的李逵还表现出一种纯朴、天真、憨直而又狡黠的性格特色，有浓厚的乡野气息。如《双献功》中李逵去探望牢中孙孔目一节，《李逵负荆》中李逵下山赏景一节，就表现出了他粗暴又纯朴，憨直又心细的复杂性格。正由于此，李逵身上具有了一种贴近民众的亲和感，民众在其身上看到了自己熟悉又喜爱的形象和性格，故而也在其身上寄寓了自己的趣味和愿望。

元人包公戏共有十六种，现存者有十一种：关汉卿的《包待制智斩鲁斋郎》和《包待制三勘蝴蝶梦》、郑廷玉《包待制智勘后庭花》、武汉臣《包待制智赚生金阁》、李潜夫《包待制智赚灰栏记》，以及无名氏的《王月英元夜留鞋记》、《神奴儿大闹开封府》、《鲠直张千替杀妻》、《玎玎铛铛盆儿鬼》、《包待制陈州粜米》、《包待制智赚合同文字》。散佚者有五种：汪泽民《糊突包待制》、彭伯成《灰阑记》、张择《包待制判断烟花鬼》，以及萧天瑞的《包待制三勘蝴蝶梦》、《犯押狱盆吊小孙屠》。宋元话本中包公形象表现出的主要是勘案的智慧才干，而元杂剧中的包公形象则更突出他不畏权势、公正执法、为民请命的品质。他"专一体察滥官污吏，与百姓伸冤理枉"（《盆儿鬼》第四折），敢于冲撞不法的皇亲国戚，不惮与权豪势要"结下些山海也似冤仇"（《陈州粜米》第一折）。他审判处斩的不仅有贪官污吏、强梁恶匪，更为光彩的是还有皇亲国戚、权豪势要，如"白拿白要、白抢白夺"的刘衙内（《陈州粜米》）、"嫌官小不做，马瘦不骑，打死人不偿命"的庞衙内（《生金阁》）、"苦害良民，抢夺人家妻女，犯法百端"的鲁斋郎（《鲁斋郎》），他们与皇帝有千丝万缕的联系，将这类人物依法处死，要冒很大的风险，包公于此表现出的胆识和品格非常可贵，由此也赢得了民众的信赖和景仰，把他视如救苦救难的菩萨。《陈州粜米》的张懒古被小衙内痛打，临死前嘱咐儿子小懒古"拣一个清耿耿明朗朗的官人告整"，尤其"包龙图那个铁面没人情"。当小懒古见到包公时，激动而真情地说："我投至的见了爷爷，就是拨云见日，昏镜重磨。"身为弱势群体的小民把为民请命、惩恶扬善的企盼都寄寓于包公形象之上，而且特别欣赏他那些"犯上"的品格和行为。因此，元杂剧就依据包公形象敷演出丰富的清官故事，从中寄寓了民众痛恨贪官污吏、奸邪恶霸的情绪，以及期待安居乐业、天理彰明的愿望。

张飞在《三国志平话》中已是一个非常丰满、光彩的文学形象。他骁勇善战、无所畏惧，有着非凡的英雄气概，也有着刚正耿直、豪爽率真、有错必改的可爱性格。《平话》卷上汇辑的张飞那些著名的英雄事迹，后来在元人三国戏中皆有敷演，如鞭督邮、战吕布、摔袁襄、三出小沛、当阳桥喝退曹兵等，也在相关三国戏中被反复提及（如《博望烧屯》、《黄鹤楼》、《西蜀梦》）。元人三国戏中敷演张飞的剧目有十余种，且皆以张飞为正末，如《虎牢关三战吕布》（武汉臣）、《莽张飞大闹相府院》（花李郎）、《虎牢关三战吕布》（郑德辉）、《张翼德单战吕布》、

《莽张飞大闹石榴园》（无名氏）、《张翼德三出小沛》（无名氏）、《张翼德大破杏林庄》（无名氏）。即使如《关张双赴西蜀梦》（关汉卿）、《刘关张桃园三结义》（无名氏）这样的并不专门表现张飞的杂剧也是以其为正末，可见当时民众对他的喜爱。

元杂剧中张飞常会宣扬自己的代表性功绩，如《博望烧屯》第二折提到的"我也曾鞭督邮魂飘荡，石亭驿摔袁祥"，《黄鹤楼》第一折提到的"在那当阳桥上，喝了一声，桥塌三横水逆流，唬得曹兵倒退三十里远"。这说明元人三国戏是在当时广泛流播的三国故事平话背景下编撰的，其人物与情节也以平话为基础予以发挥、开掘。比如郑德辉《虎牢关三战吕布》一剧叙写了张飞无所畏惧的英雄气概，既有战场上的骁勇善战，也有对无理欺压的直面反击，这是张飞形象最具光彩之处。但与平话不同的是，此剧通过张飞与刘备、关羽的对比，更为细致地表现出张飞的这一品格。剧中为突显张飞的豪迈刚烈，安排了刘、关为配角，且二人性格颇显平庸，远没有张飞那样的虎虎生气和英雄气概。比如第二折三人拜见孙坚的一场戏中，刘、关二人表现得十分懦弱，当孙坚传令"是诸侯便过去，不是诸侯不要过去"后，张飞气愤地说："赤紧的君子落在您这小儿彀。"于是孙坚恼怒，命令三人"在辕门外，手捏鞋鼻，打躬施礼。一日不得元帅将令，一日不要放起来"，并说"关前诛董卓，不用绿衣郎"。对于这个无理命令，刘备竟严格执行："兄弟也，元帅将令，俺打躬咱。"而张飞则对孙坚的无理欺压不作逆来顺受、隐忍退让，为维护尊严大胆反抗，指斥孙坚"干请了皇家俸"，"原来是个蜡枪头"，表现出他的刚烈性格和英雄气概。

另外，无名氏《张翼德单战吕布》一剧在人物设置上与郑德辉《虎牢关三战吕布》相同，也是以刘、关的懦弱来衬托张飞的豪迈气概。剧中孙坚与张飞打赌，若张飞战胜吕布，就交出监军牌印。在张飞战胜吕布之后，刘、关怯懦顾虑，皆不主张去向孙坚讨印，而张飞却无所畏惧，执意要求孙坚履约。《三国志平话》虽有"张飞独战吕布"的标目，但并未叙及张飞与孙坚的矛盾。明显的，杂剧是针对张飞的性格而设置了相关的人物关系，并据此演绎出新的情节冲突。这种情节开掘非常鲜明地表现出了张飞的刚烈性格和英雄气概，比较于《三国志平话》的粗陈梗概显得更为细腻生动、丰富多彩。

这种在小说故事传播背景下的因人生事，就是把相关人物作为一个"箭垛式"的形象，根据其典型性格生发出相应的故事情节。元杂剧根据小说人物开掘、发挥出的这些故事虽有小说的背景，但除了主人公之外，其他人物多有数量的增减或形象的改变，比如上文所列两部三国戏中刘备、关羽的性格皆有变化，水浒戏中则增加了许多市井人物。人物形象的变化，故事情节的改易，使得这些杂剧与其小说本事之间也就有了一定的差异。这说明它们是在小说故事的基础上进行了一定程度的发挥，有的发挥成分与其小说本事相去甚远，偏离了小说自身的故事系统，因而未能进入到小说故事系统的承传脉络之中。

（二）小说故事重述中的心灵开掘

虽然主唱人物处于故事叙述的中心，但不能因此说主唱人物理应就是杂剧要着力表现的人物，是杂剧的主人公，如《隔江斗智》的主唱人物为孙安小姐，而非诸葛亮或周瑜，《千里独行》的主唱人物非关羽，《哭存孝》的主唱人物非李存孝，《薛仁贵》的主唱人物非薛仁贵，《陈季卿悟道竹叶舟》的主唱人物非陈季卿，等等。所以说，元杂剧的"一人主唱"体制不是固有地、天然地为了更好地塑造主人公形象的需要而设置的。然而在大多数情况下主唱人物就是故事的主人公，是故事叙述的焦点，是杂剧着力塑造的人物，这一体制为主唱人物提供了充分表达心灵的机会。由此，元杂剧"一人主唱"的体制有利于切近主唱人物的生活和心灵，能更好地表达出他们的情感愿望、心理要求。

《汉宫秋》的主唱人物不是如以前的叙事文学那样，把昭君放于叙述的中心，或是表现其美貌见弃、红颜薄命的遭际，如《西京杂记》卷二"画工弃市"所述；或是抒写其强烈的思亲怀乡情绪，如《王昭君变文》所述，而是以汉元帝作为主唱人物。于是，剧作主要以汉元帝的视角叙述故事，写他处于痛苦、无奈的境地：在匈奴单于逼索、大臣苦苦劝谏的情况下，自己身为大汉皇帝，竟无力保护自己的妻子，"我那里是大汉皇帝",这是一种多么深切的痛苦和无奈。这些感受、情绪及其相关的行动,在以前的昭君故事中从未有过表现。由作品实际来看,汉元帝处于故事叙述的中心,关于昭君的情节只是为元帝的情绪抒发和行动推进提供了适当的情境。由汉元帝视角叙写自己迫于不可抗拒的压力致使不能庇护爱人的痛苦、无奈心绪,这是我们从作品中所能强烈感受到的,由此可见此剧对昭君故事的开掘之功。

与此相类,白朴《梧桐雨》中唐明皇作为主唱人物在梧桐夜雨中深沉凄婉的抒情,很好地表达出他对美好往事的怀念和对无奈现实的伤感之情;关汉卿《单刀会》中关羽作为主唱人物的慷慨激昂感喟很好地表现出了他的勇武精神和昂扬气节;《西蜀梦》中张飞作为主唱人物的唱词很好地表现出他作为一世英雄被无辜杀害的凄婉悲凉之情;《李逵下山》中李逵作为主唱人物对梁山美景的描述表现出了他具有的诗人的雅趣和敏感。这些都说明了元杂剧"一人主唱"体制在开掘人物心灵、情感方面的优势,这不但丰富了人物形象的性格特征,也有利于拓展小说本事的情节内容。相对于重情节叙述的小说家、讲史家话本来说,元杂剧在这方面具有十分明显的优势。

元杂剧这种重视人物心灵开掘和情感表达的优势,在水浒戏与水浒话本的比较中颇为明显。

《宣和遗事》中杨志卖刀一段写道:"那杨志为等孙立不来,又值雪天,旅途贫困,缺少果足,未免将一口宝刀出市货卖。"这时的杨志穷阻于异地,落魄无依赖,以致要把他所倚重的一口宝刀出售。这段叙述只从第三者视角写出当时的事件状态。而元杂剧《燕青博鱼》中燕青也有一段类似杨志的困顿遭遇,但却能切入人物的情感和心灵。燕青因延误了梁山规定的三十天假日期限,依军令被杖六十,"感了一口气,坏了眼",因此独自下山医治。后又因欠旅店房钱饭钱而被驱赶,致冻馁街头,沿门叫化:

〔大石调六国朝〕我揣巴些残汤剩水,打叠起浪酒闲茶。我着些气呵暖我这冻拳头,再着唾揩光我这冷鼻凹。瘦的来我这身子儿没个麻秸大，兀的不消磨了我刺绣的青黛和这朱砂。眼见得穷活路觅不出衣和饭，怕不道酷寒亭把我来冻饿杀。全不见那昏惨惨云遮了银汉，则听的淅零零雪糁琼沙，我我我待踮着个鞋底儿去拣那浅中行，先绰的这棒头来向深中插。

〔雁过南楼〕我是一个混海龙摧鳞去甲，我是一只爬山虎也罗奈削爪敲牙。往常时我习武艺学兵法，到如今半筹也不纳。则我这拏云手怕不待寻觅那等瞎生涯。我能舞剑偏不能疙蹉蹉敲象板，会轮枪偏不会支楞楞拨琵琶，着甚度年华。（《燕青博鱼》第一折）

这些抒情性唱词摹写出一个英雄的落泊之状、末路之感，那种虎落平川、龙入浅滩的无奈与愤懑，那种英雄的穷途之泣，确实令人唏嘘、扼腕。这种情绪和心态与元杂剧中那些文士怀才不遇、穷厄困顿的悲叹无异，也与元代文人沉郁下僚的心境与遭遇极为相似，而有其精神和情绪的投射。

比较于水浒话本，元杂剧展现了梁山英雄高昂与低迷的多侧面。我们看到了他们扶危济困、见义勇为的豪迈，也看到了他们困顿穷厄的窘态。燕青眼瞎时的穷困自不必说，后来眼睛治好了，仍然是"可怜咱十分贫窘"：

〔仙吕点绛唇〕刚留的我这没影孤身。借人资本，为营运，避不得艰辛，则要这两字衣食准。（《燕青博鱼》第二折）

为此，他行走"博鱼"。为了能有生意，尽管杨衙内"将那恶性儿把咱哏"，他也只是"装一个喜儿将他来搵"。杨衙内折断他的扁担，摔碎他的盆子，他竟哀求乞怜："这是借的波，爷饶了我罢。"（《燕青博鱼》第二折）再看《争报恩》中，关胜下山后不幸染病，又加身无盘缠，晚间偷了人家一条狗，煮熟叫卖；徐宁下山后"得了一场冻天行的症侯，一卧不起，在那店小二哥家安下，房宿饭钱都欠了他的，将我赶将出来，白日里在那街市上讨饭吃，夜晚来在那大人家稍房里安下"。

比较于水浒话本中只对其英雄豪杰侠义行为的展述（后来《水浒传》亦如此），元水浒戏更关注这些江湖好汉的生存和心灵，而不是一味地无惧和豪迈。他们的这种生活状态，更切近下层民众的生存状态和情感心灵。同时，这些关于英雄落寞的抒写也有元代文人生存状态和精神心灵的投射。

话本小说重情节叙述，关注故事的传奇性和曲折性，而不重人物内心情感的开掘。相对于此，元杂剧能切近人物的心灵和情感。这当然是由戏曲的抒情功能所决定的，也是元杂剧在重述小说故事的过程中所作开掘的结果。

（三）小说情节框架中的时代观念切入

由于社会生活的变迁，民众的关注焦点和情绪心理会有不同程度的改变。由此，虽然那些为民众喜爱、熟悉的小说故事仍然活跃在元杂剧中，但其作为外壳的情节框架中已被装入了现实的生活和时代的观念。这有两种情况，一是以现有的小说故事进行杂剧形态的加工，并添加现实的情节和观念；另一种情况则是只取用小说故事中已为民众熟悉的人物形象，而附以他事，或以小说故事的主题重新编撰新的情节。比如元代水浒戏就是以宋代话本的梁山英雄故事为基础，根据元代的社会现实和水浒英雄人物的性格而发挥演绎的。它们只是取用了小说故事的情节框架或主题大意，而在其中则填充了现实生活的内容。水浒故事在《宣和遗事》中强调的是宋江等人对官府的反抗行为，而元杂剧的叙述焦点则是英雄们扶助弱小、铲除衙内类权豪势要的侠义行为。再如那些儒生发迹变泰故事，同样是贫穷困顿，怀才不遇，在话本中儒生相信自己的才能，虽屡遭挫折，仍不坠青云之志。而在元杂剧中则由于时代氛围给予儒生精神情感的打击，他们怀疑自己的价值，更多的是夜中难寐、前路渺茫的悲鸣之音：愤激社会的不公，悲叹生计的穷困，谴责世风的浇薄。这种编撰现象能显示出元杂剧所敷演的故事对前代小说的变异点，由此可以烛照出社会嬗变的精神、心理蕴涵，以及时代关注的焦点问题和民众情绪。

比如小说、戏曲中的婚恋故事,其基本的情节框架是青年男女一见钟情,中遭波折,最终或因男子境况的改变而团圆,或因男子忘恩负义而抛弃旧情。对于这一故事框架,不同社会环境、不同时代的人们会以自己的意念进行重新打磨。

唐宋时期的婚恋题材小说多关注男女间的情感纠葛本身,有始困终亨者,也有始乱终弃者。在这情节叙事中,有对发迹变泰的向往,有对负心背盟的斥责,有对青云得路的激励。小说往往偏重于题材所具有的传奇性,以文士阶层的优越心态,欣赏故事中人物形象的情致和情节的宛转曲折。叙述中多是男子的视角,他们对其所爱的女子当初也是投入了真情,但真正考虑婚嫁与自己的命运时,却又会虑及这种结合对自己仕途升迁的障碍而忍心舍弃旧爱。如李益和霍小玉起初"婉娈相得",但最终还是被李益因现实名声的考虑而抛弃(《霍小玉传》);王魁在落魄时得桂英真诚相助,也是感激涕零,但科举高中后终以桂英身份有辱自己的名声为由负约背盟(《醉翁谈录》辛集卷二《王魁负心桂英死报》)。这些书生在爱情与权势、名声间的考量非常现实,所以才会出现李益、王魁、陈叔文等著名的负心书生形象。

但是,元杂剧取用这个婚恋题材的情节框架时却注入了新的时代精神,其叙述中的观念和情绪出现了变化。比如,在这个情节框架中,唐宋小说有女子的哀怨和谴责,而元杂剧则多是对书生怀才不遇的感叹和品质才华的申辩。这与社会变迁中文人阶层的地位变化有关。唐宋时期的书生们有多种渠道建功立业,或从军戍边,建立军功;或读书延誉,科举高中。尤其重要的是,让元代文人抑郁难伸的科举之途在唐宋时代是畅通无阻的。所以,此时的文人社会地位较高,精神气质飞扬勃发。如唐传奇婚恋故事中文人的身份较之于女子普遍为高,文人们很少悲叹生不逢时,他们总有机会飞黄腾达,跻身上层。而蒙元时期,由于民族歧视，科举废止①，以及政治制度上的原因，文士阶层被排斥打压，致"士失其业"②，委顿尘世，"所在不务存恤，往往混为编氓"③，这样的境遇和地位，难怪"小夫贱隶，亦皆以儒为嗤诋"④，元人仇远《书与士瞻上人十首》其四曰："末俗由来不贵儒，小夫小妇恣揶揄。"⑤ 前辈读书人所享有的尊严和可耀于世的资本丧失殆尽。由于文士的社会地位低贱，有"九儒十丐"之叹，更兼科举之路阻塞，大多沉郁下僚，郁闷难舒。表现于元杂剧中，文士出场的典型形象是书剑飘零，穷困低微，被人贱视，"穷秀才几时有发迹"（《拜月亭》第三折）。他们在婚姻问题上往往因为"俺家三辈儿不招白衣秀士"（《倩女离魂》中张倩女之母语）的理由而遭拒绝。

在这种情况下，元杂剧婚恋故事中注入了时代的情绪和观念。元杂剧的婚恋剧基本上有两类：一是贫寒书生与风尘女子的婚恋故事，一是贫寒书生与富贵女子的婚恋故事。它们在人物的设置和情节的叙述上都关联着两个目的：一是宣泄儒生怀才不遇的愤懑，二是申明儒生的重要价值和光明前途。

元杂剧婚恋故事中，女子的地位或境况要比书生优越，或是出身富贵，或是"上厅行首"，而书生们则是困顿、微贱，被世俗社会鄙夷是"一辈子发不了迹的穷厮"。但女子们却不计利害地倾心于这群穷书生，欣赏他们卓尔不群的才华和知情重意的品质，坚信他们的非凡价值和锦绣前程。

在贫寒书生与富贵女子的婚恋故事中，元杂剧看中这个故事除了它

---

① 蒙元贵族灭金后除在太宗窝阔台九年（1237年）举行过一次科考取士的尝试外，以后便罢科举，黜儒生，时间长达八十年之久。虽在仁宗延祐元年恢复科考，但也是时行时止，废立无常。即使科举实行的年代，也在制度上限制和压抑汉地文人，尤其是最后归附的南方汉人。可以说，汉族读书人视为晋身之阶的科举路途在元代基本上被阻断了。
② 朱经：《青楼集序》，载《中国古典戏曲论著集成》，中国戏剧出版社，1959年，第2册，第15页。
③ 陶宗仪：《南村辍耕录》卷二"高学士"条，文化艺术出版社，1998年，第26页。
④ 余阙：《青阳先生文集》卷四《贡泰父文集序》，《四部丛刊续编》，上海书店，1985年，第72册，第93页。
⑤ 顾嗣立编：《元诗选》，中华书局，1987年，第2册，第39页。

秉有的女性不拘礼法束缚、大胆追求爱情的传奇性作为，更在于富家女子倾慕儒雅书生、执着爱情而不畏贫困生活的勇敢精神。这类剧作如《举案齐眉》、《破窑记》多要涉及富家父母因鄙薄书生穷困而反对女儿的婚姻选择，此时女子多会表达对儒生价值的信心和盛赞，其间能明显见出元代文人的情绪：

  这秀才读万卷书，有一日笔扫千军。他须是黄阁宰臣，休猜做白屋穷民。(《举案齐眉》第二折)
  学剑攻书折桂郎，有一日开选场，半间儿书舍换做都堂。(《破窑记》第一折)

  富家女子不但相信穷书生的锦绣前程，还不计贫困，甘愿下嫁，孟光"宁可乱铺着云鬓为贫妇"(《举案齐眉》第二折)，也不羡权贵富豪之家；刘月娥反抗父母意志，坚决嫁到吕蒙正的破窑中，喊出"心顺处便是天堂"(《破窑记》第一折)的心声。杂剧中的人物还多会以相如、文君的爱情行为比类自己，如"休怕我母亲知，抵多少姻缘相会。卓文君驾香车归故里，汉相如到他乡发志气"(《留鞋记》第一折王月英语)，"总饶他铜山百座邓通家，怎动的我琴心一曲临邛氏"(《鸳鸯被》第一折李玉英语)。这其中寄寓着身处低贱困窘的元代文人所向往的心理慰藉与精神幻想。

  而在贫寒书生与风尘女子的婚恋故事中，元杂剧则设置了商贾形象作为书生的对立面。鸨母爱财，看重商贾而贱视书生，千方百计地离间书生与情人的爱情。而商贾更是明目张胆地向文士挑战："这穷厮无礼，你虽然先在他家里，怎比的我有三十车羊绒潞绸，可知现世生苗哩。"(《玉壶春》第三折)嚣张地叫喊着："凭着我金银财物，定然挨了他。"(《云窗梦》第一折)所以，元杂剧中才会有这样的典型场景：当杜蕊娘申明韩辅臣有朝一日能时来运转时，鸨母不屑地说："好运好运，卑田院里赶趁。你要嫁韩辅臣这一千年不长进的，看你打莲花落也。"(《金线池》第一折)

然而，风尘中的这群女子却偏偏钟情、倾心于这班落魄困顿的书生。她们识英雄于末路，看中的是书生们绝世非凡的才华和知情重意的品质，相信其有朝一日能飞黄腾达。尤其是在与商贾、官宦的比较时，她们选择了有情有义的文士，并坚信他们的光明前程。郑月莲不屑李茶客的财富，"他虽有钱，我不爱，我则守着那秀才"，因为李茶客"肚皮里无一联半联"，"书生曾与高人论，钱财也有无时分；书生有一日跳龙门，咱便是夫人县君"（《云窗梦》第一、二折）；李亚仙对于郑元和"用心温习经书，待到来年选场，必称其志"坚信不疑（《曲江池》第三折）。元杂剧借助于这群女子对低微书生不计利害的垂青倾重，意味深长地表达了元代文人在精神上对自身价值的确认。剧中所设置的妓女对文士感情上的倾重、价值上的坚信，与其说是妓女有何跳出火坑的希望企图，毋宁说是元代文人借文学幻想中妓女对文士的钟情以对自己予以精神上的疗救。由此可以说，剧中的这些妓女形象是元代文人心灵、情绪的形象代言人，元杂剧中妓女社会身份的普遍抬高，也是为了宣扬文士的锦绣前程和非凡价值而设置的。

虽然在感情生活中有这些女子不计利害的倾心，但低微贫寒书生对自己的现实命运还是非常敏感的。他们对女方父母以及庸俗商人的讥嘲颇为不服、不屑，往往以自己的出众才华和美好前程予以申辩、反击："你虽有万贯财，争如俺七步才，两伴儿那一伴声名大。你那财常踏着那虎口去红尘中走，我这才但跳过龙门向金殿上排。"（《玉壶春》第三折）可是在现实中，他们却贫寒困顿无依赖。生活的贫寒和命运的不公，这种无奈的境况让他们反复感叹。元杂剧中的书生出场时多会发出同样的感叹："几时是我那发达的时节也呵！"那种对时蹇运乖、福薄命苦的抱怨，那种对儒士社会地位低下的感叹，在元杂剧中非常普遍与沉痛。

儒生读书延誉，"学成文武艺，货与帝王家"，可是元朝的选官制度、民族歧视政策，使得汉族文人普遍地失去了晋身之途和优越地位。这对于曾经有着优渥待遇的文人阶层是一个极大的摧残，因而不断地叹世伤时，愤慨"儒冠误身"，典型者如宫天挺《范张鸡黍》中范式的感叹"满目奸邪,天丧斯文,今日个秀才每遭逢着末劫";马致远《荐福碑》中张镐感叹自己才华满腹,竟生计无着,"则我这七尺躯,可怎生无一个安身处","我少年已被儒冠误"。这种境遇使得文人在社会上的地位一落千丈,人们贱视儒生秀才,称他们是"一千年不发迹的"破落户,《荐福碑》中神龙嘲笑张镐:"你本是儒人我着你今后不如人。"文人们自己也痛心地承认:"人道是文章好济贫,偏我被儒冠误此身,到今日越无求进,我本待学儒人倒不如人。"(《诌范叔》)境遇如此,难免愤懑满腹。范雎痛恨世情浇薄,人心不古,"如今世上都是只敬衣衫不敬人的时节"(《诌范叔》),苏秦感叹小民贱视秀才:"那一个不把我欺,不把我凌,这都是冷暖世人情。"(《冻苏秦》)范式更沉痛地指出:"秦灰犹未冷,汉道复衰绝。"(《范张鸡黍》)可以说,历史上几乎所有穷愁困顿文人的经典处境、感觉和愤慨全被元杂剧挖掘而汇集起来了。他们生活饥寒交迫,地位低下而受人歧视欺侮,怨愤智者受苦、愚者享福的现象,愤激贤愚不分、黑白颠倒的现实。如此尴尬窘迫的处境难免让他们发出"从盘古王没一个富书生,知他孔夫子有多少穷徒弟"的痛苦浩叹(《宋上皇御断金凤钗》第一折赵鹗语)。这种现实在元代文人心上划下的深深创痛,是生活于宋代的文人难以想象和体会到的。

  由此可见,元杂剧虽然承续了唐宋小说的婚恋题材,但在唐宋小说所开掘出的婚恋故事框架中注入了元代文人的心理情绪和精神郁闷。元杂剧对婚恋故事进行的人物、情节设置,是为了更好地承载元代文人阶层精神上的幻想与慰藉,容纳他们对不公现实的郁闷愤慨和壮志难酬的悲鸣浩叹,以实现他们对理想的寄寓和情感的宣泄。这种对儒生命运的感叹,也弥漫在其他题材的元杂剧中,如水浒戏中英雄对自己虎落平原的诉说,马致远《汉宫秋》中汉元帝对自己无力保护妻子的哀鸣,金仁杰《追韩信》中韩信于乞食于漂母、受无赖胯下辱、被妻子讥笑等境遇下抒发的飞龙池困的苦闷和生不逢时的怨恨。这些情绪的宣泄,皆沾染上了元代文人阶层的激愤和慨叹,曲折映射出了这一阶层被歧视、被压抑的处境和心境。

四、结　语

元杂剧在故事题材方面所体现的小说影响痕迹，是唐宋以来小说对戏曲长期影响、渗透的结果。同时，由于民众关注焦点和情绪心理的变化，元杂剧在取材小说故事时，对人物形象和故事情节作出了富有时代特色的开掘和发挥，由此而在故事表述方面取得了不同于小说的艺术成就。

正是因为有了故事表述和演述体制上的特色和成就，再加上艺术进步和广泛传播，元杂剧便逐渐具备了影响小说的基础和资本。尤其是元杂剧在凝定、表现小说影响关系形态的基础上，其于故事情节、人物形象、主题表达上的开掘与锤炼，对元明小说产生了不同程度的影响。这种影响在同一故事系统和非同一故事系统的小说戏曲中有着不同的表现（详见第七章、第九章）。

第六章

元杂剧演述体制中的小说因素

在宋金杂剧以至元杂剧的演进过程中，伎艺形态和文本形态的小说于其间有用颇显，这首先表现在小说故事题材对杂剧发展的影响、促进上，但由于小说的故事题材已经不是生活原生态的素材，而是具有了一定叙述形式的故事，其中负载、蕴含了小说的叙事思维、叙事结构、叙事体制、叙事方式等因素。所以，杂剧在取用小说故事的过程中，在重述小说故事的过程中，自然会受到小说叙事思维和叙事方式的浸润和滋养，从而在演述体制中不可避免地留下或隐或显的影响痕迹。

元杂剧独特的演述体制就是这些影响的集中体现，其中的小说因素正是宋金杂剧演进过程中所受小说影响而未能溶解、消化的结果。

一、元杂剧的楔子与话本的头回

头回，是宋元叙事性"说话"伎艺的术语，明人郎瑛《七修类稿》卷二二"辩证类"之"小说"条有言："小说起宋仁宗，盖时太平盛久，国家闲暇，日欲进一奇怪之事以娱之，故小说'得胜头回'之后即云'话说赵宋某年'。"[①] 由此知，头回紧连正话而位其前，这与现知宋元话本的头回和正话的格局相一致，如《清平山堂话本·刎颈鸳鸯会》先讲述了步非烟私通赵象事，"权做个笑耍头回"，然后是正话；《京本通俗小说·错斩崔宁》也是"引下一个故事来，权做个得胜头回"，讲述

---

① 郎瑛：《七修类稿》卷二二，文化艺术出版社，1998年，第265页。

了魏鹏举因一句笑言丢掉锦绣前程事,然后转入正话。

而且,头回是故事性的,有人物、情节因素。《清平山堂话本》现存作品皆有入话,皆为诗词体,唯有《刎颈鸳鸯会》一篇标明"笑耍头回",讲述了步非烟私通赵象的故事。可见在编者的观念中,"头回"应具有故事性。再看那些被视为宋元话本的作品《碾玉观音》、《菩萨蛮》、《西山一窟鬼》、《志诚张主管》、《拗相公》等,其开篇皆为诗词及其阐发,亦未作为"头回"标称。可见,"头回"与"入话"是有区分的,胡士莹即认为"入话是解释性的,和篇首的诗词有关系",而头回则"基本上是故事性的(惟一的例外是《史弘肇》的头回),正面或反面映衬正话,以甲事引出乙事,作为对照。它虽然在情节上和正话没有必然的逻辑联系,但它对正话却有启发和映带作用"[①]。程毅中的观点与此相同,认为入话只指篇首诗词,不包括得胜头回在内[②]。即使有人把头回纳进入话,也承认二者的区别,如王古鲁在关于入话的讨论中对篇首诗词和得胜头回作了区分[③],石昌渝把头回归属于入话,"入话可以是一首诗或数首诗,也可以是一个小故事,以小故事为入话的又称做'得胜头回'、'笑耍头回'。这就是说,得胜头回是入话,但入话却不完全是得胜头回"[④]。

话本的头回源起于"说话"伎艺表演程式的需要,一为候客,二为静场,即说话人为了等候更多的听众而迁延正话的开讲时间,并使在座的听众逐渐安静下来待场。这种程式反映在文本形态的话本中渐成为一种格式,并与正话关联渐密,起到对正话主题的映照、提示作用,从而成为话本小说文体的有机组成部分。但在宋元的说话人那里,这头回的出现一开始并非与正话密切关联,而是单纯为了候客静场,故说上一段饶有趣味的小故事,即如罗烨《醉翁谈录·小说开辟》中所说的"说收

[①] 胡士莹:《话本小说概论》,中华书局,1980年,第140页。
[②] 程毅中:《说话札丛·入话与头回辨》,载《中国古典文学研究论丛》第一辑,吉林人民出版社,1980年,第384页。
[③] 王古鲁:《话本的性质和体裁》,载王古鲁注释《二刻拍案惊奇》附录四,上海古籍出版社,1983年,第793页。
[④] 石昌渝:《中国小说源流论》,生活·读书·新知三联书店,1994年,第246页。

拾寻常有百万套，谈话头动辄是数千回"，这"话头"意指"说话"的开头一回，皆是现成的一些小故事。正因为这些头回仅是"说话"伎艺的表演程式，不与正话故事密切关联，所以刊刻者在编辑时会削减或删除。只是到了后来，说话人渐把"头回"小故事与正话在内容或主题方面关联起来，使得这种程式的整体关联度进一步提高，才有了《三言》、《二拍》所表现出的头回与正话的密切关系。

比较话本的头回与宋金杂剧的艳段、引首，二者十分相似。在表演程式上，宋杂剧、金院本在正戏之前一般有艳段或引首，二者同义，都是以引入正戏为目的。宋杂剧的格式是先做艳段，引入正杂剧；金院本是先做引首或艳段，引入正院本。之所以院本中有"引首"和"艳段"两种名称，可能是为了区分内容，"冲撞引首"是以歌舞伎艺、语言伎艺或武术杂技为开场的艳段，"拴搐艳段"则是以简单情节的院本为开场的艳段。与话本的头回比较，它们在位置上皆处于正场之前，在内容上皆是一小段寻常熟事，在表演功能上皆为静场候客，在叙述功能上皆是借此引入正场。艺人在长期实践中逐渐积累了许多现成的格套性头回、艳段，以供表演时选用，如《南村辍耕录》所录院本名目中有艳段、引首数百种，《醉翁谈录》中称说话人的"话头"有"数千回"。由于在性质、内容、形态上的这些密切关系，二者在名称上多有混用现象，如宋杂剧的艳段可以称"头回"，《东京梦华录》卷五"京瓦伎艺"条云："杖头傀儡任小三，每日五更头回小杂剧，差晚看不及矣。"① 而话本的头回也可称"引子"、"引首"、"艳"，罗烨《醉翁谈录》中有"小说引子"，天都外臣称词话本《水浒传》每回皆有头回"引于其首，以为之艳"②。

宋金杂剧的艳段与正杂剧间的承接关系在后来的发展过程中，也如宋元话本的头回与正话一样在程式和内容方面渐为紧密，于承接、启动间形成了一定的格式套路：艳段为开端、正杂剧为主体、散段为收煞。

---

① 孟元老：《东京梦华录（外四种）》，文化艺术出版社，1998年，第32页。
② 天都外臣：《水浒传序》，载丁锡根编《中国历代小说序跋集》，人民文学出版社，1996年，第1462页。

后来宫调套曲的融入也未能打破它，最终在这个格式中熔铸成四个套曲段落的演述体制。当然，艳段的形式与功用在元杂剧四折演述体制的形成过程中并未被消解掉，而是转移到"楔子"这一格式中了。元杂剧楔子的引入功能和短小体制，正是宋金杂剧艳段的孑遗。所不同的是，楔子在内容上与正戏四折的联系更加密切，这当然是由于元杂剧单一故事的演述宗旨统一了杂剧演述的程式和内容，也正说明元杂剧楔子乃取艳段之形式与功能而有了进一步发展。元杂剧的楔子除了与宋金杂剧的艳段在形式和功能上有亲缘的承继性之外，还与话本小说的头回在性质与功能上有着一定的关联之处。

话本的头回是为了引入正话，元杂剧的楔子是为了引入正戏。元杂剧的四折段落是正戏，它由四大宫调套曲唱述，而楔子则是这四个套曲之外的段落，对正戏予以情节上导引，所以王骥德称之为"登场首曲"①。楔子在演述结构上处于四折段落的附庸，而四折段落又以四个宫调的套曲为划分依据，所以楔子在音乐体制上也处于四折段落之外。在以四个宫调套曲为正戏的演述体制中，楔子就是另加的小段，用以引入正戏的四折段落。这正是楔子对艳段的承继之处，只是楔子相对于艳段来说有了进一步的发展。

就剧首楔子而论，其功能起到简介剧情、交代人物、概括主题的作用，以便转入正戏，展开全剧的演述。周贻白即认为剧首楔子"多带有说明或介绍人物的性质"②，徐扶明认为剧首楔子"往往用以交代往事，埋伏线索"③。这与话本头回对于正话内容的提示、映带作用十分相类。

至于折间楔子，可理解为剧首楔子的变格。以《元曲选》为例，一百种杂剧中有楔子者共六十九种，而四十九种为剧首楔子，占《元曲选》所有剧目的三分之二以上，而折间楔子则只有二十种。元人杂剧本无结构意义的折的划分，也无楔子的划分，但在其演述形态中"楔子"

---

① 王骥德《曲律》卷一"论调名第三"有言："登场首曲，北曰楔子，南曰引子。"（《中国古典戏曲论著集成》，中国戏剧出版社，1959 年，第 4 册，第 60 页。）
② 周贻白：《中国戏曲发展史纲要》，上海古籍出版社，1979 年，第 150 页。
③ 徐扶明：《元代杂剧艺术》，上海文艺出版社，1981 年，第 84 页。

的意义和作用是确实存在的。当折间插入的一些歌舞百戏伎艺表演之后，演员要进行下一折正戏的表演，这时上一折段落需要承接，下一折段落也需要引入，于是就用到四大套曲之外的短小段落来承接、补充，这就是"楔子"。对于要引入的那一折正戏来说，这个"楔子"在程式和内容上是一种引导。楔子无置于剧末者，即可证其引导功用，就如同词话本《水浒传》那样每回皆有头回"引于其首"。而到了文本形态的元杂剧中，为了阅读和刊刻的需要，编辑者对元杂剧演述体制作了一些编辑、删减、调整，已失表演形态原貌，如明徐士范刊本《西厢记》将全剧分成二十出连续排列，剧首有"末上引首"。"引首"之谓，当袭自话本，但徐士范的这种划分，却又参照了当时传奇戏曲的"副末开场"程式。而他所用"引首"一词，则可见出话本小说与宋金杂剧、元杂剧在这一方面的承续关系。

综上理析，元杂剧的楔子与话本的头回在称名、观念、功用上皆有着一定的关联性和相通性。但需说明的是，话本的头回在内容上可以作为一个与正话分开的独立段落，而元杂剧的楔子则是正戏内容的有机组成部分，这是由于元杂剧的单一故事演述宗旨和严整套曲结构对故事演述的统领、融合功能，改变了宋金杂剧的艳段与正杂剧间的松散联系状态。

二、"一人主唱"与说书人叙述

元杂剧一人主唱的体制颇为独特，它限定剧中脚色只有正末或正旦才有曲唱，其他脚色只以宾白承接、挑动主唱人的曲唱。这种体制对脚色的发挥、人物的塑造和情节的表述都有着一定的限制。然而，这种脚色职责上的设置，并不是当时戏曲的必然选择，同期存在的南戏在曲唱的脚色分配上并未作限定，各种脚色皆可承担曲唱。那么，元杂剧的一人主唱体制应有着与南戏不同的发展路径。从元杂剧主唱脚色的曲词表达功能和场上表演职责来看，一人主唱体制应是说话人叙述格式的一种变体。

一人主唱的格式规定只有正末或正旦负担曲唱任务，其他脚色只能以宾白的形式对主唱人的曲词进行启动和勾连。这些曲词对于杂剧故事的表述起到一个什么作用呢？一般说法是宾白叙事，曲词抒情。其实这是一种误解，我们承认曲词在抒情言志方面的功能和优势，但在元杂剧中占重要地位的曲词并不专以抒情为务。比如尚仲贤《柳毅传书》第二折以正旦改扮电母，让她向老龙王叙述钱塘火龙与泾河小龙交战厮杀的过程，绘声绘色，生动逼真，明显有说唱的遗风。再如《货郎旦》第四折副旦张三姑用〔货郎儿〕九支说唱结合地叙述了当铺老板李彦和因娶娼女张玉娥而家败人亡事。更多的则是那些正末扮演探子汇报战况或打斗场面的唱述，如《单鞭夺槊》第四折、《存孝打虎》第四折等。而《柳毅传书》第二折的电母、《火烧介子推》第四折的樵夫、《哭存孝》第三折的莽古歹等人物设置在功能上与这些探子相同，皆可视为"探子式"人物。这些主唱人物的唱词都具有明显的叙事功能，若不考虑其代言属性，则与说书体无异。

　　另外，主唱人物还有着说话人一般的全能视角。作为剧中人物，主唱人物是处于虚拟故事域内的，应有视角限制，只能知道、谈论其视角内的事情，作出与其身份相适应的动作。但是主唱人物不但会面向观众陈述自己的身份、情感、动作，而且还能面向观众陈述他人的身份、动作，甚至情感。如此，主唱人物的曲词所面向的对象就不是剧中人物了，因为剧中人物不需要这个主唱人物来告诉他自己的动作、情感和身份。这些曲词只能是面对观众，向他们叙述、说明、交代场上人物的信息。

　　所以说，主唱人的这些曲词在功能上并不只是抒情，还有着相当的叙述作用，并且在叙事上具有一定程度的自足性，即使脱离了宾白，也能让受众领略杂剧故事的大概。宾白不全的《元刊杂剧三十种》之所以剧情可辨，其原因即在此。这种以一人主唱为体制的"剧曲叙事"，是宋金杂剧演进过程中所受说话人叙事思维影响在元杂剧演述形态中的总结性体现。

　　曲词的叙事功能如此，剧中主唱人物的具体设置也表现出了叙事上的考虑。

元杂剧"一人主唱"指的是一个脚色主唱,一般是由正末或正旦一种脚色主唱到底①,但这脚色有时并不固定地指代某一剧中人物,也就是说,一个脚色并不一定只扮演一个剧中人物。关于剧中人物、演员和脚色三者之间的关系,曾永义在《中国古典戏剧脚色概说》一文中说:

> 中国古典戏剧的"脚色"只是一种符号,必须通过演员对于剧中人物的扮饰才能显现出来。它对于剧中人物来说,是象征其所具备的类型和性质;对于演员来说,是说明其所应具备的艺术造诣和在剧团中的地位。②

就元杂剧的正末和正旦来说,它对于剧中人物只是表示男女性别,并不具有性格化的指示;而对于演员来说,则表明其可以主唱全剧。所以,元杂剧中的正末可以扮演各种男性人物,正旦可以扮演各种女性人物,而那种正末或正旦在一剧之中扮演两个以上人物的现象,被称为"改扮"③,就是正末或正旦通过妆扮的改变来变换具体的主唱人物,但脚色未变,演员未变。如《柳毅传书》折一正旦为龙女,折二正旦"改扮"为电母,《竹叶舟》第一、二折正末为吕洞宾,第三折正末"改扮"为渔翁;有时改扮得非常频繁,如《黄粱梦》折一正末为钟离权,楔子"改扮"为高太尉,折二"改扮"为院公,折三"改扮"为樵夫,折四"改扮"为邦老。考察现存一百六十二种元杂剧(据《元曲选》、《元曲选外编》数目),大约有五十四种存在着主唱人变换的现象,约占元杂剧总数的三分之一。而考察《元刊杂剧三十种》,主唱人变换的剧作有

---

① 例外者有《货郎旦》正旦唱一折,副旦唱三折;《张生煮海》旦唱二折,末唱一折;《生金阁》末唱三折,旦唱一折。另《西厢记》有时一折之中旦、末合唱,《东墙记》也有旦、生合唱,此有明人改动之嫌。
② 曾永义:《曾永义学术论文自选集》(乙编),中华书局,2008年,第116页。
③ "改扮"有时只是指剧中人物换装,并非指变换人物。如《风光好》正旦扮秦弱兰,折一中说"正旦扮秦弱兰上",折二中"正旦改扮素装引梅香上";《秋胡戏妻》折四秋胡之母说:"媳妇儿,你既认了,可去改换梳洗,和秋胡孩儿两个拜见咱。"然后有"正旦下,改扮上,同秋胡先拜卜儿,次对拜科"的舞台提示。

十三种，几近二分之一。

对于这种变换具体主唱人物的做法，徐扶明在《元代杂剧艺术》第九章谈到"一人主唱"时，就这类剧本归纳出了三个基本原则：第一，改扮人物只能男换男，女换女，正末与正旦不能交换；第二，改扮的人物登场，则原扮的人物不同场①；第三，不论改扮两个或三个人物，必须有一个居于主要地位，由他主唱两折或三折套曲②。由这些原则出发，他解释元杂剧演出过程中变换主唱人物的原因：

> 变换主唱人物，又可以减轻一本戏中主唱演员的负担，不致于过累。既然在一本四折戏里，要变换两个或三个主唱人物，那末，由一个演员改扮"赶场"，自然来不及的，势必要由几个演员妆扮，轮流登场。在当时，一个剧团不会只有一个正末和一个正旦，何况有些演员还能兼演末旦两种脚色。③

这里，徐扶明把变换主唱人物看成是元杂剧表演上的一个策略。他所列举的变换主唱人物的三个原则，从《元曲选》等文本形态的元杂剧来看，基本上是正确的，但完全依据文本来猜度元杂剧的表演形态，难免有缘木求鱼的尴尬。因为《元曲选》的杂剧文本是臧晋叔编改的阅读本，但元杂剧的原始表演形态，并不是文本所反映的那样一本四折连场一气演完，而是折间插入一些歌舞吹打杂技表演。明顾起元《客座赘语》卷九"戏剧"条记载："南都万历以前，公侯与缙绅及富家，凡有宴会，小集多用散乐，……若大席，则用教坊打院本，乃北曲四大套者，中间错以撮垫圈、舞观音，或百丈旗，或跳队子。"④《元曲选》的

---

① 例外者只有《生金阁》和《盆儿鬼》二剧。《生金阁》第三、四折正末原扮的郭成之魂与改扮的包待制同场，《盆儿鬼》第三、四折正末原扮的杨国用之魂与改扮的张㒶古同场。但剧本对郭成与杨国用之魂皆标"魂子"而不标具体脚色，则此"魂子"已非原来人物。
② 例外者如《黄粱梦》中正末折一扮钟离权，折二扮院公，折三扮樵夫，折四扮邦老。但徐扶明认为后三人皆为钟离权的化身，可算是同一人物。
③ 徐扶明：《元代杂剧艺术》，上海文艺出版社，1981年，第171页。
④ 顾起元：《客座赘语》卷九"戏剧"条，中华书局，1987年，第303页。

编者臧晋叔在改订《玉茗堂四种传奇》之《还魂记》时于第二十五折有眉批曰："临川此折在'急难'后，盖见北剧四折，止旦末供唱，故临川于生旦等曲皆接踵登场，不知北剧每折间以爨弄、队舞、吹打，故旦末常有余力。若以概施南曲，将无唐文皇追宋金刚，不至死不止乎？"①臧晋叔批评汤显祖作《还魂记》只一味模仿北曲杂剧的格式，让生旦连续上场，唱做负担过重，这不利于保证演出质量，脱离了戏曲舞台演出的实际，因为他没有考虑到给演员留出休息时间，也不知道北剧演出实际上在两折中间会填充其他一些歌舞吹打伎艺表演。由此可知，臧晋叔在编辑《元曲选》时，是把表演形态的元杂剧两折之间的歌舞吹打伎艺删除了，所以才有了《元曲选》所收诸剧一本四折的整饬形态，这是文学编辑后的结果。而那种"每折间以爨弄、队舞、吹打"的表演格式才是元杂剧的原始形态，它与元杂剧承接宋金杂剧发展的历程密切相关。宋金杂剧一直是和其他众多瓦舍伎艺同台间杂演出，即使北曲杂剧正式形成以后，仍未脱离这个环境，常常在表演过程中穿插其他伎艺。正因如此，明初朱权才会定义"杂剧者，杂戏也"②，这当是从元杂剧的表演形态所作出的论断③。所以，在元杂剧的表演形态上，并不存在徐扶明所说的"改扮赶场来不及"的问题，也不会有"几个演员妆扮，轮流登场"的问题，剧中人物与演员的数量并不能简单地对等起来。应该说，元杂剧的一人主唱体制是指一个脚色主唱，而脚色也对应地是一个演员，这从元杂剧中的一些"改扮"之例可见。虽然一剧之中主唱人物有变换，但皆由扮演正末或正旦的同一演员来承担④。

既然元杂剧变换主唱人物的现象并不是主唱旦末连场演出的压力问题，那么这种变换又有何原因呢？这与元杂剧的故事叙述任务有关。元

---

① 臧晋叔改订：《玉茗堂四种传奇》之《还魂记》，天津图书馆藏清乾隆六年（1741年）吴郡书业堂刻本，第23a—23b页。
② 朱权：《太和正音谱》"词林须知"，载《中国古典戏曲论著集成》，中国戏剧出版社，1959年，第3册，第53页。
③ 现存元杂剧各种文本中仍留有这种杂戏形态的遗迹。参阅黄天骥《元剧的"杂"及其审美特征》一文（《文学遗产》，1998年第3期）。
④ 《元曲选》本《朱砂担》第二折由扮演王文用的正末主唱，却另有正末扮演的太尉神同场出现。如此不合理安排或许是刊本有误。

杂剧在故事内容上多"摭一事颠末"予以表述,这与其所取材的小说故事题材是相适应的。元杂剧多取材于小说故事,或是记人(如《燕青博鱼》),或是记事(如《黄花峪》)。记人的故事与一人主唱形式的适应性是明显的,以主人公作为主唱人十分方便,且有利于人物情感和心灵的展现。记事的故事则以变换主唱人物的方法以适应故事情节的表达,如《黄花峪》一剧乃叙梁山好汉杨雄、李逵、鲁智深严惩抢劫秀才刘庆甫之妻的蔡衙内的故事,主唱脚色在四折中根据故事的内容分别扮演杨雄等人。这种变换避免了一个剧中人物主唱对故事传达的限制,方便从多视角叙述故事,可视为说话人叙事在元杂剧演述体制中的一种变通方式。说话人的叙事是"全能叙事",具有"上帝的眼睛",能对故事进行全方位的表述,即使那些人物、情节、场面复杂的故事也能胜任。但这种叙事方式对于元杂剧的脚色扮演来说,就有一定的难度。我们看到元杂剧中有许多主唱人物面向观众的大段静止叙述,有主唱人物以第三人称视角面向观众的说明、交代,这其实是元杂剧以一人主唱体制对说话人叙事任务的分解,即把说话人的叙事任务分解到元杂剧的主唱脚色中。

  对于主唱的脚色来说,他负责全剧四折的唱演任务,承担了剧作大部分的叙事任务;而当杂剧故事中人物众多,情节复杂,以一个固定的剧中人为主唱人物难以达到对故事的清晰表述时,就需要通过"改扮"来变换主唱人物,从而对全剧叙事任务进行分解,从多个人物的视角来表述故事,以求达成说话人叙事的任务。在这种主唱人的变换形态中,不同的主唱人物都指向同一个事件,都统一于同一个脚色,而这个脚色实际上对应于一个演员,如此,元杂剧的一人主唱体制在表述方式上与说话人一人模拟数人口吻的形态十分相类。正是由于一人主唱演述体制所带来的情节线索清晰,元杂剧才能达到李渔所要求的"如孤桐劲松,直上无枝",即使"三尺童子观演此剧,皆能了了于心,便便于口,以其始终无二事，贯串只一人也"①，从而不会产生头绪纷乱之感。

上面所析主唱脚色的曲词叙事功能和扮演叙事功能，反映了元杂剧在面临故事叙述任务与一人主唱体制之间冲突而融合后的变通措施，也反映了元杂剧在说话人叙述思维的影响下，对说话人的一些叙事手法和策略的因袭和化用。据此而言，元杂剧一人主唱的演述体制，可视为宋金杂剧所受说话人叙述格式的渗透而反映于元杂剧演述体制的结果，它体现了主唱脚色所具有的叙述功能及其与说话人叙述格式的亲缘关系。

三、元杂剧宾白中的说书体

所谓"说书体"，是指说话人以第三人称视角面向"看官"的讲说行为所具有的叙事特色或叙述体制——叙述人称上是第三人称，叙述视角上是全知视角，叙述语气上是面向看官的讲述腔调。它形成于宋元叙事性"说话"伎艺中，并在宋元话本中得到典型的体现。这种"说书体"在元杂剧中有许多变体，如元杂剧常用的"探子式"报告军情战况的唱述，《柳毅传书》第二折电母对二龙争斗过程的描述，还有《货郎旦》第四折张三姑的那段"货郎旦"说唱，都是典型的说书体，只不过说话人化身为剧中人物罢了，可称之为"化装说书"。但对于一种戏剧来讲，这种静止地面向观众的大段唱述，并不符合戏剧的属性，明显是一种说书格式的借用。元杂剧中这类"说书体"的借用，源起于杂剧场上表现手段的限制。我们知道，元杂剧的舞台布置非常简单、写意，许多的情景、场面、动作都要依靠人物的语言说明，典型如《西厢记》"长亭送别"一段，观众所感知的凄凉秋景完全来自莺莺的描绘，杨显之《潇洒雨》中翠鸾被押解途中的雨天行进场景也全部来自人物的语言交代。那么，对于杂剧故事所需要的、但又难以在场上直接呈现的情节和场面来说，选择剧中人物的唱述是一个不得已的变通手段，是杂剧演

---

① 李渔：《闲情偶寄》"词曲部·结构第一"之"减头绪"，上海古籍出版社，2000年，第28页。

述体制对某些难于场上表现的场景或情节的权变方法,当然,它从格式上来讲明显是借用说话人的叙述手法。元杂剧的宾白中即遗存有许多说书体的化用痕迹。

其一,元杂剧中有许多面向观众的静止性叙述话语,明显的如人物上场时对自己或他人的介绍、说明,它不是对白,因其没有面向剧中人物并与之产生交流;也不是独白,独白是人物心理的表露。它是面向观众的话语。这有三种情况:一是介绍自己的姓名、履历、社会关系,如《倩女离魂》的楔子中张倩女的母亲上场说道:

> 老身姓李,夫主姓张,早年间亡化已过。只有一个女孩儿,小字倩女,年长一十七岁。孩儿针指女工,饮食茶水,无所不会。先夫在日,曾与王同知家指腹成亲。王家生的是男,名唤王文举。此生年纪今已长成了。闻他满腹文章,尚未娶妻。老身也曾数次寄书去,孩儿说要来探望老身,说成此亲事。

有了这些交代,观众就基本上理清了张母的身份及其家庭情况、社会关系。

第二种情况是介绍自己的性情、品格和抱负。

> (冲末扮赵大舍引净扮郑恩上,诗云)志量恢弘纳百川,遨游四海结英贤。夜来剑气冲牛斗,犹是男儿未遇年。自家赵玄郎是也。祖居洛阳夹马营人氏。父乃洪殷,为殿前点检指挥使。某生时异香三月不绝,人皆呼为香孩儿。某生来颇有奇志,幼年间略读诗书,兼持枪棒,逢场作戏,遇博争雄。每纵酒,路见不平,拔刀相助,颇生事端。因避难远游关之东西、河之南北,也结识了许多未遇的英雄。(《陈抟高卧》第一折)
>
> (净扮毛延寿上,诗云)为人雕心雁爪,做事欺大压小。全凭谄佞奸贪,一生受用不了。某非别人,毛延寿的便是。现在汉朝驾下,为中大夫之职。因我百般巧诈,一味谄谀,哄的皇帝老头儿十

分欢喜,言听计从。(《汉宫秋》第一折)

赵匡胤上场就交代了自己的性格抱负和个人基本信息,而《汉宫秋》的毛延寿在自报家门时竟然说自己"百般巧诈,一味谄谀",明显不应是他自己的语气,而是一种第三者的语气,就像说话人在向听众介绍人物时的口吻,杂剧只是把说话人身份换成了剧中人物,把说话人语气的人物介绍变通了一下人称代词。

第三种情况是人物上场时介绍同场人的姓名、履历等信息。

(净扮罗大户同搽旦上,罗诗云)……老汉罗大户的便是,这是我的婆婆,我有个女孩儿,唤做梅英,嫁与秋胡为妻,昨日过门……(《秋胡戏妻》第一折)

(正末同专诸上云)某是伍员,这是专诸。……(《伍员吹箫》第四折)

这明显是面向观众的介绍性语言,尤其以"某是"、"这是"等领起的话语,应是面向观众的介绍、交代,极类话本小说的正话故事开始前的人物简介。话本小说与唐传奇等文言小说一样,受史传影响,开篇往往先把主要人物的姓名、身份及社会关系等情况简介一下,如《戒指儿记》正话开首言:"自家今日说个丞相,家住西京河南府梧桐街兔演巷,姓陈名太常。自是小小出身,历升相位。年将半百,娶妾无子,止生一女,叫名玉兰。"元杂剧中的人物自报家门即化用了这种格式和语气,只是把话本中说话人的间接引语改成直接引语而已。

其二,元杂剧宾白中有一些明显是说话人语调、套语的借用,如《杜蕊娘》第二折韩辅臣被鸨母赶出门后的一段说白:

你道我为何不去,还在济南府淹阁。倒也不是盼俺哥哥复任,思量告他,只为杜蕊娘他把俺赤心相待……

韩辅臣作为剧中人物，活动于虚构故事域中，但他却跳出这个虚构故事域，直接与观众交流，对其行为作出解释说明，其中"你道我为何不去"一语明显是说话人的讲说腔调。相同语调的说白还有《度柳翠》第一折观音上场的说白和《合同文字》第四折开头包待制的上场说白。

  且说我那净瓶内杨柳叶上偶污微尘，罚住人世，打一遭轮回，在杭州抱鉴营街积妓墙下，化作风尘匪妓，名为柳翠，直等三十年之后，填满宿债，那时着第十六尊罗汉月明尊者，直至人间点化柳翠，返本还元，同登佛会。

  老夫包拯，自十日前西延边赏军回来，打西关里过，有一火告状的是刘安住。老夫将一行人都下在开封府南衙牢里，只不审问。你道为何？只为刘安住告的那词因上说道……以此老夫十日不问。

另外，《裴度还带》第二折王员外交代自己到白马寺央求长老相助以激发裴度的斗志，然后有一段交代："我为何不留着裴度在我家里住？我则怕此人堕落了功名。"这类语气和套语显露出说话人面向看官的讲说格式的影响痕迹。另外，元杂剧中引入景色描绘时常用的"但见"、"只见"、"则见"等词语，也是宋元话本中典型的领起描述节段的标识词。

其三，在全剧开头或某折戏开端处的交代性叙述，其主要功能是交代故事的来龙去脉或剧情在暗场中的演进，这段叙述无剧中人物作为诉说对象，而是面向观众的话语，明显是说话人第三人称叙述的变体。这种交代性叙述出现在全剧开头者，是向观众提示故事来由，以便于引领观众入戏，如关汉卿《单刀会》第一折鲁肃上场交代道：

  小官姓鲁，名肃，字子敬。见在吴王麾下为中大夫之职。想当日俺主公孙仲谋占了江东，魏王曹操占了中原，蜀王刘备占了西川。有我荆州，乃四冲用武之地，保守无虞，分天下为鼎足之形。想当日周瑜死于江陵，小官为保，劝主公以荆州借与刘备，共拒曹操。主公又以妹妻刘备。不料此人外亲内疏，挟诈而取益州，遂并汉中，有霸业兴隆之志。我今欲索取荆州，料关公在那里镇守，必不肯还我。今差守将黄文，先设下三计，……虽则三计已定，先交黄文请的乔公来商议则个。

有了这一番交代，人们更可以得其要领，对戏剧情境有了一个大致的了解。

至于出现在某折开端者，则是对前后剧情起到承上启下、穿针引线的作用，如《秋胡戏妻》第三折写秋胡离别故里十年后重返家乡的登场亮相：

（秋胡冠带上，云）小官秋胡是也。自当军去见了元帅，道我通文达武，甚是见喜；在他麾下，累立奇功，官加中大夫之职。小官诉说离家十年，有老母在堂，久缺侍养，乞赐给假还家。谢得鲁昭公可怜，赐小官黄金一饼，以充膳母之资。如今衣锦荣归，见母亲走一遭去。（诗云）想当日哭啼啼远去从军，今日个笑吟吟荣转家门。捧着这赤资资黄金奉母，安慰了我那娇滴滴年少夫人。

这段上场白简述了秋胡十年在外的主要经历，交代了秋胡这一条情节线索在"暗场"中的演进，并为紧接而来的桑园戏妻情节做了铺垫。而其中的"诗云"格式，犹如说话人口中念念有词的"正是"领起的套语，乃属说书格式的一种变通形态。

其四，元杂剧的宾白中还有许多第三人称视角的干预性叙述或评论。说话人在面对观众讲说的过程中会不时地跳出虚构故事域，中断情节的讲说，直接面向观众对故事中的人或事予以解释、评论。这种"干预性叙述"在元杂剧的演述形态中也有表现。杂剧中的人物已作"代言性"唱述，应该把脚色与剧中人物统一到虚拟故事域中，然实际情况并非如此，脚色常常脱离其所扮演的剧中人物的身份限制，与观众自由地进行话语的直接交流。比如《隔江斗智》第二折的长段散白，人物轮番上场,向观众交代事件的缘由经过。对于他们讲述的那段情节来说,虽然讲述者以剧中人物的面貌出现,但仍明显地表现出第三人称视角的唱述思维,是说书人讲述格式的一种变相,如凌统讲述完毕的下场诗云:"周公瑾用尽心机,诸葛亮未动先知。"这样的客观性评述话语明显是第三人称腔调,是典型的说话人讲说格式。

另外,还有一些跳出杂剧虚构故事情境的评论性话语,极类话本中以说话人口吻面向观众的评论、解释文字。如《气英布》第二折在演述刘邦濯足气英布之后,随何对此事有一段面向观众的评论:

> 适才汉王濯足见英布,非是故意轻他,使这嫚骂的科段。只因为英布自恃英勇无敌,怕他有藐视汉家之心,故以此折挫其锐气。况他元是鄱阳大盗出身,无甚么高识远见。待他回归营寨,自有牢络之术,乃汉王颠倒豪杰之处,想此时英布已到营了,我再看他去波。

随何是虚构故事域中的人物,却游离出这一虚构域对刚发生的事件面向观众作出解释、评论,然后再回到那个虚构域中。这类游离杂剧虚构故事域的评论性话语与说话人跳出虚构故事情境的评说在精神上、方式上相通,有效地拓宽了杂剧的表现领域。与说书人的干预性叙述相比较,元杂剧中的这种干预性评论是脚色游离出虚构故事域以讲说者身份来表达观点、情感,因其是通过剧中人物之口表达出,可称之为"代言性干预"。与之相类,《救风尘》第二折赵盼儿读了宋引章的求救信,准备亲赴解救,并向观众预述了她设计的解救手段。这也是一种叙事干预方式。从情节叙述的方式来看,这是讲说者的预述,只不过这个讲说者是以剧中人物赵盼儿的身份出现,并面向观众表述情节、观点和意绪。

其五,元杂剧宾白中还借用了许多词话体诗赞。"词话"是元代盛行的一种说唱伎艺,往往以七言或十言韵语排列叙事、抒情,也是一种说书体。据叶德均《宋元明讲唱文学》统计,《元曲选》一百种中,有诗赞词者计有九十二种,每种不止一见,每折亦不止一处,如此则共计一百八十八处,其中见于剧末者计八十七种,共一百一十九处①。元杂剧中的这些词话体诗赞多以"诗云"、"词云"、"诉词云"、"断云"等标识词领起,其作用主要是叙述、总结、描绘。总结者一般是用于剧末的断词,以对剧中事件作一总结,收束全剧。描绘者较为少见,如《博望烧屯》第二折刘备对诸葛亮挂帅升帐的一段场景描绘:

> 军师升帐,威势偏别。阵云缭绕望空苍,杀气腾腾遮红日。列能征猛将数千员,敢勇英雄千百队。人人攒竹竿上挑红缨,个个方天戟上悬豹尾。飞鱼袋内,铁胎弓上虎筋弦;走兽壶中,插雕翎狼牙凿子箭。前排五百雁翎刀,后摆三千傍牌手。左列千队铁衣郎,右排万余金甲将。辕门列五运转光旗,中军捌顺天八卦盖。八卦盖者,是乾、坎、艮、震、巽、离、坤、兑。东方旗青如蓝靛,上有日月星辰;西方旗雪色金色,隔天河锁南辰北斗;南方旗烈火烧天,上有十二员神将;北方旗摆似乌云,上有九曜星官;中方杏黄旗上,蛟龙戏二十八宿。俺这里军随印转行直正,罪若当刑先言定。休误在朝天子宣,莫违阃外将军令。

而更多的则是叙述性的词话体诗赞,如《魔合罗》第三折旦扮刘玉娘在官府公堂上对自己冤情的倾诉:

> 哥哥停嗔息怒,听妾身从头分诉。李德昌本为躲灾,贩南昌多有钱物。他来到庙中困歇,不承望感的病促。到家中七窍内迸流鲜血,知他是怎生服毒。进入门当下身亡,慌的我去叫小叔叔。他道我暗地里养着奸夫,将毒药药的亲夫身故。不明白拖到官司,吃棍棒打拷无数。我是个妇人家怎熬这六问三推,葫芦提屈画了招状。我须是李德昌绾角儿夫妻,怎下的胡行乱做。小叔叔李文道暗使计谋,我委实的衔冤负屈。

---

① 叶德均:《戏曲小说丛考》,中华书局,2004年,第663页。

其他如《潇湘夜雨》第四折、《王粲登楼》第四折、《留鞋记》第四折、《博望烧屯》第二折、《千里独行》第三折等处皆有此类词话体的插用。由此可见元杂剧对当时流行的词话伎艺的承袭和借用，明显有将叙述体改作代言体的痕迹。

以上对于遗存在元杂剧宾白中的说书体因素的梳理，足可说明宋元说话伎艺对元杂剧演述体制的影响。这些说书体因素是元杂剧在接受说书人叙述手段和体制的过程中所遗留下的非戏剧因素，显示出元杂剧取用说书体叙述格式而未能充分消化、融合的痕迹。

四、元杂剧与话本小说的结末语

元杂剧的剧末一般都有以"词云"领起的一段七言诗词（有时不出现"词云"标识词），对本剧的内容、主旨作出概括或总结，称之为"断词"，如《秋胡戏妻》的结尾"断词"：

> （秋胡云）天下喜事，无过子母完备，夫妇谐和，便当杀羊造酒，做个庆喜筵席。（词云）想当日刚赴佳期，被勾军蓦地分离，苦伤心抛妻弃母，早十年物换星移。幸时来得成功业，着锦衣脱去戎衣。荷君恩赐金一饼，为高堂供膳甘肥，到桑园糟糠相遇，强求欢假作痴迷。守贞烈端然无改，真堪与青史标题。至今人过巨野寻他故老，犹能说鲁秋胡调戏其妻。

这段"词云"是以第三人称视角总结全剧，而且明显地溢出了剧中人物的限知视角。秋胡作为剧中人物，不应说出"至今"之类的话。这种腔调的话语只能是扮演秋胡的脚色跳出杂剧虚构故事域，跳出他所妆扮的剧中人物身份，以剧外人的视角而作出的总结。这种格式在元杂剧中已成通例，《陈州粜米》、《范张鸡黍》、《焚儿救母》、《曲江池》、《破窑记》、《东堂老》、《生金阁》、《柳毅传书》等剧的结末词皆有这种跳出虚构故事情境的总结性话语。某一脚色出面总结剧情，评点人物，宣告剧名，对于杂剧的虚构故事域来说，这个脚色此时已是旁观者，而不是剧中人物了。

另外，还有一些杂剧的结末语虽与此功能相同，但在形式上与此不同，比如以下诸例：

（刘二公云）天下喜事，无过夫妇团圆。今日既是认了，便当杀羊造酒，做一个庆贺的筵席。（词云）玉天仙容貌多娇媚，恋恩情进取偏无意。假乖张故逼写休书，到长安果得登高第。除太守即在会稽城，显威风谁不惊回避。怀旧恨夫妇两参商，覆盆水险做傍州例，若不是严司徒帛敕再重来，怎结末朱买臣风雪渔樵记。（《渔樵记》）

（崔子玉云）兄弟你直待今日，方才省悟，可是迟了。兄弟，你听者，听下官从头细数：犯天条合应受苦，则为你是五台山僧，寄银两在你家收取，他到来索讨之时，你婆婆混赖不与。捻指过三十余春，生二子明彰报复。……才使你张善友识破了冤家债主。（《冤家债主》）

（生扮马彬唱）〔鸳鸯煞〕佳人才子心留恋，东墙花下成姻眷，标写青编，唱道一举登科将名姓显。男儿得志共赏在琼林宴，玉堂中千古名贤。似这等金榜题名万代显。（《东墙记》）

（任继图诗云）夫妻守节事堪怜，仗义施恩宰相贤。金榜挂名双及第，洞房花烛两团圆。（《梧桐叶》）

《渔樵记》的结末词并不是通常所见的七言句，而是八言句。《梧桐叶》的结末语是一首类似话本散场诗的七言绝句。《冤家债主》的结末词句子不整齐，以七言为基础，夹杂了八言，并且此断词无"词云"领起，只用"兄弟，你听者，听下官从头细数"这句话予以提示。《东墙记》的结末词是一段唱词，明显是对剧情的总括、评述，它在内容和语气上与马彬作为剧中人物的身份并不匹配。这种曲词式的结末语在元杂剧中还有元刊本《焚儿救母》剧末的〔水仙子〕、元刊本《霍光鬼谏》剧末的〔落梅风〕、元刊本《魔合罗》剧末〔煞尾〕等。由此看来，元杂剧的结末词在形式上是比较多样的，然而其功能和视角基本上是一致的，可以看出这种结末语的表述方式与说话人的叙述程式有很大的关联，体现出元杂剧对说话人叙述程式的模拟。

首先，话本叙述程式一般以诗词作结，并以"诗云"、"有诗云"、"有诗为证"、"正是"等标识词予以领起，如：

> 正是：李社长不悔婚姻事，刘晚妻欲损相公嗣，刘安住孝义两双全，包侍制断合同文字。(《合同文字记》)
>
> 有诗云：昔时柳毅传书信，今日李元逢称心。恻隐仁慈行善事，自然天降福星临。(《李元吴江救朱蛇》)
>
> 有诗为证：少负情痴长更狂，却将情字感潮王。钟情若到真深处，生死风波总不妨。(《乐小舍拚生觅偶》)
>
> 诗云：世情宜假不宜真，信假疑真害正人。若是世人能辨假，真人不用诉明神。(《皂角林大王假形》)

元杂剧结末也是以"词云"领起的诗词韵语，而且其内容已溢出了剧中人物的限知视角，明显的是第三人称叙述语调。这类跳出虚拟故事情境的总结、评论性话语正是说话人叙述的习惯作法。

其次，就结末语的结构功能言，它在宋元话本中的作用之一是"总结全篇大旨，或对听众加以劝戒"[①]，如：

> 只因湖内生三怪，至使真人到此间。今日捉来藏箧内，万年千载得平安。(《西湖三塔记》)
>
> 善恶无分总丧躯，只因戏语酿灾危。劝君出语须诚实，口舌从来是祸基。(《错斩崔宁》)

[①] 胡士莹：《话本小说概论》，中华书局，1980年，第145页。

少负情痴长更狂，却将情字感潮王。钟情若到真深处，生死风波总不妨。(《乐小舍拚生觅偶》)

另一作用是作为正话结束的标志，有时直以"话本说彻，权做散场"道出，其意更明确，这在《新编红白蜘蛛小说》、《合同文字记》、《简帖和尚》、《陈巡检梅岭失妻记》等话本中皆有表现。元杂剧剧末的"词云"同样是起到收束全篇的作用，一般在它之后杂剧的正戏即收场（有时在"词云"后还有一段唱词，是剧中人物对此断词的反映，如《合同文字》剧末的〔水仙子〕），并且它亦如话本的散场诗那样具有总结全篇大意、劝喻世人的功用，如《陈州粜米》剧末包待制的"词云"：

为陈州亢旱不收，穷百姓四散飘流。刘衙内原非令器，杨金吾更是油头，奉敕旨陈州粜米，改官价擅自征收，紫金锤屈打良善，声冤处地惨天愁。范学士岂容奸蠢，奏君王不赦亡囚。今日个从公勘问，遣小懒古手报亲仇。方才见无私王法，留传与万古千秋。

这类包待制"词云"亦见于《合同文字》剧末（"圣天子抚世安民，尤加意孝子顺孙……"）。另外，元刊本《焚儿救母》结末语"莫谩天地莫谩神，远在儿孙近在身"，元刊本《魔合罗》结末语"劝君休将神天昧，善恶事休言不报，恰须是，只争个来早共来迟"，同样具有劝喻和总结的功能。

再者，在话本小说的结末语中，直接由说话人出场，以虚构故事情境外的立场交代故事的影响或它在当时的遗踪。如下数例：

直到如今，留下这跳橙弄儿。后来身□□次阴功护国，敕封官至皮场明灵昭惠大王。到□□迹遗踪尚在。(元刻本《新编红白蜘

蛛小说》①）

奚真人化缘，造成三个石塔，镇住三怪于湖内，至今古迹遗踪尚在。宣赞随了叔叔，与母亲在俗出家，百年而终。（《西湖三塔记》）

到今风月江湖上，万古渔樵作话文。（《柳耆卿诗酒玩江楼记》）

至今临安说婚姻配合故事，还传"喜乐和顺"四字。（《乐小舍拼生觅偶》）

此时道教方当盛行，降一道圣旨，逢州遇县，都盖九子母娘娘神庙。至今庙宇犹有存者。（《皂角林大王假形》）

直到如今，吴江西门外有龙王庙尚存，乃李元旧日所立。（《李元吴江救朱蛇》）

考察元杂剧的结末词，亦存在这种格式的说话人话语。元杂剧作为戏剧，不应有类似说话人的第三人称话语，但其剧末收场部分却杂有第三人称的视角和腔调，以剧中人物的身份讲述本剧故事的影响和遗迹。

才留的这鸡黍深盟与那后人讲。（《范张鸡黍》）
方才见无私王法，留传与万古千秋。（《陈州粜米》）
倒与他后世流传，道这风雪渔樵也只落的做一场故事儿演。（《渔樵记》）
至今人过巨野寻他故老，犹能说鲁秋胡调戏其妻。（《秋胡戏妻》）
早遂了跳龙门桂枝高折，空余下莲花落乐府流传。（《曲江池》）

---

① 1979年，西安市文物管理委员会清理出了一张元刻本《新编红白蜘蛛小说》残页，它显示了宋元小说话本的原始面貌，在文体特征、语言习惯上为宋元话本提供了一个标尺。

这些结末语虽以剧中人物之口道出，却放弃了剧中人物对限知视角的要求。实际上是剧中人物以虚构故事情境外的身份道出虚构故事域中人或事的影响及其在现实中的遗迹，明显有说话人第三人称的视角和声音。

需要说明的是，宋元话本的散场诗不是情节发展的必然结果，而是附加的，具有相对的独立性，而元杂剧的"词云"则置放于故事的情节中，由剧中人物在适当的场合道出。只是杂剧没有完全保持住对戏剧情境的控制，从而显露出了说话人的口吻，并明显有溢出其限知视角的痕迹。

五、元杂剧的依相叙事形态

关于说书和戏曲的演述形态的不同，前人有个经典的比较。清人马如飞《出道录》记沈沧洲之语曰："书与戏不同，何也？盖现身中之说法，戏所以宜观也。说法中之现身，书所以宜听也。"① 其实，说书与戏曲都是视听结合的艺术，只不过各有侧重而已。说书人在讲唱故事时，为了真切、形象地表现当时的人物和情境，时有模拟人物动作、声口、表情的形体表现相辅而行，此之谓"说法中之现身"。这里的"说法"就是故事讲唱，而"现身"则指形象性的形貌动作表现。依此意，"说话"伎艺中的讲唱者同时具有形貌动作表现的功用，而元杂剧的演员在形体表现的同时，也负责故事讲唱的任务，此之谓"现身中之说法"。说话人是以"说法者"身份出现，元杂剧演员则是以"现身者"身份出现，二者虽在形体上展现的身份不同，但都兼具了"说法者"和"现身者"的功能。这在元杂剧主唱人身上表现得甚为明显。

元杂剧有着特殊的演述体制，它虽为戏剧，但在结构和思维上并非严格的代言体演事，而是体现出一种叙事的思维和结构。杨绛曾以中西方戏剧比较的视角考察中国古代戏曲，认为中国戏曲的情节结构更接近于亚里士多德所说的"史诗的结构"，而不是戏剧的结构，而这"史诗

---

① 周良编：《苏州评弹旧闻钞》，江苏人民出版社，1983年，第113页。

的结构"类似于中国章回小说的叙事结构,因此中国戏曲可称之为"小说式戏剧"①。周宁从话语模式角度,参照西方戏剧,指出中国古代戏剧的话语是以叙述为主,以对话为辅②。这一特征在元杂剧中甚为明显。元杂剧在总体上来说并不是通过人物的言谈和动作来推动情节的发展,而是要借助于扮演者跳出虚构故事情境的讲述,从而表现出明显的叙事思维和叙事结构。对于一部杂剧来说,讲述一个故事是其最基本的目的,其他的伎艺表现手段都需含纳、融合在这个故事演述的架构中。这个叙事任务是由剧中众脚色共同完成的,但元杂剧"一人主唱"的体制限制了其他脚色的叙事能力的发展,而突出了主唱人的叙事功能及其在杂剧故事演述中的地位。主唱人物叙述情节,描述场面,也交代自己或他人的动作、心情和相貌。这在元杂剧文本中皆有清晰的表现。当然,这个故事讲说者是以扮演者的形象出现的。

(一)主唱人自己的动作与唱词相配合。如《朱砂担》第三折主唱人东岳太尉对自己动作的交代:

〔呆骨朵〕我将这唾津儿润破窗儿盼,我探着手将小鬼揪翻,三吊脚捉腰,两个指可便揎眼,只一拳直打的他天灵烂。这一回倒做的我浑身汗。

再如《襄阳会》第二折主唱人王孙对自己偷盗刘备的卢马的叙述:

〔金蕉叶〕恰拌上一槽料草,喂饲的十分未饱,悄声儿潜踪蹑脚,我解放了缰绳绊索。

主唱人叙述自己的动作,以向观众详细说明、交代动作的过程。像《汉宫秋》第四折、《梧桐雨》第四折都有主唱人大段叙述其心绪的唱

---

① 杨绛:《李渔论戏剧结构》,载《春泥集》,上海文艺出版社,1979年,第122—123页。
② 周宁:《叙述与对话:中西戏剧话语模式比较》,《中国社会科学》,1992年第5期。

词,无此则观众是难以明了人物当时心情的。而《调风月》第二折被侮辱的燕燕伤心地转回自己小屋的唱词〔二煞〕:"出门来一脚高一脚低,自不觉鞋底儿着田地。痛连心除他外谁根前说,气夯破肚别人行怎又不敢提?独自向银蟾底,则道是孤鸿伴影,几时吃四马攒蹄?"则是既有动作的交代,也有心情的说明,由此,我们仿佛看到了一个走在月夜小径上的孤独凄凉、步履踉跄的身影。

(二)主唱人叙述或描绘他人的行动、外貌、神态,甚至心情。《哭存孝》叙写了李存孝忠而被谗、含冤惨死的遭遇。剧中冲突双方是李存孝和康君立、李存信,但本剧却以一个处于事件之外的旁观者邓夫人作为主唱人,从她与此事的关系看,其叙述角度是第三人称叙述。当然,作为本剧的主唱人,邓夫人以第一人称叙述其所见所感,然而她竟能叙述李存孝的内心情感:

〔梁州〕又不曾相趁着狂朋怪友,又不曾关节做九故十亲。俺破黄巢血战到三千阵,经了些十生九死,万苦千辛。俺出身入仕,荫子封妻,大人家踏地知根,前后军捺袴摩裩。俺俺俺投至得画堂中列鼎重裀,是是是投至向衙院里束杖理民,呀呀呀俺可经了些个杀场上恶哏哏将捉擒人。常好是不依本分。俺这里忠言不信,他则把谗言信;俺割股的倒做了生忿,杀爹娘的无徒说他孝顺。不辨清浑!(《哭存孝》第二折)

这明显溢出了邓夫人的叙述视角,不符合她在剧中的叙述地位,此时,她已具有了说话人的叙述能力。这一现象正表明了在元杂剧主唱人叙述中遗存有说话人叙述手法的影响痕迹。

其他如《刘行首》第三折马丹阳对刘行首动作的叙述:

〔么篇〕他将那头面揪,衣服扯,则见他玉佩狼藉,翠钿零落,云鬓歪斜。

《襄阳会》第二折主唱人王孙对刘备骑马跳檀溪的动作叙述：

〔圣药王〕他将那天地祈，咒愿祷，欠彪躯整顿了锦征袍，将玉带兜，金镫挑，三山股摔破了紫藤梢（刘备做跳过檀溪科）（正末唱）则一跳恰便似飞彩凤，走潜蛟。

另外，《抱妆盒》第一折陈琳对李美人相貌描述，《隔江斗智》第二折孙夫人以其视角检阅了刘备的将士。这时的主唱人以旁观者的身份叙述描绘，其唱词虽多多少少有个性化的成分，但实质上是地地道道的叙述体。唱词中的"但见"、"只见"、"我见他"之类的语词标识与说唱文学中说话人的叙述套语无甚区别。

（三）主唱人除叙述动作之外，还描述景物和场面。元杂剧的舞台陈设简单，无多实物布置，不像西方戏剧讲究写实性，所以故事情节所需的一切环境都要由人物的叙述话语来交代。观众通过主唱人的描述就可以领会故事所发生的环境。如《西厢记》第四本第三折中莺莺送别张生的那段著名景色描写："碧云天，黄花地，西风紧，北雁南飞。晓来谁染霜林醉？总是离人泪。"再如《替杀妻》第一折中张千于上坟途中对春色的描绘。至于动作场面，有些是很难在有限的舞台时空中展现的，如战争场面、集会场面等，这时则由主唱人从第三者角度叙述，这在元杂剧中常见，如《渑池会》第四折蔺相如描述赵秦两国军兵交战的场面：

〔雁儿落〕旗开云影飘，炮响雷霆噪，弓开秋月园，箭发流星落。

〔得胜令〕霎时间尸首积山高，鲜血滚波涛，觅子寻爷叫，呼兄唤弟号。俺将帅雄骁，恰便似撞雾天边鹞。他军马奔逃，恰便似飘风云外鹤。

又如《黄鹤楼》第二折主唱人禾俫对社火场景的描述：

〔叨叨令〕那秃二姑在井口上将辘轳儿乞留曲律的搅，瞎伴姐在麦场上将那碓白儿急并各邦的捣，小厮儿他手拿着鞭杆子他嘶嘶飕飕的哨，那牧童儿便倒骑着个水牛呀呀的叫，一弄儿快活也么哥，一弄儿快活也么哥，正遇着风调雨顺民安乐。

这些场面由主唱人作为旁观者予以叙述，有效地弥补了杂剧舞台时空的不足，方便地拓展了舞台时空的有限性。在这种情景下，主唱人和说话人的叙述功能是相同的。

主唱人的这些唱词具有明显的叙述功能，它与脚色的动作表现的配合关系，说明元杂剧的演述形态中仍存在着如《剑舞》大曲、连厢词中故事讲唱者和动作表现者的配合关系，且与"说话"伎艺的演述形态有亲缘的承继性。《刘行首》一例中故事讲唱者是主唱人马丹阳，动作表现者是刘行首；《黄鹤楼》一例中故事讲唱者是主唱人禾俫，动作表现者是秃二姑、瞎伴姐等一群人；《襄阳会》一例与此二者不同，故事讲唱者和动作表现者是合于主唱人王孙一体，他一边讲唱，一边以自己的动作表现来配合。

从这些例证中可见，元杂剧的脚色有两种身份，一种是形貌动作的表现者，一种是故事情节的讲唱者。这两种身份又对应了两种功能（形貌动作的表现，故事情节的讲述），表现者配合着讲唱者，应情节的讲唱而动。立足于元杂剧的故事叙述目的，就脚色的讲唱者身份来说，动作表现者身份是辅助；就脚色身上的叙述功能来说，动作表现功能是辅助。只是这两种身份在形体上有时混合于主唱人身上（主唱人边讲述边表现动作），有时则分付于主唱人和其他脚色身上（主唱人讲说故事，其他脚色表现动作）。如《襄阳会》中，主唱人王孙一边讲述自己偷马的行为，一边以动作表现予以配合；而《刘行首》中，主唱人马丹阳描述刘行首的动作，刘行首则以动作表现相配合。不论合、分形态之别，两个身份所司功能间的配合关系，也表现出"依相叙事"的思维，其中，脚色中的动作表现者身份是"相"的形态，它有"相"的功能，只是脚色中这作为"相"的动作表现者身份兼负了故事讲唱者的责任。上文谈到元杂剧的演述形态中有"现身中之说法"的现象,这里的"说法"是指故事情节的讲唱,而"现身"则指扮演者的形貌动作表现。元杂剧演员就是以剧中人物的身份"现身",即使他要"说法",也是以他所"现身"的剧中人物身份来"说法",因此,"说法"和"现身"这两个功能是集中于演员所扮的剧中人物一体了,即这个以剧中人物面貌出现的扮演者兼具有"说法者"和"现身者"的功能。

另外,元杂剧脚色中的形貌动作表现者和故事情节讲唱者这两个身份所司功能间的配合关系,与变文、影戏、傀儡戏、连厢词等伎艺的依相叙事思维有着亲缘性的承继关系(详见第四章第三节)。

与变文的依相叙事格式比较,元杂剧脚色中的这两个身份可对应于变文唱演形态中的画卷和讲唱者,其关系也对应于画卷和讲唱者,只是在元杂剧中讲唱者的身份在形体上并不独立,它被并入到作为"相"的动作表现者中了。

若与连厢词的唱演形态比较,元杂剧脚色的这两种身份,可对应于连厢词中的司舞者和司唱者,其关系也对应于司舞者和司唱者,所以清人毛奇龄把元杂剧与连厢词放在一条发展线上阐述,在讲解连厢词的体例后指出:"至元人造曲,则歌者舞者合作一人,使勾栏舞者自司歌唱,而第设笙笛琵琶,以和其曲,每入场以四折为度,谓之杂剧。"[①]后来,梁廷枏承此观点进一步指出,元杂剧的唱演形态中"连厢之法未尽变也"[②]。毛、梁二人所表达的元杂剧唱演形态中"连厢之法未尽变"之论,意指在元杂剧的演述形态中司唱者与司舞者的身份合于一身并以司舞者的形象出现,且一人专唱的格式未变。但更深层的"连厢之法",则应指依相叙事思维下作为形貌动作表现者的司舞者与作为故事情节讲唱者的司唱者的形态、功能,以及二者的配合关系。如此,元杂剧与连

---

① 毛奇龄:《西河词话》卷二"词曲转变"条,载唐圭璋编《词话丛编》,中华书局,1986年,第582页。
② 梁廷枏:《曲话》卷四,《中国古典戏曲论著集成》,中国戏剧出版社,1959年,第8册,第286页。

厢词在依相叙事的思维与格式方面有着精神上的承继性。不同的是，连厢词的唱演体例是司舞者和司唱者各具其形，各司其职，而元杂剧则是司唱者和司舞者在形体上合一而以司舞者的形体出现（即负责形貌动作表现的扮演者），但司唱者虽在形体上消失了，其故事讲述的功能却未消失，而是交付于做举止的司舞者了。于是，元杂剧的一个脚色就具有了两种身份、两种功能（演与述），这在主唱人身上尤为明显、典型。

可见，元杂剧的脚色表演体制中隐密地渗入了依相叙事的思维，其脚色所具有的两种身份、功能及其间的关系是依相叙事的一种变化形态。变文、影戏、傀儡戏、连厢词的依相叙事格式都有故事讲唱者和动作表现者，二者在形体上分离，各具功能，各司其职。而元杂剧则出现了扮演者与讲唱者在形体上的合一形态（如《襄阳会》一例），讲唱者没有独立的形体，而以扮演者的形体出现，即扮演者既承担动作的表现，也承担故事的讲唱。相对于变文等伎艺中讲唱者具有独立的形体，元杂剧的讲唱者在形体上退隐、消失了，但功能并未消失，而是转移、合并到"现身者"（剧中人物的扮演者）的身上了。

另外，不同于说话伎艺中"相"与故事讲唱的关系（在形体上把"相"并入到讲唱者身上），元杂剧是讲唱者在形体上退隐而并入到作为"相"的动作表现者身上了。也就是说，元杂剧与"说话"伎艺在唱演形态上都表现出"相"与讲唱者在形体上、功能上的合并，但立足点不同。说话伎艺是把"相"并入讲唱者，元杂剧则是把讲唱者并入"相"。在形体上，说话伎艺是"相"为虚，讲唱者为实；而元杂剧则是讲唱者为虚，"相"为实。正因为这种侧重点不同而形成了二者不同的依相叙事形态。但是，不论"相"与讲唱者在形体上何方退隐到另一方，"相"与讲唱者的功能并未消失，二者的配合关系仍然存在。

理解这一点，有助于我们认识元杂剧的一些体制特点及其与前代伎艺的渊源联系。比如王国维在探讨中国戏曲的生成时，把元杂剧视为"真戏曲"的标志，其原因是元杂剧视前代戏曲进步之处有二：一为乐曲体制自由宏大，二为由叙事体而变为代言体。王国维在谈到第二点进步时是把元杂剧与宋人大曲置于一条发展脉络上，并视元杂剧较宋人大曲的进步是从叙事体而成为代言体。由上文的分析，元杂剧较大曲《剑舞》词在表述故事方面并不能严格地说是由叙事体到代言体的进化，只是在故事表述的基础上，增加了扮演者的辅助，正如变文的讲唱者与图画的配合关系，说话人语言讲说与动作模拟的配合关系。《剑舞》的扮演者只以动作表现来辅助"竹竿子"的故事讲说，而元杂剧则把"竹竿子"代妆扮者言说的话语全付于脚色扮演者身上，但"竹竿子"的故事讲唱功能及其与妆扮者动作表现的配合关系仍在元杂剧的脚色功能中有所体现。所以，元杂剧与叙事体的宋人大曲的联系基点应在于依相叙事的思维和方式，元杂剧在总体上来说并不能说是通过人物的对话和动作来推动故事的代言体，而仍是叙事体。

　　前人多认为元杂剧的情节表述多依靠宾白，清初李渔即认为宾白是用来展示情节的，"至于新演一剧，其间情事，观者茫然；词曲一道，止能传声，不能传情。欲观者悉其颠末，洞其幽微，单靠宾白一着"①。晚清杨恩寿亦有言："胸中情不可说、眼前景不可见者，则借词曲以咏之。若叙事，非宾白不能醒目也。使仅以词曲叙事，不插宾白，匪独事之眉目不清，即曲之口吻亦不合。"② 而王国维则明确指出"元杂剧于科白中叙事，而曲文全为代言"③。其实，元杂剧曲文亦多具叙事功能，而其代言功能则是在杂剧整体的叙述架构中得以展现的。这种形态与唐宋的叙事性"说话"精神相通，方式相承。在叙事性"说话"的演述形态中，说话人在故事讲说时会有模拟人物的声口、动作之处，如此，其表达方式就有叙述和代言两种：叙述时主要是交代情节，刻画人物，描绘环境；代言时则能以一己之力模拟各种人物的声口、表情和动作。所以，说话人在叙述性的讲说中也杂有扮演性的代言，但这种扮演性的代言只是一种故事讲说的方式，不会在整体上改变"说话"伎艺的叙事体

---

① 李渔：《闲情偶寄》"词曲部·宾白第四"之"词别繁减"，上海古籍出版社，2000年，第66页。
② 杨恩寿：《词余丛话》卷二，载《中国古典戏曲论著集成》，中国戏剧出版社，1959年，第9册，第256页。
③ 王国维：《宋元戏曲史》，上海古籍出版社，1998年，第63页。

性质，也没有让说话人在形体上改变面貌。可见，元杂剧与叙事性"说话"一样，是在叙事架构中含纳了代言的手段，不同于"说话"者，杂剧脚色乃以剧中人物的形貌来作代言。所以，元杂剧不但以宾白、曲文表述情节来构建其叙事架构，而且人物的代言格式亦体现了叙事思维。

元杂剧这种叙事体的形态特征的存在，是宋金杂剧在长期演化过程中吸收、消化叙事性"说话"唱演形态的结果，故而胡忌在涉及元杂剧演述形态时指出其代言和叙述的结合特征，并追溯其生成渊源曰："院本以耍闹为主，但有一部分本不以耍闹为重者，其后随故事的发展而加入了整套北曲司唱，是为北曲杂剧的先声。惟其需要故事的发展，不得不借助于话本的力量；惟其需要加入唱词以增强美听的价值，不得不借重于其他讲唱伎艺；而讲唱伎艺之于话本，往往如血肉之不可分离。故南戏与北曲杂剧的成立，主要即是宋金杂剧院本和讲唱伎艺的相互结合。"①

总之，元杂剧的演述形态仍循有"依相叙事"的思维和方式，而非完全意义上的展示性演事。如果看到元杂剧演述形态中所具有的依相叙事思维及其与唐宋以来叙事性"说话"伎艺间的承传关系，就可以理解元杂剧脚色的双重身份、双重功能及其间配合关系的生成渊源，认识到它与此前伎艺的联系所在、发展所在、进步所在，从而能更加清晰地理解它的独特演述体制。就元杂剧的故事表述来说，其演述形态仍未摆脱变文所创始的"依相叙事"思维，只是比较于变文、"说话"、傀儡戏、大曲等体制的依相叙事形态，元杂剧在"相"的形态上有所变化，而在依相叙事思维上则是一脉相承的。依相叙事是元杂剧与叙事性"说话"在唱演形态上的联系基点，也是它们共同的、基本的叙事架构，其他的讲唱因素、扮演因素、科诨因素都是在这个架构中存在、变化的。

---

① 胡忌：《宋金杂剧考》，古典文学出版社，1957年，第72页。

六、结　语

　　以上这些元杂剧演述体制中所留存的"说话"伎艺叙述格式，表现出元杂剧在表述故事方面与话本叙述体制间的密切关联，昭示着"说话"叙事方式与思维对元杂剧演述体制的深刻影响与潜相渗透。王国维即认为宋之滑稽戏能演进成叙事的杂剧，当时的小说家"说话"资助发达者实不少，"后世戏剧之题目，多取诸此，其结构亦多依仿为之"[①]。通过辨析元杂剧演述体制与"说话"伎艺叙述格式的密切关系，我们就会理解，为何元杂剧有许多以探子作为主唱人的报告式唱述段落，为何有许多并不是剧中主人公而被用作主唱人以叙述故事的功能性人物。当然，元杂剧演述体制所存在的戏剧体与说书体之间的矛盾，也正反映出元杂剧演述体制与"说话"叙述思维间曾有过的斗争、妥协过程，反映出元杂剧在面对"说话"叙述经验所形成的强大思维惯性下的无奈与权变。

　　综合本章与前章理析可见，元杂剧在故事题材和演述体制方面所体现出的小说影响痕迹，是唐宋以来小说对戏曲长时期影响、渗透的结果，也是古代小说与戏曲关系发展的阶段性总结。据此而言，元杂剧可视为宋金杂剧在叙事宗旨的发展方向上长期演进的结果，其文本中留存了宋金杂剧与小说长期碰撞、纠缠、调适所形成的一些遗迹。从故事题材方面的人物、情节、主旨，到演述体制方面的叙事结构、话语格式、唱演形态，都有明显的小说影响痕迹。元杂剧所体现出的小说因素和小说思维，并不是小说对元杂剧即时的、直接的影响，而是唐宋以来杂剧演进过程中小说长期滋养、促进的结果。在这个意义上，元杂剧是宋元时期小说与戏曲关系发展的总结性体现。

　　与此同时，元杂剧也在按自身的体系不断拓进，取得了不同于小说的艺术成就，无论在题材开掘方面，还是在体制格式方面都形成了自己

[①] 王国维：《宋元戏曲史》，上海古籍出版社，1998年，第28—29页。

的特色。随着元杂剧的艺术进步和广泛传播，它的成就和特色在社会文化和文学艺术上的影响渐深渐广，在这种情况下，元杂剧即以自己的特色吸引了包括小说在内的其他文艺品类的注意，由此，小说在表现社会生活和自身求变发展的过程中，开始向戏曲投去取鉴的目光。

因此可以说，元杂剧是小说与戏曲关系发展史上的一大关节，它既体现了二者关系发展的一次阶段性总结，又以其新质拓展了二者关系发展的脉流。总而言之，元杂剧与小说的关系既有"继往"的总结，也有"开来"的新启。这个新启，首先是它在凝聚小说深厚影响的基础上，于故事情节上的开拓与锤炼，对元明小说产生了不同程度、不同形态的影响。

第七章

元明戏曲对小说故事系统的累积与开拓

受宋元诸多文艺的滋养与促进，元杂剧终成一代之奇，其取得的成就和特色，尤其是演述体制、故事题材方面那些特异的表现，使其有了吸引其他文艺取鉴目光的基础，比如元明小说叙述中就表现出许多元杂剧的影响痕迹。当然，这种影响远比不上小说影响戏曲的深广度。然而，元杂剧的艺术进步和广泛传播还是酝酿了小说与戏曲关系的变化，尤其是元杂剧那些不同于小说艺术的成就和特色，为其影响小说提供了基础和准备。这种基础和准备首先表现在元杂剧为元明小说提供了故事题材方面的累积和开拓。这一关系有两条脉线，一条是同一故事系统中戏曲对小说故事的开掘，另一条是非同一故事系统中戏曲故事对小说的渗透。对于具体的一部小说来讲，这两条关系脉线会同时存在，混合呈现。

同一故事系统中戏曲对小说的影响现象，在那些世代累积型小说中甚为明显。元杂剧编演繁富且影响深广，所涉题材都有深厚的民众基础，又经过了书会才人的营构和舞台的锤炼，形成了许多题材热点和故事系列。尤其是元杂剧对某一小说故事系统的独具特色的开掘与发挥，促进了这一故事系统的丰富，随着它们在民间的广泛传播，必然会对这一故事系统中的小说产生不同方面、不同程度的影响。这种影响在《水浒传》、《三国志演义》、《西游记》等世代累积型小说的成书过程中、文本叙述中都有着典型的表现。当然，对于具体的小说来说，隐显不同，各具特色。

一、元明水浒戏与水浒小说

关于《水浒传》的成书过程，一般认为宋元水浒话本和元水浒戏是两大故事渊源①。宋元水浒话本有自己的故事系统，也有一个清晰的发展脉络。有关宋江的事迹，南渡以来，民间就有诸般传闻，宋末元初龚开《宋江三十六赞》的序言即称"宋江事见于街谈巷语"，其间又有说话人编成各种话本广泛流传，《宣和遗事》所述水浒故事情节即是。由于地域的不同，这些水浒故事的内容各有差异。孙楷第认为宋元水浒故事系统乃由南北两支而交融定型：

> 水浒故事当宋金之际，实盛传于南北。南有宋之水浒故事，北有金之水浒故事。其伎艺人之所敷演，虽不必尽同，亦不至全异其趣。……故水浒故事源于北宋，分演于南宋金源，而集大成于元。②

在这条发展脉络上，遗存有一些名目和情节。南宋罗烨《醉翁谈录·小说开辟》著录南宋小说家"说话"名目《青面兽》、《花和尚》、《武行者》。《宣和遗事》则保留了宋元人有关水浒"说话"的面貌，已涉及宋江三十六人聚义梁山泊的情节框架，并着力叙写了三节故事：一、杨志卖刀，二、晁盖等劫生辰纲，三、宋江杀阎婆惜。叙述虽初具梗概，却也粗显宋元时期水浒说话的面貌。另外，现存六种元水浒戏中宋江上场白所言梁山泊事基本一致，反映了元时水浒说话已有稳定的故事系统。元末明初，施耐庵、罗贯中集诸家水浒故事，先后进行了系统的整理加工，编成一部结构宏大的长篇小说（目前所知《水浒传》最早的刊本刻印于明嘉靖年间）。可见，《水浒传》是在宋元水浒"说话"系统中发展而成的，也是在这个故事系统中主要汇集了水浒"说话"而编

---

① 有的学者认为《水浒传》未从元水浒戏中吸取素材，如曲家源《元代水浒杂剧非〈水浒传〉来源考》(《山西师大学报》，1986年第3期)。
② 孙楷第：《水浒传旧本考》，载《沧州集》，中华书局，1965年，第127页。

纂而成书的。

在这条发展脉络上,元水浒戏对宋元水浒话本有承续,有开拓,为《水浒传》的编撰成书营造了良好的文化氛围。

(一)元水浒戏对水浒故事系统的开拓

元人水浒戏与《水浒传》小说同是在宋元水浒话本广泛流播背景下的编创,故而一些市语在二者的叙述中互见,如《水浒传》第五回有"帽儿光光,今夜做个新郎;衣衫窄窄,今夜做个娇客",亦见于《李逵负荆》第二折;第九回有"杀人须见血,救人须见彻",亦见于《争报恩》第一折;第二十四回有"我是一个不带头巾男子汉,叮叮当当响的婆娘,拳头上立得人,胳膊上走的马,人面上行的人",亦见于《燕青博鱼》第三折(略有差异)。这些市语的类同相袭,当是宋元水浒"说话"影响于元杂剧、《水浒传》而在其叙述中的表现。

元人水浒戏是水浒故事在水浒话本系统之外的敷演与发挥。现存六种元水浒戏的宋江上场词内容基本相同,皆叙及宋江与晁盖的关系以及上梁山落草的原因,这显示出当时水浒说话的发展已趋稳定。而且此六种水浒戏所叙水浒人物及其名号皆在《宣和遗事》、龚开《宋江三十六赞》所及三十六人范围之内(详见第五章第二节),这说明元人水浒戏是在宋元水浒说话广泛流播的背景下据其人物系统而作出的敷演。只是它们在具体编撰时因人设题,因人生事,按时代精神和社会现实进行了适当的开掘、发挥,因此在人物性格、故事主题和情节设置方面已溢出了水浒话本的故事系统。

其一,在人物形象方面,元人水浒戏是在水浒说话的三十六人框架内选取人物,但由于元杂剧的一人主唱体制和当时社会的民众审美趣味,有些水浒英雄的形象和性格得到了深入的开掘,表现出不小的变化。

据龚开赞,李逵在水浒说话中的形象比较单一,粗暴勇直,形貌凶恶（"风有大小，不辨雌雄。山谷之中，遇尔亦凶"）[①]。但在元水浒戏中，李逵却成为一个感情细腻、语言风趣、见义勇为且又善于体察别人疾苦的智能义士。现知二十三种水浒戏有十五种为李逵戏，其中高文秀编写的李逵戏最多，现知名目有八种（据《录鬼簿》）：《黑旋风双献功》（存）、《黑旋风乔教学》、《黑旋风借尸还魂》、《黑旋风斗鸡会》、《黑旋风诗酒丽春园》、《黑旋风穷风月》、《黑旋风大闹牡丹园》、《黑旋风敷衍刘耍和》。其他作者的李逵戏名目有七种（据傅惜华《元代杂剧全目》）：《诗酒丽春园》（王实甫）、《黑旋风乔断案》（杨显之）、《黑旋风诗酒丽春园》（庚天锡）、《都孔目风雨还牢末》（李致远，存）、《梁山泊黑旋风负荆》（康进之，存）、《黑旋风老收心》（康进之）、《板踏儿黑旋风》（红字李二）。

由这些剧目看，李逵戏的内容丰富，趣味多样，展示了李逵形象的多方面，粗中有细，憨而斯文，既表现了他的粗犷，也展示了他的细腻。就主旨而言，李逵戏这个题材类型既寄寓锄强扶弱的主题，如高文秀《黑旋风双献功》、李致远《都孔目风雨还牢末》、康进之《梁山泊黑旋风负荆》；也赋予了戏乐逗闹的趣味，如《黑旋风乔教学》、《黑旋风大闹牡丹园》、《黑旋风敷衍刘耍和》、《黑旋风乔断案》。李逵形象能有如此多面的性格并非来自水浒说话，而是杂剧编者根据李逵这一人物形象所作的虚构、发挥，并注入了现实内容和民众趣味。比如编者往往在李逵的粗暴憨直中加入一些纯朴心细行为，《双献功》叙李逵装扮成庄家呆后生，单独行动进牢探望孙孔目，他故意装作不认识牵铃索，而是捡了半块砖敲门大喊："叔待叔待，你家里有人么？"如此耍呆卖痴，调笑百端。正因如此才能麻痹了牢卒，顺利救出了孙孔目。此外，《李逵负荆》亦有李逵这种憨而多智性格的表现。这是元杂剧取用水浒人物形象的发挥，本不在水浒话本系统，亦未进入到水浒话本系统，所以小说《水浒传》中的李逵并没有元杂剧中的丰富性格和丰满形象，还是单纯的粗暴勇直，性格虽是鲜明，却失于单一。而对水浒人物性格的开掘，

[①] 周密：《癸辛杂识》续集上"宋江三十六赞"条，中华书局，1988年，第148页。

尤其是情感、心灵的丰富是元杂剧一人主唱体制的长处，但这些开掘大多未能进入到水浒话本系统。

另外，有些水浒人物在元杂剧中的虚构、发挥已偏离了其原本的性格和形象。刘唐在《宣和遗事》中是最早上山的头领之一，他参与了晁盖智劫生辰纲的行动，还奉命给宋江送金钗致谢。《水浒传》中的刘唐也是一个富有义气的人。而在元水浒戏《还牢末》中，他身为东平府的"五衙都首领"，心胸狭窄，性情残暴，挟私报复，为了几两银子就欲置李孔目于死地。但剧情发展对他毫无谴责，他仍然与李孔目、史进一起被接上山当了头领。关胜是"汉末三分义勇武安王嫡派子孙"，在《水浒传》中的身份相当高贵。但元水浒戏《争报恩三虎下山》中的"大刀关胜"只是一个世俗的流浪汉形象。他下山打探事情，因病险些丢了性命。病好后又无盘缠回山，就在晚间偷了人家一只狗，"煮得熟熟的，卖了三脚儿"，正要卖第四脚儿时，就惹出来一场官司。《燕青博鱼》中的燕青也有类似的落魄遭遇。元水浒戏中水浒英雄的这些落魄遭遇及由此而作的愤懑抒情，很明显是元杂剧以水浒英雄为支点而进行的发挥，并不符合宋元水浒话本系统的人物性格，应是编者按当时的社会现实和时代情绪进行的虚构，并非来自宋元水浒话本系统。然水浒戏对这些水浒人物性格和行为的开掘，确实对宋元水浒故事系统有一定的开拓之功。

其二，在故事主题方面，宋元水浒话本主要表现的是水浒英雄反官府、斗官军的故事，《宣和遗事》的智劫生辰纲、三十六将共反皆是如此，"是时筵会已散，各人统率强人，略州劫县，放火杀人，攻夺淮阳、京西、河北三路二十四州八十余县；劫掠子女玉帛，掳掠甚众"①，表现出强烈的反官府色彩。元水浒戏的情节叙述中亦透露出水浒说话的反官府主题，如《争报恩》中宋江上场自报家门说："赢了时，舍性命大道上赶官军。"《双献功》中宋江上场诗言："强劫机谋广，潜偷胆力全。……风高敢放连天火，月黑提刀去杀人。"《燕青博鱼》中燕青对燕

---

① 丁锡根点校：《宋元平话集》，上海古籍出版社，1990年，第305—306页。

二说:"俺也曾那草坡前把滥官来拿,俺是那梁山泊里的宋江,不比那洞庭湖方腊。"这说明宋元水浒话本都是以抗斗官府为故事架构。

　　但值得注意的是,元人水浒戏虽在人物话语中标榜他们的这些反官府行动,但其具体的故事演述并不涉及这些情节,而只是把这些情节作为杂剧故事展开的背景。在这个背景下,水浒戏的主体故事彰显的是水浒英雄除暴安良、惩强扶弱的侠义之举,已看不到"舍性命大道上赶官军"的描写,它们所表现的主题与元包公戏相同,是对以衙内为代表的邪恶势力的惩治,对善良弱小民众的同情,对光明公正社会的向往。在此,水浒英雄是弱小民众期盼的铲除权豪势要、贪官污吏,为民申冤理屈的正义力量。剧中权豪势要横行妄为,官府司吏徇私枉法,含冤小民当此无处申诉之际,便会想到那个"替天行道"的梁山泊,把那里当作能为他们主持正义的天道法庭。现存六种水浒戏全是揭露权豪势要(白衙内、杨衙内、蔡衙内、宋刚和鲁智恩)、贪官污吏(赵令史、丁都管)欺压陷害良弱的恶行,而歌颂梁山好汉(李逵、燕青、鲁智深)惩治豪强、扶助弱小以伸张正义的侠义行为。具体来看,《双献功》写白衙内为了夺占孙孔目之妻而陷害孙孔目;《燕青博鱼》写杨衙内同王腊梅勾搭而谋害其夫燕大;《黄花峪》写蔡衙内强抢刘庆甫之妻李幼奴;《李逵负荆》写强徒宋刚、鲁智恩抢走王林的女儿满堂娇;《争报恩》写丁都管与王腊梅通奸,陷害李千娇;《还牢末》写李孔目的小妾萧娥与赵令史通奸而谋害亲夫。在这种情况下,负屈含冤的弱者想到的执掌天理正义的地方,一是包待制的大堂,二是宋江的梁山泊,如《黄花峪》中刘庆甫的妻子李幼奴被蔡衙内抢走后,他便直奔梁山"告状",宋江便派李逵和鲁智深下山捉拿蔡衙内到梁山,宋江作出判决。这种情节模式与包公戏类同。水浒戏中所言梁山泊杏黄旗上七个字"替天行道求生民",就是这种为民除害、伸张正义主题的概括和宣扬。

　　可见,元水浒戏所表现出的气质与宋元水浒说话大不相同,它改变了宋元水浒话本的主题,呈现的是水浒英雄的申冤理屈作为,诉求的是社会的公理正义,与包公戏一样,沾染上了浓浓的时代情绪。而小说《水浒传》则是从宋元水浒说话的故事系统发展而来,继承的是"朴刀"、"杆棒"类英雄传奇，诉求的是武装反抗朝廷，重建社会秩序。

其三，由于故事主旨的改变和时代情绪、民众趣味的投射，元人水浒戏在情节设置方面也出现了相应的变化。元人李逵戏现知剧目有十五种，正如戏曲中之包公戏，亦把李逵作为一个"箭垛式"人物，取其以敷衍他事，或臆造新事。据其剧目所示，只有《黑旋风乔断案》（杨显之）、《黑旋风乔教学》（高文秀）、《梁山泊黑旋风负荆》（康进之）三种在《水浒传》有所反映。即以现存的康进之《李逵负荆》一剧看，其内容相当于《水浒传》第七十三回，然情节与人物并不全同，其中除宋江、李逵、鲁智深之外，其他人物的姓名皆异于《水浒传》，且强抢民女的草寇宋刚、鲁智恩在《水浒传》中并不具名。

而就现知二十三种元人水浒戏剧目而言（据傅惜华《元人杂剧全目》），只有六种水浒戏的情节与小说有关联，即《折担儿武松》（红字李二）、《双献头武松大报仇》（高文秀）、《燕青射雁》（李文蔚）、《黑旋风乔断案》（杨显之）、《黑旋风乔教学》（高文秀）、《梁山泊黑旋风负荆》（康进之）。其中后四种所关联的情节在小说第七十一回之后，显然不在水浒说话的故事系统中。它们与现存六种元人水浒戏一样，非是原出于上梁山聚义过程的英雄故事，而是关注于下梁山行侠仗义的英雄故事。而这正是元人水浒戏据水浒说话的英雄人物虚构新编而形成的情节架构，它非来源于水浒说话系统，也很少进入到水浒说话系统。

由此可见，宋元水浒话本是一个自足的故事系统，而水浒戏则是这个故事系统之外的发挥之作，它选取某一水浒人物敷演成篇，根据当时的水浒戏主题设置新的人物，开掘新的性格，虚构新的情节。这些人物形象、具体情节和故事主题只是在宋元水浒说话广泛流播背景下的编创，它们是以水浒故事为背景，以水浒人物为支点，表达当时民众的情感与心理，因此有很大的发挥成分，故而不能绝然、简单地说它们是据水浒说话改编而成。所以，这些水浒戏在人物、情节、主题等方面皆与水浒话本大为不同，并非来自当时的水浒说话系统，总体上也未进入到水浒说话系统，故而小说《水浒传》在编纂时多弃而不用。但是，元水浒戏在水浒说话广泛流播氛围中的开拓和发挥，注入了新的社会生活和时代精神,从水浒故事系统的发展角度看,颇具价值;就《水浒传》小说的累积成书来说,亦甚有意义。

(二)元水浒戏的开拓在《水浒传》中的反映

元水浒戏作为水浒故事发展的一环在当时的繁兴,为水浒小说的演进营造了良好的文化氛围,尤其是那些不同于水浒话本的开掘和发挥,对元末明初水浒小说的编撰起到了一定程度的影响。

其一,情节模式方面。

元人水浒戏的繁兴,为后来水浒小说的结集提供了丰富的素材。虽然元人水浒戏偏离了水浒话本系统的人物和主题,但仍有一些情节进入了《水浒传》小说中,如《折担儿武松》(红字李二)、《双献头武松大报仇》(高文秀)、《燕青射雁》(李文蔚)、《黑旋风乔断案》(杨显之)、《黑旋风乔教学》(高文秀)、《梁山泊黑旋风负荆》(康进之),这六种水浒戏的情节即在《水浒传》中有所反映。而在具体的细节上,《水浒传》叙述中也体现出了元水浒戏的影响遗迹。现存六种元人水浒戏,高文秀《双献功》、李文蔚《燕青博鱼》、康进之《李逵负荆》、李致远《还牢末》、无名氏《三虎下山》、无名氏《黄花峪》,其情节皆是梁山好汉们下山以后除暴安良、惩强扶弱的行侠仗义故事。

水浒英雄的下山有两种情况,一是应山下民众的求助,如高文秀《双献功》写郓城县孙孔目要去泰安神州烧香还愿,为避途中恶人伤害,到梁山请求宋江派一人护卫,于是李逵应助下山;二是梁山泊节日放假,康进之《李逵负荆》、李文蔚《燕青博鱼》、无名氏《鲁智深喜赏黄花峪》三剧的宋江开场中皆提到梁山泊在清明三月三、重阳九月九两个节令会放弟兄下山。如康进之《李逵负荆》第一折宋江上场曰:"某喜的是两个节令,清明三月三,重阳九月九。如今遇这清明三月三,放众弟兄下山上坟祭扫。三日已了,都要上山,若违令者,必当斩首。"《水浒传》在大聚义之后也有水浒英雄们下山去行侠仗义的作为,如第七十一回叙道:"原来泊子里好汉,但闲便下山,或带人马,或只是数个头领,各自取路去。……但打听得有那欺压良善,暴富小人,积攒得些家私，不论远近，令人便去尽数收拾上山。"这不同于元人水浒戏所述节日放假的下山理由，但本回中提到了重阳节庆宴或是与元水浒戏中常年定例的两个节令有关："再说宋江自盟誓之后，一向不曾下山，不觉炎威已过，又早秋凉，重阳节近。宋江便叫宋清安排大筵席，会众兄弟同赏菊花，唤做菊花之会。但有下山的兄弟们，不拘远近，都要招回寨来赴宴。"这一重阳节的菊花会宴庆或是据元水浒戏的"两个节令"而来。

由于元人水浒戏的情节发挥太大，许多具体的情节溢出了水浒话本的人物系统，如《双献头》中的孙孔目，《还牢末》的李荣祖，他们的故事也就不会进入到水浒小说系统中。但一些由元人水浒戏锤炼出的情节模式还是进入到水浒话本中，而在《水浒传》中有所反映。比如现存六种水浒戏中有四种叙述的是由男女奸情而引起冲突，并由此造成了负冤不平之事，继而水浒英雄慷慨救助，惩恶扬善。

《双献功》：孙孔目之妻郭念儿与白衙内私通，孙被白打入死囚牢。

《燕青博鱼》：燕大之妻王腊梅与杨衙内私通，陷害燕大。

《争报恩》：赵通判小妻王腊梅与丁都管通奸，陷害大妻李千娇，言其与梁山有染。

《还牢末》：李孔目之妾与赵令史通奸，谋害亲夫，告发李孔目私通梁山。

这类情节设置来自《宣和遗事》中"宋江因杀阎婆惜往寻晁盖"一节：梁山好汉为报恩义而赠送金钗，宋江把金钗让阎收起，阎得知宋江与梁山有染，宋江杀人留诗。这些都在现存元水浒戏的情节设置中有清晰的投射，有些细节如《双献功》中李逵杀了白衙内后在墙壁上留名，亦源出于此。但作为情节模式却是在元人水浒戏中经过反复敷演而得以凝定下来。这种情节模式在《水浒传》中武松、潘金莲、西门庆一节，杨雄、潘巧云、裴如海一节，卢俊义、贾氏、李固一节的叙述中都有很好的表现。

其二，人物形象方面。

元人水浒戏对于人物形象的发挥成分较大，如李逵此人，就衍生了其形象的多面,有《双献功》中锄除邪恶后的白壁题诗,有《李逵负荆》中欣赏山景的风雅情怀。如此的发挥也会造成一些性格、形象上的混乱,如《燕青博鱼》中燕青下山后博鱼被打的落魄,《争报恩》中关胜下山后偷狗卖肉的窘境,皆与水浒英雄的豪迈形象不相符。还有水浒英雄们座次的混乱,如《争报恩》中的花荣、《还牢末》中的李逵都说是宋江手下的第十三个头领;《黄花峪》中的杨雄、《仗义疏财》中的雷横都说自己是宋江手下的第十七个头领。但是,这类发挥中有一些确能为小说的编撰提供材料准备,或是对人物形象的塑造具有启发之功,比如鲁智深这个形象。

在宋元话本中,鲁智深作为宋江三十六人中的一员,一直是以"花和尚鲁智深"的名号出现的,如《宣和遗事》、龚开《宋江三十六赞》以及罗烨《醉翁谈录·小说开辟》。这一名号亦见于现存元无名氏《鲁智深喜赏黄花峪》杂剧,而明初朱有燉《豹子和尚自还俗》杂剧却称他为"豹子和尚"。对此,王利器解释曰:"把'花和尚'叫做'豹子和尚',这是因为豹皮作金钱花形,普通都叫做花豹,所以一提到豹子二字,便含有花字的意义在内。……元明人戏剧小说中又常常有被名为豹子妻、豹子媒人(即落花媒人)、豹子秀才、豹子令史、豹子尚书之类的人物,这些豹子字都可理解为花字。所谓花,就是花俚胡骚,或冒牌之意。"① 而对于鲁智深的行藏,龚开《宋江三十六赞》在"花和尚鲁智深"名下有赞语曰:"有飞飞儿,出家尤好。与尔同袍,佛也被恼。"意指他虽为和尚身份,但不为佛家教条所羁绊,自由无拘,任性而为。而《宣和遗事》在叙及宋江等人在梁山泊聚义后,独少鲁智深、呼延绰、张横三人,后来"有僧人鲁智深反叛,亦来投奔宋江",内容仅此而已。明初朱有燉《豹子和尚自还俗》杂剧中的鲁智深有一段自报家门:"贫僧姓鲁,俗名智深,原是南阳广慧寺僧人,因幼年戒行不精,被师嗔责,还俗为民。跟着宋江哥哥,在梁山泺内落草为寇。带着我亲母,如

---

① 王利器:《〈水浒〉英雄的绰号》,载《当代学者自选文库:王利器卷》,安徽教育出版社,1999年,第13页。

今年老,朝夕奉侍。自去年被我哥哥宋江打了我四十大棍,我受不得这一口气,走来这清溪港清静寺内,出家做个和尚。"剧中鲁智深提到的"我也曾黄花峪大闹把强人挡,也曾共黑旋风夜劫把猱儿夺,也曾共赤发鬼悄地把金钗飏"三件事,乃指元杂剧《鲁智深喜赏黄花峪》中的故事,而与《水浒传》不存在渊源关系。这说明此鲁智深与水浒小说系统中的鲁智深形象显然不同。

上面这些关于花和尚鲁智深的信息皆未提及《水浒传》中提辖鲁达的出身和行藏。在《水浒传》中,鲁智深出家后在江湖上行走介绍自己时,几乎都会提及提辖身份,如第七回"花和尚倒拔垂杨柳"一节对众地痞说:"洒家是关西延安府老种经略相公帐前提辖官。只为杀得人多,因此情愿出家。五台山来到这里。洒家俗姓鲁,法名智深。"第十七回鲁智深对杨志说:"洒家不是别人,俺是延安府老种经略相公帐前军官鲁提辖的便是。为因三拳打死了镇关西,却去五台山净发为僧。人见洒家背上有花绣,都叫俺做花和尚鲁智深。"而且在第三回身处渭州拳打郑屠时说:"洒家始投老种经略相公,做到关西五路廉访使,也不枉了叫做镇关西。你是个卖肉的操刀屠户,狗一般的人,也叫做镇关西?"据此信息材料,他的提辖身份关联着两个信息,一是曾任关西延安府的提辖官,做到关西五路廉访使,号称"镇关西";二是关西延安府是老种经略相公镇守,第三回鲁达也提到,延安府是老种经略相公镇守,渭州是小种经略相公镇守。结合元杂剧的材料,小说关于鲁智深出家前的提辖身份的这两个信息,与元杂剧有着一定的关系。

康进之《李逵负荆》第三折李逵听到王林说两个名叫宋江、鲁智深的人抢走了女儿满堂娇,遂要求梁山泊的宋、鲁二人同往杏花庄与王林对证,路上李逵唱词〔幺篇〕曰:"谁不知你是镇关西鲁智深,离五台山才落草。"这里提到了鲁智深的出身经历,先是镇关西,后到五台山为僧,然后落草。体现了《水浒传》小说中鲁智深的履历框架。尤其是"镇关西"提示了鲁智深在五台山出家前的经历。当然这一经历是否有当时具体的作品叙述,不得而知。

而《水浒传》中鲁达作为"延安府老种经略相公"手下提辖官的设

置,也与元杂剧对延安府种经略的反复叙述有关。《宣和遗事》后集提及种师道凡四处:种师道姚平仲等勤王,种师道乞兵邀击虏归路,种师道死于虏,钦宗悔不用种师道之言。所述十分简陋,仅提及其为"京畿北路制置使",而元杂剧和《水浒传》皆称其为延安府经略镇守边庭。无名氏《百花亭》第四折外扮经略官上场云:"老夫姓种名师道。方今大宋钦宗皇帝即位,改元靖康,老夫官拜征西马步禁军都元帅,正授延安府等处招讨经略使。为西凉土番作乱,朝廷命老夫招集天下英雄豪杰,征讨土番。"种师道镇守延安府,许多人因各种原因投奔他,所以第三折贺怜怜对王焕说:"如今延安府经略相公招募天下英雄豪杰,剿捕西夏。我想你文武双全,乘此机会,可往延安府投托经略麾下,建立功勋,以遂平生之志。"《灰栏记》第一折中张海棠之兄张林要寻找的汴京舅舅,"跟着一个什么经略相公种师道,到延安守去了"。而在《水浒传》小说中也有许多的江湖好汉投奔在种经略手下,如第二回述王进怕高太尉报复,决定逃走:"只有延安府老种经略相公镇守边庭,他手下军官,多有曾到京师,爱儿子使枪棒的极多,何不逃去投奔他们?那里是用人去处,足可安身立命。"第三十七回薛永对宋江说:"小人祖贯河南洛阳人氏,姓薛,名永。祖父是老种经略相公帐前军官,为因恶了同僚,不得升用,子孙靠使棒卖药度日。"第五十四回汤隆对李逵说道:"父亲原是延安府知寨官来,因为打铁上遭际老种经略相公,帐前叙用。"

在这种情况下,《水浒传》把出家前的鲁智深设置成延安府种经略相公手下的提辖官,是与元杂剧的相关铺垫有一定的关系。

其三,故事主题方面。

宋元话本中的水浒故事,不但有《宣和遗事》所说的"略州劫县,放火杀人"反官府作为,也有杂剧《双献功》中宋江自报家门所说的"强劫机谋广,潜偷胆力全。……风高敢放连天火,月黑提刀去杀人"的强盗之举,实际上是带有强盗作为和反抗官府的混合色彩,即如《燕青博鱼》楔子中宋江上场所言:"遇官军须当杀退,若经商便将拿住。"元杂剧不但把水浒英雄的反官府之举安排到主体故事的背景位置,也把他们具有的强盗色彩淡化近无,只在人物的话语中时而提及①。由此,元人水浒戏改变了宋元水浒话本反官府、斗官军的主旨,宣扬了除暴安良、惩强扶弱的主题,具体情节皆是揭露权豪势要、贪官污吏欺压良弱的恶行,歌颂梁山好汉惩治豪强、扶助弱小以伸张正义的侠义行为。由于元人水浒戏的大力宣扬,广泛传播,水浒小说中也会加入一些行侠仗义的主题,比如《水浒传》中鲁智深拳打镇关西,大闹桃花村,火烧瓦罐寺;武松醉打蒋门神,夜走蜈蚣岭;孙立、孙新大劫牢,李逵打死殷天锡、乔捉鬼等故事,或许就是这一影响的总结性反映。

但是,《水浒传》乃直承宋元水浒话本而来,其主题亦以宋元水浒话本的略州劫县、反抗官府为主,因此它受元水浒戏的影响而加入的许多行侠仗义的英雄故事,并不能在这个叙述框架中占据主体地位,小说第七十一回写道:"原来泊子里时好汉,但闲便下山,或带人马,或只是数个头领,各自取路去。……若有钱财广积,害民的大户,便引人去,公然搬取上山。谁敢阻当!但打听得有那欺压良善,暴富小人,积攒得些家私,不论远近,令人便去尽数收拾上山。"叙述所及水浒好汉下山的时节、规模和行为,都是元水浒戏的模式,只是在具体情节中除了第七十三、七十四回李逵乔捉鬼、双献头、乔坐衙之外,没有更多的情节来体现。显然,小说编写者熟悉这些水浒戏,关于鲁智深、武松、李逵等人行侠仗义的具体情节与水浒戏一贯奉行的模式相同,也与水浒戏除暴安良、为民申冤的主题相同。只是水浒戏取水浒人物为支点而虚构、发挥得太多,那些不在三十六人系统的人物和情节也就未能进入到水浒小说系统,从而反映在《水浒传》的情节叙述中。

综上分析,元水浒戏在宋元水浒故事广泛流播的背景下,取水浒人物为支点,对具体的故事情节和人物形象进行了切合时代精神和社会现实的开掘。这些水浒戏的故事情节和人物形象由于发挥太多而溢出了当时的水浒说话系统,由此而多未进入到元明的水浒小说系统,未吸收到

---

① 关汉卿《鲁斋郎》第二折张珪把仗势欺人的鲁斋郎比作"梁山泊贼":"这厮强赖人钱财,莽夺人妻室,高筑座营和寨,斜搠面杏黄旗,梁山泊贼相似,与蓼儿洼争甚的。"秦简夫《东堂老》第一折〔六幺序〕曲言烟花地的危险:"半席地恰便似八百里梁山泊,抵多少月黑风高。"

最后编定的《水浒传》小说中。但它们的繁兴编演和广泛传播在社会上造成了一定的效应，由此而对小说《水浒传》的成书产生了影响。它们对水浒故事系统的人物形象、情节模式和故事主题的开拓、发挥，既给《水浒传》的编撰提供了丰富的材料准备和取舍机会，也为水浒故事的丰富发展营造了良好的社会文化氛围。《水浒传》初成于元明之际，作为其重要题材来源的水浒话本经过了宋元时期众多艺人的丰富和发展，这一过程自有话本系统内的反复锤炼，亦得力于元人水浒戏的广泛滋养。

二、元明三国戏与三国小说

宋元时期的"说三分"是讲史家"说话"的一个独立门类，流播广泛，影响深刻，深受民众喜爱，其人物或情节已成为当时话本叙述经常援引的典故。如《简帖和尚》形容皇甫殿直的震喝是："当阳桥上张飞勇，一喝曹公百万兵。"《西湖三塔记》形容人的相貌是："眉疏目秀，气爽神清，如三国内马超似淮甸内关索。"《洛阳三怪记》描述徐道士作法召来的大风如"睢河逃汉主，赤壁走曹公"①。随着元代《三分事略》②的刊出，人们还可以从文本阅读中了解"说三分"的故事情节，如元人王沂就多次在诗中提到"三分书"，《虎牢关》诗云："君不见三分书里说虎牢，曾使战骨如山高"，"回首三分书里事，区区缚虎笑刘郎"③。这些都说明宋元之际的"说三分"已有一定的叙述规模，且在社会各阶层广泛流播，为民众熟知喜爱。

元人三国戏正是在这些纷繁多姿的"说三分"传播背景下的改编敷演，发扬光大，它们在《三国志平话》的基础上对人物形象、故事情节

---

① 洪楩编：《清平山话本》，上海古籍出版社，1992年，第6、17、45页。
② 程毅中《宋元小说研究》认为《三分事略》是《三国志平话》的另一种版本，属于节略本（江苏古籍出版社，1998年，第284—285页）。
③ 王沂：《伊滨集》卷五、卷七，《文渊阁四库全书》，上海古籍出版社，1987年，第1208册，第428、446页。

进行了杂剧形式的汇辑、开掘和表述。这对于后来《三国志演义》故事系统的情节连缀、结构组织都有着重要的影响。

（一）元三国戏对三国故事系统的开拓

元人三国戏是在"说三分"及其文本《三国志平话》广泛流播背景下的编演，它们在许多方面都与《三国志平话》有着密切的承续关系。

其一，元人三国戏在人物设置上与《三国志平话》有着明显的承续性。

在"说三分"长期流播的基础上，三国故事中的主要人物形象皆沉淀了各自不同的标志性特征，如刘备的宽仁厚道，关羽的忠义勇烈，张飞的勇猛粗直，诸葛亮的智谋胆略，这些已成为各个人物固化的典型性格、品质特征。元三国戏也是以他们的这些标志性性格特征为基准来设置情节，组织叙述的，从中可以见出元杂剧与小说在人物设置上的相承相袭关系。如张飞的形貌特征，平话描写他是"生得豹头环眼，燕颔虎须，身长九尺余，声若巨钟"，使一条"丈八神矛"。这种形象完全被元杂剧继承。《襄阳会》第三折说他是"豹头环眼"，《博望烧屯》元刊本第一折说他"一对环眼"、"黄髭髯"。对于张飞的武器坐骑，《黄鹤楼》第一折刘封描述张飞"坐下乌骓马，手中丈八矛"，《博望烧屯》第二折指出"张翼德银蟒可兀的点钢矛"。这说明张飞的形象在平话中就已定型，并一直被后来的文艺创作所继承。至于元杂剧对一些次要人物的标志性特征的强调也是源自平话。如《黄鹤楼》第三折刘备说曹操"左有百计张辽，右有九牛许褚"一语，就包含了对张辽和许褚二人特征的概括。"九牛许褚"是形容其力大如九牛，《关云长单刀劈四寇》中写许褚上场自称"胆力无边号九牛"即为其意，元三国戏《襄阳会》第三折、《千里独行》第三折皆是如此称呼许褚。"百计张辽"是形容张辽的智谋超众，《黄鹤楼》第一折诸葛亮领兵追赶曹操时说："先拿住百计张辽，直赶上奸雄曹操。"《博望烧屯》第二折曹操也提到"百计张辽"。而元杂剧对许褚、张辽的这种称呼乃承自平话。《平话》卷中"曹公赠云长袍"一节称"九牛许褚"，而袁绍讨曹一节叙曹操"立智囊先生张辽为元帅",并多次提到张辽为曹操出谋划策。"智囊先生张辽"与"百计张辽"同样表达出张辽这个人物的智将形象。这些足可说明元三国戏与平话在人物设置上的相通之处。

当然,元人三国戏与平话间人物设置上的密切关系,最典型的表现在于蜀汉一方的几位代表人物。《襄阳会》第一折刘备上场介绍说:"某姓刘名备,字玄德,乃大树娄桑人也。某在桃园结义了两个兄弟,二兄弟蒲州解良人也,姓关名羽,字云长;三兄弟涿州范阳人也,姓张名飞,字翼德。"另外,《火烧博望》第一折、《千里独行》第一折和《虎牢关三战吕布》第一折刘备上场时也有相同相近的介绍。这与平话对三人籍贯、名号的介绍十分接近,关羽是"平阳莆州解良人",张飞是"燕邦涿郡范阳人",对刘备的籍贯在"桃园结义"一节说是"涿郡范阳人",后在讨董卓而面见袁绍时又说是"幽州涿郡大桑村人",其基本的信息与元三国戏是相同的。这些说明刘、关、张的身份、形貌在宋元平话中业已定型。

其二,元人三国戏虽涉历史,但具体的情节设置与史书无多关涉,而大多源出于民间流传的讲史家"说话"。比照史书,现知元人三国戏剧目极少与史实相符,仅《陈仓路》、《五马破曹》和《三出小沛》中的主要人物和大致情节出于史书,但细节上仍多虚构。而对照于《三国志平话》,则元人三国戏大多与之有明显的承继性,虽有《博望烧屯》、《单战吕布》、《石榴园》等少数乃据《平话》而作虚构发挥,但多数则是承袭《平话》而增饰敷演。考虑到平话只是据当时"说三分"的概要简述,粗具其貌,并非当时讲说的全部,则杂剧即使有发挥也可能未出当时"说三分"的情节规模。

《三国志平话》	元杂剧三国戏
破黄巾	《破黄巾》(《宝文堂书目·乐府》存目)
桃园结义	《刘关张桃园三结义》(存)
三战吕布	《虎牢关三战吕布》(郑光祖,存),武汉臣有同名杂剧,佚。

续表

《三国志平话》	元杂剧三国戏
王允献董卓貂蝉、吕布刺董卓	《锦云堂美女连环计》（存）、《董卓戏貂蝉》（《宝文堂书目·乐府》存目）
张飞捽袁襄	《捽袁祥》（《也是园书目》存目）
张飞三出小沛	《张翼德三出小沛》（存）
曹操勘吉平	《相府院曹公勘吉平》（花李郎，《录鬼簿》存目）
云长千里独行	《关云长千里独行》（存）、《千里独行》（《太和正音谱》著录）
关公斩蔡阳	《斩蔡阳》（《录鬼簿续编》存目）
古城聚义	《关云长古城聚义》（《也是园书目》存目）
先主跳檀溪	《刘先主襄阳会》（高文秀，存）
玄德黄鹤楼私遁	《刘玄德醉走黄鹤楼》（朱凯，存）
关公单刀会	《关大王独赴单刀会》（关汉卿，存）
秋风五丈原	《诸葛亮秋风五丈原》（王仲文，《录鬼簿》存目）

《三国志平话》刊行于元至治年间（1321—1323），题目中标有"新刊"二字，当有旧本。此本《平话》有图七十幅，图附小标题六十九目，大致可反映出平话的情节内容。以此标目与元三国戏剧目相对照，略可窥见元人三国戏在情节设置上对平话的承袭概貌。

其三，元人三国戏完全继承了《三国志平话》以蜀汉为中心的情节架构及由此而来的情感倾向。《平话》卷上基本上汇辑了张飞的著名英雄事迹，可视为"张飞传"，元人三国戏中作为张飞代表性功绩的事件在此皆有叙写，如鞭督邮、战吕布、捽袁襄、三出小沛、当阳桥喝退曹兵等。《平话》中关羽的情节容量虽没有张飞多，但表现其忠义的情节"约三事"、"千里独行"特别突出，表现其勇武的情节"斩蔡阳"、"袭车胄"、"刺颜良"、"单刀会"、"水淹七军"等也有明确的表述。与之对应，蜀汉人物在元人三国戏中亦占绝对优势。在现存的十种三国戏中，除《王粲登楼》和《连环计》外，其他八种写的皆是蜀汉人物的故事，而且剧情也鲜明地表露出"拥刘"的倾向，把刘备与汉家王朝视为一体，这在《单刀会》和《襄阳会》中有直接的表述。若以现知的三国戏剧目分析，则叙写诸葛亮者有十五种，关公戏、张飞戏的数量与诸葛亮戏不相上下，再加上刘备戏，则以他们四个人物为中心的剧目就占现存元人三国戏剧目的绝大部分。

在承续平话的基础上，元人三国戏对相关人物形象、故事情节进行了开掘和发挥。

在人物形象方面，元杂剧的主唱人体制有利于正末、正旦所扮演的主唱人物的心灵开掘和情感抒发，能更好地表现出人物的性格。如《单刀会》以关羽为正末所唱出的慷慨激昂的曲词，就很好地表现出他的勇武风貌、昂扬气节和刚正品格，塑造了一个顶天立地的英雄形象；《西蜀梦》以张飞为正末所唱出的曲词也很好地表现出了张飞作为一世英雄被无辜杀害的凄婉悲凉之情；而在郑德辉《虎牢关三战吕布》、无名氏《张翼德单战吕布》中，皆以主唱人妆扮张飞，对其英雄气概予以深度开掘和细致表现。相对于重情节叙述的讲史家"说话"来说，元杂剧的一人主唱体制对主唱人物情感心灵的展现具有十分明显的优势。元人三国戏在这方面的开掘十分突出地丰富了人物形象的性格特征。

而在情节设置方面，元人三国戏在承袭平话的基础上，也进行了深入广泛的开掘，或使情节更为丰富，或据人物另造新事。比如关汉卿杂剧《西蜀梦》所述的张飞托梦情节，不见于正史和《平话》，或是关汉卿另有所本，或是关汉卿独家发挥。剧中把关羽、张飞的残死归罪于刘封、张达、糜竺、糜芳四人，第二折诸葛亮言："张达那贼禽兽，有甚早难近傍？不走了糜竺、糜芳，咱西蜀家威风，俺敢将东吴家灭相。"第三折张飞言："刘封那厮于礼如何？把那厮碎剐割！糜竺、糜芳，帐下张达，显见的东吴躲。"第四折张飞希望刘备能"活拿住糜竺共糜芳，阆州里张达槛车内囚。杵尖上挑定四颗头，腔子内血向成都闹市里流，强如与俺一千小盏黄封头祭奠酒"。刘封于此事有涉在《平话》中已有所提及，《平话》卷下言荆州被困，关羽遣使向西川求救，被刘封、孟达按住不报。但《平话》中述及张飞的被杀乃系张飞营中把旗人王强和庖官张山、韩斌三人所为，原因和手段与《三国志通俗演义》所述相同，先是张飞的打骂，后是张飞的醉卧，然后是三人斩杀张飞并提其头颅投奔东吴。至于糜竺、糜芳于此事的关系，《平话》和《演义》皆未涉及。尤其明显的是，《西蜀梦》言杀害张飞者乃是张达，可见，杂剧或是另有所本，或是蹈虚臆造。后来《演义》也采用张达这一版本，言杀害张飞者乃范强、张达二人（毛评本作"范疆"）。

另外，元人三国戏还因人生事，据某一人物形象虚构发挥，编演新事。如元人三国戏敷演关羽的剧目，现知有十余种，《单刀会》第四折鲁肃谈到关羽的功绩时有"辞曹归汉，千里独行；坐服于禁，水淹七军"之语，所提两件事分别概括了关羽的忠义、勇武两个方面的品质。其他关羽戏基本上就是针对他的这两个品质来表现，如敷演他辞曹归汉、千里独行的忠义行为的剧目，有《关云长千里独行》、《寿亭侯五关斩将》、《斩蔡阳》、《关云长古城聚义》等。但由于关羽形象在民间的广泛传播和深远影响，民众喜爱关羽这个人物形象，便根据他的品质，演绎出一些新的故事，如《关大王三捉红衣怪》（戴善夫）、《关云长大破蚩尤》、《关云长单刀劈四寇》、《寿亭侯怒斩关平》、《关大王月下斩貂蝉》（以上编写者佚名）等，这些剧作既丰富了关羽作为文学人物的形象和性格，也对三国故事系统进行了有效的开掘、增容。

元人三国戏对三国故事系统的丰富开掘，尤其是那些不同于平话的踵事增华、虚构发挥，有力地推动了三国故事的发展，为后来《三国志通俗演义》的编撰成书提供了丰富的素材。

（二）元三国戏的开拓在《三国志通俗演义》中的反映

元人三国戏在"说三分"基础上的增饰发挥，推动了三国故事的丰富和发展，为《三国志通俗演义》的编撰成书营造了良好的社会文化气氛，也有效地促进了《三国志通俗演义》相关情节设置、人物塑造的进一步深化。

其一，在人物形象方面，元人三国戏的一些固化的形象被《三国志通俗演义》接受、取用。如关羽在《演义》中的形貌特征是蚕眉凤目、赤面长髯，人称"美髯公"[1]，标志他形象的还有他使用的青龙偃月刀和赤兔马。这些在元三国戏中皆已趋于定型。《平话》于"桃园结义"一节叙关羽的形貌特征是"神眉凤目，虬髯，面如紫玉，身长九尺二寸"，又在"约三事"一节称他为"美髯公"，拜见献帝时称他"虬髯过腹"。"虬髯"之说，难与后来《演义》中三绺长髯、飘逸潇洒的关公形象相符，说明此时说书人口中的关公形象并未定型。至元人三国戏中，关羽的形貌特征已非常清晰，并与《演义》中的关公形貌趋于一致。如《博望烧屯》元刊本第一折以诸葛亮的视角描绘关羽云：

> 生的高耸耸俊鹰鼻，长挽挽卧蚕眉。红馥馥双脸胭脂般赤，黑蓁蓁三绺美髯垂。内藏着君子气，外显出碜人威。

又《单刀会》元刊本第一折乔国老介绍关羽云：

> 上阵处三绺美须飘，将七尺虎躯摇，五百个爪关西簇捧定个活神道。敌军见了，唬得七魄散五魂消。你每多披取几副甲，剩穿取几层袍；怎的呵，敢荡翻那千里马，迎住那三停刀。

另外，《单刀会》脉望馆抄校本第二折司马徽言关羽相貌有"卧蚕眉"、"丹凤眸"之语，第三折黄文描述关羽是："髯长一尺八，面如挣枣红。青龙偃月刀，九九八十斤。"《虎牢关三战吕布》第一折关羽上场时也有"面如挣枣美髯长"之语，《西蜀梦》元刊本第三折有"三缕髯"、"卧蚕眉"、"绛云也似丹脸若苹婆"的形貌描述。这些对关羽相貌特征的描述文字与《演义》中定型化的关公形象并无二样，再加上对关

---

[1] 毛评本《三国志演义》第一回绘关羽形貌云："身长九尺，髯长二尺；面如重枣，唇若涂脂；丹凤眼，卧蚕眉，相貌堂堂，威风凛凛。"第五回又云："身长九尺，髯长二尺，丹凤眼，卧蚕眉，面如重枣。"第八十三回叙吴将潘璋遇关公显圣："面如重枣，丹凤眼，卧蚕眉，飘三缕美髯，绿袍金铠。"

羽武器和乘骑的描写，如《博望烧屯》元刊本第二折有"青龙偃月刀"之语，第三折有"仗着青龙刀安社稷，凭着赤兔马定家邦"之语，这说明相对于《平话》中的"虬髯过腹"描写，元杂剧中的关羽形象已经定型。据此而言，元杂剧中的关公形象直接影响了后来小说中的关公形象。比如《三国志通俗演义》卷一"祭天地桃园结义"一节描述关羽是"身长九尺三寸，髯长一尺八寸，面如重枣，唇若抹朱，丹凤眼、卧蚕眉，相貌堂堂，威风凛凛"。又在"曹操起兵伐董卓"一节描述曰："其人身长九尺五寸，髯长一尺八寸，丹凤眼，卧蚕眉，面如重枣。"又卷一七"刘先主猇亭大战"一节叙吴将潘璋遇关公显圣："面如重枣，丹凤眼，卧蚕眉，飘三缕美髯，绿袍金铠。"其中所言关羽身长九尺三寸或九尺五寸，显然承自平话；而"髯长一尺八"、"三缕美髯"又显然来自元杂剧。这说明在关羽形象定型的过程中，元杂剧确有开拓之功，且最终反映到编辑成书的《三国志通俗演义》中。

其二，在情节设置方面，元人三国戏的开拓之功更为明显。比如上文所述《西蜀梦》中的托梦情节，即为《演义》采用，卷一六"汉中王痛哭关公"一节写刘备思念关羽，关托梦云："愿兄起兵，当雪弟恨。"（毛评本见第七十七回）又卷一七"白帝城先主托孤"一节写关、张向刘备托梦云："臣非阳人，乃阴鬼也。盖为平生不失信义，玉帝皆敕命为神，哥哥将与兄弟聚会也。"（毛评本见第八十五回）此即可略窥小说受杂剧影响之踪迹。这类影响之迹在《演义》叙述中遗存颇多，兹就具体情节略加解析。

杂剧《襄阳会》叙刘备逃避谋害而马跳檀溪，这一核心情节来自《平话》，而且一些细节完全相同，如蒯越、蔡瑁计划谋害刘备的时间和地点，杂剧为三月三襄阳会，《平话》为三月三河梁会；蔡瑁派王孙去盗刘备的"的卢马"，但当他得知刘备为汉室宗亲时，转而同情刘备，并护送刘出逃。只是《平话》中蔡瑁派去的杀手一开始并未交代姓名，但后文在刘备成功跳过檀溪后的总结语"三月襄阳绿草齐，王孙相引到坛溪"中提到了"王孙"这一名号。当然，《襄阳会》并没有单纯地以杂剧形式复述《平话》中的相关内容，而是在继承的基础上有了新的开掘：一是刘表想把荆襄九郡的牌印让给刘备，二是刘备因说"立长不立庶"而取祸（《平话》中为蒯、蔡二人因愤恨刘备夺权而起谋害之心），三是强调刘琦对刘备的信任和尊重，因此在他知道刘琮一伙的阴谋后，会及时劝刘备逃离。这几处情节的增饰强化了刘表这一方的内部对刘备态度的矛盾，这使得刘琮一伙谋害刘备的理由更为充分，也使得刘备获取信息而及时脱逃的情节设置更合逻辑。这些发挥之处对《演义》产生了直接的影响，其卷七"刘玄德襄阳赴会"、"玄德跃马跳檀溪"二节的内容（毛评本见第三十一、三十四回），显然是受到杂剧《襄阳会》的影响。而《演义》（尤其是毛评本）中刘琮生母蔡氏、蔡瑁等人谋杀刘备的情节虽更为复杂曲折，但基本的情节框架完全接受了杂剧《襄阳会》对《平话》的这几处开掘。

又杂剧《博望烧屯》叙诸葛亮"博望烧屯"一事，《平话》并未提及此事，可能杂剧另有所据。《三国志》记刘备受刘表之使，拒夏侯惇、于禁等于博望，"久之，先主设伏兵，一旦自烧屯伪遁，惇等追之，为伏兵所破"[①]。如此史传中"博望烧屯"乃刘备所为。但从现知资料看，此事进入文艺作品的叙述应自元人杂剧始。杂剧《博望烧屯》的核心情节是"博望城交鹿角叉了街巷，赚得他入城来好近傍，四下里火烧着积草屯粮"（元刊本第三折诸葛亮语），这在《平话》中有对应的相近情节：夏侯惇被击溃后，于天晚时至一古城，探知城里粮草无数，乃进城造饭，值饭熟欲食，伏军四起。后夏侯惇败归后向曹操汇报时说道："十万军斩，五员将火烧水淹，累次埋伏，后逢张飞，痛死败矣。"但《平话》叙述中只说被坛溪水淹，并无火烧事，或是《平话》在汇辑各片段时有所遗漏。另外，杂剧中的几个情节明显承袭自《平话》，如张飞对诸葛亮不服，当曹兵来犯时，张飞欲冷眼旁观："俺武艺粗钝，看军师应当。"后诸葛亮对关羽、赵云等人皆作派遣，独无张飞之调用，而张飞性急，强烈要求出兵，才得军师传令。这些情节叙述在杂剧中皆有表现。

---

① 陈寿撰，裴松之注：《三国志》卷三二《先主传》，岳麓书社，1990年，第702页。

当然，杂剧编撰对《平话》的这些情节进行了必要的组织安排，也进行了合理的发挥想象，使得这个故事更为精彩。这主要体现在"博望烧屯"几个重点情节：一是刘备第三次请诸葛亮时张飞的态度，二是张飞对诸葛亮军事部署的不理解，三是诸葛亮的军事部署。杂剧《博望烧屯》第一折讲刘备第三次要去请孔明，张飞不忿，说："既哥哥要去，您兄弟不去。"当刘备说与关羽同去而让他留守时，张飞也不得不跟随。《演义》卷八"定三分亮出茅庐"一节叙刘备欲第三次往访孔明时，张飞说："俺兄弟三人纵横天下，论武艺不如谁？何故将这村夫以为大贤僻之？僻之甚矣！今番不须哥哥去罢。他如不来，我只用一条麻绳就缚将来！"刘备叱其无礼，令他不要随行，然张飞又说："既是哥哥去呵，兄弟如何落后？"（毛评本见第三十八回）而在演述诸葛亮"博望烧屯"这一军事部署上，杂剧《博望烧屯》表现得清晰而有层次。按元刊本第二折诸葛亮的部署是"赵云引斗，刘封追赶，糜芳、糜竺火烧，关公水淹"。而且在具体的调兵遣将中，诸葛亮让赵云为先锋，与夏侯对敌，不要赢，只要输；让刘封去博望城南门，一人一个簸箕，播土扬尘（元刊本说是让刘封呐喊摇旗，筛锣擂鼓），此军事调遣有一种举重若轻的游戏意味，富有趣味性。这些情节皆为《演义》的相关情节叙述打下了良好的基础。卷八"诸葛亮博望烧屯"一节诸葛亮也是让赵云为先锋，"不要赢，只要输，把人马迤逦退后"（毛评本见第三十九回）；又"诸葛亮火烧新野"一节是把曹仁赚进新野空城再火攻，在曹仁溃逃时安排关羽在白河上放水（毛评本见第四十回），而《博望烧屯》元刊本正名即为"关云长白河放水，诸葛亮博望烧屯"。

再看杂剧《隔江斗智》对《平话》孙权嫁妹一事的重新开掘。平话叙述虽简略，然已基本交代出了孙刘结亲的四部曲：周瑜、孙权定计—孙小姐嫁荆州—刘备陪夫人回门—刘备与夫人成功返回荆州。伴随着这四部曲的是周瑜"妙计"的一步步落空，先是成亲后的孙小姐对刘备十分满意，而未履行周瑜的计划去杀掉刘备；后是刘备随孙小姐回门后，由于太夫人对刘备的庇护，孙权欲杀刘备又无从下手；最后是周瑜设伏兵截杀刘备未果，失望之际，金疮迸裂晕倒。杂剧最精彩的情节开拓之处是"刘封送锦囊"一节。在平话中,刘备赴东吴招亲而履险境之时,并无"锦囊"之说,完全凭自己的个人素质而赢得了太夫人和孙权的好感。而在杂剧中,刘备陪夫人回门之后,诸葛亮便派刘封给刘备送暖衣和锦囊。刘备依计而故意将锦囊掉落,孙权拾得,并发现其中有孔明书信,言曹操为报赤壁之仇,已点集百万大军进攻荆州,孔明即欲过江向孙权借兵。此处突出的是诸葛亮的"锦囊"妙计让刘备成功地脱离险境,这一情节设置被《演义》继承。《演义》中诸葛亮运筹帷幄的关键情节是他给刘备的三个锦囊妙计(卷一一"锦囊计赵云救主"),这明显是受到了杂剧的启发,尤其是第二个锦囊所藏妙计的内容,与杂剧所述基本一致,皆是以曹操进犯荆州为幌子,只是所产生的效果不同——杂剧是让孙权主动放刘备回去,小说则是以此促使孙小姐愿意助刘备返回荆州,并设江边祭祖之计。

而且,杂剧《隔江斗智》所塑造的孙安小姐这一形象也影响了小说。剧中孙安倾向于刘备集团,她眼中看到的刘备手下,都是和蔼可亲之辈。她放弃了孙权托付的刺杀刘备计划,在保护刘备返回荆州途中,机智勇敢,成功摆脱东吴军兵的围追堵截。杂剧以她为主唱人物表达了对刘备的满意之情,说他"目能顾耳,两手过膝","真有帝王仪表";而对周瑜、孙权"明为嫁送,实夺城池"的计谋甚为不满:"我为甚来倒替你守寡一世。"在与刘备回门东吴时,有意保护刘备,并最终与刘备一起冲破阻拦返回荆州。另外,孙小姐的英武之气也是杂剧的开掘,如第一折孙权说孙安"平日侍婢们都是佩着刀剑的",小说中也说孙小姐"自幼好观武事,居常令侍婢击剑为乐",在闺房内也"枪刀簇满,侍婢皆佩剑悬刀立于两旁"(卷一一"刘玄德娶孙夫人"、"锦囊计赵云救主")。可以说,小说中孙小姐的深明大义品格和豪爽果敢风采是直接承袭杂剧而来的。

当然,元人三国戏中那些为了某些目的而随意改变人物固化品质的发挥之处,就不会进入到三国小说故事系统的叙述。如郑德辉《虎牢关三战吕布》、无名氏《张翼德单战吕布》为了突出张飞的英雄气概,而随意贬抑刘备和关羽的形象(详见第五章第三节),就不会被《演义》

取用。

综上所述，元杂剧与《平话》、《演义》在人物形象、情节设置和故事主旨方面的大同小异，显示出其间所存在着的深刻的承继关系。当然，元人三国戏按照自己的艺术原则和审美趣味对"说三分"进行了必要的创新发挥，对其人物和情节进行了不同程度的开掘，最终形成了具有独特审美趣味和艺术个性的作品。这对于三国故事系统的发展和丰富起到了重要的推动作用，为《三国志通俗演义》的编辑成书和最终完善奠定了必要的基础，也为后来毛评本《三国志演义》对三国故事的系统化处理提供了材料准备，开拓了取舍视域，营造了文化氛围。可以说，元人三国戏的繁盛编演对三国故事的丰富和发展起到了承上启下的作用。

三、元明西游戏与西游小说

百回本《西游记》小说是在唐僧取经故事世代累积的基础上编撰而成的，在此过程中，元明西游戏表现出显著的累积、开拓之功。其间表现出的关系形态有别于元明水浒戏与《水浒传》、元明三国戏与《三国志演义》，主要原因是此二者在累积成书的过程中没有一部相当规模的戏曲作品对同一故事系统中的已有材料予以适当的梳理和综合，而小说《西游记》则在成书过程中出现了元末明初杨景贤的六本二十出《西游记》杂剧，它不但以杂剧形式对此前的西游故事进行了一次有效的梳理和总结，而且在许多方面作出了具有开拓意义的编创，与同时期的《西游记平话》共同推动了西游故事系统的发展。

（一）《西游记》杂剧对西游故事系统的梳理和总结

小说《西游记》成书过程的几个阶段并不是简单的直线承传关系，《西游记》杂剧也不能作为这条发展脉线上单一的递传上下的节点。如江流故事，后世小说的叙述并不同于杂剧，再如猴行者的武器，《大唐三藏取经诗话》中是大梵天王所赐的金镮锡杖，广东省博物馆所藏元代取经故事瓷枕画上猴行者（猴头人身）执棒，《朴通事谚解》所引《西游记平话》中猴行者打伯眼用的是铁棒，而杂剧第十一出用的是金棍，第十二出用的是戒刀。这说明杂剧本在诗话本到平话本之间并非具有直线式的前后递传关系。至少，西游故事的承续、发展在小说系统内有其自足性，即由《大唐三藏取经诗话》所反映的南宋讲经"说话"①，经过元代各种实物画所反映的西游故事"说话"的长期累积②，到元末明初的《西游记平话》时进行了一次阶段性总结③。当然，此平话本并未能统一当时纷繁的西游故事版本，它们的累积促进了西游小说的进一步完备，礼节传簿本《唐僧西天取经》队戏④的人物阵容即表明在百回本之前曾有一个相当规模的西游故事小说本。

在这个西游小说的承传系统之外，杨景贤的《西游记》杂剧以自己的方式对此前的西游小说、戏曲进行了梳理和开拓。

现存《西游记》杂剧为明万历四十二年（1614年）刊杨东来批评本，1928年发现于日本内阁文库秘藏的《传奇四十种》中，经东京斯文会排印，得传回中土。此剧共六本二十四出，每本前有一首七言四句的颂圣诗，剧末处有"愿祝吾皇万万年"、"祝皇图永固宁"之语，显为内府承应本形式。此内府本的编成时期或许在百回本小说《西游记》之后，但其所依据的原作则并非如此。此剧卷首有勾吴蕴空居士的《总

---

① 王国维《宋刊〈大唐三藏取经诗话〉跋》一文据其刊本卷末"中瓦子张家印"的署款考证其为南宋人所刊。后胡士莹《话本小说史》、陈汝衡《宋代说书史》皆持此说。
② 传为元代画家王振鹏所作《唐僧取经》组画，现残存上下册共三十二幅，除上册第一、三图外每图皆有题签，反映出取经故事的基本架构，然具体情节与诗话本、平话本并不全同。广东博物馆藏有元代唐僧取经故事瓷枕画，其中孙悟空手持如意金箍棒，猪八戒长嘴大耳肩扛九齿钉耙，唐僧骑马扬鞭，沙和尚手举仗伞快步从行。张掖大佛寺有元代西游故事壁画，其中唐僧师徒四人及白马形象齐全。
③ 《西游记平话》全本已佚，其残文散见于《永乐大典》、《朴通事谚解》、《销释真空宝卷》。《永乐大典》编成于明成祖永乐五年（1407年），上距元亡只四十年，而古代朝鲜的汉语教科书《朴通事谚解》乃编于元末之际，故可推知这个平话本《西游记》应成于元末明初。
④ 此队戏见于《礼节传簿》（《中华戏曲》，第3辑，山西人民出版社，1987年，第45—47页）。《礼节传簿》全名为《迎神赛社礼节传簿四十曲宫调》，1985年发现于山西省潞城县，封面有"万历二年正月十三日抄立"字样，为古代农村举办迎神赛社活动的祭祀仪式，其中保存了不少院本、杂剧、队戏方面的史料。其第四部分列哑队戏脚色排场单二十五个，中有《唐僧西天取经》一单，众多的出场人物关联了复杂的情节，反映了明代前期西游小说的发展状况。

论》，称《西游记》杂剧为元代吴昌龄撰。但《录鬼簿》所载吴昌龄作有《西天取经》，题目正名为"老回回东楼叫佛，唐三藏西天取经"，其残存支曲亦显示与今存《西游记》杂剧无关。而《录鬼簿续编》于杨景贤名下著录该剧，孙楷第《吴昌龄与杂剧西游记》一文亦论定现存本作者为元末明初杨景贤，得到学界的普遍赞同①。如此，它与《西游记平话》处于同一个时代，然当时西游故事"说话"要比戏曲发达得多，平话本和杂剧本只是对当时广泛流播的西游故事各作编写，二者或有先后问题，但并不能确定二者间的影响关系。从杂剧看，它与平话本的相同情节表明二者应有关系，但这相同情节并不一定是源自平话，而是来自二者共同的本源，即平话与杂剧同取材于当时流播的西游故事讲唱。当然，杂剧本由于演述体制的限制，未能反映出当时西游故事讲唱的全貌。而由平话看，当时的西游故事讲唱已锻炼出许多生动的故事，如车迟国斗法、孙悟空大闹天宫，而且诸多魔难故事已形成了一个初步的序列②。

另外，在杨景贤《西游记》杂剧前后，还出现了不少以唐僧西行取经故事为题材的剧作，有神魔性质者，也有历史性质者。依现知资料，在宋元戏文、金院本、元明杂剧中，就保存了西游戏剧目三十余种（根据徐渭《南词叙录》、陶宗仪《南村辍耕录》和傅惜华《元代杂剧全目》），其中与"西游记"名称相近者有五种：《西天取经》（吴昌龄，天一阁本《录鬼簿》著录）、《西游记》（杨景贤，《录鬼簿续编》著录）、《唐僧西游记》（徐渭《南词叙录》著录）、《西游记》（陈龙光，祁彪佳《远山堂曲品》"具品"著录）、《北西游》（元无名氏，《曲海总目提要补

---

① 关于现存《西游记》杂剧的作者问题，仍有不同观点。熊发恕《〈西游记杂剧〉作者及时代考辨》一文认为："今存《西游记杂剧》，是经过增饰的元代无名氏作品，这既符合《西游记杂剧》的实际情况，也并不妨碍杨景贤作为写过《西游记》的元末明初有成就的剧作家的地位，只不过他写的不必就是这个《西游记杂剧》罢了。"（《四川师范大学学报》，1990年第2期。）
② 《朴通事谚解》卷下记述唐僧西行经历曰："法师往西天时，初到师陀国界，遇猛虎毒蛇之害，次遇黑熊精、黄风怪、地涌夫人、蜘蛛精、狮子怪、多目怪、红孩儿怪，几死仅免。又过棘钩洞、火炎山、薄屎洞、女人国，及诸恶山险水，怪害患苦，不知其几。此所谓刁蹶也。详见《西游记》。"

编》著录①)。可惜这些西游戏除杨景贤之作外大都散佚，具体内容无从详知。而居杨景贤杂剧之前者现知只有金院本《唐三藏》和杂剧《西天取经》。

金院本《唐三藏》见于《南村辍耕录》卷二五"院本名目"著录，归类于"打略拴搐"目下的"和尚家门"。

杂剧《西天取经》著录于《录鬼簿》元代早期杂剧作家吴昌龄名下②（朱权《太和正音谱·群英所编杂剧》亦于吴昌龄名下列《西天取经》一种），题目正名为"老回回东楼叫佛，唐三藏西天取经"，贾仲明吊词评论它是"行用全别"③。又有明抄本《万壑清音》④卷四收录《西游记》四出，其中《擒贼雪仇》和《收服行者》为杨景贤杂剧的第四出、第十出，而《诸侯饯别》、《回回迎僧》即《纳书楹曲谱》续集卷二所收《唐三藏·回回》、正集卷二所收《莲花宝筏·北饯》，被认为是吴昌龄杂剧的残存。《诸侯饯别》为〔仙吕·点绛唇〕套，依元杂剧曲套的体例，应为杂剧第一折，叙尉迟恭等奉旨饯送唐三藏去西天取经，主唱人为尉迟恭。《回回迎僧》则为〔双调·新水令〕套，依例应为杂剧第三折或第四折，叙唐三藏出关两月后途经西夏回回国，一回回人为他指路，主唱人乃是由净脚扮演的老回回。据孙楷第考证，今传清宫廷大戏《升平宝筏》第十六出"饯送郊关开觉路"、第十八出"狮蛮国直指前程"即系后人依吴昌龄杂剧改削者。由此可知，吴昌龄杂剧所叙乃以唐太宗等饯送三藏西行始，以三藏在途中遇一回回僧为主要关目，而未出现魔难情节，亦无猴行者随行护法。

这说明在《大唐三藏取经诗话》指出取经故事发展的方向之后，单

---

① 北婴编《曲海总目提要补编》著录《北西游》，言其"全本皆北曲，故谓之《北西游》"（人民文学出版社，1959年，第16页）。据"补编"所述此剧的大致情节，与杨景贤《西游记》杂剧相同。二者或为一剧。
② 天一阁本《录鬼簿》卷上将吴昌龄列入"前辈才人"，可见，他为元前期作家。另据孙楷第《元曲家考略》考证，吴昌龄于延祐间（1314—1320）曾任徽州路婺源（今属江西）知州。
③ 浦汉明：《新校录鬼簿正续编》，巴蜀书社，1996年，第95页。
④ 《万壑清音》全名《新镌出像点板北调万壑清音》，止云居士选辑，白雪山人点校，刻于天启四年（1624年）。其"凡例"有言："一则元人所作，多不选入，大都取我国朝名家最善者辑而刻之。"可见其选辑内容乃以明代剧作为主。

纯地以三藏西行求法传奇经历为题材的文艺作品仍然存在、流行，金院本《唐三藏》和吴昌龄《西天取经》即如此，它们的叙述主旨是三藏个人传奇的取经历程，而非杨景贤《西游记》杂剧那样把三藏西行求法的历程作为情节框架，表现的叙述主旨则是孙行者的降妖除魔。因此，《西游记》杂剧的编写很难说是原有西游戏的扩展增容，因为据现知资料，此前戏曲并没有对取经历程中魔难故事的完备敷演。

其实，西游故事的演变序列并非单线的直承上下，杂剧本与小说本都是源自《取经诗话》之后丰富起来的宋元取经故事讲唱。比如杂剧本第九出孙行者自报家门称自己偷了王母娘娘的仙衣要做"庆仙衣会"，第十出山神唱词中说孙行者被压在花果山下是因为"将蟠桃会闹起"。这些在人物话语中提到的故事情节只是作为演述背景出现，而未作正面的、具体的叙述呈现，但这些语词皆有其本事，关联了当时广泛流播的取经故事讲唱。杂剧本与这些取经故事讲唱的关系即可从二者的相同处见出。

（一）关于取经缘起。《取经诗话》第一节缺佚，但据后文叙述可推知应有三藏奉敕西行求法以为众生福安、大唐固宁的情节，如第十节过女人国时三藏对女王说："奉唐帝敕命，为东土众生往西天取经作大福田。"第十三节有赞语曰："玄奘取经壮大唐。"第十七节三藏返回大唐后对太宗说："取经历尽魔难，只为东土众生。"另在第二节、第六节、第九节、第十五节亦有类似话语。与之相同，杂剧本第五出"诏饯西行"中虞世南交代三藏法师"奉圣旨，驰驿马赴西天，取经归东土，以保国祚安康，万民乐业"。

（二）关于猴行者的出身。《取经诗话》第二节猴行者自称是花果山紫云洞八万四千铜头铁额猕猴王；第十一节过王母池时猴行者向三藏交代："我因八百岁时，偷吃十颗，被王母捉下，左肋判三千铁棒，配在花果山紫云洞。至今肋下尚痛，我今定是不敢偷也。"第十七节结尾处唐太宗封猴行者为"铜筋铁骨大圣"。而在杂剧第九出猴行者自报家门说自己炼得铜筋铁骨、火眼金睛，曾偷得王母的仙桃百颗、仙衣一套，而哪吒称猴行者为"花果山紫云罗洞主通天大圣"，第十出山神也提及通天大圣曾大闹"蟠桃会"。

（三）关于三藏的西行经历，二者皆叙及鬼子母国和女人国。《取经诗话》第九节叙鬼子母国，第十节叙女人国。而杂剧本亦按照此顺序叙述三藏的二国经历，其中鬼子母一节主要叙鬼子母揭钵事，出现了红孩儿形象（第十二出）；而女人国一节的内容与《取经诗话》同，叙女国王为求姻缘，阻拦三藏一行西天取经（第十七出）。

（四）关于取经的卷数。《取经诗话》第十五节提到三藏取得经文共五千四十八卷，这与杂剧本第一出提到西天竺有欲传东土的"大藏金经五千四十八卷"完全一致。

以上证据表明，元末明初这部颇具规模的杂剧本西游故事作品，与《取经诗话》一脉相承，但杂剧本所依据的直接材料并不一定是《取经诗话》，而是承《取经诗话》一脉发展、丰富而来的宋元西游故事讲唱。可以说，杂剧本是在《取经诗话》所反映的宋元取经故事讲唱广泛流播背景下的敷演，是对宋元时期纷繁发展的取经故事的一次戏曲形式的梳理与总结。

根据现知文献资料，取经故事在《取经诗话》后得到了很大的丰富发展，故事基本定型。广东省博物馆所藏元代磁州窑瓷枕上即绘刻有唐僧师徒四人的形象，"孙悟空手持如意金箍棒，矫捷威武，跃步向前，反映出不畏强暴，不怕艰险，勇往直前的英雄气概；猪八戒长嘴大耳，肩扛九齿钉钯，迈步跟随；唐僧骑马扬鞭，取经心切；沙和尚手举仗伞，快步从行"[①]。由此可见，三藏取经故事已在元时基本完善，并广为流传，不仅反映在日常生活物品的装饰上，也出现在时兴伎艺的曲唱话语中，如《董西厢》卷二叙法聪下书一节有言："这每取经后不肯随三藏，肩担着扫帚藤杖，簇捧着个杀人和尚。"《王西厢》第一本第二折〔朝天子〕张生唱道："好模好样忒莽戆，烦恼则么耶唐三藏？"吴昌龄《东坡梦》第四折佛印回答白牡丹云："你道俺出家人不及那往西天的唐

[①] 郁博文：《瓷枕与西游记》，《光明日报》，1973年10月8日。亦见朱一玄、刘毓忱编：《西游记资料汇编》，南开大学出版社，2002年，第149页。

三藏。"赵彦晖散曲〔南吕一枝花〕《嘲僧》有"几曾见丽春园苏氏和都刚？被个老妖精狐媚了唐三藏"之语①。这些皆表明三藏取经故事经过史实、传说的融汇和各种文艺形式的锤炼，已得到显著的丰富和发展，并在广泛传播中家喻户晓，深入人心。在此背景下，《西游记》杂剧对当时纷繁发展的取经故事进行了一次梳理和融会。

其一，在叙事结构方面。杂剧本的叙事顺序是唐三藏出身故事，取经缘由，猴行者出身故事，取经历程（包括收八戒、沙和尚为徒，行经女儿国、火焰山），最后参佛取经、返回东土。此叙事顺序整体上承续了《取经诗话》一脉取经故事的情节框架（取经缘起—取经历程—取经成功而返回），更把猴行者、猪八戒、沙和尚、白龙马四个取经队伍成员融合到这个结构中，并给予他们前后有别的出场序列和详略不同的出场介绍，尤其是猪八戒和白龙马的形象（第四本共四出，第二本第七出）。其情节布局虽未能十分匀称，但已有后来西游小说的结构框架和人物基础。而且这个叙事结构与同时期的平话本所反映的情节框架完全一致，业已具备后来百回本小说《西游记》的基本构架。只是在百回本中，叙事序列各节段的情节设置和篇幅内容各有具体变化，比如取经缘由增加了魏征斩龙、太宗入冥、刘全进瓜等情节。

其二，在取经队伍方面。杂剧第七出木叉对唐僧说："吾兄从今后不必把眉头纵，骑着龙马，引着部从。"但这"部从"具体为何并不明确，因为此时唐僧并无悟空等护送，可能是《取经诗话》叙玄奘有部从六人的遗绪。关于取经队伍的成员，《取经诗话》中是一师一徒，南宋刘克庄《释老六言十首》其四有"取经烦猴行者"诗句，甘肃榆林石窟西夏时代的取经壁画中有唐僧、猴行者和驮经的白马②。这是宋时取经故事的人物设置，而至元时，这个取经队伍有了丰富和发展。元代画家王振鹏所作的《唐僧取经》组画现残存三十二幅，除上册第一、三图外每幅皆有题签，但有些题签与图画内容不匹配，或是后人装裱时错置，

---

① 隋树森编：《全元散曲》，中华书局，1964年，第1235页。
② 万庚育：《莫高窟、榆林窟的西夏艺术》，载敦煌文物研究所编《敦煌研究文集》，甘肃人民出版社，1982年，第319页。

或是后人拟题时错误，显示图画与题签并非属于同一取经故事版本。以残存的三十二幅图画论，仅上册第十五幅题为"玉肌夫人"一图绘有猴行者（猴头人身，扛一杆棒），其他各图中唐僧身边的侍者皆是一个普通仆人的形象，这表明取经队伍中无猪八戒、沙和尚形象；另据日本学者矶部彰的按图总结①，唐僧取经途中的护法神是毗沙门天王，途中所遇魔难仅有鬼子母、妖女、火妖狐，这些情节表明这组图画反映的取经故事与《取经诗话》较为接近。而以此组图画所附题签论，则已有猪八戒、沙和尚形象，如上册第五幅图题签是"流沙河降沙和尚"，第八幅图题签是"八风山收猪八戒"，如此则这些题签所关联的是另一个取经故事版本，反映出元末时期杂剧本、平话本前后的取经故事的发展水平。因此，现存三十二幅图的图画内容与题签内容反映了取经故事两个不同的发展阶段，题签内容所关联的取经故事已类平话本、杂剧本的水平，不但情节框架相近，如杂剧本和平话本的经典情节于此皆有反映，流沙河降沙和尚（上册第五幅）、八风山收猪八戒（上册第八幅）、唐僧过女人国（上册第九幅）、金葫芦寺过火焰山（下册第二幅）；而且取经队伍的成员已全部出现，这也是当时取经故事普遍表现出的人员构成，如张掖大佛寺元代西游故事壁画中唐僧师徒四人及白马形象齐全，广东省博物馆所藏元代磁州窑瓷枕上也绘刻有唐僧师徒四人的形象，虽然这些人物形象的特征与后来仍有差距，如孙悟空尚未束虎皮裙，猪八戒未大肚便便，未肩担行李，沙和尚是举伞从行，而非手执宝杖，但确也表明元代取经故事已有相当程度的丰富、发展。

杨景贤杂剧的一师三徒一龙马的取经队伍构成，正是在这个基础上的总结。剧中唐僧、猴行者、猪八戒、沙和尚、龙马的形象，都有或详或略的描述。全剧六本二十四出，写唐僧身世者四出（第一本），写龙马来历者一出（第七出），写孙悟空出身者两出（第九、十出），写猪八戒故事者四出（第四本），第十一出对沙和尚来历也有所交代。而且杂

---

① 矶部彰：《元代〈唐僧取经图册〉研究要旨》，载《唐僧取经图册》，日本株式会社二玄社，2001年，第3页。

剧中孙悟空、猪八戒、沙和尚的出场皆是在唐僧西行途中被一一叙述出。在西行护法成员的出场次序上，杂剧是白龙马为先（第七出），然后依次是孙悟空（第十出）、沙和尚（第十一出）、猪八戒（第十三出），后来取经成功而得成正果时，唐僧对他们三个的赞语亦循此序（第二十二出）。《朴通事谚解》所引《西游记平话》也是按此顺序交代三个徒弟：三藏法师西天取经途中，救出压在花果山石缝中的猴精，"以为徒弟，赐法名吾（悟）空，改号为孙行者，与沙和尚及黑猪精朱八戒偕往，在路降妖去怪，救师脱难，皆是孙行者神通之力也"。后来的百回本小说却把收伏猪八戒置于沙僧之前，或是采用了取经故事系统中的另一版本。总之，杂剧在梳理当时取经故事的基础上，展现出唐僧先后收伏白龙马、孙行者、沙和尚、猪八戒为徒的过程，并安排了四个徒弟的出场序列，定型了各自的出身情节，又以这一取经队伍设置了西行途中降妖伏怪的传奇经历。这个取经队伍的人员构成及其相关的情节框架为西游小说的人物形象发展奠定了基础，也为百回本小说的编写在人物形象塑造上提供了借鉴的依据。

其三，在人物形象方面。猴行者在取经故事中是最早出现的护法者，《取经诗话》中的猴行者是个化身为白衣秀才的得道神猴，他魔性尽失，一心向佛，自愿为玄奘西行护法，正因其性格单一，形象也就显得单薄不丰富。而在杂剧中，猴行者出场时是一个妖魔，被取经途中的唐三藏从花果山下救出后才皈依佛门，但他魔性未泯，观音菩萨特授其"铁戒箍"，并传唐三藏念"紧箍儿咒"，以戒孙行者心性。相比于《取经诗话》，这些情节的填充、铺垫使得猴行者的出场较为自然，使得后面孙行者安心护法的叙述合情合理，也使得他在剧中具有了丰满的性格、生动的形象，成为集魔性、猴性、人性于一身的文学形象。《取经诗话》中的"猴行者"，虽有"花果山紫云洞八万四千铜头铁额猕猴王"的显赫出身，但究其实不过是温文尔雅的"白衣秀才"，既缺乏促狭泼顽的"猴性"，也少有降妖伏魔的神通法力。

而在杂剧中，猴行者（一）有猴的外形，脸上有毛，铁扇公主骂他是"泼毛团"（第十九出〔快活三〕），这是《取经诗话》后猴行者形象发展的体现，也是宋元时期普遍认同的孙行者形象，比如甘肃瓜州县榆林石窟西夏时代的取经壁画中他即是猴形，福建泉州开元寺西塔上的南宋浮雕有猴头人身、头套金箍、手执砍刀的猴行者像①，元代画家王振鹏所作《唐僧取经》组画中题为"玉肌夫人"一图（上册第十五幅）绘有猴头人身、扛一杆棒的猴行者形象，广东省博物馆所藏元代取经故事瓷枕画之猴行者也是猴头人身；（二）有猴的习性，他喜酒好桃，攀藤揽葛，行动敏捷，表现出活泼好动、嬉闹调笑等特性；（三）有妖魔的法力，他变化多端，神通广大，长着铜筋铁骨、火眼金睛，能幻化形貌，能翻十万八千里的筋斗，"喜时攀藤揽葛，怒时揽海翻江"（第九出）；同时也有好色吃人等劣性，如因大闹天宫被神佛降伏后还念念不忘金鼎国公主，刚被唐僧从花果山下救出便想着到前面吃掉唐僧，可见他在成为唐僧弟子后仍未死心塌地，一心向佛，而要靠铁戒箍束缚其潜隐的魔性。但是，这些魔性、猴性却是附着在一个具有人的品性的孙行者形象上。虽然杂剧中的皈依佛门的孙行者仍猴性不减，魔性犹存，但他的神通广大并不是为魔性服务，而是除暴安良，降妖伏魔，表现出智勇兼备、坚韧不拔的英雄品格，且能矢志不移地保护师父完成求取真经的神圣使命。这些品性在营救刘太公之女，降伏沙僧、八戒、红孩儿的过程中得到了很好的反映，同时还显示出机智灵活、滑稽风趣的性格特征。后来百回本小说中的孙悟空形象承续了这一设置主旨，并进一步消减了他的魔性，但仍留有一些遗迹，如第二十七回孙悟空告诉唐僧那施斋的女子是妖精时："师父，你那认得。老孙在水帘洞里做妖魔时，若想人肉吃，便是这等：或变金银，或变庄台，或变醉人，或变女色。有那等痴心的，爱上我，我就迷他到洞里，尽意随心，或蒸或煮受用；吃不了，还要晒干了防天阴哩！"又第八十回老鼠精变成女子绑在树上，唐僧命八戒去解救，孙悟空阻止说："师父原来不知。这都是老孙干过的买卖，想人肉吃的法儿。你那里认得！"

---

① 福建泉州开元寺有东西二塔，始建于唐垂拱年间，初为木塔，历经多次改建，至南宋理宗年间始建为五层石塔。其西塔第四层有一幅猴行者的浮雕像，左上角另有一小僧人，右上角则刻有"猴行者"三字。参见王寒枫《泉州东西塔》，福建人民出版社，1992年，第158页。

至于猪八戒形象,可能当时的取经故事讲唱中已有塑造,但现知最早的以生动形象、完整情节予以呈现者当是《西游记》杂剧。此剧用了四出篇幅(占全剧的六分之一)叙述了猪八戒的非凡出身和加入取经队伍的过程。猪八戒原为摩利支天部下御车将军,盗了金铃,顿开金锁,离开天门下到了人间的黑风山,潜藏在黑风洞,自号黑风大王,成为黑猪精。他好色贪吃,闻得裴太公之女海棠暗遣梅香修书与未婚夫月下相会,便化作朱公子,趁着夜色来到裴家,将裴小姐摄往黑风洞,据为妻室,此后就自称姓朱(第十三、十四出)。"朱八戒"大概是元时称呼。杭州飞来峰龙泓洞中左下方有两组浮雕,描绘的是唐僧取经故事,"前一组玄奘作前导状,容相温雅,左上角隐约有'唐三藏玄奘法师'一行题字,……后一组浮雕两比丘,头部已毁去,有背光;头部以下大体完整。榜题刻有'竺法兰'、'朱八戒'等字,后面有马,仅残存痕迹。这组浮雕应是表现'白马驮经'故事"①。由此知猪八戒的形象在元代已经广为人知。至于其具体形貌,杂剧写他生得"喙长项阔,蹄硬鬣刚"(第十三出),《西游记平话》称他为"黑猪精猪八戒",这在当时的实物画中得到了表现,如广东省博物馆所藏元代取经故事瓷枕画中的猪八戒是长嘴人身,肩扛钉耙;张掖大佛寺元代西游故事壁画的猪八戒是猪形人身,肩挑行李,手中无武器。

另外,杂剧也展示了沙和尚、白龙马的明确出身。沙和尚本为"玉皇殿前卷帘大将军",只因"带酒思凡",被罚在流沙河"推沙受罪"。他在流沙河为怪伤人,自称是个"不怕神明不怕天"的水怪,自云曾有僧人发愿要去西天取经,九世为僧,"被我吃他九遭,九个骷髅尚在我的脖项上"(第十一出)。而据第七出观音介绍,白马原是南海火龙三太子,"为行雨差迟,法当斩罪",观音菩萨奏知玉帝救了它,让他化为白马,随唐僧西天驮经。而且观音为他设定的任务是"火龙护法西天去,白马驮经东土来"(第七出)。

其四,在故事情节方面。杂剧对取经故事讲唱有继承,有丰富,有

---

① 刘荫柏编:《西游记研究资料》,上海古籍出版社,1990年,第258页。

发展。第十七出"女王逼配"写女儿国国王寂寞凄凉,恰逢唐僧取经路过此地,便欲强留他做丈夫,被观音派来的韦驮尊天神帮助解脱。此出情节乃承自《取经诗话》第十节女人国故事,只是杂剧有所发展。《取经诗话》中三藏不为女王诱惑,坚定信念:"我为东土众生,又怎得此中住院?"女王无奈,只得放行。在此过程中,三藏虽有猴行者随行,但女王的放行,乃是因为三藏法师对个人信念的坚持。而杂剧则对这个情节做了一些科诨发挥,如孙行者对女王的调弄,但孙行者和唐僧皆未能说服女王的强逼,最后还是依靠韦驮尊天神的护持才得解脱。

另外,第十二出"鬼母皈依"则显示出鬼子母故事在《取经诗话》后的丰富发展。《取经诗话》最早把鬼子母故事纳入西游故事中,后来宋元戏曲多有敷演,如南戏《鬼子(母)揭钵》(佚),吴昌龄《鬼子母揭钵记》(残存)。但《取经诗话》未及鬼子母揭钵事,而杂剧不但叙及鬼子母揭钵事,还提到爱奴儿这个形象,显为杂剧吸纳当时取经故事发展的成果。杂剧第十二出叙唐僧一行正行走之间,忽然听见有小孩啼哭之声,唐僧行善,命行者背他到前面人家询问根由。行者知其为妖怪,一刀将其砍下山涧,那妖怪却早已将唐僧捉走。行者和沙僧只好去见观音,又去见世尊佛。原来这孩子名为爱奴儿,其母亲是鬼子母。世尊便命四揭帝用钵盂把小孩盖住,以待鬼子母前来。鬼子母前来救子,但揭不开钵盖,最后被哪吒捉住,皈依佛祖。爱奴儿行骗捉唐僧的情节正是百回本小说中的红孩儿故事,杂剧第十二出结尾处称爱奴儿为"火孩儿",第二十一出则直陈"脱离了红孩儿,过了火焰山",而在平话本中,红孩儿怪已被列为唐僧西行途中的一难。

当然,由于杂剧演述体制的限制,《西游记》杂剧未能反映出宋元取经故事发展的全貌,只是对当时已有西游故事的选择、连缀。比如此剧并无吴昌龄《西天取经》杂剧中的指路情节,有关鬼子母的情节不同于宋元南戏《鬼子母揭钵》残曲所反映的情节,玄奘出身故事亦不同于宋元南戏《陈光蕊江流和尚》(杂剧叙及金山寺的和尚名为丹霞,而南戏和后来小说则是迁安①)。又如猴行者的出身，杂剧中孙行者自称"通天大圣"，平话中却号"齐天大圣"；杂剧中孙行者住的是花果山紫云罗洞，平话中却是花果山水帘洞；杂剧中李天王命哪吒捉拿孙行者，平话中却是李天王请二郎神捉拿孙行者；杂剧中诸神将未能降伏孙行者，观音菩萨最后出面将其压在花果山下，平话中孙行者与玉帝神将拼斗，被执当死，观音上请于玉帝，免其一死并将其压在花果山石缝内。

总之，《西游记》杂剧的内容显较《取经诗话》大为丰富，但杂剧显示的不同于宋元南戏、平话的地方，说明它所选用的取经故事版本并不同于平话，而是在宋元时期纷繁的取经故事版本中，根据自己的原则选择了不同于平话本的故事版本。当然，它们之间的相同之处，比如孙行者偷盗王母娘娘的蟠桃和太上老君的金丹，偷王母仙衣一套要举办庆仙衣会，被李天王缉拿，被观音菩萨压在花果山下，又说明各种纷繁流播的故事版本中仍存有一致的因素，皆依循着《取经诗话》所代表的取经故事讲唱的发展方向。但宋元时期取经故事的许多情节并未在杂剧中反映出来，则又说明当时的取经故事版本比较纷繁杂乱，杂剧只是对这些纷繁流播的取经故事予以筛选、剪裁后的串联结撰，并在此基础上有所发挥、开拓。

(二)《西游记》杂剧的开拓在西游小说中的反映

《西游记》杂剧对此前纷繁流传的西游故事作了梳理和总结，这个总结既有选择性的剪裁，也有拼凑性的汇集。也就是说，它对此前西游故事既表现出选择，也表现出拼凑，而不是如胡适所说的"大结集"②。但它以杂剧形式为西游故事的发展作了一次梳理和综合，在思路上、趣

---

① 宋元南戏《陈光蕊江流和尚》佚曲《鲍老催》提到迁安和尚的名字。明代世德堂本《西游记》删除了唐僧出身一节，然第十一回"迁安和尚将他养"一语透露出金山寺迁安和尚收养江流儿的故事。
② 胡适《西游记考证》有言："元代已有一个很丰富的《西游记》故事了。……大概此类的故事，当日还不曾有大规模的定本，故编戏的人可以运用想象力，敷演民间传说，造为种种戏曲。那六本的《西游记》已可算是一度大结集了。"(胡适《中国章回小说考证》，安徽教育出版社，1999年，第256页。)

味上有承续,也有开拓。这种开拓之功在杂剧本与百回本小说的比较中甚为明显。

其一,在结构框架方面,杂剧本为取经故事提供了一个更为开放、宏大的情节框架。百回本小说的故事构成序列是:悟空出身故事—三藏出身故事—取经缘由—取经历程—取经成功。据现知材料,这个情节框架的建立起于杨景贤杂剧,只是小说把悟空出身故事提前而已。杂剧本的结构框架有五个部分:三藏出身,取经缘起,悟空出身,取经历程,取经成功。在三藏西行途中,得白龙马,收孙悟空,收沙和尚,杀银额将军,救刘大姐,降鬼子母,擒猪八戒,入女人国,过火焰山,直至天竺国取经归来。百回本小说虽在情节次序与规模上有所调整,如孙悟空的出身故事被置篇首,三藏的出身故事缩隐至无形,但是,杂剧本所建立的结构框架总体上并未改变。

当然,取经故事的情节框架在《取经诗话》中就已奠定基础,其取经缘起—取经历程—取经成功的框架一直为后世取经故事作品所遵循,这在元末明初的《西游记平话》中仍是如此,但对于百回本小说来说,在这个情节框架中缺少三藏出身故事一段。而杂剧本则把江流儿故事纳入取经故事中,把三藏的出身传奇化、神异化,从而给予取经故事一个新的情节组构部分。将早已广为流传的江流儿故事与唐僧故事结合起来作为取经故事的一个组成部分,这对西游故事系统的发展是一个开拓之举,从现知材料看,这一开拓之功当归于《西游记》杂剧。虽然它所叙述的江流儿故事在情节上未被吴承恩小说采纳,但在思路上则具有开创性、启发性。

另外,杂剧本在总体结构上以固定的取经队伍成员来组构系列故事,这种结构形态可以无限地增加情节,它所提供的结构空间在百回本小说中得到了很好的填充,而百回本小说的填充也很好地体现和证明了这种结构形态的灵活性和开放性。百回本小说由杂剧本的少数几个魔难故事,增容为八十一难历险,有四十一个降魔除妖故事,占据百回本小说的八十七回篇幅。因此,郑振铎认为杂剧本所述的事实虽与后来小说颇不相同,然已建立了后世小说的"骨干",即已建立起基本的情节结构框架①。

其二，在人物形象方面，《西游记》杂剧中唐僧、孙悟空、猪八戒各有折数不等的篇幅描述他们的出身、性格和事迹，沙和尚和白龙马的出身亦各有列述。至此，取经队伍的构成已基本定型，成员的形象、性格和职责也基本形成，如唐僧是取经队伍的导引者、凝聚者，悟空是先锋，八戒挑担，沙僧牵马，白马代步驮经；唐僧柔弱但意志坚定，悟空英勇坚毅，八戒好色贪财，沙僧诚实忠厚。

杂剧本在人物形象方面最具开创性的地方乃是把江流儿故事纳入取经故事中，融合到三藏的出身中，为唐僧形象增加了传奇性和神异性，非常契合这个形象的发展指向。唐三藏的形象有一个神异化的过程，唐代笔记中的玄奘已非凡种，《太平广记》卷九二《玄奘》（注出《独异志》及《大唐新语》）记他于西行取经途中得一老僧所授《多心经》一卷，诵之，"遂得山川平易，道路开辟，虎豹藏行，魔鬼潜迹"②。宋代志磐《佛祖统纪》中记载的玄奘更多异行，他"杖策西征，远逾葱岭，毒风切肌，飞沙塞路。遇溪涧悬绝，则以绳为梁，梯空而进。及登雪山，壁立千仞，人持四栈，手足更互著崖孔中，猿臂而过。张骞、甘廷寿所未至此也。过沙河逢恶鬼，异类出没前后，师一心念观音及《般若心经》，倐然退散"③。而到了杨景贤杂剧产生的前后，仍有关注玄奘个人传奇经历的叙述，如元人吴昌龄《西天取经》杂剧。而杨景贤杂剧所写的三藏法师则更往神异性方向发展，它改变了《三藏法师传》中符合历史事实的玄奘身世表述，把宋元戏文、说唱等伎艺敷演的江流儿故事捏合到唐僧身上。由此，三藏法师已不再是历史上的那个玄奘，而是一个具有神异色彩的文学形象，如第一出观音上场提到江流儿乃是"西天毘卢伽尊者"托化于世。但在具体的叙述中，唐僧则是一位身无法力的凡种，完全要依靠孙行者和神佛的保护。这个形象相对于《取经诗话》是一个开拓，也影响了百回本小说中唐僧的形象塑造，如世德堂本《西

---

① 郑振铎：《西游记杂剧》，载《中国文学研究》，人民文学出版社，2000年，第557页。
② 李昉等编：《太平广记》卷九二，中华书局，1961年，第606页。
③ 刘荫柏编：《西游记研究资料》，上海古籍出版社，1990年，第117页。

游记》说唐僧本是"金蝉子化身,十世修行的原体"(第二十七回),投胎凡俗,经观音菩萨点化而赴西天取经。

其三,在故事情节方面,杂剧本有许多情节为小说所承袭。第四本黑猪精摄女为妻的叙述十分精彩,孟称舜《古今名剧合选》之《柳枝集》全收此一本四折,名为《二郎收猪八戒》。百回本小说"高老庄大圣除魔"一节即脱胎于此,虽人名、地名有所改异,但一些细节处仍有沿袭,如第十五出"导女还裴"写孙行者为擒猪八戒,在裴海棠房中穿上裴的衣裳,专等猪八戒来寻,并对猪多有戏谑。百回本小说第十八回悟空变成高翠兰模样,独自在房里等猪八戒的到来,并对猪极尽调弄。

关于取经缘起一节,杂剧本中的唐三藏因观音荐举,到京城祈雨救民,后被唐王赐金襕袈裟、九环锡杖,封三藏法师,并奉旨赴西天取经,以保国祚安康,万民乐业。杂剧本第五出"诏饯西行"即写唐僧出发赴西天取经时百官灞桥设宴饯行的隆重场面。百回本小说叙写三藏的传奇出身和取经缘由与杂剧本大同小异。世德堂本第十二回《玄奘秉诚建大会,观音显象化金蝉》即叙写了唐王赐玄奘锦襕袈裟、九环锡杖,封三藏法师,以及玄奘做道场演经,唐王和众臣欢送玄奘赴西天取经的热闹情景等。

关于猴行者出身一节,杂剧本述孙行者大闹天宫,"我盗了太上老君炼就金丹,九转炼得铜筋铁骨,火眼金睛,……我偷得王母仙桃百颗,仙衣一套,与夫人穿着。今日作庆仙衣会也"(第九出)。因而玉帝派李天王点起八百万天兵,数千员神将,布下天罗地网,到花果山紫云罗洞捉拿。最终孙行者被哪吒和眉山七圣捉住,并被观音菩萨压在花果山下,以待唐僧的到来。平话本与此类同,如孙行者也是因偷天宫蟠桃、老君灵丹药、王母仙衣一套而招来天兵缉捕;李天王率天兵天将一战失利,请来二郎神才拿获孙行者;观音上请玉帝,令巨灵神押往花果山镇压,以待取经之人的到来。百回本小说承此而来,情节上略作改动,比如孙悟空是被如来压在五行山下,而非被观音压在花果山下;花果山处于东海,而非唐僧西天取经的第一站。但百回本小说大闹天宫一节的故事框架完全承自杂剧本和平话本,并在这个框架中锻炼得更为曲折、丰富、精彩。

其四，在叙事趣味方面，杂剧本在情节设置和语言表达方面表现出诙谐幽默的趣味。比如第五出从尉迟恭等人饯送唐僧西行的庄严场面突然转入到村姑视角的风趣描述，第六出"胖姑演说"一节借一个乡下姑娘胖村姑之口，以一种滑稽戏谑的口吻，来向村里人绘声绘色地描述了唐僧西行取经出发时万人相送的热闹情景："不是胖姑儿偏精细，官人每簇捧着大擂捶。擂捶上天生得有眼共眉。我则道瓠子头葫芦对，这个人也索是跷蹊。甚么唐僧唐僧，早是不和爷爷去看哩，枉了这遭。恰便似不敢道的东西，枉惹得傍人笑耻。"胖姑儿的这套〔双调〕套曲唱述，与睢景臣〔般涉调·哨遍〕《高祖还乡》笔意相同，在剧中插科打诨，调侃讽刺，饶有趣味，营造了一种俏皮轻松的氛围。此段"胖姑演说"虽与唐僧西天取经的情节主线关系不大，但它却在取经缘起部分烘托了全剧的谐谑气氛，定下了后面对取经过程叙述的诙谐幽默趣味。

杂剧本后面的调笑打诨，即使是一些庄严的场合、严肃的人物，也时有所见。比如第十七出过女人国时，女王抱住唐僧，孙行者解围说："娘娘，我师父是童男子，吃不得大汤水，要便我替。"第二十一出叙在中天竺国路遇贫婆，贫婆问孙行者是否有心，行者答："我原有心来，屁眼宽阿掉了也。"第二十二出猪八戒成佛后自嘲："圆寂时砍下头来，连尾巴则卖五贯。"即使唐三藏这样性格拘谨、一本正经的高僧，杂剧也让他说出一些调笑幽默的话语，如第五出在隆重的送行场面上，三藏在众人严肃地向他求法语儆戒时竟然以"开洞的"打趣；第七出三藏与驿卒关于马站、驴站、狗站、砲站进行了调笑戏弄。当然，《西游记》杂剧中这些诙谐幽默的情节和语言，有其作为杂剧所习有的市井娱乐趣味，但此剧对西游故事的幽默趣味的开掘，以及一些情节和语言的设置，确为后来西游故事的谐谑趣味作出了开拓，也奠定了基础。百回本小说即在这个方面继承了杂剧本的幽默调笑趣味，比如把这种趣味加入孙悟空形象中，结合了悟空不受拘束、机灵嬉闹的性格特征，让他在调笑戏闹中寓含着反抗精神。他不墨守清规戒律，时常对佛门调侃嘲弄；他屡涉艰难困苦，但仍然诙谐机趣，充满乐观精神。百回本小说中这种幽默调笑的设置更具内涵，更有思想，这表明杂剧本所开拓的审美趣味在小说中得到了进一步的充实和提高。

综上理析，《西游记》杂剧可称是宋元时期取经故事的一次小综合。它以六本二十四折的规模结构了唐僧西天取经的故事框架，这一规模从整体上表现出唐僧西天取经故事的前后过程，从故事类型和整体结构上几可称为是此前取经故事累积的一次总结性成果。参照百回本《西游记》，此本杂剧在叙述结构、故事类型、取经队伍等方面都有很好的开掘和融会，二者间有着明显的承续关系。这种性质的戏曲作品在《三国志演义》、《水浒传》的成书史上并未出现。所以，杨景贤《西游记》杂剧完全可以成为西游故事系统发展的重要节点。此本杂剧内容完整，结构宏大，故事类型齐全，人物形象众多，且有一个很好的叙述框架，这些皆为后来西游故事作品的编创开拓了进一步扩展的结构空间，提供了汇聚、融会其他作品优长的有利条件。

总之，《西游记》杂剧在西游故事发展史上是一个承上启下性质的作品，它既是对此前西游故事的梳理与总结，也为后来西游故事的发展作出了铺垫和开拓。这为西游故事的定型作出了贡献，由此而对此后敷演西游故事的作品产生了影响。至于百回本小说所反映出的那些杂剧影响之迹，并不一定是杂剧本直接影响的结果。因为杂剧本与平话本一样，未能反映出宋元取经故事发展的全貌，也未能统一当时纷繁的取经故事版本。各种纷繁多样的取经故事版本在交流混融过程中不断地发展，向着百回本小说方向前行，期间取经故事在各版本的交流融合中更为丰富，比如明万历二年的礼节传簿本《唐僧西天取经》队戏中人物、魔难、地名的丰富即关联了更为复杂的西游故事情节①，显示出对元末明初杂剧本、平话本的继承和发展。这一队戏所反映的西游故事应是流

---

① 明万历二年抄本《礼节传簿》，《中华戏曲》，第3辑，山西人民出版社，1987年，第45—47页。

行于嘉靖至万历年间的小说雏形①。《西游记》杂剧的影响就是经由这些文艺编创的传播而进入到西游小说,并最终反映在百回本小说《西游记》中。所以说,杂剧本对百回本小说的影响虽不一定是直接的,却也最终能在百回本小说中得到一定程度的反映。

四、结　语

通过上述三个专题理析,我们可以看到,在宋元叙事性"说话"及其文本形态的话本小说的发展基础或背景下,戏曲在同一故事系统中取用小说故事题材的敷演和发挥,在小说的发展进程中,起到了不同程度的累积和开拓作用。由于各自的情况不同,各个故事系统中戏曲对小说的影响作用亦各不相同。

《水浒传》、《三国志演义》、《西游记》三部世代累积型小说的成书过程,分别是同一故事系统中小说与戏曲关系的一次阶段性总结,是小说与戏曲关系发展脉络上的三大节点。对于这三部世代累积型小说来讲,同一故事系统的元明戏曲对其人物、情节和趣味等方面进行了不同程度的开掘和发挥,不但是对小说进行了另一艺术形式的传播,也是对小说故事发展的一种承传,它们对于各自故事系统的小说编撰来说,准备了丰富的故事题材和人物形象,由此而起到了有益的累积和开拓作用。这些累积型小说正是在这样的土壤中得到了良好的孕育和培养,最后成长为一棵棵参天大树。虽然有许多戏曲的开拓成果最终没有在这些小说的叙述中反映出来,但它们在同一故事系统内的丰富开掘、大量编演,为这些小说的故事建构营造了浓厚的文化氛围,唤起了人们关注、

---

① 宋元南戏《陈光蕊江流和尚》佚曲《鲍老催》有言:"那时若没龙神救,怎能够有今日?若还不遇迁安的,也葬在鱼腹内。"(钱南扬辑录《宋元戏文辑佚》,上海古典文学出版社,1956年,第171页。)明代世德堂本《西游记》为现存百回本的最早刻本,其第十一回介绍玄奘出生的韵语有"出身命犯落江星,顺水随波逐浪泱。海岛金山有大缘,迁安和尚将他养";第九十九回总结取经八十一难时将"满月抛江"列为第三难。这说明此前曾有一个《西游记》的祖本,它有迁安和尚收养江流儿的情节,而上述信息即是世德堂本对"祖本"中唐僧出身情节删而未尽的遗迹。

开掘、发展这些小说的兴趣。

  当然,这些小说作为世代累积型作品,不同程度地吸纳、融合了多种文艺形式对其各自故事系统的锤炼和开拓成果,其中即有戏曲的功绩,即使戏曲对这些小说的影响并不一定是直接的,也是能在各自故事系统的小说中得到一定的反映。另需注意的是,在这些小说的世代累积过程中,除了吸纳、整合了同一故事系统内的戏曲的开拓成果,也汇集、融合了不少非同一故事系统的戏曲的编创成果(详见第八章第二节)。

第三编 创作层面的利用

第八章

《金瓶梅词话》的利用戏曲现象

《金瓶梅词话》的伟大之处，表现于它在中国小说发展史上辟山拓路的开创功绩和承上启下的桥梁作用，后世所谓的家庭小说、风情小说、世情小说等品类，皆是白话小说一脉穿越它所开启的门径而前行的结果。这种开拓之功也表现在《金》对小说艺术表现手法的开掘与锻炼方面，比如它在情节叙述中利用大量的戏曲材料来建构小说。对于小说叙述中出现的这些戏曲材料，有的学者简单地把它们视为情节叙述的附加物，一种无情节意义的插引，继而把它们视为戏曲史料。这种考察视角、立场或思路一方面忽视了小说虚构创作对于戏曲材料的合目的性改造，另一方面则有意无意地忽略了这些戏曲材料在小说叙述中的情节建构、人物塑造、主题表达等意义，其主要原因是未能充分理清这些戏曲材料的内涵及其与小说叙事建构的关系。

如果我们把这种关系置于《金瓶梅词话》叙事建构的视域中，则会看到这些戏曲材料在小说情节叙述中的出现大多具有特意考虑，体现出小说主动使用戏曲材料以达成创作目标的意图。因此，本书即以"利用戏曲"来强调小说取用戏曲材料以建构情节、刻画人物、表达情志和揭示主题的有意识性、有目的性。

而如果我们再把《金瓶梅词话》利用戏曲的这些思路、手法置于其前后小说戏曲关系的发展脉线上，则会看到《金》利用戏曲现象的小说戏曲关系史意义——它所表现出的利用戏曲的思路和方法不仅对《金》本身有着积极的建构作用，而且在小说艺术史上有着承前启后的过渡性、开创性意义。

一、利用戏曲资源的基本情况

有一种观点认为,《金》是由主体故事情节和一些无情节意义的小说佐料组成的混合体。确实,《金》在取用市语、留文和曲文时,许多情况下并没有与主体情节很好地融合,而是游离、疏离于主体故事情节之外,比如第八回写潘金莲多日苦盼西门庆不来,郁闷之际脱下红绣鞋打相思卦,接着以"正是"领起的评述却说是以金钱占卜("逢人不敢高声语,暗卜金钱问远人");第六回叙王婆上街打酒卖肉,"那时正值五月初旬天气",大雨倾盆而下,但下文的一段韵文描述却说此雨"洗炎驱暑"①。这种混合体现象也表现在《金》中出现的那些戏曲材料上,所以有的学者把《金》视为戏曲史料的宝库。当然,《金》中出现如此多的戏曲材料,确能反映当时社会文化中戏曲发展的繁荣度和戏曲在民众生活中的普及度,但小说利用戏曲材料的主要目的,并不是为了呈现当时这种社会生活的真实性,而是为了表现小说的情节、人物和主题。如果我们在充分认识相关戏曲材料的基础上,仔细理析它们与小说情节的关系,就会发现许多戏曲材料并不是混杂在《金》主体故事情节中的无情节意义的佐料,而是被一个统一的主题有目地地结构在小说故事中(虽然有些未能与小说叙事充分融合),作为小说的有机组成部分而获得新的生命。也就是说,这些戏曲材料在小说叙述中的出现并不是无情节意义的插引,而是有着特别的情节建构、人物塑造、主题表达等方面的考虑,是对戏曲材料的有意识的、有目的的利用。

所谓的有意识是指《金》利用戏曲的主动性,这表现在两个方面:小说人物有意识地利用戏曲材料表情达意,小说叙述者有意识地安排、改造戏曲材料以为我所用。前者如第二十一回西门庆与吴月娘斗气后在一个雪夜里重新合好,接下来的一次家宴中丫鬟就弹唱了一套〔南石榴花〕"佳期重会",西门庆因而询问何人指使,丫鬟玉箫便说是五娘潘金

---

① 兰陵笑笑生:《金瓶梅词话》,人民文学出版社,2000年,第90、72页。

莲的盼咐。后来西门庆对孟玉楼解释了潘的意图："他说吴家的不是正经相会,是私下相会,恰似烧夜香有意等着我一般。"这就道出了潘金莲是有意地以此曲来讥讽吴月娘耍小伎俩暗地里谋求与西门庆合好。后者如第九十六回吴月娘宴请已成为守备夫人的春梅,席间春梅点唱〔懒画眉〕"冤家为你几时休",此时小说叙事者跳出来解释道:"看官听说,当时春梅为甚教妓女唱此词?一向心中牵挂陈经济在外,不得相会,情种心苗,故有所感,发于吟咏。"小说借人物或叙述者之口明确指出人物有意识地按自己的意图来点唱曲文,这就说明小说中这类戏曲材料的出现是作者有意识的选择和安排,而非无情节意义的插引。

另外,小说在选择、安排戏曲材料时,并非死板地抄录,而是会根据人物、情境作相应的改造。如第七十回铺陈朱太尉加官晋爵后的豪侈排场时,便利用了《宝剑记》第三出描述高太尉富贵权势的韵文,但其中"督择花石"、"进献黄杨"二句,并不见《宝剑记》,而是小说据朱太尉行实而作的增益。又第七十九回吴月娘请吴神仙圆梦一节,乃利用了《宝剑记》第十出林冲请算命先生解析不祥之梦一节的材料,但又进行了符合吴月娘身份、遭际的改动,即把林冲所梦的"鹰投罗网,虎陷深坑,损折了雀画弓,跌破了菱花镜",改为"大厦将颓,红衣罩体,擗折碧玉簪,跌破了菱花镜",以此预示吴月娘的命运是夫君有厄、孝服临身、姊妹失散、夫妻分离。这种借用现在的戏曲材料又能根据人物身份特征的改造,即说明小说利用戏曲材料的有意识。如果这是戏曲影响渗透下的被动接受、简单抄录,就不会有按小说具体情境的合目的性改造了,而《金》对戏曲材料有意识的主动利用,实际上是一种对戏曲材料的"为我所用"的再创造。这些戏曲材料在进入《金》的情节叙述后,已被作者创造性地重新组织在具有同一时空和主题的故事中,虽不能如张竹坡所言的那样每支曲的出现皆有特殊深意(第二十七回回前评曰:"凡各回内清曲小调,皆有深意,切合一回之意。"[①]),但就戏曲材料的内涵与小说情节建构的关系来看,这些戏曲材料在小说情节叙述中

[①] 张竹坡批评:《第一奇书金瓶梅》,齐鲁书社,1991年,第407页。

的出现,并非作者随手拈来聊以点缀,而是结合小说情节有所斟酌,有所改造的。

因此,《金》中戏曲材料的出现,是经过了作者适合小说情境需要的选择、安排和改造的,这除了说明小说在利用戏曲材料上的有意识外,更重要的是体现了这些戏曲材料的被利用皆有一定的针对性和目的性。小说作者有意识地利用戏曲就是为了达成自己的创作目的,实现自己的创作意图。这种利用戏曲的目的性即表现在《金》所开拓出的利用戏曲的方式及其所蕴涵的思路中。

(一) 利用戏曲烘托情境,渲染气氛

《金》对戏曲的曲文、情节的引入或化用多与小说当时的情境气氛应合,起到了很好的渲染、烘托作用。这情境或为自然景色,或为活动场面,或为二者的结合。如第六十七回西门庆在书房与应伯爵、温秀才饮酒赏雪,小厮春鸿拍手唱南曲〔驻马听〕"寒夜无茶"、"四野彤霞"二曲,其中有"这雪轻飘僧舍,密洒歌楼,遥阻归槎。江边乘兴探梅花,庭中欢赏烧银蜡。一望无涯,一望无涯,有似灞桥柳絮满天飞下"。此曲乃《宝剑记》第三十三出林冲流配沧州时所唱的一段雪景描写,小说取用于此,很适合当时的赏雪情境。另外,小说中叙及庆寿、宴欢场面时,也多以曲应合,如第七十回朱太尉新加光禄大夫,群僚前来庆贺的场面描述("官居一品,位列三台。赫赫公堂,昼长铃索静;潭潭相府,漏定戟杖齐。林花散彩赛长春,帘影垂虹光不夜。"),即利用了《宝剑记》第三出一段描述高太尉富贵权势的韵文,十分契合当时的宴庆气氛。当然,小说中也有一些宴欢场合中所点曲唱不合其时其境,但会有人出面指明,如第三十一回叙西门庆"生子喜加官"后开宴吃喜酒,宴席上刘太监令优伶唱"叹浮生有如一梦里",周守备马上劝止:"老太监,此是这归隐叹世之词,今日西门大人喜事,又是华诞,唱不的。"后刘、薛二太监点唱杂剧《陈琳抱妆盒》"虽不是八位中紫绶臣,管领的六宫中金钗女"一曲和〔普天乐〕"想人生最苦是离别",皆被周守备和夏提刑指出不适配当时的庆贺场景。此例从另一角度说明小说利

用戏曲是考虑到要适配当时情境的，也就是要用合其时，用合其境。

在更多情况下，小说利用戏曲以烘托、渲染情境既契合自然景色也适配活动场面。如第二十七回叙西门庆与众妻妾于一夏日雨后的傍晚在花园翡翠轩内饮酒宴欢，大家弹唱〔梁州序〕"向晚来雨过南轩"。此曲出自高明《琵琶记》第二十一出，乃蔡伯喈与牛小姐夫妇所唱，描写了夏日傍晚时分雷雨过后的清凉爽朗景色，以及夫妻良宵欢宴、笙歌喧笑的情形。小说在此利用此曲正合情境，当时西门庆正与潘金莲、孟玉楼、李瓶儿在花园翡翠轩内宴乐，雷雨突至，"少顷雨止，天外残虹，西边透出日色来。得多少微雨过碧矶之润，晚风凉院落之清"，于是，西门庆领着妻妾们向花园外走去，边走边唱《琵琶记》中的这套曲子："向晚来雨过南轩，见池面红妆凌乱。听春雷隐隐，雨收云散。"同是夏日傍晚，轻雷阵阵，雨过天晴；同是花园南轩，夫妻欢宴。此曲所关联的戏曲情境与小说此时的情境恰合，表达了人物于骤雨过后的清凉感受和夫妻欢宴的愉悦心情。

（二）利用戏曲比类人物行为

《金》不只利用戏曲烘托情境，还利用戏曲材料所关联的剧情以为人物行为的映照，让读者在比类中理解人物。第十一回叙西门庆在一群帮闲的怂恿下梳拢李桂姐，李在欢宴中所唱〔驻云飞〕曲为《玉环记》第六出韦皋嫖院时所唱，赞赏了妓女的才艺和美貌："举止从容，压尽构栏占上风。行动香风送，频使人钦重。嗏，玉杵污泥中，岂凡庸。一曲清商，满座皆惊动。何似襄王一梦中，何似襄王一梦中。"（此为《金》中所引，与《六十种曲》本略异。）小说安排李桂姐唱此曲，除了用以描写同是妓女的李桂姐的才艺美貌，还利用此曲所关联的剧情来比类西门庆的行为，映照西门庆的心情，烘托当时欢宴的情境，因为西门庆与《玉环记》中的韦皋一样，同是在帮闲朋友的怂恿、簇拥下嫖院，且此时西门庆也如韦皋般有"何似襄王一梦中"的恍惚快感。又第三十七回叙及西门庆私会王六儿时，特别交代了王六儿房里炕床上挂着四扇各种颜色绫段剪贴成的"张生遇莺莺"吊屏。"张生遇莺莺"是王实甫

《西厢记》杂剧的核心情节。这个吊屏上的故事图案一方面说明当时人们对《西厢记》的喜爱风气和熟悉程度，另一方面，若联系到小说中经常把西门庆比类为张生，把其偷情对象比类为莺莺的情况（后文详述），则此处的这一特意交代正有为西门庆私会王六儿这一行为作映照之意，有效地点染了西门庆、王六儿二人当时的幽会情状，有暗喻风月艳情之意。这类同于《红楼梦》第五回以唐伯虎的画、同昌公主制的联珠帐、红娘抱过的鸳枕等摆设来喻示秦可卿闺房里的月意风情。

这种借戏曲材料比类人物行为的思路在《金》中是常见的。比如第五十九回西门庆于妓院中初会郑爱月儿，席间爱月儿唱了《西厢记》"佳期"一节张生月下相会莺莺时所唱套曲"兜的上心来"，就很好地点染了当时西门庆与郑爱月儿相会的情境，因为对于二人来说，这也是一个佳期。第八十二回潘金莲偷约陈经济，月下等候陈赴约之时，取用了《西厢记》第三本第二折莺莺约会张生的一首诗："待月西厢下，迎风户半开。隔墙花影动，疑是玉人来。"借以点染潘、陈二人月夜幽期的情景，甚合潘、陈二人诗简相约、月夜佳期的情境。这些当时十分流行、为人熟知的戏曲材料由于其所关联的故事情节，而成为一个有着丰富意义能量的载体，小说对它们的取用就有了一个情节和主题的背景，能在读者那里唤起形象生动的联想，达到有效地映照小说人物形象、行为的目的。

（三）利用戏曲表现人物的内心情感

上文提及《金》借人物或叙述者之口明确指出潘金莲以〔南石榴花〕"佳期重会"来讥讽吴月娘（第二十一回），春梅以〔懒画眉〕"冤家为你几时休"表达对陈经济的牵挂（第九十六回），但在更多情况下《金》并没有如此直白地指明人物有意识地利用戏曲表达情志的动机，而是需要我们在分析这些戏曲材料与小说叙事建构关系的基础上，领会其对戏曲材料的选择、安排意图。如第三十六回叙西门庆迎请辞朝回乡省亲的蔡状元和安进士，席间蔡状元点唱〔朝元歌〕"花边柳边"，此曲为明邵灿《香囊记》传奇第六出张九成进京赴试途中所唱，表达了自己十载青灯黄卷的苦读以及期盼文场成功、姓显名扬的心情。结合蔡状元的身份和此时的心情，小说利用此曲表达了他对自己往日苦读的回想，更主要的是表明他现在身为状元而能扬名天下、光宗耀祖的志得意满心情。而安进士席间点唱〔画眉序〕"恩德浩无边"、"弱质始笄年"，乃《玉环记》第十二出"延赏赘皋"叙韦皋被张节度使招赘为婿，韦及张女感谢父母之恩时所唱，中有"风云际异日飞腾，鸾凤配今谐缱绻"之语①。安进士点此曲，正合其当时心情：一是自己科举高中，飞黄腾达；二是此行是辞朝省亲，顺便续亲，即小说所说的"辞朝还家续亲"。其所点之曲既有对父母的感恩（"恩德浩无边"），也有对自己科举高中的得意（"风云际会异日飞腾"），还有对能得到一门理想亲事的希望（"鸾凤配今谐缱绻"）。

所以，此处的曲唱很贴切地表达出人物的志得意满心情，小说利用蔡、安二人的戏曲点唱传达了他们对自己往日苦读的追思和科场高中、奉旨省亲的得意。其他如第二十回西门庆娶李瓶儿吃会亲酒时安排的曲唱"喜得功名遂"，第二十一回西门庆与妻妾猜枚行令时各自取用的西厢曲词，皆能反映出人物的处境和心情②。这些认识需要我们能够理清小说人物的身份、心情、行为等因素与相关戏曲材料的关联之处。

（四）利用戏曲推动情节发展

《金》把一些特意选择的戏曲材料与小说的情节演进融合起来，通过这些特意安排的戏曲材料，展现人物的言行、情绪上的反应，由此起到推进情节发展的效果。第二十回叙西门庆新娶李瓶儿而请客吃会亲酒，席间唱"喜得功名遂"（出自明无名氏《彩楼记》传奇），引有"天之配合一对儿，如鸾似凤夫共妻"、"永团圆世世夫妻"之句。此曲用得其时，也用得其境，贴切地烘托了当时的喜庆气氛，描述了西门庆娶到李瓶儿的志得意满，更重要的是小说利用这段曲唱安排，引出了吴月

---

① 毛晋编：《六十种曲》，中华书局，1958年，第8册，第41页。
② 徐大军：《〈金瓶梅词话〉中有关〈西厢记〉杂剧资料析论》，《中国典籍与文化》，1991年第3期。

娘、潘金莲的言行和情绪方面的反应。先是潘金莲向吴月娘诉说:"大姐姐,你听唱的。小老婆今日不该唱这一套。他做了一对鱼水团圆,世世夫妻,把姐姐放到那里?"由此使得吴月娘"未免有几分动意,恼在心中",归房后"甚是悒怏不乐"。在此,小说把戏曲材料与情节演进融合在一起,不但引出潘金莲的嫉妒、吴月娘的醋意,还表现出这个家庭妻妾间的矛盾,预示了李瓶儿将要面临的不利处境。

又第六十三回李瓶儿死后首七之时,亲朋祭奠开筵,安排了海盐子弟搬演"韦皋、玉箫女两世姻缘《玉环记》"。小说在叙述此戏的演出过程中特别交代了相关人物的反应,由此推动情节的发展。比如小说在叙及《玉环记》演到第六出帮闲包知水陪韦皋嫖院时,引出了应伯爵与李桂姐拌嘴打趣的闹骂;又叙及此剧演至第十一出"寄真容"一节玉箫思念韦皋时所唱"今生难会,因此上寄丹青"一句之际,引出西门庆的反应,"忽想起李瓶儿病时模样,不觉心中感触起来,止不住眼中泪落,袖中不住取汗巾儿擦拭"。而西门庆的这一反应,又引起了潘金莲、孟玉楼的情绪和言行反应,如潘金莲的讥讽("打唉的吊眼泪,替古人耽忧"),孟玉楼的理解("他觑物思人,见鞍思马,才落泪来")。二人一是讥讽,一是理解,各自的性格可见一斑。小说在李瓶儿首七这一特定情境下特别安排了《玉环记》的演出叙述,不但揭示了西门庆对李瓶儿的思念、眷恋之情,更利用《玉环记》的演出引出相关人物的言行反应,由此推进了小说情节的演进。

(五)利用戏曲预示结局,揭示题旨

《金》在情节叙述中有意识地设置一些曲唱、点戏段落以寓意,或暗示小说情节的关联和照应,具有情节意义;或喻指小说题旨,点明小说情节的发展结局,具有结构意义。第三十一回在西门庆生子加官的庆宴上,刘太监点唱"叹浮生有如一梦里"这样的归隐叹世之曲,薛太监点〔普天乐〕"想人生最苦是离别"这样的离别之词;第三十二回在西门庆为生子而摆的宴席上,薛内相点了四折《韩湘子升仙记》;第五十八回在西门庆的庆生宴上,刘、薛二太监点了一段"韩湘子度陈半街"

《升仙会》杂剧。综合这三处，在西门庆的喜庆欢宴上，反复出现这种否定尘世的不和谐之音，体现出小说利用戏曲材料预示人物命运和故事结局的思路。

对于小说利用戏曲揭示题旨的思路，清人张竹坡在《金瓶梅》评点中多有发明，如第六十一回在叙及西门庆让申二姐唱"四梦八空"时，夹批曰："《金瓶》点题，每在曲名小令，是又一大章法。"① 即指出《金》在叙述中普遍有借曲文或剧名点染情境、揭示主旨的意图；又如第二十七回回前评中张竹坡认为："此回内'赤帝当权'则关系全部，言其炎热无多，而煞尾二句，已明明说出矣。"② 联系钱南扬《宋元戏文辑佚》所辑宋元南戏《唐伯亨因祸致福》残曲数套③，知《金》中所引的〔雁过声〕"赤帝当权耀太虚"是写一对夫妻在一个夏日傍晚乘凉时所唱，这与小说中的情境相契合。而张竹坡所认为的此曲在小说结构中"关系全部"之意，乃是指他所主张的《金》是一部炎凉书的具体体现：那热的意象中埋伏着热极而冷的趋势，因此，这首应景合境的描写酷暑的曲词在此就预示着冷之将至，其煞尾二句"只恐西风又惊秋，暗中不觉流年换"已经明示。据此而言，小说对此曲的选择、安排在情节结构上就有了一个故事发展趋向的预示和埋伏，可作为后来情节发展的关联和照应。所以，张竹坡坚信《金瓶梅》中每一支曲子的引入都有寓意性："《金瓶》内，即一笑谈，一小曲，皆因时致宜，或直出本回之意，或足前回，或透下回，当于其下另自分注也"（"读法"第四十九则）；"凡各回内清曲小调，皆有深意，切合一回之意"④。虽然张竹坡的解读并非完全契合小说原意，但他按自己的理解指出了小说引入曲文或剧名并非无意、随意之举，而是有着情节意义和结构意义的考虑。这一思路对于我们探析《金》利用戏曲材料的意图、作用和意义甚有启发。

综上所述，众多戏曲材料在《金》中的出现并非是无情节意义的抄

---

① 张竹坡批评：《第一奇书金瓶梅》，齐鲁书社，1991年，第913页。
② 张竹坡批评：《第一奇书金瓶梅》，齐鲁书社，1991年，第407页。
③ 钱南扬辑录：《宋元戏文辑佚》，上海古典文学出版社，1956年，第116—119页。
④ 张竹坡批评：《第一奇书金瓶梅》，齐鲁书社，1991年，第41（序评部分）、407页。

引，而是作为小说叙事建构的有效成分，具有情节建构、人物塑造、主题表达等意义。从小说编创的角度看，《金》是以自己的情节构架和主题表达需要而统纳了这些戏曲材料，并按小说的具体情境对其进行合目的性的选择、安排和改造。笔者称之为"利用戏曲"，即是为了突出《金》在使用戏曲材料（剧名、曲名、曲词、人物、情节等）上的有意识和有目的，强调的是《金》以自身的叙事建构目的而对戏曲材料的"用"，而非单纯的"引"、被动的"抄"。而"抄引"、"援引"、"引用"等强调"引"的说法难以表达出《金》的这种"利用戏曲"的思路，因为它们未能反映出戏曲在小说叙述中出现的有意识性和有目的性，也就遮蔽了《金》在利用戏曲的思路和方式上的开创性，模糊了这种思路与无情节意义抄引的区别，这在研究思路上就忽略了这些戏曲材料与小说叙事间的建构关系，而只是把这些戏曲材料当成戏曲史料来看待，由此也就未能充分、有效地揭示《金》以情节建构、人物刻画、主题表达为出发点，对戏曲材料的有目的、有意识的利用，更无意于考察这种利用戏曲资源的思路和方式在小说戏曲关系史与小说艺术发展史上的意义了。

二、利用戏曲方式的文艺渊源

《金瓶梅词话》利用戏曲的思路和方式如此集中、丰富地出现，并非无复依傍、空穴来风，而是有着文艺发展的基础和渊源的，这一方面是戏曲的成熟繁荣和广泛传播，一方面是小说与戏曲交流关系的发展。

对于小说与戏曲的交流关系来说，戏曲对世代累积型小说成书过程的促进之力是一大宗。这种促进之力，一方面表现在同一故事系统的戏曲在人物、情节、主旨、趣味等方面的累积与开掘，如杂剧《西游记》之于后世百回本小说《西游记》；另一方面是同一故事系统的戏曲大量编演、传播为小说增加了民众关注度，为其进一步的发展营造了文化氛围，比如宋元大量的三国戏之于后世《三国志通俗演义》的编写。二者关系的这一形态主要表现在同一故事系统的故事题材方面的累积与开掘，这种同一故事系统内戏曲对小说的影响关系，并不以戏曲的艺术成就为前提，而是以戏曲是否与小说属于同一故事系统为基础。就累积型小说的成书来看，同一故事系统的戏曲作为小说成书过程中一个累积阶段的体现，只起到了故事题材上的累积与开掘作用。

与此不同，创作型小说是以一个新创的故事体系来吸纳、统帅各种戏曲材料，比如《金瓶梅词话》、《红楼梦》，由此可以看出作者在小说叙事建构中对戏曲资源的利用思路。这种利用戏曲的思路不只表现在单纯地插引戏曲的剧目、曲词，或模拟戏曲的人物、情节，更重要的是有意识、有目的地把它们吸纳、融入小说的情节叙述中，以为小说叙述者表情达意的重要材料，成为小说情节的有效建构成分，对小说的艺术手法和情节建构都起到了不可忽视的作用，尤其在小说的语言表达、人物刻画、情境渲染等方面，由此表现出戏曲对小说叙事建构的深刻影响力。

明清小说所表现出的这种对戏曲的利用思路和方式，必须建立在戏曲的艺术进步和广泛传播基础上。而宋元以来的戏曲，沿着敷演长大故事的方向，在故事题材、叙述能力、叙事思维等方面不断取鉴当时众多的文艺形式（包括小说），经过长期的文学锻炼、舞台实践，其文学性、艺术性皆有了很好的提升，在人物、情节、语言方面锤炼出许多优秀作品。在此过程中，戏曲的广泛传播不但使它获得了深厚的民众基础，也使它得到了文学层面的认可，文人士大夫由鲜有着眼，到转而侧身其间操刀一试，创作出众多优秀剧作，甚至是千古名剧。只有戏曲摆脱了唐戏弄、宋杂剧的滑稽性，走向进步、成熟、繁荣，并能发扬它在文学性上的特质和长处，才会在文学层面上具备对小说等文艺样式产生影响的基础。再加上戏曲的广泛传播在社会文化上形成了良好的艺术氛围，对其他文艺渐有渗透之势，在这种情况下，当时许多文艺样式便开始借鉴、吸纳戏曲艺术的优长。

在这种文学背景和文化氛围中，小说因自身发展的需要而吸收其他文艺的营养时，自然会看到与其相伴发展、有着相同品格的戏曲在叙事艺术上的成就，萌生取法、借鉴戏曲艺术成就的内在需求，不但利用戏曲的剧名、曲名、曲词、人物、情节以为小说的刻画人物、建构情节、渲染环境服务，而且在小说自身发展求新求变的背景下，还出现了取法戏曲体制因素的现象（第十章详述）。于是，戏曲对小说的影响层面逐渐溢出了同一故事系统内题材、情节的累积与开掘范畴，由此使得二者关系出现了新变，即在戏曲的艺术进步和广泛传播的基础上，小说在创作层面上开始注意借鉴、吸收非同一故事系统的戏曲的成果和优长。这不但表现在小说对戏曲故事情节、人物形象、演述体制的模拟，还表现在小说利用戏曲的剧名、曲词、人物形象、故事情节等来建构情节、刻画人物或渲染环境。这已不是同一故事系统内小说与戏曲之间的故事源流关系，而是戏曲对一个新创小说的影响关系；如果立足于小说，则是小说创作对非同一故事系统的戏曲资源进行有意识、有目的的利用。这种小说利用戏曲现象首先在《金瓶梅词话》中得到了集中、显著的体现。

而在《金瓶梅词话》之前，累积型小说也有使用戏曲材料的现象，这可能是在小说成书过程中某个累积阶段的汇入，或是在小说结集编撰阶段的汇入，二者很难区分，但同样清晰体现出小说使用戏曲资源的思路和方式。有以下四种情况。

其一，戏曲活动作为生活材料汇入到小说的场景描述中。戏曲经过长期、广泛的社会传播，渐已成为民众日常娱乐消遣的一种方式，并由此在社会上形成了浓厚的戏曲文化氛围，成为社会文化的一部分。小说在反映社会生活环境，展现人物活动的场景时，自然会涉及与民众文化生活密切相关的戏曲活动，由此戏曲活动作为社会文化生活的一部分便进入到小说的场景描述中。比如《水浒传》第五十一回叙雷横与李小二去郓城县勾栏消遣，就描述了当时的戏曲演出场景，其中提到了"笑乐院本"、"衬交鼓儿的院本"和勾栏"说话"的程式；第八十二回叙宋天子赐宴款待招安的梁山英雄时，也详细描述了杂剧演出的脚色装扮和搬演过程。这些戏曲活动的描述皆为人物活动营造了生动的社会环境，同时也展示了当时活跃的戏曲文化。

其二，戏曲情节作为故事材料汇入到小说的故事叙述中。相比较于元人水浒戏,其他戏曲的情节汇入痕迹在《水浒传》的叙述中反映得更为清晰。比如第六十一回卢俊义故事一节即有元人公案戏情节模式的影响痕迹。大名府巨富卢俊义府中管家李固,原是东京人,几年前因来北京投奔朋友不着,冻倒在卢员外门前,"卢俊义救了他生命,养他家中。因见他勤谨,写的算的,教他管顾家间事务。五年之内,直抬举他做了都管,一应里外家私都在他身上"。一日,卢俊义在解库厅前请吴用所扮的算命先生算卦,得知"不出百日之内,必有血光之灾,家私不能保守,死于刀剑之下","除非去东南方巽地上一千里之外,方可免此大难"。卢俊义听信此言,即动身前往泰安州东岳庙进香,既为消灾,又可经商。不料却被管家李固勾结其妻陷害,告发他私通梁山。这一故事的前半段乃袭用元代张国宾《合汗衫》杂剧情节:南京解典库小主人张孝友救了冻倒在门前的陈虎,并认作兄弟,抬举他做了二员外,但陈虎却恩将仇报,设计哄骗张孝友去徐州东岳庙进香,"一来掷盃珓,二来就做买卖",可是,陈虎却在途中害死张孝友,并霸占了他的妻子。而卢俊义离家外出以避血光之灾的缘由,更是元杂剧公案戏常用的一个情节模式,《魔合罗》、《盆儿鬼》、《生金阁》、《朱砂担》等,主人公皆是因为算卦知凶而离家外出以躲避百日血光之灾,比如《朱砂担》中王文用在街市上算了一卦,知道自己近日"有一百日血光之灾","千里之外可躲",于是就"将些小本钱,到江西南昌地面做些买卖,一来是躲难避灾,二来就将本求利",结果途中遇害。这些情节设置的类同,显系《水浒传》吸纳元人公案戏加以编辑、融合的结果。

再如《西游记》小说的孙悟空形象就汇入了戏曲中猿精形象的品格。元无名氏《龙济山野猿听经》杂剧中的猿精以书生的模样出现,他曾在天宫闹过蟠桃会,偷饮瑶池琼浆,后在龙济山听修公禅师讲经谈禅,拜于佛门,"赴西方莲开见佛,临极乐亲到雷音",终修成正果。剧中具体地描述了野猿的神通广大,他善于变化,"显神通变化多般,施勇跃心灵性巧";长于翻腾,"一番身千丈低高,片时间万里途遥","赤力力轻攀地府欹,束剌剌紧拨天关落,推斜华岳顶,扯倒玉峰腰。怒时节海浪洪涛,闲时把江湖搅";经历非凡,去过地府,闹过天宫,搅过江海。对照《西游记》小说，野猿的听经学法举动与猴行者远赴海外问道修行的行为类同；而野猿的广大神通和非凡经历，则明显对应于猴行者的闹天宫、斗妖魔、成正果历程。另外，这个猿精还有好色贪淫的劣品，他满嘴污言秽语，曾抢金鼎国公主为妻，在女人国"凡心"再起差点破戒，路过火焰山借扇时调戏铁扇公主。这一品行在杨景贤《西游记》杂剧中的猴行者身上亦有表现，而到百回本小说中，编写者虽然在孙悟空的行为上去掉了好色吃人的魔性，但在叙述中仍有删削未尽之处，让他不经意间在话语中流露出曾经的魔性。比如第二十七回孙悟空识破了白骨精的诡计而对唐僧说："老孙在水帘洞里做妖魔时，若想吃人肉，便是这等：或变金银，或变庄台，或变醉人，或变女色。有那等痴心的，爱上我，我就迷他到洞里，尽意随心，或蒸或煮受用；吃不了，还要晒干了防天阴哩。"第四十二回观音菩萨对孙悟空的好色仍不放心："待要着善财龙女与你同去，你却又不是好心，专一只会骗人。你见我这龙女貌美，净瓶又是个宝物，你假若骗了去，却有功夫又来寻你？"悟空对曾经的劣行并不否认："我弟子自秉沙门，一向不干那样事了。"悟空的如此话语即显露出百回本《西游记》仍残留有戏曲中那些猿精形象在小说成书过程中的汇入踪迹。

其三，戏曲曲词作为语言材料化入小说话语表达中，用来刻画人物。这有两种情况，第一种情况是在人物语言中使用戏曲的曲词，如《水浒传》第二十四回潘金莲因武松的劝言而恼怒自辩："我是一个不带头巾男子汉，叮叮当当响的婆娘，拳头上立得人，胳膊上走的马，人面上行的人！"① 这段话来自元杂剧《燕青博鱼》，此剧第三折写燕大之妻王腊梅与杨衙内通奸，遭燕大质问，王腊梅强言反驳："我是个拳头上站的人，胳膊上走的马，不带头巾男子汉，丁丁当当响的老婆。燕大，我与你要见一个明白。"② 此语表现出王腊梅的泼辣性格和胆虚心理，而《水浒传》取以用于潘金莲的话语中，十分契合她勾引武松不成、反

---

① 施耐庵：《水浒传》，中华书局，1997 年，第 302 页。
② 臧晋叔编：《元曲选》，中华书局，1989 年，第 241 页。

被抢白的情境。

第二种情况是在叙述语言中化用戏曲的曲词,如《水浒传》第二十四回叙西门庆帘下偶遇潘金莲,意乱神迷,叙述者于此评论曰:"只因临去秋波转,惹起春心不肯休。"① 此语乃化用《西厢记》的话语和情节,此剧第一本第一折写张生于佛殿偶遇莺莺,因此"惊艳"而心绪烦乱:"怎当他临去秋波那一转,休道是小生,便是铁石人也意惹情牵。"②《水浒传》化用此语把西门庆初遇潘金莲比类成张生之"惊艳",非常契合西门庆当时对潘金莲的艳羡情态。又第四十五回叙潘巧云买通丫鬟迎儿助她与海阇黎暗通奸情时,有叙述者的评语"请看当日红娘事,却把莺莺哄得来",这也是化用《西厢记》情节对小说人物行为的评议。

其四,戏曲体制术语作为表意材料汇入到小说的情节叙述中。由于戏曲的广泛传播和深入影响,累积型小说在吸纳其故事题材的过程中,也逐渐汇入了戏曲的一些体制因素,比如《水浒传》在叙述中就使用"瞧科"、"撒科"这样的戏曲术语以表情达意。

> 唐牛儿闪将入来,看着阎婆和宋江、婆惜,唱了三个喏,立在边头。宋江寻思道:"这厮来得最好。"把嘴望下一努。唐牛儿是个乖的人,便瞧科,看着宋江便说道:……(第二十一回)
>
> 石秀道:"缘来恁地。"自肚里已有些瞧科。那妇人便下楼来见和尚。石秀却背叉着手,随后跟出来,布帘里张看。(第四十五回)
>
> 西门庆便跪下道:"干娘休要撒科,你作成我则个!"(第二十四回)③

"科"是戏曲术语,指动作表演,元陶宗仪《南村辍耕录》记宋教

---

① 施耐庵:《水浒传》,中华书局,1997年,第305页。
② 隋树森编:《元曲选外编》,中华书局,1959年,第262页。
③ 施耐庵:《水浒传》,中华书局,1997年,第259、596、309页。

坊艺人魏、武、刘三人，言"刘长于科泛"①。后用作戏曲剧本中对动作、表情和效果等的舞台提示语，北杂剧多用"科"，南戏、传奇多用"介"。如关汉卿《窦娥冤》杂剧第三折有这样的表述："（刽子做喝科，云）兀那婆子靠后，时辰到了也。（正旦跪科）（刽子手开枷科）……"可见，"科"是剧本中对演员动作、表情的提示性语言。在《水浒传》中，"科"作为人物动作、表情的提示语的功能仍在，但它与一些动作词语搭配后的意思则有了变化，如上文所列数例，"瞧科"就不是指戏曲中看的动作，而是指看破内情，有明白意；而"撒科"则指卖弄、打趣意。此即可见戏曲影响在民众日常语言中的体现。

在上述小说使用戏曲材料的四种情况中，最明显、也是最初步的形态是小说叙述中夹杂着戏曲材料，这是戏曲在广泛传播情况下对小说的渗透，很多情况下这些戏曲材料是无情节建构意义的插引。比如《水浒传》第五十一回提及的"笑乐院本"的演出，第八十二回对杂剧搬演过程的大段描述，以及《金瓶梅词话》第三十一回对《王勃》院本完整演出内容的引录，这种情况下，戏曲材料只是小说主体情节叙述的附庸而已，虽其有助于小说对当时戏曲文化、社会风俗的留存，但如果对小说情节的建构无多关涉，无助于小说写人表意的目的，那么，它们的出现就没有达成小说创作的目的。因为小说毕竟不是为汇集、保存戏曲史料而设，小说利用戏曲更为重要的目的是为叙事建构服务，这是戏曲材料出现在小说情节叙述中最可称道的价值，也是戏曲材料与小说叙事建构之间最有意义的关系。这种利用戏曲的思路与方式较早萌芽于《水浒传》，例如上文所列小说使用戏曲材料的后两种情况。

《水浒传》中出现的这些戏曲材料，在功用上已不是单纯的情节点缀，而是融入小说的情节叙述中，成为小说的血肉。从这些戏曲材料在《水浒传》中的使用方式看，已不是同一故事系统的累积式汇入，而是非同一故事系统的渗透式汇入，如上文所列"瞧科"、"撒科"语词的使用，以及西厢曲词的化用，就已经成为小说写人、叙事和表意的有效成

---

① 陶宗仪：《南村辍耕录》卷二五"院本名目"条，文化艺术出版社，1998年，第346页。

分。这种非同一故事系统内戏曲、小说之间的交流关系现象，需要在戏曲成熟繁荣和广泛传播的基础上才会出现。

但是，这些戏曲材料在《水浒传》中的出现，是否为小说有意识的主动引入、利用呢？考虑到《水浒传》的世代累积型成书过程，很多材料都是在此过程中汇入到小说叙述框架中的，其中就包括当时通俗文艺中常见的市语、留文，如第二十四回夸说王婆巧舌如簧是"开言欺陆贾，出口胜随何"，以随何、陆贾并列形容能言善辩，元杂剧多有成例，如马致远《邯郸道省悟黄粱梦》第二折吕洞宾有言："夫人你便有随何、陆贾舌，张仪、苏秦才，百般难免这场灾。"孟汉卿《张孔目智勘魔合罗》第三折府尹说："将你个赛随何，欺陆贾，挺曹司，翻旧案，赤瓦不剌海猢狲头，尝我那明晃晃的势剑铜铡。"① 再如第二十、二十四回称媒人为"撮合山"，也常见于元杂剧，关汉卿《望江亭》第一折谭记儿与姑姑的对话中，无名氏《隔江斗智》第二折鲁肃与诸葛亮的对话中皆有此称。而一些与戏曲有关者则是在戏曲广泛传播而有一定民众基础的环境中形成的，比如上文所列与《西厢记》有关的评点性话语，就是在《西厢记》广泛传播基础上形成的"留文"，类似者在《金》中还有许多②。因此，《水浒传》中汇入的这些戏曲材料与其世代累积型成书过程有着密切的关系。随着戏曲的艺术进步和广泛传播，戏曲逐渐渗入到人们的社会生活中，也对当时的许多文艺样式产生影响。在这种文化环境中，戏曲的曲词、剧名及其相关习语、术语就会通过各种渠道汇入、渗入到小说中。据此而言，戏曲材料在《水浒传》中的出现，乃得力于其累积成书的过程中戏曲在广泛传播情况下对其的不断渗入，而不是小说创作对戏曲材料的有意识、有目的选择和利用，但它所蕴含的使用戏曲材料的思路和方式，却给予后来小说以有益的启示和直接的影响。

---

① 臧晋叔编：《元曲选》，中华书局，1989年，第783、1381页。
② 《金瓶梅词话》第七十一回有"不能得与莺莺会，且把红娘去解馋"，第七十八回有"未曾得遇莺莺面，且把红娘去解馋"，第八十三回有"无缘得会莺莺面，且把红娘去解馋"，皆是化用《西厢记》情节来评议小说人物行为的"留文"。

《金瓶梅词话》是由《水浒传》的一段情节衍生、创作而来的,由此也继承、发扬了《水浒传》情节叙述所表现出的使用戏曲材料的思路和方式。当然,这种继承是有其文艺背景的,即戏曲成熟繁荣和广泛传播的文化环境,加上小说戏曲的密切关系以及当时众多文艺样式对戏曲的借鉴氛围。在这种情况下,戏曲必然会进入到小说创作的领域。站在构建一个新创故事的立场上看,这些戏曲材料进入小说叙述的过程,是以新创故事为立足点的主动引入;而就这些戏曲材料在小说叙述中的功用看,则是以建构新故事为目的的利用。所以,《金》中戏曲材料的出现,是以叙述一个新创故事为目的的有意识利用,而非戏曲对累积型小说那样的不自觉汇入、渗透。从这个意义上讲,以建构一个新创故事的立场或目的来对待戏曲材料,是小说有意识、有目的利用戏曲的思路和方法得以出现的重要基础。

《金瓶梅词话》是一部具有开创意义的个人独创小说,它以一个新创故事的建构为目的来对待戏曲材料,这一宗旨渐趋催生出主动利用戏曲的思路和方法。如此一来,戏曲材料在小说叙述中的出现,是作者基于小说叙事建构而对它们的有意识、有目的引入,即在小说的叙事结构中利用戏曲材料,并以小说的叙事宗旨对戏曲材料进行必要的改造,注重戏曲材料与小说叙事的融合,使之成为小说的有机组成部分。这种利用戏曲的现象在《金》中得到了集中、显著而丰富的体现,它所表现出的利用戏曲的方式,是在继承《水浒传》相关思路与手法的基础上予以进一步发扬光大和开拓创新的结果。

三、利用戏曲成就的开拓意义

《金瓶梅词话》利用戏曲以推动情节、刻画人物、渲染情境、表达主题,在增强小说中社会环境的生活气息、时代色彩的同时,也有效地丰富了小说的艺术表现手法,这是《金》利用戏曲的思路和方式对于这部小说本身的意义。但若着眼小说戏曲关系的发展脉线,则会看到《金》利用戏曲资源的艺术实践所具有的开创性和过渡性意义。这一意义在其前后小说（如《水浒传》、《红楼梦》）关于使用戏曲材料方式的承续脉络中有着清晰的表现。

我们知道，《金》虽以水浒故事中武松打虎、遇兄、杀嫂情节作为开场，但它并不以此情节作为小说主体故事的基本架构，更不是对《水浒传》作同一主题的故事延伸或续编，所以，武松打虎、遇兄、杀嫂情节对于《金》而言并不是同一故事系统的累积，《金》对于《水》而言也不是同一故事系统内的承袭，而是属于借题发挥、别开一枝的创作思路。与此不同，《水浒传》中汇入的各段英雄故事是在同一主题下被组合到这个作品中的，这些英雄故事属于同一故事系统的多种文艺样式长期锤炼的结果。由于《水浒传》成书的累积性质，戏曲材料在其叙述中的出现，原是在各个英雄故事的形成过程中分散进行的，带有一定的随机性、被动性，最后由于统一的文本编定而呈现出戏曲材料汇入、连缀到主体故事的面貌。即使有些并非如此，也是在小说累积成书过程中得益于戏曲的影响、渗入所致，比如《水浒传》中一些与元杂剧相关的市语或留文（详见前文）。这些语词有的是当时的通俗小说、戏曲通用的"市语"，有的是因戏曲广泛传播而生成的"留文"。可以说，《水浒传》中戏曲材料的出现乃因其世代累积成书而在各个英雄故事中不自觉地汇入所致，属于小说在戏曲广泛传播、影响下的被动接受。如此看来，戏曲材料在《水浒传》叙述中出现的原因和方式，是与其累积型成书方式相应合的。

与《水浒传》不同，《金》则以一个新创故事为立场对非同一故事系统的戏曲材料予以主动利用，并以这个新创故事的建构为目的对戏曲材料进行了合目的性改造，带有创作的性质。所以，《金》所使用的戏曲材料不属于累积成书过程中的被动汇入，而是小说创作者在叙事建构中有意识利用、有目的改造的结果，它们是小说情节叙述的有机组成部分，为小说的主题表达服务，而不仅仅是为了环境描写的真实和生动。在利用戏曲的思路上，《金》是在一个主体故事的复杂结构中按人物刻画、情节建构和主题表达的目的来利用戏曲材料，是以一个新创故事为立场有意识、有目的地改造戏曲材料。这在小说艺术史上具有开创意义,因为此前从未有哪一部小说表现出对戏曲资源如此的借鉴热情和利用思路。

在此思路的基础上,《金》在利用戏曲的方式上进行了广泛、深入的开掘。利用戏曲的方式,涉及戏曲的曲词、人物、情节、曲名、剧名,而在对这些戏曲材料的具体利用方式上也非常灵活,如对于戏曲曲词的利用,即有全曲、片段、首句和曲牌名等形态,小说对这些戏曲材料进行情节意义的利用,不但在小说人物间据以表情传意,也在结构上和情节上利用曲文、剧名向读者暗示,让读者在对戏曲材料的理解基础上体会创作者的良苦用心。这些融入小说情节中的戏曲材料都关联着一定的戏曲情节,它们在当时戏曲广泛传播的基础上,依托着民众熟知的故事背景,深蕴着丰富的意义能量,成为表达有力的语词。这些利用戏曲的方式不但丰富了小说的艺术表现手法,也有效地起到了对《金》情节叙述的建构意义。创作者对这些戏曲材料有时只是一语带过,但在当时的社会文化环境中,对于熟悉这些戏曲材料的读者来说,其所包含的信息能在他们那里唤起形象生动的联想,足以让他们明白小说利用这些戏曲材料的用意及其对小说情节叙述的建构作用。

需要注意的是,《金》在利用戏曲的思路、方式上做出开创性贡献的同时,也不可避免地带有草创期的缺陷,在具体的实践中表现出一些过渡性特征——

(一)叙述中混杂了一些无情节建构意义的戏曲材料,如第三十一回对《王勃》院本的演出内容作了完整抄录,造成了叙述上、阅读上的阻塞感。

(二)利用戏曲材料时剪裁不够精练,有些曲词的引入过于繁冗,造成了叙述上的累赘感。

(三)利用戏曲的格式很突兀,如小说叙述中多次出现戏曲人物自报家门式的自贬自嘲话语(第七、三十、四十、六十一、九十回),以及人物对话中的以曲代言格式(第二十、五十九、七十九、八十三回),这与小说的整体叙述风格有剥离感。

(四)利用的戏曲材料与小说情节叙述在审美趣味上不协调,格调上不融合。如第六十七回西门庆与应伯爵、温秀才饮酒赏雪时，小厮春鸿所唱的《宝剑记》第三十三出一段〔驻马听〕，乃林冲流配沧州时所唱的一段雪景描写，曲中有浓重的悲凉气氛，与小说中西门庆心情闲适、聚友饮酒作乐的情和境皆不符。又第七十六回西门庆招待吴大舅等人夜宴，赏梅、饮酒、听戏，此时海盐子弟所唱《四节记》之冬景"韩熙载夜宴"，虽有烘托环境气氛的作用，但西门庆、吴大舅等一帮恶俗之人，与曲中表现的韩熙载、陶学士风雅夜宴在精神格调上并不契合。

当然，《金》利用戏曲方式的这种过渡性缺陷并不妨碍其对后世小说的影响，最具典型者就是《红楼梦》。庚辰本第十三回"秦可卿死封龙禁尉"一段有脂砚斋的批语曰："深得《金》壸奥。"[1]（甲戌本为"深得《金瓶》壸奥"）此语不止针对于此段情节，也从总体上点出《金》对《红楼梦》在题材、情节、人物、结构、表现手法等诸多方面的启示与影响，利用戏曲一端亦在其中。《红楼梦》在利用戏曲的思路与方式上深得《金瓶梅》之精神，而且在《金》所开辟的道路上作出了进一步的发展、提升。这种发展与提升就是以上文所述《金》利用戏曲的那些过渡性特征为起点、基础的。

《红楼梦》利用戏曲的思路和方式承《金》而来，且与小说整体的叙述更为融合，它没有《金》中那种大段的引录，而是在对戏曲材料进行合目的性的改造后与情节叙述更为紧密地融合了，所以，在情节叙述与精神格调方面皆无阻塞、累赘或剥离之感。这在其利用《西厢记》戏曲材料方面表现得十分典型。

《红楼梦》第二十七回林黛玉在以"葬花"姿态出场时，正处于她对爱情琢磨不定的苦闷、伤感情绪中，而且无人倾诉、无处遣发。就在这苦闷难遣难诉之际，《西厢记》出现在她的面前。小说中详细描写了她与宝玉二人阅读《西厢记》后的感受是"自觉词藻警人，余香满口"。此后，《西厢记》的曲文就经常出现在二人的口中（第二十三、二十六、三十五、四十、四十九回），据以表达心曲，交流情感。这些用于宝、

---

[1] 曹雪芹：《脂砚斋重评石头记（庚辰本）》，人民文学出版社，2006年，第275页。

黛二人身上的《西厢》曲文,给二人的情感发展提供了一个有着经典意义的故事情境和人物性格的参照。我们能从这些曲文联想起《西厢记》所营造的崔、张爱情的有关情节、情境,同样,宝、黛二人也在崔、张爱情中读到了自己为之魂牵梦绕的理想化爱情状态。

黛玉在阅读《西厢记》之后,就被莺莺因张生而伤春的苦闷情思深深地感染,自然地,她把自己的情思自觉地依附于《西厢记》所营造的曲文意境和莺莺的情感上,如第二十三回想到"花落水流红,闲愁万种"时的"心痛神痴,眼中落泪";第三十五回看到自己居所时想起"幽僻处可有人行,点苍苔白露泠泠",由此流露出心境的孤寂凄凉,并比类莺莺而自叹自怜:"何命薄胜于双文哉!"此外,黛玉还以莺莺的情感表达来修饰自己的情感,如第二十六回她午睡倦起时忘情吟出的"每日家情思睡昏昏"之句①。

同时,宝玉在读到《西厢记》之后,也开始用张生的语言向黛玉表白心迹。虽然在这之前宝、黛二人已经有"两个一桌吃,一床睡,长的这么大了"(第二十回)的亲密关系,宝玉也有什么你心我心的含蓄表达,但从未有如张生这般对情感的直白表露。自从读到《西厢记》后,宝玉也好像遇到了知音,在张生那里得到了精神鼓励。于是,他不断地用张生的那种"疯痴"语言来表达自己对黛玉的爱情,以试探黛玉的心思。如第二十三回在二人共同读完《西厢记》后就对黛玉说:"我就是个多愁多病身,你就是那倾国倾城貌。"第二十六回有黛玉在场时对紫鹃说:"好丫头,'若共你多情小姐同鸳帐,怎舍得叠被铺床'。"②这种表达爱情的语言是他自己难以想到的。正是他读到了《西厢记》,被其中的崔、张爱情深深打动,才会自觉地以之修饰自己的爱情和语言。在这一过程中,宝玉对待爱情的态度向前迈出了一大步。

由上分析,可见《红楼梦》利用西厢曲文以表达人物情思意绪、利用西厢人物或情节进行比类描写的思路。曹雪芹让《西厢记》在黛玉世

---

① 曹雪芹、高鹗:《红楼梦》,人民文学出版社,1982年,第328、474、366页。
② 曹雪芹、高鹗:《红楼梦》,人民文学出版社,1982年,第325、367页。

界中出现，把宝黛爱情的发展架设在崔张爱情的发展历程中，借崔张爱情映照宝黛爱情。这一借崔张爱情以映照宝黛爱情的思路，与《金瓶梅词话》利用崔张二人的行为比类、品评、描写人物的思路是一脉相承的。

《金》多次把西门庆与其情人的偷情行为比类为崔张二人的爱情行为，如第二回说西门庆是"张生般庞儿"，把西门庆初遇潘金莲比类成张生之"惊艳"："只因临去秋波转，惹起春心不肯休。"第十三回通过丫鬟迎春的眼睛描述西门庆与李瓶儿偷情，说是"好似君瑞遇莺娘，犹若宋玉偷神女"，还把西门庆扒墙与李瓶儿幽会的行为总结性地说是"两个隔墙酬和，窃玉偷香"。第三十七回描写西门庆与王六儿幽会，说是"一撞一冲，君瑞追陪崔氏女"，还把王六儿形容成"偷期崔氏女"。这些评述都是以《西厢记》的人物行为作为映照的。其用意或是把西门庆及其情人们比类为张生和崔莺莺，或是借崔、张的爱情行为来映照西门庆、潘金莲等人的滥情行为。尤其在第八十二、八十三回中，更是把潘金莲、陈经济二人的偷情行为架设在崔张爱情的发展进程中，以崔张爱情行为映照潘陈的偷情行为。如第八十二回潘陈的第一次月夜偷期，潘金莲先是将写有〔寄生草〕词的汗巾香袋儿投进陈经济的房中，中有"休负了夜深潜等荼蘼架"一语，"许他在荼蘼架下等候私会佳期"。到了晚上，潘金莲打扮一番，身穿翠纹裙，"脚衬凌波罗袜"，"独立木香棚下，专等经济今晚来赴佳期"。而陈经济则来到月光下花园中的荼蘼架下赴约。我们以此情节对照《西厢记》中张生月夜跳墙赴约一段（第四本第一折），会发现二者在此情节设置上十分相类。

但是，这种比类、映照有一个值得注意的问题。《西厢记》的艺术感染力，以及它能成为千古绝调、北曲压卷之作的原因，很重要的一个方面是其所表现的崔张二人大胆追求纯真爱情的行为，它与西门庆等人的滥情、淫乱行为品质雅俗迥然不同，格调高下天壤有别，一在情，一在欲。但《金》在化用《西厢记》人物行为、故事情节以比类映照西门庆、潘金莲等人的滥情行为时，则只注目于崔张的违背正统礼义的密约偷期，而不论其爱情的真挚与格调，或者说，只注目其"欲"的表面，而不顾其"情"的内涵,并且《金》在以崔张比类西门庆、潘金莲等人的过程中把这"欲"的一面发挥到了极致。《金》中频繁的这种比类确实突兀,颇显荒唐。

而《红楼梦》则有意识、有目的地以崔、张比类宝、黛,以崔张爱情映照宝黛爱情,在性质、格调和精神上就非常融洽相符,二者皆注目于情。《红楼梦》中反复出现《西厢记》曲文,并借宝黛之口予以高度评价,说明作者曹雪芹对《西厢记》的喜爱,也说明小说所受《西厢记》的深刻影响。王实甫、曹雪芹二人皆把对理想生活的追求和渴望寄寓在自己的作品中,正如刘鹗在《老残游记·自叙》中所说:"王实甫寄哭泣于《西厢》,曹雪芹寄哭泣于《红楼梦》。"① 王实甫通过崔、张爱情,抨击了封建礼教对青年男女爱情婚姻的束缚,歌颂了崔、张二人为争取爱情婚姻自主而对封建礼法的大胆反抗,真实地反映了那个时代人们对"普天下有情的人都成了眷属"的渴望。《红楼梦》的主题虽然是多维的,但以宝黛为代表的青年男女对爱情自由、婚姻自主的向往和追求,仍然是小说叙述的重要内容。

因此,《红楼梦》的这一映照在人物刻画、艺术精神和主题表达上都要比《金》精到高超。它让宝、黛在崔、张爱情中找到了自己的情感参照。从黛玉的情感依附、宝玉的情感表白,可见二人对崔张爱情有了情感上的共鸣,他们看到的是《西厢记》,想到的是自己的心事与处境,流露出的是他们对爱情的渴望和苦闷。可以说,《西厢记》在《红楼梦》情节中的登场促进了宝、黛爱情的发展,相应地也推动了故事情节的前进。《红楼梦》对《西厢记》戏曲材料的这一利用,让崔、张的情感发展为宝、黛二人的情感发展提供了一个经典爱情故事的映照,使宝、黛爱情的表现更富张力,更为饱满。《红楼梦》的这一映照读来有精神重逢之感,因为曹雪芹看到了崔张爱情的精神实质,所以他才会把宝黛比类为大胆追求爱情的崔张,于此既表达了对《西厢记》的推重,也表达了对崔张爱情的尊敬。这一点要比《金》以"欲"与违礼来解读崔张爱

---

① 刘鹗:《老残游记》,人民文学出版社,1982年,"自叙"第1页。

情行为的视角要进步得多，也消除了《金》以崔张情事映照潘陈滥情行为的精神隔阂之感，在爱情行为的精神实质和格调境界上互为映照、互为丰富。但《红楼梦》让人物使用《西厢》曲文表情达意，以及借其人物作为映照的思路和手法还是明显受到了《金》的启发与影响。

由此可见，《红楼梦》利用戏曲的实践，没有因利用戏曲而冲淡甚至破坏小说情节发展流的大段插引；在利用戏曲表现人物心理、情感等方面，也较《金瓶梅词话》更为细腻深刻；对戏曲剧目、曲文的利用，已与小说的情节叙述、结构安排取得了更好的融合。这是自《金瓶梅词话》在利用戏曲的思路和方式进行大力开拓之后，最为优秀的继承和发扬，树立起小说利用戏曲这一艺术实践的一个标高。

四、结　语

绾结而言，在《水浒传》、《金瓶梅词话》、《红楼梦》之间，我们看到了小说利用戏曲的思路与方式上的承续、提升轨迹，由此而呈现出《金》利用戏曲方式的开创性、过渡性意义。《金》在利用《水浒传》的一段情节以生发成书的基础上，也对其在累积成书过程中积淀的使用戏曲材料的思路作了开创性的提炼与发挥。而《金》所表现出的对戏曲的有意借鉴态度以及其间所锻炼出的利用戏曲的思路、方式，在《红楼梦》中得到了全面的继承和发扬。

在这一发展脉线上，《金》利用戏曲这一艺术实践在小说艺术史上体现出了承前启后的开拓贡献和桥梁作用，而且在中国古代小说与戏曲关系史上也是一个具有转折意义的节点。在《金瓶梅词话》之后，小说与戏曲的关系明显表现出一种新的发展脉络——小说创作有意识、有目的地利用戏曲，模拟戏曲。由此，小说戏曲关系形态有了更为全面的展现。

第九章

西厢模式在明清小说叙事建构中的承与变

经典的出现与存在，对于阅读者来说是欣喜的，而对于创作者来说则难免心生烦恼。我们知道，模拟是文艺经典形成后的普遍风气，比如魏晋之后就有不少拟古诗、和陶诗。虽然有标杆可学习，有模式可借鉴，对于创作者是好事，但在模仿的欢腾之中，难免滋生焦虑，因为个性化创作出于自尊或自信当然会求新求变，而面对经典的成就，除了向慕之心，也有想达到又达不到，想突破又难突破的不甘不愿，达不到，超越不了，又难突破。所以，后生文艺如何应对经典的模式，这在文艺创作中是一个具有普泛性的问题，在文艺发展史上也是一个值得关注的普泛性问题。《西厢记》影响下后生文艺关于西厢模式的应对策略可以为我们提供一个很典型的样例。

王实甫《西厢记》被称为北曲的压卷之作、化工之作，它对后生文艺，尤其是戏曲产生了巨大而深远的影响，在情节、人物、主题、语言等方面为后世戏曲创作（甚至其他叙事文艺）提供了一个范本，由此成为戏曲创作所追求的楷模。在它成为经典的过程中，也伴随着一个面对经典影响如何作为的"后西厢时代"。在这样一个时代，《西厢记》成为一道耀眼的光亮、一柱崇高的标杆，为后生文艺提供了生生不息的经验、资源，对后生文艺产生了无声无息的召唤，同时也造成了难以抗拒的压力。面对《西厢记》的这些召唤和压力，后生文艺在追慕或诋毁的同时也萌生了是屈从还是抗拒的焦虑，即面对西厢模式，是模仿、翻述，还是规避、突破，都是不得不考虑的问题。

在西厢故事系统之内，在明清"西厢热"的炙烤下①，戏曲领域出现了纷繁的改编、续作，也出现了翻案、否定之作，这是抗拒其影响的表现。一是主旨上，不满其对姻缘自主的歌颂，批判其立意，比如明末清初的研雪子《翻西厢》、清初时张锦的《新西厢记》；二是人物设置上，更改人物形象，或是把人物道德化（研雪子《翻西厢》、张锦《新西厢记》中的莺莺），或把人物平民化（西厢讲唱）、低俗化（明清的一些改编本）；三是情节结构上，打破《西厢记》形成的有情人终成眷属的情节模式，比如明末无名氏《东西厢》（胡文焕编《群音类选》"官腔类"卷二五选录六出）、卓人月《新西厢记》，都是改变了大团圆的结局，后者以莺莺被弃的悲剧结束，前者则是因莺莺生病去世而致张生"不获成佳配"，终以哭祭感梦结束。上述后生戏曲对于《西厢记》的翻改、突破，有的意在削除、冲淡《西厢记》对社会正统道德观念的影响，以维护世道，纯洁风化；有的是不满其作为经典影响而致的模式化、公式化作品千篇一律，而寻求打破，意在新变。

而在西厢故事系统之外，《西厢记》的耀眼光亮更是召唤着各种叙事文艺的持久、热烈的模仿，就在这模仿的欢腾中，也出现了屈从与抗拒的焦虑，即面对西厢模式而致的格套、窠臼，后生文艺如何摆脱影响、寻求突破的问题。即使超越、突破难以达成，也表现出了对于西厢格套、窠臼的不屈从态度，以及意求新变的探索和努力。

一、对西厢模式格套化的觉醒

在西厢故事系统之外，后生文艺对于西厢模式的屈从与抗拒问题，也是在《西厢记》成为经典的过程中，在《西厢记》反复翻演的过程中，累积形成的。对于后生文艺的创作来说，它们的焦虑是来自于《西厢记》作为经典影响下形成的模式、格套、窠臼所带来的巨大召唤和压力。所以，我们需要先梳理一下在西厢故事系统之外，后生文艺对于西

---

① 参见黄强《明清"西厢热"持续的一个重要原因》，《河北学刊》，1999年第3期。

厢模式的驯服、模拟情况,以及对于西厢模式所致的窠臼、格套觉醒后的焦虑。

王实甫《西厢记》一出世就"天下夺魁"①,引起一片惊叹,获得了广泛而持久的声誉,不但是自己活跃在舞台上,也活跃在别人的剧作中,比如宫天挺《范张鸡黍》第一折、南戏《宦门子弟错立身》第五出都提到《西厢记》。另外,由于民众对其内容的异常熟悉,《西厢记》的相关内容已经形成了有着广泛认知度的含义丰富的熟典,以致爱情题材类戏剧经常使用其中的情节、人物来表情达意,能够方便有效地引起观众的记忆联想,成为表达有力的意象,比如《萧淑兰情寄菩萨蛮》第二折〔秃厮儿〕:"俺那崔氏女正红愁绿惨,你个张君瑞待面北眉南,着我老红娘将两下里做一担担。请先生省言剿,喃喃。"又《百花亭》第三折〔梧叶儿〕:"俺只见舍利塔侵云汉,罗汉堂煞整齐,人静悄景幽微。那孙飞虎声名大,小红娘识见低,闪的我张君瑞自惊疑,天也知他这普救寺莺莺在那里?"

在对《西厢记》这样的热烈追慕中,元代前期就已出现了整体性模仿之作。清人梁廷枬称郑光祖的《㑇梅香》是"一本小《西厢》"。他把此剧与《西厢记》进行比较,指出两剧相同者有二十处,"《㑇梅香》如一本小《西厢》,前后关目、插科、打诨,皆一一照本模拟,……不得谓无心之偶合矣"②。此杂剧四折一楔子,写丫鬟樊素极力促成白敏中与裴度之女小蛮佳缘的爱情故事,其主要关目有听琴、探病、烧香、递简、跳墙、老夫人拷打樊素,以及白敏中科举高中、奉旨成婚等,与《西厢记》的情节安排全同,皆不出《西厢记》窠臼。《曲海总目提要》指出:"此剧与王实甫《西厢记》,关目大略相似。……中间听琴、问病、寄书、佳期、拷问、逼试等,节节相似,其文笔亦不相上下。"③故

---

① 《录鬼簿》中贾仲明为王实甫写的"吊词"曰:"作词章,风韵美。士林中,等辈伏低。新杂剧,旧传奇,《西厢记》,天下夺魁。"(浦汉明《新校录鬼簿正续编》,巴蜀书社,1996年,第70—71页。)
② 梁廷枬:《曲话》卷二,载《中国古典戏曲论著集成》,中国戏剧出版社,1959年,第8册,第262、263页。
③ 董康:《曲海总目提要》卷三,天津古籍出版社,1992年,第96页。

王世贞《曲藻》直接说它"套数、出没、宾白,全剽《西厢》"①。

其实,在郑光祖的《㑇梅香》之前,白朴的《东墙记》也可称得上"小《西厢》"。此杂剧叙写书生马彬和松江府尹之女董秀英的爱情故事,有五折一楔子:楔子借厢,第一折相恋,第二折听琴、酬和,第三折寄柬、拷红,第四折逼试、送别,第五折及第、团圆,明显是一部简化缩量版的《西厢记》。隋树森在《〈东墙记〉与〈西厢记〉》一文中,将二剧进行了全面的比较,从题目、人物、关目、曲文四个方面予以比较,指出《东墙记》"与《西厢记》相似处极多,故其蹈袭《西厢记》,似无问题"②。严敦易更直接说它是"生吞活剥地剽窃《西厢》之作"③。

郑、白二位皆位列"元曲四大家",犹涉足于模仿《西厢记》的创作,这也强化了《西厢记》的经典地位,以及后人对《西厢记》的追慕之意,尤其是成为才子佳人题材戏的模拟对象,其"愿普天下有情的都成了眷属"的呼喊,鼓舞着历代才子佳人戏中的恋人们,演绎出的故事的基本套路是:才子佳人一见钟情,小人拨乱其间,历尽坎坷终得团圆。这样的情节结构模式已成为明清才子佳人故事编创的教科书。

比如,明代韩上桂《凌云记》传奇叙写司马相如与卓文君的爱情故事,潘之恒《鸾啸小品》言"岭南韩孝廉,以《凌云》词拟《西厢》"④。其第五出"客寓临邛"、第六出"琴心挑动"、第七出"侍女通情"的情节,明显是模拟了《西厢记》"寄逢"、"听琴"、"寄柬"的情节套路。

又如明代那个编写过《南西厢记》的陆采,他的《怀香记》演述西

---

① 王世贞:《曲藻》,载《中国古典戏曲论著集成》,中国戏剧出版社,1959年,第4册,第34页。
② 隋树森:《〈东墙记〉与〈西厢记〉》,《文史杂志》,第2卷第5、6合期,1942年6月。后收入存萃学社编《宋元明清剧曲研究论丛》第三集,香港大东图书公司1979年印行。也有不同观点,如李玉莲、王岳红《论白朴〈东墙记〉对〈王西厢〉的影响》,《晋阳学刊》,1995年第6期。
③ 严敦易:《元剧斟疑》,中华书局,1960年,第6页。
④ 潘之恒:《鸾啸小品》卷二"初艳"条,载《潘之恒曲话》,中国戏剧出版社,1988年,第32页。

晋时南阳才子韩寿和司空贾充之女贾午的爱情故事,清梁廷枏《曲话》卷三指出:"《怀香记·佳会》折,全落《西厢》窠臼。"① 其实不止如此,而是全剧皆落《西厢》窠臼,其中的人物设置、情节设置诸多关目,如贾小姐的丫鬟春英递柬、韩寿跳墙约会、韩贾二人之佳期、贾充拷婢等,全袭自《西厢记》。

在才子佳人终成眷属的主题下,这类才子佳人戏的人物设置、情节结构不断翻版,终成相互蹈袭、反复雷同的模式格套,李渔曾对此提出过严厉批评:"戏场恶套,情事多端,不能枚纪。以极鄙极俗之关目,一人作之,千万人效之,以致一定不移,守为定格,殊可怪也。"②

就在戏曲创作追慕、模拟《西厢记》模式的过程中,小说也加入模仿《西厢记》的洪流中。比如《警世通言》卷二九《宿香亭张浩遇莺莺》一篇,叙张浩在宿香亭巧遇李莺莺,一见钟情,私订终身,然后经历一系列的阻挠,终得圆满。虽其本事宋元时期早有演述,但此一成篇则糅进了《西厢记》模式的影响,其结尾的收场诗:"当年崔氏赖张生,今日张生仗李莺。同是风流千古话,西厢不及宿香亭。"也表明了编写者对西厢模式的参照。

至于才子佳人小说,更是蹈其模式,渐成窠臼。才子佳人小说有一个共同的模式,林辰在《明末清初小说述录》中将才子佳人小说的情节结构概括为三段模式:一见钟情,拨乱离散,终得团圆③。除情节模式的套用之外,人物设置也遵照配置,因此而招致了警醒者的厌恶、批评。比如曹雪芹在《红楼梦》第一回中就有批评:"至若佳人才子等书,则又千部共出一套,且其中终不能不涉于淫滥,以致满纸潘安、子建、西子、文君,不过作者要写出自己的那两首情诗艳赋来,故假拟出二人姓名,又必旁出一小人其间拨乱,亦如剧中之小丑然,且鬟婢开口即者

---

① 梁廷枏:《曲话》卷三,载《中国古典戏曲论著集成》,中国戏剧出版社,1959年,第8册,第267页。
② 李渔:《闲情偶寄》"演习部·脱套第五",上海古籍出版社,2000年,第124页。
③ 林辰:《才子佳人小说初探》,载《明末清初小说述录》,春风文艺出版社,1988年,第74页。

也之乎，非文即理。"① 海鸣在《古今小说评林》中指出："中国旧小说颇善言情，最佳者如《石头记》，然亦不过言儿女之情耳。其余如《西厢记》等，则已开才子佳人恋爱之滥觞，使后之作者，千篇一律，接踵而起，令人生厌。"②

这类由《西厢记》持久影响而致的模式化编写，接踵而起，千篇一律，伴随而来的是接受上的单调感、枯燥感，由此在追慕经典的热情中，也出现了消除、淡化其影响的意图（此处不涉及当时社会道德层面的批评和改易），有人就批评西厢模式是"窠臼"、"恶套"，希望有所警醒、突破。比如上文提到清梁廷枏《曲话》指出"《怀香记·佳会》折，全落《西厢》窠臼"，李渔把千万人效之、遵守的"定格"视为"殊可怪"的"恶套"，另外，清李调元《雨村曲话》认为《㑇梅香》不出《西厢》窠臼③。与此同时，也出现了打破西厢模式窠臼、突破西厢模式影响的呼吁和努力。

谭友夏、钟伯敬在明沈孚中《绾春园》传奇第六出《贻诗》的末尾评点道："看他竭力摆脱《西厢》、《还魂》处，才是独出手眼，不则与《奇逢》、《寻梦》等剧何异。传神处更妙在倩云之情，比杨生较热，所以最后相逢都不冷落耳。"④ 这道出了此剧在才子佳人一见钟情这个情节上对《西厢》模式的突破努力。

明末卓人月以其戏剧应表现悲与死的认识，对当时戏曲动辄以大团圆结局大为不满，对《西厢记》"不能脱传奇之窠臼"表示惋惜。由此，他以《莺莺传》的悲剧结局为据，否定了《西厢记》有情人终成眷属的结局："余所以更作《新西厢》也，段落悉本《会真》，而合之以崔、郑墓碣，又旁证之以微之年谱。不敢与董、王、陆、李诸家争衡，亦不敢

---

① 曹雪芹、高鹗：《红楼梦》，人民文学出版社，1982年，第5页。
② 冥飞等：《古今小说评林》，民权出版部，1919年，第105页。
③ 李调元：《雨村曲话》卷上，载《中国古典戏曲论著集成》，中国戏剧出版社，1959年，第8册，第15页。
④ 谭友夏、钟伯敬批评：《绾春园传奇》第六出，《古本戏曲丛刊二集》，国家图书馆出版社，2016年，第63种。

蹈袭诸家片字。"①

　　清初心铁道人编的《何必西厢》弹词，又名《梅花梦》，共三十七回，叙苏州才子张灵与崔莹的爱情离合事。此作与《西厢记》同属于才子佳人故事题材，女男主角亦姓崔、张，而张灵又倾慕崔莺莺那样的女子，一心想着寻得崔莺莺那样的女子为妻，这明显受到了《西厢记》的影响，作者在第一回也对此有申明："我这部书，虽也是千古第二个崔张巧合，但都从忠孝节义成就他们，比不得密约私期，仅博得风流佳话。"但他又以"何必西厢"题名，第一回开头即道出缘由："在下并没有抹倒《西厢记》的才情，却只要跳出《西厢记》的圈套，或者内中词曲，尽有赛得过《西厢记》的，请列位细看。"②语中表达了意图突破西厢模式的创作努力。

　　由此可见，在后西厢时代，面对《西厢记》这一经典影响而致的巨大召唤和压力，警醒者有顺从抑或抗拒的焦虑，出现了意欲抗拒其影响的努力，以冀突破那个千万人效之的西厢模式。但要突破其模式的影响，超越其经典的成就，还是比较困难的，我们看到的仍多是后生文艺对西厢模式的安然接受。站在《西厢记》影响功力的讨论框架中，通常会发现这些后生文艺对于《西厢记》的模拟、借鉴。其实，对于后生文艺的个性化创作追求来说，这些借鉴、模仿还寓含着对西厢模式的不屈从态度，有着打破其模式的意图和努力，即打破西厢模式的格调趣味、主题宗旨、人物形象、情节格套等成分，比如让这些西厢模式的成分剥离出原有的结构体系，在一个新的主题故事中戏谑、利用西厢模式，从而体现了一种个性创作上求新求变的自我期许。基于此，我们不只要着眼于后生文艺从《西厢记》中模仿了什么，更应看到它们从西厢模式中增益了什么，改变了什么，提升了什么。在对西厢格套模仿盛行、渐成窠臼的环境中，这种由经典影响压力下挤压出的戏拟、利用思路，一定程度上表现出了对于西厢模式的不屈从、不驯服的意图和努力。

---

① 卓人月：《新西厢序》，载《蟾台集》卷二"词曲序"，国家图书馆藏明崇祯十年刻本。
② 心铁道人：《梅花梦》，校经山房书局，1933年，第1—2页。

二、对西厢模式的模仿

　　元末杨景贤的《西游记》杂剧共六本二十四出,其中第四本叙述了猪八戒的非凡出身和加入取经队伍的过程,孟称舜《古今名剧合选》之《柳枝集》全收此一本四折,题为《二郎收猪八戒》。猪八戒原为摩利支天部下御车将军,盗取金铃,顿开金锁,离开天门下凡到人间的黑风山,潜藏在黑风洞,自号黑风大王,成为黑猪精。他好色贪吃,闻得裴太公之女海棠暗遣丫鬟梅香送信与未婚夫朱公子月下相会,便化作朱公子,趁着夜色来到裴家,将裴小姐骗往黑风洞,据为妻室,此后就自称姓朱(第十三出"妖猪幻惑")。这段黑猪精摄女为妻的叙述颇为精彩。

　　(裴女引梅香上,云)妾身裴太公之女,小字海棠,自幼许配朱太公之子为妻。他家贫了,俺家父亲,待悔了亲事,因此俺两情未已。梅香,你与我将这一封书去,对那生言道:我为他夜夜烧香花园里,等着他来厮见,说一句话咱。(梅香云)怕太公知道,连累我。(裴女云)不妨事。(梅香下)(裴女唱)
　　〔仙吕〕〔赏花时〕一纸书缄万种愁,数日忧成两鬓秋。疾忙去莫迟留,休误了鸾交凤友,且跳过短墙头。
　　〔幺〕拣着这竹径花溪阴处走,则着他柳影松斜深处有。休烦恼莫惭羞,黄昏时候,休着我和月倚南楼。(下)
　　(梅香上,云)小姐着我寄书与朱郎,朱郎今夜来赴期也,我已回过小姐了。安排下香桌儿,月儿上时,请小姐烧夜香。(裴女上,云)朱生回话来。今夜必来也。烧夜香,待和他说一句话。深秋天气,好一轮月色也呵。
　　〔仙吕〕〔点绛唇〕露滴疏杉,雾迷衰柳。星光淡,秋色将三,皓月如悬鉴。
　　……
　　(云)梅香,将香桌儿,近太湖石畔放着。(做放科)(唱)

〔穿窗月〕行来到太湖石垒就的山岩，菊花风劈面搽，丹枫叶老涂朱黯。遮着杨柳，映着香楠，一轮月色云笼罩的暗。

（猪八戒上，云）今日赴佳期去。对着月色，照着水影，是一表好人物。那姐姐也有眼色。（裴女唱）

〔寄生草〕见一人光纱帽，黑布衫。鹰头雀脑将身探，狼心狗行潜踪阚，鹅行鸭步怀愚滥。（猪云）小姐拜揖。（裴女唱）我见你须臾上礼有蹊蹊，我里囫囵吞个枣不知酸淡。

足下是谁？（猪云）小生朱太公之子。往常时白白净净一个人，为烦恼娘子呵，黑干消瘦了。想当日汉司马、唐崔护，都曾害这般的症候，《通鉴》书史都收。……①

这段情节属于精怪摄女故事类型，明显不是才子佳人故事，但却嫁接了《西厢记》经典的崔张月夜佳期一段，其中有递柬（裴小姐让丫鬟梅香送信与朱郎，今夜来赴佳期），有月夜佳期（猪八戒幻化的朱郎赴裴小姐的月夜佳期）；而裴小姐等待朱郎的花园里，有太湖石，有朱郎可以跳过的短墙头，有裴小姐安排下的香桌儿，而她就等着月儿升起时烧夜香等待着朱郎来赴约。这与《西厢记》所设置的人物、情节、环境皆十分相合。但《西厢记》中的月夜佳期，洋溢着才子佳人的柔情雅意，而《西游记》杂剧明显无意写一个爱情故事，它在一个精怪摄女的故事框架中戏拟了才子佳人的月夜佳期，以一种情趣、意境上的间离感传达出对西厢模式的戏谑意味。

在普遍因崇尚而模仿西厢模式的欢腾中，这种在非才子佳人题材中戏拟《西厢记》的手法，是一种对于《西厢记》情节用非其时、用非其境的调笑戏谑，表现出一种意欲打破其模式、窠臼的努力。这种意图也表现在同样是非才子佳人题材的《金瓶梅词话》中。

与杨景贤《西游记》杂剧用黑猪精猪八戒演绎"月夜佳期"的思路相承，《金瓶梅词话》是用潘金莲、陈经济的乱伦滥情行为来演绎"月

---

① 隋树森编：《元曲选外编》，中华书局，1959年，第666—667页。

夜佳期"。

第八十二回"潘金莲月夜偷期"一节,叙潘金莲偷约陈经济来月夜幽会,借用了《西厢记》第三本第二折莺莺约期张生的一首诗:"待月西厢下,迎风户半开。隔墙花影动,疑是玉人来。"第八十三回"春梅寄柬谐佳会"一节,则写了春梅为潘金莲送柬约请陈经济月夜幽会。

《金》第八十二、八十三回关于潘金莲、陈经济的偷情情节,明显是模拟了《西厢记》崔、张爱情发展过程中的寄柬、佳期情节,虽然二者在格调、品性上迥然不同。从这两回的回目看,小说在情节设置上注重于潘、陈的两次月夜幽会,即第八十二回的"潘金莲月夜偷期"、第八十三回的"春梅寄柬谐佳会",这两个回目所关联的两次幽会也是此两回的核心情节。

第八十二回潘、陈的第一次月夜幽会,潘金莲打扮一番,身穿翠纹裙,"脚衬凌波罗袜","独立木香棚下,专等经济今晚来赴佳期"。而陈经济则来到月光下花园中的荼蘼架下赴约。对照《西厢记》第四本第一折张生月夜跳墙赴约一段,《金》对潘、陈月夜幽期的叙述在情节设置上与之十分相类。第八十二回所写的第二次月夜幽会叙潘金莲偷约陈经济,月下候陈赴约之时,借用了《西厢记》第三本第二折莺莺约期张生的一首诗:"待月西厢下,迎风户半开。隔墙花影动,疑是玉人来。"借以点染潘、陈二人月夜幽期的情景。分析小说对此段情节的叙述,此诗的借用甚合潘、陈二人月夜佳期的情境。

第八十三回写春梅为潘金莲送柬约请陈经济,当时陈正独处店铺中,在听到叫门声后发问,春梅回答:"是你前世娘,散相思五瘟使。"春梅所言前一句出自《西厢记》第四本第一折,是红娘偕莺莺赴约敲门时红娘回答张生的话;后一句出自第三本第一折,是张生因老夫人悔约而烦闷之际,红娘受莺莺之托来看望他时所说的话。《金》在把春梅比类为红娘时,也让她说出了红娘的话。与这种人物语言上的对应相关,这两组人物所处的环境状况和情绪状态也是如此的相类。

《金》中这两回在人物话语、叙述话语上与《西厢记》的如此关联对应,显示出此二回所存在的模拟《西厢记》情节状况。需要指出的是，《金》并非只是在情节上模拟《西厢记》，它还喜欢利用崔张二人的行为比类、品评、描写人物。比如它多次把西门庆与其情人的偷情行为比类为崔张二人的爱情行为，如第二回说西门庆是"张生般庞儿"，把西门庆初遇潘金莲比类成张生之"惊艳"："只因临去秋波转，惹起春心不肯休。"第十三回通过丫鬟迎春的眼睛描述西门庆与李瓶儿的偷情行为，说是"好似君瑞遇莺娘，犹若宋玉偷神女"，还把西门庆翻墙与李瓶儿幽会的行为总结性地说是"两个隔墙酬和，窃玉偷香"。第三十七回描写西门庆与王六儿幽会，说是"一撞一冲，君瑞追陪崔氏女"，还把王六儿形容成"偷期崔氏女"。这些评述都是以《西厢记》的人物行为作为映照的，其用意或是把西门庆及其情人们比类为张生和崔莺莺，或是借崔、张的爱情行为来映照西门庆、潘金莲等人的滥情行为。

但是，《金》以崔张情事映照潘陈滥情行为确实有精神隔阂之感，在爱情行为的精神实质和格调境界上有天壤之别。《西厢记》的艺术感染力，以及它能成为千古绝调、北曲压卷之作的原因，很重要的一个方面是其所表现的崔张二人追求纯真爱情的大胆热烈行为，这与西门庆等人的滥情、淫乱行为格调高下天壤有别，品质雅俗迥然不同，一在情，一在欲。但《金》在化用《西厢记》人物行为、故事情节以比类映照西门庆、潘金莲等人的滥情行为时，则只注目于崔张的违背正统礼义的密约偷期，而不论其爱情的真挚与格调，或者说，只注目其"欲"的表面，而不顾其"情"的内涵，并且《金》在以崔张比类西门庆、潘金莲等人的叙述中把这"欲"的一面发挥到了极致。《金》中频繁出现的这种比类确实突兀，颇显荒唐。小说中的这些比类描述有些不妥，不但人物的精神和性格迥异，而且其情感的境界格调也有天壤之别，但若从后西厢时代那些才子佳人小说戏曲的窠臼、格套来看，这种精神隔阂之感在客观上正表现出一种对西厢模式的不顺从，对这种窠臼的厌烦，以及意图抗拒其深广影响下形成的模式、格套的努力。

三、对西厢模式的戏拟

　　非才子佳人题材作品戏拟西厢模式，以一种隔离感产生调笑、戏谑的意味，表现出对西厢模式影响的不顺从。同样的思路，才子佳人题材的小说中也表现出不屈从西厢模式影响，以寻求打破、突破其格套的努力。只是在意图打破西厢模式的格调趣味、主题宗旨、情节格套等成分之时，非才子佳人题材作品不用改变人物的身份，因为他们本就不是才子佳人，而才子佳人小说则要首先考虑人物身份的改变，还有就是情节模式的改变，就抗拒西厢模式的意图来看，即是以一种破坏西厢模式的方法来表达对此模式的不屈从态度，所使用的具体手段仍是对西厢模式的调笑戏谑。

　　明代的话本小说集《石点头》第五卷《莽书生强图鸳侣》，叙广西举人莫可（字谁何）进京赶考，途中因病滞留扬州，春日游玩琼花观，冀得艳遇，恰当地斯员外之女紫英带领丫鬟莲房来此烧香还愿，"到了观中，小姐上了旛，又到正殿关帝阁烧了香，后至梓潼楼，见此处冷落，没有游人，两个仆人各自走去顽耍了"。莫可就躲避在文昌楼后的董仲舒读书台，等候紫英过此处，得以饱看一回。小说叙述道："这一发不是俗人晓得的，所以人都不到，那知倒成就了莫谁何的佛殿奇逢。"

> 　　（莫可）刚出庙门，方等回寓，只见一个美貌女子，后边随着一个丫鬟，入庙来烧香。举目一觑，不觉神魂飘荡，暗道："撞了这几日，才得遇这个出色女子，真好侥幸也。"

　　书生莫可漂泊他乡，游玩寺院，而紫英小姐烧香还愿，被莫可撞见，视为惊艳。这种情景真与《西厢记》的张生、崔莺莺"佛殿奇逢"相类。小说叙述至此，特别点明这是"莫谁何的佛殿奇逢"，说明作者熟悉《西厢记》张生初见莺莺的惊艳情节，但他并不打算像众多才子佳人题材作品那样叙述一个西厢模式的翻版，而是写了一个有《西厢记》

佛殿奇逢情境、但无《西厢记》佛殿奇逢情趣的故事。

> （紫英）便走来向盆中净手，莲房忙向袖中摸出一方白绸汗巾，递与小姐拭手。这里两人正背着净手耍子，不想莫谁何却逐步儿闪上台来，仔细饱看。紫英拭了手，回过身，面前却见贴着个少年，吃了一惊，暗自懊悔道："我是女儿家，不该听了这丫头，在此闲走。"低低向莲房说道："有人来了，去罢。"欲待移步，莲房见莫谁何正阻着去路。这丫头到有活变，说道："小姐手已净了，烧了香去罢。"引着紫英倒走入殿里，紫英也不知董仲舒是甚菩萨，胡乱就拈香礼拜。拜罢，转身出殿。①

但接下来，小说并不是如《西厢记》那样的柔情和优雅了，没有莺莺离身时的回首一眸，也没有张生的"只因临去秋波转，惹起春心不肯休"。小说先是紫英在转身出殿之际，看到莫谁何也如她一样要净手拈香，用新衣服拭手，"不觉起了一点爱惜之念"，把自己的白绸汗巾让丫鬟借与他拭手，然后就是莫谁何执意要与小姐当面见礼说话，否则死也不放紫英离开，又是锁院门，又是拦道，还撒谎说自己之所以滞留此地，就是因为仰慕小姐美貌："小生本广西桂林县新科举人，姓莫名可。因上京会试，路经贵府，闻得小姐美貌无双，因此不愿入京，侨寓此地，欲求一见。不想天从人愿，今日得与小姐相会于此，真是凤缘前契。又蒙惠赠绫帕，小生当终身宝玩。但良缘难再，后会无期，小姐怎生发付小生则个。"搞得紫英又恼又气，进退两难，只好敷衍答应他三月初三母亲忌辰日的黄昏时分在门首相会。

书生莫谁何一步步逼迫紫英就范的近乎无赖言行，完全颠覆了《西厢记》佛殿奇逢的优雅情致，也打破了才子佳人题材作品的初遇惊艳模式。

另外，明清之际的《照世杯》卷一《七松园弄假成真》为我们展示

---

① 天然痴叟：《石点头》，江苏古籍出版社，1994年，第105—110页。

了另一场奇逢、惊艳故事,不过场合不是在寺院的佛殿,而是在扬州的七松园。苏州才子阮江兰倾慕西施一般的红粉佳人,但听到朋友张少伯言"从来多才多情的,皆出于青楼",便住扬州青楼寻访红粉知己,住在平山堂下的七松园,有幸得遇已归于应公子的扬州名妓畹娘。阮江兰初见畹娘,被其美貌深深打动,为之魂牵梦萦,也正如《西厢记》中张生初见崔莺莺那样的"惊艳"又相思,而且还有了如《西厢记》那样的递柬、佳期情节,只是情趣意味有了变化。

  阮江兰自此之后,时常在竹篱边偷望。有时见丽人在亭子中染画,有时见丽人凭栏对着流水长叹,有时见丽人蓬头煎香,有时见丽人在月下吟诗。阮江兰心魂荡漾,情不自持,走来走去,就像走马灯儿点上了火,不住团团转的一般。几番被应家下人呵斥,阮江兰再不理论。
  这些光景,早落在公子眼里了。公子算计道:"这个馋眼饿丕,且叫他受我一场屈气。"忙叫小厮研墨,自家取了一张红叶笺,杜撰几句偷情话儿,用上一颗鲜红的小图印,铃封好了,命一个后生小厮,叫他送与竹阁上的阮相公,只说娘娘约到夜静相会,"切不可露我的机关"。小厮笑了一笑,竟自持去。
  才走出竹篱门,只见阮江兰背剪着手,望着竹篱内叹气。小厮在他身后,轻轻拽了拽衣袖。阮江兰回头一看,见是应家的人,恐怕又惹他辱骂,慌忙跑回竹阁去。小厮跟到阁里,低低叫道:"阮相公,我来作成你好事的。"阮江兰还道是取笑。反严声厉色道:"胡说!我阮相公是正经人,你辄敢来取笑么?"小厮叹道:"好心认做驴肝肺,干折我娘娘一片雅情。"故意向袖中取出情书来,在阮江兰面前略幌一幌,依旧走了出去。阮江兰一时认真,上前扯住道:"好兄弟,你向我说知就里,我买酒酬谢。"小厮道:"相公既然疑心,扯我做甚么?"阮江兰道:"好兄弟,你不要怪我,快快取出书来。"小厮道:"我这带柄的红娘,初次传书递柬,不是轻易打发的哩。"阮江兰忙在头上拔下一根金簪子来送他。小厮接在手里,将书交付阮江兰。又道:"娘娘约你夜静相会,须放悄密些。"说罢,打阁外去了。

阮江兰取书在鼻头上嗅了一阵,就如嗅出许多美人香来。拆开一看,书内写道:

妾幽如敛衽拜,具书阮郎台下:素知足下钟情妾身,奈无缘相见。今夜乘拙夫他出,足下可于月明人静之后,跳墙而来。妾在花阴深处,专候张生也。

阮江兰手舞足蹈,狂喜起来。坐在阁上,呆等好日色落山,死盼那月轮降世。……将次更阑,挨身到竹篱边,推一推门,那门是虚掩上的。阮江兰道:"美人用意,何等周致!你看他先把门儿开在这里了。"跨进门槛,靠着花架走去。阮江兰原是熟路,便直达卧室。但第一次偷婆娘,未免有些胆怯,心欲前而足不前,趑趑趄趄,早一块砖头绊倒。众家人齐声喊道:"甚么响?"走过来,不问是贼不是贼,先打上一顿,拿条索子,绑在柱上。……①

在这段情节中,递柬的小厮说自己是"带柄的红娘",阮江兰看到的书柬有"足下可于月明人静之后,跳墙而来。妾在花阴深处,专候张生也"这样的话,这明显是西厢模式的月夜佳期情节。只是这个行动安排是应公子有意按照西厢模式来戏弄阮江兰的。而对阮江兰来说,他按这个西厢模式的月夜佳期套路来行动,招致的并不是莺莺那样的柔情蜜意迎接,而是一顿十分尴尬、屈辱的捆绑和毒打。如果我们再把这情节放在当时才子佳人题材作品层出不穷、千篇一律的公式化书写背景下,这篇小说对西厢模式的戏拟,就表现出对《西厢记》经典影响下形成的模式、格套的不驯服,不顺从。小说中的主人公阮兰江遵照、模仿西厢模式来行事,得到的却是尴尬,是自取其辱。从这篇小说与当时层出不穷的公式化作品对比来看,它借人物按西厢模式行事的失败,客观上表现出了意图突破西厢模式的努力。

---

① 酌元亭主人:《照世杯》,江苏古籍出版社,1993年,第8—10页。

四、对西厢模式的创造性利用

还有一种应对西厢模式的文学创作实践，它不是顺从其模式的因袭，也不是抗拒其模式的戏调，而是把《西厢记》作为意义丰富的资源，把它熔铸在自己的创作中，通过吸收其丰富的内涵、经典的情节来实现意义的增殖，以为自己的叙事宗旨服务。在后西厢时代，面对经典影响的压力处境，这是一种对西厢模式更具主动性的利用思路，更显能动性的抗拒态度，更有创造性的突破方式。

《水浒传》第四十五回叙潘巧云为追荐亡夫而请僧人设道场，当她来到法坛上拈香礼佛时，和尚们见到潘巧云风骚美艳之态，顿时"愚迷了佛性禅心，拴不定心猿意马"。小说在此有一段描述和尚们迷乱癫狂之态的文字：

> 班首轻狂，念佛号不知颠倒；阇黎没乱，诵真言岂顾高低。烧香行者，推倒花瓶；秉烛头陀，错拿香盒。宣名表白，大宋国称做大唐；忏罪沙弥，王押司念为押禁。动铙的望空便撇，打钹的落地不知。敲铦子的软做一团，击响磬的酥做一块。满堂喧哄，绕席纵横。藏主心忙，击鼓错敲了徒弟手；维那眼乱，磬槌打破了老僧头。十年苦行一时休，万个金刚降不住。①

这段描述文字源自《西厢记》而有所增益、发挥。元人王实甫《西厢记》第一本第四折叙崔母设道场追荐亡夫，有一段僧人看到莺莺美貌后癫狂迷乱的描述文字（《南西厢》的相关描述文字非常简单，且与此不同）：

> 〔乔牌儿〕大师年纪老，法座上也凝眺；举名的班首真呆僗，

---

① 施耐庵、罗贯中：《水浒传》，中华书局，1997年，第598页。

觑着法聪头作金磬敲。

〔甜水令〕老的小的，村的俏的，没颠没倒，胜似闹元宵。稔色人儿，可意冤家，怕人知道，看时节泪眼偷瞧。

〔折桂令〕……击磬的头陀懊恼，添香的行者心焦。烛影风摇，香霭云飘；贪看莺莺，烛灭香消。①

这是以张生的视角展示了众僧见到崔莺莺美貌后的"发科"（做出各种逗笑的情态）。比照《水浒传》的那段描述文字，二者同是发生在僧徒做追荐亡灵的法事道场上，同是有美艳女子上来拈香，和尚们也表现出了相同的意乱神迷、把持不住的情态。《西厢记》的那段曲词摹写了班首、头陀、行者的举动，《水浒传》也沿袭了这三种称呼；《西厢记》有和尚"觑着法聪头作金磬敲"的癫狂行为，《水浒传》中的和尚也有这个动作（"磬槌打破了老僧头"）。这两段文字的如此相同，足可说明《水浒传》对《西厢记》这一情节的模拟。

在《西厢记》中，崔母请普救寺众僧做道场以追荐崔老相国的亡灵，其间老夫人和崔莺莺上来拈香，众僧一见莺莺的娇娆美艳，顿时心慌意乱。而《水浒传》只是依据这一情节作了人物的改变，在相近的故事情境下，把《西厢记》关于和尚见到美艳女子的神态描写移置过来，非常应景，也十分恰当。而且，《水浒传》在描述的韵词上作了进一步的增益、发挥，要比《西厢记》更为夸张、细腻。

《水浒传》的这段饶有趣味的情节后来又被《金瓶梅词话》借用、移置在潘金莲身上，只是这段曲文在具体语词上有所变化。第八回写潘金莲设道场追荐武大，小说以戏谑的笔调描述了众和尚看到金莲风骚之态的癫狂反应："班首轻狂，念佛号不知颠倒；维摩昏乱，诵经言岂顾高低。烧香行者，推倒花瓶；秉烛头陀，错拿香盒。宣盟表白，大宋国称做大唐；忏罪阇黎，武大郎念为大父。长老心忙，打鼓错敲徒弟手；

---

① 王实甫：《西厢记》，人民文学出版社，1994年，第56页。

沙弥心荡，磬槌打破老僧头。从前苦行一时休，万个金刚降不住。"①

其实，单凭《金》的这段描述文字，我们还感受不到和尚们令人作呕的丑态，小说只是用戏谑的语调写出和尚们看到潘金莲后的各种痴狂之态，意在反衬潘金莲的娇娆美貌。这和《西厢记》那段僧人癫狂描述在意图和趣味上是相承的。比照《金》的那段描写，《西厢记》对于和尚们迷乱行为的描述在文字上是很节制的，没有对和尚们的癫狂之态作进一步的增益、发挥。更关键的是，如果我们联系这两段描述文字的前后情节，就会发现，《西厢记》没有在这一描述文字前后对和尚进行品格上的嘲讽、贬抑，而《金》则对和尚的品格进行了极致的嘲讽贬斥，不厌其烦地讨论了一番和尚是"色中饿鬼"，并描述了和尚如何偷听西门庆、潘金莲房中饮酒作欢的丑态，这就使得上面那段戏谑语调的和尚癫狂描述文字更包含有嘲讽贬斥的语调了。需要指出的是，这一语调的转变，以及对《西厢记》那段描述韵文的增益、发挥，并非《金》的创造，而是完全来自《水浒传》。所以，就《金》的这段情节来看，我们可以说它是模拟了《西厢记》杂剧的相关情节，但这一模拟并非是直接的，而是间接的，中间经过了《水浒传》的传递。

与《水浒传》、《金瓶梅》相比，《红楼梦》在利用《西厢记》资源方面更为成熟。曹雪芹对《西厢记》十分敬慕，也非常熟悉，但对于后西厢时代所形成的模式、格套则颇为反感，他在《红楼梦》第一回借人物之口批评了"千部共出一套"的才子佳人作品。当然，《西厢记》对于《红楼梦》的影响是十分深刻的，刘鹗在《老残游记·自叙》中就指出："王实甫寄哭泣于《西厢》，曹雪芹寄哭泣于《红楼梦》。"② 意指王实甫、曹雪芹二人皆把对理想生活的追求和渴望寄寓在自己的作品中，也指出了《红楼梦》是在重情的主旨下，关注了《西厢记》。确实，《红》中体现了《西厢记》的深刻影响，但并不是模拟，而是在《西厢记》所形成的影响压力下有所突破。有人认为《红》是模拟《西厢记》，

---

① 兰陵笑笑生：《金瓶梅词话》，人民文学出版社，1985年，第91—92页。
② 刘鹗：《老残游记》，人民文学出版社，1982年，"自叙"第1页。

如借用其情节描述，模仿其人物设置，清人王希廉即在《新评绣像红楼梦全传》第二十六回有评点指出："《西厢》元微之同双文，原是中表姊妹，不终所愿，与宝、黛相似。引用曲文，亦非无意。"① 所见有理，所言牵强。其实，正如宝玉、黛玉有意识地利用《西厢记》曲文为自己表情达意一样，曹雪芹也是有意识地利用《西厢记》的人物、情节为自己的叙述宗旨服务。

《西厢记》在《红楼梦》叙述情节中的登场就有着特意的考虑。《红楼梦》第二十三回，《西厢记》"角本"被引入宝、黛二人的生活，而且它登场的时间是农历三月中旬的一天，时花开渐衰，落英缤纷。小说是这样描述的：

> 那一日正当三月中浣，早饭后，宝玉携了一套《会真记》，走到沁芳闸桥边桃花底下一块石上坐着，展开《会真记》，从头细玩。正看到"落红成阵"，只见一阵风过，把树头上桃花吹下一大半来，落的满身满书满地皆是。②

《西厢记》在小说情节中初次呈现的内容是宝玉读到的"落红成阵"这一景象，而小说中宝黛二人此时也正面对着树上的落花。在小说情节叙述中，崔、张二人和宝、黛二人都在面对"落红成阵"的情境，这一安排不会是无意为之。这里，我们需了解一下《西厢记》中"落红成阵"情境下的人和事。

在《西厢记》中，"落红成阵"出现的时候（第二本第一折），莺莺正由于屡遇张生、无缘达意而"神魂荡漾，情思不快"，她的这个情思又恰因"落红成阵"而被惹起，残春景象也很好地烘托了莺莺的这一情思，正所谓"恹恹瘦损，早是伤春，那值残春"。而在这之前的第一本四折戏中，全是张生因为一见莺莺而朝暮相思难耐在不停地折腾着，到

---

① 朱一玄编：《红楼梦研究资料汇编》，南开大学出版社，2001年，第603页。
② 曹雪芹、高鹗：《红楼梦》，人民文学出版社，1982年，第324页。

第二本才让莺莺正面尽情诉说自己的私密情思。此时,《西厢记》中崔、张爱情的发展有了一个新的阶段。

而当《西厢记》以"落红成阵"登场《红楼梦》时,三月中旬的林黛玉正在以"葬花"的姿态出场。"葬花"是林黛玉对待落花的经典行为,其中包含着她的苦闷、伤感情绪,这种情绪有其身世、处境的缘由,而最主要的则是她对与宝玉爱情琢磨不定的迷惘、前景难料的苦闷,尤其令黛玉经常"气闷"的是,宝钗、湘云的到来扯动了宝玉的许多目光和心思,她自己也感觉到宝玉因此而冲淡了对她的情意,这让她对宝玉之于自己的感情难以预料,而这些又无人倾诉,无处遣发。

就在黛玉"气闷"难遣难诉之际,《西厢记》出现在她的面前。小说中详细描写了她与宝玉二人阅读《西厢记》的情景:

> 林黛玉把花具且都放下,接书来瞧,从头看去,越看越爱看,不到一顿饭工夫,将十六出俱已看完,自觉词藻警人,余香满口。虽看完了书,却只管出神,心内还默默记诵。①

莺莺的"情思不快",黛玉的"气闷",有着相近的情境和心境。《西厢记》在黛玉世界中的出现,就把二人的类同情思和心境勾连起来,同时,也把崔、张二人的情感历程纳入到了宝、黛情感发展的历程。在这之后,《西厢》曲词就经常出现在宝、黛二人的口中。《红楼梦》中出现的《西厢》曲词,基本上都是使用在宝黛二人身上,而且大多是在二人情感的表达、交流中。这些用于宝、黛二人身上的《西厢》曲文,给二人的情感发展提供了一个有着经典意义的故事情境和人物性格的参照。我们能从这些曲文中牵连出对《西厢记》所营造的崔张爱情有关情节、情境的联想,同样,宝、黛二人也在崔张爱情中读到了自己为之魂牵梦绕的理想化爱情状态。

就在黛玉阅读《西厢记》之后,她在莺莺身上找到了一个情感的参

---

① 曹雪芹、高鹗:《红楼梦》,人民文学出版社,1982年,第325页。

照，一个精神同类，她的"葬花"伤春情思就与莺莺的伤春情思契合了。黛玉被莺莺因张生而伤春的苦闷情思深深地感染、打动、勾起，自然地，她把自己的情思自觉地依附于《西厢记》所提供的曲词意境和莺莺情思上，如第二十三回想到"花落水流红，闲愁万种"时的心痛神痴，眼中落泪；第三十五回看到自己处所时想起"幽僻处可有人行，点苍苔白露泠泠"，流露出心境的孤寂凄凉，并比类莺莺自叹自怜："何命薄胜于双文哉！"同时，黛玉也会以莺莺的情感表达来修饰自己的情感，如第二十六回午睡倦起时忘情吟出的"每日家情思睡昏昏"。

同时，宝玉在读到《西厢记》之后，也开始用《西厢记》中张生的语言来向黛玉表白心迹。虽然在这之前宝、黛二人心心相印，宝玉也有什么你心我心的含蓄表达，但从未有如张生这般对情感的直白表露。自从读到《西厢记》后，他也好像遇到了知音，在张生那里得到了精神鼓励，找到了对待爱情的行动指南。于是，我们看到宝玉不断地用张生的那种"疯痴"语言来表达自己对黛玉的爱情，以试探黛玉的心思，如第二十三回在二人共同读完《西厢记》后就对黛玉说："我就是个多愁多病身，你就是那倾国倾城貌。"第二十六回有黛玉在场时对紫鹃说："好丫头，'若共你多情小姐同鸳帐，怎舍得叠被铺床'。"这种语言是他自己难以想到的。正是他读到了《西厢记》，才被其中的爱情深深打动，自觉地以其修饰自己的爱情和语言。在宝玉使用张生的语言向黛玉表白时，我们也看到了他背后的那个张生的身影。在这一过程中，宝玉对待爱情的态度向前迈出了一大步。

从上面所述宝、黛对《西厢》曲词的使用情况，可见《红楼梦》是把宝黛爱情与崔张爱情融为一体的，宝、黛也在崔张爱情中找到了自己的情感参照。从黛玉的情感依附、宝玉的情感表白，可见二人看的是《西厢记》，想的是自己的心事与处境，流露出的是他们对爱情的渴望和苦闷。因此，宝玉不断使用《西厢》曲词来试探黛玉的心迹，而黛玉也不断借用《西厢》曲词来表达自己的自叹自怜，倾诉自己的春困幽情。之所以如此，是因为《西厢记》中崔、张二人的爱情惹动了二人的情思，契合了二人心中对爱情的向往。正又因为二人共同阅读过此书，他们就有了以之表诉情感的冲动和基础。可以说,《西厢记》在《红楼梦》情节中的登场点染了宝、黛情感的发展,相应地也催动了故事情节的前进。我们可以由宝、黛二人的爱情历程联想起崔张爱情的波折,也可以从崔、张二人的情感挫折读到宝黛爱情进展的艰难。正是在这一勾连中,曹雪芹便开始以《西厢记》崔、张二人的情感发展映照宝、黛的爱情发展。这一照应,正可说明曹雪芹对《西厢记》的借鉴和在《红楼梦》情节叙述中的有意安排,也让读者在《西厢记》的阅读经验下体会到一种远接千里的精神相逢之感。

所以说,《红楼梦》是利用了《西厢记》资源,把它熔铸在自己的创作中,通过吸收其丰富的内涵来实现意义的增殖,以为自己的叙事宗旨服务。明白了这一点,对于《红楼梦》与《西厢记》之间的相似就不应简单地以模拟概之,而应从文本的精神内涵关联中,去审视《红》在利用西厢模式其间的意义实现与增殖。

五、结　语

《西厢记》作为经典发出的光亮与魔力,对后生文艺创作既有召唤,也有压力,引来持久、深刻的翻演与模仿。我们站在经典的影响一端,看到了《西厢记》对后生文艺的影响功力,看到了那么多的作品对西厢模式的屈从。但如果我们站在后生文艺这一端,应该注意到,就在这翻演与模仿的欢腾中,后西厢时代的文艺创作面对着《西厢记》深广影响下形成的模式、格套、窠臼,并不是一味地顺从,简单地模拟,而是出现了顺从还是抗拒的焦虑。我们看到,后生文艺应对《西厢记》巨大影响的态度、方法是有不同的,有顺从的态度,有抗拒的态度。由此出现了对这个已成窠臼的西厢模式的不屈从努力,有的是戏拟西厢模式,以一种间离感对西厢模式产生调笑的意味;有的是利用西厢模式,通过吸收《西厢记》的丰富资源来实现意义的增殖,为自己的叙事意图服务。它们各以自己的努力,通过打破西厢模式所包含的主旨趣味、人物形象、情节格套等成分,表现出在《西厢记》经典影响下依托传统、寻求突破的探索。

以上对《西厢记》经典影响下后生文艺的应对策略分析，作为一个样例，让我们看到了后生文艺面对经典影响的处境：在经典影响下的召唤和压力面前，在经典影响下形成的模式、格套的洪流簇拥之中，后生文艺有着顺从还是抗拒的焦虑，以及摆脱由经典影响而致的模式的种种尝试和努力。

第十章

从内质到外形：明清小说
对戏曲体制因素的模拟

宋元以来，戏曲经过无数艺人和文人长期不断的探索与实践，至元杂剧时终成"一代之文学"，形成了独特的演述体制和表达格式，其荦荦大势与辉煌成就，足得与其他文艺形式争锋竞胜，已远非唐宋杂剧的滑稽调笑性质、短小即兴形态。戏曲的艺术进步和广泛传播，使得其生动的人物形象、经典的故事情节、独特的体制因素，在当时的社会文化中产生了深刻的社会影响，营造了浓厚的文化氛围。在社会生活方面，戏曲不但成为民众日常的主要娱乐方式，还进入到民众的精神世界和语言领域；在文学艺术领域，当时众多的文艺样式隐显不同地受到了戏曲的影响，从而取鉴、利用戏曲的体制、术语、观念等因素。

清初的弹词《何必西厢》①就明确表示其"自开体例"、"自创格局"乃是吸收了传奇戏曲的体例："这部书说是演义，又夹歌谣，说是传奇，复多议论。无腔无板，分明是七字句的盲词了。但自来盲词从没见有像传奇的开场煞尾，仿演义的说古谈今"，"自创一个从来未有的格局，以记叙行文用声诗作曲，有似弹词却非俗调"（第一回）②。在具体的叙述中，男女主人公张灵、崔莹被称为正生、正旦脚色，人物"出场"时有大段的戏曲式自报家门，如第二回秦钟出场曰："风流心性自天成，只为胞胎种下情。天若将情收拾去，人间才子尽长生。小生姓秦名钟字太

---

① 《何必西厢》，一名《梅花梦》，题"心铁道人编次，和松居士谱订"，共三十七回，叙张灵、崔莹爱情离合事，系据明人黄周星《补张灵崔莹合传》本事以弹词体敷衍而成。此书有清嘉庆五年（1800年）五桂堂刊本，卷前有雍正甲寅（1734年）桐峰外史序。
② 心铁道人：《梅花梦》，校经山房书局，1933年，第2页。

仓，南直吴江人也。……"又在叙述程式上借鉴了传奇戏曲的开场煞尾，如第一回开首即列〔临江仙〕一曲说明其称为"何必西厢"的缘由，并在故事正式展述之前，特设〔凤凰楼上忆吹箫〕一曲介绍其故事大义，此乃取用了传奇戏曲副末开场的家门格式。

而在文艺评论中，人们也喜欢借用戏曲体制方面的概念来作对比、参照。这种思路早在宋代的诗歌品评就已出现，北宋王直方《诗话》记黄庭坚以杂剧表演形态比照作诗章法曰："作诗正如作杂剧，初时布置，临了须打诨，方是出场。"① 吕本中《吕氏童蒙训》有言："东坡长句，波澜浩大，变化不测，如作杂剧，打猛诨入却打猛诨出也。"② 这表明戏曲在社会上的传播之广、影响之深，已营造出以之比类评说的气氛，从而影响到文人以其体例、特性阐明抽象的诗文创作规律。清初吴乔《围炉诗话》卷六论陈子龙《明诗选》推崇牧斋而贬低前后七子，谓"献吉高声大气，于鳞绚烂铿锵，遇凑手题，则能作壳硬浮华之语，以震眩无识；题不凑手，便如优人扮生旦，而身披绮纱袍子，口唱大江东去，为□□所鄙笑。由其但学盛唐皮毛，全不知诗故也"③。魏禧评说那些作文有家数而无本领者曰："望之居然史、汉大家，进求之，则有古人而无我。如俳优登场，啼笑之妙，可以感动旁人，而与其身悲喜，了不相涉。"④ 而小说评点者亦引入戏曲的概念或材料以求小说品评的通俗、形象，如东吴弄珠客《金瓶梅序》言："然作者亦自有意，盖为世戒，非为世劝也。……借西门庆以描画世之大净，应伯爵以描画世之小丑，诸淫妇以描画世之丑婆、净婆，令人读之汗下。"⑤ 张竹坡《批评第一奇书〈金瓶梅〉读法》第五十九条言："作《金瓶梅》者，必曾于患难穷愁，人情世故，一一经历过，入世最深，方能为众脚色摹神

---

① 郭绍虞编：《宋诗话辑佚》，中华书局，1980年，第14页。
② 胡仔编，廖德明校点：《苕溪渔隐丛话》前集卷四二，人民文学出版社，1962年，第285页。
③ 吴乔：《围炉诗话》卷六，《丛书集成初编》，中华书局，1985年，第2610册，第249页。
④ 魏禧：《魏叔子文集》之《外篇》卷七《答毛驰黄》，中华书局，2003年，第352页。
⑤ 兰陵笑笑生：《金瓶梅词话》，人民文学出版社，2000年，"序言"第5页。

也。"① 二人把《金瓶梅》的情节叙述比类为戏曲的故事演进,由此而取用戏曲的脚色名以比类小说中的各色人物,如西门庆为大净,应伯爵为小丑,这种比拟形象生动又恰如其分,准确地传达出人物的特征和评点者对他们的评价。

可见,戏曲的广泛、深入影响已在当时社会形成一种借其比类评说的文化氛围,当时文艺领域的创作、评论中多有取鉴戏曲体制因素的现象。这是戏曲广泛、深入传播的结果,也是戏曲艺术进步的一个标志。在这种取鉴戏曲的文化氛围中,小说浸润于此,亦受到影响,前文所论小说利用、模拟戏曲的现象即是表现之一。小说模拟、利用的戏曲材料,并不是原生态的素材,而是负载或包含了一定戏曲体制因素的材料。因此,在大量利用、模拟戏曲的人物、情节等因素的过程中,小说便会潜移默化地受到戏曲体制因素的影响。

纵观明清白话小说模拟戏曲体制因素的表现,叙述中有戏曲的例法,体制中有戏曲的形态,形体中有戏曲的格式。从戏曲体制因素进入小说的途径看,有的是被动渗入的遗留,有的是主动取鉴的反映;从戏曲体制因素与小说情节建构的关系来看,有的在小说叙述中显得生硬突兀,有的则在小说叙述中显得融合自然;而从小说模拟戏曲体制因素的范围、程度来看,有的是模拟戏曲的内质格式(如楔子体制、副末开场、科诨体制等),有的则是模拟戏曲的外形格式(如人物唱词、分出分本等)。其间有一个由局部到整体、由内质到外形、由生硬到融合的扩展或深化过程。

至于戏曲体制因素在明清小说叙述中出现的机制或形态,从其形成的结果来看,皆可视为小说对戏曲的模拟,但其形成的缘由却因小说成书方式的不同而有差异,有的是被动的汇入,有的是有意的模拟。小说叙述中那些被动汇入的戏曲体制因素,基本上是伴随着戏曲故事题材的汇入而在小说叙述中遗而未化的结果。总体来看,明清小说对戏曲体制因素的模拟,大致有以下五种情况:累积成书过程中的汇入,取用戏曲

---

① 张竹坡批评:《第一奇书金瓶梅》,齐鲁书社,1991年,"序言"第42页。

材料时的遗留,改写戏曲故事时的遗留,叙事建构中的有意模拟,以及叙述格式上的"拟剧本"。

一、小说累积成书过程中的汇入

对于那些世代累积型小说,在其长期的故事累积过程中,或者最终的编撰成书过程中,皆有戏曲的情节、人物等材料的渗入,与此同时,相关的戏曲体制因素也会相伴而汇入,由此而在小说叙述中遗留下一些戏曲格式。比如由于戏曲的广泛、深入传播,小说在吸纳其故事题材的过程中,也渐而把戏曲的一些格式套语引入到小说的叙述话语中,于是出现了《水浒传》叙述中对戏曲格式套语的使用现象(据容与堂刻本)。

> 唐牛儿闪将入来,看着阎婆和宋江、婆惜,唱了三个喏,立在边头。宋江寻思道:"这厮来得最好。"把嘴望下一努。唐牛儿是个乖的人,便瞧科,看着宋江便说道:……(第二十一回)
>
> 石秀道:"缘来恁地。"自肚里已有些瞧科。那妇人便下楼来见和尚。石秀却背叉着手,随后跟出来,布帘里张看。(第四十五回)
>
> 乐和道:"甚么人?"顾大嫂应道:"送饭的妇人。"乐和已自瞧科了,便来开门,放顾大嫂入来,再关了门,将过廊下去。(第四十九回)
>
> 唐牛儿便道:"真个是知县相公紧等的勾当,我却不会说谎。"阎婆道:"放你娘狗屁!老娘一双眼,却似琉璃葫芦儿一般。却才见押司努嘴过来,叫你发科,你倒不撺掇押司来我屋里,颠倒打抹他去。常言道:杀人可恕,情理难容!"(第二十一回)
>
> 西门庆道:"不拣怎地,我都依你。干娘有甚妙计?"王婆笑道:"今日晚了,且回去。过半年三个月却来商量。"西门庆便跪下道:"干娘休要撒科,你作成我则个!"(第二十四回)
>
> 柴进施礼罢,便问事情。继室答道:"此间新任知府高廉,兼管本州兵马,是东京高太尉的叔伯兄弟,倚仗他哥哥势要,在这里无所不为。带将一个妻舅殷天锡来,……在此间横行害人。有那等

献勤的卖科,对他说我家宅后有个花园水亭,盖造的好。……"(第五十二回)

"科"是戏曲术语,指示戏曲表演中对动作、表情和效果等的舞台提示语,北杂剧多用"科",南戏、传奇多用"介"。如第二十一回的"发科"一词,本是戏曲术语,指演员表演时因剧情需要而做的各种姿态或动作,王实甫《西厢记》第一本第四折叙及僧徒们在追荐老相国亡灵的道场上看到莺莺美貌后的迷乱癫狂之态,就以"众僧见旦发科"标识、领起。在《水浒传》中,"科"作为人物动作、表情提示语的功能仍然存在,但它与动作词语搭配后的意义则有了变化,如上文所列数例,"瞧科"就未承续戏曲中看的动作,而是指看破内情,有明白意;"撒科"则指取笑、打趣意;"卖科"则指卖弄、炫耀意;"发科"则指假意作出某些情态、动作。这些戏曲格式套语在小说叙述中的使用,反映出戏曲对当时社会生活影响的广泛与深入,而它们在小说叙述话语和人物话语中的出现,则应合于戏曲的概念、术语等在民众日常语言中的使用,并渐成习语,进而汇入到小说的叙述中。

另一部世代累积型小说《西游记》则遗存有许多戏曲的自报家门格式。第七回悟空面对如来佛自报名号:"我本天地生成灵混仙,花果山中一老猿。水帘洞里为家业,拜友寻师悟太玄。炼就长生多少法,学来变化广无边。因在凡间嫌地窄,立心端要住瑶天。灵霄宝殿非他久,历代人王有分传。强者为尊该让我,英雄只此敢争先。"在小说其他地方,孙悟空经常会如此唱念一大段诗词韵文,来介绍自己的不凡身份和辉煌经历,如第十七回大战黑风山妖时即如此。另外,唐僧、猪八戒、沙和尚甚至一些妖魔出场时都会出现这一类韵文,如第十九回猪八戒出场与悟空交战时介绍自己,第二十二回沙僧在流沙河大战八戒时介绍自己的出身来历,描绘自己的容貌神态,宣扬自己的功夫本领。这种格式明显是戏曲人物自报家门的变相,更与元杂剧的自报家门格式甚为相类。元杂剧的人物在出场时一般要念诵一段韵白,以自报家门,交代事因。如杨景贤《西游记》杂剧第七出《木叉售马》有龙君上场云:"偃甲钱塘万万春，祝融齐驾紫金轮。只因误发烧空火，险化骊山顶上尘。小圣南海火龙，为行雨差迟，玉帝要去斩龙台上，施行小圣。"第十三出《怪猪幻惑》有猪八戒上场云："自离天门到下方，只身惟恨少糟糠。神通若使些儿个，三界神祇恼得忙。某乃摩利支天部下御车将军，生于亥地，长自乾宫。搭琅地盗了金玲，支楞地顿开金锁，潜藏在黑风洞里，隐显在白雾坡前，生得喙长项阔，蹄硬鬣刚。"由此可见，小说《西游记》中人物出场时诗词韵文形式的自报名号、自我介绍，乃是脱胎于元杂剧的这种"自报家门"格式。

世代累积型小说中这些戏曲体制因素的存在，说明小说在其累积成书过程中伴随着戏曲故事题材的汇入以及戏曲广泛传播对社会文化的渗透，一些戏曲格式因素便会自然而然地被带入到小说叙述中，由此而在其叙述形态中表现出戏曲格式的踪迹。

二、小说取用戏曲材料时的遗留

作为个人创作型小说，《金瓶梅词话》虽然按自己的意旨构筑了新的故事体系，但也汇聚、改造了不少小说、戏曲材料，其中第六十一回西门庆因李瓶儿病重而请赵太医诊病一节，即借用了李开先《宝剑记》第二十八出的情节。在《宝剑记》中，高朋因羡林冲之妻芳容而相思成疾，遂延请赵太医诊治，于是发生了庸医诊病的一段滑稽调笑情节。《金瓶梅词话》化用此段赵太医诊病情节，只是把病人换成了李瓶儿，而赵太医诊病的过程、细节、话语皆来自此剧。

其一，剧中赵太医诊病而让高朋抬头以观气色，并有"不妨事，死不成，还认的人哩"一语，被小说化用于李瓶儿的诊病情节。

其二，剧中赵太医诊病时与末脚的对话，被小说改造成与西门庆、乔大户、何老人的对话，如"你用心着，大叔重赏你"，"这药不药杀人了"之语皆在小说中有对应。

其三，剧中赵太医为高朋开药时数说药名的〔朱奴儿〕曲被改造后移入小说中。

由此可见,《金瓶梅词话》化用《宝剑记》中赵太医诊病一节甚合小说此处的情境。当然,小说在取用《宝剑记》的情节时,注意到了按小说情境进行必要的改造,比如《宝剑记》中赵太医从高朋身上诊出了妇人病、小儿疾、畜生病,以为戏曲增加滑稽戏闹的气氛,也生动地表现了赵太医的荒谬可笑,而小说在化用这个细节时则是让赵太医从李瓶儿身上诊出男人病,称李瓶儿得了"便毒鱼口",以此显示赵太医的医道庸劣,也营造了小说叙事的趣味性。

值得注意的是,在《金瓶梅词话》引入、改造《宝剑记》的这一情节时,明显地在叙述中遗留了一个戏曲格式,即赵太医上场时的一段自我介绍的韵白:

> 我做太医姓赵,门前常有人叫。只会卖摇铃,那有真材实料。行医不按良方,看脉全凭嘴调。撮药治病无能,下手取积儿妙。头疼须用绳箍,害眼全凭艾醮。心疼定敢刀剜,耳聋宜将针套。得钱一味胡医,图利不图见效。寻我的少吉多凶,到人家有哭无笑。正是:半积阴功半养身,古来医道通仙道。

这种自我贬损品格、暴露劣行的人物介绍格式在小说叙述中显得不适合、不协调,十分突兀,从语言风格和叙述体制上并不合乎小说的体例,即使置于那些源于讲唱体制的话本小说叙述中也是如此。但这种人物自我介绍的格式在戏曲中却属惯常手法,乃是净、丑脚色上场时自揭其丑、自曝其短的自报家门格式,如元杂剧《汉宫秋》第一折净脚扮毛延寿上场时言:"为人雕心雁爪,做事欺大压小。全凭谄佞奸贪,一生受用不了。某非别人,毛延寿的便是。现在汉朝驾下,为中大夫之职。因我百般巧诈,一味谄谀,哄的皇帝老头儿十分欢喜,言听计从。"如果联系到戏曲中净丑脚色的这种自报家门格式,就会理解《金瓶梅词话》中赵太医那种自我贬损品格、暴露劣行的人物介绍格式,乃是小说取用戏曲故事情节而未能有效地改造、消化其负载的戏曲格式的遗迹。

这种取用戏曲故事因改造不完善而遗留戏曲格式的现象,在《金瓶梅词话》之后的一些据戏曲改编的小说中比较常见，如冯梦龙《警世通言·玉堂春落难逢夫》一篇。

一般认为，《玉堂春落难逢夫》的本事为万历刊本《全像海刚峰居官公案传》第二十九回《妒奸成狱》，或冯梦龙辑《情史》卷二《玉堂春》一篇①，但其直接的取材之源却并非于此。《居官公案传》、《情史·玉堂春》皆叙王舜卿与玉堂春事，皆未提王之排行，而关于玉堂春的姓氏，前者言姓周，后者言姓苏。《玉堂春落难逢夫》虽亦叙王顺卿与玉堂春事，但冯梦龙特在题目下注明此小说"与旧刻《王公子奋志记》不同"，在人物姓名方面，王公子名为王顺卿（名景隆），并被称为王三官，而玉堂春则姓周（斥骂鸨母以及赎身文书上皆称其父是"周彦亨"）。这说明冯梦龙编写的《玉堂春落难逢夫》确如其所言与《王公子奋志记》有所不同，亦与《居官公案传》、《情史·玉堂春》之玉堂春故事有相异之处。而另有相关信息透露此小说乃改编自当时的同题材传奇戏曲。

早于冯梦龙的李玉田即撰有传奇戏曲《玉镯记》，吕天成《曲品》著录此剧言其"记王顺卿丽情重会事"②，《远山堂曲品·具品》著录此剧称王顺卿为"王三舍"③，此王顺卿的名号、身份与《玉堂春落难逢夫》相同。尤其是小说在叙及王顺卿嫖院返家并得到父亲的原谅后，有一句很突兀的总结语："这一出父子相会。"称此情节为"一出"，这明显来自传奇戏曲的体制格式术语。

而且冯梦龙明确提到他知晓当时据此事编演的传奇戏曲，在其辑评的《情史》卷二《玉堂春》的结末处有评语曰："生非妓，终将落魄天涯；妓非生，终将含冤地狱。彼此相成，率为夫妇。好事者撰为《金钏记》，生为王瑚，妓为陈林春，商为周镗，奸夫莫有良。其转折稍异。"④

---

① 阿英：《玉堂春故事的演变》，载《小说二谈》，古典文学出版社，1958年，第6、10页。胡士莹：《话本小说概论》第十四章第一节，中华书局，1980年，第555页。
② 吕天成撰，吴书荫校注：《曲品校注》卷下，中华书局，2006年，第346页。
③ 祁彪佳《远山堂曲品》"具品"云："不谓郑元和之后，复有王三舍；而此妓之才智，较胜李娃，即所遇苦境，亦远过之，惜传之未尽耳。"（《中国古典戏曲论著集成》，中国戏剧出版社，1959年，第6册，第99页。）
④ 冯梦龙编：《情史》卷二，浙江古籍出版社，1998年，第50页。

关于《金钏记》,《远山堂曲品·能品》亦著录一作,曰:"金时之狎刘小桃,似《玉镯》所载王顺卿事。"① 由此知,此传奇内容与冯梦龙所言同题者不同,但皆类同于叙王顺卿故事之传奇戏曲《玉镯记》。

此外,当时直接敷演王顺卿与玉堂春情事者还有传奇《完贞记》②,《远山堂曲品·能品》言其"记王顺卿全仿原传。说白极肖口吻,亦是词场所难。较《玉镯》稍胜之"③。由此知,当时敷演王顺卿与玉堂春情事者至少有《玉镯记》、《完贞记》,而故事相类者则有两部《金钏记》戏曲,一为《情史》所提及者,一为《远山堂曲品》所著录者。其中,《玉镯记》的编撰年代明确在冯梦龙《警世通言》之前④,以冯梦龙对通俗小说、戏曲的熟悉程度,当不会不知。

据此,《玉堂春落难逢夫》一篇当是冯梦龙据《玉镯记》、《金钏记》等传奇戏曲改写而成。由于王顺卿与玉堂春情事已在当时戏曲中广为编演,故而冯梦龙在改写时特作"与旧刻《王公子奋志记》不同"的说明;更由于此小说直接取材于戏曲故事,因此小说叙述中遗留了一些戏曲格式,上文所言其叙述中突兀地出现"这一出父子相会"之语即是其一。此外,小说叙述中还有一些明显的戏曲格式。

其一,小说中玉堂春骂街一段是戏曲曲唱格式的遗留。玉堂春设计让王景隆携财返乡后,在大街上与鸨母、王八理论,向众人痛斥鸨母、王八的恶行:

> 你这亡八,是喂不饱的狗,鸨子是填不满的坑!不肯思量做生理,只是排局骗别人。奉承尽是天罗网,说话皆是陷人坑。只图你

---

① 祁彪佳:《远山堂曲品》"能品",载《中国古典戏曲论著集成》,中国戏剧出版社,1959年,第6册,第28页。
② 庄一拂《古典戏曲存目汇考》著录《玉镯记》时指出《完贞记》与此剧题材相同,又著录《完贞记》时言其只见《远山堂曲品》著录,其他戏曲书簿未见(上海古籍出版社,1982年,第898、1576页)。
③ 祁彪佳:《远山堂曲品》"能品",载《中国古典戏曲论著集成》,中国戏剧出版社,1959年,第6册,第29页。
④ 吕天成《曲品》卷下著录《玉镯记》。《曲品》有吕天成自序,据此知书成于明万历三十八年(1610年),而《警世通言》刊刻于明天启四年(1624年)。

家长兴旺,那管他人贫不贫!八百好钱买了我,与你挣了多少银。我父叫做周彦亨,大同城里有名人。买良为贱该甚罪,兴贩人口问充军。哄诱良家子弟犹自可,图财杀命罪非轻!你一家万分无天理,我且说你两三分。

这段韵文与小说叙述话语风格不同,出现在小说叙述中显得很生硬,明显是由其他文体移植而来。即使早期的话本演述形态是说唱结合,但韵文多是针对人物形貌、场面景物的描述性韵语。后来文人编写的话本多为散文体,虽间以"有诗为证"类韵文诗词,但罕有为人物撰写唱词者。玉堂春之斥骂,如此条理整饬,有韵有调,明显带有戏曲唱词的痕迹,是戏曲人物的话语风格和体例的遗留。

其二,小说中出现的断结案件的韵文是戏曲格式的遗留。小说叙刘推官在审清案情后提笔判道:

皮氏凌迟处死,赵昂斩罪非轻。王婆赎药是通情,杖责枷名示警。王县贪酷罢职,追赃不恕衙门。苏淮买良为贱合充军,一秤金三月立枷罪定。

这一判词与元杂剧结末处的"词云"类断词在风格、语气、功用方面十分相类。戏曲结尾处一般会安排总结性的断词,比如元杂剧的剧末有"词云"领起的一段七言诗词,对本剧的内容或主旨作出概括或总结;而在一些公案题材、水浒题材的杂剧剧末处,则会有官员、宋江出面断结善恶,其判词一般要传达出对有关人物的处置,比如元杂剧《合同文字》就安排了包待制在案件审结后以"听我老夫下断"一语领起的总结性断词:"圣天子抚世安民,尤加意孝子顺孙。张秉彝本处县令,妻并赠贤德夫人。李社长赏银百两,着女夫择日成婚。刘安住力行孝道,赐进士冠带荣身,将父母祖茔安葬,立碑碣显耀幽魂。刘天祥朦胧有罪,念年老仍做耆民,妻杨氏本当重遣,姑准赎铜罚千斤。其赘婿元非瓜葛,限即时逐出刘门,更揭榜通行晓谕,明示的王法无亲。"

参照元杂剧中此类断结案件的韵文,《玉堂春落难逢夫》中刘推官的判词与之格式相同,功用相类,皆是以官员的身份断结案情,皆是概括了事件的经过,皆是传达了对有关人物的处置结果。而且刘推官的判词在语气上也十分契合杂剧中的"词云"断语,如此判词,即使移入杂剧中亦毫不生硬滞涩。

三、小说改写戏曲故事时的遗留

《玉堂春落难逢夫》虽然在改编戏曲故事的过程中遗留下一些戏曲格式,但冯梦龙还能以小说体制有效地化解它们,所以小说在总体叙述上并未表现出突兀的戏曲格式。然而,明清之际还有许多据戏曲改写而来的小说,由于改写者对小说、戏曲间的体制界限不清,或者没有冯梦龙的功力或耐心来进行体制的转换与调适,因此在小说叙述中触目可见明显的戏曲格式、戏曲体例。

小说		戏曲	
小说名目	刊刻者	戏曲名目	作者
《章台柳》	醉月楼	《玉合记》	明·梅鼎祚
《霞笺记》	醉月楼	《霞笺记》	明·无名氏
《燕子笺》	迎薰楼	《燕子笺》	明·阮大铖
《蕉叶帕》	啸叶轩	《蕉帕记》	明·单本
《比目鱼》(《戏中戏》七回,《比目鱼》九回)	啸花轩	《比目鱼》	清·李渔
《意中缘》	悦花楼	《意中缘》	清·李渔
《风筝配》(一名《错定缘》)	本堂藏版	《风筝误》	清·李渔
《痴人福》①	云秀轩	《奈何天》	清·李渔
《春秋配》		《春秋配》	清·无名氏

---

① 《痴人福》仅将戏曲《奈何天》中的主人公阙里侯及其仆阙忠易名为田北平、田义。

表中所列小说皆据明末清初的传奇戏曲改写，比如《霞笺记》著录于万历三十八年（1610年）成书的吕天成《曲品》，《蕉帕记》著录于万历四十年（1612年）的增订本《曲品》（杨志鸿抄本），《春秋配》见于《故宫藏升平署剧目》，升平署为清代掌管宫廷演剧的机构。因此，这些小说改写戏曲的时间基本上处于清初时期。参照这些戏曲，小说的改写在人物、情节、语言等方面多是直接移植，少有改动，基本上是以戏曲宾白为据建构情节，而把戏曲脚色领起的话语改为人物姓名领起的人物话语，或者第三人称的叙述语话。比如小说《章台柳》对于戏曲《玉合记》的两段改写。

《章台柳》第一回（《古本小说集成》本），对应《玉合记》第二出"赠处"（《六十种曲》本）。

（合前丑牵马上）骏马绣障泥，红尘扑四蹄。归时何太晚，日照杏花西。启郎君，马在此了。（小生）韩兄，小生不惜千金，市得此马，你试一赏者。（生）是好马，那竹批双耳，镜夹方瞳，灭没权奇，追风蹑影。小生虽乏鸿章，敢扬骏骑。（小生）愿闻。（生读诗介）鸳鸯赭白齿新齐，晚日花中散碧蹄。玉勒乍回初喷沫，金鞭欲下不成嘶。

正说话间，忽见小伺牵一骏马，向李生道："郎君马在此了。"李生道："韩兄，小生不惜千金，买得此也，你试一赏鉴。"韩生道："果然好马。你看他竹批双耳，镜夹方瞳，我再赞他一诗何如？"李生道："愿闻。"韩生随口题道："鸳鸯赭白齿新齐，晚日花中散碧蹄。玉勒乍回初喷沫，金鞭欲下不成嘶。"

《章台柳》第二回（《古本小说集成》本），对应《玉合记》第三出"怀春"（《六十种曲》本）。

（旦）奴家柳氏，长安人也，从小养育在李生家。李生他本籍天潢,藏身地肺,交游任侠,声色自娱。奴家生来二八,方且待年,长在绮罗,尽堪永日。轻蛾,我女侍数人,只有你粗通文义,颇识人情,却也那里晓我心事来。(贴)姐姐,你朝云含笑,春旭扬辉,绕梁雅足清歌,长袖由来善舞。摽梅将及,夺花队之金篦;芳草堪怜,拾蘅臯之翠羽。有甚么心事来。

柳姬道:"奴家柳氏,长安人也,从小养育在李生家。他交游任侠,声色自娱。奴家年方二八,方在待年。我女侍数人,只有轻蛾粗通文义,颇识人情,却也那晓我心事来。"轻蛾道:"姐姐,你清歌善舞,尽可博欢,有此才貌,将来自然嫁个俊俏才郎,有什么心事来。"

由《章台柳》的这两段改写情况看,小说在改写过程中未能很好地对戏曲格式的宾白予以小说叙述体制的改造与消化,因此小说叙述中遗留了大量的戏曲格式的人物话语。

理析上述小说的改写情况,小说叙述中改而未化的戏曲格式计有如下数端。

其一,戏曲人物出场的自报家门格式。

《蕉叶帕》第一回主人公龙骧出场,小说以"他尝说道"领起自我介绍:"俺先君授河北参军,母亲姚氏,封桐乡县君。小生不幸父母早丧,喜得父僚胡招讨抚养到今。奈值乘舆播迁,每叹功名未遂。正是:风木萧萧无限情,少年书剑苦飘零。楚廷空抱连城泣,蜀道谁怜伏枥鸣。俺向与胡公子作伴读书,只是此人顽劣多端,薰莸少合。胡公有女,名曰弱妹,天资俊雅,性质联盟。貌堪闭月羞花,巧擅描鸾刺凤。小生欲缔秦晋之盟,奈无冰人之便。故此逡巡未遂所愿。这也不在话下。近随胡公扈驾来到临安,向有故知白君家居在此,订约今日同去寻春。连日被胡兄挠扰,颇不耐烦,不免瞒着他前去。龙兴那里?"人物的这番静止的大段自我介绍,乃完全移植自单本的戏曲《蕉帕记》。语中龙骧自称"小生",自言自语地交代了出身、交友、近况和心情,然后突然出现了一句面向虚构故事域人物的话语（"龙兴那里"）。这是典型的戏曲人物自报家门的格式——脚色扮演的虚构故事域人物先是面向观众自述其身世、性格、社会关系、近来状况等信息，然后突然转入到面对剧中人物的话语。

这种格式的人物自我介绍在当时改写戏曲的小说中是一个普遍存在的现象，如小说《燕子笺》第十五回写尚书郦大人出场："俺忝知贡举，品题诸卷，幸皆精当，久已进贡。……昨日榜已发了，旧规榜首今早便该来谒见。左右，新状元门生鲜于爷见时，即与通报。"有的小说还保留了戏曲人物上场的定场白格式，如据李渔戏曲《比目鱼》改写的同名小说第三回教戏师父出场道："出访戏朋友，归教戏门人。般般都是戏，只有撺钱真。问你们的功课，都做完了么？"可能有些改写者也意识到这种格式的话语已无虚构故事域内人物的对话语境，在小说叙述中出现会显得太突兀，不合小说体制，因此，在移植这类格式的人物自报家门时便用"自言自语"、"暗自思量"等词领起，如小说《春秋配》第一回石敬坡的出场自述。这种改写方式要比直接用"他说"领起自然一些，稍微消除了小说叙述中杂入戏曲格式的突兀感，也显示了改写者对戏曲格式话语与小说叙述体制不协调的自觉认识和化解努力。惜思路虽有，方式不合，努力不足，小说叙述中仍然遗留了大量的戏曲格式话语，还是未能完全以小说的文体规范进行适当的改造。

其二，戏曲人物对自己动作的说明性、描述性话语。

《章台柳》第三回叙丫鬟轻娥奉柳姬之命到法灵寺还愿，小说叙述道："且说轻娥领了柳姬之命，迤逦行来，说：'此间已是法灵寺。只听得鸣钟击鼓，想禅师们都在殿上了。不免径入。列位师父万福。'法云道：……"小说的第三人称叙述话语可以很方便地表述人物的动作，但《章台柳》在此处却让轻娥自己交代经行地点（法灵寺）、环境（鸣钟击鼓）和自己的动作（径入），这些皆是面向读者的说明性、描述性话语，然后轻娥竟不做任何解释，直接转入到面向虚构故事域人物的对话（列位师父万福）。这种小说人物直接出面对自己的动作予以说明解释的格式亦见小说《燕子笺》的叙述中，其第六回叙霍生无意中拾到燕子衔来的纸笺，有一段人物话语："昨日行云为错失了春容，早间尚在那里纳闷，如今不免疾忙回去，与他说这画有了下落，省得他烦恼。转弯抹角，已到门首。开门，开门。"

人物话语除了说明、描述自己的动作，还可以说明、描述他人的动作。如《章台柳》第十四回韩生与柳姬的离别一段，小说叙述道："柳姬垂泪道：'当遂永诀，愿置诚念。'话未了，苍头们策牛而去。落下韩生，怅望一回，说道：'呀，他又则去了。看他轻袖摇摇，香车辚辚，情断意迷，去如惊鹿。……'"这些皆是典型的戏曲话语格式，在戏曲的演述体制中属为常套，戏曲脚色常常以说明性、描述性话语来辅助自己或他人的动作表现，但把它们置于小说的叙述体制中则显得生硬不协调。

其三，由人物之口展现的场面、景物描绘。

《章台柳》第八回写李王孙告别韩生夫妇，弃家求道，来到中条山，此时，小说有一段李王孙视角的大段自述："俺弃家求道，云游到此，闻得那通玄先生张果，向隐中条，意在访他。一路来，千峰蔽日，万嶂凌云，或闻牧唱樵歌，只有兽蹄鸟迹。这是中条山了。呀！忽律律的无影无形，半明半暗，好一阵风也。呀，原来一只金睛白额虎来了，怎生是好。你看，萧萧岭外风生，凄凄树梢雾起，中途遇此，不觉魄落魂飞，怎么处。……"这类大段的景物描述，完全可以第三人称话语予以交代，这才符合小说的文体规范，即使有着讲唱伎艺渊源的话本小说，也常是以说书人的"但见"、"只见"格套语来领起场面或景物的描绘话语。而人物话语的场面、景物描绘乃是戏曲演述体制对舞台限制的变通方式，因为戏曲的舞台陈设简单，复杂的场面和景物以剧中人物之口道出，可以有效地增益戏曲对场面、景物的表现能力。而对于小说来讲，戏曲的这种舞台限制根本不存在，这种场面、景物的描绘方式和相关的话语格式也就没有存在的必要了。《章台柳》据戏曲《玉合记》改写而遗留下的这类戏曲格式的描述性话语，显示出改写者对小说文体规范的漠视。

其四，人物话语中的背白格式。

《章台柳》第三回叙李生与柳姬的对话中谈及韩翊,小说于此有这样的叙述:

> 柳姬道:"……看那韩生,所与游多名士,必非久贫贱之人。"李生背身说道:"这妮子倒是个女英雄。自古道:凌霄之姿,安能作人耳目之玩乎?我有道理。"转身说道:"柳姬,君平仆马之费,我尽输与他。只是一件,凭他这般才貌,必须得个丽人。只今谁有似你的。"

在这段叙述中,李生的"背身说道"、"转身说道"对于小说文体来说没有必要,甚是生硬。李生的"背身说道"一段是其心中所想,可以用"心中想"之类的语词领起,完全没有必要以"背身说道"领起。对于人物内心活动的这种表述方式在小说叙述中的出现,乃是小说对戏曲"背白"格式的生硬、直白移植。在戏曲演述中,人物为了能让观众了解其内心的想法,常在虚构故事域内的对话中暂时跳出,面向观众以背白的形式展示其所想所感,在这种情况下,背白是面向观众的解释说明性话语,是跳出虚构故事情境的第三人称话语,是暂时脱离二人对话情境的内心表白。小说在叙述李生的想法时,没有必要以"背身说道"领起,也没有必要让李生做出"背身"、"转身"这样的戏曲格式动作。

这种情况在小说《章台柳》第十三回柳姬与沙吒利的对话中、小说《燕子笺》第十四回霍生与飞云结婚后的对话中、小说《春秋配》第四回李春发看到野外拾柴的姜秋莲时与秋莲奶娘的对话中,皆有表现。尤其是《春秋配》一例甚为典型。

> 李春发背身说道:"你看他恶恨恨的直言应答,决非路柳墙花了。……既是拾柴,又何必啼哭?内里定有蹊跷,还须问个明白。老妈妈转来,小生斗胆再问一声,那位大姐是谁家宅眷,还求向小生说个分明。"

李春发的"背身说道"表示其领起的话语乃是他的内心所想,但在没有任何转换说明的情况下,又突兀地转入到李春发与秋莲奶娘二人对话的情境中,不合小说叙述的文体规范。据陶君起《京剧剧目初探》著录,戏曲《春秋配》情节与小说《春秋配》全同,惟人物姓名略有改异①。如此则小说叙述中遗留的这些戏曲格式的人物宾白,当是小说在改写戏曲的过程中未能以小说文体规范予以融合、消化的结果和表现。

综上所述,小说叙述中存在的这些明显的戏曲体制因素,乃是小说在汇入、引入戏曲故事材料的过程中改而未化的遗留结果,这一方面反映了戏曲的成熟发达,已能在故事编创上吸引小说的注意和兴趣;另一方面则反映了戏曲在广泛传播后对小说的深刻影响力,它不但吸引小说利用、模拟其人物、情节和语言,还唤起了小说改写戏曲的兴趣。当然,由于小说编写者对于二者文体规范的界别不清,或是能力不足,掌控不严,使得小说在改写戏曲的过程中遗留了大量的戏曲体制因素,这对于小说叙述的文体规范来说显得非常生硬和突兀。

其实,这些小说叙述形态中遗留的戏曲格式,如果能以小说的文体规范进行必要的改造、消化和融合,完全可以在小说叙述中起到有效的修辞作用。从这个意义上讲,这些小说叙述中遗留的戏曲格式,能在艺术方面对后来的小说创作具有潜在的启发之用,由此而进一步发展,能在客观上丰富小说的艺术表现手法。

四、小说叙事建构中的有意模拟

元明戏曲的繁兴态势、杰出成就和深广传播,对于与之同源异流、同生共长的小说产生了形态不同的影响,这明显表现在明清白话小说对戏曲故事题材的吸纳和化用上,由世代累积型小说的被动汇入,到个人独创小说的主动利用,再到明末清初小说的深入模拟和热情改写。在这一过程中,由于戏曲的故事材料已不是原生态的素材,而是负载了一定

---

① 陶君起:《京剧剧目初探》,中华书局,2008年,第261—262页。

演述体制的故事，当它进入小说叙述时，如果不能以小说的文体规范消化、融合它所蕴含的戏曲格式，就必然会在小说叙述中留下或隐或显的痕迹。另外，还有一种情况也会在小说叙述中表现出戏曲格式，那就是小说创作有意识地取用、模拟戏曲的体制因素。这种情况的出现与小说自身发展进程中求新求变的内在促动力有着密切的关系。

明清小说在创作思路和审美趣味上有一个非常明显的指向就是讲求新奇，不但要有奇事，还要有奇文。明万历年间徐如翰在《云合奇踪序》中有言："天地间有奇人始有奇事，有奇事乃有奇文。夫所谓奇者，非奇衺、奇怪、奇诡、奇僻之奇。"① 而烟水散人写于康熙初年的《赛花铃题辞》有言："予谓稗家小史，非奇不传。然所谓奇者，不奇于凭虚驾幻，谈天说鬼，而奇于笔端变化，跌宕波澜。"② 其言精练地表达了小说创作对于奇事、奇文的追求。奇事是指故事题材上追求奇异，奇文是指情节布局讲究创新，要不落俗套，不堕陈窠。这在金圣叹、毛宗岗等人的言论中也有普遍的表现（详见第十三章第二节），可见当时许多小说批评者也普遍关注小说的事奇、文奇倾向，追求故事题材和情节组织的奇异、创新。在这种审美趣味的指向上，明清小说先是关注奇人之奇事，帝王英雄、神鬼妖魔、佳人胆、壮士心，无不闪耀着眩目惊心的传奇色彩，即使后来转向日常的世情生活，也是致力于挖掘、表现平凡生活中的非凡人事，才子佳人小说即是这一发展指向上的创作类型。

这类小说的集中、大量出现表明它所具有的新变品质曾经取得了良好的效果，也得到了民众的承认和欢迎，但它的程式化、泛滥化亦让人生厌思变，于是，小说便意图改变这种模式。清三江钓叟《铁花仙史序》指出才子佳人悲欢离合"以供娱耳悦目也旧矣"，而这本小说则要"故意翻空出奇"。李春荣《水石缘自叙》不满才子佳人小说之窠臼，

---

① 徐如翰：《云合奇踪》，《古本小说集成》影印本，上海古籍出版社，1994年，第1辑第19册，"序"第1页。
② 烟水散人：《赛花铃》，《古本小说集成》影印本，上海古籍出版社，1994年，第1辑第93册，"题辞"第1—2页。

"力为反之",情节结构亦求"不落小说圈套"①。乾隆间小说《驻春园小史》第一回曾称赞《好逑传》"别具机杼,摆脱俗韵,如秦系偏师,亦能自树赤帜"②。李渔一直标榜小说、戏曲创作的新异追求,在《合影楼》入话中强调要"替才子佳人辟出一条相思路"。他们皆表达了小说求新、求奇的创作意图或主张。然而,他们所谓的创新只是在现有情节模式的基础上谋求突破与改变,并未能跳出既有的模式,超越固有的属性。但小说在自身发展进程中求新求变的内在需要一直促动着它寻求、探索一切适合的、可能的方式和手段。在这种情况下,戏曲的影响就承应了小说的这一内在发展要求,而小说也看到了戏曲艺术的成就和优势。一方面是明清小说发展进程中求新求变的内在诉求,另一方面是戏曲的艺术进步和广泛传播形成的文化影响。在这半推半就中,小说对于戏曲,不但有被动的汇入式接受,更多的是主动的引入式模拟和利用;不但有对戏曲的题材、情节和人物的模拟,更是扩展到对戏曲的体制因素的取鉴。由此,小说叙述中便出现了诸多戏曲体制因素。

所以说,小说叙述中所表现出的戏曲格式,既有因戏曲故事材料汇入小说叙述时的遗留所致,也有因小说对戏曲格式因素的主动模拟、利用所致。比较于小说累积成书过程中戏曲体制因素的汇入,或者小说改写戏曲过程中戏曲格式的遗留,小说有意识地引入戏曲体制因素则是在一个新创故事的架构中主动地、有目的地模拟或使用一些戏曲格式,以达成自己的叙述目标,实践自己的审美追求。这在《金瓶梅词话》中表现得比较典型。

《金瓶梅词话》在主动取用、模拟戏曲故事材料的过程中,既有因取用戏曲情节材料而随之带入、未能消化以致最终遗留下来的戏曲格式,也有为达成叙述目标而主动模拟戏曲体制因素的现象,这主要表现在小说的叙述话语和人物话语中。

---

① 丁锡根编:《中国历代小说序跋集》,人民文学出版社,1996年,第1335、1294、1296页。
② 吴航野客编:《驻春园小史》,《古本小说集成》影印本,上海古籍出版社,1994年,第3辑第99册,第2页。

戏曲的人物话语有其独特的格式，最明显的是曲唱与宾白相结合的组配形式。曲唱的功能很多，可以叙述情节，描绘环境，展示心理，说明动作。宾白则一般以散体出之，但自报家门、结末断词等程式往往以诗词韵语的形式出现。而且这曲唱、宾白还因戏曲的独特体制而形成了自己的话语格式，比如人物的自报家门、以曲代言，以及在自述与他述间自由跳转等等。这些独特的话语格式是戏曲演述体制的衍生物，因为戏曲体制能为这些话语格式提供一个合理的、适当的虚拟情境，它赋予脚色在叙述者身份和剧中人身份间自由转换的能力，默认脚色以说明性话语辅助其虚拟性动作，允许人物以曲唱形式表情达意，等等。而小说的文体规范没有戏曲演述体制的虚拟性，一般要求其话语表达手段应与现实生活相对应，故而其人物对话以散文出之，不能以曲代言。但是《金瓶梅词话》中的人物对话却常有曲唱形式的表达，处于小说整体的语言风格中显得生硬而不协调，突兀而不融合。因为这部小说并没有为这些戏曲格式的话语提供一个适合的情境，而且小说的叙述体制也不能为这些曲唱格式的存在提供文体上的合理支持。但这些戏曲格式的话语在小说叙述中的频繁出现，则表明了小说引入戏曲格式话语的主动性，也显示出小说取用戏曲格式话语的特意考虑。

首先，人物出场时自贬自嘲的介绍方式乃是模拟了戏曲人物的自报家门格式。

在小说叙述中，人物的出场一般会伴随着相关的介绍性文字，涉及身份、性格、家世、品行等，这要以第三人称客观介绍的方式出之。但在《金》中却出现了一些第一人称的人物出场介绍，且对自己的品行、艺能自我贬抑，如第九十回号称"山东夜叉"的卖艺人李贵在杏花村大酒楼下卖艺，对围观民众高声自白道：

> 我做教师世罕有。江湖远近扬名久。双拳打下如锤钻，两脚入来如飞走。南北两京打戏台，东西两广无敌手。分明是个铁嘴行，自家本事何曾有。少林棍，只好打田鸡；董家拳，只好吓小狗。撞对头不敢喊一声，没人处专会夸大口。骗得铜钱放不牢，一心要折

章台柳。

李贵卖艺求财理应自我夸饰,但这段自我介绍却坦白身无本事,胆小怕事,专想骗钱。如此风格的人物出场自我介绍在小说中并非仅见,其他如第七回薛嫂儿的"我做媒人实可能",第三十回蔡老娘的"我做老娘姓蔡",第四十回赵裁缝的"我做裁缝姓赵",皆属此类,不是袒露自己的丑行,就是嘲弄自己的拙技。这种格式的人物自我介绍在小说叙述中显得十分突兀,从语言风格和叙述体制上并不合乎小说的体例规范,即使是用于话本小说的叙述中也显得生硬突兀。但若联系到戏曲中净、丑脚色的自报家门格式,就会发现这些与小说体例不合的自我介绍话语乃来自戏曲净丑脚色的自报家门格式。

插科打诨,是戏曲赋予净、丑两个脚色的重要任务,也是古典戏曲主要的喜剧手段,它能有效地活跃舞台气氛,调节观众情绪。作为戏曲的一种表现方式,净、丑脚色的科诨自有一套手法和格式,自贬自嘲即为其一。这种净丑科诨手段与人物自报家门的结合,就形成了净丑脚色自报家门的特有格式。

> (净扮毛延寿上,诗云)为人雕心雁爪,做事欺大压小。全凭谄佞奸贪,一生受用不了。某非别人,毛延寿的便是。现在汉朝驾下,为中大夫之职。因我百般巧诈,一味谄谀,哄的皇帝老头儿十分欢喜,言听计从。(《汉宫秋》第一折)
>
> (净扮张士贵上,诗云)我做总管本姓张,生来好吃条儿糖。但听一声催战鼓,脸皮先似蜡渣黄。某乃总管张士贵……(《薛仁贵》第一折)
>
> (净扮高熊上,云)我做将军古怪,厮杀相持无赛。常川吊下马来,至今摔破脑袋。某乃大将高熊是也。十八般武艺,无一件儿是会的。论文一口气直念到"蒋沈韩杨",论武调队子歪缠到底。(《老君堂》第二、三折间楔子)

第三编 创作层面的利用

在现实生活中，人们一般不会诉说自己的劣品恶行、拙技低能，更不会自我暴露内心的丑恶。但戏曲的净、丑脚色上场时却会自我嘲讽贬抑，坦白丑行恶品。这种自嘲自骂、诙谐夸张方式的人物表现手法，能够很好地揭示出人物的情感和品性，同时取得幽默诙谐的喜剧效果。这是戏曲中净、丑脚色的科诨格式之一，它以诙谐夸张的语言、自贬自讽的手法、代言体的形式，成为戏曲描写净丑人物的惯常手法。

戏曲中净丑人物出场的自报家门对自己丑陋品行和拙劣技艺的暴露嘲讽，实际上是第三人称叙述视角与第一人称话语格式杂糅调和之后的变通格式。这种自报家门格式对于表现那些品劣行丑的人物非常具有喜乐效果，同时也能在人物出场时即刻点出其丑陋品性，起到一针见血的暴露作用和讽刺效果。比照而言，《金瓶梅词话》中这几处自报家门格式的人物自我介绍所关联的人物皆是丑角类人物，他们出场自我介绍的形态和腔调完全是模拟了戏曲净丑人物自揭其丑、自曝其短的科诨格式。很明显，《金》中如此明显、频繁地出现这种格式的人物自我介绍方式，当是编写者有意模仿、主动取鉴戏曲艺术手法的结果。这种格式的人物表现手法不但能有效地揭露人物的品性，也使小说的叙述语调显得比较生动，有活跃叙述气氛之效。

其次，人物对话语境中的曲唱格式乃是模拟了戏曲的以曲代言格式。

在戏曲演述体制中，人物表情达意的话语格式有宾白和曲唱两类。曲唱出现在戏曲体制中显得很自然，这是因为戏曲体制具有的虚拟情境赋予了它存在的合理性。而小说的话语表达方式接近于现实生活，很难像戏曲那样赋予曲唱以体制上的合理性，所以曲唱格式出现在小说人物的对话语境中就显得非常突兀，除非这是一种戏谑式的修辞，或者包含其他的艺术考虑。很明显，《金瓶梅词话》中出现在人物对话语境中的曲唱与小说整体风格并不融合、协调。

第八回叙西门庆因迎娶孟玉楼而将潘金莲冷落多日，潘得知消息后倍受打击。小说于此有一段潘金莲与西门庆书童玳安的对话：

玳安道:"六姨,你何苦如此?家中俺娘也不管着他。"妇人道:"玳安,你听告诉。另有〔前腔〕为证:乔才心邪,不来一月。奴绣鸳衾旷了三十夜。他俏心儿别,俺痴心儿呆。不合将人十分热。常言道容易得来容易舍。兴,过也;缘,份也。"说毕,又哭了。

在这段对话语境中,潘金莲语中的〔前腔〕明显是一段曲唱,是其表情达意的话语内容。以曲调领起人物唱词的格式虽然在戏曲剧本体例中显得自然、协调,但是在小说叙述中则显得非常生硬、别扭。具体到潘金莲的这段话语,以"有〔前腔〕为证"领起曲唱的标识语放在其中就显得非常突兀,而〔前腔〕领起的这段曲文作为人物对话也颇为生硬。当然,如果不以格式不合来论,这段〔前腔〕曲文的内容还是比较切合潘金莲当时的处境和心情的。此曲见于《雍熙乐府》卷二〇〔山坡里羊〕,题注曰"思情"①,内容所述正合潘金莲当时的心境。但在格式上,这个曲唱并不符合小说叙述的体制规范,后来张竹坡批改本看到了这个问题,就删掉了"另有〔前腔〕为证"一句,但仍保留了曲词,这是权宜变通之计,并不能改变这种曲词的性质及其与小说叙述体例的不协调状态。而且,这种对话语境中的曲唱格式在《金瓶梅词话》中并非偶然一见,而是反复出现。

(西门庆因李桂姐背着他私自接客而与鸨母对骂。西门庆)指着骂道:"有〔满庭芳〕为证:虔婆你不良,迎新送旧,靠色为娼。巧言词将咱诳,说短论长。我在你家使勾有黄金千两,怎禁卖狗悬羊?我骂你句真伎俩媚人狐党,衡一片假心肠!"虔婆亦答道:"官人听知:你若不来,我接下别的,一家儿指望他为活计。吃饭穿衣,全凭他供柴籴米。没来由暴叫如雷,你怪俺全无意。不思量自己,不是你凭媒娶的妻。"(第二十回)

---

① 郭勋辑:《雍熙乐府》卷二〇,载《历代散曲汇纂》,浙江古籍出版社,1998年,第456页。

（李瓶儿因儿子官哥儿夭折而悲痛欲绝）一头又撞倒在地下，放声哭道："有〔山坡羊〕为证：叫一声青天，你如何坑陷了人奴性命！叫一声我的娇儿啊，恨不的一声儿就要把你叫应。也是前缘前世那世里少欠下你冤家债不了，轮着我今生今世为你眼泪也抛流不尽。……叫一声痛肠的娇生，奴情愿和你阴灵路上一处儿行。"（后来她回到空房，看到床头上摆放的儿子的寿星博浪鼓）由不的又哭了："〔山坡羊〕全腔为证：进房来，四下静，由不的我悄叹。想娇儿，哭的我肝肠儿气断。想着生下你来我受尽了千辛万苦，说不的偎干就湿成日把你耽心儿来看。"（后来和官哥儿的奶妈如意儿谈话，又禁不住哭起来）这李瓶儿良久又悲恸哭起来："〔前腔〕想娇儿，想的我，无颠无倒。盼娇儿，除非是梦儿中来到。……你再不来在描金床儿上睡着顽耍，你再不来在我手掌儿上引笑。……"（第五十九回）

（西门庆临死前与吴月娘谈话）那月娘不觉桃花脸上滚下珍珠来，放声大哭，悲恸不止。西门庆道："你休哭，听我嘱付你，有〔驻马听〕为证：贤妻休悲，我有衷情告你知。妻，你腹中男是女，养下来看大成人，守我的家私。三贤九烈要贞心，一妻四妾携带着住。彼此光辉光辉，我死在九泉之下，口眼皆闭。"月娘听了，亦回答道："多谢儿夫，遗后良言教道奴。夫，我本女流之辈，四德三从，与你那样夫妻。平生作事不模糊，守贞肯把夫名污？生死同途同途，一鞍一马，不须分付。"（第七十九回）

（吴月娘、孟玉楼在西门庆坟前哭诉她们的痛苦）月娘插在香炉内，深深拜下去说道："……我的哥哥，我和你做夫妻一场，想起你那模样儿并说的话来，是好伤感人也！"玳安把纸钱点着。有哭："〔山坡羊〕为证：烧罢纸，小脚儿连跺。奴与你做夫妻一场，并没个言差语错。实指望同谐到老，谁知你半路将奴抛却。"……玉楼向前插上香，深深拜下，哭唱："〔前腔〕烧罢纸，满眼泪堕。叫了声人也天也，丢的奴无有个下落。实承望和你白头厮守，谁知道半路花残月没。……"（第八十九回）

（李衙内打丫头玉簪儿）打的这丫头急了，跪在地下告说："爹，你休打我，我有句话儿和你说。"衙内骂："贼奴才，你说！"有〔山坡羊〕为证："告爹行停嗔息怒，你细细儿听奴分诉。当初你将八两银子财礼钱，娶我当家理纪，管着些油盐酱醋。……叫了声爹，你忒心毒！我如今不在你家了，情愿嫁上个姐夫。"（第九十一回）

《金》在对话语境中出现如此多的曲唱格式的人物话语，表明编写者是在有意识地模拟戏曲演述体制的以曲代言格式。小说中的这些曲词或许有的是现成的材料，它们内容丰富，流播广泛，有表达失亲之痛者，有表达思恋之苦者，有表达不遇之愤者，等等。小说编写者非常熟悉它们，便在适合的故事情境下将其直接引入以表现人物的处境或心情。这种情况正如周钧韬所言："《金》中出现的以曲代言文字并不是说话艺人在说话时，为满足城镇听众的需要而创作的，而是文人在写作《金瓶梅》时抄录前人戏曲、散曲等作品入书时所留下的痕迹。"[1] 他认为这些以曲代言格式的话语是小说编写者"抄录"前人戏曲、散曲入书时所留下的痕迹。

但需注意的是，小说在"抄录"戏曲时能对相关的戏曲格式予以小说文体规范的改写，表现出一种文体的自觉。如第六十一回西门庆因李瓶儿病重而请医诊病一节就明显取用了《宝剑记》第二十八出的情节，然除赵太医上场的自报家门外，人们话语并无以曲代言格式。而且，相对于小说整体的人物对话体例、叙述话语风格，这种曲唱格式毕竟占极少数。因此，即使这少量的曲唱格式的人物话语不是一种修辞方式，也是编写者基于艺术表现考虑的有意安排。

一者，这些曲词出现在小说的对话语境中乃是编写者的有意为之，即使取自现成材料，也是经过了编写者的适当改动，以切合小说叙述的故事情境，如第五十九回李瓶儿因失子的痛哭，第七十九回西门庆临死

---

[1] 周钧韬：《金瓶梅素材来源》，中州古籍出版社，1991年，第306页。

前对吴月娘的嘱托,第九十一回李衙内家丫头玉簪儿哭诉内心的委屈。

再者,考察这些曲唱格式的对话,皆是人物在情绪极度悲伤或激动时的表达,而且明显与小说的情境、人物的心情应合,如第七十九回西门庆临死之际与吴月娘以〔驻马听〕曲对话,曲中所言吴月娘有身孕和西门庆有一妻四妾,皆与小说情节应合。再如第五十九回李瓶儿因儿子夭折的悲痛心情与失落状态,就通过这一连串的第二人称语气的曲唱表达得淋漓尽致;李瓶儿的这三段曲唱形式的哭诉,真切地传达出她此刻内心的痛苦与悲愤。

这说明这些对话语境中的曲唱更可能是小说编写者根据小说情境模拟戏曲的以曲代言格式而遗留下的痕迹,尤其是曲词皆以〔前腔〕、〔驻马听〕等曲调领起,明显是戏曲演述体制的剧本书写格式。而从艺术表现效果上看,小说是有意识地借鉴这种曲唱格式以冀更好地表达人物当时的心情,或者编写者认为这种曲唱格式更能有利于表达人物当时处境下的情感意绪。

其三,小说叙述中他述与自述的杂糅现象乃源自戏曲人物在自述与他述间自由跳转的话语格式。

《金瓶梅词话》中有几处叙述话语的格式比较特殊,它在第三人称的叙述话语中突然跳转到第一人称的人物话语,中间没有任何提示语作为过渡。如第二回叙潘金莲与西门庆的偶遇初识情景,潘在放门帘时不小心手中的叉竿打在路过的西门庆头上。小说于此有一段叙述:

> (潘金莲)把眼看那人,也有二十五六年纪,生的十分博浪。头上戴着缨子帽儿,金玲珑簪儿,……手里摇着洒金川扇儿,越显出张生般庞儿,潘安的貌儿。可意的人儿,风风流流从帘子下丢与奴个眼色儿。这个人被叉杆打在头上,便立住了脚。

同样的情况还有第十二回叙潘金莲"私仆受辱"一段。西门庆因贪恋妓女李桂姐姿色,半月不回家,致潘金莲独守空房,心生怨愤。

（潘金莲）无一日不走在大门首倚门而望,等到黄昏时分。到晚来归入房中,粲枕孤帏,凤台无伴,睡不着,走来花园中,款步花苔,月漾水底,犹恐西门庆心性难拿。怪玳瑁猫儿交欢,斗的我芳心迷乱。当时玉楼带来一个小厮,名唤琴童,……两个朝朝暮暮,眉来眼去,都有意了。

这两段情节叙述在整体上是第三人称的叙述话语,但却于其中突然出现了以"奴"、"我"为标识的第一人称话语,第一段叙述中是"丢与奴个眼色儿",第二段叙述中是"斗的我芳心迷乱"。这种他述与自述杂糅、跳转的话语格式在小说叙述中显得非常突兀,与小说整体的叙述话语风格十分不协调,因为小说的文体规范没有提供这种多人称话语跳转的合理情境,即使小说原为说唱体亦无此格式,但它在戏曲的演述体制中则属常见。

戏剧本是以人物的动作来推动情节,展示故事,但古典戏曲却有其特殊的演述体制,动作展示并不是其主要的表述方式,它还杂糅了与小说相同的叙述话语。而且这种叙述话语与人物话语相间而行,互相配合,皆付于剧中各脚色身上。戏曲中以剧中人物面貌出现的脚色具有两种身份,一是剧中人物,二是故事的叙述者(详见第六章第五节)。如此一来,脚色既要说出剧中人物的话语,也要说出叙述者的话语,两种话语皆付于同一脚色中,而脚色又要以各个人物的形象现身,于是,这两种话语实际上是共同系于各个具体的剧中人物身上,如此则必然会出现他述与自述的杂糅、跳转现象。

比如,元杂剧《襄阳会》第二折王孙偷盗刘备的卢马一段,这个情节若在话剧中完全可依靠人物动作来展示,若小说中则是以叙述者的话语来描述,没有必要让王孙解说自己盗马的动作,但杂剧的演述体制却是杂糅了他述与自述两种话语格式。它让正末扮演王孙用〔金蕉叶〕讲述了自己的盗马过程:"恰拌上一槽料草,喂饲的十分未饱,悄声儿潜踪蹑脚,我解放了缰绳绊索。"这段配合人物动作的描述话语若没有最后一句中的"我"字,完全可视为第三人称的叙述话语。联系到杂剧的场上表演，正末脚色已经用一连串的象征性动作展示了王孙这个人物的行动，表现了盗马这一情节，如此一来，这样的叙述话语就显得有点多余、累赘。但正如戏曲中的背白在面向观众与面向剧中人物间跳转一样，这种叙述话语与人物话语的杂糅、跳转现象也是戏曲演述体制的特有格式，它让脚色的叙述者身份说出叙述性质的话语，然后突然转入到这个脚色的人物身份，与其他人物对话交流，如此一来，就会表现出他述话语与自述话语的杂糅现象，第三人称叙述话语与第一人称人物话语的跳转现象。这在戏曲的演述体制中显得非常协调、流畅，因为戏曲的演述体制赋予了它存在的合理性，但若把它置于小说叙述中则显得非常生硬、突兀，这是因为小说的文体规范没有为它提供合理存在的情境。因此，《金瓶梅词话》中的这两段情节叙述在第三人称叙述话语中突然转入到第一人称叙述话语，就显得非常突兀；但若联系到戏曲的演述体制，即可看到《金瓶梅词话》中出现的这种话语格式明显有戏曲体制因素的影响痕迹。

综上分析，《金瓶梅词话》所表现出的这些戏曲格式，应是白话小说在戏曲广泛深入传播的社会文化环境中受到戏曲体制因素长期渗透、影响的结果。这些戏曲格式与小说情节建构间颇有意味的关系，表现出编写者接受、利用戏曲体制因素的自觉，显示出小说创作对戏曲体制因素的主动模拟。编写者力图将戏曲的艺术技巧或表述体例融入小说的创作中，给小说注入新的艺术质素。然而，在具体的编创中，由于编写者未能根据小说的文体规范对这些戏曲体制因素进行有效的改造、消化和融合，从而使得这些戏曲格式在小说叙述中仍有突兀、生硬之感。

但值得注意的是，《金瓶梅词话》所表现的对戏曲体制因素的利用性质，明显不同于《水浒传》、《章台柳》等小说叙述中戏曲体制因素的出现。《水浒传》中戏曲因素的出现是其长期累积成书过程中的被动汇入所致，《章台柳》中戏曲格式的存在乃是其改写戏曲故事过程中的被动遗留所致，而《金瓶梅词话》则是有意识地模拟戏曲体制因素，虽然它并未能以小说的文体规范对这些戏曲格式予以有效的改造和消化。但在这种主动取用戏曲体制因素的思路指向下，后来小说对戏曲体制因素的模拟，渐趋注意到进行小说叙述思维的变通和消化，以及小说文体规范的改造和融合，更好地实现了《金瓶梅词话》模拟戏曲体制因素的建构思路和艺术追求，其中尤以曹雪芹《红楼梦》最具代表性（第十一章详述）。

五、小说叙述格式上的"拟剧本"

小说在叙述中引入戏曲体制因素以为刻画人物、建构情节、熔铸结构服务，起到了丰富、创新小说表现手法的作用。同样是基于小说的求新求变思路，有的小说模拟戏曲体制因素并不是关注于内质，而是关注于外形，即不是把戏曲体制因素作为小说情节建构的内在的艺术手段来利用，而是关注戏曲表述故事的外在的呈现方式，或可说是追求小说叙述形态在表面上类似戏曲的剧本形态，由此体现出小说对戏曲剧本形态特有格式的模拟思路。考察那些实践这种思路的小说，其叙述格式上明显地表现出一种"拟剧本"现象。

其一，小说在情节演进的叙述中渗入戏曲思维。这主要表现在小说直接把情节的演进过程比类为戏曲的表演过程，比如在小说叙述中直白地引入戏曲剧本的格式术语。《水浒传》第一百十四回有叙述人的一段话语："看官听说，这回话都是散沙一般。先人书会留传，一个个都要说到，只是难做一时说；慢慢敷演关目，下来便见。看官只牢记关目头行，便知哀曲奥妙。"[①] 语中"关目"一词乃是戏曲术语，相当于情节的处理安排或情节的关键部分，小说此处以"敷演关目"来表述小说情节的演进，显示出戏曲思维的渗入。这种思路在冯梦龙《警世通言》卷二四《玉堂春落难逢夫》一篇中更为清晰。王景隆之父知其嫖院返家后大怒，定要严惩，后经众人劝解，王父暂释怨愤，父子终得相会。小说叙述至此特作交代："这一出父子相会，分明是：月被云遮重露彩，花遭

[①] 施耐庵、罗贯中：《水浒传》，上海古籍出版社，1998年，第1193页。

霜打又逢春。"①"出"是南戏、传奇划分场次或故事节段的格式术语，但此篇话本小说却在叙述中明标"出"字，明显有戏曲思维的渗入，乃是模拟戏曲剧本形态特有格式因素的结果。

相对于这些引入戏曲格式术语以彰显模拟戏曲的思路，清初的李渔更是直白地把小说情节的叙述过程称为"演戏"，如《十二楼·拂云楼》第四回末就有"各洗尊眸，看演这出无声戏"之语②。按照这种思路，他把一些戏曲术语引入到小说的情节叙述中，如一般认定为李渔创作的《肉蒲团》在把情节叙述视为"一本戏"的同时，还把小说的主人公未央生直接称为"正生"，其第十二回末尾叙道："未央生迷恋女色的话，自第二回至此，也说得勾了，今且暂停。下面一回另叙别事，少不得一两出戏文之后，又是正生上台也。"③ 这种以戏曲演出过程比拟小说情节叙述的思维在清初小说中多有表现。

此事甚奇，但不知云上升醒来如何光景，柳氏如何解结，且看下文演出。(《换嫁衣》第一回结尾)

我想此番文姿虽有贞操，也难逃密计。且看下文演出。(《换嫁衣》第三回结尾)

但□□□□何人，讲着何话，且看下文演出。(《换嫁衣》第四回结尾)

(宫芳)全身倒在池中，竟望底里去了，但不知死活何如，曾救得否，且看下文演出。(《移绣谱》第一回结尾)

看江城此番生意，不知趁钱折本，怎生回报媚娟，且看下回演出。(《笔梨园》第四回结尾)④

把一部小说视为"一本戏"，把小说的情节演进比拟为戏曲的"演

---

① 冯梦龙：《警世通言》卷二四《玉堂春落难逢夫》，上海古籍出版社，1998年，第292页。
② 李渔：《十二楼》，上海古籍出版社，1992年，第107页。
③ 情痴反正道人编：《肉蒲团》，东京大学东洋文化研究所双红堂文库藏日本抄本。
④ 苗深等标点：《明清稀见小说丛刊》，齐鲁书社，1996年，第710、722、728、749、817页。

出",这其中寓含着明显的模拟戏曲演述形态的思路,是戏曲思维渗入小说叙述形态的表现之一。在这种模拟戏曲演述形态或文本形态的思路下,小说叙述中自然会取用一些戏曲格式术语,以应合这些"像戏"的小说叙述。

其二,小说的人物话语模拟戏曲的话语格式。既然把小说故事视为戏文,把小说的情节演进视为戏曲的演出,把小说人物称为戏曲的脚色,那么,依照这种模拟戏曲的思路,小说的人物话语也就自然会吸纳戏曲的人物话语格式,于是,这类"拟剧本"小说的人物就会说出一些戏曲格式的代言体话语。

清初小说《说呼全传》①是一部有着明显说书风格的白话小说,叙述中出现了许多戏曲格式的人物话语,如自报家门式的身世介绍、对自己动作的说明性话语、面向观众的内心独白。如第五回写呼守勇逃脱庞太师的追杀后,有一段独白:"咳,天那!俺呼守勇不知何日与父母报此大仇!闲话休题,且去寻了兄弟再处。不觉红日沉西,天色将晚,却好有座神庙,待俺少歇片时再走。"之后呼守勇还以自己的话语说明、交代了自己的行为动作:"呀,如今躲到那里去?吓,好了,前面黑隐隐的,想是一个庄子,待我避过那一阵兵马再处。……吓,这教桃源洞,里边恰也洁净,俺且躲在洞中。"这种戏曲格式的话语与小说的说书风格确实不协调,而小说话语格式与戏曲话语格式的跳转,又在叙述上造成一种突兀感、阻碍感,如第六回开篇:

话说金莲在绣房呆想这梦,恰是使女翠桃来说后园百花齐放。"待我唤了翠桃同去。"金莲唤了翠桃,同出绣房,来到园内。

这种戏曲格式的人物话语在《说呼全传》中十分普遍,而清末刘省三所编话本小说《跻春台》的代言体倾向更为明显,常在叙述中插入人

---

① 佚名《说呼全传》今存清乾隆四十四年(1779年)金阊书业堂刊本,内封框外上书"乾隆己亥夏镌"字样,卷首有滋林老人作于清乾隆四十四年(1779年)的序文。本书引文根据中华书局1999年出版的武又鸣点校本。

物的曲唱,在唱词中又有插白、问话、对话。如《义虎祠》叙官府审问雷镇远,有一段曲唱、宾白相间的问话:

> 问雷镇远曰:"你打死刘天生,可从实招来!"
> "民未曾打死怎敢招认,此片心对得过天地鬼神。"
> "还不招认,重责四十!"
> "这一阵打得我两脚血浸,青天爷总要我来把供呈。就招供填了命都无怨恨,只可怜祖与母身靠何人。真乃是黑天冤飞来人命,浑身上生有口也辨不清。"
> "你好好招了,本县与你笔下超生,你祖母本县按月给发官粮。"
> "罢罢罢,到不如一口招定,刘天生本是民一拳丧身。"
> "尸丢何处,可去寻来?"
> "尸放在后山中虎狼要径,谅此时连骨髓一概无存。"①

此段曲唱与宾白相间的人物对答,宾白挑动、承应曲唱,相互递转,完全可以视为戏曲的剧本体例。其中之曲唱,既可面向故事域人物,与其话语相承应;又可面向读者,对自己的动作、内心、形貌予以描述。而且人物间对话呈展示性,其格式基本上是某说、某道,中间少有人物声貌神态的说明交代,表现出戏曲话语格式与小说话语格式的混合,形式别具一格。这些话语格式若按照小说叙述体制来看,风格突兀,表意冗赘,显得十分不协调,但若联系到它们与戏曲话语格式的关系以及小说受戏曲演述思维的影响、渗透,就会理解小说叙述中出现如此现象的缘由了。

其三,小说叙述中夹杂了戏曲演述体制的程式因素。依照模拟戏曲体制因素的思路,小说叙述中引入了许多戏曲格式的自报家门,如《说呼全传》第一回呼延必显出场时即有一段自报家门,介绍了自己的家

---

① 刘省三:《跻春台》,江苏古籍出版社,1993年,第74—75页。

世、身份、家庭成员:"因刘王失政,去贤用佞,轻听宇文均,把俺呼氏诛绝。幸祖母马氏怀妊,逃回马家庄上,遂生下俺父呼延赞,……俺夫人杨氏,所生两个孩儿,长名守勇,年登十六;次子守信,甫经十四。不但熟读孔、孟,且喜考究孙、吴,更习了百步穿杨的神箭。看这两个孩儿的武艺,老夫到也晚景无忧。"这明显是戏曲人物上场自报家门的体例和腔调,这部小说中的主要人物基本上皆有此类格调的出场自述。

另外,小说叙述中还引入了戏曲格式的结末"断词"。元杂剧的演述体制一般会以诗词韵语形式收束剧情,其内容常是由剧中一位人物出面对本剧人物和事件做一评说,起到总结剧情、评点人物、宣告剧名的作用。比如:

(包待制云)这一桩公事都完备了也,一行人跪着,听我老夫下断。(词云)圣天子抚世安民,尤加意孝子顺孙。张秉彝本处县令,妻并赠贤德夫人。李社长赏银百两,着女夫择日成婚。刘安住力行孝道,赐进士冠带荣身,将父母祖茔安葬,立碑碣显耀幽魂。刘天祥朦胧有罪,念年老仍做耆民,妻杨氏本当重谴,姑准赎铜罚千斤。其赘婿元非瓜葛,限即时逐出刘门,更揭榜通行晓谕,明示的王法无亲。(无名氏《合同文字》)

(寇准云)住住住,您今日父子完聚,听我下断:世间人休把儒相弃,守寒窗终有峥嵘日。不信道到老受贫穷,须有个龙虎风云会。斋后钟设计怨题诗,度发的即赴科场内,黄金殿夺得状元归,穷秀才全得文章力。作县尹夫妇享荣华,糟糠妻守志穷活计。则为这刘员外云锦百尺楼,结末了吕蒙正风雪破窑记。(王实甫《破窑记》)

至于这种结末"断词"由剧中何类人物说出,因故事题材类型不同而各异,但基本上是出于主要人物或尊贵人物之口,如《秋胡戏妻》出于秋胡,《渔樵记》出于刘二公;而在公案题材的剧作中,则基本上是由勘案官员出面下断,并常常是以判词的面目出现,如《陈州粜米》、《合同文字》、《生金阁》中皆是包待制,无名氏《冤家债主》中为崔府君,《魔合罗》中为府尹。元杂剧的这种常用格式也被引入到小说叙述中,比如冯梦龙《警世通言·玉堂春落难逢夫》中叙及刘推官审结案情后,提笔判曰:

> 皮氏凌迟处死,赵昂斩罪非轻。王婆赎药是通情,杖责段名示警。王县贪酷罢职,追赃不恕衙门。苏淮买良为贱合充军,一秤金三月立枷罪定。

这一判词与元杂剧中的那些"词云"领起的断词非常相类,同是让官员出面断结案情,同是总结了事件概要,而且在语气上也十分契合杂剧的"词云"判词。而小说《章台柳》的结尾处则以宣读圣旨的形式断结全篇,其中有对小说中主要人物的评点和结局交代。这些小说中出现的断结事件、收束全篇的韵文,在功能和语气上都十分契合元杂剧中的结末"断词",这说明它们在叙事结构中的设置思路乃是承袭自戏曲的演述体制。

其四,小说依循戏曲思维表述其情节演进,引入戏曲话语格式、演述程式,在此基础上,有些小说的故事叙述被直接标识为"戏",并在小说的文本编辑体例上取用戏曲的术语。李渔曾把其一部话本小说集标榜为"戏",题为"无声戏",并把《十二楼·拂云楼》说成是一出"无声戏"(第四回),此即表现出作者有意彰显其小说叙述中的戏曲编创思维和体制因素(其中蕴含的小说创作观念,第十三章详述)。当时另有"萧湘迷津渡者"编写的两本小说集《纸上春台》①、《笔梨园》,其命名

---

① 中国社会科学院文学研究所藏有《换嫁衣》(见《古本小说集成》影印本《锦绣衣》),正文卷首题"纸上春台第三戏新小说锦绣衣第一戏换嫁衣"。又据《中国通俗小说总目提要》记,日本元禄间《舶载书目》著录有《纸上春台》,并载其总目,所收凡六书:《换锦衣》、《倒鸾凤》、《移绣谱》、《错鸳鸯》、《十二峰》、《锦香亭》。由此知《纸上春台》为一部小说集,在康熙前期已成书(日本元禄间在公元1688年至1703年之间)。

意图与李渔《无声戏》相同。正因为他们以小说为无声之戏、笔下梨园、纸上戏曲，所以在小说的文本编辑体例上也取用戏曲的术语。

现藏国家图书馆残存六回的《笔梨园》，题"萧湘迷津渡者编辑"，目录叶题"笔梨园第二本"，正文卷首题有"新小说笔梨园第二本媚婵娟"的字样。

题为"萧湘迷津渡者编次"的清代小说《锦绣衣》，"据日本工藤篁调查，此书亦题'新小说锦绣衣全台'。所收小说为《换嫁衣》、《移绣谱》二篇，篇各六回"①。日本藏本中每一篇的篇首各题有"新小说锦绣衣第一戏换嫁衣"、"新小说锦绣衣第二戏移绣谱"字样②。

另中国社会科学院文学研究所藏有《换嫁衣》，目录叶题"新小说锦绣衣第三戏"，正文卷首题"纸上春台第三戏新小说锦绣衣第一戏换嫁衣"。

正是因为有把小说视为一本戏的观念，所以小说的文本编辑体例中才会有"全台"、第×戏、第×本的标榜。

综上论述，明清时期白话小说在取用戏曲体制因素以丰富其艺术表现手法的同时，小说叙述中也出现了戏曲思维的表述格式，有小说情节叙述中的戏曲话语格式和演述程式，也有小说文本编辑体例中的戏曲术语。这些现象的出现，表明了小说叙述中渗入了戏曲的思维和格式，体现了小说对戏曲文本编辑体例因素的模拟思路，同时也反映了小说编创所受戏曲艺术影响范围的不断扩展，但也显示出小说在求新求异思路下模拟戏曲体制因素的生硬之举。

当然，有不少小说在创作思路上采用了戏曲演述的思维，把一部小说当作一本戏来编写，但并不是把戏曲的演述体制和编辑体例直接移入小说的情节叙述中，而是基于故事离奇曲折的彰显标举来使用戏曲的术语，把小说标榜为"戏"，认为只有如此才能更清楚地传达出这部小说的艺术特色或作者的编创意图。比如李渔就明白地把其小说集命名为

---

① 孙楷第：《中国通俗小说书目》，人民文学出版社，1982年，第118页。
② 苗深等标点：《明清稀见小说丛刊》，齐鲁书社，1996年，第705、742页。

《无声戏》，以此彰显其小说创作对戏曲编创思维和戏曲演述艺术的借鉴、学习思路。

六、结　语

绾结上述理析，小说编创中表现出的这些模拟戏曲现象，有两个基本的促动力，一是戏曲的艺术进步和广泛传播吸引了小说的取鉴目光，二是小说自身发展进程中求新求变的内在需要促使它借鉴戏曲的优长。

小说编创在汇入或吸纳戏曲故事材料的过程中，所受戏曲艺术影响的范围在不断地扩展，程度在不断地深化，由此也逐渐看到了戏曲体制因素的特点和优势。于是，小说由模拟戏曲的题材、人物、情节等因素，渐趋扩展到对戏曲体制因素的借鉴和取用，从而有效地丰富了小说的艺术表现手法，体现了小说创作的审美追求。在此过程中，由在情节叙述中模拟戏曲演述体制的一些格式因素，渐而在编辑体例上模拟戏曲剧本的形体特征，取用戏曲剧本的格式术语，表现出小说模拟戏曲的实践由内质到外形的扩展趋势，而戏曲格式因素在小说叙述中也逐渐由突兀变为自然，由生硬变为融合。这种模拟戏曲的思路所表现出的变化趋势，体现了明清白话小说在其发展进程中求新求异的审美追求，即从故事题材方面的求新异，扩展到形式体制上的求新异。

总之，戏曲对于小说从题材因素到体制因素的影响、渗透，或者讲小说对于戏曲从题材因素到体制因素的借鉴、化用，在小说自身演进、变革、完善的过程中起到了有益的促进作用。明清白话小说也正是经过了包括戏曲艺术在内的诸多文艺形式隐显不同、程度不一的滋养和促进，才能进一步走向成熟和繁荣。而在这些小说模拟、取鉴戏曲艺术的思路和实践过程中，还孕育了清初时期的"无声戏"小说观念（第十三章详述）。

第十一章

《红楼梦》叙事建构中的戏曲资源

《红楼梦》之所以能成为中国白话小说发展的高峰,很大程度上得益于它对历代诸多文艺成就的吸收、消化与融通,其中,它对于戏曲艺术因素的吸收就颇为丰富而精细。这一方面得益于戏曲的艺术进步和深广传播,另一方面则得益于前代小说在吸纳戏曲艺术方面的实践经验。明清小说取鉴戏曲艺术的创作实践,虽然并不始于《红楼梦》,但却以《红楼梦》最为成熟。这表现在它能以小说的故事系统和叙述体制有目的、有意识地选择、剪裁、熔铸戏曲材料,以为情节建构、人物刻画和主题表达服务,而不是简单地在情节叙述中直白地、突兀地穿插戏曲材料、模拟戏曲情节。故而,本书以"利用戏曲"来强调《红楼梦》的这一创作实践,即它在吸纳、借鉴戏曲艺术方面的有意识性、有目的性。

《红楼梦》利用戏曲的艺术实践表现在许多方面,比如小说常会有意识地在情节叙述中安排读戏、看戏、点戏、评戏等活动,有目的地引入戏曲的剧目、曲文、人物、情节等材料,以预示故事结局,揭示人物性格,点染环境氛围,推动情节发展。对此,徐扶明《红楼梦与戏曲比较研究》之"《红楼梦》中戏曲剧目的作用"一章颇有阐发[①]。就在小说主动吸纳戏曲的这些故事题材方面的材料过程中,一方面由于戏曲艺术广泛传播而形成的深刻影响,一方面由于小说自身发展求新求变的内在要求,这些戏曲材料所负载、蕴含的叙述体制、表达方式和艺术思维便会潜移默化地影响、渗透到小说的构思和创作中,并在小说叙述中留下

[①] 徐扶明:《红楼梦与戏曲比较研究》,上海古籍出版社,1984年,第79—91页。

或隐或显、程度不一的痕迹。

本章即着重理析《红楼梦》对戏曲情节内容和体制因素的利用情况，以考察它是如何以小说自身的故事系统和叙述体制来消化、融合戏曲资源，从而为建构小说情节、刻画小说人物、表达小说主旨、丰富小说艺术表现手法而服务的，进而探讨《红楼梦》的这一艺术实践在明清小说艺术发展进程中的价值和意义。

一、对戏曲材料的融合利用

《金瓶梅词话》所表现出的利用戏曲的思路与方式，对小说与戏曲的关系发展有着显著的开拓意义。《金》在取用戏曲材料时已开始注重戏曲内涵与小说情节、主旨的配合，利用戏曲的人物和情节来隐喻小说中的人物和事件，由此而使戏曲材料融入小说的人物刻画、情节建构、主题表达等目标中，成为小说故事叙述的血肉。这些戏曲材料与小说情节叙述间的建构关系所体现出的思路和方式，在其后的小说中得到了全面的继承和发扬，最为优秀者当属曹雪芹的《红楼梦》。

脂砚斋曾指出《红楼梦》"深得《金》壶奥"[①]（甲戌本为"深得《金瓶》壶奥"），此语从总体上点出了《金瓶梅词话》对《红楼梦》的精神影响，利用戏曲一端亦在其中。《红楼梦》利用戏曲的手法基本上承袭了《金》的思路，但相对于《金》等小说对戏曲的利用方式，《红楼梦》利用戏曲以刻画人物、建构情节、渲染情境、表达主旨的手法更为成熟，主要是对戏曲的利用与小说叙事的意图、格调、趣味融合得更为紧密。它把戏曲材料融入情节的发展中，细心剪裁，巧妙安排，以达到更好地表现人物情感、情境气氛和故事主题的目的。小说中这些利用戏曲材料而锤炼出的表现手法，在人物刻画、情节建构、情境渲染和主旨表达等方面起到了十分别致的效果，丰富了我国古典小说的艺术表现手法。

[①] 曹雪芹：《脂砚斋重评石头记（庚辰本）》，人民文学出版社，2006年，第275页。

关于《红楼梦》叙述中出现的戏曲材料的功用问题，已有学者指出它们在《红楼梦》中不是情节叙述的点缀品，而是整个小说的有机组成部分①，徐扶明更在《红楼梦与戏曲比较研究》中指出小说利用戏曲材料的具体方式："《红楼梦》通过描写演戏、人物谈话以及酒令、谜语、礼物之类，提到了不少的戏曲剧目。它们决不是与情节无关的游离部分，而是藉以更好地刻画人物性格，表达主题思想。"② 兹就《红楼梦》在利用戏曲材料方式上与《金瓶梅词话》的承继关系，作一理析。

（一）利用戏曲展示人物的情感和意志

《红楼梦》喜欢让人物在特定的情境中化用剧目或曲文以表情达意，由此委婉含蓄地展现出人物的情感与意志。

第二十三回叙三月中旬之际，黛玉在清扫落花、偶遇宝玉后返回住处途中，听到了梨香院十二个女孩正在演唱《牡丹亭》中杜丽娘"游园惊梦"中的曲子。小说所引用的曲文出自《牡丹亭》第十出《惊梦》（演出本分为《游园》、《惊梦》两出），写杜丽娘到后花园游览，被姹紫嫣红的春色惹起情思，深感幽居深闺的苦闷；后在牡丹亭旁小睡，做了一个离奇的梦，梦见她理想中的情人，由此而得一梦幽欢。黛玉偶然听到的这几句曲文，即细腻而逼真地表现了杜丽娘的爱情觉醒。这套曲子所表现的杜丽娘值春光明媚之际游园的情境，正与黛玉此时的花园葬花行为相照应，而杜丽娘所感叹的"如花美眷，似水流年"、"你在幽闺自怜"，也正契合了黛玉的心情，并因而深深地打动了她。

《牡丹亭》第十出《惊梦》一出叙杜丽娘春日游园惹动情思，想到宫女韩氏红叶题诗得遇于郎，崔莺莺密约偷期得遇张生，而自己"年已二八，未逢折桂之夫"，因有感叹："吾生于宦族，长在名门。年已及笄，不得早成佳配，诚为虚度青春，光阴如过隙耳。可惜妾身颜色如花，岂料命如一叶乎？"杜丽娘青春年少，渴望个性自由，不满礼教束

---

① 凤生、于雷：《漫说〈红楼梦〉中的戏剧》，《明清小说研究》，1988年第3期。刘永良：《中国古典戏曲与〈红楼梦〉人物刻画》，《红楼梦学刊》，1998年第4期。
② 徐扶明：《红楼梦与戏曲比较研究》，上海古籍出版社，1984年，第45页。

缚,乍游花园,便被明媚的春光激起了潜隐于心底的情感欲望,所以才会发此感叹。黛玉也是出身仕宦的大家闺秀,有着强烈的个性和对爱情的向往,她渴望宝玉的倾心相爱,但又不能冲破礼教的束缚而自由表达,也没有能力来改变自己的孤单处境,所以精神上倍受折磨又无由倾诉,因而陷入多愁善感而情思不快、自叹自怜的苦闷境地。"如花美眷,似水流年","在幽闺自怜",杜丽娘这些对青春易逝的伤感、慨叹,正触动了黛玉此时的寂寞苦闷、无人倾诉的处境,所以她才会因杜丽娘的感叹而引发了强烈的情感共鸣,"不觉心动神摇","如醉如痴"。

正因如此,与杜丽娘有着相似身份与处境的黛玉亦是在阅读《西厢记》故事而被西厢妙词拨动了心弦后,才会在杜丽娘叹惜青春、向往爱情的歌唱中激起了强烈的共鸣,"心痛神痴,眼中落泪"。小说把黛玉的忧伤架设在杜丽娘的感叹中,互为映照,很好地表现了黛玉的内心情绪。在此,曹雪芹在小说叙述中引入《牡丹亭》的曲词,借以深入揭示、表现黛玉的心灵世界,即利用《游园惊梦》来唤起黛玉的青春觉醒,很好地表达出黛玉的内心情绪——对虚掷闲抛美好青春的无限伤感,对自由美好爱情的炽烈追求。林黛玉和杜丽娘一样,痛感明媚的春色居然无人理会,美丽的青春居然在深闺中黯然消失。杜丽娘"可惜妾身颜色如花,岂料命如一叶乎"的慨叹,也是林黛玉的心声。作者让黛玉从《惊梦》的"艳曲"中体悟到人生无常、繁华易歇的警兆,为后来展现她由伤春而以《葬花词》自挽,以至"魂归离恨天"的悲剧命运埋下了伏笔。

又第三十五回叙黛玉看到宝玉被打后众人探望接连不断,想到自己失去关爱的凄凉,抑郁而返回潇湘馆,"只见满地下竹影参差,苔痕浓淡,不觉又想起《西厢记》中所云'幽僻处可有人行,点苍苔白露泠泠'二句来,因暗暗的叹道:'双文,双文,诚为命薄人矣。然你虽命薄,尚有孀母弱弟;今日林黛玉之命薄,一并连孀母弱弟俱无。古人云"佳人命薄",然我又非佳人,何命薄胜于双文哉!'"

黛玉于此境地以《西厢记》中莺莺来比类自己的不幸身世,并借其中曲文表达自己的孤单、落寞心情。"幽僻处"一句系红娘奉老夫人之命去请张生赴宴时看到的西厢冷幽情景,而黛玉所谓莺莺的"命薄",更多的是指莺莺的情感苦闷,即第二十三回中黛玉所感伤的"花落水流红,闲愁万种"一句,乃表达思恋之情无由排遣的苦闷。而在第三十五回中,宝玉被贾政痛打后,黛玉看到包括贾母、邢夫人、王夫人等的"花花簇簇一群人"都来怡红院看望他,不由"想起有父母的人的好处来,早又泪珠满面",顿生孤单落寞之感,因此在回到自己的潇湘馆,"只见满地下竹影参差,苔痕浓淡",相对于怡红院的热闹,倍感冷清异常,于是想起了不久前读到的、也是拨动她心弦的西厢曲文,由此又以莺莺的情感苦闷自况自比,甚感心境凄凉。可见,黛玉之所以喜欢《西厢记》,更多的是因为书中之事之语暗合她心中的情感意绪,所以当她读到"花落水流红,闲愁万种"时能"心痛神痴,眼中落泪"。小说叙述中黛玉多次引用《西厢记》的"妙词",皆是借以抒发其"春困幽情"。

(二) 利用戏曲表现人物的性格和思想

《金瓶梅词话》利用戏曲的目的之一就是刻画人物,表现人物的性格、心理以及人物间的相互关系。小说在情节叙述上安排读戏、看戏、点戏、评戏等活动,有目的地引入戏曲的剧目、曲文、人物、情节等材料来达成其创作目的,比如通过评戏、点戏等情节设置来表现人物的性格、情感和思想。这种利用戏曲的手法在《红楼梦》中被运用得十分频繁,也相当熟练。

第四十四回叙及黛玉以《荆钗记》的情节嘲戏宝玉出城祭奠金钏儿一事。先是在第四十三回中宝玉认为金钏儿的死与己有关而甚感内疚,于是与茗烟私自出门到城外水仙庵祭奠,然后匆忙赶回贾府参加凤姐的生日宴庆,当时大家正在观看《荆钗记》。待演至戏中《男祭》一出,黛玉便和宝钗说道:"这王十朋也不通的很,不管在那里祭一祭罢了,必定跑到江边子上来作什么。俗语说,'睹物思人',天下的水总归一源,不拘那里的水舀一碗看着哭去,也就尽情了。"小说此处提及的《荆钗记》乃叙王十朋与钱玉莲悲欢离合之事,其中《男祭》一出写王十朋江边祭妻一事。宝玉出城所为何因，众人一般不知，然黛玉心知肚明，便假意谈论所观戏曲的内容，借题发挥，暗寓讥讽，意在宝玉偷偷出城至水月庵祭奠金钏儿之举。黛玉之言既契合当时剧情，又暗讽宝玉的行为，表现了黛玉的机巧与尖刻。面对黛玉的暗中嘲讽，宝玉马上"回头要热酒敬凤姐儿"，亦表现出宝玉的神态和心理——立即把黛玉的话意岔开，以免被更多人识破而尴尬。

而让不同人物评论同一戏曲，则能由各自的不同态度表现出不同人物的思想倾向。比如关于《西厢记》，宝玉阅读后称赞"真真这是好书"，黛玉阅读后"自觉词藻警人，余香满口"（第二十三回）。二人被这部剧作深深吸引，也被深深地打动了。此后，二人便时常借用那些在当时是离经叛道的西厢曲文表达自己的情意，尤其是黛玉，几乎把《西厢记》、《牡丹亭》的"妙词"、"艳曲"当作她抒发心曲的典章。这说明二人对崔、张大胆热烈的爱情追求行动是持肯定态度的，由此也表现出他们对封建礼教的叛逆和对理想爱情的向往。

而宝钗则与宝玉、黛玉的态度相反，她一再对《西厢记》加以贬斥。第四十回叙贾母开宴行酒令，黛玉忘情地引用了《牡丹亭》的"良辰美景奈何天"和《西厢记》的"纱窗也没有红娘报"两句曲文。当时，众人并未留意，唯独宝钗听了，"回头看看他"。事后宝钗冷笑着批评黛玉"满嘴说的是什么"，并一本正经地教导黛玉不要看这些"杂书"，以免"移了性情，就不可救了"（第四十二回）。第五十一回"薛小妹新编怀古诗"一节叙宝琴作了十首怀古诗，其中第九首《蒲东寺怀古》用了《西厢记》的故事，第十首《梅花观怀古》用了《牡丹亭》的故事。因为这是取用戏曲故事，属于能移人性情的"杂书"，所以宝钗以其缺乏历史记载为由，"我们也不大懂得"，建议宝琴另作两首。对此，黛玉立即揭穿宝钗所谓"不大懂得"的真正理由是宝琴用了戏文故事，明确指出宝钗这是"矫揉造作"。

宝钗与宝、黛二人对待《西厢记》的不同态度，正体现出宝钗在思想观念上有恪守封建礼教、维护正统秩序的一面，而宝、黛却是表现出一种思想上的叛逆，所以二人才会对当时视为淫逆的崔张爱情寄予了向往之情,才会以崔张大胆热烈的爱情行动来激励自己,才会在崔张的美好爱情结局中寄予自己对爱情的期望。

另外,明清社会的戏曲活动中有"点戏"的习俗,比如在节日喜庆、婚寿宴会等场合的戏班演戏,通常有主人"点戏"的规矩。《红楼梦》就设置了许多"点戏"的情节,如元妃省亲点戏(第十八回)、贾母等请神点戏(第二十九回)。而第二十二回叙贾母为宝钗庆生而置办的宴会上,照例安排了看戏娱乐,小说于此设置的"点戏"情节即可见出宝钗、凤姐的性格和心理。

> 吃了饭点戏时,贾母一定先叫宝钗点。宝钗推让一遍,无法,只得点了一折《西游记》。贾母自是欢喜,然后便命凤姐点。凤姐亦知贾母喜热闹,更喜谑笑科诨,便点了一出《刘二当衣》。贾母果真更又喜欢,然后便命黛玉点。……

宝钗在自己的庆生宴会上,为迎合贾母的喜好,遂专点那些热闹喜乐的戏,因为她"深知贾母年老人,喜热闹戏文"(第二十二回)。宝钗所点的"一折《西游记》",应是语言诙谐,情节热闹。因此,贾母见宝钗点了此戏,"自是欢喜",脂砚斋于此评注曰:"是顺贾母之心也。"[①]而同样精明心细的凤姐也是顺着贾母的心意点戏,小说特别指出她"亦知贾母喜热闹,更喜谑笑科诨"。为了讨贾母欢心,凤姐点了《刘二当衣》这出科诨戏。

凤姐善于逢迎的性格在"点戏"这种活动中的表现不止一次,又如第十一回叙宁国府家宴有演戏活动,邢夫人、王夫人让凤姐点戏,凤姐遂点了一出《还魂》、一出《弹词》。《还魂》对应于《牡丹亭》第三十五出《回生》,舞台本称为《还魂》,写杜丽娘死而复生得与柳梦梅结为夫妇。《弹词》为《长生殿》第三十八出,写唐玄宗的乐工李龟年经安史之乱而流落江南,以弹琵琶卖唱为生,弹唱唐玄宗和杨贵妃悲欢离合

[①] 曹雪芹:《脂砚斋重评石头记(庚辰本)》,人民文学出版社,2006年,第487页。

的故事。与第二十二回比较，凤姐此处没有点科诨打趣的热闹戏，而是按邢、王二夫人所说的"点两出好的我们听"。此二出皆是戏曲名段，《还魂》"既是充分反映汤显祖浪漫主义思想追求的集中表现，又是封建贵族们愿意接受，认为是喜幸的折子戏"，《弹词》一出"是借李龟年讲述当年他亲眼见的故事来客观叙说这一悲剧的，但其中〔九转货郎儿〕里的〔二转〕至〔五转〕，正唱的是恋爱故事中情绪意浓的一段"，如果单唱〔二转〕至〔五转〕，"则完全成为一出讲述喜事的戏了"，而且"就戏的安排来说，点一出生旦戏，配上一出老生戏，也不显得单调"，"总之可以说，凤姐在点戏方面是相当在行的，既讨了长辈们的欢心，还十分得体，大家也都愿意看"①。而第二十二回中宝钗、凤姐二人的苦心也得到了预想的效果，贾母见宝钗点了此戏，"自是欢喜"；见凤姐点了此戏，"果真更又喜欢"。

由此可见，这些点戏情节，并不是单纯的戏俗插引，而是有作者的特意考虑，是作者有意地利用"点戏"这个习俗来刻画人物、建构情节。所以何时何人点何戏，都是作者有意识、有目的的安排，并不会拘泥于当时的戏俗规矩，有时还有悖于当时的戏俗规矩，小说在利用"点戏"习俗时暗喻题旨、预示结局方面即是如此（下文详述）。《红楼梦》通过人物的"点戏"行为来表现其性格和思想，如此，小说设置"点戏"情节的目的就是为了"点"出人物的思想，揭示人物的性格和情感。

（三）利用戏曲渲染情境，烘托气氛

《红楼梦》善于利用戏曲营造环境氛围，即通过一些戏曲剧目的点化，演戏场面的描绘，戏曲曲文的穿插，烘托气氛，渲染情境，并间接表现了人物的性情、品格。

第五十三回"荣国府元宵开夜宴"一节叙十五日之夕，"贾母便在大花厅上命摆几席酒，定一班小戏，满挂各色佳灯，带领荣宁二府各子

---

① 王湜华：《论〈红楼梦〉与昆曲》，《红楼梦学刊》，1994 年第 2 期。

侄孙男孙媳等家宴"。第五十四回继续叙述这次家宴,"当下天未二鼓,戏演的是《八义》中《观灯》八出。正在热闹之际,宝玉因下席往外走"。《八义记》为明人徐元的传奇戏曲,乃据元杂剧《赵氏孤儿》改编,其中《观灯》一出又称《赏灯》,在原本中为第五出,名《宴赏元宵》,戏中有灯彩、太平鼓等,是一种应时的节令戏。小说此处所叙情节正值元宵佳节,贾府元宵开夜宴,《观灯》一戏甚切元宵之题,其所营造的场面正适配这个节日氛围,也应合了贾府当时的热闹情境和繁华气派。

而这种利用戏曲的手法,除了能烘托人物活动的环境气氛外,还能表现出人物的性情和格调。第十九回叙元宵节期间宁国府演戏(第十八回提到元妃省亲是在正月十五日),有《丁郎认父》、《黄伯央大摆阴魂阵》、《孙行者大闹天宫》、《姜子牙斩将封神》等,都是热闹戏。

《丁郎认父》述高仲举受严嵩管家严七迫害,发配途中遇到胡尚书,便留居胡府,后高仲举前妻所生之子丁郎寻父也流落到胡府做工修花园,父子得以相认。徐扶明认为《红楼梦》所提及的《丁郎认父》似是演丁郎做工打夯一节,丁郎领唱,众工帮腔,唱夯歌,叙家难,诉衷情,从正月唱到十二月①。

《黄伯央大摆阴魂阵》乃取材于《七国春秋平话》卷下"黄伯杨下山"、"迷魂阵困孙子四人"等节②,演述燕将乐毅的师父黄伯杨布迷魂阵困住齐将孙膑,后孙之师父鬼谷子下山,助孙膑破了迷魂阵。

小说于此描述了这些热闹戏所营造的喧闹气氛:"倏尔神鬼乱出,忽又妖魔毕露,甚至于扬幡过会,号佛行香,锣鼓喊叫之声远闻巷外。"宁国府演戏所营造的热闹正与当时的节日氛围相应,也显示了宁国府的奢华气派,小说也描述了外人对宁国府这种繁华、奢侈气派的艳羡之情——"满街之人个个都赞:'好热闹戏,别人家断不能有的。'"同时,这个热闹的演戏场景也反衬出宝玉的闲散之情。正是在元宵佳节和

---

① 徐扶明:《红楼梦与戏曲比较研究》,上海古籍出版社,1984年,第67页。
② 丁锡根点校:《宋元平话集》,上海古籍出版社,1990年,第542—543页。

元妃省亲的热闹繁华局面中，凤姐这样的人事多任重，不可偷安躲静，贾珍这样的人看戏喧闹，不愿安静悠闲，而宝玉却是"极无事最闲暇的"，也忍受不了这种烂闹，所以才会反感这种张扬和喧闹之势，"见繁华热闹到如此不堪的田地，只略坐了一坐，便走开各处闲耍"。由这种热闹情境下宝玉的所作所为，可以见出他不愿随俗、崇尚高雅的性情与品格。

小说在第十九、五十四两回有关元宵节宴庆叙述中所特意设置的热闹戏唱演活动，有效地利用了戏曲唱演活动以渲染荣、宁二府的奢华排场与热闹气氛，正配合了贾府当时如日中天的鼎盛家势，也显露了贾府子弟奢靡张扬的品性。而宝玉每次都是在众人的热闹狂欢中悄然离开。

（四）利用戏曲预示人物的命运和故事的结局

《红楼梦》叙述中常会安排一些剧目，穿插一些曲文，这些剧目、曲文关联了相应的情节和主题。小说即利用这些信息来预示或暗喻人物的命运、情节的发展和故事的结局。这一手法在《金瓶梅词话》中已有许多实践，而在《红楼梦》中表现得更为成熟。

《红楼梦》善于设置一些细节来预示情节的重大转折、故事的发展趋势或者人物的遭遇命运，即所谓草蛇灰线、伏脉千里之法。这种手法在《红楼梦》叙述中不止一次地出现，如宝玉梦游太虚幻境时听唱警幻仙子的《红楼梦曲》，就预示了主要人物的命运遭际以及与此相关的情节发展。而第二十二回则安排了宝玉对一段曲文的领悟，为他以后的结局做了思想上、情节上的铺垫。

第二十二回叙宝钗在自己的庆生宴会上点了一出热闹戏《鲁智深醉闹五台山》，宝玉颇为反感，称自己"从来怕这些热闹"，这时宝钗对宝玉解释说，这出戏"排场又好，词藻更妙"，其"一套北《点绛唇》铿锵顿挫"，并向宝玉详细介绍了词藻极妙的〔寄生草〕一曲，其中"赤条条来去无牵挂。那里讨烟蓑雨笠卷单行，一任俺芒鞋破钵随缘化"之句，宝玉听后"喜的拍膝画圈，称赏不已"。之所以如此，是因为他并不是如贾母那样看到此戏的热闹，也不是如宝钗那样看到了此戏的排场好,词藻妙,而是曲词的含意深深地打动了他,所谓"听曲文宝玉悟禅机"。正因为宝玉由此参悟到深刻的人生感悟,故而当他先后在湘云和黛玉那儿受气而倍感烦恼之际,才会在与袭人的对话中提到了"赤条条来去无牵挂"一语。小说指出宝玉"谈及此句,不觉泪下","细想这句趣味,不禁大哭起来"。小说有目的地设置了宝钗对这段曲文的点唱以及宝玉对这段曲文的感悟,透露了宝玉的思想变化,为以后宝玉出家的结局作了思想上的铺垫、情节上的埋伏。清人杨恩寿对此曾作点评:"《红楼梦》曾引是曲,虽为宝玉出家借作楔子,而于传奇中独拣是折,可见作《红楼梦》者洵此中解人也。"①

而以小说中人物点戏活动中所涉及的剧目来预示情节的发展和故事的结局,也是《红楼梦》常用的利用戏曲手法。

第十八回元春省亲点了四出戏:《豪宴》、《乞巧》、《仙缘》、《离魂》。这四出戏中,《豪宴》出自清李玉《一捧雪》传奇,演太仆寺卿莫怀古因玉杯"一捧雪"被严世蕃陷害致家破人亡之事;《乞巧》出自清洪昇《长生殿》第二十二出"密誓",写唐明皇、杨贵妃二人七月七日祭牵牛、织女二星,发出生死不渝的爱情誓言;《仙缘》出自明汤显祖《邯郸记》第三十出"合仙",演吕洞宾下凡度卢生出家学道的故事;《离魂》出自汤显祖《牡丹亭》第二十出"闹殇",演杜丽娘梦中得遇手执柳枝的书生,相思成疾,死后魂魄仍执着寻找情人的故事。

元春的入宫、省亲标志着贾府的极盛时期,而元妃省亲也是个极为庄重的大事,所点之戏在内容、格调上应适配这个喜庆庄重的场合。但小说于此设置的"点戏"情节,却让元妃点出这四出戏,并不符合"点戏"习俗的规矩和礼节。因此,小说特意让元妃点这四出戏,不是无意地不合礼义规范,乃是别有意图的特殊安排。历来论说者皆认为这是作者借助这些剧目名称,暗喻贾府和关键人物的命运结局,如脂砚斋曾指出:《豪宴》"伏贾家之败",《乞巧》"伏元妃之死",《仙缘》"伏甄宝玉

---

① 杨恩寿:《词余丛话》卷二,载《中国古典戏曲论著集成》,中国戏剧出版社,1959年,第9册,第244页。

送玉",《离魂》"伏黛玉死","所点之戏剧伏四事,乃通部书之大过节、大关键"①。当然,对于小说特意安排的"省亲四曲"所预示的具体内容,各家理解并不完全一致,但皆看到了小说借用这四个剧目以预示人物命运和故事结局的意图。

其实,结合《红楼梦》叙述中利用戏曲的思路和惯用手法,可以确定小说在元妃归省的庄重场景中以点戏形式安排的这四个剧目,确实有其深意,它们正如宝玉梦游太虚幻境时安排《红楼梦曲》一样,预示了这个繁兴鼎盛的官宦世家的命运和结局。关于这种预示,小说曾用多种方式予以透露,比如第十三回秦可卿曾托梦告诉凤姐,贾府将有元妃省亲的喜事、盛事,并预示这只不过是"瞬息的繁华,一时的欢乐","盛筵必散"。则元妃所点之《豪宴》一出戏,当即承接此意。

同样的利用戏曲手法和意图还典型地表现在第二十九回。贾母等人去清虚观打醮,"神前拈了戏",头一本是《白蛇记》,第二本是《满床笏》,第三本是《南柯梦》。《白蛇记》写汉高祖刘邦夜行大泽,醉斩白蛇而起义的故事;《满床笏》写唐代郭子仪一家数代富贵荣华的故事;《南柯梦》写淳于棼梦中入槐安国,先拜驸马,后任太守,显赫一时,但最终因失宠被逐,家破势败。所以贾母听到第二本《满床笏》颇为高兴,而听到第三本《南柯梦》则沉默不语了。当然,按当时的社会习俗,求神赐福是司空见惯之事,而在这种由神来点戏的活动中,虽然人们习惯把神的意志看作是一种征兆、谶语,但其中必有人为的操纵,肯定不会出现不吉不祥的戏目。小说利用的是这一求神点戏活动,而在戏目上明显加入了自己的意图,所以才会有意安排《南柯梦》一本戏,以此表达小说在情节发展、故事结局上的征兆预示。《白蛇记》照应了荣、宁二国公得到敕封而有贾府初兴,《满床笏》照应了贾府现今富贵荣华的极盛情形,而《南柯梦》则预兆了贾府荣华终成一梦的结局。贾母对这三本戏的反应,也提示了此处所列三个戏目并非无意之举,乃是借此打醮演戏娱神一事,以神前抽签拈到的三本戏,来暗示贾府由兴起、极

---

① 曹雪芹:《脂砚斋重评石头记(庚辰本)》,人民文学出版社,2006年,第398页。

盛而终至于败落的过程。

综结而言，由《金瓶梅词话》所开拓的利用戏曲的思路和手法在《红楼梦》中得到了全面的继承和发扬。比较于《金瓶梅词话》对于戏曲的利用手法，《红楼梦》利用戏曲以刻画人物、建构情节、渲染情境、表达主题的手法更为成熟，主要是它把对戏曲材料的利用融会到情节的发展、人物的行动、主题的表达之中，起到了理想地表现人物性格思想和小说主题意图的创作目标。由此，小说把对戏曲材料的利用思路与其情节建构的意图融合得更为紧密，它没有因取用戏曲材料而冲淡甚至破坏情节发展的大段插引，而利用戏曲材料以表现人物性格、心理、情感的手法也更为细腻，利用剧目、曲文的方式与小说的情节叙述、结构安排也融合得更为密切。这是自《金瓶梅词话》在利用戏曲方面大力开拓之后，最为优秀的创作实践，由此而锤炼出的许多表现手法，在小说的人物刻画、情节建构和主旨表达等方面起到了十分别致的效果，丰富了古代小说的艺术表现方式，也体现了小说利用戏曲的思路和手法所能达到的理想标高。

二、对杂剧楔子体制的化用

明清章回小说在情节结构中引入杂剧的楔子体制，首见于金圣叹于明崇祯十四年（1641年）完成的批改本《水浒传》，后来《儒林外史》的叙事结构中亦有表现，而《红楼梦》在继承它们的创作思路的基础上，注意以小说的文体规范来消化楔子体制，使楔子体制能与小说的叙事结构更为密切地融合起来，化影于无形，而神韵犹存。这个"神韵"就表现在小说建构石头神话这个神幻情节的思路和手法，蕴含了杂剧楔子体制的精神内涵。

楔子体制来源于金元杂剧。元人杂剧的演述体制多在四折外另加一个楔子，或居一剧之首，或处两折之间，而以居剧首者为多。处折间者在杂剧演述结构中起到过渡作用，而居剧首者在演述结构中具有引入正场的功能，在情节结构中则有情节引入的作用，即金圣叹所说的"以物出物"①。楔子在杂剧演述结构中所包含的这个意义,较早地被引入到小说的评点中,如张竹坡评点《金瓶梅》,第六十七回回前评有言:"接言黄四,盖为后爱月家楔子也。爱月儿,又为王招宣林氏楔子也。林氏,又为金莲故也。"第八十三回回前评有言:"此回方是结果金莲之楔子。"又《读法》第四十七条有言:"故卜志道虽为子虚署缺,又为瓶儿做楔子也。"② 这些评点中的楔子概念包含了小说的人物安排之法,意指小说叙述先以一个人物为楔子,引出下一个所要描写的人物,在此,楔子表达的是连接、过渡的意思。另外,《红楼梦》庚辰本第二十五回叙及贾环用热灯油故意烫伤宝玉,引来王夫人对赵姨娘的数落、斥责,此处有脂评曰:"总是为楔紧五鬼一回文字。"③ 此语意指王夫人对赵姨娘的斥责,加深了赵姨娘对宝玉的嫉恨,于是就引出后来赵姨娘指使马道婆施魔法让宝玉遭受五鬼折磨的一段情节。如此,小说通过王夫人斥责赵姨娘一段引入宝玉受五鬼折磨一段,便在情节结构上使得"五鬼一回文字"事出有因,事出必然,故脂评有"楔紧"之说。在这些小说评点中,楔子已不是杂剧演述体制中的程式概念,而是这个程式的功能所引申出来的含义,意指引入、关联。

这个引入、关联作用表现在两个方面:一是叙述结构上的引入,二是故事情节上的关联。

故事情节上的关联作用,是指楔子类情节与主体故事在人物、情节上的照应作用。比如元英宗至治年间(1321—1323)刊刻的《三国志平话》,它的叙述形态并非如后世嘉靖本《三国志通俗演义》、毛氏评改本《三国演义》那样以主要人物刘、关、张桃园结义开始,而是以司马仲相阴司断狱故事开篇:上天判韩信、彭越、英布三人转生以报被刘邦、吕后屈杀之冤,来照应主体故事中曹、刘、孙三分汉室天下的局面。

> 玉皇敕道:"与仲相记,汉高祖负其功臣,却交三人分其汉朝

---

① 金圣叹评点:《第五才子书施耐庵水浒传》,中州古籍出版社,1985年,第28页。
② 张竹坡批评:《第一奇书金瓶梅》,齐鲁书社,1991年,第1002、1332、"序言"39页。
③ 曹雪芹:《脂砚斋重评石头记(庚辰本)》,人民文学出版社,2006年,第562页。

天下：交韩信分中原为曹操，交彭越为蜀川刘备，交英布分江东长
沙吴王为孙权，交汉高祖生许昌为献帝，吕后为伏皇后。交曹操占
得天时，因其献帝，杀伏皇后报仇。江东孙权占得地利，十山九
水。蜀川刘备占得人和。……"①

平话在这段阴司断狱故事之后，便开始了对黄巾叛乱、桃园结义的
叙述。对于《三国志平话》的主体故事来说，这段司马仲相阴司断狱故
事既引出了魏、蜀、吴三国争战之事的前世纠葛，也点明了曹操、刘
备、孙权的身份前缘，是一个颇具吸引力的神谕故事。从叙述结构上
看，这个神谕情节与说话伎艺、话本小说的入话头回故事相类，但从它
与主体故事的内容关联来看，这个神谕情节并不是话本小说的头回故
事，因为头回故事虽在内容上"正面或反面映衬正话，以甲事引出乙
事，作为对照"②，它所讲述的人物与正话虽有相类之处，却无亲缘关
系。而《三国志平话》这个神谕故事中的人物却与主体故事中的人物有
着亲缘关系，它指明了曹操、刘备、孙权的身份与功业是来自天国的授
予，三人与汉家王朝的纠葛是来自前世的恩怨。这种神谕情节的设置，
体现了天人感应、因果报应的观念。

这种在叙述结构中设置神谕故事以引入主体故事的做法，是明清通
俗小说惯用的叙事策略，当时在《红楼梦》前后即有一些长篇白话小说
会秉持天人感应的观念，安排此类引入情节，以表明主体故事的人事前
缘和因果报应。比如《水浒传》即以"洪太尉误走妖魔"的情节，来照
应主体故事中水浒一百单八条好汉的作乱；《镜花缘》以百花获谴下降
凡尘，各自投胎于各个国家，来照应第七回至第五十回唐敖、林之洋游
历海外、寻访飘零外洋的十二名花，以及第五十一回至第一百回唐闺臣
等一百才女的故事。而《红楼梦》则以石头神话让僧道二人帮助石头
幻形入世，并连带着神瑛与绛珠的木石前盟、情缘转世故事。

---

① 丁锡根点校：《宋元平话集》，上海古籍出版社，1990年，第751页。
② 胡士莹：《话本小说概论》，中华书局，1980年，第140页。

小说第一回讲述了青埂峰下的那块石头听到僧道二人谈论人世间的荣耀繁华，"心切慕之"，便央求他们"发一点慈心，携带弟子得入红尘，在那个富贵场中、温柔乡里受享几年"。但僧道二人劝他还是不去为好，因为"那红尘中有却有些乐事，但不能永远依恃；况又美中不足、好事多磨八个字紧相连属；瞬息间则又乐极生悲、人非物换；究竟是到头一梦、万境归空"。怎乃这石头凡心已炽，苦求再三，于是僧道二人便将它幻化为美玉，降历凡世，让它体会红尘中乐事不能永远依恃，最终将万境归空这个道理。在携带顽石投奔红尘的过程中，还交代了神瑛与绛珠的木石前盟，构思了绛珠仙子要以一生眼泪来偿还神瑛侍者甘露之爱的神话。在小说的构思中，石头的红尘一游照应了尘世繁华，绛珠还泪照应了宝黛爱情悲剧。

至于叙述结构上的引入作用，是指楔子类情节对主体故事的引入作用。在这方面，《红楼梦》对杂剧楔子体制叙述手法的化用更显精细。当然，在它之前，小说叙事建构化用杂剧楔子体制已有很好的经验，比如金圣叹在批改《水浒传》时按自己的意图和观念对施耐庵本进行了明显的改动，其中一点就是在小说的情节结构中主动引入了杂剧的"楔子"概念。在施本中，"引首"和第一回"张天师祈禳瘟疫，洪太尉误走妖魔"是小说主体故事的导引部分，从第二回"王教头私走延安府，九纹龙大闹史家村"才开始转入到主体故事的叙述。而金圣叹批改时则把施本的"引首"和第一回予以融合、改易，贯以"楔子"标识，并由此而引出主体故事的叙述。金圣叹在小说情节结构上的这一改动乃是看到施本第一回并不是小说的主体故事，而是主体故事的引入部分；并且它在情节结构上不同于话本小说的入话功能，而类似于元杂剧的楔子功能。这正是金圣叹引入杂剧的楔子体制来改写《水浒传》开篇的用意。金批本把施本第二回改为第一回，意指此回才是小说主体故事的开始，而它所单列的楔子则是这个主体故事的引入部分，为主体故事提示情节大纲（群雄作乱），简介人物关系（一百单八个魔君），由此而引入主体故事的叙述，即如金圣叹的解释："以瘟疫为楔，楔出祈禳；以祈禳为楔，楔出天师；以天师为楔，楔出洪信；以洪信为楔，楔出游山；以游山为楔,楔出开碣;以开碣为楔,楔出三十六天罡、七十二地煞。"① 小说的这个"楔子"部分就这样一步步地引出了水浒英雄的主体故事。正是因为看到了《水浒传》情节叙述所存在的这种结构关系,金圣叹才会在批改《水浒传》时引入杂剧的楔子体制并以"楔子"标显其意。

金圣叹批改《水浒传》而引入杂剧楔子体制的思路,在吴敬梓《儒林外史》那里有明显的承接。《儒林外史》第一回标目为"说楔子敷陈大义,借名流隐括全文",特别指明此回乃是小说的"楔子"。小说把第一回情节称为楔子,并指出其"敷陈大义"的作用,又在本回结尾处特别交代:"这不过是个楔子,下面还有正文。"此处"楔子"、"正文"之说即表明小说是取用杂剧的楔子体制,以第一回情节作为楔子以引入主体故事。而小说利用"楔子"敷陈大义的方式就是"借名流隐括全文",即通过社会名流王冕以及他的对照形象危素、时仁等官宦士绅来照应小说"正文"的各类人物及其行为,同时也寓示了作者吴敬梓的创作主旨。

与此二者不同,《红楼梦》虽然也取鉴了杂剧的楔子体制,但它并没有以"楔子"标识,即在情节结构中没有明确标显的"楔子"节段,然而其结构布局中却蕴含了楔子体制的精神内涵。小说以一个石头神话故事开篇,叙说《石头记》的来历,由此引入小说的主体故事。这在叙事结构上与金批本《水浒传》设置"楔子"的思路在精神上是一致的。《水浒传》以"洪太尉误走妖魔"楔出主体故事,《红楼梦》则以石头神话楔出主体故事,而且在楔子部分寄寓了小说主要人物的命运和结局,蕴含了作者自己的观念和意绪。

其一,小说以青埂峰顽石的神话作为主体故事的缘起。此顽石乃是女娲补天的遗弃之物,它"自经锻炼之后,灵性已通",因凡心已炽、不甘寂寞而幻形入世,化身为通灵宝玉而与小说主人公贾宝玉相随,"历尽悲欢离合、炎凉世态",并根据自己的这一尘世经历写成《石头记》一书,由空空道人抄录问世流传。如此小说就沟通了这个楔子与主

---

① 金圣叹评点:《第五才子书施耐庵水浒传》,中州古籍出版社,1985年,第28页。

体故事的关联。

其二,石头神话故事作为小说叙事结构的楔子,在对顽石的设置上寄寓了作者的人生观念和社会评价。这块顽石颇有"性灵"却又如此"质蠢",不成材也不成器,因堕落"情根"而无补天之用,这一品质被落实到它的尘世佩戴者贾宝玉的身上,就是作者对贾宝玉这一人物的形象设置,他秉正邪两赋之性,聪明灵秀而又乖僻邪谬,鄙弃功名利禄而拒绝补救代表那个社会的家族命运之天。通过这一人物的叛逆性格,作者表达了对人生、对家庭、对社会的反思与醒悟。

其三,石头神话故事所关联的木石前盟情节概括并预示了主体故事的一个重要内容——宝黛爱情悲剧。小说在甄士隐的梦中让那携带顽石投奔红尘的一僧一道叙述了神瑛与绛珠的木石前盟,构思了绛珠仙子要以一生眼泪来偿还神瑛侍者甘露之爱的神话。在小说的构思中,青埂峰顽石、神瑛侍者和贾宝玉是三位一体的关系,而绛珠草、绛珠仙子和林黛玉也是如此。所以,木石前盟的纠葛就象征了主体故事中的宝黛爱情悲剧,也预示了小说主干情节发展的轮廓,而且为小说主体故事的叙述奠定了"悲凉之雾,遍被华林"① 的基调。而小说构思的这些内涵和主旨都寓含在石头神话故事中,并由此引入、关联到小说的主体故事之中。

所以,脂砚斋认为这个石头神话在叙事结构上就是小说的"楔子",因而他在小说第一回石头神话结尾处批曰:"若云雪芹'批阅增删',然则开卷至此这一篇'楔子'又系谁撰?足见作者之笔狡猾之甚。"② 又在第五十四回回前评中再次重申:"首回楔子内云:古今小说'千部共成一套'云云,犹未泄真;今借老太君一写,是劝后来胸中无机轴之诸君子不可动笔作书。"③ 这说明脂砚斋已经看到了《红楼梦》的石头神话故事与主体故事的结构关系乃是继承了杂剧楔子体制的精神内涵。这种由一段情节"楔出"主体故事的叙事思路,正如金圣叹《读第五才子

---

① 鲁迅:《中国小说史略》,上海古籍出版社,1998年,第165页。
② 曹雪芹:《脂砚斋甲戌抄阅重评石头记》,沈阳出版社,2007年,第16页。
③ 曹雪芹:《脂砚斋重评石头记(庚辰本)》,人民文学出版社,2006年,第1255页。

书法》所言之"弄引法"——"谓有一段大文字,不好突然便起,且先作一段小文字在前引之。"①《红楼梦》化用杂剧楔子体制,其目的就是以"一段小文字"引入"一段大文字",其间的结构关系正如杂剧演述体制中楔子与正戏的关系。

而且,在化用楔子体制的手法上,《红楼梦》也与其故事情节和叙述结构融合更为精细。金圣叹把施本的"引首"与第一回改易为"楔子",吴敬梓把《儒林外史》第一回明标为"楔子",它们借用杂剧楔子的概念、体制,而把小说叙述结构中引入主体故事的情节段落标称为楔子,乃是借鉴了楔子程式在杂剧演述体制和情节结构中所具有的功能,以此彰显楔子部分与主体故事的结构关系,以及小说的情节建构意图。比较于金批本《水浒传》、吴敬梓《儒林外史》,《红楼梦》利用杂剧楔子体制的手法更为隐蔽,使之与小说情节叙述的融合更为精细,它虽未对"楔子"节段明文标识,但却更为完美地继承了杂剧楔子体制的精神内涵,由此可见出作者对小说叙述结构的精心设计。

三、对戏曲副末开场程式的化用

《红楼梦》在叙述结构中还融入了传奇戏曲"副末开场"程式的结构思维和表达方式。

古典戏曲的演述程式一般会在正场开始之前安排一段诗词韵文以总括大意,引入正戏,杂剧称之为"题目正名"、传奇称之为"家门"。杂剧的题目正名,在文本中被编辑在剧末,但"就舞台演出程序而言,题目正名应是放在正戏开演之前,'报幕'式地向观众介绍剧情提要,使观众预先对即将演出的剧目内容有所了解"②,如关汉卿《救风尘》的"安秀才花柳成花烛　赵盼儿风月救风尘",白朴《墙头马上》的"李千金月下花前　裴少俊墙头马上",郑光祖《倩女离魂》的"调素琴王生

---

① 金圣叹评点:《第五才子书施耐庵水浒传》,中州古籍出版社,1985年,第23页。
② 徐扶明:《元代杂剧艺术》,上海文艺出版社,1981年,第3页。

写恨 迷青琐倩女离魂"，等等，皆是用七言韵文言简意赅地点出杂剧的重点关目和主旨倾向，而在演出程式上，它们被置于剧首，作介绍剧情、广告宣传之用。宋元南戏也有这种"题目"程式，如"永乐大典戏文三种"和元本《琵琶记》，后来则出现了"副末开场"这一固定的演述程式。

宋元南戏、明清传奇的第一出皆有"副末开场"程式，也称"开场始末"或"开宗"，明清传奇则普遍标为"家门"。这一程式要求南戏、传奇在正戏展开之前，由副末上场，用诗词形式唱出写作缘起或剧情概要，一般有两支曲词，一为交代创作缘起，一为报告剧情概要；有时则只用一支曲子直接报告剧情概要，如六十种曲本《白兔记》第一出"开宗"的〔满庭芳〕。徐渭《南词叙录》即指出南戏演述程式中开场的功用："宋人凡勾栏未出，一老者先出夸说大意以求赏，谓之开呵。今戏文首一出谓之开场，亦遗意也。"① 而在明清传奇戏曲的剧本编创中，这种作为演述程式的"副末开场"已成为固定的结构体制，如汤显祖《牡丹亭》第一出"标目"即有〔蝶恋花〕和〔汉宫春〕两支曲词，其中第一支曲词点明本剧的创作缘起，第二支曲词概述了杜丽娘因情感梦而与柳梦梅生生死死的爱情故事。这种由副末作为叙述人以两支曲词概述创作缘起和故事梗概的程式，已成为明清传奇戏曲的基本演述结构。虽然这种程式在传奇剧本中的标目各有变化，如《牡丹亭》称之为"标目"，《长生殿》称之为"传概"，《桃花扇》称之为"先声"，但在精神内涵上皆是"副末开场"的思维。

《红楼梦》在叙述结构中正是借鉴、化用了这种"副末开场"程式，一是在石头神话部分融入了"副末开场"的交代创作缘起的功能，二是在第五回宝玉听赏《红楼梦曲》一节化用了"副末开场"的报告剧情概要的功能。

《红楼梦》第一回作为小说叙述结构的引入部分，交代了主体故事

---

① 徐渭：《南词叙录》，载《中国古典戏曲论著集成》，中国戏剧出版社，1959年，第3册，第246页。

的来历:"列位看官,你道此书从何而来?说起根由虽近荒唐,细按则深有趣味。待在下将此来历注明,方使阅者了然不惑。原来……出则既明,且看石上是何故事。"此段情节虽是虚构了小说故事的来历,但在结构功能上起到了交代创作缘起的作用,其思路正同于戏曲的副末开场程式,如《牡丹亭》第一出〔蝶恋花〕曲词就交代作者于"白日消磨肠断句"之时,深感"世间只有情难诉",因此要以"牡丹亭上三生路"的故事告诉人们"但是相思莫相负"。当然,《红楼梦》并没有如此直接的表白,而是以一个石头神话故事修饰了小说对创作缘起的交代意图,并于此寓含了作者的创作主旨。所以,脂砚斋在批点此段时提醒读者:"这正是作者用画家'烟云模糊法'处,观者万不可被作者瞒蔽了去,方是巨眼。"[①]

而小说第五回警幻仙子请宝玉听赏《红楼梦曲》一节更是隐晦地化用了这种副末开场程式,而且经过作者的精心改造和设计,较之戏曲程式更显含义丰富、功能多样、形式活泼。宝玉梦游太虚幻境,警幻仙子于宴席间让十二个舞女演唱了新制的《红楼梦》十二支曲。此套曲词所表达的内容,概括了十二个贵族女子的命运,关联了小说的主要情节,并预示了贾府由盛而衰的结局。就其与小说主体故事的关系来看,可视为小说情节叙述的总纲;就其在小说叙述结构中的作用来看,与副末开场程式的功能、形式有着精神上的相通性。

在形式上,这套《红楼梦曲》用的是十二支韵文曲词,由太虚幻境中的十二个舞女演唱。

而在功能上,这套曲词即如戏曲演述体制中的副末开场程式一样,在小说的主体故事充分展开之初,统摄了人物、情节和主旨三个方面。甲戌本《红楼梦·凡例》有言:"宝玉作梦,梦中有曲,名曰《红楼梦十二支》。此则《红楼梦》之点睛。"[②] 此即指出《红楼梦曲》在小说叙事的总体构思中的作用和地位。它首先对小说中主要人物的性格和命运

[①] 曹雪芹:《脂砚斋甲戌抄阅重评石头记》,沈阳出版社,2007年,第16页。
[②] 曹雪芹:《脂砚斋甲戌抄阅重评石头记》,沈阳出版社,2007年,第1页。

予以设定，而对主要人物命运的设定必然伴随着对小说情节框架的设定，在此基础上，进而为小说主体故事做出凄凉结局的预示和悲剧主题的隐喻。首先，曲词的题目皆寓意哀婉，如"终身误"、"枉凝眉"、"恨无常"、"分骨肉"、"乐中悲"、"好事终"等。其次，曲词的内容皆主旨悲凉，如〔飞鸟各投林〕中"看破的，遁入空门；痴迷的，枉送了性命。好一似食尽鸟投林，落了片白茫茫大地真干净"。所以，这套曲词作为小说的总纲不但规定了主要人物的性格和命运，也设定了小说叙事的主旨和基调，它于主要人物命运的咏叹中寄寓了"怀金悼玉"的凄婉情绪和"树倒猢狲散"的悲凉意味。由此而言，这套曲词在情节叙述中的出现虽然是警幻仙子特意为警醒宝玉而作的酒宴上的安排，同时也是小说作者特意为提示读者而作的结构上的安排，让读者在主体故事充分展开之初就能大致把握人物的性格与命运，领悟小说的主旨和结局。这种思路正与明清传奇设置副末开场程式让接受者在戏曲开场之初即可大致明白创作缘起与情节梗概的意图是一样的。据此可以说，《红楼梦》的这些叙事设置在思路和手法上是对副末开场程式的借鉴、化用。

对于《红楼梦曲》与副末开场程式的关系，曹雪芹与脂砚斋已各有隐显不同的表述。曹雪芹在小说第五回借警幻仙子之口指出："此曲不比尘世中所填传奇之曲，必有生旦净末丑之则，又有南北九宫之限。此或咏叹一人，或感怀一事，偶成一曲，即可谱入管弦。若非个中人，不知其中之妙。"语中把《红楼梦曲》与"传奇之曲"联系起来，已经提示了此套曲词与传奇戏曲的关联，并明言有"其中之妙"。而脂砚斋则明确看到了这"其中之妙"，他在此评点道："读此几句，翻厌近之传奇中，必用开场副末等套，累赘太甚。"语中明确指出了《红楼梦曲》与副末开场程式的关联——二者皆是以韵文曲唱的形式，在主体故事展开之初，预示情节发展、人物命运和故事结局，故而脂砚斋于此指出："此结是读《红楼》之要法。"[①]

而让脂砚斋对这套曲词颇有新鲜感的原因，就是它在《红楼梦》叙

---

① 曹雪芹：《脂砚斋甲戌抄阅重评石头记》，沈阳出版社，2007年，第145、146页。

述中的呈现并不是像副末开场程式那样由副末脚色面对观众静止地交代出来，而是在小说的情节发展进程中伴随着人物的行动展示出来，即是以宝玉梦游太虚幻境而听赏《红楼梦曲》演唱的形式呈现出来，如此就避免了传奇戏曲"副末开场"那样单调、呆板的程式化呈现。而且，这套曲词的形式也比较活泼，它是以十四支曲词的组合形式来呈现，有的用第一人称倾诉，如第二、四、五、十支曲；有的用第三人称交代，如第七、八、九支曲，但皆是关于一人一事的咏叹，即警幻仙子所说的"或咏叹一人，或感怀一事"。这与副末开场程式只用两支曲词的形式有所不同。由于小说对副末开场程式的如此灵活运用，《红楼梦曲》的设置与戏曲中千部一套的副末开场程式相比，确实颇有新意。正是由于这些创变，脂砚斋在以副末开场程式律之后，才会感到它的新颖别致，而传奇戏曲的格套化呈现方式则显得拘泥呆板，让他觉得"累赘太甚"，心生厌烦之感。

但无论如何新异，《红楼梦曲》所表述的内容，所呈现的套曲组合形式，以及它在小说叙述结构中的作用，仍是脱胎于传奇戏曲的副末开场程式。《红楼梦》在情节叙述中以多种方式预示了人物的命运和故事的结局，但这种在主体故事充分展开之初用曲唱形式预示故事概要、情节发展、人物命运的手法，并不见于此前小说的叙事结构中，而是来自传奇戏曲演述体制中普遍存在的副末开场程式。《红楼梦曲》的设置即是对这一戏曲程式借鉴、化用的结果，只是小说对这一戏曲程式进行了很好的消化和融合，使人在耳目一新之后，感悟到警幻仙子所说的"其中之妙"。

四、对戏曲科诨体制的化用

科诨是戏曲表演体制中重要的组成部分，而净、丑即是戏曲为呈现科诨而设置的脚色。李渔《合锦回文传》卷二末尾有署名"素轩"的评语："稗官为传奇蓝本。传奇，有生、旦，不能无净、丑。故文中科诨处,不过借笔成趣。"① 意指净、丑是传奇戏曲中必不可少的脚色配置。所以,小说在被改编为戏曲时,为了适应戏曲演述体制中的净、丑脚色设置,往往会增加一些科诨情节;而戏曲在被改写为小说时,则往往会相应地删除与净、丑脚色相配的科诨情节。比如李渔把其小说《连城璧》子集《谭楚玉戏里传情,刘藐姑曲终死节》改编为戏曲《比目鱼》时就因增设净、丑脚色而添加了一些科诨情节,但后来据此剧改写的小说《戏中戏》、《比目鱼》(署名"松竹草庐爱月主人编次")则又把这些科诨情节删除。

当然,明清时期有许多据戏曲改编的小说中会有意无意、隐显不同地遗留一些净、丑脚色的科诨情节,如据梅鼎祚《玉合记》改编的小说《章台柳》即是,其第三回叙丫鬟轻娥奉柳姬之命到法灵寺还愿时,有一段尼姑法云、慧月的打诨:

(法云)随将法器动了一回,说:"轻娥姐拈香,待我宣疏跪读:……又愿轻娥,就为厮养妇,也偕鸾凤之欢;若近主人翁,常跐鹭鹚之步。"轻娥道:"佛前休得取笑。"慧月道:"好好,幡挂起了,再与你祝赞祝赞。四天神女献花来,八部龙王大会斋。小姐今春还捉对,轻娥明岁定怀胎。"轻娥道:"经上那里说怀胎。"慧月道:"我念的胎骨经。"礼佛已毕。②

这段科诨是小说直接从戏曲移植而来,因为与小说主干情节并未很好地融合,在小说叙述情境中显得颇为生硬。这类戏曲科诨格式在小说的第一、八、十二、十三、十五各回皆有表现。当然,这些科诨格式在《章台柳》情节叙述中的出现,并不是小说对戏曲科诨体制的有意模拟,而是小说在改写戏曲过程中未能对戏曲格式按小说文体规范予以充分改造、消化而出现的遗留。相对于此,《红楼梦》则是在情节叙述中主动

---

① 李渔:《李渔全集》,浙江古籍出版社,1991年,第9册,第326页。
② 萧湘迷津渡者编:《章台柳》第三回,《古本小说集成》本,上海古籍出版社,1994年,第3辑第106册,第19—20页。

地模拟、化用戏曲的科诨体制。

戏曲演述体制中的科诨手法有很多形式,如谐音错听、语意错接即是净、丑科诨的常用手法。这一科诨手法在元杂剧中就被广泛使用①,兹列举南戏《白兔记》第四出净、末二脚色的一段谐音打诨:

(末白)我员外在这里,上前相见。(净)老员外稽首。(外)庙官少礼。(末)见了大婆。(净)三钱一只。(末)怎的说?(净)大鹅。(末)不是,是大婆。(净)嘎,大婆稽首。(末)见了三娘。(净)五钱一只。(末)怎的说?(净)你说是山羊。②

此处即是运用了戏曲科诨的谐音错听、语意错接手法。这里的"大婆"、"三娘"被误听为谐音的"大鹅"、"山羊",误听者以此穿插在对话中,营造了诙谐戏乐的效果。

《红楼梦》第三十三回即化用了这种戏曲科诨手法。由于贾环对宝玉的暗中诽谤,贾政气愤之下要严惩宝玉。宝玉得到消息后,为了避免挨打,便着急找人传信贾母以求庇护,偏偏在这紧要关头,碰上的是个聋子婆婆——

宝玉如得了珍宝,便赶上来拉他,说道:"快进去告诉:老爷要打死我呢!快去,快去!要紧,要紧!"宝玉一则急了,说话不明白;二则老婆子偏生又聋,竟不曾听见是什么话,把"要紧"二字只听作"跳井"二字,便笑道:"跳井让他跳去,二爷怕什么?"宝玉见是个聋子,便着急道:"你出去叫我的小厮来罢。"那婆子道:"有什么不了的事?老早的完了。太太又赏了衣服,又赏了银子,怎么不了事的!"

---

① 郭伟廷:《元杂剧科诨艺术技巧研究》,《中山大学学报》,2000年第4期。
② 王季思主编:《全元戏曲》,人民文学出版社,1999年,第9册,第360页。

这段惹人发笑的人物对话显然是化用了谐音错听的戏曲科诨手法，只是作者化用的手段已比较圆熟灵活，将其与小说的叙事融为一体，并照应了此前发生的情节，这已不是戏曲净丑科诨那样只是简单穿插于主体故事中的调笑戏乐，也不再像《章台柳》叙述中的科诨格式那样与情节叙述相互剥离，让人觉得突兀，即使与《金瓶梅词话》对净、丑人物自贬自嘲手法的生硬模拟相比（见第七、三十、四十、六十一、九十各回。详见第十章第四节），也是更上了一个层次。

除了在人物对话中化用戏曲的科诨手法，《红楼梦》还在人物刻画上借鉴了戏曲净丑脚色的夸张诙谐方式。曹雪芹在刻画刘姥姥这个人物时即借鉴了戏曲净、丑的脚色功能和表现手法。作为熟谙人情世事而又生存于社会底层的村妪老妇，刘姥姥走进了富丽奢华的大观园，其身份与环境的冲突已非常自然地导致了她言谈举止的笑料百出，更何况她又想主动地讨好贾府上下，尤其是"哄着老太太开个心"，由此更产生出一些滑稽言行。与此同时，凤姐等人也想以高贵的地位和俯视的心态在刘姥姥身上得到社会底层群体所带来的戏弄调笑，于是就有了第四十回"史太君两宴大观园"一节刘姥姥的诙谐调笑。

在凤姐和鸳鸯的授意、安排下，刘姥姥在宴会上主动自觉地混充丑角，插科打诨，炮制笑料，当她插了满头的鲜花，突然起身高声说出"老刘，老刘，食量大似牛，吃一个老母猪不抬头"时，她的表演达到了高潮。满堂众人千姿百态的纵情大笑，就是她这次故作科诨表演获得成功的明证。这个深谙世务、历练人情的村妪老妇在贾府宴席上的夸张、诙谐言行，非常符合戏曲演述体制中净丑科诨的脚色功能，她以夸张的妆扮和诙谐的言行，营造出了净丑脚色插科打诨的戏谑调笑效果。《读花人论赞》称刘姥姥"出其余技，作游戏法，如登傀儡场，忽而星娥月姐，忽而牛鬼蛇神，忽而痴人说梦，忽而老吏断狱，喜笑怒骂，无不动中窾要，会如人意"[①]。语中把刘姥姥视作粉墨登场的戏曲脚色，无疑是看到了刘姥姥在酒宴上滑稽夸张言行的表演形态与戏曲净丑脚色

---

① 曹雪芹、高鹗：《红楼梦（三家评本）》，上海古籍出版社，1988年，第39页。

功能间的关联性,由此可见曹雪芹在此处化用戏曲净丑功能和科诨手法以刻画刘姥姥这个人物的意图和作为了。在此,《红楼梦》已把戏曲净丑的脚色功能融入小说叙述体制中的人物刻画上。刘姥姥夸张诙谐的妆扮、动作、语言无不带有戏曲净丑科诨表演的借鉴痕迹,而且是经过了小说文体规范和创作意图的熔铸,在小说的情节叙述和人物刻画方面显得十分自然、协调,可谓得到了戏曲净丑脚色功能的精神实质。

由此可见,《红楼梦》对戏曲科诨体制的借鉴与化用,使得小说对喜剧人物的刻画更为生动,为小说的情节叙述营造了活泼气氛,同时也丰富了小说的艺术表现手法。相比较于《章台柳》类改写戏曲而大量遗留戏曲科诨格式的现象,《红楼梦》对戏曲科诨体制的化用,已能有效地融入情节发展的建构和人物形象的刻画之中,这比《金瓶梅词话》只是生硬地模拟戏曲科诨的格式要进步得多。

五、标志性成就和关系史意义

小说吸纳戏曲体制因素的思路和手法并非《红楼梦》首创,此前的小说早有一些实践,《红楼梦》是继承了它们利用戏曲体制因素的思路和方式,而在创作实践上表现得更为精致和成熟了。上文所述《红楼梦》消化、融合戏曲体制因素的创作实践,正体现了明清小说在利用戏曲体制因素方面的进步。而要充分认识《红楼梦》的这一艺术实践所具有的价值和意义,则需要首先了解明清小说吸纳、借鉴戏曲体制因素的发展进程。

宋元以来,戏曲经过无数艺人和文人长期不断的探索与实践,至元杂剧时终成"一代之文学",形成了独特的演述体制和表达方式,其莘莘大势与辉煌成就,足得与其他文艺形式争锋竞胜,已远非唐宋杂剧的滑稽调笑性质、短小即兴形态。戏曲的艺术进步和广泛传播,使得其生动的人物形象、经典的故事情节、独特的形制因素,在当时的社会文化中产生了深刻的社会影响,营造了浓厚的文化氛围,从而吸引了其他文艺样式对它的模仿、取鉴,明清小说利用、模拟戏曲故事情节的现象即是表现之一。由于小说所模拟的戏曲情节，所利用的戏曲材料，已不是原生态的素材，而是负载或包含了一定戏曲形制因素的材料，因此当它们被引入到小说叙述中时，如果作者不能以小说的文体规范改造、消化、融合它所蕴含的戏曲格式，就必然会在小说叙述中留下或隐或显的痕迹。在此过程中，戏曲体制因素因为进入小说的方式各有不同，与小说叙述体制的融合程度各有不同，从而在小说叙述中表现出了不同的形态。

（一）小说在模拟戏曲情节的过程中带入一些戏曲体制因素

明代有些小说在叙述中表现出隐显不同的戏曲形制因素，从其表现的结果来看皆可视为小说对戏曲体制因素的模拟，但其形成缘由却因小说成书方式的不同而有差异，有的是被动的汇入，有的是有意的模拟。小说叙述中那些被动汇入的戏曲形制因素，基本上是伴随着戏曲故事题材汇入小说的过程中遗而未化的结果。比如《金瓶梅词话》虽然按自己的意旨构筑了新的故事体系，但也汇聚、改造了不少戏曲材料，其中第六十一回西门庆因李瓶儿病重而请赵太医诊病一节，即借用了李开先《宝剑记》第二十八出的情节。

在《宝剑记》中，高朋因羡林冲之妻美貌而相思成疾，遂延请赵太医诊治，于是发生了庸医诊病的一段滑稽调笑情节。《金瓶梅词话》化用此段赵太医诊病情节，只是把病人换成了李瓶儿，但赵太医诊病的过程、细节、话语皆来自此剧。值得注意的是，在《金瓶梅词话》引入、改造《宝剑记》的这一情节时，明显地在叙述中遗留了一个戏曲格式，即赵太医上场时的一段自我介绍的韵白：

> 我做太医姓赵，门前常有人叫。只会卖杖摇铃，那有真材实料。行医不按良方，看脉全凭嘴调。撮药治病无能，下手取积儿妙。头疼须用绳箍，害眼全凭艾醮。心疼定敢刀剜，耳聋宜将针套。得钱一味胡医，图利不图见效。寻我的少吉多凶，到人家有哭

无笑。正是：半积阴功半养身，古来医道通仙道。①

这种自我贬抑品格、暴露劣行的人物介绍格式在小说叙述中显得不适合、不协调，十分突兀，从语言风格和叙述体制上并不合乎小说的叙述体例，即使置于那些源于讲唱体制的话本小说叙述中也是如此。

但这种人物自我介绍的格式在戏曲中却属惯常手法，乃是净丑脚色上场时自揭其丑、自曝其短的自报家门格式，如元刘唐卿《降桑椹蔡顺奉母》杂剧第二折有宋太医上场自赞："我做太医最胎孩，深知方脉广文才。人家请我去看病，着他准备棺材往外抬。……那害病的人请我，我下药就着他沉疴。活的较少，死者较多。"② 又元人施惠《拜月亭》南戏第二十八出有李太医上场自赞："我做郎中是惯，一街医了一半。说卢医从来不晓，讲扁鹊只是胡乱。我的药方相传，一年医死千万。……不知何人叫我，这个又是死汉。"③ 如果我们联系到戏曲中净丑脚色的这种自报家门格式，就会理解《金瓶梅词话》中赵太医那种自我贬抑品格、暴露劣行的人物介绍格式，乃是小说取用戏曲故事情节因未能以小说叙述体制有效地改造、消化它所负载的戏曲格式而遗留的结果。

（二）小说在改编戏曲故事的过程中遗留一些戏曲体制因素

明清之际还有许多据戏曲改编而来的小说，由于改编者对小说、戏曲之间的体制界限不清或者没有功力或耐心来进行体制的转换与梳理，因此小说叙述中触目可见明显的戏曲格式、戏曲体例。

比如明末清初小说《章台柳》乃改编自明人梅鼎祚的传奇戏曲《玉合记》。参照《玉合记》，小说的改写在人物、情节、语言等方面多是直接移植，少有改动，基本上是以戏曲宾白为据建构情节，而把戏曲脚色领起的话语改为人物姓名领起的人物话语，或是第三人称的叙述语话。如第二回中女主人公柳姬出场时的言语，就完全来自《玉合记》第三出

---

① 戴鸿森校点：《金瓶梅词话》，人民文学出版社，1992年，第832页。
② 王季思主编：《全元戏曲》，人民文学出版社，1999年，第2册，第577页
③ 王季思主编：《全元戏曲》，人民文学出版社，1999年，第9册，第501页。

"怀春"中柳姬的自报家门。

> 柳姬道:"奴家柳氏,长安人也,从小养育在李生家。他交游任侠,声色自娱。奴家年方二八,方在待年。我女侍数人,只有轻娥粗通文义,颇识人情,却也那晓我心事来。"(《古本小说集成》本)

> (旦)奴家柳氏,长安人也,从小养育在李生家。李生他本籍天潢,藏身地肺,交游任侠,声色自汗。奴家生来二八,方且待年,长在绮罗,尽堪永日。轻蛾,我女侍数人,只有你粗通文义,颇识人情,却也那里晓我心事来。(《六十种曲》本)

由此可见,小说在改写过程中未能很好地对戏曲格式的宾白予以小说叙述体制的改造与消化,因此在小说叙述中遗留了大量的戏曲格式的人物话语。这种情况在《蕉叶帕》(据明单本《蕉帕记》改写)、《燕子笺》(据明阮大铖《燕子笺》改写)、《比目鱼》(据清李渔《比目鱼》改写)、《春秋配》(据清无名氏《春秋配》改写)中皆有存在。这些小说叙述中遗留有如许戏曲格式的人物宾白,当是它们在改写戏曲的过程中未能以小说的文体规范对戏曲格式予以消化、融合的结果和表现。

(三)小说在故事叙述中有意识地引入戏曲体制因素

明清小说的情节叙述中所表现出的戏曲格式,既有因戏曲材料汇入小说叙述时的遗留所致,也有因小说对戏曲体制因素的主动模拟、利用所致。比较于小说累积成书过程中戏曲体制因素的汇入以及小说改写戏曲过程中戏曲格式的遗留,小说有意识地引入戏曲形制因素,则是在一个新创故事的架构中主动地、有目的地模拟或借用一些戏曲格式,以达成自己的叙述目的,实践自己的审美追求。这在《金瓶梅词话》的叙述话语和人物话语中表现得比较典型,比如其人物对话语境中的曲唱格式,即是由于模拟戏曲的以曲代言格式所致。

在戏曲演述体制中,人物表情达意的话语格式有宾白和曲唱两类。

曲唱出现在戏曲体制中显得很自然，这是因为戏曲体制具有的虚拟情境赋予了它存在的合理性。而小说的话语表达方式接近于现实生活，没有像戏曲那样赋予曲唱以体制上的合理性，所以曲唱形式出现在小说人物的对话语境中就显得非常突兀，除非这是一种戏谑式的修辞，或者包含着其他的艺术考虑。很明显，《金瓶梅词话》中出现在人物对话语境中的曲唱与小说整体风格并不融合、协调。比如第二十回西门庆因李桂姐背着他私自接客而与鸨母的对骂。

> 西门庆心中越怒起来，指着骂道："有〔满庭芳〕为证：虔婆你不良，迎新送旧，靠色为娼。巧言词将咱诳，说短论长。我在你家使勾有黄金千两，怎禁卖狗悬羊？我骂你句真伎俩媚人狐党，衡一片假心肠！"虔婆亦答道："官人听知：你若不来，我接下别的，一家儿指望他为活计。吃饭穿衣，全凭他供柴籴米。没来由暴叫如雷，你怪俺全无意。不思量自己，不是你凭媒娶的妻。"①

这种对话语境中的曲唱形式在《金瓶梅词话》中并非偶然一见，而是反复出现。如第八回潘金莲与西门庆书童玳安的对话，第五十九回李瓶儿因幼子病亡的痛哭，第七十九回西门庆临死前对吴月娘的嘱托，第九十一回李衙内家丫头玉簪儿哭诉内心的委屈。《金》在对话语境中出现如此多的曲唱格式的人物话语，表明编写者是在有意识地模拟戏曲演述体制的以曲代言格式。从艺术表现效果上看，《金》是有意识地借鉴这种曲唱格式以冀更好地表达人物当时的心情，因为编写者认为这种曲唱形式更能有利于表达人物当时处境下的情感意绪。但这些对话中曲唱形式的表达，处于小说整体的语言风格中显得生硬而不协调，突兀而不融合。因为这部小说并没有为这些戏曲格式的话语提供一个适合的情境，而小说的叙述体制也不能为这些曲唱格式的存在提供文体上的合理支持。

---

① 戴鸿森校点：《金瓶梅词话》，人民文学出版社，1992年，第242—243页。

上面简要列述了明清小说叙述中存在的这些明显的戏曲形制因素，反映了戏曲在艺术发展和广泛传播后对小说的深刻影响力，它不但吸引小说利用、模拟其人物、情节和语言，还唤起了小说取用其体制因素的兴趣。综合戏曲体制因素进入小说叙述的途径来看，有的是被动渗入的遗留，有的是主动取鉴的反映，然而就它们与小说情节建构的关系来看，皆在小说叙述中显得生硬突兀，此乃小说在汇入、引入戏曲故事材料过程中改而未化的遗留结果。这是因为小说编写者对于二者文体规范的界别不清，或是能力不足，掌控不严，未能在吸纳戏曲体制因素的过程中根据小说文体规范进行适当的改造、消化和融合，由此使得这些戏曲格式在小说叙述中显得非常突兀、生硬。

但值得注意的是，《金瓶梅词话》所表现的对戏曲体制因素的使用性质明显不同于《水浒传》、《章台柳》等小说。《水浒传》中戏曲形制因素的出现是其长期累积成书过程中的被动汇入所致，《章台柳》中戏曲形制因素的存在乃是其改写戏曲故事过程中的被动遗留所致，而《金瓶梅词话》则是有意识地模拟戏曲形制因素，虽然它并未能以小说的文体规范对这些戏曲格式予以有效的改造和消化。

我们结合明清小说吸纳戏曲体制因素的发展进程，以及上文对《红楼梦》利用戏曲体制因素的情况理析，可以看到《红楼梦》的这一艺术实践在明清小说艺术发展进程中的意义和价值。

首先，《红楼梦》在有意识地取鉴戏曲体制因素时，已经能够注意根据小说的情节建构和文体规范对戏曲体制因素进行有目的的改造、消化和融合，使得戏曲体制因素与小说的情节叙述、故事结构密切结合，化影于无形，从而使得小说叙述中未留下如《金瓶梅词话》中的戏曲格式痕迹，也没有因戏曲格式遗留而造成的叙事节奏上的阻塞感、生硬感和突兀感。

其次，《红楼梦》之前的小说在叙事形态中表现出的那些戏曲格式，虽然未能以小说文体规范进行必要的改造、消化和融合，但客观上在艺术表现方面对后来小说创作具有潜在的启发、促进之功，而《红楼梦》对戏曲体制因素的有效利用正是在这一路径上的合理深化和优秀实践。

它在利用戏曲形制因素以求艺术创变时，能够有意识地以小说文体规范对戏曲格式进行提炼、熔铸，使之在小说叙述中起到有效的修辞作用，从而更好地达成了自己的叙事目的，实践了自己的审美追求。

此外，《红楼梦》的这一优秀实践也很好地体现了小说利用戏曲体制因素以丰富表现手法，实现艺术追求的创作思路，完美地实践了《金瓶梅词话》模拟戏曲形制因素的建构思路和艺术追求，使得小说在取鉴戏曲体制因素时注意到进行小说叙事思维的消化与融合，以及小说文体规范的改造和熔铸。

总之，《红楼梦》利用戏曲体制因素的创作实践承续了前代白话小说吸纳、取鉴戏曲艺术营养以求变革创新的思路，代表了明清小说利用戏曲体制因素的艺术实践所能达到的理想标高，进一步丰富了古代小说的艺术表现手法，同时，也体现了小说与戏曲同生共长、相互促进的关系对于古代小说艺术创新的促进意义。

六、结　语

通过对《红楼梦》叙事建构中的戏曲资源及其利用成就的理析，我们可以看到，它们在叙事功能上的构思皆来自前代文艺的经验，而这些经验支撑起的文艺传统在《红楼梦》之前就已构成了一个秩序。但这些来自文艺传统的表现手法，又在《红楼梦》的叙事建构中获得了新的融合，由此可见《红楼梦》有意识地化用前代文艺经验，并以小说的文体规范和精细构思对其予以有效的改造和消化，使得前代文艺经验能与小说的情节叙述、故事结构密切结合，使得那些熟见的文艺叙事格套焕发了新的光彩。《红楼梦》在叙事建构中借鉴前代文艺经验的合理深化和优秀实践，使得这些已成套路的文艺手法在小说叙述中起到了有效的修辞作用，从而更好地达成了自己的叙事目的，实践了自己的审美追求。

据此而言，对于传统、经验所构成的文学秩序来说，《红楼梦》的出现让它遇到了一个新机会、新事物，可以进行一次改变或调整。而对于《红楼梦》来说，这些来自传统、经验的文艺手法，经由曹雪芹非凡才能的打磨和熔铸，则在这部经典作品中获得了一个理想的重塑状态。《红楼梦》的创作实践所表现出的吸收前代文艺营养以求变革创新的思路，代表了明清小说利用前代文艺经验的创作实践所能达到的理想标高，进一步丰富了古代小说的艺术表现手法，而文学传统亦借此通过《红楼梦》而指向于后《红楼梦》时代。

第四编　观念层面的融通

第十二章

"传奇"文体名义的因应

王国维所说的"传奇四变"①,吴新雷所说的"传奇七变"②,意指"传奇"这个名词所指代的对象前后有四个或七个。但这四个或七个指代的对象并非处于同一层面,而是杂糅了不同的类属,有的指作品,有的指文体,有的指故事题材。况且也没有"四变"或"七变",因为在故事题材类别这个意义上,"传奇"一词的所指并没有变化,比如南宋罗烨《醉翁谈录·小说开辟》列"小说"家说话伎艺有八类故事题材(不是八类"小说"家话本③),"传奇"一类与烟粉、灵怪等同列(《都城纪胜》、《梦粱录》亦有相类说法)④;而"传奇"这类故事题材也被其他文艺样式演述,如灌圃耐得翁《都城纪胜》"瓦舍众伎"条记"诸宫调本京师孔三传编撰,传奇、灵怪入曲说唱",吴自牧《梦粱录》卷二〇"妓乐"条记说唱诸宫调有艺人孔三传"编成传奇、灵怪,入曲说

---

① 王国维《宋元戏曲史·余论》指出:"传奇"之名,唐时指裴铏的小说集《传奇》,宋时指诸宫调,元人用以指杂剧,明人则用以指戏曲之长者,以与北杂剧相别,"盖传奇之名,至明凡四变矣"(上海古籍出版社,1998年,第129—130页)。
② 吴新雷《论宋元南戏与明清传奇的界说》指出"传奇七变":唐代的文人创作的短篇文言小说,宋代专写男女悲欢离合的话本,宋金的说唱文学"诸宫调",元人用以称北曲杂剧,宋元南戏借名为传奇,明代中叶文人以传奇之名专称昆山腔系统的剧本,清人把元明清的长篇剧本统称为"传奇"(《艺术百家》,1992年第3期,第43—44页)。
③ 宋人说话伎艺并不依赖于文本形态的话本而存在、流传,胡士莹《话本小说概论》指出:南宋罗烨《醉翁谈录·小说开辟》"所载的一百十七种故事名目,可以认为都是口头的'话',却未必是书面的'本'"(中华书局,1980年,第235页)。
④ 灌圃耐得翁《都城纪胜·瓦舍众伎》:"说话有四家,一者小说,谓之银字儿,如烟粉、灵怪、传奇。说公案,皆是搏刀赶棒及发迹变泰之事。"又吴自牧《梦粱录》卷二〇"小说讲经史"条:"说话者,谓之舌辩,虽有四家,各有门庭。且小说名银字儿,如烟粉、灵怪、传奇、公案朴刀杆棒发发踪参之事。"[孟元老《东京梦华录(外四种)》,文化艺术出版社,1998年,第86、306页。]

唱",这并非表明诸宫调被称为"传奇"①。由此,"传奇"类题材中的某一具体故事也会被称为"传奇",如张炎《山中白云词》〔满江红〕题序把永嘉人创作的"韫玉戏文"叫作《温玉传奇》,《永乐大典戏文三种·小孙屠》开场称《小孙屠》为传奇②,同样的使用意义也见于《错立身》第五出③。其实,从故事题材这个层面上,"传奇"一词的所指自唐以至明清并无变化,广义上指奇异性的故事,狭义上指男女爱情故事。

但是,从文体层面上来说,"传奇"一词的所指是有变化的,它先后指代三种文艺样式——唐人小说④、元人杂剧、明清的文人南戏。因此,作为文体归类意义上的称名,"传奇"一词的文体指向并不具有专属性、唯一性。当然,对于这些文艺样式,如何称名并不会改变它们的本质、特征、形态,但是,如何称名的重要意味却关乎对于"传奇"这个名词的认识,对于它所指代的不同文体及其关系的认识。一个基本的事实是,在被赋名"传奇"之时,这三种文体皆有各自被普遍接受的通用名称,分别是传记(或"杂传记")、杂剧、南戏。所以,以"传奇"

---

① 孟元老:《东京梦华录(外四种)》,文化艺术出版社,1998年,第85、303页。另,周密《武林旧事》卷六"诸色伎艺人"列有"诸宫调"三字,后附小字"传奇",其下相从艺人姓名。有些学者常会以此为据言当时诸宫调被称为传奇。其实,"传奇"二字不是与"诸宫调"三字并行为"诸宫调传奇"字样,这说明传奇只是诸宫调讲唱中的一个题材,正如小说家说话伎艺之八大故事题材分类中的"传奇"。
② 《小孙屠》第一出:"(末)后行子弟,不知敷演甚传奇?(众应)遭盆吊没兴小孙屠。"(钱南扬《永乐大典戏文三种校注》,中华书局,1979年,第257页。)这里的"传奇"乃意同故事的泛称,"主要是针对剧情内容而言,而非吾人之谓戏曲体制的'传奇'之义"(孙崇涛《明人改本戏文通论》,载《南戏论丛》,中华书局,2001年,第104页)。明成化本《白兔记》亦有这样的开场问答程式:"(末)借问后行子弟,戏文搬下不曾?(后行子弟)搬下多时了也。(末)既然搬下,搬的哪本传奇,何家故事?……"剧中前称戏文,意指戏曲体制,后称传奇,意指这部戏文所要讲述的故事。
③ 《错立身》第五出:"(生)闲话且休提,你把这时行的传奇,(旦白)看掌记。(生连唱)你从头与我再温习。"接下来"生"就列举了二十九种戏名(钱南扬《永乐大典戏文三种校注》,中华书局,1979年,第231页)。钱南扬视其为宋元戏文之属,而孙崇涛认为这二十九种戏名中,"有的并非是戏文,而属杂剧"(孙崇涛《明人改本戏文通论》,载《南戏论丛》,中华书局,2001年,第112页)。那么,剧中所言"传奇"一词就不是指戏文,而是指奇异色彩的故事。
④ 游国恩等编《中国文学史》言:"唐人小说之称为'传奇',始自晚唐裴铏的《传奇》一书,宋以后遂以之概称唐人小说。"(人民文学出版社,1988年,第2册,第225页。)袁行霈主编《中国文学史》言:"传奇作为唐人文言小说的通称。"(高等教育出版社,2005年,第2册,第320页。)

赋名它们，相对于当时的通用称名来说即属于"改称"。对于同一种文艺样式，不同的名称指定体现出不同的认识观念和评价体系，也关联着对这一文艺样式的类别属性、创作品性、形态特征等的认识。本章即立足于这一"改称"现象，探讨这三种文体被赋名"传奇"是基于何种观念和立场；而三者被改称"传奇"的时间前后相承，那么，它们被赋名"传奇"的观念和立场有无承续脉络？虽然在现代学术意义上"传奇"的文体指代已然确定，但当时它被辗转赋名于三种文体时所负载的内涵，所关注的文体属性和文体特征，对于我们认识"传奇"文体名称混用现象以及"传奇"称谓的泛化现象都是大有裨益的。

一、元时"唐人小说"被赋名"传奇"

传奇，作为文体归类意义的称名，首先被用以指代"唐人小说"这一文学样式，但这一赋名并非唐人所为，而是元人对其文学成就的认识、总结的结果。

元以前，"传奇"一词已被普遍使用，乃作为一种题材类型的称名，与"烟粉"、"灵怪"等题材类型并列，指代的是爱情故事题材。此时，"传奇"一词与唐人小说的联系，主要是作为题材类型的名称而包含了这一类题材的唐人小说或其故事的概括、改编之作；而作为文体名称，"传奇"一词与唐人小说的联系并不存在。实际上，两宋时期，唐人小说在文体意义上的通用名称是"传记"或"杂传记"①，这种情况在元代依然存在。那么，在这普遍的"传记"称名的情况下，有人对于唐人小说不沿袭通称而别立他名，在文体意义上以"传奇"称之，实际上是对这一文学样式的改称了。对于当时普遍的"传记"、"杂传记"称名来说，这一文体改称绝不会是无意为之，当有其与"传记"称名不同的观

---

① 李宗为《唐人传奇》指出："自北宋以迄元代，专指传奇这一小说样式的仍然只有'杂传记'。"（中华书局，1985年，第2页。）李剑国《唐五代志怪传奇叙录·唐稗思考录》指出："北宋人称呼唐人新体小说，一般叫做传记，用的是历史体裁的名称。"（南开大学出版社，1993年，第7页。）

念和立场。这一不同是在"传奇"称名与"传记"称名的对举中显现出来的。

在唐人的观念中,后来称为"传奇"的小说属于史部的"传记"一类,是以史传的形态和思路来记人叙事的,而非有意为小说①。承续这一观念,宋人在著录唐人小说时,几乎一致将其归类于"传记"或"杂传记"。比如,《太平广记》卷四八四至卷四九二收录唐代单篇传奇《莺莺传》、《李娃传》、《霍小玉传》、《柳氏传》等十四篇,辟为"杂传记"一类;晁公武《郡斋读书志》"史部·传记"著录有《补江总白猿传》②;陈振孙《直斋书录解题》"史部·传记"著录有《梁四公记》、《高力士外传》③;郑樵《通志·艺文略》"史部·传记"著录有裴铏《传奇》、薛用弱《集异记》、《补江总白猿传》、《离魂记》、《虬髯客传》等传奇作品④。

这些资料说明,"传记"称名者是着眼于唐人小说的史传品性,注目于其表现出来的史传属性的特征,而无视其具有的新质,或者意识到了,但持贬斥、否定的态度,仍是以传统的史部杂传记的观念来框之。那么,在这一普遍的观念背景下,有人对于唐人小说不因袭通名而特意标称为"传奇",又是基于唐人小说的什么属性、什么特征?是否与当时"传奇"一词的普遍使用意义有关联呢?因为在未被赋予文体归类意义之前,"传奇"一词在雅俗文艺领域已有普遍的使用意义:一是指作品的专名,二是指题材的类名。这是后人在文体意义上使用"传奇"一词的背景。

作为作品的专名,"传奇"指代的是唐代的两部作品,一是元稹的

---

① 侯忠义《隋唐五代小说史》指出:"在唐人眼光看来,并没有把它们视之为'传奇',也没有把它们当作小说,而只是用新手法来写传记文而已。"(浙江古籍出版社,1997年,第2页。)
② 晁公武撰,孙猛校证:《郡斋读书志校证》卷九,上海古籍出版社,1990年,第373页。
③ 陈振孙:《直斋书录解题》卷七,上海古籍出版社,1987年,第196、197页。
④ 郑樵:《通志》卷六五《艺文略》,中华书局,1987年,第780页中栏。

单篇文言小说，即通称《莺莺传》者①，一是裴铏的文言小说集。元稹的《传奇》是传奇异之事，裴铏《传奇》题名的内涵与元作是一致的，皆意指传示奇异的人和事。更为普遍的，"传奇"一词在宋代是作为故事题材类型的称名来使用。这一意义的使用早在唐末裴铏的小说集《传奇》已有表现。裴著现已亡佚，具体篇数不可考，但据周楞伽辑《裴铏传奇》共得三十一篇，其内容多写人事之奇，既涉及人神、人狐之恋，又涉及异人侠士之事，《郡斋读书志》言"其书所记皆神仙恢谲事"②。因此，裴铏总括其小说集曰"传奇"，乃概指故事题材的奇异色彩，"传奇"一词的这个使用意义后世一直存在，但宋代用"传奇"作为故事题材的类名，其涵盖的题材类型已有收窄之势，仅指代爱情故事的题材类型。

宋灌圃耐得翁《都城纪胜》"瓦舍众伎"条言："说话有四家，一者小说，谓之'银字儿'，如烟粉、灵怪、传奇。"③吴自牧《梦粱录》卷二〇"小说讲经史"条亦有相同说法。"小说"与"讲史"、"说经"皆属宋代"说话"伎艺的家门，"传奇"与"烟粉"、"灵怪"则明确是"小说"家门的题材类型。南宋罗烨《醉翁谈录·小说开辟》的表述更为清楚，它列举了"小说"家门的八大类别：灵怪、烟粉、传奇、公案、朴刀、捍棒、妖术、神仙。其中"传奇"类收十八种名目，如《莺莺传》、《章台柳》、《李亚仙》、《崔护觅水》等。这些名目并非指代"小说"家说话伎艺的文本作品，也不指代唐代的传奇小说作品，而是指"说话"艺人口头讲说的故事。谭正璧曾归纳这类故事是"叙男女爱情故事的话本"④，其内容都是人世间的爱情故事，此即"传奇"类题材的特点，这与清人章学诚《文史通义·诗话》对"传奇"所指代的故事

---

① 周绍良《唐传奇笺证·〈传奇〉笺证》认为《莺莺传》原题为《传奇》（人民文学出版社，2000年，第384—417页）。但李剑国《唐五代志怪传奇叙录·莺莺传》持否定意见："今按唐人单篇传奇传一人之事者，大抵以其人名为题，而《传奇》乃传述奇事之谓，加之他事皆可，不易为一传之题，元稹必不作此泛称以晦其事。"（南开大学出版社，1993年，第313页。）
② 晁公武撰，孙猛校证：《郡斋读书志校证》卷一三，上海古籍出版社，1990年，第555页。
③ 孟元老：《东京梦华录（外四种）》，文化艺术出版社，1998年，第84页。
④ 谭正璧：《话本与古剧》，上海古籍出版社，1985年，第22页。

题材类型的总结是一致的①。"传奇"作为"小说"家说话伎艺的题材类别之一，是对"小说"家说话伎艺在长期实践中凝定下来的常用题材的归纳。

正因为"传奇"一词所指代的是一种故事题材类型，所以，它可在不同的文艺样式的题材分类中使用；不同的文艺样式皆可演述"传奇"故事题材，并宽泛地指称这些作品为"传奇"。如南宋吴自牧《梦粱录》卷二〇"妓乐"条云："说唱诸宫调，昨汴京有孔三传，编成传奇、灵怪，入曲说唱。"② 这里的"传奇"明显不是文体意义上的称名，而是题材类型意义上的称名，指向于"诸宫调"伎艺使用的那些爱情故事题材。在这种情况下，即使提到了唐人小说的名目，也是指代它的故事题材，而非其作品本身。如《醉翁谈录·小说开辟》在"传奇"门类下提及的《莺莺传》，就是指向于这篇小说的故事题材；北宋张君房编《丽情集》纂集古今情感事，收录的是唐人小说《烟中仙》、《崔徽》等爱情题材小说的故事梗概，而这些并非唐人小说的作品本身。在这些文献中，"传奇"一词都是在题材类型意义上被作为爱情故事的指称来使用的。

因此，上文所述宋人以"传奇"来归类唐人小说，乃是在题材类型意义上对唐人小说的认识，广义上指奇异性的故事，狭义上指讲述男女爱情的故事，这是宋时"传奇"一词在题材类型意义上的涵义。他们只是专注于唐人小说的故事题材的性质，而不涉及作品的文学艺术成就和文体属性特征。与此不同，在文体意义上以"传奇"称名唐人小说，其使用的立场不是题材的归类，而是文体的归类；不是针对唐人小说的故事题材的特性，而是针对其作品整体的文学属性。

"传奇"作为小说文体类型的称名，一般认为最早出现于南宋后期谢采伯《密斋笔记·自序》："余好渔猎书传，……亦自愧有闻见，岂应

---

① 章学诚《文史通义》内篇卷五《诗话》指出："小说出于稗官，委巷传闻琐屑，虽古人亦所不废。……唐人乃有单篇，别为传奇一类，大抵情钟男女，不外离合悲欢。"（叶瑛校注本，中华书局，1985年，第560页。）
② 孟元老：《东京梦华录（外四种）》，文化艺术出版社，1998年，第303页。

以鹘弇泯没,遂著于篇,以示儿辈。……经史本朝文艺杂说几五万余言,固未足追媲古作,要之无牴牾于圣人,不犹愈于稗官小说、传奇、志怪之流乎?庶后之子孙,知余老不废学云尔。"① 这里所说的"传奇"、"志怪"并称对举,不应是标举题材类型的特征,因为当时的"传奇"所涵盖的题材类型单一。所以说,谢采伯并没有因袭当时普遍的题材类型意义上的"传奇",用以指代爱情题材的小说,而是总体上指代一种小说文体,但他并没有明确把这个文体称名与"唐人小说"联系起来。而元中叶的虞集则明确是在文体归类意义上使用了"传奇"一词,并且表达了使用的立场和着眼点。

> 盖唐之才人,于经艺道学有见者少,徒知好为文辞,闲暇无可用心,辄想象幽怪遇合、才情恍惚之事,作为诗章答问之意,傅会以为说。盍簪之次,各出行卷,以相娱玩,非必真有是事,谓之"传奇"。元稹、白居易犹或为之,而况他乎?遂相传信。②

在虞集的眼中,唐人小说叙写的是奇人异事(幽怪遇合、才情恍惚之事),它们讲究文采与词藻(好为文辞,诗章答问),具有明显的虚构品性(想象,傅会,非必真有是事)。与"传记"称名者的着眼点明显不同,虞集没有专注于唐人小说所表现出的史传属性的外部形态,而是注目于它们在文学创作上的新质——虚构,藻绘,情节奇异,叙述宛转,这些皆是文学属性的特征和因素。

其实,在宋元人着眼于唐人小说的史传属性时,有人已经在其"杂传记"的文体形态中看到了不属于史传品性的因素,如语言上的文采华艳,情节上的情致宛转,故事上的虚妄不实,还有作品整体上表现出的诗化的精神意象。这些都体现了唐人小说的文学品性。陈师道《后山诗

---

① 谢采伯:《密斋笔记》,《丛书集成初编》本,中华书局,1985年,第2872册,第1页。
② 虞集:《道园学古录》卷三八《写韵轩记》,《四部丛刊》本,第301册,第334页下栏。

话》叙及北宋尹师鲁称《岳阳楼记》为"传奇体"①，意指《岳阳楼记》的"用对语说时景"的表述风格，乃来自于裴铏《传奇》中常见的韵散相间的语言方式②，这类同于明代胡应麟以文法衡之的评论："其书颇事藻绘而体气俳弱，盖晚唐文类尔。"③南宋洪迈亦表达了对唐人小说的赞赏："大率唐人多工诗，虽小说戏剧，鬼物假托，莫不宛转有思致，不必颛门名家而后可称也"④；"唐人小说，小小情事，凄惋欲绝，洵有神遇而不自知者，与诗律可称一代之奇"⑤。元代的辛文房则指出："杂传记中多录鬼神灵怪之词，哀调深情，不异畴昔。然影响所托，理亦荒唐，故不能一一尽之。"⑥另外，元人还普遍把唐人传奇小说作为文章来看待、学习，比如较虞集稍早的姚燧就"以传奇为传记"，这是他散文的一大特色，也是元代文章的一大特色，查洪德即指出："元代传记文章与宋以前相比，有一个显著变化：受传奇小说影响，以传奇笔法写传记，写奇人奇事，有的甚至荒诞不经。"⑦他们都关注到了唐人小说的情节虚构性、叙事"宛转有思致"等文学品性问题。

需要说明的是，虽然他们都注意到了唐人小说的文学品性，但看待的立场是不同的，比如辛文房看到了这些文学属性的新质，但又站在"杂传记"的立场对其持批评、否定的态度；尹师鲁作为古文家，崇尚语言的严肃简约，故对裴铏《传奇》所表现出的以繁富秾丽的骈语绘景抒怀的文风并不认可。

---

① 陈师道《后山诗话》云："范文正公为《岳阳楼记》，用对语说时景，世以为奇。尹师鲁读之，曰：'《传奇》体尔。'《传奇》，唐裴铏所著小说也。"（何文焕辑《历代诗话》，中华书局，1981年，第310页。）
② 谭帆等《中国古代小说文体文法术语考释·"传奇"考》言："作为古文家之尹师鲁所谓'《传奇》体'，也是从胡氏所谓'文'的角度来考察的，重点在裴铏《传奇》所形成的用秾丽典雅之'对语'（骈语）描绘时景、以散文议论叙述的、亦骈亦散的表现形式，而并非指叙事性的、专与其他小说文体相区别的传奇体小说。"（上海古籍出版社，2013年，第93页。）
③ 胡应麟：《少室山房笔丛》卷四一《庄岳委谭下》，上海书店出版社，2001年，第424页。
④ 洪迈：《容斋随笔》卷一五"唐诗人有名不显者"，中华书局，2005年，第194页。
⑤ 莲塘《唐人说荟凡例》引洪迈语，丁锡根编《中国历代小说序跋集》，人民文学出版社，1996年，第1793页。
⑥ 辛文房：《唐才子传》卷一〇，中州古籍出版社，1987年，第465页。
⑦ 查洪德：《以传奇为传记：姚燧散文读札》，《文学遗产》，2011年第1期。

但无论是褒是贬,这些都是唐人小说作为一种文学文体的重要因素,尤其是它的虚构创作性,是唐人小说区别于史传文体的本质因素,也是它作为小说文体独立的重要品性。胡应麟、鲁迅在总结其在小说发展史上的成就和贡献时,皆视此为最本质的特性。胡应麟指出:"凡变异之谈,盛于六朝,然多是传录舛讹,未必尽幻设语。至唐人乃作意好奇,假小说以寄笔端。"① 鲁迅在此基础上,概括出唐传奇的两大文学成就:一是"始有意为小说",开始有意地虚构创作;二是"叙述宛转,文辞华艳",注重文辞和叙事②。虞集即是在这个意义上关注了唐人小说的文学属性,并用"传奇"这一称名予以强调、标举。

因此,虞集以"传奇"称名唐人小说,并不是因袭这个词当时的普遍使用意义来标举唐人小说的题材类型的特性,而是以彰显唐人小说在文学属性上的品质、因素、成就为立场,在文体意义上使用了"传奇"一词。虞集稍后,多有以"传奇"作为文体名来指称唐人小说者,如元末的夏庭芝、陶宗仪以及明初的朱权③,这说明在文体意义上以"传奇"赋名唐人小说,已有了一定的普及度。虞集等人所关注、强调的唐人小说的这些文学属性,是它区别于史传的本质因素,是它能踏入文学领域,作为小说文体独立的重要品质,也是后人总结唐传奇艺术成就的主要着眼点,而这些皆非"传记"称名者所要彰显的属性和品质。

总结上述,虞集等人在文体归类意义上对于"传奇"一词的使用,虽是以宋人的"传奇"使用意义为背景,但与当时普遍的指代爱情故事的题材类型含义并不相同,而是标举、强调了唐人小说的虚构创作、文采词藻等文学属性的特征。在当时普遍以"传记"称名唐人小说的环境

---

① 胡应麟:《少室山房笔丛》卷三六《二酉缀遗中》,上海书店出版社,2001年,第371页。
② 鲁迅:《中国小说史略》第八篇"唐之传奇文(上)",上海古籍出版社,1998年,第44页。
③ 夏庭芝《青楼集志》:"唐时有传奇,皆文人所编,犹野史也,但资谐笑耳。"(《中国古典戏曲论著集成》,中国戏剧出版社,1959年,第2册,第7页。)陶宗仪《南村辍耕录》卷二五"院本名目"条:"唐有传奇,宋有戏曲、唱浑、词说,金有院本、杂剧、诸宫调。"(文化艺术出版社,1998年,第346页。)朱权《太和正音谱·词林须知》:"杂剧之说,唐为传奇,宋为戏文,金为院本、杂剧,合而为一。元分院本为一,杂剧为一。"(《中国古典戏曲论著集成》,中国戏剧出版社,1959年,第3册,第53页。)

中,"传奇"称名者弃置当时的通用称名"传记"、"杂传记"不用,而有意以"传奇"独标其志,体现了他们对唐人小说的文学品性、文学价值的认识,也显示了他们在认识、评判唐人小说的价值方面,与"传记"称名者持有不同的观念和立场。这一文体归类意义上以"传奇"赋名唐人小说的立场标举和内涵寄寓,与同一时期那些称名杂剧为"传奇"者的立场和观念是相互呼应的。

二、元时杂剧被赋名"传奇"

在虞集、夏庭芝指称唐人小说为"传奇"之时,不少人则把"传奇"一词赋名于杂剧,如周德清、钟嗣成、杨维桢、陶宗仪,而且也是在文体意义上的使用。对于同一种文艺样式,"传奇"称名与"杂剧"称名各自的着眼点明显不同,秉持的观念和立场也各有差异。

宋金之际,杂剧是作为一项表演伎艺被人们认识和接受的,当时的戏剧观念不外乎歌舞、科诨、调笑、戏弄等伎艺性因素,从未将杂剧牵连到文学发展范畴的品评。这种现象至元代仍很明显。我们看元人无论是艺人阶层还是文人阶层,在"杂剧"这一名称的使用上,从未针对其文学性,而是针对其伎艺性而论的,所以谈论中大多涉及优伶、脚色装扮、表演技艺等方面。艺人们把杂剧视为一种伎艺,所以不论是针对这一伎艺的总体,还是针对某一具体的剧目,一直与"做"、"扮"之类的词连用①。而当时许多文人也是在扮演伎艺的意义上称这种伎艺为"杂剧",比如元代前期的胡祗遹有言:

> 乐音与政通,而伎剧亦随时所尚而变。近代教坊院本之外,再

---

① 史九敬先《庄周梦》第一折:"(四旦云)所事都会,先生要甚杂剧,俺就扮来。"(隋树森编《元曲选外编》,中华书局,1959年,第379页。)无名氏《蓝采和》第一折:"(钟云)我特来看你做杂剧,你做一段甚么杂剧我看。……(正末唱)我做一段于祐之金水题红怨,张忠泽玉女琵琶怨。"(隋树森编《元曲选外编》,中华书局,1959年,第972页。)《错立身》第十二出:"(末白)你会甚杂剧?(生唱)〔鬼三台〕我做《朱砂担浮沤记》、《关大王单刀会》……"(钱南扬《永乐大典戏文三种校注》,中华书局,1979年,第244页。)

变而为杂剧。……以一女子而兼万人之所为,尤可以悦耳目而舒心思,岂前古女乐之所拟伦也?①

胡氏把杂剧看作是"伎剧",一种伎艺人的扮演行为,而且是由前代伎艺演变而来的。在此认识基础上,他关注的是乐工伶人的扮演艺术,所谓"以一女子而兼万人之所为"。

这种扮演伎艺的观念在关汉卿、赵孟頫那里甚为明显,据明人朱权《太和正音谱》记载,赵孟頫曾言:"良家子弟所扮杂剧,谓之行家生活;娼优所扮者,谓之戾家把戏。"关汉卿曾言:"子弟所扮,是我一家风月。"② 而在夏庭芝那里,"杂剧"已作为一个具有文体意义的名词使用了,在《青楼集志》中,他从脚色扮演的角度追溯了元杂剧的由来,指明了元杂剧的角色制度、表演体制,给当时的北曲杂剧一个文体意义上的解释和框定,由此显示出他的戏剧观:杂剧是扮演伎艺性质的艺术,而不是文学创作性质的艺术。依此观念,他的《青楼集》拟为优伶立传,着重记录了具有高超表演技能的众多女艺人。而在对艺人表演技能的记述中,所使用的"能杂剧"、"精杂剧"、"善杂剧"、"长于杂剧"等词语,也是在扮演伎艺的意义上使用的。

由此可见,"杂剧"称名者是在扮演伎艺的观念基础上感知这种北曲戏剧的,因之承续了"杂剧"这一伎艺名称,并以此为视角有了对其演出形态的认识。

值得注意的是,从元中期始,已有人对杂剧持另一种视角或观念的认识了。董每戡曾疑惑:"两宋的戏剧名'杂剧',后来元人的戏剧同称'杂剧'。其实就内容和形式来论,前者名符其实地杂;后者一点儿也不杂,不知为什么沿袭了这名称。"③ 董先生的这一疑惑是基于对元杂剧

---

① 胡祗遹:《赠宋氏序》,载《紫山大全集》卷八,《文渊阁四库全书》本,上海古籍出版社,1987年,第1196册,第171页。
② 朱权:《太和正音谱》卷上"杂剧十二科",载《中国古典戏曲论著集成》,中国戏剧出版社,1959年,第3册,第24页。
③ 董每戡:《说剧》,人民文学出版社,1983年,第167页。

文本的认知，其实早在元代就有人不想沿袭"杂剧"这个名称，而是基于文本形态对杂剧作了另外的指称。

元无名氏杂剧《蓝采和》第一折中蓝采和说他所做的杂剧是"才人书会刬新编"。由于蒙古贵族统治而致的社会变革原因，元代文人大批地染指于这一"编"的工作，但他们不想把自己的这一行为混同于伎艺人的行为，而是想把自己的创作与伎艺人的扮演加以区分，甚至连自己参与的"杂剧"扮演也不屑与伎艺人同列，如上文引述赵孟頫所说的"行家生活"与"戾家把戏"之分，关汉卿的"子弟所扮，是我一家风月"之论，都是这一心理和观念的表现。由此而来，赵孟頫明确指出："杂剧出于鸿儒硕士、骚人墨客所作，皆良人也。若非我辈所作，娼优岂能扮乎？"① 这里，赵氏并未说娼优或良人所扮的杂剧就是"鸿儒硕士、骚人墨客"所作，而是"出于"（非"是"）我辈文人所作，而且语中"我辈所作"与"娼优所扮"明确对举。由此而知，赵氏已有意识地把文士名公的文学性戏剧创作活动与艺人的伎艺性扮演行为区别开来。可能在赵氏那里还没有明确"我辈所作"的具体称名，但已透露出他对杂剧的文学性和伎艺性的区别认识，"我辈所作"的是文学创作，而"娼优所扮"的是伎艺性"杂剧"。尤其应注意的是，他指出了杂剧的文学属性，并从文学性质上肯定了文士名公的作家地位和杂剧文学创作的价值，由此开启了异于"杂剧"称名者重视演员和扮演的新视角。以此观念为基础，周德清、钟嗣成、杨维桢把北曲戏剧称名为"传奇"，这表现在他们对北曲戏剧的文学创作属性的认识和品评上。

钟嗣成的《录鬼簿》在"前辈已死名公才人，有所编传奇行于世者"的纲目之下，载录了关汉卿等剧作家五十六人，末尾有一则跋语，说明"右前辈编撰传奇名公"皆为"不知出处"者。这里的"所编传奇"和"编撰传奇"，表明钟嗣成已把剧作家的创作当成文学作品来看，而非勾栏伎艺活动。在钟嗣成那里，戏剧文学的创作者、戏剧作品本身

---

① 朱权：《太和正音谱》卷上"杂剧十二科"，载《中国古典戏曲论著集成》，中国戏剧出版社，1959年，第3册，第24页。

得到认同,被当作戏剧艺术最基本、最重要的部分,故而其论述乃以剧作为依据,而非以扮演为参照,即使言及艺人(如赵敬夫、张国宾、花李郎、红字李二等均属教坊中人),也是着眼其剧本的创作,而非其伎艺水平。因此,在具体的品评中,钟嗣成是注目于这些名公、才人作为杂剧作家的素质品性以及文学创造力。"一下笔即新奇"(范康)、"文笔新奇"(周文质),是论剧作的创新。"更词章压倒元白"(宫天挺)、"一曲能传冠柳词"(沈和甫),是谈剧作的曲词语言的通俗晓畅。"所述虽不骈丽,而其大概多有可取"(金仁杰)、"余尝与之谈论节要,至今得其良法"(鲍天佑),是着眼于剧作情节结构的编剧法则。正是着眼于作家的文学性创作,钟嗣成才会如此指出郑光祖创作上的不足:"惜乎所作,贪于俳谐,未免多于斧凿。"[①] 这是惋惜郑光祖创作中存在着过多不必要的插科打诨的情节穿插,有造作之痕,而这些在"杂剧"称名者那里,正是杂剧表演所需要的构成要素。

稍后于钟嗣成的杨维桢,更为"传奇"作了一个文学性的解释,他在《沈氏今乐府序》中说:"士之操觚于是者,文墨之游耳。其于声文缀于君臣、夫妇、仙释氏之典故,以警人视听,使痴儿女知有古今美恶成败之劝惩,则出于关、庚氏传奇之变。"[②] 他把关汉卿和庚天锡的北曲戏剧创作称为"传奇",并指出"传奇"是"于声文缀于君臣、夫妇、仙释氏之典故",也就是说,作家的剧本创作是借助声律文辞等手段表现特定的故事。这是对北曲戏剧的一个戏剧本体论意义上的表述,是对"传奇"名称的一个文学性的阐释。

杨维桢在以文学创作的观念使用"传奇"称名而谈论杂剧时,也以伎艺表演的观念谈论"剧",其《优戏录序》中有言:"侏儒奇伟之戏,出于古亡国之君。春秋之世,陵轹诸侯,后代离析文义,至侮圣人之言为剧,盖在诛绝之法。……则优戏之伎虽在诛绝,而优谏之功岂可少

[①] 钟嗣成:《录鬼簿》,载《中国古典戏曲论著集成》,中国戏剧出版社,1959年,第2册,第104、117、120、128、118、121、120、122、119页。
[②] 杨维桢:《沈氏今乐府序》,载《东维子集》卷一一,《四部丛刊》本,第312册,第76页上栏。

乎?"而在《朱明优戏序》中言：傀儡家"后翻为伶者戏，具其引歌舞，亦不过借吻角呎唧声，未有引以人音，至于嬉笑怒骂，备五方之音，演为谐诨咽哑而成剧者也"①。杨维桢把"优戏"、"剧"视为一种"伎"。虽然他未明确说到"杂剧"一词，但由此我们也能体会到杨维桢对于"优戏之伎"的认识观念是迥异于他谈论"传奇"时所持的观念的。

与对杂剧的文学创作性质的认识相呼应，"传奇"称名者普遍把剧中曲词与散曲同称为乐府，并把传奇与乐府同论，所注重的仍是它们的文人创作属性。罗宗信认为乐府的创作"必若通儒俊才，乃能造其妙也"②；钟嗣成《录鬼簿》载录创作"乐府"的前辈名公，并指出："若夫村朴鄙陋，固不必论也。"③ 在"传奇"称名者那里，就一部剧作而言，若着眼于剧中之曲词，则称为乐府；若着眼于整部剧作，则称传奇，二者的区别就在于是否架设在故事叙述基础上。所以，《中原音韵》的立论虽偏执于曲词音律一端，但凡谈及与乐府创作相联系的剧作整体时则以"传奇"称之，如"前辈《剧王莽》传奇与支思韵通押"，"前辈《周公摄政》传奇〔太平令〕云：……"④（杂剧作品《剧王莽》为杨酷叫所作，《周公摄政》为郑光祖所作）他们还把这种乐府（指杂剧中的曲词）置入诗歌发展的序列，杨维桢有言："夫词曲本古诗之流，既以乐府名编，则宜有风雅余韵在焉。"⑤ 说乐府与诗词一样是一种文学创作，这与他们称名杂剧作品为"传奇"的戏剧观念是相呼应的。

综上所析，我们可以知道元代"传奇"称名者使用"传奇"一词所根由的戏剧观念。比较于那些以表演伎艺为观念基础的"杂剧"称名

---

① 杨维桢：《优戏录序》、《朱明优戏序》，载《东维子集》卷一一，《四部丛刊》本，第312册，第82页上栏。
② 罗宗信：《中原音韵序》，载《中国古典戏曲论著集成》，中国戏剧出版社，1959年，第1册，第177页。
③ 钟嗣成：《录鬼簿》，载《中国古典戏曲论著集成》，中国戏剧出版社，1959年，第2册，第104页。
④ 周德清：《中原音韵》"正语作词起例"，载《中国古典戏曲论著集成》，中国戏剧出版社，1959年，第1册，第212、233页。
⑤ 杨维桢：《周月湖今乐府序》，载《东维子集》卷一一，《四部丛刊》本，第312册，第75页下栏。

者，钟嗣成等人是以文学创作的观念称名北曲戏剧为"传奇"的，也就是说，他们把北曲戏剧看成是一种文人作家的文学创作活动，而不是艺人的扮演伎艺行为。因此，与"杂剧"称名者的视角不同，"传奇"称名者的着眼点在剧作家、曲词创作或者剧本的文学性品评上，这明显与夏庭芝等"杂剧"称名者的戏剧观念不同。

在对北曲戏剧成熟形态的艺术本质的把握上，元代的"传奇"称名者对其文学性质的关注和彰显，正是把握了当时戏剧发展的关键所在。唐宋的伎艺性戏剧能突破勾栏伎艺的属性而登入文学的殿堂，正是由于文人作家所进行的文学性创作的促进。元人杂剧能从诸多缺乏艺术整一性的表演伎艺中脱颖而出，所经由的发展道路，就是与文学的结合。正是由于这文学性创作的促进，中国戏剧才由伎艺性的简单表演发展到元杂剧的形态，出现了文学性质的剧本写作。"传奇"称名者以文学创作的观念、立场注目于元杂剧中诗歌性质的曲文创作，就是认识、把握了中国戏剧在这一发展阶段的表现。而这一进程的总结性认识便被元代一些关注戏剧创作的文人凝结在对北曲戏剧的"传奇"称名上。后来王国维在《宋元戏曲史》中认为中国成熟的戏剧始于"元杂剧"，并将中国古典戏剧称为"戏曲"，也正是看到了文学性创作在中国戏剧成熟过程中的促进之功。而这一视角的开启当在元代"传奇"称名者。总之，"传奇"称名者所反映出的戏剧观念，表现出了人们为提升戏剧的文学性而作出的努力，也为戏剧发展引入了作家因素、文学性因素，指出了戏剧的文学创作一路，由此萌发了剧本意识和作家本体意识。

更值得注意的是，由两派对北曲戏剧不同称名的执守，我们看到了两派不同的着眼点及其所根由的观念对立。"传奇"称名者关注戏剧的作家、创作、文学等因素和品性，"杂剧"称名者关注戏剧的艺人、扮演、伎艺等因素和品性。"传奇"称名者着眼于杂剧的文学属性，这明显不同于"杂剧"称名者对于杂剧的伎艺表演属性的关注，二者隐含着观念、立场上的对立。钟嗣成等人在"传奇"文体称名中注入的这些内涵，也影响了明人对于文人南戏与民间南戏的区分意识，并体现在明人以"传奇"赋名文人南戏的观念中。

三、明时改称文人南戏为"传奇"

元人关于"杂剧"、"传奇"称名上的观念对立在明代仍有承续,明初的朱权把元人的北曲戏剧称为"杂剧",其《太和正音谱》中就有"群英所编杂剧"一目,而同时期的贾仲明为《录鬼簿》补写的吊词中大量使用"传奇"一词,李开先编选元人杂剧集题名为《改定元贤传奇》,朱有燉则不但称元人的杂剧为"传奇"(如《元宫词》有"《尸谏灵公》演传奇"句。《尸谏灵公》为元人鲍天佑所撰杂剧作品),还称自己的杂剧作品为"传奇"①。这些都是元代戏剧观念分化在文体称名上的表现及其延续。

与此同时,这个元人用以强调、标举杂剧的文学属性的文体名称"传奇",自明中期始,也渐被普遍赋名于南曲戏文。这里有两个需要注意的问题:其一,虽然"传奇"所指代的南曲戏文是南戏的发展形态,曲律更趋严谨,角色有所增加,文辞更为典雅,但它并未在体制上独立、超越于南戏②,所以,传奇戏曲较之南戏,并非体制上的改变,而只是文体名称上的改变,即"传奇"实际上是对"南戏"的一种改称③;其二,这一"改称"是针对所有南戏呢,还是针对其中某一部分南戏呢?从南戏的发展流变来看,"传奇"只是对文人个人创作的剧本体制

---

① 参见朱有燉杂剧作品《瑶池会八仙庆寿》、《豹子和尚自还俗》、《张天师明断辰钩月》、《洛阳风月牡丹仙》等的自署小引(蔡毅编《中国古典戏曲序跋汇编》,齐鲁书社,1989年,第820、823、836、838、841、843、844、845、847、848、853页)。另有朱有燉杂剧集《诚斋传奇》,明高儒《百川书志》外史类"甄月娥等传奇三十种"著录。
② 周贻白《中国戏剧发展长编》言:"明代传奇既为宋元南戏的延续,文词体制和一应排场,其间自无显著的分别。"(上海古籍出版社,2004年,第271页。)俞为民《南戏流变考述》认为:"南戏与传奇在体制上并没有根本的区别,而且前人也一直视两者为同一种戏曲形式,只是名称不同而已。"(《艺术百家》,2002年第1期,第46页。)又在《南戏通论》中说:"从乐体与文体这两方面来考察,南戏与传奇在剧本体制、脚色体制以及唱腔上虽有所不同,但两者的基本体制即文体与乐体是一致的,而且两者之间的差异,只是同一种艺术形式在发展过程中所造成的。"(浙江人民出版社,2008年,第112—113页。)
③ 郑振铎《插图本中国文学史》认为"'传奇'在最初是名为'戏文'的"(北京出版社,1999年,第571页)。周贻白《中国戏曲发展史纲要》指出:"明代的传奇,实际上就是南戏的改称。"(上海古籍出版社,1979年,第239页。)

的南戏（可称之为"文人南戏"）的普遍改称①。那么，在普遍的南戏称名的环境中②，明人是在何种背景下、基于何种观念把文人南戏改称为"传奇"的？这就涉及了明人以"传奇"赋名文人南戏的观念、立场和着眼点，明人对于"戏文"（"南戏"）之伎艺性、文学性分化的认识，以及"南戏"（"戏文"）称名和"传奇"称名的观念分野等问题。

元末高明作《琵琶记》标志着文人参与南戏创作的开始，徐渭《南词叙录》指出：在高明之前，南戏由于曲文俚俗，不叶宫调，故不为文人学士所留意，而高明作《琵琶记》，"用清丽之词，一洗作者之陋，于是村坊小伎，进与古法部相参，卓乎不可及已"③。《琵琶记》也由此受到了明代文人戏曲家们的推崇，被推为"传奇之首"。之所以如此，是因为高明的《琵琶记》大大提高了南戏的文学性，如剧中的写景抒情场面以及适宜于生、旦抒情的长套组曲的增加，语言也一改早期南戏的俚俗，极富文采。相对于《琵琶记》这样的文学性"清丽之词"创作，徐渭把民间艺人的南戏则视为"村坊小伎"，仅是一种伎艺性的表演行为，并不为文人学士所认同，甚至有些鄙视。而高明《琵琶记》却获得了与民间南戏不同的待遇，得到了后代文人的誉扬，其根本原因就在于它所具有的文学性与文人创作属性，不同于民间艺人的伎艺性表演，是纯粹的文学性创作，其品格和价值皆由此而来。徐朔方先生即由此把《琵琶记》视为"南戏由民间艺术过渡到文人创作——传奇的转折点"④，称它"是南戏和传奇的分界线。它既是南戏，又是最早的传奇作品"⑤。

---

① 徐朔方《南戏的艺术特征和它的流行地区》认为："南戏或戏文，限于世代累积型的民间艺人集体创作，而以明清作家个人创作作为传奇，本文认为这样区分比较合理。"（《徐朔方集》，浙江古籍出版社，1993年，第1卷，第260页。）
② 孙崇涛《明人改本戏文通论》指出："明前、中期的各类文献，在叙及此时期南剧时，不称'传奇'，而呼作'戏文'者，比比皆是。"（《南戏论丛》，中华书局，2001年，第103页。另，同书第98页的注释1、2、3，第103、104页的注释皆列述了相关的文献，可参看。）
③ 徐渭：《南词叙录》，载《中国古典戏曲论著集成》，中国戏剧出版社，1959年，第3册，第239页。
④ 徐朔方：《琵琶记是怎样的一个戏曲》，《光明日报》，1956年4月8日。又见《戏曲杂记》，古典文学出版社，1956年，第60页。
⑤ 徐朔方：《南戏的艺术特征和它的流行地区》，《社会科学战线》，1988年第2期。又见《徐朔方集》，第1卷，浙江古籍出版社，1993年，第260页。

伎艺性扮演行为和文学性创作行为正是民间南戏和文人南戏的本质区别，其他的不同属性皆由此而产生。

明人始终是把民间南戏视为一种艺人的伎艺，甚至艺人们编写的剧作也因它的工具性和依附性而与伎艺同观。明初叶子奇即如此看待民间南戏："俳优戏文，始于《王魁》，永嘉人作之。"① 正因为对民间南戏的伎艺性认定，所以文人学士谈论民间南戏时，也多涉及艺人及其唱演之伎；相应的，在谈论南戏艺人及其唱演之伎时，则使用"南戏"或"戏文"。即使到了嘉靖及其后，"传奇"作为南戏的称名已较为普遍，但在谈及唱演之伎时，仍称"南戏"或"戏文"。比如，徐渭《南词叙录》用"南戏"、"戏文"叙述此伎艺的源流，考释其脚色术语等；李开先《词谑》记述：颜容"乃良家子，性好为戏，……尝与众扮《赵氏孤儿》戏文，容为公孙杵臼"②。又如兰陵笑笑生《金瓶梅词话》第十七回："话说五月二十日，帅府周守备生日。……鼓乐迎接，搬演戏文，只是四个唱的递酒。"第六十三回："晚夕，亲朋伙计来伴宿，叫了一起海盐子弟搬演戏文。"③ 最明显的是万历时人胡应麟，他的《少室山房笔丛》在述及扮演之伎时，多用"戏文"一词，如"今世俗搬演戏文，盖元人杂剧之变"，"优伶戏文，自优孟抵掌孙叔实始滥觞，……特所搬演多是杂剧短套，非必如近日戏文也"，"元杂剧中末即今戏文中生也"；而在述及南戏剧本时则用"传奇"，如"余以《琵琶》虽极天工人巧，终是传奇一家语，当今家喻户习，故易于动人"④。

而且，对于民间南戏这一唱演之伎，文人学士们谈论中多带鄙薄之色，其原因就是其曲文俚俗，格律粗疏，不足以谈论韵调曲辞。明代懂得南戏价值的徐渭就是在伎艺的意义上谈论民间南戏的，他说"南曲固是末技"，"南曲本市里之谈，即如今吴下《山歌》、北方《山坡羊》"，

---

① 叶子奇：《草木子》卷四下，中华书局，1959年，第83页。
② 李开先：《词谑》"词乐"，载《中国古典戏曲论著集成》，中国戏剧出版社，1959年，第3册，第353—354页。
③ 兰陵笑笑生：《金瓶梅词话》，人民文学出版社，2000年，第203、894页。
④ 胡应麟：《少室山房笔丛》卷四一《庄岳委谭下》，上海书店出版社，2001年，第424、425、427、431页。

是"本无宫调，亦罕节奏"的"随心令"、"村坊小曲"、"里巷歌谣"①。王骥德则把民间南戏视为鄙俚浅近的"村儒野老涂歌巷咏之作"②，祝允明则斥为"歌唱愈缪，极厌观听，盖已略无音律腔调"③。而操此为业的"戏文子弟"也为人不齿，被视为品格低下，陆容《菽园杂记》卷一〇说："嘉兴之海盐，绍兴之余姚，宁波之慈溪，台州之黄岩，温州之永嘉，皆有习为倡优者，名曰戏文子弟，虽良家子不耻为之。"④ 陈铎在《嘲川戏》、《嘲南戏》套曲中评南戏艺人："不着家四散求食，生来一种骨头贱"，"这等人何足计。胎胞儿轻贱，骨格儿低微"⑤。

另外，民间南戏作为一项伎艺，操此为业的艺人们依此谋生专在场上演出，往往并无剧本可依，只是口耳相传。即使有可依之本，也多是身份地位低微的"书会才人"或民间艺人的演出本及其整理本、改编本，如《张协状元》声称是九山书会才人所编，《宦门子弟错立身》为古杭才人所作，《小孙屠》为古杭书会才人所作，《刘知远还乡白兔记》的成化刊本说是永嘉书会才人所编，但这些剧作是指向伎艺性演出的，大多不作刊出，只是在艺人中间作为抄本流传，并且艺人可以随便根据演出的实际情况反复修改，没有人视之为自己的文学创作。也就是说，这些剧作没有文人个人创作的独立性，而是依附于南戏伎艺，是一种演出本或演出记录本，其工具性很强，依附性也很明显。因此，文人学士们并不把它们视为超越扮演伎艺而可以独立存在的剧本，也不把艺人或"书会才人"的南戏编撰视为一种文学创作行为。即使有的文人学士把它们纳入品评范围，也因其离文学性创作太远而加以贬斥。如祁彪佳《远山堂曲品》虽关注到民间艺人的南戏作品，但他并不论及扮演，只

---

① 徐渭：《南词叙录》，载《中国古典戏曲论著集成》，中国戏剧出版社，1959年，第3册，第243、241、240、239页。
② 王骥德：《曲律》杂论第三十九上，载《中国古典戏曲论著集成》，中国戏剧出版社，1959年，第4册，第151页。
③ 祝允明：《猥谈》"歌曲"条，载《说郛三种》之《说郛续》卷四六，上海古籍出版社，1988年，第10册，第2099页上栏。
④ 陆容：《菽园杂记》卷一〇，中华书局，1985年，第124页。
⑤ 谢伯阳编：《全明散曲》，齐鲁书社，1993年，第617、618页。

是以文人的视角谈论剧作的韵、调、词，所以艺人之作就被归于"杂调"一类，因其"不及品者，则以杂调黜焉"，是难与文人学士们讲究韵、调、词的剧作同列的。比如评《古城》曰："此记通本不脱〔新水令〕数调，调复不伦，真村儿信口胡嘲者。"评《赤符》曰："作者眼光出牛背上，拾一二村竖语，便命为传奇，真小人之言哉。"评《跨鹤》曰："此必老腐村塾，聊口嘲以自况者。词之秽恶至此，令人字字欲呕。"① 至于那些文人南戏，因文人学士们的地位和学养，其剧作已成为个人性情和学识的载体，有了独立存在的价值，得到了社会的普遍承认，也就没有人视之为伎而把它们与艺人之作同列了。

由此，我们可以看到明代文人学士们对于民间南戏的认识：南戏艺人"胎胞儿轻贱，骨格儿低微"，南戏是"村坊小伎"，依附于这项伎艺的艺人剧作是"村儒野老涂歌巷咏之作"。这种价值评判和品格认定，使得那种伎艺性的南戏得不到文人学士阶层的重视和认可。

相比较于对民间南戏的伎艺性认定与评判，文人剧作家和剧评家们对自己阶层的创作则十分自赏。虽然其中也不乏为演出而作者，但他们是把这种创作视为诗词之作，并不专注其表演的目的，而是以此呈才学，显性情。李渔就认为，在所有的文体中，戏曲最能满足作者抒情施才的欲望，"文字之最豪宕，最风雅，作之最健人脾胃者，莫过填词一种"②。孔尚任也认为："传奇虽小道，凡诗赋、词曲、四六、小说家，无体不备。……其旨趣本于三百篇，而义则春秋，用笔行文，又左、国、太史公也。"③ 曰"无体不备"，独不提表演；直称"填词"，完全是把戏曲创作视同文学创作。在文人学士们看来，戏曲是由诗词演变而来的，如明人何良俊有言："诗变而为词，词变而为歌曲，则歌曲乃诗之流别。"④ 臧懋循也说："诗变而词，词变而曲，其源本出于一。"⑤ 故而

---

① 祁彪佳：《远山堂曲品》"杂调"，载《中国古典戏曲论著集成》，中国戏剧出版社，1959年，第6册，第112、116页。
② 李渔：《闲情偶寄》词曲部宾白第四"语求肖似"，上海古籍出版社，2000年，第63页。
③ 孔尚任：《桃花扇》，人民文学出版社，1959年，"小引"第1页。
④ 何良俊：《四友斋丛说》卷三七，中华书局，1959年，第337页。
⑤ 臧晋叔编：《元曲选》，中华书局，1958年，"序二"第4页。

明清文人又以"词"或"词余"来指称戏曲，其创作中也表现出诗词抒情言志的文学功能。许多文人南戏都有作者欲借之以表达自己情绪和志趣的倾向，如梁辰鱼的《浣纱记》借吴越之争的历史与范蠡、西施的爱情故事来抒发自己的不平与愤懑，李开先的《宝剑记》借林冲故事抒发了自己的"诛谗佞，表忠良，提真作假振纲常"的意向，叶宪祖在《鸾鎞记》中借抨击科举制度而疏泄自己因仕途坎坷而产生的愤懑与牢骚，等等。并且，剧评者在谈论文人的南戏剧作时也重视文学范畴的因素，并多在文学范畴内谈论其得失成就，或比类诗词来谈论其文采才藻。与此不同，他们审视艺人们的南戏时，则是关注其伎艺性因素，谈论其唱演之伎。

可见，文人是把其剧作视为独立于艺人表演的一种文学创作行为，是与诗词的创作和品格同列的，这种剧作不再属于伎艺性质的表演体制，而是属于文学性质的剧本体制。文人们对待传奇戏曲创作的态度，无异于创作诗词文，而当时的剧评家们也多以剧本为据，着眼于故事、声律、文词三个方面在诗词的范畴内进行文学性的批评，周贻白即指出明代的戏曲理论著作"大多数是根据剧本来作批评，绝少联系到舞台扮演"[1]。由此可见当时文人对于文人南戏的文学性认定，以及他们所讨论的依据与指向乃是剧本。所以，明末倪倬在《二奇缘传奇小引》中说传奇是"纪异之书"[2]，清初李渔有"古人呼剧本为传奇者"[3] 之语。现代学者也持此论，如钱南扬话及"传奇"一词的使用，认为"至明朝中叶，昆山腔兴起，又用它来专称昆山腔系统的剧本"[4]；郭英德更明确指出："就内涵或本质而言，传奇是一种剧本体制规范化和音乐体制格律化的长篇戏曲剧本。"[5] 这些都是剧本体制的认定。

综上可见，"传奇"作为文人南戏的文体意义上的称名，它和"南

---

[1] 周贻白：《中国戏曲发展史纲要》，上海古籍出版社，1979年，第303页。
[2] 蔡毅编：《中国古典戏曲序跋汇编》，齐鲁书社，1989年，第1383页。
[3] 李渔：《闲情偶寄》词曲部结构第一"脱窠臼"，上海古籍出版社，2000年，第25页。
[4] 钱南扬：《戏文概论》引论第一章"名称"，上海古籍出版社，1981年，第6页。
[5] 郭英德：《明清传奇研究》，江苏古籍出版社，1999年，第11页。

戏"并不具有体制上的根本区别，从南戏的发展流变来看，"传奇"是南戏发展到某一时期文人剧作家和剧评家对文人南戏在文体意义上的普遍称名，简言之，"传奇"只是明人对"文人南戏"的改称。这一改称反映出文人阶层对"文人南戏"价值、品格上的认定，同时，这一改称也是一个具有总结性的概念词，它凝聚了明人对于"南戏"一词内涵的认识、对于南戏伎艺性与文学性的观念分野，以及对于"文人南戏"品格和价值的归纳性评定。

因此，明人使用"传奇"一词改称文人南戏，是基于民间南戏和文人南戏的类别区分意识，以及伎艺性与文学性的戏剧观念分野。而明人以"传奇"作为长篇南曲戏文的文体名称，也是在文学创作意义上的使用，而非伎艺表演观念上的指认。明人在改称文人南戏为"传奇"时，所基于的观念和立场，所寄寓的文体内涵，皆与元人在文体归类意义上使用"传奇"一词的认识、观念一脉相承。

四、结　语

"传奇"一词，在文体归类意义上先后被赋名于唐人小说、元人杂剧、明清文人南戏三种文体。而这三种文体之被赋名"传奇"，各自寓含着与当时的通用称名不同的立场和观念。对于唐人小说来说，"传奇"称名是为了强调、标举它的文学属性，而不是"传记"称名那样着眼于它的史传属性。对于元人杂剧来说，"传奇"称名是关注它的文学创作品性，而不是"杂剧"称名那样关注它的伎艺表演属性。对于文人南戏来说，"传奇"称名是为了标举它的文学创作的品格和价值，而不是"南戏"称名那样体现的是它的民间伎艺品格。综合而言，可有如下结论：

（一）这三个文体被赋名"传奇"，皆是眼点于各自的文学属性，其立意皆是以"传奇"称名来彰显与通用称名所蕴含的观念的对立。因此，这三个文体之被改称"传奇"，所基于的观念、立场是前后相承、密切关联的。

（二）这三个文体先后被改称为"传奇"，并非因为简单的、表面的题材承袭，而是有其深层的观念基础的，那就是对于各自的文学属性的强调，对于各自的文学发展成就的标举，这是一条存在于这三个文体间的内在精神上的脉络。据此而知，对于"传奇"一词不具有专属性、唯一性的文体名称混用（混称）现象，就不能简单地认为是由于它们之间故事题材的相互承袭所致了[①]。

（三）在这三个文体被赋名"传奇"的过程中，"传奇"一词在文体归类意义上被注入了这样的内涵：其一，强调这三种文体的文学属性；其二，彰显与通用称名所蕴含的观念的对立。其中，文学属性这一内涵之所以能负载在"传奇"这个文体意义的称名上，既与"传奇"一词的使用背景有关，也与元人对"传奇"一词的文体意义的开掘和寄寓有关。首先，在这之前，无论是用以指具体作品的题名，还是用以指故事题材的类型，从没有在伎艺意义上使用"传奇"一词的现象。其次，从"传奇"一词的命名原义来看，它意指撰述人事之奇[②]，强调的是"传"（撰述）这一创作行为。这正与元明文人用"传奇"来标举杂剧、文人南戏的文学创作属性有着精神上的相通相联。但在文体意义上明确让"传奇"负载文学属性的内涵，则是始于元代，具体来说是元代文人阶层对于杂剧的文学属性诸因素、特征的重视和强调，而选择"传奇"这个有着文学内涵的词语予以概括的结果。这个对"传奇"一词的文体意义的开掘和寄寓，激发了时人对唐人小说的文学属性和文学成就的再次觉醒，也影响了明代文人阶层强调文人南戏的文学属性而改称"传奇"以与民间南戏相区别的立意。由此，我们看到了文人阶层对于这三个文体的文学属性的价值强调和品格认定的意图与努力。据此而言，学界所谓的明清时期传奇称谓的泛化现象也应是基于文体归类意义上的泛化，

---

① 胡应麟《少室山房笔丛》卷四一《庄岳委谭下》认为南曲戏文之所以被称为"传奇"，是借用唐人裴铏《传奇》小说集名，"或以中事迹相类，后人取为戏剧张本，因辗转为此称"（上海书店出版社，2001年，第424页）。周贻白《中国戏曲发展史纲要》第九章《元代的南戏》认为："南戏之称传奇，本来和元剧之被称为传奇一样，是指其所演故事属于传奇一类，系一种通称。"（上海古籍出版社，1979年，第203页。）
② 杜贵晨：《"传奇"名义及文言小说分类》，《明清小说研究》，1994年第2期。

而非题材类型划分意义上的泛化。因为自从"传奇"一词作为文学作品的专名使用以来，虽然意义渐变，赋指渐多，涵盖亦广，在古代文学批评范畴中使用得比较杂乱，但基本上是作为类名来使用：一指题材类型，二指文体类型。在题材类型上，"传奇"一词的指代有广义（奇异性故事）和狭义（爱情故事）之分，自唐宋以后一直延续，并无进一步扩展。但在文类区分意义上，"传奇"一词的指代却是代有变化、扩展，累积至明清时期，就表现出严重、复杂的传奇称谓泛化现象。

总之，"传奇"称名所蕴含的对这三个文体的属性和品格的认识，与它们当时各自的通用称名是不同的，其中隐含着不认可各自通用称名所根由立场的用意，故欲以别立称名来对抗当时的习称，并标举这三个文体的文学属性方面的成就和价值，而这个用意就是用"传奇"这一文体名称来体现的。所以说，这三个文体之被赋名"传奇"，是对它们的文学属性方面的成就、价值的关注、强调和概括。

第十三章

清初"无声戏"小说观念的内涵与实践

在小说利用、模拟戏曲的过程中，渐趋萌生出把小说当成"戏"，或称为"戏"的思维与实践，李渔更提出"无声戏"这一概念。

"无声戏"是李渔明确提出的小说观念或小说创作原则的理论表述，但它并不仅仅是李渔一人一时的小说观念，而是明末清初之际一个显在的小说观念，它所表述的内涵明显存在于当时小说的创作和批评之中，当然具体的表述有所不同。比如在李渔的第一部话本小说集《无声戏》产生前后，萧湘迷津渡者编写的《纸上春台》、《笔梨园》等小说集，以及据戏曲改写的《章台柳》、《霞笺记》、《燕子笺》等小说已纷纷问世。"纸上春台"、"笔梨园"所要彰显的意义，与李渔命题的"无声戏"相同，皆是一种小说特性、小说创作主张的标榜，明示小说与戏曲的相关性，强调在小说编写中引入戏曲表述的思维和体制。比如在小说创作中，把小说的情节发展称为戏曲的演出，把小说人物直接标为戏曲的脚色，在小说叙述中融入戏曲演述体制的格式，进而把小说直接标称为"戏"或"戏文"，在小说的文本编辑体例上取用戏曲术语，等等，这些编创实践皆蕴含着把小说视为"戏"、称为"戏"的思维与观念。

另外，这种思维与观念在当时的小说批评中也多有表现。前文论及东吴弄珠客《金瓶梅序》、张竹坡《批评第一奇书金瓶梅读法》以戏曲的脚色比类小说中的各色人物（详见第十章开头部分），形象生动而又恰如其分地传达出人物的特征和论者的评价。而脂砚斋在《红楼梦》第四回叙及薛蟠出身时批点道："本是立意写此，却不肯特起头绪，故意设出'乱判'一段戏文其中穿插。至此,却淡淡写来。"① 乃是把"葫芦僧错判葫芦案"称为"一段戏文"。《肉蒲团》第二回回末有署名"情死还魂社友"的评点,称未央生是"一本戏文的正生",孤峰和尚"乃末脚也"②。而在小说《锦绣衣》、《笔梨园》的评点中,这种观念的表述更为常见。

> 花笑人与云上升作登场之结构,此回以花笑人开场而云上升吊场,头绪井然,仍有藕断丝联之妙。(《换嫁衣》第一回回末评)
> 此回写花笑人之历报,……奇奇幻幻。末后吊场处,忽然联入白氏,显出心诚,令人不测。小说中之蜃楼海市也。(《换嫁衣》第五回回末评)
> 起处一篇引子……入正本之后,即以题诗换谱扼全题之要……婚嫁处,略于凤娘而详于燕娘,盖以全本佳戏,皆从燕娘演出,故独详也。末幅以宫芳落水吊场,令阅者魂动魄惊。(《移绣谱》第一回回末评)
> 宫榜拿周之纱帽,为大净埋根□□□□根由,为今日之做戏张事。今日之做戏,为表兄弟之相逢作津。而其中遭同班之捉,受官府之刑,步步令人不测。一本佳戏,此回收者,可谓愈出愈奇。(《移绣谱》第六回回末评)③
> 一本佳戏,此回乃纲领也。看他埋伏全场,步步振纲挈领,而妓家之风情态度已见一斑。此立势之文也。(《笔梨园》第一回回末评)
> 是一出□相逢,一字一伤心。(《笔梨园》第五回眉批)④

---

① 曹雪芹:《脂砚斋甲戌抄阅重评石头记》,沈阳出版社,2007年,第113页。
② 情痴反正道人:《肉蒲团》,东京大学东洋文化研究所双红堂文库藏日本抄本。
③ 苗深等标点:《明清稀见小说丛刊》,齐鲁书社,1996年,第710、734、749、786页。
④ 萧湘迷津渡者编:《笔梨园》,《古本小说集成》影印本,上海古籍出版社,1994年,第3辑第106册,第17、91页。

在这些小说评点中，评点者把小说视为"戏"，称为"戏"，进而引入了相关的戏曲概念、戏曲术语，如脚色名、吊场、一本戏、一出戏等。这些皆表明清初的小说评点中明确存在着把小说当成"戏"的思维与观念。

由此可知，把小说视为"戏"、称为"戏"的思维与实践，一直在明末清初之际小说的创作与评论中存在着、标榜着。虽然它们具体的做法与表述有所差异，但在思路上却有着精神上的相通性，都蕴含着同一种小说观念。只是李渔的"无声戏"提法相对来说比较鲜明、清晰、凝炼，并且他所标榜的"无声戏"小说创作实绩相对突出罢了。由此可以说，李渔所提出的"无声戏"概念，可以作为这一小说观念的概括、通称。

从总体上来看，明清之际小说创作、评论中存在着的"无声戏"概念，各自表述确实有着精神上的相通性，但各自具体的创作实践和评论表述又反映出一定的差异与变化，由此可以见出这一小说观念在内涵上有一个由内而外的扩展过程，它由开始时的故事选择、情节处理上的"求戏"，扩展到叙述体制、文本形态上的"求戏"。

一、"无声戏"小说观念的精神内涵

李渔关于"无声戏"的明确表述有两个材料，一是他的第一部话本小说集命名为《无声戏》，二是其话本小说《十二楼·拂云楼》第四回末有言："此番相见，定有好戏做出来，不但把婚姻订牢，连韦小姐的头筹，都被他占了去，也未可知。各洗尊眸，看演这出无声戏。"[①] 对于李渔的"无声戏"小说创作观念，有两种普遍的理解：一、"无声戏"观念意指把小说当作戏剧或剧本（传奇剧本）来写；二、"无声戏"观念意指将戏剧艺术的表现方法全面引入小说。这些理解并不契合李渔所提出的"无声戏"小说观念的内涵。

---

① 李渔：《十二楼》，上海古籍出版社，1992年，第107页。

很明显，首先可以确定李渔的"无声戏"命题针对的是小说，那么，这里的"戏"指的是小说的哪一方面或哪些方面？是小说的体制特征，是小说所叙故事本身的特性，还是小说情节叙述方面的某些特性？由于李渔没有对此命题进行深入的说明和细致的展开，我们在对其"无声戏"内涵予以考察时，可在结合他小说创作实践的同时，进行三个角度的思考。

其一，就"无声戏"一词本身来看。李渔的"无声戏"可能包含一种比喻修辞的意义，比如"人生如戏"，此"戏"即指事件本身的曲折、奇异色彩。那么，"无声戏"把小说视为戏，即意指小说应有"戏"，要在小说创作、构思中能够"出戏"，如李渔《拂云楼》第四回所说："此番相见，定有好戏做出来。"这里的"戏"即指故事情节的发生、进展曲折有趣。考察李渔的小说故事，确实十分"有戏"，他会设置各种各样的曲折离奇的情节，并把这曲折离奇的情节作为小说人物塑造和故事展开的基础。如《生我楼》中尹小楼卖身作父，本就离奇，更奇的是居然有人愿买他作父，而买父人姚继竟是尹小楼多年前丢失的儿子，此外，姚继偶然从乱兵中买回的两个女子，竟然一是未婚妻，一是生身母亲，一家人最终因这些奇巧的机缘得以团聚。在他的小说中，故事情节虽然多是街谈巷议、日常闻见之事，然而他将这些极其平常的事情加以提炼，翻出新意，道前人所未道。评论者在分析他的小说创作时常会指出其小说追求新奇的审美趣味，即讲究故事构思的新异曲折和情节布局的机巧变化，如睡乡祭酒评点《无声戏》特色时指出："《无声戏》的妙处，妙在事事在人意想之外，又事事在人意想之中，所以为后来小说之冠。"① 这样的小说就十分"有戏"。

其二，就李渔小说文体的外部特征来看。如果说"无声戏"是指无声的戏曲，即这"戏"指的是戏曲的演述体制，是形体意义上的"戏"的话，则明清时期大量的以诗文思维创作的"案头戏"当是名副其实的

---

① 李渔：《连城璧》寅集《乞儿行好事，皇帝做媒人》眉批，《古本小说集成》影印本，上海古籍出版社，1994年，第1辑第48册，第152页。

"无声戏",如《读离骚》(尤侗)、《续离骚》(嵇永仁)、《柴舟别集》(廖燕)、《写心杂剧》(徐爔)、《明翠湖亭四韵事》(裘琏)、《饮酒读骚》(即《乔影》,吴藻)等。单就这些剧作的题名来看,它们已失去了剧本应有的叙事宗旨,而代之以作者的"诗心",廖燕即声言"借纸笔诉衷肠"①,徐爔则宣称"写心剧者,原以写我心也"②。这类剧作可以无情节、无冲突,仅仅简单交代一个事件后即由一个脚色进行大段的抒怀议论,比如廖燕《柴舟别集》四种杂剧的主人公均以作者真名出之,所抒情感和所托意志皆为廖燕本人的所思所想,故事性不强,曲词不当行,更重要的是,廖燕明确自己并不是为舞台表演而创作,而只是借用杂剧的形式来抒写自己的内心世界。各剧皆以廖燕作为主人公大段地直诉情怀(其中有关他本人生活的简单交代也是为了情感抒发作准备),对自己的处境进行自嘲、自叹与自慰,表达了自己的处世态度和人生理念,其中《醉画图》一剧甚至没有人物间的对话,与其说这是一个剧本,不如说是廖燕本人的诗文性质的言志之作,即孙楷第所言"纯然自述之词"③,庄一拂所言"纯为寓言之剧"④,而这戏剧形式只是为他抒怀言志提供了一个有利的、合适的故事情境罢了,正如苏轼《赤壁赋》在主客问答的情境中表述了自己的人生思考与内心情感。如此一来,剧作只是作者模拟剧本格式抒情表意的诗文,而剧本格式只是这"诗心"的外壳;作者的创作意图也并非是为舞台表演,而是为了表情达意,即抒写自己的情感,表达自己的思想,寄寓自己的思考。与此相比较,很明显,李渔的小说创作并未迁就戏曲的演述体制和形态特征,而仍是遵守了话本小说的文体规范。故而李渔的"无声戏"小说创作观念不能理解为模拟或追求戏曲的体制特征,或把小说当成戏曲来创作。由此,李渔的这一小说观念也就并未泯灭小说与戏曲作为独立文体的差异,他对二

---

① 廖燕:《柴舟别集·醉画图》剧末〔彩旗儿〕,载《廖燕全集》,上海古籍出版社,2005年,第594页。
② 徐爔:《写心杂剧》"自序",国家图书馆藏清乾隆五十四年徐氏梦生堂刻本。
③ 中国科学院图书馆整理:《续修四库全书总目提要(稿本)》,齐鲁书社,1996年影印本,第12册,第793页上栏。
④ 庄一拂:《古典戏曲存目汇考》,上海古籍出版社,1982年,第730页。

者的差别还是有着清醒的认识，他的小说创作也具有小说文体的规定性。

其三，就李渔的戏曲理论来看。既然作为小说创作观念的"无声戏"与戏曲有关，不论那些与"声"有关的音律、词采等戏曲文体因素，那么，李渔认为的"戏"有何准则呢？在中国古典戏曲理论中，李渔戏曲理论的创新之处就在于它表现出少有的对"戏性"的重视，这突出表现在他的"结构第一"理论中。

在《闲情偶寄》所述戏曲创作所要注意的众多因素中，李渔明确提出"结构第一"，而把音律、词采等因素置于从属地位。在明清时期的文人戏曲创作和品评中，叙事性一直未得到很好的重视和体现，多以雅化的观念削减了戏曲的叙事目的，而不断增容对曲律和词采的约求，表现出"戏性"与"曲性"的失衡，甚者以"曲性"代替"戏性"。在这种背景下，李渔的"结构第一"理论对故事因素和情节布局的强调突出了他对戏曲叙事性的重视，他和响应者的戏曲创作也体现了崇尚"戏性"原则的努力，显示出不同于时趣的戏曲美学追求。相对于李渔前后众多戏曲理论的重"曲性"来说，他更看重"戏性"，即重视戏曲的故事构思和情节布局艺术，这是在重视戏曲叙事基础上的考虑。由此可见，李渔"结构第一"理论所表达的戏曲创作原则，是在重视叙事性的基础上对情节布局艺术的强调，这正是李渔的戏曲理论不同于此前戏曲理论主要关注音律和词采的地方。

李渔的"结构第一"理论中列有七条原则，皆针对"传奇所用之事"立论。

"立主脑"是"结构第一"理论的核心原则，涉及了两个方面的内容：一是要确定"一人一事"（重在"一事"），即核心人物的核心情节，要求是"奇特"；二是明确戏曲是"为一事而作"，"其余枝节皆从此一事而生"，并且要据此"一事"组织安排，以避免成为"断线之珠、无梁之屋"。这两个方面，一指故事本身的选择要求，一指故事情节的组织要求。后面的五条原则皆是围绕这两个方面展开。

一个方面是对"事"本身的选择要求。"立主脑"中已指出"一事"

要"奇特","脱窠臼"即承接此意进一步展开。既然知道了"一事"的重要性,那么这"一事"本身的设置应有原则,不是什么样的事都有价值,只有新奇之事才有价值。而"一事"又存在于整体故事中,则整体故事的选择、构思当然就成为考虑的重要问题。于是,"脱窠臼"、"戒荒唐"、"审虚实"、"戒讽刺"四条原则都是在这一方面的深入探讨,这也是对故事进一步处理之前所要首先做的事情。至于第一条原则"戒讽刺",一般被理解为戏曲创作中的"文德",似乎游离于"结构"之外。其实这一原则也是针对戏曲所设之人与事立论,仍属"传奇所用之事"的选择原则,它指出戏曲所设之人与事不能以报仇泄怨为目的,立意要正。所设之人、所设之事,"以之报恩则可,以之报怨则不可;以之劝善惩恶则可,以之欺善作恶则不可"。这一原则是与"审虚实"、"戒荒唐"并列的,都是对事的选择原则,应该放在一起讨论,而之所以李渔要把它放在七条原则之首,在"结构第一"中首倡此原则,他有解释言:"吾于发端之始,即以讽刺戒人,……窃恐词人不究立言初意,谬信'琵琶王四'之说,因谬成真。"如此而"以填词泄愤",则戏曲的写作便成为"行险播恶之书",贻害他人。可见,他首列此原则,是告诫编创者若立意不正,以泄愤之心设置剧中人和事,则作品就没有传之久远的价值。

另一个方面是对情节组织布局的要求。"立主脑"中已指出情节组织要以核心情节为中心,力求紧凑、清晰,如果抓不住核心事件,只把一人所行之事,逐节铺陈,则全篇就像断线之珠、无梁之屋,结构上松散不紧凑。至于如何才能使情节组织紧凑而不松散,李渔提出了"密针线"、"减头绪"两条原则进行深入探讨,要求戏曲关目的穿插联络应前后照应、互相埋伏,且务求主干情节的清晰、单纯,"始终无二事,贯串只一人",所谓"一线到底,并无旁见侧出之情"。如此,才能让观众更容易把握戏曲的情节和主旨。

由此可见,李渔的结构论包括了故事本身的设置和情节的布局安排两个方面的原则,其内涵就是李渔在"结构第一"总论中所归结的"有奇事方有奇文"原则,即事奇与文奇相结合原则,这正是李渔戏曲结构论的核心观点,具体七条原则的讨论皆据此生发。"事"(传奇所用之事)要求"甚奇特","未经人见";文(情节结构)则要求"戏场关目,全在出奇变相,令人不能悬拟"①。而"奇"就是新异,既包括故事本身的新异,也包括情节布局的新异。这就是李渔戏曲理论重"戏性"的表现。

李渔的小说创作在故事构思、情节布局上与其戏曲结构论有着精神上的契合,表现出对自己戏曲理论中重"戏性"原则的遵循,即在故事设置、情节布局上"求戏"。但在文体外部特征、人物话语格式方面并未表现出"求戏"倾向,仍遵循着话本小说的文体规范。

李渔小说创作的"求戏"原则主要表现在三个方面:一是故事新颖奇特,不落窠臼;二是主线明确单纯,结构严谨有序;三是情节曲折变化,波澜起伏,充满了戏剧性的冲突、陡转和巧合。相对于他的小说创作,李渔的戏曲却未能充分符合这些创作原则。黄强《论李渔小说改编的四种传奇》一文通过比较考察,认为"李渔确定的某些戏剧理论原则更适合于他的小说",如其小说结构上很符合"立主脑"、"减头绪"原则,小说叙述中侧重于故事情节的纵向推进,人物、环境都在一条清晰的线索上贯穿,这与其戏剧理论中强调"一线到底"、"文情专一"的"减头绪"原则不谋而合②。所以,他的小说创作非常明显地表现出了对自己戏曲理论中"结构第一"原则的遵奉。而他的"无声戏"命题即是在重视叙事性基础上,根据他对小说、戏曲创作原则和特性的把握,立足于小说创作的角度,参照自己的戏曲结构原则,而对小说情节构思与布局所要遵循的创作原则的一个理论概括。总之,李渔的"无声戏"小说观念与其戏曲理论的重"戏性"原则是相通的,其内涵是强调故事构思、情节布局的新颖独特。

由此分析可见,李渔的"无声戏"小说观念是一种故事构思、情节布局上的"求戏"原则:一是强调小说在叙事艺术上与戏曲的故事构

---

① 李渔:《闲情偶寄》"词曲部·结构第一"、"演习部·脱套第五",上海古籍出版社,2000年,第15—30、124页。
② 黄强:《论李渔小说改编的四种传奇》,《艺术百家》,1992年第3期。

思、情节布局原则有着精神上的相通性,二是明确小说创作在艺术追求上应该"求戏",要以戏曲的关目设置、情节组织原则为参照,而非在演述体制意义上参照戏剧体制或剧本体例。所以,那些把小说当作戏剧(传奇剧本)来写,或以戏剧的艺术特点创作小说的理解,并不契合李渔"无声戏"小说观念的内涵。

二、"无声戏"小说观念的理论渊源

"无声戏"观念的提出并不是李渔一人一时的"无中生有",而是有其文学背景和理论渊源的。李渔以"无声戏"概括的小说创作原则(事奇与文奇相结合),不仅体现了与他自己的戏曲结构原则有着精神上的契合性,也显示出与此前小说、戏曲的创作原则和审美倾向有着明晰的承继性。

事奇与文奇相结合的原则,在明代小说、戏曲的创作和批评中业已存在,二者都表现出对"戏性"原则的崇尚与实践。这主要表现在两个方面:一是二者在重叙事基础上的情节结构原则是相通的,二是二者在故事设置、情节布局上的创作原则是相同的。

在情节结构方面,戏曲近于白话小说,可称之为"小说式戏剧"。考察李渔那些由小说改编而来的戏曲,其叙述顺序、情节布局基本上是由小说的主体情节编排而成。而当时那些由戏曲到小说的改写,如由《玉合记》到《章台柳》,由《蕉帕记》到《蕉叶帕》,由《奈何天》到《痴人福》,由《风筝误》到《风筝配》等,也基本上是以戏曲的叙事顺序、情节叙述为依据。杨绛曾以中西方戏剧比较的视角分析了李渔的戏曲结构论,认为与西方戏剧相比较,李渔所论的戏剧结构并非如西方古典戏剧的"三一律"那么严整,而是属于结构宽松的"史诗的结构",即故事没有时间、地点的限制,穿插情节的长短比较随便,因此,"我们传统戏剧的结构,不符合亚里斯多德所谓戏剧的结构,而接近于他所谓史诗的结构",而这"史诗的结构"类似于中国章回小说的叙事结构,基于此，中国戏曲可称之为"小说式戏剧"①。相对于西方古典戏剧所要求的情节结构集中、紧凑的原则，中国古典戏曲在情节结构上所表现出来的开放、松散特点，确实类似章回小说的结构形式。这是以西方戏剧为参照而对中国戏曲叙事结构的认识。而李渔的"无声戏"命题则以自己的戏曲结构原则为参照，对小说的创作原则进行了一个概括性、总结性的理论表述。

在创作原则方面，由于小说与戏曲皆以叙事为情节结构的基础，而且在故事题材上有着血缘的联系，所以在故事设置、情节安排方面都具有相通之处，其原则就是事奇与文奇的结合。"事奇"是指故事题材的新奇，"文奇"是指情节布局的不落俗套，事奇与文奇兼善者方为佳品。明末时期许多小说、戏曲批评者都表达了对这一创作原则的崇尚。

小说方面，对事奇、文奇的追求是明清时期小说创作普遍存在的审美趋向。在李渔前后就有许多评论者关注、倡言小说的事奇、文奇倾向，并阐发其价值。明万历年间的徐如翰在《云合奇踪序》中有言："天地间有奇人始有奇事，有奇事乃有奇文。夫所谓奇者，非奇衺、奇怪、奇诡、奇僻之奇。"②此言精练地表达了小说创作对奇事奇文的追求，而且也精辟地指出了二者的关系——奇文须根植于奇事之中。对于小说这样的叙事文学来说，"奇文"就是指在奇事基础上的情节布局艺术，以"奇"标榜，即强调情节组织的创新意识，要不落俗套，不堕陈窠。金圣叹在崇祯十四年完成了《水浒传》的评点，其中有许多"奇事奇文"之类的批语，如第二十八回回评云："夫修史者，国家之事也；下笔者，文人之事也。国家之事，止于叙事而止，文非其所务也。若文人之事，固当不止叙事而已，必且心以为经，手以为纬，踌躇变化，务撰而成绝世奇文焉。……但使吾之文得成绝世奇文，斯吾之文传而事传矣。"③有了奇事，还应精心构思，巧为组织，以成奇文。有奇事才有奇

---

① 杨绛：《李渔论戏剧结构》，载《春泥集》，上海文艺出版社，1979年，第122—123页。
② 徐如翰：《云合奇踪序》，载《云合奇踪》，《古本小说集成》影印本，上海古籍出版社，1994年，第1辑第19册，第1页。
③ 金圣叹评点：《第五才子书施耐庵水浒传》，中州古籍出版社，1985年，第469页。

文，奇事必由奇文来传，文不奇则事亦不传，只有重视了小说结构艺术才能有奇文。而《三国志演义》毛评也阐发了事奇与文奇的创作原则，其第八十六回回评有言："前有周郎赤壁之火，又有陆逊猇亭之火，无分毫相犯，斯亦事与文之最奇者矣。"第八十九回回评又言："最相类又最不相类，岂非绝世奇事，绝世奇文！"① 另外，烟水散人写于康熙初年的《赛花铃题辞》有言："予谓稗家小史，非奇不传。然所谓奇者，不奇于凭虚驾幻，谈天说鬼，而奇于笔端变化，跌宕波澜。"② 烟水散人所倡言的"奇"，并非专指题材与情节本身的"事奇"，还包含"文奇"，即"笔端变化，跌宕波澜"。这种观念表述在成书于乾隆三十九年（1774 年）的《水石缘》何昌森序中更为清楚："其事不奇，其人不奇，其遇不奇，不足以传。即事奇人奇遇奇矣，而无幽隽典丽之笔以叙其事，则与盲人所唱七字经无异，又何能供赏鉴"，并赞《水石缘》"其人奇，其事奇，其遇奇，其笔更奇"③。由此可见，当时许多小说批评者普遍关注小说的事奇、文奇倾向，强调事奇与文奇的契合与协调才是佳作。他们所谈的"奇"，不但包括故事的构思因素，还包括情节的组织因素。

明代的戏曲理论中也有追求事奇与文奇契合协调的表述。但戏曲批评中所谓的"文奇"并不如小说那样指向情节的安排布局，而是普遍指向戏曲的词采，而且不使用"文奇"一词。即使偶有批评者涉及戏曲的情节结构艺术时也未使用"文奇"，如袁于令（剑啸阁主人）《焚香记序》有言："兹传之总评，惟一'真'字足以尽之耳。……然又有几段奇境，不可不知。其始也，落魄莱城，遇风鉴操斧，一奇也。……愈出愈奇，悲欢沓见，离合环生，读至卷尽，如长江怒涛，上涌下溜，突兀起伏，不可测识，真文情之极其纡曲者，可概以院本目之乎？"④ 这里

---

① 罗贯中撰，毛宗岗批评：《毛宗岗批评三国演义》，齐鲁书社，2014 年，第 822、851 页。
② 烟水散人：《赛花铃题辞》，载《赛花铃》，《古本小说集成》影印本，上海古籍出版社，1994 年，第 1 辑第 93 册，第 1—2 页。
③ 李春荣：《水月缘》，北京大学出版社，1990 年，序第 11 页。
④ 王玉峰：《玉茗堂批评焚香记》，《古本戏曲丛刊初集》，国家图书馆出版社，2016 年，第 20 册，序第 3—6 页。

的"文情"表达的是情节结构,这种"极其纤曲"的文情之"奇"就在于"突兀起伏,不可测识",意指戏曲情节结构的曲折变幻,能给人以新奇之感。但批评者更普遍的却是在"事奇"基础上关注于声律词采方面的"奇",实际上是"词奇"(词采奇艳)。王思任《合评北西厢序》有言:"事不奇不传,传其奇而词不能肖其奇,传亦不传。……良繇词与事各擅其奇,故传之世者永久不绝。"① 茅暎《题牡丹亭记》指出:"第曰传奇者,事不奇幻不传,辞不奇艳不传。其间情之所在,自有而无,自无而有,不魄奇愕眙者亦不传,而斯记有焉。"② 吕天成《曲品》也表现出对陈词俗套的批评和事奇词佳者的称赏,他欣赏汤显祖《还魂记》"杜丽娘事,甚奇。……且巧妙叠出,无境不新",陆采《明珠记》"无双事,奇",而不满汪廷讷《同升记》"词采甚都,但事情不奇耳",王伯贞《合璧记》"词亦佳,但欠脱套"③,其原因就是此二者不合事奇与词佳的审美原则,言语中对其未能兼善事奇与词奇而深表遗憾。

综合明代小说、戏曲批评中关于事奇、文奇的论述,可以见出二者在追求故事情节新异的"事奇"原则方面是相同的,而在"文奇"方面却并不统一。小说的"文奇"指向于情节结构艺术,是叙事的"文奇"——情节布局的创新,不落俗套。戏曲的所谓"文奇"则更多的指向于文词锻炼,是曲词的"文奇"——词采奇美、奇艳。但事奇与文奇兼善则是当时小说、戏曲在创作与批评中共同遵循的审美原则。

而李渔在"结构第一"理论中所表达的重"戏性"原则,就是在重视叙事性的基础上对情节布局艺术的强调。他所讲究的"文奇"含义并非此前曲家普遍宣扬的"奇艳之辞",而是小说批评者所倡导的情节结构艺术。所以说,李渔对戏曲结构原则的阐发有借鉴小说理论之处,他在戏曲创作上强调的"结构第一"原则,与明清小说的事奇与文奇兼善

---

① 汤若士、李贽、徐渭评:《三先生合评元本北西厢》卷首,国家图书馆藏明崇祯间刻本。
② 汤显祖:《牡丹亭》卷首,载吴毓华《中国古代戏曲序跋集》,中国戏剧出版社,1990年,第162页。
③ 吕天成:《曲品》卷三,载《中国古典戏曲论著集成》,中国戏剧出版社,1959年,第6册,第230、231、243、236页。

的审美原则有思维上、观念上的契合，可以说，"结构第一"的精神内涵就是明清小说批评中所阐发的事奇文奇兼善的审美原则，这也是李渔戏曲理论重"戏性"原则的精神所在。

李渔的"无声戏"概念与杨绛所言"小说式戏剧"的命题思路相类，皆是针对小说、戏曲某一方面的特征或原则而作出的概括。"小说式戏剧"是杨绛参照西方戏剧观念对中国戏曲的认识，意指中国戏曲在情节结构上与中国章回小说相同。而"无声戏"则是李渔参照前人与自己的戏曲创作原则而对当时存在的小说创作观念的一个总结，意指小说在故事设置与情节布局方面与戏曲创作的审美趋向有着精神上的相通性。从这个意义上说，李渔的"无声戏"是立足于小说，参照于自己的戏曲结构原则，对前人小说创作原则、观念的一个精确把握和凝炼总结，也是对自己小说创作特性的标榜和小说创作原则的理论表述。此前的小说创作和批评中一直存在着这个观念，只不过李渔用"无声戏"这一命题明确了它，并旗帜鲜明地把它作为自己小说创作的原则去实践。

所以，从"无声戏"小说观念的产生背景和理论渊源来看，它所要表达的是小说创作的一个原则，具体而言，是在重视叙事性的基础上，把握当时小说、戏曲共同的创作原则和审美倾向，对当时存在的事奇与文奇兼善的小说创作原则所作出的一个概括性的理论表述。李渔的这一小说观念与其戏曲理论的重"戏性"原则非常一致，可以说，李渔的"无声戏"小说观念是他的戏曲创作"结构第一"原则在小说创作领域中的标榜与强调。

三、"无声戏"小说观念的实践响应

以取鉴戏曲为主要内容的"无声戏"小说观念在清初的小说编创中得到了较为广泛的响应，虽然这些编创者皆是认同小说与戏曲的相通性，但由于各人的认识差异和能力高低，对"无声戏"小说观念的实践情况各有不同，有的实践得比较深入，有的则实践得比较表面。

具体来说，有的小说在情节叙述上取用戏曲体制因素以求艺术创新,且能根据小说的文体规范对戏曲格式进行很好的改造或消化,确实有利于小说的人物刻画、情节建构和主题表达,也有效地丰富了小说的艺术表现手法。比如李渔以其戏曲理论的重"戏性"原则来创作小说,在故事设置与情节布局方面"求戏",故而其"无声戏"小说创作虽以"戏"标举,但它们更多的是在叙述艺术上借鉴、模拟戏曲之法(此为内质方面),而非戏曲格式上的简单化、表面化引入或借用。与此做法不同,当时有些小说虽标举"无声戏"观念,却只是在小说的情节叙述体例和文本编辑形态中糅进戏曲的思维和格式(此为外形方面),甚者以连缀戏曲宾白的方式简单地改写戏曲以成小说,或者径直以戏曲格式纳入小说,而并没有以小说的文体规范予以很好地熔铸。这是对"无声戏"小说观念的表面化理解和实践,是小说在狠求新奇的审美趣味下对戏曲体制因素的偏执化、极端化模拟。

在李渔标举、实践其"无声戏"小说观念稍后,萧湘迷津渡者编写的小说集《纸上春台》、《笔梨园》结集成书[①]。"纸上春台"、"笔梨园"的命题思路与"无声戏"相同,皆体现了编写者对自己小说的艺术特性和创作原则的显扬。但他们的"无声戏"小说观念已更多的由内质而转向于外形。由于这些提法比李渔的"无声戏"稍晚,极有可能是受到李渔"无声戏"概念的影响。它们的相继标榜,形成了一种群体效应,尤其是李渔对这一小说创作观念的凝练表述和积极实践,有效地启发了小说创作对戏曲的关注与借鉴,促进了小说创作的"求戏"观念。李渔的"无声戏"概念的精神内涵就是要在故事设置和情节布局上求新求变,不落俗套。在这一观念的促动下,清初的小说创作不但在故事设置、情节布局上求新变,还进一步扩展到在小说的文本形态上求新变,也就是说,"无声戏"小说创作除了重视故事设置、情节布局的"戏性"营构外,还在叙述体例、文本形态上模拟戏曲的格式,由此在小说编写中出现了明显的"拟剧本"倾向。

---

① 据《中国通俗小说总目提要》,日本元禄间《舶载书目》著录有《纸上春台》,并记载其总目。由此知《纸上春台》在康熙前期已成书(日本元禄在公元1688年至1703年之间)。而李渔的《无声戏》、《十二楼》皆在顺治年间成书。

在"无声戏"小说观念的影响下，清代一些白话小说在创作思路上吸纳了戏曲的思维和格式，以小说为无声之戏、笔下梨园、纸上戏曲，把小说称为戏，视为戏，把小说的情节发展直接表述成戏曲的演进过程，进而在小说的文本形态中取用戏曲的格式和术语，把戏曲的演述体例直接移入到小说的叙述形态中。编写者认为只有如此才能更清楚地传达出这部小说的艺术特征和形态特色，由此而在小说的文本形态上表现出"拟剧本"的面貌（详见第十章第五节）。

关于"无声戏"的小说实践，除了出现"拟剧本"倾向之外，还出现了生硬改写戏曲的"戏曲节录本"现象。当时一些小说改写戏曲的方式十分简单、表面和生硬，它们基本上完全依据戏曲的宾白来建构小说的叙述，而并未进行小说文体规范的改造和处理，由此在文本形态中遗留了大量的戏曲格式。编写者在改写戏曲文本时，认为去掉戏曲文本的曲辞和声律因素，连缀戏曲的宾白即可成为小说。这种"戏曲节录本"的改写方式也与这一时期的"无声戏"小说观念的标榜有关。

首先，在改写过程中，小说以宾白为据建构情节，但多未对戏曲格式的宾白予以小说文体规范的改造和消化。这些改写自戏曲的小说作品在人物、情节、语言等方面基本上是直接移植，而且多是选取宾白，去掉曲词，以戏曲宾白为据建构情节，把戏曲脚色领起的话语改为人物姓名领起的第一人称人物话语，或是展示故事情节的第三人称叙述语话。在此过程中，改写者未能很好地对戏曲格式的宾白予以小说叙述体制的处理与融合，因此小说的情节叙述和文本形态中遗留了大量的戏曲格式的人物话语。比如戏曲人物出场的自报家门格式，戏曲人物对自己动作的说明性、描述性话语，由人物之口展现的场面或景物描绘，以及人物话语中的背白格式（详见第十章第一、二、三节）。这些戏曲体制因素的遗留，对于小说的叙述体制和话语风格来说显得非常生硬和突兀。

其次，在改写过程中，小说对于曲词予以大量删削、去除，保留者多以"有诗为证"、"有词为证"之类的套语领起、标识。小说《霞笺记》乃据明人无名氏同名传奇戏曲改写，其中的人物话语多从戏曲宾白移植，而"有诗为证"、"有词为证"所领起的韵词乃直接取用戏曲的曲词,比如第一回叙及张丽容打秋千的〔梁州序〕,即是戏曲第四出〔梁州序〕套曲的〔前腔〕曲词;第二回叙李玉郎与张玉容私订终身,"有词为证"的〔侥侥令〕即是戏曲第六出的〔侥侥令〕曲词。另外,戏曲每出惯常的四句下场诗,也多被小说取用以作一段情节之后的总结词,并以"正是"领起,如小说第三回"洒银公子求欢娱,丽容拒绝起祸端"两段情节,各有一段七言四句的韵词作为总结,一是"佳人亲送玉搔头,明日应须偕凤俦。翠被春浓人未起,卖花声已过前楼";一是"二八佳人真个美,血点樱唇喷香嘴。流水无情恋落花,落花有意随流水"。此乃是照搬戏曲《霞笺记》第七出"洒银求欢"、第八出"烟花巧赚"的下场诗。

其三,在改写过程中,小说有时会把曲词直接纳入人物的对话情境中,格式上甚为突兀,语气上颇不协调。清嘉庆十年(1805 年)云秀轩刻本《痴人福》乃据李渔的戏曲《奈何天》改写,几乎是照搬了戏曲中的宾白,许多唱词也被稍作改易而纳入小说中的人物对话情境中。比如小说结尾处有田北平与三位妻子的一段对话——

> 北平道:"幸喜痴人,福分与天齐。可笑乖人,枉自用心机。世上的人,贫贱富贵,都有一定的位。"邹氏与何氏、吴氏三人齐道:"天生绝对,佳人才子,有甚么相宜,天公特设参差配。心思虽然巧,智慧果实奇,不曾爬到上天梯。奇丑若相安,痴蠢才相乐,鬼神反有救人时节。"北平道:"作善的心肠来得猛,回天的手段却是奇,金银之力自然把形骸辟。恩岐周密,自然把腥臊洗涤。作善之心肠坚固,那些灾难定然消灭。试将我两般小像画做一幅,传与世上,看凡人变化的真奇迹。"邹氏三人道:"幸得男儿争气,把红颜命格,默默的换移。从今后妻子有病,不须自医。闺门无福,不消遍求。一人作善,挈带了全家荣贵。"

这段对话取自戏曲《奈何天》第三十出"闹封"中丑扮阙里侯与三旦扮三位妻子的唱词,内容基本照录,略有改易。在格式上,仅把戏曲中〔北金盏儿〕、〔南安乐神犯〕、〔北寄生草〕、〔南皂罗袍〕换成以"北平道"、"邹氏三人道"等提示语领起，成为一个人物对话格式，但各人具体的话语内容并未形成对话的效果，实际上仍是遗留了戏曲情境中这段唱词的面向观众以叙事表意的功能。

其四，在改写过程中，小说叙述中遗留了许多戏曲的科诨情节。戏曲演述体制中的科诨，有其特有的格式和功用，多为场上活跃气氛之需，往往与主体故事、主干情节无大关系。而小说叙述则无需此料，尤其是不需要戏曲科诨的格式。李渔的话本小说《谭楚玉戏里传情，刘藐姑曲终死节》、《寡妇设计赘新郎，众美齐心夺才子》中没有科诨情节，但他据此改编为戏曲《比目鱼》、《凰求凤》时，却增加了不少科诨情节，这是李渔按照戏曲的脚色功能和表演需求而做的设置。但改写自明人梅鼎祚《玉合记》的小说《章台柳》却在全依小说人物宾白的同时，也照录了戏曲特有的科诨情节，内容上与小说的主干情节无大关联，格式上与小说的叙述风格很不协调。如第十二回叙法灵寺两个小尼姑法云、慧月间的科诨：

> 老尼道："这囊中是韩员外寄他夫人的白金百两，你们可收进去。"法云道："待我来拿一拿。"拿起，却跌倒在地，说："不好了，我怎么动弹不得。"慧月说："你从来强健，今却怎的。"法云道："这叫做财多身弱。"慧月说："待我来拿。"也倒在地，说："不好了，我待要死，快买杉板。"法云道："却怎的这般说？"慧月道："这叫做财旺升官。呀，这囊上原有字，我们若识得的，就收这银子。"法云道："拿来我识。"故意沉吟一时，说："金子是我的。"慧月道："你一字不识，怎生要这金子。"法云道："一字不识的，才有金子哩。"老尼道："休罗唣，随我去罢。"

这段科诨情节来自戏曲《玉合记》第二十九出。在戏曲中，法云、慧月二人分别由净、丑脚色扮演，而科诨是净、丑的主要职能之一，且戏曲体制也为其所作科诨提供了适合的情境。但在小说中，这种净丑科诨在表述体例上和话语风格上皆显得非常不协调。这种情况还见于小说其他章回中，如第一回两个宫娥的打诨，第三回轻娥和慧月的打诨，第八回安禄山和随驾官的打诨，第十二回田承嗣和史朝义的打诨，第十三回沙吒利和沙虫儿、道童和李王孙的打诨，第十五回教坊伶人之间的打诨。这说明《章台柳》的编写者对小说与戏曲之间的文体规范并没有清晰的认识和把握，就像直接引入戏曲宾白一样，他也直接把这种净丑科诨情节纳入小说人物的对话情境中，自然就显得格式突兀、语调生硬了。

另外，小说对戏曲宾白的简单连缀，而未按照小说的文体规范进行必要的处理和消化，由此而使得小说在情节表述和话语格式上显得十分突兀、生硬。如《章台柳》第二回写韩生无意间来到柳姬的住所章台，被柳姬及其使女轻娥发现，小说于此有这样一段叙述：

> （轻娥）下楼来，见了韩生在那里探望。"呀，是谁家郎君，辄敢到此。"……韩生道："小生寻春，郊外迷路到此，愿借琼浆，以慰消渴。"轻娥道："且不要忙，我去问姐姐，肯时擎一瓯与你。""姐姐，门外便是那骑马的少年郎在此，你嫁得这般一个也勾了。"柳姬道："这丫头是甚说话来。"……轻娥道："茶借他一杯也无妨。"柳姬道："你与他有甚往来？"轻娥出外道："快去，快去，……"

在这段叙述中，轻娥来回上下楼对韩生、柳姬说话，她下楼有说明，上楼却无说明，这种表述方式若在戏曲情境中非常自然，但在小说情境中则应有必要的说明性文字来交代清楚。轻娥首先是下楼对话韩生，之后是上楼对话柳姬，然后又下楼对话韩生。当韩生要求借水解渴时，轻娥说要问一下柳姬，这时应有对轻娥上楼的说明文字，但是，小说并未有说明轻娥上楼的叙述话语，而直接就承续了轻娥对话柳姬的话语。这种情节表述方式在小说叙述中显得很突兀，但在戏曲演述体制中则是很自然，因为在戏曲情境中人物可以用一些象征性的动作来区别其行动位置和对话对象。而在小说叙述中,这种缺少必要的说明文字以作衔接的处理方式,则会显得生硬、突兀。

由戏曲改写成小说,首应了解二者的特性,但改写者则只是去掉戏曲声腔,删除或编改曲词,简单地把宾白处理成叙述体并连缀起来,以成小说,而情节安排、叙述顺序、话语格式则基本上一如戏曲。在这些小说编写者心目中,既然小说在情节结构、叙述体制和创作观念上与戏曲都有相通性,而戏曲的曲词既然是为有声的演唱所用,去之则可为"无声戏"小说了。从当时的众多由戏曲改写而来的小说作品看,大多是保留了戏曲的情节顺序和话语格式,因此,可称它们为删掉曲词的"戏曲节录本",这一情况在《章台柳》、《燕子笺》、《痴人福》等小说中尤为显著。比如小说《章台柳》全篇随处可见明显的代言体,有许多上场白、背白、人物对自己动作的解释说明性话语,以及假人物之口的静止性叙述话语,皆带有明显的戏曲体例和腔调。所以齐如山认为此书"结构颇特别","自言自语,宛然代言体,与杂剧、传奇无异。这种体裁在小说中尚属仅见,疑系明朝人所为"[①]。其实,由小说的叙述来看,改写者明显是有意为小说,知道小说与戏曲之间基本的文体区别,比如小说中的人物不用曲词对话。但他又只是简单地据戏曲文本删除曲词、连缀宾白以成小说,而忽视了小说文体的传统规范与规定性因素。当然,这种认识和做法与"无声戏"小说观念的影响有一定的关系。当时相当数量的有意模拟、取用戏曲格式的小说创作实践已形成了一种风气,尤其是那些狠求"戏性"的小说创作,在客观上模糊了小说与戏曲的文体界限,容易让人理解成戏曲去掉"无声"因素即可为小说,这是对"无声戏"小说观念的表面化、简单化理解和实践。

然而,当时出现的诸多由戏曲改写的小说,在一定意义上也反映了"无声戏"小说观念对这种改写实践的促进之力,也就是说,由于"无声戏"小说观念的影响,引起了当时改写戏曲为小说的风气,出现了大

---

① 齐如山撰,吴晓玲辑:《哈佛大学所藏高阳齐氏百舍斋善本小说跋尾》,载《明清小说论丛》,第1辑,春风文艺出版社,1984年,第319页。

量改写戏曲为小说的实践。但是，从所见的这些"戏曲节录本"来看，这些改写戏曲的实践并未能触及"无声戏"小说观念的精神内涵，只是做了删削曲词、连缀宾白的表面化处理。

综上所述，小说模拟戏曲体制因素的"拟剧本"倾向、"戏曲节录本"现象，是小说利用、模拟戏曲过程中出现的偏执性做法，是小说吸纳戏曲体制因素的表面化结果。前文已述，"无声戏"小说观念是指是在小说创作中主动接受戏曲审美原则的规范，以戏曲的创作原则和审美倾向来创作小说。但这些"戏曲节录本"小说在引入戏曲体制因素的过程中，并没有如《红楼梦》那样注意对戏曲格式予以小说文体规范的有效改造和消化，而是把戏曲格式直白地移入到小说叙述中，未能处理好戏曲体制因素在小说叙述中的融合。这其中当然存在着小说有意创新变革的诉求，但也显示了小说在戏曲艺术影响下的生硬之举，是小说在狠求新奇思路下对戏曲体制因素的偏执性模拟，表现出一种"狠求戏剧化"的倾向。

四、结　语

"无声戏"小说观念的实际存在以及后来李渔的明确提出，是明清白话小说在其发展进程中变革创新的内在诉求的一个表现，传达出当时小说编写者的创作观念和艺术追求。

清初"无声戏"小说观念的内涵是指小说创作中对"戏性"的追求。从它生成的理论渊源与提出的文学背景来看，它首先是融合了明清之际小说、戏曲创作中业已存在的事奇与文奇兼善原则，所以"无声戏"的内涵首先是对小说故事设置、情节布局上重"戏性"原则的理论表述和凝练总结，它不是指小说体制上"像戏"，而是指情节结构上"求戏"，即在故事构思和情节安排上追求"戏性"，新奇特异，不落俗套。

李渔对此观念的明确提出以及后来众多小说编创的响应，更是把它作为一个小说创作的观念和原则来标举、号召，促发了当时及其后白话小说创作对"戏性"的追求，尤其是对戏曲体制因素的借鉴、模拟，这是对李渔"无声戏"小说观念的别样呼应。由于小说与戏曲之间存在的诸多艺术相通性，许多作者已经认识到小说编写完全可以借鉴戏曲的一些手法和体制，李渔的"无声戏"创作实践即是如此，他更多的是在叙述艺术手法上借鉴戏曲，而那些"戏曲节录本"则没有以小说文体规范很好地熔铸戏曲格式，只是把戏曲体制因素直接移植到小说的叙述中，虽然这体现了"无声戏"小说观念的影响，但也反映了时人对小说与戏曲之间文体规范的模糊意识。于是，小说编写者不但在故事设置、情节布局上"求戏"，更扩展到在情节叙述体制和文本编辑体例上"求戏"，这就引来了小说编创对"剧体"的模拟，实际上是在努力"像戏"。这种情况虽然与李渔所总结的"无声戏"小说观念的本义有所偏离，但却是对"无声戏"内涵的一个拓展，在小说的叙述体例、表达格式方面表现出对"无声戏"小说观念的呼应，虽然这一做法偏于简单、表面。

因此可以说，清初"无声戏"小说观念的内涵有一个由内而外的扩展过程，它由开始时的故事选择、情节处理上的"求戏"，扩展到叙述体制、文本形态上的"求戏"。在这一过程中，小说利用、模拟戏曲，由情节人物的模拟到体制格式的模拟，由被动的渗入到主动的化用，表现出小说模拟戏曲现象在小说编创中的渐趋扩展和深入，同时也萌发出"无声戏"小说观念。这一观念在小说创作、批评中由实际存在到明确表述，最终被李渔鲜明地概括为"无声戏"。"无声戏"小说观念的实际存在以及李渔等人的概括、标举、呼应，是明清之际白话小说创作所受戏曲艺术影响的实践在小说观念上的反映，传达出明清之际小说创作的审美观念和艺术追求。由此可以说，"无声戏"小说观念是在小说利用、模拟戏曲的过程中生成、标榜、呼应和实践的，它是以小说与戏曲的关系发展为基础，对二者趋同性特征的一种把握，并站在小说的立场上对当时小说编创实践中所蕴含的戏曲因素予以总结、彰显。在这个意义上，"无声戏"小说观念可作为明清时期小说利用、模拟戏曲现象的理论总结，是对这一时期小说发展进程中所受戏曲艺术影响的认识和把握。

第十四章

体用离合之间：清末时期小说类群的建构

1903年上海达文社印行了莎剧故事的最早汉译本《海外奇谭》，译者在《叙例》中说："是书为英国索士比亚所著。氏乃绝世名优，长于诗词，其所编戏本小说，风靡一世，推为英国空前大家，译者遍法德俄意，几于无人不读。而吾国近今学界言诗词小说者，亦辄啧啧称索氏，然其书向未得读，仆窃恨之，因亟译述是篇，冀为小说界上增一异彩。"① 很明显，译者是把莎士比亚的剧作称为"戏本小说"、"诗词小说"。这种对戏剧作品的属性认定和归类方式，对于我们现在的文体分类常识来说，已无需费词讨论，但是对于清末语境的文体认识观念来说，则关联了一系列相互缠绕的重要问题：其一，当时本土的知识系统没有戏剧分类，剧本要归于"小说"类群；其二，当时本土的"小说"是个传统目录学意义的类群概念，而非现代文艺学意义的文体概念；其三，当时国人理解西方文学的观念和现象是以本土知识系统为基础和立场的。而这些问题又共同指向一个现象：清末时期的"小说"类群包括戏曲剧本。

戏曲剧本甚或戏曲被纳入"小说"类群，始见于清末，被赋名为"曲本小说"、"韵文小说"、"诗歌体小说"、"传奇体小说"等。这样的"小说"概念（下文所及"小说"，若不特加说明，即指此类概念），既迥异于传统意义的小说，也不同于现代意义的小说。由此而来的一个问题是，这个时期基于文学立场的小说类群，虽然剥离了非文学的成分，

---

① ［英］索士比亚：《海外奇谭》，佚名译，上海达文社，1903年，第1页。

但又新纳了"曲本"这个成分,如此一来,它要想走向现代意义的小说文体,就需要把"曲本"剥离出去。即在称名上,曲本与小说分离;在类属上,曲本从小说中剥离,从而在文学格局中各自成为平等并列的独立文类,对接上现代学术体系的小说、戏曲文体。

这个剥离—纳新—再剥离的小说类群建构过程,扭结了不同层面的复杂的参与力量,以及它们之间的碰撞、较量与调适。

一、作为清末时代共识的小说类群

中国传统观念的"小说",涵盖宽泛,成分驳杂,然而杂剧传奇等"曲本"不在其内。但在清末语境中,小说却包括了"曲本",被称为"曲本小说"、"传奇体小说"等。这种对"曲本"的归类与称名方式所着眼的属性和因素,与称名词曲者明显不同。在传统的"四部"知识谱系中,戏曲归类于"词曲",比如《四库全书总目》的集部有"词曲类",刘熙载的《艺概》有"词曲概",皆兼及词评、曲评,而李渔《闲情偶寄》的"词曲部"则专论戏曲创作。基于此,英国传教士艾约瑟于光绪十一年(1885年)编成的《西学略述》向中国引介西方文化,则直以"词曲"称名古希腊戏剧和莫里哀、莎士比亚等人的剧作[①]。他们皆是着眼曲文的句式、词格、韵律等表述方式,在诗歌的演变脉线上为戏曲确定了属性和类别。而称名曲本小说者则是着眼故事的呈现方式,在小说的演变框架中把韵文、曲唱、脚色等因素统统视为故事呈现的表述方式。根据表述语言,称戏曲为"韵文小说"。根据语句格式,称戏曲为"曲本小说"、"诗歌体小说"。根据叙事体例,称戏曲为"传奇体小说"。这些称名都是指杂剧、传奇那样的戏曲剧本,甚至还包括了西方的话剧剧本,比如前文提列文献中莎剧即被称为"戏本小说"。

当时对"曲本"甚或戏曲如此的归类与称名方式,并非仅限于梁启

---

① [英]艾约瑟:《西学略述》卷四"词曲"条、"近世词曲考"条,上海盈记书庄,光绪戊戌(1898年)石印本,卷四第1b、3b页。

超《论小说与群治之关系》这类时评散论，还普遍见于小说研究著述、文章学著作、小说杂志栏目之中。

小说演进史的梳理，会把戏曲列为小说体式嬗变序列的一个环节。天僇生《中国历代小说史论》（1907年）谈及小说之体历代屡变，记事之体盛于唐，杂记之体兴于宋，"戏剧之体"昌于元，章回、弹词之体行于明清，"中国数千年来小说界之沿革，略尽于是矣"①。夏曾佑《小说原理》（1903年）把章回、曲本、弹词皆归于小说，认为曲本、弹词源于"乐章"，自与章回的渊源不同，但因其可脱离演剧唱书之境而专用于阅览之需，"乐章至此，遂与小说合流，所分者一有韵、一无韵而已"②。

小说类型的划分，会把戏曲列为小说类群的一个重要成员。比如《西厢记》这部戏曲作品，浴血生在《小说丛话》（1903年）中说它是"韵文小说"："中国韵文小说，当以《西厢》为巨擘，吾读之，真无一句一字是浪费笔墨者也。"③ 老伯在《曲本小说与白话小说之宜于普通社会》（1908年）中说它是"曲本小说"："夫《西厢》者，亦旧社会上有名之小说也。……吾知曲本小说，滥觞于《西厢》传记，其将由此而日新月盛，渐泛滥于普通社会，殆亦时势之所必然者矣。"④ 俞佩兰《〈女狱花〉叙》（1904年）则在小说的类型划分上把戏曲列为一类："中国旧时之小说，有章回体，有传奇体，有弹词体，有志传体，朋兴焱起，云蔚霞蒸，可谓盛矣。"⑤ 而1912年管达如的《说小说》可视为这一时期关于小说类型划分的一个总结，他论"小说之分类"列为文言体、白话体、韵文体三类，而"韵文体"又分为传奇体、弹词体两种：

---

① 陈平原、夏晓虹编：《二十世纪中国小说理论资料》（第一卷），北京大学出版社，1989年，第265页。
② 陈平原、夏晓虹编：《二十世纪中国小说理论资料》（第一卷），北京大学出版社，1989年，第56—60页。
③ 阿英编：《晚清文学丛钞·小说戏曲研究卷》，中华书局，1960年，第319页。
④ 陈平原、夏晓虹编：《二十世纪中国小说理论资料》（第一卷），北京大学出版社，1989年，第308页。
⑤ 陈平原、夏晓虹编：《二十世纪中国小说理论资料》（第一卷），北京大学出版社，1989年，第121页。

"传奇体者，盖沿唐宋时之倚声，而变为元代之南北曲，自元迄清，于戏剧界中，占重要之位置者也。"①

文章学的文类体系规划，新派的文体分类法会把戏曲纳入小说之中。来裕恂《汉文典》（1906年）分文字典、文章典两个部分，后者有文章谱系建构的性质，其"文体"卷之"辞令"篇有诏令、誓告、文词三类，其中"文词类"分文、诗、赋、辞、乐府、小说等六节，而小说一节专列"传奇"、"演义"二体（前者指戏曲作品），并对小说功用特作强调："移风易俗之道，外国泰半得力于小说者，中国反以此而沮风气。"又在"文论"卷对此二体再作说明："小说之文，每演白话，所记多杂事琐语。其体则章回、传奇，叙事之法，多本传记，惟词曲则注意于音节，辞采雕琢，不遗余力。"②

呼应于这种归类与称名，当时的社会文化活动亦把戏曲纳入小说范畴。比如当时的小说杂志或者普通报刊的小说栏目，皆可刊发戏曲作品。《新小说》杂志在《新民丛报》第14号（1902年8月）发布征订广告，宣称其刊发的小说类型包括"传奇体小说"，"欲继索士比亚、福禄特尔之风，为中国剧坛起革命军，其结构词藻决不在《新罗马传奇》下也"③，并在当年11月正式出刊时专设了"传奇"栏目。正是基于这种观念，晚清"四大小说杂志"发表了大量的戏曲剧本，比如惜秋等编写的《维新梦》十六出发表于《绣像小说》（1903—1904），川南筱波山人《爱国魂》八出发表于《新小说》（1905—1906），洪炳文《悬㪍猿》五出发表于《月月小说》（1906—1907），天宝宫人《义侠记》八出传奇、《孽海花》十幕京剧发表于《月月小说》（1907、1908年），月行窗主《女豪杰》前四幕发表于《月月小说》（1908年），徐半梅《故乡》四幕

---

① 陈平原、夏晓虹编：《二十世纪中国小说理论资料》（第一卷），北京大学出版社，1989年，第373—374页。
② 来裕恂著，高维国、张格注释：《汉文典注释》，南开大学出版社，1993年，第351—353、398页。
③ 陈平原、夏晓虹编：《二十世纪中国小说理论资料》（第一卷），北京大学出版社，1989年，第46页。

悲剧发表于《小说月报》(1910—1911)①。另外，梁启超编写的《劫灰梦传奇》(仅成"楔子一出")，刊发于1902年2月8日的《新民丛报》第1号"小说"栏目；包天笑（署名"笑"）编写的四幕话剧《女律师》，刊发于1911年上海城东女学的校园杂志《女学生》第二期"小说"栏目。

更具标志性的现象是，1902年梁启超发起的文学改良运动只有"文界革命"、"诗界革命"、"小说界革命"的实绩。对此，夏晓虹指出："检索梁氏其时的著述，他切实谈论过的'文学之革命'，实在也只有上举三项。这也可以理解为，梁氏的'文学'分类仅指向'诗'、'文'与'小说'。至于戏曲，即梁所谓'曲本'，在其时尚处于附庸的地位，未能独立。"②再结合这一时期小说杂志的繁兴乃受"小说界革命"的推动，以及来裕恂《文章典》特分小说为传奇、演义二体并强调其社会变革之用亦属对"小说界革命"的呼应，此即表明，梁启超基于文学改良运动的思想驱动和观念支撑而把曲本归属于小说类群，已是一个具有时代普遍意义的文类观念了，这并非仅仅体现在时评者基于社会变革、时局需要所激起的一时言论，而是那个时代知识界的共识观念，并且是在当时的文类体系规划中体现出来的时代共识观念。

当然，这一时代共识观念的构建，首先是循有传统"小说"概念宽泛这一血缘禀性的支持。在传统的文类观念中，"小说"涵盖宽泛，"六经国史而外，凡著述皆小说也"③。在传统的知识谱系中，小说等同于"杂货筐"，只要是不能归于经史诗文类的著述，皆可掷入其中，"盖旧时史官以三部无可归属者纳诸子，而又以子部他类所无可归属者，纳诸小说类，故小说类最杂"④。因此，小说的成员历代累有添加，数量不

---

① 董健主编：《中国现代戏剧总目提要》，南京大学出版社，2003年，第2—14页。
② 夏晓虹：《梁启超的文类概念辨析》，载《阅读梁启超》，生活·读书·新知三联书店，2006年，第127—128页。
③ 冯梦龙：《醒世恒言》，上海古籍出版社，1998年，"叙"第1页。
④ 范烟桥：《中国小说史》，苏州秋叶社，1927年，第44页。

断扩展增容，而类别也就如郑樵所言"足相紊乱"①，故胡应麟感叹"最易混淆者小说也"②。

其次，传统"小说"的这个血缘禀性之所以能在清末小说类群构建中发挥作用，乃因为启蒙救亡这一时局迫切需求的强力促动。在传统观念中，戏曲是伎艺，"厥品颇卑，作者弗贵"，不属于文章，进不了正统的知识谱系，故《四库全书总目》明确表示"曲则惟录品题论断之词及《中原音韵》，而曲文则不录焉"③。而清末时期戏曲之所以能被梁启超等纳入小说类群，除了传统小说概念的宽泛性，以及戏曲与小说在文化地位、叙事属性、题材内容等方面的相近性，更具现实性的因素是二者都应合了甲午战争以来变法革新、启蒙救亡这个时代主题，由此被期待成为快捷有效地向社会大众宣传思想、开智强国的利器。比如1897年严复、夏曾佑在《国闻报》发表的《本馆附印说部缘起》，就强调《三国演义》、《水浒传》、《长生殿》、《西厢记》这些小说"具有五易传之故"，能曲合人心，利于开化社会风俗④。1901年，邱炜萲《小说与民智关系》列举《西厢记》、《三国演义》、《水浒传》，指出"小说有绝大隐力"，能与政体民志息息相通，"欲谋开吾民之智慧，诚不可不于此加之意也"⑤。1902年，梁启超《论小说与群治之关系》列举《红楼梦》、《水浒传》、《西厢记》、《桃花扇》，以阐述"小说之支配人道"有熏、浸、刺、提四种力，"有此四力而用之于善，则可以福亿兆人；有此四力而用之于恶，则可以毒万千载。而此四力所最易寄者惟小说"⑥。而

---

① 郑樵《通志二十略》之《校雠略·编次之讹论》曰："古今编书所不能分者五：一曰传记，二曰杂家，三曰小说，四曰杂史，五曰故事。凡此五类之书，足相紊乱。"（郑樵著，王树民点校《通志二十略》，中华书局，1995年，下册，第1817页。）
② 胡应麟：《少室山房笔丛》卷二九，上海书店出版社，2009年，第283页。
③ 永瑢等：《四库全书总目》卷一九八"词曲类"小序，中华书局，1965年，下册，第1807页。
④ 陈平原、夏晓虹编：《二十世纪中国小说理论资料》（第一卷），北京大学出版社，1989年，第11—12页。
⑤ 陈平原、夏晓虹编：《二十世纪中国小说理论资料》（第一卷），北京大学出版社，1989年，第31页。
⑥ 陈平原、夏晓虹编：《二十世纪中国小说理论资料》（第一卷），北京大学出版社，1989年，第34—35页。

来裕恂《汉文典》(1906年)则在文章谱系建构的框架中把章回小说、传奇戏曲总为"小说之文",并对它们的社会功用特加强调:"自屠爨贩卒,妪娃童稚,上至大人先生,文人学士,无不为之歆动。其感人之深,有如此者,盖别具一种笔墨者也。"①

正是基于上述原因,那些具有如此社会功用的"小说之文",就被以"小说"的名义聚合起来,得到了知识界的大力倡导、推崇和宣扬。

一是宣扬小说的绝大功用,以抬高它的地位。梁启超在《译印政治小说序》(1898年)称道"小说为国民之魂",可以替代六经、正史、律例来教化民众②,又以《论小说与群治之关系》(1902年)开启了近代中国的"小说界革命",对小说提出了两个重要的观点:一是着眼于社会地位,强调"今日欲改良群治,必自小说界革命始;欲新民,必自新小说始",二是着眼于文学地位,推许"小说为文学之最上乘"③。当时的呼应者与追随者们即沿着这两个方向对小说在变革社会上的非凡功用大力宣扬,不吝夸饰,比如陶曾佑《论小说之势力及其影响》(1907年)称小说为"社会文明之发光线"、"国家发达之大基础"④,而《新世界小说社报》发刊辞(1906年)更将世界的存留和毁灭系乎小说:"种种世界,无不可由小说造;种种世界,无不可以小说毁。"⑤

二是拓展小说的涵盖范围,以扩充它的力量。清末大力倡行的文学改良运动,其主要目的是以文学作为政治变革与社会改良的工具,但在具体实践中,诗文与小说被期待承担的任务并不相同。夏晓虹即指出:"虽然梁氏并列地提出了'诗界革命'、'文界革命'与'小说界革命'三大主张,但与诗文相比,小说的'浅而易解'、'乐而多趣'、'易入

---

① 来裕恂著,高维国、张格注释:《汉文典注释》,南开大学出版社,1993年,第398页。
② 陈平原、夏晓虹编:《二十世纪中国小说理论资料》(第一卷),北京大学出版社,1989年,第21—22页。
③ 陈平原、夏晓虹编:《二十世纪中国小说理论资料》(第一卷),北京大学出版社,1989年,第34、37页。
④ 陈平原、夏晓虹编:《二十世纪中国小说理论资料》(第一卷),北京大学出版社,1989年,第226—227页。
⑤ 陈平原、夏晓虹编:《二十世纪中国小说理论资料》(第一卷),北京大学出版社,1989年,第186页。

人'、'易感人'、'有不可思议之力支配人道',并且接受面最广,优势明显,这使得小说最有资格充当启蒙与救亡的最佳利器。"① 正因如此,在清末文学改良的倡行过程中,知识界对于文学社会功用的热切期待实际上全部落在小说类群了,以至那些有助于充当启蒙救亡利器的文学样式,都可归入小说类群。曲本即因此而被纳于"小说界革命"的旗帜之下,又被重新确立了价值和地位,这体现在文类体系的建构逻辑上,就是把曲本划入广义的诗歌,称"曲本之诗"为诗界的最高等,又称它是中国韵文的"巨擘"②,最终指向"小说为文学之最上乘"这个论定。如此建构起来的"小说"概念,若与中国传统的诗文比较,文学成就更大,文类层级更高;若与当时西方的小说比较,就显得范畴宽泛,边界模糊,浦江清即指出当时"小说"的范畴是"中国的意义广而西洋的意义狭,如用中国的标准几乎可包括欧洲文学的全部"③。也就是说,在清末文学改良的语境中,"小说"所容纳的成员近乎现代意义的文学全部,几成"文学"的代名词。

据此而言,清末语境中的"小说",并非一个文体分类概念,不能对应于现代意义的文体小说。按照现代意义的文体分类观念,它所容纳的成员是一种文献目录学意义的"类";只是划定这"类"的立场发生了变化,原来是文献立场上的"类",此时是文学立场上的"类","小说"一词亦由此成为文学格局中的一个类群概念。

二、基于时局之"用"对传统"小说"、"说部"的重构

以文学立场纳入"曲本",这只是清末时期小说类群建构的一个层

---

① 夏晓虹:《梁启超的文类概念辨析》,载《阅读梁启超》,生活·读书·新知三联书店,2006年,第132—133页。
② 梁启超《小说丛话》(1903年)言:"凡一切事物,其程度愈低级者则愈简单,愈高等者则愈复杂,此公例也",中国之诗界,滥觞于三百篇,演进到元曲,"其复杂乃达于极点";而曲本之诗"所以优于他体之诗者,凡有四端",此均为那些格律诗词所不及。因此,"吾尝以为中国韵文,其后乎今日者,进化之运,未知何如;其前乎今日者,则吾必以曲本为巨擘矣"(阿英编《晚清文学丛钞·小说戏曲研究卷》卷四,中华书局,1960年,第312页)。
③ 浦江清:《论小说》,载《浦江清文录》,人民文学出版社,1989年,第181页。

面、一个阶段。但由此而来的小说类群观念,已让我们感到"小说"名义的古今不同、中西殊异。这样的感叹,清康熙年间的刘廷玑有过:"盖小说之名虽同,而古今之别,则相去天渊。"① 20世纪40年代的浦江清也说过:"小说"这个古老的名称经过了两千年的蜕变和演化,仍不尽符合西洋的或现代的意义,这使得小说研究者"不无惶惑"而"不免依违于中西、新旧几个不同的标准"②。之所以如此,就是因为小说作为一个类群概念,一是涵盖宽泛,二是不断纳新。比如明代胡应麟在小说分类中专列了《崔莺》、《霍玉》这些"传奇"作品③,郎瑛辩证"小说"既提及话本、章回这类通俗白话小说,也指出了史书、子书属性的一大类文言小说:"若夫近时苏刻几十家小说者,乃文章家之一体,诗话、传记之流也,又非如此之小说。"④ 所谓"苏刻几十家小说",属于传统目录学意义的小说。而传奇、话本、章回,则属于现代文艺学意义的小说,把它们作为新成员纳入小说类群,也是对不同时期小说新变实绩的呼应。

但正统观念并不认可这些新成员,比如《四库全书》的总纂官纪昀就坚守正统"小说"的内涵和畛域,认为《聊斋志异》非小说之正宗:"《聊斋志异》盛行一时,然才子之笔,非著书者之笔也。……小说既述见闻,即属叙事,不比戏场关目,随意装点。"⑤《四库全书总目》子部"小说家类"则明确"杂事"、"异闻"、"琐语"这三类才是小说的正宗,而"猥鄙荒诞、徒乱耳目者则黜不载焉"⑥,因此既不收录白话小说,也排斥《飞燕传》、《会真记》这类传奇小说。

---

① 刘廷玑:《在园杂志》卷二,中华书局,2005年,第83页。
② 浦江清:《论小说》,载《浦江清文录》,人民文学出版社,1989年,第180页。
③ 胡应麟:《少室山房笔丛》卷二九,上海书店出版社,2009年,第282页。
④ 郎瑛:《七修类稿》卷二二"小说"条,上海书店出版社,2009年,第229页。
⑤ 盛时彦:《姑妄听之跋》,载吴波等辑校《阅微草堂笔记会校会注会评》,凤凰出版社,2012年,下册,第948页。
⑥ 《四库全书总目》卷一四〇"小说家类"小序,中华书局,1965年,下册,第1182页。

所谓小说的"正宗",是指传统目录学意义的小说①,而小说的"变派",则是传奇、话本、章回这些不同时期被收纳的小说成员。但无论如何,中国传统的"小说"概念涵盖宽泛,这是它的血缘禀性。那些新成员之所以能被收纳,也是得益于传统"小说"概念的涵盖宽泛,且论"品"而不论"体"。所谓"品",乃指小说的身份、属性因素,比如"史之余"、"史之补"之类的"小道"属性,即相对于经史典籍这类"大道"而言的,意指小说属于道听途说、无足轻重的琐碎言论,仅可作为正史补阙之用,别无重大意义。这是基于它们的表现内容、题材来源、作者身份、社会功用等因素的论定,而非基于它们的体制格式因素的论定,故而有人认为中国古代的"小说"并非一个文类概念,而是一个价值概念②。对此,浦江清有个总结:中国传统的小说观念无论怎么变,"只有一个意义是不变的,即小说者乃是无关于政教得失的一种不正经的文学";"从纪元前后起一直到十九世纪,差不多两千年来不曾改变的是:小说者,乃是对于正经的大著作而称,是不正经的浅陋的通俗读物"③。根据这种观念,那些无法归于经史诗文的浅陋驳杂之作,都可以纳入小说类群,所谓"古凡杂说短记,不本经典者,概比小道,谓之小说"④。

当然,传统小说这个"品"的内涵也包含了"用"的成分,但这"用"是对照于"四部"知识系统中经史这类高层级著述而言的,意指小说作为"小道",并不被期待有经史那样的载道教化、经世致用之功,能存有辅助、补充经史之用即可。但延至清末,这个"用"的指向出现了变化——不是囿于知识系统中作为经史的辅助和补充,而是置于社会变革框架中,要作为启蒙救亡的有效利器,悬系国运民生,被期待发挥

---

① 石昌渝《"小说"界说》指出:"传统目录学的'小说'概念,以《四库全书总目》的观念为准,其内涵是叙事散文,文言,篇幅短小,据见闻实录;其外延包括唐前的古小说,唐以后的笔记小说。按这个标准,背离实录原则的传奇小说基本上不叫'小说',白话的话本小说和长篇章回小说更不叫'小说'了。"(《文学遗产》,1994年第1期)
② 张哲俊:《东亚比较文学导论》,北京大学出版社,2004年,第311页。
③ 浦江清:《论小说》,载《浦江清文录》,人民文学出版社,第187、193页。
④ 翟灏著,颜春峰点校:《通俗编》卷七"小说"条,中华书局,2013年,上册,第94页。

"大道"的作用①。

如此一来，小说即以"小道"之品而被期待发挥"大道"之用。这个"大道"之用，不但体现了清末时期小说类群观念中的时代精神因素，也是小说被那个时代推崇、神化的重要原因和巨大动力。基于此，知识界发起了"小说界革命"的运动，提出了"小说立部"的构想，以此体现小说之大用，同时也为倡行小说之大用提供观念、学理的支撑。

"小说界革命"是基于文学格局发起的运动，属于在文学改良的框架中列出的分支任务（另有"诗界革命"、"文界革命"）。受此运动的观念影响，谈论小说者，是在文学范畴内、文学立场上来谈论；编创小说者，是以文学态度、文学思维来编创，而不似纪昀那样在"子部"立场上来谈论小说，以"史部"态度来编创小说。如此建构起来的小说类群，其成员自然是一些文学或文章属性的作品，而非那些子书或史书属性的、无类可归的浅陋驳杂之作。在近代"文学立科"背景下的学术体系规划中，这种属性的小说即作为文章一种而被纳入其中。比如1903年张之洞等人制定大学堂章程，"中国文学研究法"课程即明确把小说作为梳理历代文章流别的讲授内容之一②；1906年来裕恂《文章典》建构文章谱系，不满《四库全书总目》于小说只收杂事、异闻、琐语三目，特于"小说"专列演义、传奇二体，认为不如此则"乌足以极文章之妙"③。

"小说立部"是基于知识系统提出的构想，它包含两个内容：一是把"说部"归小说专用，二是把"说部"抬升为与"四部"并列的第五部。

"说部"之名实，本是依附于"四部"而存在。这就决定了"说部"有两个方面的意义：一是文献目录的一个分类名称，二是学术体系的一

---

① 几道、别士《本馆附印说部缘起》（1897年）认为小说开化国民，"其入人之深、行世之远，几几出于经史之上"；梁启超《译印政治小说序》（1898年）指出"小说有不可思议之力支配人道"，可以替代六经、正史、法律以教化民众、改良社会［陈平原、夏晓虹编《二十世纪中国小说理论资料》（第一卷），北京大学出版社，1989年，第12、21页］。
② 舒新城编：《中国近代教育史资料》，人民教育出版社，1981年，中册，第588页。
③ 来裕恂著，高维国、张格注释：《汉文典注释》，南开大学出版社，1993年，第351页。

个构成部分。

作为文献目录的一个分类名称,这是由"说部"自身所涵盖的内容所决定的。刘师培把"说部"的著述分为三类:考古之书(学术笔记)、记事之书(史料笔记)、稗官之书(故事笔记);然其品格则"非如经史子集,各有专门名家,师承授受,可以永久勿堕也"①。这一品格认定,清乾隆、嘉庆间顾广圻在《重刻古今说海序》中已有相同观点②,而同时期章学诚在探析"说部"的渊源与构成时亦有相类评述:"遍阅作者,求其始末,大抵是收拾文集之馀,取其偶然所得,一时未能结撰者,札而记之,积少致多,裒成其帙耳。"③由此看来,"说部"之书品位不高,文体不一,属性不同。比如明代王世贞有《弇州四部稿》,赋部、诗部、文部皆文体属性清晰,而"说部"所收《札记内编》、《札记外编》、《左逸》、《短长》、《艺苑卮言》、《卮言附录》、《宛委馀编》七种,既有经史札记(前两种)和诗文杂评(后三种),又有为《左传》、《战国策》所作的史料辑佚,按其属性可分为学术笔记和史料笔记两类,对应于刘师培所分类别的考古之书、记事之书,这是传统意义的"说部"的主体和主流。这种属性的"说部"之书在清末仍有承续,比如1910年上海国学扶轮社编印的《古今说部丛书》第一集,所收著述题材繁杂,包罗万象,其目录列为史乘、博物、风俗、怪异、文艺、清供、游戏、游记、杂志等九类,王文濡序言概之为"就文体论,亦觉无乎不备"④。

而作为学术体系的一个构成部分,这是由"说部"与"四部"的关系所决定的。经史子集之"四部",既是一个知识系统,也是一个学术体系。而"说部"的产生即与"四部"密切相关,章学诚有言:"诸子

---

① 刘师培:《论说部与文学之关系》(1907年),载李帆编《中国近代思想家文库·刘师培卷》,中国人民大学出版社,2015年,第386页。
② 顾广圻《重刻古今说海序》曰:"盖说部者,遗闻佚事,丛残琐屑,非如经义、史学、诸子等,各有专门名家,师承授受,可以永久勿坠也。"(顾广圻著,王欣夫辑《顾千里集》卷一〇,中华书局,2007年,第163页。)
③ 章学诚著,叶瑛校注:《文史通义校注》卷七《永清县志文征序例》,中华书局,1985年,下册,第792页。
④ 王文濡:《古今说部丛书序》,载《古今说部丛书》,上海文艺出版社,1991年,第1册,卷首第1b页。

一变而为文集之论议,再变而为说部之札记,则宋人有志于学,而为返朴还淳之会也"①;"《诗品》、《文心》,专门著述,自非学富才优,为之不易,故降而为诗话。沿流忘源,为诗话者,不复知著作之初意矣。犹之训诂与子史专家,为之不易,故降而为说部。沿流忘源,为说部者,不复知专家之初意矣"②。因此,说部"犹经之别解,史之外传,子之外篇也"③。这就指出"说部"之于"四部"的附庸关系。清初赵翼所言"近代说部之书最多,或又当作经史子集说五部也"④,即是基于这个关系而发出的感慨,当然他的着眼点是"说部"之书数量庞大,足可抗衡"四部"。

清末"小说界革命",为了服务启蒙救亡之紧迫时局,各种力量汇聚归之,各种手段呼应随之,"说部"亦作为一个手段得到了合目的性的利用。首先是剥离其非文学成分,即把论说类著述剔除,保留叙事类著述,而"说"也由此剔除了论说的义项,专门指向叙说,专为"小说"所用,成为"小说"的代称。如此一来,"说部"一词即指"小说之部"。比如1897年梁启超《变法通议·论幼学》阐述少年儿童教育要利用的"说部书"⑤,几道、别士《本馆附印说部缘起》要刊行的"说部"之书,皆指章回小说、传奇戏曲这类通俗故事作品;而1903至1908年间商务印书馆编辑出版的《说部丛书》,则是一部十集系列的小说丛书,共收一百种当时的新译、新著小说作品,甚至20世纪20年代徐敬修的《说部常识》直接定义:"说部二字,即小说总汇之名称。"⑥

与此相应,"说部"作为学术体系构成部分的意义,也被重新规划。1897年,康有为感于小说"治化风俗"之功效("易逮于民治,善入于

---

① 章学诚著,叶瑛校注:《文史通义校注》卷七《永清县志文征序例》,中华书局,1985年,下册,第791页。
② 章学诚著,叶瑛校注:《文史通义校注》卷五《诗话》,中华书局,1985年,上册,第559—560页。
③ 章学诚著,叶瑛校注:《文史通义校注》卷六《方志立三书议》,中华书局,1985年,下册,第576页。
④ 赵翼:《陔余丛考》卷二二"经史子集"条,商务印书馆,1957年,第423页。
⑤ 梁启超:《梁启超全集》,北京出版社,1999年,第1册,第39页。
⑥ 徐敬修:《说部常识》,大东书局,1925年,第1页。

愚俗","识字之人,有不读经,无有不读小说者"),即于《日本书目志》"小说门"明确提出:"可增七略为八、四部为五,蔚为大国,直隶王风者,今日急务,其小说乎!"①次年,梁启超《译印政治小说序》对此重申:"今中国识字人寡,深通文学之人尤寡,然则小说学之在中国,殆可增七略而为八,蔚四部而为五者矣。"②这一构想是为了体现小说之利器功用甚伟、文学地位高级,而要在知识系统和学术体系的规划中把"小说之部"设为与"四部"平等并列的第五部。这是清末时期知识系统规划对小说地位的体现方式,也是当时学术体系新构对小说地位的呼应方式。

据此而言,清末语境中知识界对小说的推崇和宣扬,就包含了三个层面的内容:在社会地位上,推立"小说为国民之魂";在文学地位上,推立"小说为文学之最上乘";而在知识系统的地位上,则是"小说立部"。

如果论清末时期提高小说地位的手段,最具革命性、最有力量者当属"小说立部"的构想,因为它要在整个知识系统的规划上专门为小说设立一个与"四部"平等并列的"小说之部"。相对于传统观念中小说之附庸经史诗文的"小道"品位,如此的"小说立部",最能体现清末时期宣扬小说功用、提升小说地位这一时代呼声,也与"小说界革命"所宣扬的"小说为国民之魂"、"小说为文学之最上乘"等口号相互呼应。需要说明的是,"小说立部"的构想是以"四部"知识系统为基础而规划的抬升小说地位之法,而非来自西方的观念和方式,这正与近代中国的学术体系新构思路彼此应合,因为清末"八科之学"的规划虽然参照了西方的学科架构,但仍是以"四部之学"为基础而构建起来的,由此,"中国以经、史、子、集为骨架的'四部之学'知识系统,被包

---

① 康有为:《日本书目志》卷一四《小说门》,载蒋贵麟主编《康南海先生遗著汇刊》,台湾宏业书局,1987年,第11册,第734页。
② 陈平原、夏晓虹编:《二十世纪中国小说理论资料》(第一卷),北京大学出版社,1989年,第21页。

容到以西方学科分类为主干之'八科之学'的新知识系统之中"①。

如果我们再把"小说立部"置于清末时期小说类群的建构框架中，那么，它与"小说"基于文学立场而去除杂类、收纳曲本的规划一样，皆为清末时期小说类群建构之一途——从传统的知识系统出发而走向了新型的小说类群建构。或者说，传统的"小说"、"说部"概念，在清末语境中因启蒙救亡的时局激发而被知识界重新改造，共同服务于清末的小说类群建构。而立足于这个小说类群的建构，知识界则是通过剥离或新纳成分的方式，既改造了传统的"小说"，又改造了传统的"说部"，然后使得二者的概念趋同，指向一致。最终，清末语境的"小说"实则扭合了两条线脉的内涵：既注入了传统"小说"的文献目录学的文类意义，又注入了传统"说部"的知识系统层面的类别属性，由此，作为一个类群概念，它以"用"为基础归纳、汇集了符合条件的一类作品。所以说，清末语境的"小说"，尚不是一个现代意义的文体概念，而是一个文学范畴的类群概念，它混合了文献类别、学术体系以及文学作品属性这三个方面的内涵。但所谓的文学作品属性，也不是基于"体"的划分，而是基于"用"和"类"的划分，是指一类被期待成为政治变革与社会改良工具的通俗故事文本。

综上理析可见，清末时期小说类群的建构，是基于时局之"用"的激发与推动，而不是基于文本之"体"的规范与汇集。知识界基于"用"的属性而注入了"小说"的文献分类含义，基于"用"的立场而规划了"小说"的成员类别组合，由此建构出一个类群意义的小说概念。

三、"体"、"用"关系变化对小说类群观念的冲击

清末语境中的"小说"既包括了话本、章回这些通俗白话小说，又

---

① 左玉河：《从四部之学到七科之学：学术分科与近代中国知识系统之创建》，上海书店出版社，2004年，第194页。

包括了传奇体、诗歌体这类曲本小说，这是基于"用"的因素归纳而合成的文学作品类群，但这并非表示"体"的因素被完全忽视了，只是它的地位要居于"用"的层级之下。这体现在小说类群的建构上，就是小说基于"用"而立类，然后在内部进行基于"体"的区分，比如前文所言曲本小说、传奇体小说、诗歌体小说、韵文小说等即据此赋名。但对于小说类群的整体而言，如此基于"用"而建构起来的文学作品类群，就显得边界模糊、成分驳杂，尚未进化成现代意义的小说文体。

那么，此时的"小说"就面临着一个很大的问题：要想进化成现代意义的小说文体，就需要把"曲本小说"剥离出去。如何达成这一目标呢？浦江清《论小说》一文曾作分析：20世纪初期中国小说类群中混杂了戏曲和弹词这类"诗歌体"小说，"小说史家对此又感困难，那两个大类包括了不少书籍，难以兼顾，所以不得不借用西洋的定义，限于散文学，以去除韵文的部分"①。此语意指中国现代意义的小说文体出现，需要借用西方的小说观念，从而去除那些"诗歌体"小说。

其实，清末知识界在小说类群的建构过程中并非未参照西方观念。他们对于小说功用的认识和宣扬，从一开始就参照了西方的观念②。他们投身小说编写印行事业的热情，也是受到了西方小说之于社会变革功用的精神激发③。这些对于西方小说的认识和理解，正是当时国人宣扬

---

① 浦江清：《论小说》，载《浦江清文录》，人民文学出版社，1989年，第192页。
② 梁启超《译印政治小说序》(1898年)："在昔欧洲各国变革之始，其魁儒硕学、仁人志士，往往以其身之经历，及胸中所怀政治之议论，一寄之小说。……彼英美德法奥意日本各国政界之日进，则政治小说为功最高焉。"邱炜萲《小说与民智关系》(1901年)："吾闻东西洋诸国之视小说，与吾华异，吾华通人素轻此学，而外国非通人不敢著小说。故一种小说，即有一种之宗旨，能与政体民志息息相通。"[陈平原、夏晓虹编：《二十世纪中国小说理论资料》(第一卷)，北京大学出版社，1989年，第21—22、31页。]
③ 几道、别士《本馆附印说部缘起》(1897年)："且闻欧美东瀛，其开化之时，往往得小说之助。是以不惮辛勤，广为采辑，附纸分送。"《新世界小说社报》发刊词(1906年)："有释奴小说之作，而后美洲大陆创开一新天地；有革命小说之作，而后欧洲政治特辟一新纪元。……小说势力之伟大，几几乎能造成世界矣。"林纾《黑奴吁天录跋》(1901年)称其从事小说翻译，意在借此助力启蒙救亡："今当变政之始，而吾书始成，人人既蠲弃故纸，勤求新学，则吾书虽俚浅，亦足为振作志气、爱国保种之一助。"天僇生在《中国历代小说史论》(1907年)中发愿要投身于小说创作："天僇生生平无他长，惟少知文学。苟幸而一日不死者，必殚精极思，著为小说，借手以救国民，为小说界中马前卒。"[陈平原、夏晓虹编《二十世纪中国小说理论资料》(第一卷)，北京大学出版社，1989年，第12、184、28、267页。]

小说社会功用，抬高小说文学地位的理念和动力。

但即便如此，当时国人并未接受西方文体分类观念的小说界划，即使那些接触到西方文化的开明之士亦如此。比如楚卿虽受过西洋文学的教育，但在《论文学上小说之位置》（1903年）中仍把《西厢记》这样的戏曲作品归于小说，把汤显祖、孔尚任视为小说家①；来裕恂《汉文典》受到"移风易俗之道，外国泰半得力于小说"这一时代观念的激发，把小说列为"文词类"一种，但传奇戏曲仍归于小说②。这种小说类群观念即使到了20世纪20年代仍然存在，比如陈景新《小说学》（1924年初版）第二编第一章"小说底派别"把小说分为杂记体、传奇体、弹词体、章回体③；胡怀琛的《中国小说研究》（1927年）认为小说按形式来分有记载体、演义体、诗歌体、描写体四类④。这表明在清末时期的小说类群建构过程中，国人宣扬小说的功用，提升小说的地位，虽然精神激励来自西方观念，但具体方法却是以本土传统的知识系统为基础和出发点来规划的，其间自会涉及本土传统思路与外来西方思路所提供的不同解决方法之间的差异与较量。

其一，国人对于小说，是以"用"而非"体"为原则来界划其属性和类别，是以"四部之学"而非西学体系为基础来体现其地位和价值。如此一来，小说是一个按文本之"用"分类的类群概念，而非按文本之"体"分类的文体概念。

其二，国人对于西方戏剧的引介，在文类归属上亦纳入小说类群。比如前文所述1903年上海达文社印行的《海外奇谭》"叙例"即把莎剧称为"戏本小说"、"诗词小说"，1911年上海城东女学的校园杂志《女学生》刊发包天笑编写的四幕话剧《女律师》即归于"小说"栏目。

其三，国人译编西方剧本，在文本体例上使用小说形式的叙述体。

---

① 陈平原、夏晓虹编：《二十世纪中国小说理论资料》（第一卷），北京大学出版社，1989年，第61、64页。
② 来裕恂著，高维国、张格注释：《汉文典注释》，南开大学出版社，1993年，第351页。
③ 陈景新：《小说学》，上海泰东图书局，1929年，第71—72页。
④ 胡怀琛：《中国小说研究》，中国书籍出版社，2006年，第20页。

西方戏剧的剧本体例与演剧格式本是彼此对应的，然而清末时期的中文书面编写却没有与之相符的表述体例，所以，西方话剧的中文翻译就难以在表述格式上得到确切的对应转化，只好以小说形式的叙述体出之。比如1908年李石曾翻译的话剧剧本《鸣不平》、《夜未央》，前者是法国莫里哀（译为"穆雷"）的一部独幕剧，后者是波兰廖抗夫的一部三幕剧。这是中国有本可查的最早的西方话剧译本，虽然它们已采用了白话文，但却以小说的叙述体形式出之，只是把人物话语单列标识。比如《夜未央》第一场的开篇部分：

黑房里面闪闪烁烁，仿佛有豆大的一点灯光，隐在许多乱箱子中间。俄国冬天是夜长昼短，故这时候，虽在午后，天光已经曚黑。台下的看客，但闻机器吉轧的声音，从这黑房里出来。

马霞、苏斐亚，两个女子靠着客堂的桌子，相对坐着。

马霞十八岁，扮着女仆的装束，一头棕黄色的头发，面色狠为和善。

苏斐亚二十九岁，正在那里赶忙的折报。折好了一张，便放进地上的皮包中间。

马霞阁起报纸不折。枕着手，在那里看书，不肯放手。

苏斐亚一面折报，一面低声的催着马霞：

（苏）马霞！你还看书么？这不是看书的时候。我们快些折报罢。安娥一回儿就许来，那时这报须要折齐才好。那时你再看书，还嫌迟么？

马霞只管看书。口中答应着：

（马）一回儿就完了。

不多一刻，他把书本放下，赶紧把报纸折起。

（马）你说的不错。

苏斐亚忽然将报纸停阁在一边，听了一回，起身到黑房门口，提高着哑喉咙，对着里面说道：

（苏）小心些！这机器的声音太大。

机器的声音，便慢慢低缓下来。……①

李石曾译本《鸣不平》在1908年万国美术研究社刊行时，封面有"欧美社会新剧之一"的字样，封底有关于《夜未央》的广告："新剧第一编《鸣不平》虽谐妙无双，然不过为滑稽之陈短剧；若《夜未央》者无论情节之反复，不啻一记载甚博之说部书，故就其版页而论已十倍于《鸣不平》，……"②这表明翻译者、出版者都知道这是戏剧剧本，但文本呈现的却是小说的叙述体例，并视之为"说部书"。

上述现象也表明了一个事实：清末时期基于传统思路和时局之用建构起来的小说类群观念，有着极强的包容性和坚韧性，在面对西方话剧的演剧方式和文本形态所存在的"体"的异质碰撞时，不但没有排斥它，反而可以融合、收纳、同化它，而且并不存在自身观念上的牴牾。由此我们认识到，参照西方小说概念以去除曲本，小说自身没有变革的动力，甚至没有变革的意识。所以，虽然最终结果是国人接受、认可了西方的小说概念，但过程却并非如浦江清所说的那样单纯或直接依靠"借用西洋的定义"即可成功地"去除韵文的部分"，而是还需要另外的力量促使小说类群主动或被动地剥离掉"曲本小说"，才可以在西方小说概念的参照下确立起现代文体意义的小说观念。这个目标的达成，既然立足于小说自身，没有变革的动力或意识，那么就需要立足于戏曲，出现相应的力量来推动戏曲的体式意识觉醒和文学地位提高，进而使得小说类群建构中"体"、"用"的消长关系和层级地位发生变化，以渐趋达成对"体"的规则意识的唤起。这个力量的存在和生长乃基于以下两个事实。

其一，虽然戏曲在清末语境中作为启蒙救亡的利器而被纳入小说类群中，但在类群内部已有基于"体"的区别意识，所谓的"传奇体"、"诗歌体"、"曲本"、"韵文"之称，皆是以"体"的原则来标举它与散

---

① ［波兰］廖抗夫：《夜未央》，李石曾译，万国美术研究社，1908年，第1—3页。
② ［法］穆雷：《鸣不平》，李石曾译，万国美术研究社，1908年，封底。

文体、演义体、章回体之间的不同特性,只是尚局限在小说类群范围内而已。

其二,虽然当时国人对于戏曲变革社会功用的鼓吹与强调,是纳入"小说界革命"范畴内的,但有两点值得注意。

第一点,当时那些对于戏曲变革社会效力的强调,蕴含着戏曲之于小说的地位平等诉求和体式有别意识。比如作为20世纪初期宣扬戏曲非凡社会功用的代表性论述,陈独秀的《论戏曲》(1905年)指出:"现今国势危急,内地风气不开,遂创学校。然教人少而功缓。编小说,开报馆,然不能开通不识字人,益亦罕矣。惟戏曲改良,则可感动全社会,虽聋得见,虽盲可闻,诚改良社会之不二法门也。"①铁的《铁瓮烬余》(1908年)指出:"戏剧则有色有声,无不乐观之,且善演者淋漓尽致,可泣可歌,最足动人感情",所以"戏剧之效力,影响于社会较小说尤大"②。而这类强调戏曲于启蒙感化民众有力有效的言论,乃根基于戏曲与小说功能、价值相互比较的立场,又是建立在戏曲与小说体式有别的认识上——小说靠文本的语言陈述和书面阅读,戏曲靠演员的形象表现和舞台临场视听。

第二点,当时那些对于戏曲变革社会效力的强调,明确参照了西方演剧与社会变革的关系。这个因素直接导致了国人对于西方演剧功用的热切期待与信仰,以及对于西方演剧方式的积极引介和学习。当时国人倡行的新剧,喜欢取材欧美的时事政治题材或小说戏剧故事,但仍以戏曲形式出之。比如1907年王钟声的春阳社在上海演出《黑奴吁天录》,即按京剧的格式排演:"戏的本身,仍与皮簧新戏无异,而且也用锣鼓,也唱皮簧,各人登场,甚至用引子或上场白或数板等等花样,最滑稽的,是也有人扬鞭登场。"③这样的演剧格式依违于新旧之间,并不被社会认可。而1908年3月的《迦茵小传》演出,王钟声则改变了演剧

---

① 徐中玉主编:《中国近代文学大系·文学理论集》,上海书店,1995年,第2册,第620页。
② 徐中玉主编:《中国近代文学大系·文学理论集》,上海书店,1995年,第2册,第599页。
③ 徐半梅:《春阳社与王钟声》,载《话剧创始期回忆录》,中国戏剧出版社,1957年,第19页。

格式的这种混杂状态,"完全取消了锣鼓、唱腔,明显地带有日本新派剧的影响。它标志着国内早期话剧在形式上已经趋向定型,因此被认为具有划时代的意义"①。

王钟声演剧实践所经历的这种本土戏曲与西方戏剧之间态度上的犹豫和格式上的混杂,是当时国内引介西方话剧初期状态的缩影,其焦点问题就是说白方式的选择和曲唱方式的用废——因为深受传统戏曲思维习惯的影响,当时国人在话剧样式的新剧表演方式上对用"戏调"还是用"寻常说话调",以及用曲唱还是不用曲唱,存在着选择上的彷徨与困惑②。所以,当时国内各派虽都意在倡行"新剧",但形态各异:有取材新事而曲唱说白一如旧戏者,梁启超所编《新罗马传奇》、汪笑侬所编演各种即属此类;有取材新事而曲唱如旧戏,说白如日常说话者,刘喜奎的时装戏《新茶花》即属此类;有取材新事而格式亦全取西方话剧者,即不用曲唱,而说白完全如日常说话,王钟声演出的《迦茵小传》即属此类。以上各派皆标称"新剧",但在总体上就是这种新旧体式杂糅的演剧形态。直到1914年前后,"新潮演剧进入了一个转折点,也到达了一个新起点。一方面,改良戏曲样的新戏,不再一味在布景、道具上花样翻新;另一方面,话剧样的新剧,也不再纠缠于怎样'说'或要不要加唱了"③。

由此可见,清末时期国人对于戏曲的非凡社会功用的宣扬与信仰,一方面大力提升了传统戏曲的社会地位,另一方面积极引介了西方话剧的演剧格式。前者使得戏曲酝酿出了与小说的地位平等诉求以及体式有别意识,但这并不能轻易改变当时戏曲剧本归属小说类群的观念和事实,因为小说类群内部已经对它作了"体"的原则上的区分与赋名。后者则作为异质因素冲击着国人对于戏曲体制的习惯认识:一是其无韵无

---

① 丁罗男:《"通鉴学校"及早期话剧教育》,载阎折梧编《中国现代话剧教育史稿》,华东师范大学出版社,1986年,第10页。
② 黄远生《新茶花一瞥》(1915年)指出:"新旧剧之分,不在其所演事实之新旧,在用唱与否,分幕与否,及其道白用戏调或寻常说话调与否耳。"(黄远庸《黄远生遗著》卷二,《民国丛书》第二编,上海书店,1990年,第99册,第377页。)
③ 袁国兴:《新潮演剧与中国现代文学意识的发生》,《戏剧艺术》,2018年第3期。

唱而全用"寻常说话调"的演剧方式，不但强化了戏曲与小说的体式有别意识，还让中国本土的小说类群观念遇到了挑战；二是其无韵无唱的剧本体例促使国人重新思考小说类群内部的表述体制区分原则，即以有韵、无韵之分，或者章回、传奇之分而把戏曲归类于小说，是否就是必然的、必需的方案。这种认识冲击自会激发国人对于戏曲剧本的文学地位、文类属性的重新认识。

与此同时，国人对于西方话剧格式的认识，虽然一开始把它归属小说，改成小说，但这只是本土的小说类群观念在面对话剧格式感到困惑之后的一个解决方案，同时也体现了话剧格式给予中文书面编写带来的困惑：文本形态上无对应的书面表述体例，文类格局上无对应的文体类别归属。因为本土的小说类群虽然以有韵、无韵或者章回、曲本作出了类分，由此能够让戏曲剧本归属其中，但是，话剧格式引入国内后，在演剧层面已经确立了一种新的格式，在文本层面也出现了越来越多的新体例。这种新的演剧格式，虽与传统戏曲同为演戏，但其无韵无唱，全用"寻常说话调"来表述，完全不同于戏曲的曲唱方式；而其剧本中人物话语、叙述话语也皆以"寻常说话调"来表述，无韵文无曲词，这迥异于被称为曲本小说、诗歌体小说或韵文小说的戏曲剧本，从而让中国本土的小说类群观念受到了挑战和冲击——书面体例上如何呈现它，文类体系中如何归纳它，都存在着犹豫和困惑。

这个时候，就需要西方文体分类观念的参照了。本来，当时国内对于戏曲的社会文化地位和社会变革功用的强调，就是参照了西方演剧与社会变革的关系。而在西方文化观念中，戏剧属于文学的一个独立文类，与小说、诗歌、散文平等并列，这正与当时国人心目中西方戏剧的社会崇高地位相应合。此外，当时国内基于启蒙救亡的时局需要而对于戏曲的社会变革功用的强调，也形成了共识，由此戏曲在社会功用上出现了与小说地位平等的诉求，在表述体制上出现了与小说体式有别的意识。这正为国人接受西方文体分类观念开辟了道路，解放了思想。在此情境下，西方戏剧在社会地位与文学地位上的相互应合，以及戏剧与小说明确区分、各自独立的文类属性，就给予当时国人的剧本定性定位以观念上的参照和精神上的激励，从而在文本层面出现了与小说地位平等、体式有别的诉求。黄远生的《新剧杂论》（1914 年）即可视为这一诉求的阶段性总结。他在文学立场上明确指出剧本与小说是两种不同的文艺样式。

> 脚本与小说异。小说不妨纤徐曲折，淡写轻描，如漫游旅客之行长路者，可以三里一驿、五里一站。脚本则于时日及经费二事，须打点精密之算盘。①

另外，黄远生还强调了剧本的文学属性和文学地位："脚本有根本要件二：第一必为剧场的，第二必为文学的"，而且"必以文学为中心，否则决非有生命之脚本"；正因为"脚本之本来性质，既必须上之舞台，因此乃于文学中占特殊之位置"②。这些对于剧本的定性定位论述，本是针对新剧的剧本编写实践的，因此真实地体现了新剧在剧本编写实践上有了与小说在表述体制上的区分要求，有了与小说在文学地位上的平等意识。

而知识界对于新剧剧本的文类属性的这一认定，也使得国人认识到那种源自表演、用于表演的戏剧脚本，无论有韵抑或无韵，都不是小说，而是与小说平等并列的独立文体。由此，曲本从小说类群中逐步剥离出来，从而使得本土的小说类群获得文体意义上的进一步净化，渐而与西方的小说概念趋同，朝向现代意义的文体小说演进。

绾结而言，清末时期小说类群的这个净化过程，既有着现代性因素的推动，也有着西方性因素的参照。在文学领域，所谓的现代性因素，就是戏剧在寻求发挥社会变革功用过程中的革新，包括对于国内旧戏的改良，对于西方戏剧的引介；所谓的西方性因素，就是西方社会对于戏

---

① 黄远庸：《黄远生遗著》卷二，《民国丛书》第二编，上海书店，1990 年，第 99 册，第 367 页。
② 黄远庸：《黄远生遗著》卷二，《民国丛书》第二编，上海书店，1990 年，第 99 册，第 364、366 页。

剧的社会地位、文学地位的推崇，以及西方文学关于小说、戏剧的文体区分观念。

当然，即使当时的小说类群趋向净化而走向了现代意义的小说文体，新的小说观念也并不能随即一统天下，旧的小说观念仍像未褪尽的尾巴拖曳身后，留有余绪，比如前文所述 20 世纪 20 年代出现的陈景新《小说学》、胡怀琛《中国小说研究》仍在小说分类中明确列出了传奇体或诗歌体。但是，西方文学对于小说、戏剧的文体区分观念，国内知识界对于戏曲社会地位、文学地位的提升与强调，两个因素相互激发，使得小说类群的净化之路不可逆转。

四、结　语

在"小说"概念由传统走向现代之间，清末时期的小说类群建构是一个重要的环节，它乘"文学改良"、"小说界革命"之势，剥离了"小道"之"品"属性的子史杂类，又以启蒙救亡这个"大道"之"用"的名义新纳了"曲本小说"作为成员，甚至要以"小说立部"来体现小说之"用"在知识系统中的价值和地位，然后在此基础上走向现代意义的文体小说的确立。这个小说类群的建构，包含了社会地位、文学地位、知识系统地位三个层面的内容，经历了成员的剥离—纳新—再剥离三个阶段，其间扭结着社会变革、文学改良、学术体系新构、中西文化交流等不同线脉上的参与力量。

在社会变革层面，国人激励于西方小说之于社会变革的功用，推立"小说为国民之魂"，期待小说能成为启蒙救亡的利器。

在文学改良层面，国人急迫以文学作为政治变革与社会改良的工具，推立"小说为文学之最上乘"，并以文学立场和时局之"用"剥离旧成员（子书、史书属性的驳杂之作），纳入新成员（"曲本小说"）。

在学术体系新构层面，国人并非照搬西方的文体分类原则，而是以本土传统的知识系统为基础和出发点，来规划小说在学术体系中的位置以及它的成员构成。一是把"说部"归小说专用并要把"说部"抬升为与"四部"并列的第五部,此之谓"小说立部"。二是承续了传统意义的"小说"和"说部"两条线脉的含义,基于"用"的立场规划了小说类群的成员组合。

由此建构起来的小说类群,有着极强的包容性和坚韧性,不但收纳了戏曲剧本,也使得西方话剧剧本进入清末语境亦归属于小说类群。但是,小说类群能够收纳话剧文本或转化话剧格式,毕竟只是中国本土的小说类群观念应对西方戏剧新异格式的一个策略性的解决方法,在这个收纳、转化的过程中,西方戏剧在演剧层面、文本层面上都表现出它在表述体例和文类归属上的困难。当然,这些西方性因素之所以能在当时的中国社会得到响应,起到作用,乃因为它们契合了国内时局形势的需要,也对应了国人对于戏剧变革社会功用的期待,由此激发了戏曲在演剧层面、文本层面与小说的地位平等、体式有别意识,以及戏曲剧本的文类独立意识,从而冲击了那个涵盖宽泛、内容混杂的小说类群观念,进而让戏曲的体式有别意识进一步觉醒,客观上使得小说类群能够剥离掉曲本小说这个成员而走向现代意义的小说文体。

总之,清末时期基于"体"、"用"不同立场对小说成员的剥离—纳新—再剥离的这个过程,促动了清末时期小说类群的成员、属性、观念不断调整,由此完成了近代小说类群的建构,进而走向现代意义的小说文体的确立。这个过程,扭结着清末中国社会变革与文学变革中传统性因素与西方性因素之间的差异与较量,最终以本土传统的知识系统为基础和出发点探索了一条走向现代意义的小说文体的特殊路径。

余 论

本书在小说戏曲关系史的框架中主要思考、探讨了三个方面的问题：一是二者关系的亲缘形态，二是二者关系的演变脉络，三是二者关系对小说戏曲发展的意义。

按照现代学术体系的文学观念，小说与戏曲是两种有着本质区别的文艺样式，但按照中国古代的传统观念，小说与戏曲之间并没有严格的文类界限，常被混杂一起讨论。对于认识中国古代小说戏曲的关系形态以及二者各自的艺术特性来说，这两种观念都是必要的。

古今许多言论谈及小说与戏曲的关系，多以二者的文本形态为依据，但文本形态所反映的特性又是与其伎艺形态密切相关的。金元杂剧的文本中遗留了许多伎艺表演的格式因素，明清传奇即使是案头创作亦有伎艺表演的程式因素，而早期的白话小说故事多滚动于说话人的口唇间，记录下来的文本也保留了许多"说书体"因素。在这样的发展历程中，二者由于相同的叙事宗旨、艺术品性和文化地位，又共同沐浴于市井生活和城乡民俗中，前后相随，相互依托，同生共长，因而在故事题材上相互借鉴因袭，演述体制上相互吸收融合，审美趣味上相互渗透补充，发展脉络上相互贯通承续。这种亲缘性在二者从伎艺到文本、从口传到书写的发展过程中皆有隐显不同、深浅不一的表现。

二者最明显的亲缘性乃基于叙事基础上的表现，比如故事题材的相互袭用，演述体制的彼此类同，叙事思维、结构与方式的相互渗透。因此，许多关于二者关系的言论也是基于二者的叙事性，比如 1905 年《新小说》第 13 号《小说丛话》中定一的观点："小说与戏曲有直接之关系。小说者虚拟者也，戏曲者实行者也。中国小说之范围，大都不出语怪、诲淫、诲盗之三项外,故所演戏曲亦不出此三项。"① 语中说戏曲是"实行者",乃指戏曲以形象呈现故事情节,即元人胡祗遹所说的"发明古人喜怒哀乐、忧悲愉佚、言行功业,使观听者如在目前"②,故定一所谓"虚拟"云者,"实行"云者,皆指故事表述的方式。

这些言论若再结合二者的语体表述形态,则二者所表现的类同之处更多,由此在传统小说观念的基础上出现了把戏曲纳入小说范畴的现象。这种现象乃是基于文本形态在文学性、叙事性意义上对二者品性、特征和素质的认识。这可先参照关于弹词的言论。弹词是以韵文唱演为主、散文讲说为辅的叙事伎艺,在宋元明时期有"弹唱因缘"、"陶真"等名称。明人蒋一葵《尧山堂外纪》说:"杭州男女瞽者多学琵琶,唱古今小说平话,以觅衣食,谓之陶真。大抵说宋时事,盖汴京遗俗也。"③ 他把弹词的唱演活动称为"陶真",而所讲唱的故事文本称为"小说平话"。所以有人称《天雨花》、《再生缘》之类的弹词文本为小说,盖就其付诸弹唱的一层来说,这种文本是弹词;而就其付诸书面表述而用于阅读的一层来说,这种文本则是小说的一种④。至于戏曲,乃以歌舞扮演故事,就其曲唱扮演来说,是一种表演伎艺;就其书面表述来说,则是一种可供文本阅览的文学作品。明清时人泛称《西厢记》、《琵琶记》等剧作为小说,即是基于文本形态,就其作为文学阅读的文本,可视为小说的一种;而就其作为扮演依据的文本来说,则是剧本。近人蒋瑞藻《小说考证》兼收小说、戏曲和弹词的材料,胡怀琛、谭正璧在小说分类中专列"诗歌体小说",就是依循了中国传统的小说观念。

---

① 陈平原、夏晓虹编:《二十世纪中国小说理论资料》(第一卷),北京大学出版社,1989年,第80页。
② 胡祗遹:《黄氏诗卷序》,载《紫山大全集》卷八,《文渊阁四库全书》本,上海古籍出版社,1987年,第1196册,第171页下栏。
③ 蒋一葵:《尧山堂外纪》卷八〇,《续修四库全书》,上海古籍出版社,2001年,第1195册,第25页上栏。
④ 谭正璧《弹词叙录》认为弹词所属的说唱文学是一种诗歌体小说(上海古籍出版社,1981年,第328页)。阿英《弹词小说评考》将弹词作为小说的一个种类,指出"一般的小说,我们是常常把它分作长中短篇的,弹词小说也是一样"(上海中华书局,1937年,第3页)。

一

中国古代小说与戏曲间所表现出的这些亲缘形态,乃是基于二者长期、密切的交流而逐渐形成的,而二者间之所以能存在如此密切的交流和融通,乃缘于二者所身处的文化结构地位,所具有的文类模糊观念。

一方面,二者共同所处的社会环境、文化层次,为二者营造了相伴相依、密切交流的文化氛围。郑振铎在《中国俗文学史》中明确指出小说、戏曲皆属于"为学士大夫所鄙夷,所不屑注意的文体"①。小说与戏曲长期被作为小道末技而排斥在正统文学之外,一是因为其文化地位低,二是因为其所述内容虚妄。后人多称赏唐传奇叙述宛转、文辞华艳,但当时人则视之"近于俳谐","故论者每訾其卑下"②。宋元说话当时已成波澜壮阔之势,但时人却视之为"末学"③。明人冯梦龙虽然非常重视俗文学,但也认为"三言"之类的小说是"六经国史之辅",那些"六经国史而外"的著述皆可归属小说④。如此观念,使得文人士大夫对小说、戏曲心存鄙夷,一般不屑涉身此域,操手贱伎。明人何良俊即指出:"祖宗开国,尊崇儒术,士大夫耻留心辞曲,杂剧与旧戏文本皆不传,世人不得尽见。"⑤清人钱大昕认为编写小说是"文人浮薄"之事:"唐士大夫多浮薄轻佻,所作小说,无非奇诡妖艳之事,任意编造,诳惑后辈。……宋元以后,士之能自立者,皆耻而不为矣。"⑥这种浮薄、虚妄之作是难以担负起维风俗、正人心的社会教化功能的,所

---

① 郑振铎:《中国俗文学史》,商务印书馆,2005年,第1页。
② 鲁迅:《中国小说史略》,上海古籍出版社,1998年,第44页。
③ 罗烨:《醉翁谈录·小说开辟》,古典文学出版社,1957年,第3页。
④ 冯梦龙:《醒世恒言》,上海古籍出版社,1998年,"叙"第1页。
⑤ 何良俊:《四友斋丛说》卷三七,中华书局,1959年,第337页。
⑥ 钱大昕:《十驾斋养新录》卷一八,上海书店,1983年,第435页。

以，正统文人应该"斥绝"稗官小说①。正因如此，明清时人若要尊尚小说、戏曲，就要强调它们堪比史著，合于正道，与正统文学有着同样的价值，如无碍居士（冯梦龙）《警世通言叙》称通俗小说"事真而理不赝，即事赝而理亦真。不害于风化，不谬于圣贤，不戾于诗书经史，若此者其可废乎"②。李渔为提高戏曲的地位，就强调它与史传、诗文"同源而异派"，有着高尚的文化地位③。如此一来，文化结构层次中的地位相同，生存发展过程中的环境相同，自然拉近了小说与戏曲的距离。

另一方面，二者间的文类模糊观念也促进了二者间的密切交流。中国古代的传统小说观念涵盖芜杂，形态丰富，无论是文言的，还是白话的；无论是文学的，还是伎艺的；无论是丛残小语，还是长篇巨著，都循有本土的小说观念，皆涵盖在宽泛的小说范畴内，即如明代可一居士所言"六经国史而外，凡著述皆小说也"④。也就是说，"小说"是无关政教的一种不正经的著述，所以，对于文本形态的故事叙述来说，虚构的故事是，实录的故事是；对于不同的文艺样式来说，平话是，讲史是，诸宫调是，弹词是，戏曲也是。即使这个"小说"概念只是指叙事作品，其涵盖亦很宽泛，明人蒋一葵《尧山堂外纪》即把陶真的唱本视为小说，清光绪年间卧读生所阅读的"坊间之闲书小说"有《天雨花》、《再生缘》⑤。别士（夏曾佑）《小说原理》论及弹词的出现，言称"乐章至此，遂与小说合流，所分者一有韵、一无韵而已"⑥。而胡适《论短篇

---

① 焦循《易余籥录》卷二〇认为：稗官小说每及鬼神妖怪，前人之作可取者乃是把一些难为妇孺理解的庄语谠论"假神怪而以鄙俚出之，所以备观感之一端也"，纪昀诸作可取者"盖以忠孝节义之训寓于谈谐鬼怪之中"，而其他海淫海斗讥谤失实之书，"不特可焚，且宜斥绝矣"（《丛书集成续编》，新文丰出版公司，1989年影印本，第29册，第406页上栏）。
② 冯梦龙：《警世通言》，上海古籍出版社，1998年，"叙"第1页。
③ 李渔《闲情偶寄》"词曲部·结构第一"言："填词非末技，乃与史传诗文同源而异派者也。"（上海古籍出版社，2000年，第16页。）
④ 冯梦龙：《醒世恒言》，上海古籍出版社，1998年，"叙"第1页。
⑤ 卧读生：《才子如意缘序》，载丁锡根编《中国历代小说序跋集》，人民文学出版社，1996年，第1329页。
⑥ 陈平原、夏晓虹编：《二十世纪中国小说理论资料》（第一卷），北京大学出版社，1989年，第60页。

小说》一文则认为陶潜《桃花源记》、汉乐府《孔雀东南飞》皆属短篇小说①。这些言论一方面反映了传统观念的小说涵盖宽泛芜杂,另一方面则反映了小说与戏曲间文类界限的模糊。当然,这种观念之所以出现、存在的基础,是二者实际上也存在着如此混融不分的形态和现象。比如唐代段成式《酉阳杂俎续集》记其观"杂戏"即有"市人小说",宋代周密《武林旧事》卷三"社会"条记"百戏竞集",有绯绿社(杂剧)、遏云社(唱赚)、雄辩社(小说)、绘革社(影戏)等,此即说明伎艺形态的小说与戏弄同是属于俳优杂戏。后来二者皆有了文本形态的编创,但这种文类模糊观念仍有遗存,凌濛初的《二刻拍案惊奇》作为话本小说集,却又收录了杂剧《宋公明闹元宵》。这种在小说戏曲关系史上长期地、实际地存在着的文类模糊观念,也为二者的相互借鉴、深入交流在观念上铺平了道路,营造了氛围。

二

那么,二者基于文本形态而在叙事性、文学性上表现出的这些亲缘形态又是如何形成的呢?这需要考察二者关系的生成、发展脉络。

中国古代小说戏曲基于文本形态所表现出的亲缘形态,与二者所经由的口传阶段的伎艺形态有密切的关联。而这种伎艺形态又来源于俳优伎艺,其中的说唱、扮演、歌舞因素与后来的"说话"、戏弄、杂剧有着血缘相承的渊源关系。

俳优伎艺在初始阶段并不能截然区别分类,基本上都是混融杂糅在一起的。以刘勰归于"小说"的"俳说"、"嘲调"而论,俳说如"说肥瘦"者是一种滑稽笑谈,可以有故事情节,也可以没有,而嘲调如弄参军者则是一种针对某一对象的戏弄性嘲谑调笑,它可以有滑稽笑谈,也可以有戏弄打闹。"说肥瘦"和"俳优小说"被认为是后世"说话"伎

---

① 胡适:《论短篇小说》,载《中国新文学大系·建设理论集》,上海文艺出版社,2003年,第276页。

艺的前源，但参照类同"说肥瘦"的唐玄宗时名优黄幡绰戏谑调笑刘文树和两院歌人的表演形态，又知这种伎艺在当时是被作为一种"杂剧"看待的，唐崔令钦《教坊记》记述黄幡绰戏谑两院歌人的表演即被列为"杂剧"。由此可见，戏弄之类，既有谈的一面，也有演的一面，但性质皆为戏谑调笑。正因如此，"说肥瘦"之类的俳优伎艺既表现出俳优小说的性质和形态，又与戏弄、杂剧互为混融，相互影响，二者所具有的一些形态与性质皆由此混融关系而生、而定，即使后来二者分踪发展，有了独立成熟的形态，这一关系仍在它们的体制中留有深刻的记忆。

但这种俳优伎艺与后世杂剧、说话伎艺的联系，是它对某项艺能的锻炼，如说唱、扮演、歌舞。而当这些俳优伎艺注入了故事因素，进而为故事表述服务时，才能走上形成叙事类杂剧、说话伎艺的发展方向。比如"说肥瘦"之类的"俳说"、"俳优小说"能体现俳优以言辞形式针对某一人、某一事戏谑调笑的表演。这类俳说以嘲弄为宗旨，其中有些已具故事因素，如侯白的"说一个好话"。当这个故事因素成为俳说的表演宗旨时，就会出现讲说故事的"说话"伎艺。当然，现知的资料很难确定这种以叙事为宗旨的俳说何时出现，但至少唐时已有成熟的故事讲说伎艺，且已渐成波澜，敦煌遗书中存有文本形态的话本即为明证。而这时的具有故事因素和戏剧因素的伎艺还没有形成以表述故事为宗旨的表演，它们的形态大致可分为两类：一类是扮演咏事，一类是歌舞咏事。参照《吕氏春秋·古乐篇》所言"昔葛天氏之乐，三人操牛尾，投足以歌八阕。一曰载民，……八曰总禽兽之极"①，其中以一系列的简单动作来表现这个祭祀活动过程，即是以劳动过程为基础的动作模仿式的扮演；而操牛尾的投足歌唱，则是以劳动过程为架构的歌舞咏唱。这两类伎艺表演，都不是为了完整地叙述出这个事件的过程，而是以这个事件为背景进行咏事性的表演，其宗旨皆不是为了表述这个事件的过程和细节，而是以歌唱、舞蹈或扮演为手段对这个事件予以咏叹。对于这个事件来说，这些表演不是为了叙述情节始末，而是托事讽咏，简言

---

① 高诱注：《吕氏春秋》卷五《古乐》，上海书店，1986年，第51页。

之,不是叙事,而是咏事,是表达这个事件所蕴含的意,所派生的情。

俳优伎艺性质的杂剧从托事讽咏到以演事实为主,中间要经过漫长复杂的熔炼、演变过程,但故事因素在伎艺表演中从作为一个因素而注入,进而发展到成为一项伎艺的表演宗旨,这是一个重要的方向性转变。我们看到唐宋之际的杂剧在性质上由滑稽调笑而表述故事,在处理故事的思维上由咏事而走上叙事的道路,即王国维所说的由"托故事以讽时事,然不以演事实为主,而以所含之意义为主",到"变为演事实之戏剧"①,这是一个方向性的发展转变。这一转变过程,有其自身的发展要求,也与"说话"伎艺、话本小说的影响和促进密切相关。

"说话"伎艺在滑稽调笑的短小即兴形态中,出现了以叙述长大完整故事为宗旨的演述形态,这就打破了二者基于混融状态的关系局面,酝酿了二者关系的新变。这种新变主要表现在杂剧的叙事宗旨的出现和确立过程,其中小说的沾溉之功甚大。尤其当宋金杂剧也在为演述一个故事而不断锻炼之时,小说于此方面的发达成熟,必然会对相伴生长的杂剧产生影响。二者后来的关系形态,主要是围绕着叙事方面而展开的,比如叙事能力、叙事程式、叙事方式、叙事思维、情节设置、人物设置等。我们在宋金杂剧的故事选材、叙事能力、叙事方式等方面都可以看到小说的影响痕迹,而在元杂剧的文本中则更能清楚地看到这些小说影响因素的大量遗存。

在宋元叙事性"说话"伎艺走上文学发展的道路后,就渐趋出现了书面编写的白话小说,但其文本叙述中仍有许多伎艺口传阶段的体例和格式,这是由伎艺口传到书面编写过程的遗留踪迹。戏曲在走上书面编写的道路后也是如此,其特有的演述体制所表现的伎艺性因素乃来源于舞台表演的程式。所以,二者在伎艺阶段的关系也就延伸到了书写阶段,而二者书写阶段的关系也关联了伎艺阶段关系的渊源。当然,二者书写阶段的关系更容易在文本形态中把握,而且可以从文本形态上进行人物形象、故事情节、主题意旨、演述体制、审美趣味等方面的细致梳

---

① 王国维:《宋元戏曲史》,上海古籍出版社,1998年,第28页。

理。对于明清时期的小说戏曲关系形态的考察即是如此。

随着戏曲的艺术进步和广泛传播，小说开始吸纳戏曲的材料以为自己的情节建构、人物刻画、环境渲染和主题表达服务，《金瓶梅词话》、《红楼梦》中就有这种利用戏曲材料的现象。小说编创在汇入或吸纳戏曲故事材料的不断扩展、深化过程中，也逐渐看到了戏曲体制因素的特点和优势。小说编创中表现出的这些模拟戏曲的现象，有两个基本的促动力，一是戏曲的艺术进步和广泛传播吸引了小说的取鉴目光，二是小说自身发展进程中求新求变的内在需求促使它借鉴戏曲的优长。于是，小说由模拟戏曲的题材、人物、情节，渐以扩展到对戏曲体制因素的取鉴，这种创作实践有效地丰富了小说的艺术表现手法，体现了小说创作的审美追求。在此过程中，小说由模拟戏曲演述体制的格式因素，渐而出现了对戏曲剧本形制特征的模拟，表现出由内质到外形的扩展趋势，而戏曲格式在小说叙述中的融入也逐渐由突兀、生硬变为融合、自然。这种模拟戏曲的思路，体现了明清小说在其发展进程中求新求变的审美趋向，从故事题材方面的求新异，扩展到形式体制方面的求新异。

总之，戏曲对于小说的这些方面的影响，或者小说对于戏曲题材与体制的借鉴、化用，在小说自身变革、完善的过程中起到了有益的促进作用。明清白话小说正是经由包括戏曲在内的诸多文艺样式隐显不同、程度不一的滋养和促进，才进一步走向成熟和繁荣的。

在小说戏曲从伎艺形态到文本形态、从口传阶段到书写阶段的发展过程中，由于二者在叙事方面发展的不平衡，二者关系的形态呈现为四种形态：伎艺层面的混融、叙事层面的渗透、编创层面的利用、观念层面的融通。这一划分是就各个时期二者的主流关系形态的粗线条勾勒，也是本书所要展示的二者关系的发展脉线。而在这脉线上聚集的众多大大小小的关系现象，则形成了这条脉线上的众多环节和网结。

三

对于小说戏曲关系发展演变的梳理和分析，有助于开拓思路，变换视角,进一步认识二者各自发展进程中的一些特性、现象及其成因、渊源和基础,尤其是那些与二者关系有关的现象和特性。元杂剧作为宋元时期小说与戏曲关系形态的一次总结性体现,它的独特的演述体制,如一人主唱、代言性叙述、说书体宾白,都与说话伎艺的体制有着密切的关系,蕴含着深刻的小说思维;而其脚色所表现出的故事人物和故事叙述者双重身份间的配合关系,则更为深刻地蕴含了原出于敦煌变文并流变于宋元叙事性伎艺的"依相叙事"思维和格式。认识到这一点,我们就会更好地理解现存的一些古老民间戏剧形态,比如当今河北、山西一带农村流传着一些古老的赛祭和傩戏演出,其形态就是在说话伎艺中加杂动作扮演,或是在动作扮演中加杂说话伎艺。

河北省武安市固义村流传的傩戏《捉黄鬼》中有一剧目《吊(调)掠马》,乃表演关羽与颜良之子颜昭的斗战故事,表演时有一脚色名"长(掌)竹",他与其他扮演者合作,"长(掌)竹"处于戏剧故事域之外,以吟诵诗赞的方式介绍剧中人物和故事情节,而其他扮演者则根据剧情装扮人物并做动作表演①。

山西省曲沃县任庄村的祭祀演出《扇鼓神谱》②,由祭祀者"十二神家"敲击扇鼓叙说演唱,当有需要时他们就会改变身份而直接以故事中的人物身份参与表演,并可在虚构故事域内外自由跳转。从现存的扇鼓杂戏的底本看,其叙述话语与人物话语是"以七言叠韵的诗赞体为主,而间以散文道白。……这样一段散文一段韵文,韵散交错、文白相间的形式是受到唐代俗讲和宋代说唱文学的影响而形成的",打报者"还常常向观众解释剧情,述说人物关系,既可以是剧中角色,又可以随时置身于戏外,跳进跳出十分灵活"③。

上述这种民间戏剧的表演形态即能很好地表现出说话伎艺与扮演伎

---

① 杜学德:《固义大型傩戏〈捉黄鬼〉考述》,《中华戏曲》,第18辑,山西古籍出版社,1996年,第146页。
② 李一:《〈扇鼓神谱〉注释》,《中华戏曲》,第6辑,山西人民出版社,1988年,第60—87页。
③ 李瑛:《新发现的晋南锣鼓杂戏古抄本》,《中华戏曲》,第35辑,文化艺术出版社,2007年,第215—216、218页。

艺的杂糅。或许这就是宋金时期的杂剧在走上以表述故事为宗旨道路时的初始形态。

元杂剧演述形态中所遗存的诸多小说因素，是小说对戏曲长期影响、渗透的结果，也是戏曲在叙事方面得到小说滋养的明证。即使那些文人作家编创的戏曲文本，在叙事思维、体制、结构、方式等方面也都表现出明显的小说思维和格式，所以杨绛等人称它们为"小说式的戏剧"。

与此同时，戏曲的艺术进步和广泛传播也吸引了小说的取鉴目光，而且，小说自身发展进程中求新求变的内在需求也促使它借鉴戏曲的优长。这是明清小说编创中出现模拟戏曲现象的两个基本的促动力。小说不但模拟戏曲的故事情节，也模拟戏曲的演述体制，由此出现了"无声戏"小说创作观念，技高者着力于戏曲的叙述技巧、情节结构的模拟；技拙者则着眼于戏曲体制的表层因素的模拟。小说对于戏曲的借鉴，更为优异者乃是以自己的情节框架和故事主题来利用、熔炼戏曲材料，以为小说的人物刻画、情节建构、环境烘托和主题表达服务，这种创作实践有效地丰富了小说的艺术表现手法，也拓展了小说与戏曲的关系形态。

小说与戏曲有着相同的民众基础、文化环境、艺术品性，同为以叙事为演述宗旨的通俗文艺，有着相同的从伎艺到文学的发展路径，这些同质因素正是后人把文本形态的戏曲混入小说范畴的原因。这种观念不但反映了二者关系形态的一面，也提醒我们在考察中国古代的小说戏曲时，不要忽视本土的、历史的文类观念，比如中国古代的"小说"概念，并不全与西方的小说概念对应，在1900年前后，"小说"一词既是旧名词也是新名词。就当时引入的西方文体概念来说，小说是个新名词；而就历史悠久的本土传统文化来说，小说又是个古老的名称。当时知识界普遍把戏曲纳入小说的类别中，就体现了本土的"小说"观念，而有的学者对这种现象感到困惑，很大程度上是缘于他们以西方小说观念为立场的考量所致。其实，这一现象是中国古代小说戏曲关系形态的一种表现，二者关系史的视角即能提供这种观念之所以存在的渊源与基础。

总之，无论对于小说还是对于戏曲，厘清二者关系史，对于认识和判析二者各自的发展形态、文体特性、艺术形式都大有裨益。这正是二者关系史考察对于小说研究、戏曲研究的意义，即在二者关系演变史的框架中考察小说戏曲的文体特征，以二者关系演变史的视角来理析小说戏曲的发展形态，在二者的这些差异与交流中深化对各自形态特征的认识，对各自艺术品性的辨析。

因此，小说戏曲关系史的研究不但是为了理清二者关系的源流发展、来龙去脉，更为重要的是要在二者关系史的框架中来考察一些相关的问题和现象，以为深入认识小说戏曲的体制特征和发展形态转换视角，开拓思路，扩展视野。即要把与二者特性、形态、发展等相关的问题和现象，置放于关系史的脉流中来认识，置放于关系史的框架中来探讨，置放于关系史的坐标中来辨析，以冀在这条脉流的两岸探寻更为绚烂的景色，在这个框架的结构中发现更为新异的交集，从而获得对小说戏曲的更为深入、切实的认识和判析，看到二者关系对于各自艺术品性、形态特征、发展演变的影响之力和促进之功。

初版后记

  我自读博时即涉足中国古代小说与戏曲的关系研究，尔来已逾十载。

  1998年秋我从马瑞芳师读博时，为博士论文选题计而涉足这个问题的思考。当时与马老师商量后，考虑到这个论题过大，难以把握，便选定元杂剧与小说的关系研究作为博士论文的题目。正如许多关注此论题者的思路，我一开始也是首先看到了小说与戏曲在故事题材方面密切的互渗互通关系，但深入研究后，才感觉到这只是二者关系的基础和表面，二者关系的深层和意义并不止此。

  在博士论文的准备与撰写期间，我阅览了相关的作品和论著，其中徐朔方先生对于中国古代小说与戏曲关系的认识颇得我心，也激发了我研究这个论题的信心和兴趣。徐先生在《我的小说戏曲研究》一文中指出："中国的古代小说戏曲和西方不同，有它独特的成长发展的历史。它的特点之一是小说和戏曲同生共长，彼此依托，关系密切。"（《杭州大学学报》1998年第3期）又在《论书会才人》一文中强调："中国古代小说和戏曲的关系十分密切，不知其二，要知其一，简直不可能。原因即在于两者本是同根所生的事实。"（《浙江学刊》1999年第4期）正是因为看到了徐先生的这些观点和其他相关论述，我有心拜访，渴望能当面聆听教诲。于是，2000年深秋，我怀揣马老师的热情推介信，南下访学，经行南京、上海，如杭拜谒。当时已是11月初，我通过马老师提供的联系人，打听到了徐先生的电话，问明住处，登门拜访，谈论了我的研究构想，并表达了意欲投其门下深造的愿望。蒙先生不弃，爽快答应，并主动与我电话联系已经进站的汪超宏打听具体事宜。值汪君不在家，先生即付我汪君电话号码，并曳杖出门，为我指示汪君于同院内的居所。惜我此前已购返程车票，当时未能逗留以待汪君。我返回济南后即与汪君电话联系，得其指点即向浙大人文学院申请博士后研究。

在我博士即将毕业的6月下旬一天，突然接到浙大博士后管理办公室的电话，要求我7月4日报到。我即拜别山大师友，急忙南下。我第一次见识了杭州盛夏的酷热。在办理入站手续时，需交近两千元的住房押金。由于我是在来杭报到时才见到入站通知书，博士后管理办公室电话通知我时也未说明这些，再加上我还要留杭等待接收一周后到达的托运行李。这押金交完后我才意识到已无钱购买车票回家。我在杭无亲友，情急之下电话中向徐先生告借五百元，他爽快允助，第二天即通过博士生顾克勇（现在浙江理工大学人文学院）转交。之后，我在电话中告知徐先生钱已收到，并表示回家后即汇还，徐先生则表示大可不必，暑假后见面时再还不迟，并告言若需帮助尽管提出。

暑假后返杭第二天下午，我即到徐先生栖身的老年公寓看望，时先生正半躺床上，翻看《长生殿》。我即还钱并再次表示感谢，之后谈及我的研究计划，先生便送我一书《徐朔方说戏曲》，并让我按他的自校本中的勘误作出标注。我在言谈中常会谈到他的观点，他非常直爽地命我不要重复他的观点，要谈自己的看法，并鼓励我说："我们是学术上的同道，谈论学问是平等的。我欢迎批评。"在我离开时，他执意要送我到大门口，并希望我经常过来讨论问题。之后我便经常骑车去城北过从相谈。

曾有一天晚上，顾克勇打电话来说先生要我第二天去见他，说是有篇文章要给我看。我如约前往，他即拿出一篇并未完成的短文，乃谈论南戏《张协状元》开头处的说唱诸宫调，两页的稿纸，手写的字体越来越大，笔画波颤。同时喃喃低语，说本来认为对我有帮助，但写下来却不成立；并无奈地表示，对我的问题帮不上忙，是他的失职，很是遗憾。我即表示得沐春风已是莫大鼓励，况言谈中多有激发之处。如此这般就到了出站阶段（2003年春夏之交），当时正值"非典"肆虐，一切从简，我便辗转多处，请人审阅出站报告。徐先生为我安排了徐宏图、周明初两位审阅老师,他们对我加意鼓励,多有扶助。

我在6月底将要离站之时,特到中兴公寓向徐先生告别,在送我出门的小区道路上,我向他请求,希望能就我以后的研究指一条明路,先生即爽朗声言:"问道于盲!"然后大笑,然后静静地说:"你可多写信,我会每信必复的。"但不料他突遭意外,于7月份摔倒在地,此后便卧床不醒。我再见到他时已是眼不见,口不言,自然也就音书难达了。

出站后,我于2004年申报了浙江省社科项目"中国古代小说与戏曲关系研究",于2005年又专心修订博士论文以待出版。在此过程中,我即有意写一部二者的关系史,自认为应梳理二者关系的演变历程,以作为二者关系研究的深化,并在当年申报了教育部人文社科项目,2006年始便切实进行二者关系史的研究、撰写。然心有旁骛,事多冗杂,至今草成,甚为遗憾。

其初,我选定要写一部中国古代小说与戏曲的关系史,除了自认为这是进一步深化二者关系研究的需要,也想能就此把自己的相关研究通过这个关系史的框架勾连组合起来。至于如何呈现这个关系史,我想既然要冠以"史"名,当然应循有"史"的思路和表述。我即拟定两个基本思路,一是理线索,二是抓现象,不作琐碎的考证和辨析,只为按自己的思路理析一条二者关系的演进线脉。此外,我还为这个关系史的研究设定了一个希望达成的目标,就是要融通二者的文类界限,贯通二者的演进历程,而且还非常宏大地思考着要在融通文学与艺术、文本与演艺,以及小说、戏曲与诸多叙事性伎艺的基础上,深入考察古代小说与戏曲的关系形态,以冀在这关联性、融合性的研究视域中丰富小说、戏曲的文体研究。可是,"文成思之半",我自觉此书并未理想地达成我的预设,但这是我要用心完成的研究目标,也是我以后学术研究的努力方向。

徐大军
2009年11月3日

修订版后记

这个修订版比较于2010年人民文学出版社的初版,在时间上已过去了十年。当年成书出版以后,我便转向其他课题的研究,但小说戏曲关系史给我随后研究的思路和框架留下了深刻的影响,我会习惯地用它来考虑新问题,不时地关注这个专题的研究状况,有时还撰写一些关于这个专题的论文,默念将来有机会修订时可以据此对初版结构和内容作出调整。

对旧版著述做出修订版,如果比拟成修建房屋,我认为有四种方式。

第一种是小修。框架结构、立柱横梁、大门窗户一概不动,只更换一些锈掉的钉子,压平几块鼓翘的门板,填补几道裂开的墙缝,最后里里外外该刷油漆的刷油漆,该抹涂料的抹涂料。

第二种是大修。原屋框架结构不动,顶多更换几根立柱或者横梁、几处门板或者窗户,或者敲掉几堵倾斜开裂的墙体,其他钉铆板材方砖之类的更换无需多言,最后里里外外粉刷一遍,蓬荜生辉如也。

第三种是大修Plus,就是加强版的大修。当你敲墙扒砖之际,耐不住一时兴起,干脆就把所有的墙面门窗都敲掉,只保留原屋的框架结构,然后挑选旧材料,增加新材料,重新垒起来。

第四种,扒掉重建。那就是连原房屋的框架结构也不满意,而又觉得自己有思路、有材料、有能力在原地建起一座新房屋,那么,就不如扒掉旧屋,原地重建——另设新样式,别选新材料,重起新房屋。

当然,扒掉重建这种方式,没有人打算扒掉原来的三层楼,重建两间茅草屋,等着被秋风所破。所以,这种扒掉重建方式耗时耗力又耗神,若没有充足的把握,充分的心理准备,决不会有人神往此危途而慨然不辞的。

可是,如果只是像第一种方式那样只换个门窗刷层漆,我又觉得不值当动手的,毕竟初版都过去十年了,总得有点新思考、新动作,所以,我就选择了第二种方式"大修"。但在实际操作过程中,仅仅由于多敲了三五面墙,就无奈地升级为第三种方式"大修 Plus"了。其间"优胜略纪",简述如下。

旧版共有十章,修订版共设十四章。

旧版的前五章内容保留,其中第一、四章,各自分成两章,由此而列为修订版的前七章。

旧版的第七章删除,第六、八两章合并后剪裁、提炼为修订版的第十章。

旧版的第十章删除,第九章保留为修订版第十三章。

而修订版第八、九、十一、十二、十四章,属于新增部分,所涉问题对于认识小说戏曲关系史更具针对性和典型性,比如第十四章即为旧版第十章第三节所及"戏曲归属小说范畴的文类观念"这一问题,我在新近思考的基础上又重作了论述。这些新增章节都是我在 2010 年初版后对相关问题与现象重新梳理、思考的成果,都曾正式发表于学术期刊,具体情况如下:

《〈红楼梦〉利用戏曲体制因素论略》,《红楼梦学刊》2011 年第 4 期。

《"传奇"文体名义的因应》,《中华文史论丛》2016 年第 1 期。

《〈金瓶梅词话〉利用戏曲现象析论》,《文化艺术研究》2016 年第 3 期。

《屈从与抗拒:后生文艺对于西厢模式的应对策略》,《艺术百家》2017 年第 4 期。

《体用离合之间:清末时期小说类群的建构》,《文学遗产》2021 年第 2 期。

经过上述一番组构整修,就形成了这个修订版的十四章架构。然后我又把这十四章分为四编，以求体现出章节安排的逻辑思路，这相当于整修原屋又加了几根立柱横梁，算是有些"纲"的属性，因而就把书名调整为"中国古代小说戏曲关系史纲"。

如此一来，这个修订版的模样，就像是对房屋的一次大整修，墙体重垒，门窗重置，只是原屋框架结构仍保留不动。如果你凑近细看，从材料的纹理上还是能看出时间上的不同，有的保留着旧材料的磨痕，有的散发着新材料的味道。

面对着这个修订版，如果说我还有什么自我期许，那就是希望能对框架结构有一个更深入的构思，扒掉重建，以理析出小说戏曲复杂关系的简练脉络，这是我心目中设想的"简史"模样。

徐大军

2021年4月7日

泽地文库

第一辑

杭州方言研究 / 徐越 著

朝堂与文苑：唐宋文学论丛 / 沈松勤 著

中国古代小说戏曲关系史纲 / 徐大军 著

训诂学视角下的现代汉语辞书释义研究 / 周掌胜 著

中国现代新诗诗美建构与唐宋诗词 / 陈学祖 邓乔彬 著

江南佛学与"两浙"现代作家研究 / 竺建新 著

阅读史、修辞与小说创作的源初思维 / 郭洪雷 著

马克思主义与批评理论：走向辩证批评 / 刘欣 著

中国当代文学史写作问题研究 / 刘杨 著

合作化小说的语境与书写：以20世纪五六十年代为中心 / 李佳贤 著

中国现代大学与现代文学 / 王晴飞 著